악마는 프라다를 입는다

악마는 프라다를 입는다

THE DEVIL WEARS PRADA

by Lauren Weisberger

악마는 프라다를 입는다
로런 와이스버거 장편소설   서남희 옮김
문학동네

일러두기

1. 주석은 모두 옮긴이주다.
2. 본문 중 고딕체나 볼드체는 원서에서 이탤릭체나 대문자로 강조한 부분이다.
3. 인명, 지명 등의 외래어는 국립국어원 외래어 표기법을 따랐으나, 일부 브랜드명은 한국
   에서 통용되는 명칭으로 표기했다.

이 책이 『전쟁과 평화』에 견줄 만하다고 진실로 믿고 있는
세 분께 바칩니다.

'백만 명쯤 되는 여자들이 간절히 원하는' 엄마인
우리 엄마 셰럴

'잘생기고, 위트 넘치고, 멋지고,
재능 있는 아빠'라고 쓰게 하신
우리 아빠 스티브

(내가 이 책을 쓰기 전까지는)
엄마 아빠의 최고 귀염둥이였던
너무도 멋진 내 동생 데이나에게

차례

악마는 프라다를 입는다

1

17번가와 브로드웨이가 만나는 교차로의 신호등은 아직 빨간색이었다. 하지만 성급한 노란 택시들은 그 좁은 도로를 먼저 지나겠다고 앞다투어 빵빵거렸다. 나는 지금 이렇게 복잡한 도심을 헤치며 운전하고 있다. 클러치, 액셀, 변속기(중립에서 1단인가? 1단에서 2단인가?), 클러치 떼고. 속으로 여러 번 되뇌었지만 안정이 되지 않았다. 끽끽 브레이크를 밟아대는 차의 홍수 속에서 어디로 가야 할지 알 수 없었다. 내가 몰고 있는 작은 차는 교차로를 지나는 동안 두어 번이나 덜커덕거리며 비틀댔다. 심장이 벌렁거렸다. 덜커덕거리던 차가 제자리를 잡더니 갑자기 속도를 내기 시작한 것이다. 너무 빨랐다. 눈으로 확인해보니 기어는 겨우 2단에 있는데 앞 택시 뒷부분이 어찌나 크게 보이던지, 다급한 나머지 브레이크를 확 밟아버렸다. 툭, 구둣굽이 부러졌다. 이런 젠장! 스트레스 때문에 품위를 잃는 바람에 7백 달러짜리 구두 한 짝이 또 희생되는군. 이번달에만 벌써 세번째다. 그나마 차가 멈춰서 다행이었다(내 목숨을 위해 브레이크를 밟으려 했을 때, 난 그만 클러치 밟는 걸 잊어버렸다). 마놀로 구두를 벗어 조수석으로 던져버릴 시간이 몇 초 생긴 거니까. 그마저도 빵빵대는 경적소리와 사방에서 날아오는 온갖 욕설을 못 들은 척해야 가능한 일이었다. 땀에 젖은 손을 닦을 데라곤 마지막 단추를 채우자마자 허벅지와 엉덩이를 조이며 몸에 꼭 끼는 구찌 스웨이드 바지밖에 없었다. 할 수 없이 허벅지를 감고 있는 부드러운 스웨이드에 땀을 닦고 말았다. 점심시간에 8만 4천 달러짜리 수동 컨버터블을 몰고 사방이 장애물인 미드타운* 한가운데를 뚫고 지나가려니 신경이 곤두섰다. 담배가 땡겼다.

"제기랄! 야, 너, 비켜!" 거무레한 얼굴의 운전자가 소리쳤다. 북슬북슬한 가슴털이 민소매 티셔츠 밖으로 삐져나온 것이 보였다. "뭐하고 있는 거야? 빌어먹을, 여기가 무슨 운전학원인 줄 알아? 빨리 비켜!"

나는 떨리는 손을 들어 가운뎃손가락을 먹였다. 한시라도 빨리 혈액에 니코틴이 돌게 하고 싶었다. 손이 땀으로 축축해진 탓에 성냥이 미끄러져 자꾸만 바닥에 떨어졌다. 간신히 담뱃불을 붙이자마자 신호등이 녹색으로 바뀌었다. 입에 담배를 문 채 차를 출발시켰다. 다시 클러치, 액셀, 변속기(중립에서 1단인가? 1단에서

---

* 뉴욕의 맨해튼은 업타운, 미드타운, 다운타운으로 구분된다. 미드타운은 상업지구로 명품점과 회사들이 밀집해 있고, 업타운에는 주거지역이, 다운타운 쪽엔 공공기관과 금융회사들이 모여 있다.

2단인가?), 클러치 떼고, 이 복잡한 과정과 씨름해야 했다. 숨쉴 때마다 입에서 연기가 나왔다 들어갔다 했다. 세 블록을 더 가서야 겨우 담배를 처리할 수 있을 만큼 길이 한산해졌다. 하지만 때는 이미 늦었다. 불안할 정도로 길게 매달려 있던 담뱃재가 바지 위로 떨어지고 말았다. 아주 가관이었다. 마놀로 구두까지 합치면 불과 삼 분 만에 3천1백 달러 상당의 옷과 구두가 망가져버린 것이다. 이런 생각을 채 끝내기도 전에 휴대폰이 시끄럽게 울려댔다. 안 그래도 탈진할 지경인데 발신자 표시에 그녀의 이름이 떠 있었다. 공포스러운 그 이름, 나의 상사 미란다 프리스틀리!

"앤-드리-아! 앤-드리-아! 들려? 앤-드리-아!"

내가 모토로라 휴대폰을 열자마자 그녀가 앵앵거렸다. 이미 손과 맨발이 다른 일을 수행하느라 헉헉대고 있다는 걸 생각하면 휴대폰을 들고 있는 것도 쉽지 않았다. 나는 귀와 어깨 사이에 휴대폰을 간신히 끼워넣은 채 담배를 창밖으로 휙 던졌다. 담배는 지나가던 자전거 배달원을 살짝 비켜갔다. 남자는 불같이 화를 내며 "엿 먹어!"라고 몇 번 외치더니 이내 사라졌다.

"네, 편집장님. 잘 들려요."

"앤-드리-아, 내 차 지금 어디 있지? 아직 차고에 안 넣어놨어?"

다행히 신호가 빨간색으로 바뀌었다. 이번엔 신호가 길 것 같았다. 차가 급정거했지만 사람도 물건도 들이받지 않았다. 안도의 한숨이 절로 나왔다. "지금 몰고 가는 중입니다. 곧 차고에 도착할 거예요." 별 탈은 없는지 그녀가 신경을 쓰는 것 같아 나는 아무 일도 없고 곧 도착할 거라고 안심시켰다.

"어쨌든," 그녀는 무뚝뚝하게 말허리를 잘랐다. "사무실로 들어오기 전에 매들린을 데리러 가. 그리고 우리집에 데려다줘." 툭. 전화가 끊어져버렸다. 멍한 얼굴로 잠시 휴대폰을 들여다보다가, 지시해야 할 사항은 그녀가 모두 말했음을 깨달았다. 매들린? 매들린이 대체 누구야? 지금 어디 있는데? 그 여잔 내가 자길 데리러 간다는 걸 알고는 있나? 그 여자는 왜 미란다네 집에 가는 거지? 게다가 미란다에겐 풀타임 운전기사와 가정부, 보모까지 있는데, 대체 내가 왜 그 일을 해야 하는 거냐고!

운전중 휴대폰 사용은 불법이야. 만약 지금 뉴욕 경찰과 실랑이라도 하게 되면 상황은 최악이 될 거고. 나는 버스 차선으로 들어가 깜빡이를 켰다. 숨 들이마시고, 숨 내쉬고. 주차시 마지막으로 브레이크를 뗄 때는 반드시 주차 브레이크를 잡아야 한다는 것도 잊지 않았다. 스틱 운전은 정말 오랜만이다. 한 오 년 만? 고등학교 때 남자친구가 운전을 가르쳐주면서 스틱 자동차를 빌려준 적이 있었다. 그때 이미 나는 스틱을 포기했다. 하지만 한 시간 반 전에 나를 사무실로 부른 미란다는 그런 것까지는 고려해주지 않았다.

"앤-드리-아, 내 차를 차고에 갖다놔. 우린 오늘밤 그 차로 햄프턴 씨 댁에 가야 해. 서둘러. 이상." 나는 어마어마하게 큰 그녀의 책상 앞에 서 있었다. 하지만 그녀는 말을 마치자마자 내 존재를 완전히 지워버린 상태였다. 아니, 적어도 그렇게 보였다. "그게 다야. 앤-드리-아, 지금 당장 하도록." 그녀는 여전히 날 쳐다보지도 않은 채 덧붙였다.

알았다고요, 미란다. 나는 걸어나오면서 생각했다. 이 일에도 함정이 백만 개쯤 도사리고 있을 거야. 도대체 뭘 먼저 해야 하지? 우선 그 차가 '어디'에 있는지부터 알아내야 했다. 차는 카센터에서 수리받고 있을 가능성이 가장 컸다. 하지만 뉴욕에는 카센터가 수없이 널려 있다. 도대체 어디부터 가야 하지? 만약 친구에게 빌려주었다면, 차는 파크 애비뉴에 있는 어느 풀서비스 주차장의 비싼 공간을 차지하고 있을 것이다. 물론 내가 모르는 새 차를 말한 것일 수도 있다. 막 구입해 (내가 모르는) 판매점에서 아직 집까지 배달도 안 된 차 말이다. 할일은 산더미 같았다.

우선 미란다 아이들의 보모에게 전화했다. 전화는 음성메시지로 넘어갔다. 다음으로 가정부에게 건 전화는 큰 도움이 되었다. 그녀는 그 차가 새 차가 아니라 미란다의 '브리티시 레이싱 그린 컨버터블 스포츠카'라고 했다. 대개 미란다가 사는 빌라의 차고에 있다는 사실도. 하지만 그녀는 그 차가 무슨 브랜드인지, 어디쯤에 주차되어 있는지에 대해서는 전혀 아는 바가 없었다. 이번에는 미란다 남편의 비서에게 전화했다. 그녀는 자기가 알고 있기로는 미란다 부부가 최고급 검정 링컨 네비게이터와 녹색 계열의 작은 포르쉐를 갖고 있다고 말했다. 바로 그거야! 이제 첫 갈피를 잡았다. 나는 곧바로 11번가에 있는 포르쉐 카센터에 전화했다. 페인트칠은 막 끝났고, 미란다 프리스틀리 여사를 위해 녹색 카레라 4 카브리올레 안에 새 디스크 교환기를 설치했다는 게 아닌가! 빙고!

나는 타운카*를 불러 타고 카센터에 가서 포르쉐를 내줘도 좋

---

* 리무진과 비슷한 고급차.

다는 미란다의 서명이 있는 메모를 보여줬다. 물론 서명은 내가 위조한 것이다. 하지만 카센터측은 나와 차 주인의 관계가 무엇이든, 낯선 이가 와서 남의 포르쉐를 찾아가든 말든 전혀 관심이 없었다. 그들은 내게 열쇠를 휙 넘겨주고는, 내가 스틱은 잘 못 다루니 대신 차 좀 빼달라고 부탁해도 웃기만 했다. 열 블록을 오는 데 삼십 분이 걸렸다. 가정부가 말한 미란다네 빌라의 차고에 차를 대러 가려면 도대체 어디서 어떻게 차를 돌려야 할지 막막하기만 했다. 나와 이 차, 자전거족과 보행자와 다른 차에 흠집 하나 내지 않고 76번가와 피프스 애비뉴가 만나는 교차로까지 갈 수 있는 가능성은 제로였다. 이런 판국에 추가 지시 사항을 알리는 전화까지 왔으니 신경이 곤두설 수밖에.

나는 다시 전화를 걸었다. 신호음이 두 번 울리자 보모가 받았다.

"카라, 안녕. 나야."

"무슨 일이에요? 아직도 운전중인가요? 무척 시끄러운데요?"

"응, 미란다의 포르쉐를 카센터에서 찾아야 했거든. 스틱 운전은 정말 꽝인데 말이야. 게다가 방금 미란다가 전화했어. 매들린이라는 사람을 집에 데려다놓으라고. 대체 매들린이 누구야? 그 사람, 지금 어디 있는지 알아?"

카라는 십 분쯤 깔깔거리더니 대답했다. "매들린은 이 집에서 키우는 프렌치 불도그예요. 지금 동물병원에 있어요. 중성화수술을 받았죠. 원래 내가 찾아오기로 했었는데, 미란다한테 전화가 왔어요. 쌍둥이를 학교에서 일찍 데려오라고. 다 같이 햄프턴 씨 댁에 갈 거라더군요."

"말도 안 돼. 이 포르쉐로 그놈의 개를 픽업하란 말이야? 게다가 아무 사고도 안 내고? 정말 말도 안 돼."

"강아지는 지금 퍼스트 애비뉴와 세컨드 애비뉴 사이 52번가에 있는 이스트사이드 동물병원에 있어요. 미안해요, 앤디. 난 지금 아이들을 데리러 가야 해요. 무슨 일 있으면 연락해요, 알았죠?"

이 녹색 괴물을 업타운까지 끌고 가려니 집중력이란 집중력은 다 사라져버렸고, 세컨드 애비뉴에 도착할 즈음에는 스트레스로 온몸이 녹아내릴 것만 같았다. 이보다 더 힘들 수 있을까. 그때 택시 한 대가 포르쉐 뒤쪽 범퍼에 0.6센티미터 간격으로 바짝 따라붙었다. 차에 손톱만큼이라도 흠집이 나면 난 해고될 게 뻔했다. 어쩌면 목숨을 내놓아야 할지도 모른다. 합법이든 불법이든 이런 대낮에 차를 세울 데라곤 없었다. 나는 밖에서 동물병원으로 전화를 걸어 매들린을 데려다달라고 부탁했다. 몇 분 뒤, 상냥한 여자가 콧물을 흘리며 낑낑거리는 강아지를 안고 나타났다(그 몇 분 사이에 나는 왜 아직도 사무실에 나타나지 않느냐는 미란다의 독촉 전화를 받아야 했다). 여자는 내게 매들린의 수술 자국을 보여주고는 아주 조심해서 운전하라고 당부했다. 개가 '심신이 편치 않다'는 것이었다. 오, 알았어. 알았다고. 회사에서 잘리지 않고 목숨도 날아가지 않으려면 정말 조심해서 운전해야 한다는 거지! 덕분에 이 개도 혜택을 입는다면 그건 보너스지 뭐.

매들린을 옆자리에 앉히고 담배를 한 대 피워 물었다. 그리고 클러치와 브레이크를 밟을 수 있도록, 얼어붙어가는 맨발을 마주 비벼댔다. 개는 액셀을 밟을 때마다 가련하게 울부짖었다. 나는 그 소리를 애써 무시하면서 클러치, 액셀, 변속기, 클러치 떼고를 주문처럼 읊조렸다. 개도 낑낑거리고 울고 쌕쌕거리기를 반복했다. 미란다의 빌라에 도착할 즈음 개는 거의 흥분상태가 되었다. 좀 달래보려 했지만, 내가 무성의하다는 걸 개도 아는 것 같았다. 하지만 내 손이 놀고 있는 것도 아니어서 개를 토닥이거나 쓰다듬어줄 수가 없었다. 고작 이런 일이나 하려고 사 년 동안 수많은 책과 시나리오와 소설과 시를 읽고 비평했던가? 고작 박쥐 같이 생긴 조그만 하얀 불도그나 달래줄 기회를 잡으려고? 엄청나게 비싼 남의 고급차에 흠집이 나지 않도록 애쓰려고? 황홀한 삶이네. 참으로 바라 마지않던 삶이야.

나는 간신히 차를 차고에 넣고, 개를 무사히 경비원에게 넘겼다. 카센터에서부터 줄곧 나를 따라온 타운카에 기어오를 때 내 손은 부들부들 떨리고 있었다. 타운카의 운전기사는 나를 불쌍하게 쳐다보고는 스틱을 모는 건 참 어려운 일이라며 위로의 말을 건넸다. 하지만 난 별로 얘기할 기분이 아니었다.

"엘리아스 클라크 빌딩으로 가주세요." 운전기사가 미란다가 사는 블록을 돌아 파크 애비뉴로 향하자 나는 길게 한숨을 내쉬며 말했다. 그 길은 날마다 (어느 때는 두 번도) 다녔기 때문에 잘 알고 있었다. 숨 좀 돌리고, 정신을 차리고, 구찌 스웨이드 바지에 영원히 남게 될 담배 자국을 가릴 방법을 찾는 데는 정확히 팔 분이 주어졌다. 구두는 이런 위급상황에 대비하기 위해 사귀어놓은 〈런웨이〉 전속 구두수선공의 도움을 받지 않고는 가망이 없을 것 같았다. 회사까지는 육 분 삼십 초가 걸렸다. 한쪽은 굽이 없고 한쪽은 10센티미터 굽이 달린 구두를 신고 비틀거리는 기린처럼 절뚝절뚝 걷는 수밖에 없었다. 클로짓 앞에 잠깐 멈춰 둘러보니 무릎까지 오는 밤색 지미추 부츠가 보였다. 내가 '명품 클리닝'(그곳에선 옷 한 벌당 드라이클리닝 가격이 75달러부터 시작된다) 옷더미 위에 스웨이드 바지를 던져버린 뒤 얼른 집어든 가죽 스커트와 잘 어울릴 것 같았다. 뷰티 클로짓에 잠깐 들렀더니, 에디터 하나가 땀으로 얼룩진 내 얼굴을 보고는 화장품이 잔뜩 든 파우치를 재빨리 꺼내 건넸다.

나쁘진 않군. 나는 사방에 있는 전신거울에 내 모습을 비춰보며 생각했다. 이 정도면 불과 몇 분 전까지 내가 자신은 물론 주변 사람들까지 죽음에 몰아넣을 정도로 위험하게 차를 몰고 돌아다녔다는 걸 아무도 알아차리지 못할 거야. 나는 미란다의 사무실 밖에 있는 어시스턴트 사무실로 당당하게 들어가, 그녀가 점심식사를 마치고 돌아올 때까지 몇 분이나마 자유시간이 나기를 바라며 조용히 자리에 앉았다.

"앤-드리-아." 가구가 별로 없는 썰렁한 사무실 안에서 그녀가 불렀다. "차와 강아지는 어디 있지?"

나는 의자에서 튕겨져나와 12센티미터 힐을 신은 발로 화려한 카펫 위를 부랴부랴 달려가 그녀의 책상 앞에 섰다. "차는 차고 담당자에게 맡겼고, 매들린은 경비원에게 맡겼습니다." 나는 차와 개는 물론 나 자신도 죽이거나 망가뜨리지 않고 무사히 일을 마무리했다는 자부심에 가득차서 대답했다.

"일을 왜 그따위로 하는 거지?" 그녀는 내가 그 방에 들어간 이후 처음으로, 보고 있던 〈위민스 웨어 데일리〉에서 눈을 뗐다. "분명히 말했지? 둘 다 내 앞에 대령하라고. 내 딸들이 여기로 오면 다 함께 나가야 한다고."

“아, 전 이렇게 하라고 하신 줄 알았는데요. 그러니까……”

“됐어. 네 무능함에 대해서 시시콜콜 알고 싶지 않아. 가서 차와 개를 데리고 여기로 와. 십오 분 후에는 떠날 준비가 돼 있어야 해. 알아들었어?”

십오 분이라고? 이 여자가 제정신인가? 아래층까지 내려가서 타운카를 타는 데만 일이 분이 걸릴 테고, 빌라까지 가려면 육 분에서 팔 분, 방 열여덟 개짜리 빌라에서 강아지를 찾고 제멋대로인 스틱 자동차를 주차장에서 빼내 사무실까지 스무 블록을 되돌아오려면 세 시간은 족히 걸릴 텐데?

“물론이죠, 편집장님. 십오 분이요.”

그곳에서 뛰쳐나오는 순간 온몸이 다시 떨리기 시작했다. 스물세 해를 못 넘기고 심장마비로 죽는 게 아닌가 하는 생각이 들었다. 담배는 불을 붙이자마자 새 지미추 부츠 위에 떨어져 모락모락 연기를 내며 타들어가더니 조그만 구멍을 냈다. 엿같군. 나는 중얼거렸다. 정말 끝내주게 엿같아. 오늘 망쳐버린 옷과 구두만 4천 달러어치는 될걸? 기록이야, 기록. 하지만 내가 돌아오기 전에 그 여자가 먼저 죽을지도 몰라. 지금이야말로 긍정적으로만 생각해야 할 때라고 마음을 다잡았다. 어쩌면 희귀병에 걸려 졸도할지도 몰라. 그럼 다들 그녀로 인한 고통에서 해방될 텐데. 나는 담배를 비벼 끄기 전에 마지막으로 길게 한 모금을 빨고는 ‘정신 차려’라고 중얼거렸다. 그녀가 죽기를 바라지 마. 나는 타운카 뒷좌석에서 팔다리를 쭉 뻗으며 생각했다. 그녀가 죽어버리면 그 여자를 죽여버릴 희망이 사라져버리잖아. 그건 절대로 안 돼.

2

처음 면접을 보던 날, 최신 유행이라는 유행은 다 싣고 오르내리는 그 악명 높은 엘리아스 클라크 빌딩 엘리베이터에 발을 들여놓았을 때, 난 그야말로 무지했다. 뉴욕에서 가장 발이 넓은 가십 칼럼니스트와 사교계 인사와 미디어 간부 들이, 완벽하게 화장을 한 채 이 매끄럽고 고요한 엘리베이터를 타고 다니는 사람들에게 그토록 집착하고 있을 줄은 몰랐다. 그렇게 반짝이는 금발의 여자들도 태어나서 처음 보았다. 그런 효과가 나는 밝은 부분 염색을 하려면 일 년에 6천 달러가 든다는 것, 그쪽 정보에 빠삭한 사람들은 염색한 머리를 설핏 보기만 해도 어느 염색전문가의 작품인지 안다는 것도 전혀 몰랐다. 그렇게 멋진 남자들도 지금껏 본 적이 없었다. 몸은 운동으로 단련된 것 같았지만, 그렇다고 지나친 근육질도 아니었다. 그러면 '섹시하지 않기' 때문이었다. 가는 스트라이프 터틀넥과 딱 붙는 가죽 바지를 입은 몸은 그들이 늘 피트니스센터에 붙어산다는 걸 보여주고 있었다. 가방과 구두는 어디를 봐도 프라다! 아르마니! 베르사체!라고 외쳐댔는데, 그런 명품을 진짜로 몸에 두르고 다니는 사람들도 그날 처음 보았다. 전에 〈시크〉에 편집 어시스턴트로 있는 친구의 친구로부터 최고급 액세서리들이 이 엘리베이터 안에서 자신들을 만든 사람과 마주치기도 한다는 얘길 들은 적이 있다. 그러니까 이 엘리베이터는 미우치아, 조르지오 혹은 도나텔라가 그해 여름 유행하는 스틸레토 힐을 신고 있거나 봄 시즌 티어드롭백을 들고 다니는 그들의 고객을 직접 보고 감탄할 수 있는 감동적인 만남의 장소인 셈이다. 내가 살던 환경과는 전혀 다른 풍경이었다. 하지만 그게 좋은 것인지는 판단이 서지 않았다.

나는 스물세 해 동안 미국의 평범한 작은 마을에서 살았다. 판에 박은 듯한 삶이었다. 코네티컷주 에이번에서 자란다는 건 고등학교 때 온갖 운동을 하고, 우리끼리 모여 놀며, 부모님이 안 계실 때는 교외의 멋진 농장에서 '술 파티'를 즐긴다는 뜻이었다. 학교 갈 때는 운동복 바지를 입었고, 토요일 밤에는 청바지를, 댄스파티에서는 주름 장식이 달린, 아랫부분이 넓게 퍼지는 드레스를 입었다. 그리고 드디어 들어간 대학! 그곳은 교양이 넘치는 신세계였다. 브라운대학은 이 세상에 존재하는 모든 유형의 예술가와 사회부적응자, 컴퓨터만 아는 괴짜를 위해 다양한 활동과 수업을 제공했다. 추구하고 싶은 지적 관심사나 창의적인 관심사가 있으면, 어떤 식으로든 해소할 수 있는 출구를 찾을 수 있었다. 하지만 패션만은 예외였다. 플리스 천으로 만든 옷에 등산화 차림으로 프로비던스*를 어슬렁거리고 프랑스 인상파 화가들에 대해 배우고 비비 꼬인 문장으로 영문학 리포트를 쓰며 사 년을 보내고 나자, 졸업 후 취업을 위한 준비가 전혀 되어 있지 않다는 걸 깨달았다.

나는 취직을 되도록 뒤로 미뤘다. 졸업 후 첫 석 달 동안 얼마 안 되는 돈을 긁어모아 혼자 여행을 했다. 한 달 동안은 기차로 유럽을 떠돌아다녔다. 미술관보다는 해변에서 더 많은 시간을 보냈고, 남자친구 앨릭스 말고는 고향 사람들과 거의 연락하지 않았다. 다섯 주쯤 지나자 앨릭스는 내가 슬슬 외로워한다는 것을 알아챘다. 그동안 참가했던 '미국을 위해 가르치자Teach for America' 프로그램을 막 끝낸 그는 9월에 학기가 시작하기 전에 남은 여름을 즐기겠다며 암스테르담에 불쑥 나타나 나를 깜짝 놀라게 했다. 그때쯤 난 유럽 대부분을 돌았고, 앨릭스는 그 전해 여름에 이미 유럽 여행을 한 상태였다. 어느 나른한 오후, 우리는 카페에 앉아 남은 여행자수표를 모두 긁어모았다. 그러고는 방콕행 편도 비행기표를 사버렸다.

하루에 10달러 이상은 쓰지 않으며 동남아 일대를 함께 돌아다니면서 우리는 우리의 미래에 대해 끊임없이 이야기했다. 앨릭스는 뉴욕의 한 가난한 학교에서 영어 교사직을 얻게 되어 아주 신이 나 있었다. 어린이들에게 영혼의 틀을 만들어주고, 가장 가난하고 무시당하는 사람들의 스승이 되고 싶다는 생각에 전격적으로 결정한 일이었다. 그야말로 앨릭스다운 행동이었다. 하지

---

*뉴잉글랜드 지방에서 보스턴 다음으로 큰 도시. 브라운대학이 위치해 있다.

만 내 목표는 그렇게 고상하지 않았다. 나는 잡지 출판 계통으로 나가고 싶어 몸부림쳤다. 갓 졸업한 풋내기가 〈뉴요커〉에서 일할 가능성은 거의 제로였다. 하지만 난 다섯번째 동창회 이전에 그곳에 들어가 글을 쓰겠다고 다짐했다. 오직 그 일만을 원했고 거기서만 일하고 싶었다. 예전에 부모님이 기사를 읽고 토론하는 소리를 듣고는 처음 그 잡지를 집어들었다. 그때 엄마는 이렇게 말했다. "정말 잘 쓴 기사야. 앞으로 두 번 다시 이런 건 못 읽을 것 같아." 아버지도 동의했다. "맞아. 요즘 나온 것 중에서 유일하게 똑소리나게 썼어!" 나도 그 기사가 참 좋았다. 톡톡 튀는 비평과 위트 넘치는 만화. 오직 독자만을 위한 특별 클럽에 입장이 허가되었다는 느낌도 좋았다. 지난 칠 년 동안 나는 〈뉴요커〉의 매호를 빠짐없이 읽었다. 모든 섹션과 모든 에디터와 모든 필자를 기억해두는 것도 잊지 않았다.

앨릭스와 나는 곧 우리가 인생의 새 무대에 오른다는 것과 그걸 우리 둘이 함께하게 되어 얼마나 다행인지 이야기를 나누었다. 하지만 서둘러 돌아가고 싶지는 않았다. 어쨌든 지금이 폭풍 전야의 평온함을 즐길 수 있는 마지막 시간일 테니까. 어리석게도 우리는 이국적인 인도의 시골을 몇 주 더 돌아다니고 싶어서 델리에서 비자를 연장했다.

아메바성 이질보다 더 빨리 이 낭만을 끝장내주는 게 있을까? 더러운 인도의 호스텔에서 일주일을 견디며, 나는 앨릭스에게 이 끔찍한 곳에 날 죽게 내버려두지 말라고 애걸했다. 나흘 후, 우리는 뉴어크공항에 도착했다. 근심에 찬 엄마는 나를 자동차 뒷좌석에 잘 앉히고는 집으로 오는 내내 혀를 찼다. 그러고는 끔찍한 기생충이 어린 딸의 몸을 깨끗이 포기했는지 알아보려고 여러 의사를 찾아다녔다. 하지만 진짜 이유는 유대인 엄마 특유의 과보호 때문이었다. 몸을 회복하는 데는 사 주가 걸렸다. 집에 있는 게 답답하다고 느끼기 시작한 건 이 주가 더 지나서였다. 부모님은 내게 잘해주셨지만, 나가고 들어올 때마다 어디 가냐 어디 갔다 왔냐 잔소리를 듣는 게 곧 지겨워졌다. 난 할렘의 작은 원룸에 사는 릴리에게 전화해 그애 집 소파에서 자도 되는지 물어봤다. 릴리는 진심으로 반가워해주었다.

할렘의 작은 원룸에서 일어나보니 온몸이 땀에 흠뻑 젖어 있었다. 이마는 지끈거리고 속은 울렁댔다. 온 신경이 가닥가닥 떨렸다. 물론 성적 흥분과는 멀어도 한참 먼 감각이었다. 으악! 또 도진 건가? 나는 공포에 휩싸였다. 병균들이 또 내 몸속으로 들어온 건가? 아아, 그 끔찍한 고통에 또 시달려야 해? 아니, 더 나쁜 건가? 혹시 증상이 뒤늦게 나타나는 희귀병인 뎅기열에 걸린 건 아닐까? 말라리아? 에볼라? 나는 곧 닥칠 죽음의 원인을 파악하려 애쓰면서 침묵 속에 누워 있었다. 순간 어젯밤의 기억이 머릿속을 스쳐지나갔다. 이스트빌리지 어딘가의 담배 연기 자욱한 바, 퓨전재즈라고 불리던 음악, 마티니 잔에 담긴 진분홍빛 액체(윽, 메스꺼워. 그만! 내 귀국을 환영하느라 들른 친구들. 건배, 쭉 한 잔, 또 건배. 오, 하느님, 감사합니다). 그건 희귀한 출혈성 발열이 아니라 그저 숙취일 뿐이었다. 이질로 9킬로그램이나 빠졌지만, 병 때문에 주량이 줄었을 거라는 생각은 미처 못했다. 178센티미터 키에 52킬로그램의 몸무게는 밤새워 놀기에 좋은 조건은 아니었다(하지만 패션잡지사에 취직하는 데는 꽤 괜찮은 조건이었다).

나는 지난 몇 주간 잠을 잤던 삐그덕거리는 소파에서 용감하게 몸을 추슬렀다. 병의 마수에 잡히지 않으려고 온 힘을 끌어모았다. 미국에 적응하는 건(음식, 매너, 은혜로운 샤워) 그다지 힘들지 않았지만, 남의 집 손님 노릇은 꽤 피곤했다. 돈이 다 떨어지기 전에 남아 있는 밧과 루피를 바꾸면 열흘쯤은 버틸 수 있었다. 부모님에게 돈을 보내달라고 할까? 분명 끝도 없는 잔소리를 들어야 할 것이다. 생각만 해도 정신이 번쩍 들어 나는 소파에서 벌떡 일어났다. 그리고 운명의 날이 될 11월의 그날, 한 시간 후에 있을 최초의 구직 면접을 위해 몸을 재게 놀렸다. 지난주 내내 시들시들 지쳐서 릴리의 소파에 누워만 있었더니 결국 릴리가 제발 좀 나가라고, 하루에 몇 시간만이라도 나가 있으라고 소리를 질렀다. 할일이 없었던 나는 지하철을 타고 다니며 발길 닿는 대로 이력서를 뿌렸다. 온갖 유명 잡지사의 경비원에게 가져다준 이력서에는 편집 어시스턴트 일을 원하며, 잡지에 글을 써서 경력을 쌓고 싶다는 무성의한 글이 적혀 있었다. 하도 몸이 늘어지고 기운이 빠져서 누가 그걸 읽을지 관심도 없었다. 더욱이 정말로 면접을 하게 되리라곤 생각도 못했다. 그런데 바로 어제 릴리의 전화가 울렸다. 놀랍게도 엘리아스 클라크의 인사과 직원이 나와 '얘기를 나누고 싶다'는 것이었다. 그것이 공식적인 면접을 뜻하는지는 알 수 없었지만, 어쨌든 '얘기를 나누자'는 말은 반가웠다.

나는 진통제와 소화제를 꿀꺽 삼키고 재킷과 바지를 헐레벌떡 주워 입었다. 위아래가 전혀 어울리지 않아 도저히 정장이라고 할 수 없는 옷차림이었다. 하지만 어쨌든 야윈 내 몸에 걸쳐져 있긴 했다. 파란색 버튼다운, 지나치게 의기양양해 보이지 않는 포니테일 스타일의 머리, 그리고 약간 닳은 굽 없는 신발이 내 의상을 마무리했다. 별로 괜찮아 보이진 않았지만(음, 실은 매우 보기 난감할 정도지만) 이 정도면 충분했다. 설마 옷차림만 보고 채용 여부를 판단하진 않겠지, 라고 생각했다. 그러니까 그때는 정말 제정신이 아니었던 것이다.

면접에 맞춰 오전 열한시 정각에 약속 장소에 도착했다. 엘리베이터를 타려고 줄지어 서 있는 늘씬한 여자들을 보자 갑자기 주눅이 들었다. 그들은 쉴새없이 입을 움직였다. 잡담은 스틸레토 힐이 바닥에 딱딱 부딪힐 때만 잠시 끊겼다. 딱딱이들이군. 나는 생각했다. 아주 끝내줘. (엘리베이터가 왔다!) 숨 들이마시고, 숨 내쉬고. 나는 마음을 다잡았다. 토하지 마. 넌 그저 편집 어시스턴트 일에 대해 얘기하러 온 거야. 끝나면 바로 릴리네 소파로 돌아가면 돼. 토하지 마. "네! 전 〈리액션〉에서 정말 일하고 싶어요! 〈버즈〉도 괜찮습니다. 제가 골라도 되는 건가요? 여기와 〈메종 부〉 중에서 어디를 택해야 할지 오늘밤에 생각 좀 해봐야겠어요, 와우!"

잠시 후 나는 매력과는 거리가 먼 날림 정장 위에 별로 달갑지 않은 '방문자' 스티커를 붙이고 엘리베이터로 다가갔다(나중에 안 사실이지만, 이런 절차를 잘 아는 방문객들은 스티커를 가방에 붙이거나 바로 찢어버렸다. 열심히 그걸 붙이고 다니는 이들은 세련미라곤 찾아볼 수 없는 별 볼 일 없는 인간들뿐이었다). 그리고 엘리베이터를 탔다. 위로, 위로, 위로, 멀리, 시공간을 지나 무한한 섹시함 속으로 돌진…… 인사과를 향해!

엘리베이터가 조용하지만 매우 빠르게 올라가는 동안 잠시 마음을 가라앉혔다. 불쾌하고 짙은 향수 냄새가 덜 마른 가죽 냄새와 섞여 엘리베이터는 단순히 기능적인 공간에서 꽤나 에로틱한 공간으로 바뀌어 있었다. 엘리베이터는 층마다 멈춰서 〈시크〉〈만트라〉〈버즈〉〈코케트〉 등의 잡지사에 미녀들을 내려놓고 다시 올라갔다. 엘리베이터가 경건하게 열리면 앞에 새하얀 안내 데스크가 보였다. 깔끔하고 간결한 선이 흐르는, 누가 뭘 엎지르기라도 하면 고통스러운 비명을 내지를 것 같은 우아한 가구들을 보니 감히 앉을 생각도 할 수 없었다. 잡지 이름은 로비 벽을 따라 독특하고 새까만 활자체로 붙어 있었고 모두 두꺼운 불투명 유리문의 보호를 받고 있었다. 미국 사람이라면 대개 그 이름을 알아볼 수는 있겠지만, 그것들이 이 도시의 높은 건물에 모여 빙빙 돌고 있을 거라고는 전혀 상상하지 못할 것이다.

솔직히 나는 그때까지 프로즌 요거트를 퍼 담는 것보다 더 멋진 일은 해본 적이 없었다. 하지만 갓 취직한 친구들이 이야기한 바로는 회사 풍경이 꼭 이렇지는 않았다. 아니, 조금도 비슷하지 않았다. 혐오스러운 형광등이나, 얼룩을 잘 숨겨주는 유형의 카펫 따위는 없었다. 촌스러운 비서들이 앉아 있어야 할 곳에는 광대뼈가 도드라진 우아한 젊은 여성들이 파워슈트 차림으로 앉아 있었다. 사무용품은 어디에도 보이지 않았고, 정리함, 휴지통, 책 같은 건 아예 없었다. 여섯 개 층이 하얀 소용돌이 속으로 완벽하게 사라지는 것을 본 다음에야 나는 누군가의 앙심어린 목소리를 들을 수 있었다.

"정말. 나쁜. 년이야! 더는 못 참겠어. 누가 그걸 참아? 누가 그걸 참아내겠냐고!" 뱀피 스커트에 초미니 탱크톱을 입은 스무 살 남짓한 여자가 내뱉은 말이었다. 사무실보다는 회원제 클럽인 방갈로 8에서 밤늦도록 노는 데 더 어울릴 차림이었다.

"알아. 완전 공감이야. 지난 육 개월 동안 나도 얼마나 성질 죽이고 있었는지 아니? 어휴, 나쁜 년. 취향도 거지같은 주제에." 귀여운 단발머리를 한 그녀의 친구가 열심히 고개를 끄덕이며 거들었다.

다행히 내가 내릴 층에 엘리베이터가 서고 문이 스르르 열렸다. 흠, 재미있군. 앞으로의 근무환경과 중학교 여학생의 일상을 비교한다면 여기가 훨씬 나을 것 같아. 정말 자극적이야. 물론 그렇지 않을 수도 있지. 상냥하고 친절하고 따스한 곳? 오, 전혀 아니야. 저절로 미소가 우러나며 열심히 일하고 싶은 기분이 드는 곳일까? 아니야, 아니라고! 하지만 누군가 지나치게 세련되고 엄청 쿨하며 가슴을 비틀 정도로 멋진 곳을 찾고 있다면 엘리아스 클라크가 바로 그곳이야.

안내 데스크 직원의 화려한 보석과 완벽한 화장을 보니 내가 이곳에 전혀 어울리지 않는다는 생각은 더욱 확고해졌다. 내게 자리를 권하면서 그녀가 말했다. "우리 회사에서 나온 잡지들이에요. 편하게 보고 계세요." 나는 면접 때 누가 편집장 이름을 물어보기나 할 것처럼 잡지마다 편집장이 누군지 뒤지며 재빨리 머릿속에 넣어두려고 애썼다. 흠! 물론 〈리액션〉의 스티븐 알렉산

더는 알고 있었다. 〈버즈〉의 태너 미셸도 외우기 어렵지 않았다. 내 생각엔 이 회사에서 나오는 잡지 중에 괜찮은 건 그 두 개뿐이었다.

아담하고 세련된 여자가 다가오더니 자신을 샤론이라고 소개했다. "흠, 잡지계에 발을 들여놓고 싶다고요?" 그녀는 늘씬한 모델 같은 비슷비슷하게 생긴 여자들 무리를 지나 장식이 없는 썰렁한 사무실로 나를 안내하며 물었다. "대학을 졸업하고 바로 일자리를 구하긴 힘들어요. 자리는 없고 경쟁은 치열하니까요. 그나마 자리가 있어도 보수가 좋은 것도 아니고."

나는 위아래가 따로 노는 싸구려 옷과 이 자리에 어울리지 않는 신발을 내려다보며 내가 귀찮게 왜 이런 짓을 하고 있는지 의아해졌다. 속으로 어떻게 하면 두 주 동안 버틸 치즈 크래커와 담배를 사서 다시 소파로 기어들어갈 수 있을까 궁리하다가, 그녀가 거의 속삭이듯 말하는 소리를 놓칠 뻔했다. "사실 지금 여기엔 굉장한 기회가 있어요. 물론 금방 없어지겠지만요!"

나는 안테나를 쫑긋 세우며 그녀와 눈을 마주치려 애썼다. 기회라고? 그런데 금방 없어진다고? 갑자기 마음이 급해졌다. 이 여자가 날 도와주려고 이러는 걸까? 내가 마음에 들었나? 난 아직 한마디도 안 했는데 어떻게 내가 마음에 들겠어? 그런데 왜 이 여자가 자동차 영업사원 같다는 생각이 드는 거지?

"자, 〈런웨이〉 편집장이 누군지 이름을 말해보겠어요?" 내가 앉은 후 처음으로 그 여자가 나를 똑바로 보며 물었다.

하얗다. 머릿속이 완전히, 하얗다. 하나도 기억이 나지 않는다. 이 여자가 이런 질문을 하고 있다는 게 믿어지지 않았다. 그런 걸 나한테 물어보면 어떡해? 난 지금까지 〈런웨이〉를 한 번도 읽어본 적이 없는데. 〈런웨이〉에 관심 갖는 사람이 어디 있어? 그건 패션잡지잖아. 제대로 된 글은 하나도 없고 배고파 보이는 모델들과 번쩍거리는 광고만 가득한 잡지! 나는 잠시 머뭇거렸다. 방금 머릿속에 우겨넣은 다른 편집장들의 이름이 저마다 어울리지 않는 짝과 춤을 추며 뱅뱅 돌았다. 그런데 마음속 깊은 곳 어디선가 내가 그녀의 이름을 알고 있다는 확신이 들었다. 사실 누가 모르겠어? 하지만 머릿속이 뒤죽박죽이라 그 이름이 또렷하게 떠오르지 않았다.

"지금은 생각이 안 나네요. 하지만 알고는 있어요. 그분이 누구라는 것쯤은 다들 알잖아요! 지금 잠깐 생각이 안 나는 것뿐이에요."

그녀는 잠시 나를 응시했다. 커다란 갈색 눈이 식은땀이 흐르는 내 얼굴에 와 꽂혔다. "미란다 프리스틀리." 그녀는 존경심과 공포심이 섞인 말투로 속삭이듯 말했다. "그분 이름은 미란다 프리스틀리예요."

침묵이 이어졌다. 거의 일 분 동안 우리는 둘 다 한마디도 하지 않았다. 하지만 그때 샤론은 내 결정적인 실수를 눈감아주려고 마음먹었던 게 틀림없다. 나는 그녀가 어떻게 해서든 미란다의 어시스턴트를 한 명 더 채용하려 했다는 걸 전혀 몰랐다. 미란다가 밤낮으로 전화해서 쓸 만한 사람이 있는지 들들 볶는 걸 막아보려고 온갖 애를 쓰고 있다는 건 더더욱 몰랐다. 미란다가 거부하지만 않으면 누구든 채용하려고 필사적이었다는 것을 말이다. 물론 가능성은 희박해 보이지만, 혹시라도 내가 그 바늘귀만한 기회를 잡아 자기를 구원해줄지도 모르니 그녀는 내 비위를 맞춰야만 했던 것이다.

샤론은 살짝 미소 짓더니 내가 미란다의 어시스턴트 두 명을 만나게 될 거라고 말했다. 어시스턴트가 둘이라고?

"물론이죠." 그녀는 좀 짜증스러운 표정으로 말했다. "미란다에겐 당연히 어시스턴트가 둘은 있어야 해요. 현재 선임 어시스턴트는 앨리슨인데, 이번에 〈런웨이〉 뷰티팀 에디터로 승진했어요. 수습 어시스턴트인 에밀리가 앨리슨의 자리로 올라갈 거예요. 그러니까 에밀리 자리가 비는 거죠! 앤드리아, 대학을 갓 졸업한 당신이 잡지계 속사정에 대해 다 알 수는 없겠죠……"

그녀는 적절한 말을 고르느라 연극을 하듯 잠시 말을 멈췄다. "하지만 이 일이 얼마나 굉장한 기회인지 말해주는 게 내가 할 일이자 의무라고 생각해요. 미란다 프리스틀리는……" 그녀는 속으로 공손하게 절이라도 하는 듯 또다시 연극적으로 잠시 말을 멈췄다. "미란다 프리스틀리는 패션계에서 가장 영향력 있는 여성이에요. 그리고 전 세계에서 가장 뛰어난 에디터 중 한 분이랍니다. 전 세계에서요! 그분을 위해 일하고, 그분이 일하는 걸 옆에서 지켜보고, 그분과 함께 유명 작가나 모델을 만나고, 그분이 날마다 해내는 모든 업적을 옆에서 돕는 일은 백만 명쯤 되는 여자들이 너무도 하고 싶어하는 일이라는 걸 굳이 말하지 않아도 되겠죠?"

"음, 네, 그렇군요. 무척 멋진 일인 것 같네요." 백만 명쯤 되는 여자들이 너무나 하고 싶어하는 그 일을 왜 나더러 하라는 건지 알 수가 없어서 나는 고개를 갸우뚱하며 대답했다. 그러나 계속 그런 생각을 할 시간이 없었다. 그녀는 전화기를 들고 몇 마디 하더니, 몇 분 후 내가 미란다의 어시스턴트들과 면접을 볼 수 있도록 엘리베이터까지 데려다주었다.

샤론의 말투가 좀 로봇처럼 바뀐 것 같다는 생각이 들었지만, 이제 에밀리를 만나야 했다. 나는 17층으로 내려가 〈런웨이〉의 새하얀 안내 데스크에서 긴장하며 기다렸다. 삼십 분이 지나자 키가 크고 마른 여자 하나가 유리문 뒤에서 나타났다. 그녀는 종아리까지 오는 가죽 스커트를 입고 있었다. 빨간 머리가 좀 흐트러지긴 했지만 그럭저럭 매력적으로 동그랗게 묶어놓았다. 피부는 깨끗하다못해 창백했고, 광대뼈가 뾰족하게 도드라진 얼굴이었다. 웃음기라곤 찾아볼 수 없었다. 내 옆에 앉아 나를 찬찬히 살펴보긴 했지만 마지못해 그러는 것 같았다. 에밀리로 보이는 그 여자는 자기소개도 하지 않고 어시스턴트 일에 대해 설명하기 시작했다. 단조롭게 늘어놓는 걸로 미루어보아 이미 많이 해본 가락이었다. 그녀는 이미 수십 번 면접을 했고, 내가 특출나다고 생각하지도 않으며, 시간 낭비는 더더욱 하고 싶지 않은 듯했다.

"일은 당연히 힘들어요. 하루에 열네 시간씩 일하게 될 거예요. 항상 그렇진 않지만 야근이 잦은 편이죠." 그녀는 여전히 나를 쳐다보지도 않은 채 빠르게 말했다. "확실히 해두고 싶은 게 있어요. 어시스턴트 일에 편집 업무는 전혀 없다는 거예요. 미란다의 수습 어시스턴트로서 당신은 오직 미란다가 원하는 것을 미리 파악하고 준비하기만 하면 돼요. 미란다가 좋아하는 문구용품 주문부터 쇼핑할 때 동행하는 일까지 뭐든지요. 모두 재미있는 일이에요. 내 말은, 앤드리아 당신이 날마다 정말 대단한 사람과 함께한다는 뜻이죠. 정말 대단하죠?" 그녀는 숨을 내쉬었다. 우리가 말을 나누기 시작한 뒤 처음으로 약간이나마 생기가 돌아 보였다.

"네, 좋네요." 진심이었다. 졸업하자마자 취직한 친구들은 벌써 육 개월째 단순 업무만 해오고 있다. 다들 비참한 것 같았다. 은행, 광고회사, 출판사, 어디든 다들 힘들어했다. 친구들은 모두 일만 하는 기나긴 하루와 동료들과의 관계, 직장에서의 기싸움에 대해 푸념했다. 지겨운 게 가장 큰 문제라고 그들은 하소연했다. 학교 다닐 때에 비하면 그들에게 주어진 일이란 단조롭고 불필요하며 원숭이한테나 딱 맞는 일이었다. 그들은 그 많은 시간을 데이터베이스에 숫자를 쳐넣고, 전화받고 싶어하지 않는 사람들에게 판촉 전화를 하며 보낸다고 했다. 컴퓨터로 몇 년 치 정보를 분류하고 몇 달 내내 엉뚱한 주제를 연구해야만 상사들은 그들을 생산성 있는 인재로 본다는 것이다. 졸업 후 순식간에 바보가 되었다고 다들 투덜댔다. 탈출구는 보이지 않았다. 내가 특별히 패션을 좋아하는 건 아니었다. 하지만 지겨운 일에 빨려들어가는 것보다는 하루종일 뭔가 '재미있는' 일을 하는 편이 훨씬 나았다.

"그럼요. 좋아요, 아주 좋죠. 정말 좋은 일이에요. 어쨌든 만나서 반가워요. 가서 앨리슨을 데려오죠. 그녀도 좋은 사람이에요." 말을 끝내기가 무섭게 에밀리는 가죽 스커트와 곱슬머리를 흔들며 유리문을 빠져나갔다. 다음 순간, 꼭 망아지같이 생긴 사람이 들어왔다.

눈이 번쩍 뜨이도록 새까만 그 여자는 앨리슨이라고 자기를 소개했다. 갓 승진한 미란다의 선임 어시스턴트인데, 한눈에도 너무 말랐다는 게 보였다. 쏙 들어간 그녀의 배와 툭 튀어나온 골반뼈를 마냥 바라보고만 있을 수는 없었다. 그녀가 직장에서 배를 드러내고 있다는 사실에 너무 놀랐기 때문이었다. 그녀는 꽉 끼는 부드러운 검은 가죽 바지와 배꼽 위 5센티미터까지 올라간, 보풀 같은 것으로 만든 복실복실한(아니면 모피로 만든 건가?) 흰색 탱크톱 차림이었다. 탱크톱은 가슴 부분이 터질 정도로 몸에 착 달라붙어 있었고, 잉크처럼 새까만 머리카락은 그녀의 등을 두꺼운 담요처럼 덮고 있었다. 잘 손질된 손톱과 발톱에 발린 흰색 펄 매니큐어가 은은하게 반짝거렸다. 신고 있는 7센티짜리 토오픈 샌들 덕에 키가 190센티미터는 되어 보였다. 그녀는 섹시했고, 반은 벗다시피 한 차림이었지만 정말 근사했다. 하지만 내 눈엔 추워 보였다. 사실이 그랬다. 11월이었으니까.

"안녕하세요. 앨리슨입니다. 이미 알고 있겠지만요." 그녀가 탱크톱에서 떨어진 털을 너무나도 가는 허벅지에서 떼어내며 말했다. "얼마 전에 에디터로 승진했어요. 미란다 밑에서 일한 사람만이 누릴 수 있는 멋진 보상이죠. 근무시간이 길고 고되긴 해도 아주 매력적인 일이랍니다. 이 일을 너무나도 하고 싶어하는 여자들이 백만 명쯤 되죠. 미란다는 정말 멋진 여성이자 에디터이고, 주변 사람을 정말로 아끼는 사람이에요. 그녀 밑에서 일하면 몇 년이 걸릴지 모르는 승진의 사다리를 단숨에 올라갈 수 있어요. 당신이 유능하다면, 그녀는 단숨에 당신을 가장 높은 곳으로 끌어올려줄 거예요. 그리고……" 앨리슨은 자기가 얼마나 열을 내며 얘기하고 있는지 의식하지 못한 채 두서없이 말했다. 딱히 멍청해 보이진 않았지만, 눈은 사이비 종교 신자나 세뇌받은 사람처럼 기묘하게 번득였다. 내가 잠이 들거나, 코를 파거나, 그 자리를 떠난다 해도 알아차리지 못할 것 같았다.

　마침내 그녀는 할말을 다 하고는, 다른 사람에게 나를 만나보라고 알려준다며 사라졌다. 나는 환영받지 못하는 사람 전용 소파에 앉았다. 모든 게 숨쉴 틈도 없이 진행되고 있었다. 하지만 흥분되었다. 미란다 프리스틀리가 누군지 모른다 한들 뭔 일이라도 나겠어? 다른 사람들은 그녀에게 감명받고 있는 게 분명해. 그래, 여기는 패션잡지사고 별달리 재미있는 것은 없지만 끔찍한 경제잡지 같은 데보다는 훨씬 낫잖아. 내 이력서에 〈런웨이〉라는 이름을 박아넣는 영광을 갖게 되면, 언젠가 〈뉴요커〉에 응시할 때 훨씬 유리할 거야. 〈파퓰러 미캐닉스〉 같은 과학잡지에서 일한 것보다 나을 거 아냐? 게다가 백만 명쯤 되는 여자들이 너무나도 하고 싶어하는 일이라잖아.

　이런 생각을 하며 삼십 분이 흘러갔다. 이번에도 키가 크고 엄청나게 마른 여자가 안내 데스크로 왔다. 그녀가 자기소개를 하는데도 나는 그녀의 몸매만 보고 있었다. 그녀는 갈가리 찢은 청치마에 속이 훤히 비치는 흰 블라우스를 입고 은색 스트랩 샌들을 신고 있었다. 온몸은 완벽하게 선탠했으며 손톱엔 매니큐어를 발랐고, 보통 사람들이라면 눈 내리는 겨울에 드러내지 않았을 맨살을 그대로 노출하고 있었다. 그녀가 뒤따라오라는 손짓을 하며 유리문 안으로 들어갔다. 몸을 일으킨 뒤에야 나는 내 옷이 비참할 정도로 이곳에 어울리지 않으며, 액세서리 한 점조차 걸치지 않았다는 것을 깨달았다. 서류 가방 같은 걸 들고 있었던 그날의 내 차림새는 지금도 잊혀지지 않는다. 뉴욕시에서 가장 우아하고 멋진 여자들 틈에서 내 모습이 얼마나 꼴사나웠을까를 생각하면 지금도 얼굴이 벌겋게 달아오른다. 한참을 헤맨 후 겨우 그 무리에 들고 나서야 나는 면접 때 그들이 나를 두고 얼마나 웃어댔는지 알게 되었다.

그 멋쟁이 역시 어김없이 몇 가지 질문을 던지고 나서 나를 〈런웨이〉의 편집간부이자 다재다능하고 매력적인 괴짜 세럴 커스턴의 사무실로 데려갔다. 그녀도 꽤 오래 이야기를 했는데, 족히 몇 시간은 흐른 것만 같았다. 이번에는 나도 주의를 기울이고 들었다. 그 잡지의 '글'에 대해, 자신이 읽는 훌륭한 잡지와 담당 작가, 에디터에 대해 흥분해서 말하는 그녀의 모습이 자신의 일을 사랑하는 사람처럼 보였기 때문이다.

"난 패션 분야에 대해서는 아는 게 하나도 없어요." 그녀는 자부심 넘치는 표정으로 시원시원하게 말했다. "그러니 그런 질문은 다른 사람에게 하는 게 나을 거예요."

나는 그녀가 하는 일이 정말 매력적으로 보이며, 나 역시 사실 패션 쪽에는 관심도 아는 것도 없다고 말했다. 그녀의 미소는 함박웃음으로 바뀌었다. "앤드리아, 그렇다면 우리가 필요로 하는 사람은 바로 당신인 것 같군요. 이제 미란다를 만날 때가 된 것 같아요. 내가 충고 하나 하죠. 그녀의 눈을 똑바로 쳐다봐요. 그리고 당신을 파는 거예요. 값은 세게 불러요. 그래야만 그녀가 당신을 존중해줄 거예요."

무슨 신호를 받았는지, 아까 그 멋쟁이가 날듯이 다가와서 나를 미란다의 방까지 안내했다. 그곳까지 가는 데는 딱 삼십 초밖에 안 걸렸다. 하지만 나는 나를 바라보는 모든 시선을 느낄 수 있었다. 그들은 편집부의 우윳빛 유리 너머로, 어시스턴트 자리의 칸막이 틈으로 나를 엿보았다. 복사기 앞에 있던 어떤 미인은 나를 보느라 몸을 돌리기까지 했다. 분명 게이인 듯한 잘생긴 남자도 나를 쳐다보았지만 그는 오로지 내 옷차림만 관찰했다. 내가 미란다의 사무실 밖에 있는 어시스턴트 사무실로 들어가는 문을 지나는 순간, 에밀리가 내 서류 가방을 홱 낚아채더니 자기 책상 밑으로 던져버렸다. 그걸 가지고 들어가면 좋은 점수를 못 딸 거야라는 메시지가 분명했다. 그리고 나는 미란다의 사무실에 들어와 있었다. 커다란 창문이 있고 환한 빛이 흐르는 밝은 방이었다. 하지만 세세한 건 전혀 눈에 들어오지 않았다. 그녀에게서 눈길을 거둘 수 없었기 때문이다.

나는 그때까지 미란다 프리스틀리를 사진으로도 본 적이 없었다. 엄청나게 마른 그녀를 본 순간, 난 거의 경악할 지경이었다. 뼈대가 가는 그녀의 손은 여성스럽고 부드러웠다. 자리에 앉은 채로 날 맞이했기 때문에 그녀가 내 눈을 보려면 고개를 들어야 했다. 염색이 잘된 금발머리는 세련된 스타일로 묶여 있었다. 자연스럽게 보이도록 교묘하게 흐트러져 있긴 했지만, 그래도 아주 단정했다. 얼굴에는 웃음기라고는 없었다. 그렇다고 무서운 표정도 아니었다. 음울해 보이는 검은색 책상 앞에 앉아 있는 그녀는 온화하면서도 작아 보였다. 그녀는 내게 앉으라고 권하지 않았다. 하지만 난 그녀 맞은편에 있는 불편해 보이는 검은색 의자에 앉을 정도로 마음이 편안했다. 그때 나는 알아챘다. 그녀는 나를 열심히 관찰하고 있었다. 우아하고 예의바르게 행동하려는 나를 즐기듯 눈여겨보고 있었던 것이다. 우월감에 차 있고 까다로워 보이기도 했지만, 유달리 못된 것 같지는 않았다. 그녀가 먼저 입을 열었다.

"〈런웨이〉에는 어떻게 왔죠? 앤-드리-아?" 그녀는 내게서 눈을 떼지 않은 채 영국 상류층 억양으로 물었다.

"샤론과 면접을 했습니다. 편집장님께서 어시스턴트를 구하고 계시다고 하더군요." 나는 말을 시작했다. 목소리가 약간 떨렸다. 하지만 그녀가 고개를 끄덕이자 조금씩 자신감이 붙었다. "에밀리, 앨리슨, 셰릴과 이야기를 나눈 후 편집장님께서 어떤 사람을 구하는지 확실히 알게 되었고, 제가 그 일을 하는 데 적합하다는 확신이 들었습니다." 나는 셰릴의 말을 떠올리며 말했다. 미란다 프리스틀리는 살짝 만족한 기색이었지만 마음이 움직인 것 같진 않았다.

그 일자리가 절실해진 건 바로 그때였다. 가질 수 없는 걸 더 열망하게 되는 심리라고나 할까? 로스쿨 입학 허가를 받거나 학교신문에 에세이를 싣는 것과는 달랐지만, 성공을 갈구하는 나에게 그 일자리는 진정한 도전이었다. 내가 어설픈 사기꾼이었기 때문에 그것은 더더욱 큰 도전이었다. 나는 〈런웨이〉에 발을 디딘 그 순간부터 내가 이곳에 속할 수 있는 사람이 아니라는 것을 깨닫고 있었다. 내 옷과 머리 모양도 어울리지 않았지만, 특히 어울리지 않는 것은 내 태도였다. 난 패션에 무지했고 신경도 전혀 쓰지 않았다. 그러나 바로 그 때문에 나는 이 일자리를 가져야만 했다. 게다가 백만 명쯤 되는 여자들이 이 일을 너무나도 하고 싶어한다지 않는가!

그녀가 계속 질문을 던졌다. 나는 나 자신도 놀랄 정도로 솔직하게, 확신을 갖고 대답했다. 겁을 먹지도 않았다. 그녀는 유쾌해 보였고, 놀랍게도 나 역시 그 반대는 아니었다. 다만 그녀가 어떤 외국어를 구사할 수 있느냐고 물었을 때 서로 좀 삐끗하긴 했다. 히브리어라고 대답하자 그녀는 잠시 침묵하더니 손바닥으로 책상 위를 누르고는 냉랭하게 말했다. "히브리어? 난 프랑스어나 좀더 유용한 언어를 기대했는데." 하마터면 사과의 말이 나올 뻔했다.

"안타깝게도 전 프랑스어는 한마디도 못합니다. 하지만 그건 전혀 문제될 게 없다고 확신합니다." 그녀는 손을 다시 깍지 꼈다.

"브라운대학에서 공부했다고요?"

"네, 전공이 영문학인데 창작에 전념했어요. 글쓰기에 열정을 쏟았습니다." 으, 이런 한심한! 나는 자신을 책망했다. 이 시점에서 '열정'이란 말을 꼭 써야 했니?

"글쓰기를 좋아한다는 건 당신이 패션에는 특별한 관심이 없다는 걸 의미하나요?" 그녀는 탄산이 든 음료를 한 모금 마시고 유리잔을 사뿐히 내려놓았다. 잔을 보니, 립스틱 자국 하나 남아 있지 않았다. 그녀는 그런 여자였다. 언제 어디서나 입술의 립스틱 빛깔은 선명하게, 입술 선 역시 또렷하게 유지할 것만 같았다.

"아, 아니요. 전혀 아닙니다. 전 패션을 동경합니다." 생각 외로 거짓말이 술술 흘러나왔다. "전 패션에 대해 좀더 알고 싶습니다. 나중에 패션에 대한 글을 쓰면 정말 좋을 것 같아서요." 내가 지금 무슨 말을 하고 있는 거지? 이젠 유체 이탈까지 경험하는군.

비교적 쉬운 질문들이 이어졌다. 마침내 그녀는 정기적으로 어떤 잡지를 읽느냐는 질문을 던졌다. 나는 몸을 앞으로 내밀고 진지하게 말하기 시작했다. "〈뉴요커〉와 〈뉴스위크〉만 정기 구독합니다. 하지만 정기적으로 〈버즈〉를 읽어요. 가끔 〈타임〉도 읽지만 그건 좀 건조하고, 〈US 뉴스〉는 너무 보수적이라고 생각합니다. 물론 양심의 가책을 느끼며 〈시크〉도 즐겁게 훑어보긴 해요. 그리고 제가 얼마 전에 여행을 해서 여행잡지는 다 읽었고, 또……"

"〈런웨이〉는 읽나요, 앤-드리-아?" 그녀는 내 말을 가로막으며 책상 쪽으로 몸을 기울이더니 아까보다 매서운 눈빛으로 나를 쏘아보았다.

뜻하지 않은 질문이었다. 그날 처음으로 방심하다 걸린 셈이었다. 하지만 거짓말은 하지 않았다. 세련되게 굴지도, 애써 설명하려 들지도 않았다.

"아니요."

지독한 침묵이 십 초쯤 흐른 뒤, 그녀는 에밀리를 불러 나를 데리고 나가게 했다. 난 내가 채용되었음을 직감했다.

3

"네가 그 직장을 정말로 잡은 건지는 아직 모르겠다." 앨릭스가 내 머리카락을 만지며 부드럽게 말했다. 완전히 녹초가 된 내가 지끈거리는 머리를 그의 무릎에 올려놓고 누운 참이었다. 면접이 끝나자마자 곧장 브루클린에 있는 그의 아파트로 달려왔다. 릴리의 소파에서는 단 하룻밤도 더 자고 싶지 않았고, 앨릭스에게 오늘 일어난 모든 일을 쏟아내고 싶은 마음만 가득했다. 아예 그의 집에 눌러앉을까 생각한 적도 있었지만, 그의 숨통을 막고 싶진 않았다. "네가 왜 그 일을 하고 싶어하는지 모르겠어." 앨릭스는 잠시 생각하더니 다시 입을 열었다. "하지만 생각해보니 꽤 좋은 기회인 것 같아. 앨리슨이란 여자가 미란다의 어시스턴트로 시작해서 에디터가 되었다면서. 그 정도면 충분해. 도전해봐."

그는 나를 위해 신난 척하느라 무진 애를 썼다. 우린 대학교 3학년 때부터 사귀었다. 이제 앨릭스의 목소리나 표정, 몸짓의 작은 변화만으로도 무슨 생각을 하는지 알아챌 수 있었다. 앨릭스는 몇 주 전부터 브롱크스에 있는 PS 277*에서 아이들을 가르치고 있었다. 그는 완전히 지쳐서 입을 열기도 힘든 지경이었다. 학생들은 겨우 아홉 살이었지만 벌써 닳고 닳은데다 너무 냉소적이라 그는 절망감을 느꼈다. 아이들은 오럴섹스에 대해 자연스럽게 떠벌리고, 마리화나에 대한 은어라면 열 가지도 더 알고 있었고, 자기가 뭘 훔쳤는지, 누구의 사촌이 지금 더 살벌한 감옥에 갇혀 있는지 자랑하는 걸 좋아했다. 그는 고개를 절레절레 흔들었다. 앨릭스는 아이들을 '감옥 전문가'라고 불렀다. "그애들은 라이커스**보다 싱싱 교도소가 조금이나마 나은 점에 대해 책을 한 권 써도 될 정도야. 그런데 글자는 하나도 읽을 줄 몰라." 그는 아이들을 변화시킬 방법을 궁리중이었다.

나는 그의 티셔츠 속으로 손을 넣어 등을 긁어주기 시작했다. 이 가련한 남자가 어찌나 힘들어 보이는지, 시시콜콜 면접 얘기나 늘어놓은 것에 죄의식마저 들었다. 하지만 어쩌겠어. 누군가에게 이 얘길 쏟아내고 싶은 마음이 절실했단 말이야. "알아. 어시스턴트 일은 편집 일과는 전혀 무관해. 하지만 몇 달만 지나면 나도 틀림없이 뭔가 쓸 수 있게 될 거야. 패션잡지에서 일하는 게 반드시 배신을 때리는 일이라고 생각하진 않겠지, 응?"

그는 내 팔을 꼭 잡고 옆에 누웠다. "앤드리아, 넌 똑똑하고 글

---

* 뉴욕의 교육구 중 하나.
** 총 열 개의 감옥이 있는 뉴욕시의 감옥 섬.

도 잘 써. 어디 가서든 똑 부러지게 일할 거야. 그리고 그 일을 하는 게 꿈에 대한 배신은 아니야. 당연히 쌓아야 하는 경험이지. 〈런웨이〉에서 일 년 일하는 게 딴 데서 삼 년간 편집 어시스턴트 일 하는 거랑 맞먹는다고 했잖아. 안 그래?"

나는 고개를 끄덕였다. "에밀리와 앨리슨이 말했어. 어시스턴트 일을 하면 당연히 보상을 받게 된다고. 미란다를 위해 일 년 동안 일하고 해고되지만 않으면 그녀가 소개 전화를 해줄 거래. 그러면 어디든 원하는 곳에서 일할 수 있게 된대."

"그렇다면 왜 그 일을 마다해? 진짜야, 앤디. 거기서 일 년만 제대로 일하면 〈뉴요커〉에 들어갈 수도 있어. 바로 그게 네가 바라던 거잖아. 그 일을 하면 다른 일을 해서 경력을 쌓는 것보다 훨씬 빨리 그 잡지사에 들어가게 될 거라는 말 아니야?"

"맞아. 그 말대로야."

"그리고 그 일을 하게 되면 너는 뉴욕에 와서 살아야 해. 그렇다면 내게도 상당히 끌리는 일인데?" 그는 내게 키스했다. 우리만 그러는 줄로 알았던, 오랫동안 느긋하게 하는 키스였다. "너무 걱정하지 마. 아직 확실하게 결정난 것도 아니잖아. 좀더 기다려보자."

우리는 간단하게 저녁을 해 먹고 〈데이비드 레터먼 쇼〉를 보다가 잠이 들었다. 꿈속에서 역겹게 생긴 아홉 살짜리 아이들이 놀이터에서 섹스를 하면서 40온스짜리 올드 잉글리시 맥주를 들이켰다. 아이들이 사랑스러운 내 남자친구에게 소리를 지르는 장면에서 갑자기 전화벨이 울렸다.

앨릭스가 전화기를 집어 귀에 댔다. 그는 눈도 뜨지 않은 채 아무 말도 하지 않고 내 옆에 전화기를 떨어뜨렸다. 난 그걸 잡을 힘도 없었다.

"여보세요?" 웅얼거리면서 시계를 보니 아침 일곱시 십오분이었다. 대체 누가 이렇게 일찍 전화를 하는 거야?

"나야." 릴리가 소리쳤다. 매우 화난 목소리였다.

"어, 안녕? 잘 있었어?"

"내가 지금 잘 있어서 너한테 전화하는 줄 아니? 숙취 때문에 죽을 지경이야. 내내 토하다가 간신히 잠 좀 자려니까 건방이 하늘을 찌르는 여자가 전화해서 널 찾더라. 엘리아스 클라크의 인사과래. 어질어질해 죽겠는데, 아침 일곱시 십오분부터 말이야! 그 여자에게 전화해. 그리고 내 번호는 지워달라고 해줘."

"미안해, 릴리. 휴대폰이 없어서 네 번호를 알려줬거든. 이렇게 일찍 전화할 줄은 몰랐어! 좋은 일일까, 나쁜 일일까?" 나는 앨릭스의 휴대폰을 들고 방에서 살금살금 나와 조용히 문을 닫았다.

"암튼. 잘되길 빌어. 결과는 알려줄 거지? 그래도 두 시간 안에는 전화하지 마. 알았지?"

"그래. 고마워, 그리고 미안."

나는 다시 시계를 보았다. 이 시간에 일과 관련된 이야기를 하게 되다니 믿기지 않았다. 나는 커피가 다 내려지길 기다렸다가 한 컵 따라 들고 소파로 왔다. 이젠 전화를 해야 했다. 달리 선택지가 없었다.

"안녕하세요, 앤드리아 삭스입니다." 잠긴 목소리 때문에 방금 일어났다는 걸 감출 수 없었지만 당당하게 말했다.

"앤드리아, 안녕하세요! 내가 너무 일찍 전화한 건 아니죠?"

샤론이 밝은 목소리로 말했다. "아니었으면 해요. 이제 당신은 일찍 일어나는 새가 되어야 하니까! 기쁜 소식이 있어요. 미란다가 당신이 매우 마음에 든대요. 함께 일하고 싶어해요. 정말 기쁜 소식이죠? 축하해요. 미란다 프리스틀리의 새 어시스턴트가 된 느낌이 어때요? 정말……"

머리가 빙빙 돌았다. 정신을 차리고 그녀가 무슨 말을 하는지 제대로 알아듣고 싶었다. 커피든 물이든 더 마실 생각에 소파에서 일어나려 했지만 오히려 더 깊숙이 주저앉고 말았다. 지금 나에게 그 일을 할 생각이 있냐고 물어본 건가, 아니면 공식적으로 채용하겠다고 말한 건가? 그녀가 방금 말한 내용을 정확하게 파악할 수가 없었다. 미란다 프리스틀리가 나를 마음에 들어했다는 말 외엔 아무것도.

"기쁘죠? 이런 소식을 듣고 누가 기쁘지 않겠어요, 그렇죠? 자, 그럼 월요일부터 나올 수 있겠죠? 미란다는 그때 휴가니까 그날부터 나오면 아주 좋을 거예요. 다른 사람들이랑 친해질 시간을 버는 거니까. 다들 정말 예쁘고 착한 사람들이랍니다!" 친해진다고? 뭐라고? 월요일부터 나오라고? 여자들이 예쁘고 착하다고? 뒤죽박죽인 내 머리로는 접수가 불가능했다. 나는 내가 유일하게 알아들은 말에 대답했다.

"어, 그런데 월요일부터는 힘들 것 같아요." 나는 차분하게 대답하며 내 말이 조리 있게 들리길 바랐다. 하지만 곧 그런 말을 했다는 것 자체에 놀라 정신이 반쯤 들었다. 어제 처음으로 엘리아스 클라크 빌딩에 갔는데, 지금 한창 자고 있는 사람을 깨워서 사흘 뒤부터 출근하라고 하다니. 오늘은 금요일이고, 게다가 아침 일곱시에 전화해서 월요일부터 출근하라고? 모든 게 통제 불능 상태로 빙빙 돌고 있는 것 같았다. 대체 왜 이렇게 서두르는 거지? 그리고 샤론이라는 여자는 왜 그렇게 미란다를 무서워하는 거야?

월요일부터 출근하는 건 도저히 불가능했다. 일단 지낼 곳이 없었다. 졸업하고 어쩔 수 없이 부모님이 있는 에이번에 내려갔고, 지난여름 여행을 떠나면서 대부분의 물건을 거기에 가져다 두었다. 게다가 직장에서 입을 만한 옷은 모두 릴리의 소파에 쌓여 있었다. 나는 설거지를 하고, 릴리의 재떨이를 비우고, 하겐다즈 아이스크림을 큰 통으로 사다놓는 등 나름대로 노력했다. 그래야 릴리가 날 미워하지 않을 것 같았다. 주말엔 좀 오랫동안 사라져줘야 할 것 같아 일부러 앨릭스 집에서 자기도 했다. 이 말은 주말 외출용 옷과 요상한 화장품들은 브루클린에 있는 앨릭스의 집에, 노트북 컴퓨터와 위아래가 어울리지 않는 정장들은 할렘에 있는 릴리의 원룸에, 나머지 모든 것은 에이번의 부모님 댁에 있다는 뜻이었다. 게다가 난 뉴욕에 대해 아는 게 하나도 없었다. 매디슨 애비뉴는 업타운 쪽이고 브로드웨이는 다운타운 쪽이라는 걸 다들 어떻게 아는지 신기하기만 했다. 업타운이 뭔지도 모르는 내게 월요일부터 출근하라고?

"월요일부터는 힘들겠어요. 제가 지금 뉴욕에 사는 게 아니거든요." 나는 전화기를 붙들고 황급히 늘어놓았다. "집을 구하고 가구도 사려면 시간이 좀 필요해요."

"아, 그래요? 알겠어요. 그럼 수요일이면 괜찮겠죠?" 그녀는 코를 훌쩍였다.

잠깐 줄다리기를 한 끝에 우리는 다다음주 월요일인 11월 17일로 합의를 봤다. 뉴욕은 세상에서 가장 바쁜 부동산 시장 중 하나다. 그런데 이곳에서 집을 찾고 가구를 들이는 데 단 여드레 남짓한 시간이 주어진 것이다.

나는 전화를 끊고 소파에 몸을 던졌다. 손이 떨려서 전화기는 그냥 바닥에 떨어뜨렸다. 일주일! 방금 수락한 미란다 프리스틀리의 어시스턴트 일을 시작하려면 이제 일주일 정도의 시간이 남았다. 잠깐! 뭔가 꺼림칙한데…… 나는 공식적으로 나를 채용하겠다는 말은 듣지 못했다. 그러니 내가 공식적으로 수락한 것도 아니었다. 샤론은 "우리는 당신에게 이 자리를 주겠습니다"라는 말조차 하지 않았다. 지적 능력이 조금이라도 있다면 누구나 그 제안을 받아들일 거라고 그녀가 확신했기 때문이다. '급여'에 대해서도 한마디도 하지 않았다. 갑자기 웃음이 터질 뻔했다. 이 사람들은 이렇게 전투 계획을 짜는 건가? 희생물이 될 사람이 하루 종일 극도의 스트레스를 받은 후 마침내 세상 모르고 자고 있을 때 인생을 뒤집는 소식을 마구 쏘아대기로? 아니면 〈런웨이〉씩이나 되니까 공식적으로 제안하거나 수락을 기다리는 데 시간과 노력을 낭비할 필요가 없다고 생각한 걸까? 샤론은 내가 이 일자리에 흔쾌히 응하고 이 기회를 감격스럽게 받아들일 거라고 생각했을 것이다. 엘리아스 클라크에서 늘 그런 것처럼 그녀의 방식은 옳았다. 모든 게 너무 빨리 휘몰아쳤고, 나는 차근차근 생각해볼 겨를조차 없었다. 그렇다고 거절할 순 없었다. 그건 미친 짓일 것 같았다. 이 기회가 〈뉴요커〉에 이르는 위대한 첫걸음이 될 거라는 생각이 들었다. 일단 시작해야 했다. 이런 기회가 온 건 행운이었다.

새로운 힘이 솟아올랐다. 나는 커피를 마저 마시고, 앨릭스를 위해 한 잔 더 내린 뒤 뜨거운 물로 샤워를 했다. 방으로 가보니 그는 일어나 앉아 있었다.

"벌써 옷을 입었어?" 테가 가는 작은 안경을 더듬더듬 찾으며 그가 물었다. 안경이 없으면 그는 아무것도 보지 못했다. "아까 누가 전화하지 않았어? 꿈이었나?"

"꿈이 아니야." 나는 청바지와 터틀넥 스웨터를 입은 채 다시 이불 속으로 들어가며 말했다. 젖은 머리 때문에 그의 베개가 축축해질까봐 조심스러웠다. "릴리였어. 엘리아스 클라크의 인사담당자가 전화했대. 내가 릴리 전화번호를 줬거든. 무슨 일이게?"

"됐어?"

"됐어!"

"오, 이리 와!" 그는 앉은 채로 나를 껴안으며 말했다. "잘됐다! 정말 좋은 소식이야, 진짜로."

"정말 이게 좋은 기회라고 생각해? 우리가 그렇게 얘기하긴 했지만 그쪽에선 내가 결정할 틈조차 주지 않았어. 그 여잔 내가 당연히 그 일을 하고 싶어할 거라고 생각하는 것 같아."

"진짜 좋은 기회인데 뭐. 패션이라는 게 이 세상 최악의 일은 아니잖아. 어쩌면 정말 재미있을지도 몰라."

내가 기막히다는 표정을 짓자 앨릭스가 다시 입을 열었다.

"어, 알았어. 내가 너무 앞서 나갔나? 하지만 나중에 네 이력서에 〈런웨이〉라는 이름을 써넣고, 미란다라는 여자가 추천서를 써주고, 그때까지 네가 쓴 것들을 좀 보여주면…… 우와, 넌 뭐든지 할 수 있을 거야. 〈뉴요커〉는 네 손안에 있는 거나 다름없어."

"그렇게 되면 얼마나 좋을까." 나는 벌떡 일어나 배낭에 물건을 집어넣기 시작했다. "차 좀 빌려줄래? 집에 갔다가 바로 돌아올게. 걱정할 거 없어. 뉴욕으로 이사올 거니까. 이건 공식 통보라고!"

앨릭스는 일주일에 두 번 어머니가 늦게까지 일하는 날 어린 동생을 돌봐주러 웨스트체스터에 있는 집에 가야 했다. 그래서 어머니는 그에게 고물차 한 대를 주었다. 앨릭스는 화요일에 그 차가 필요하니 난 그전에만 돌아오면 된다. 그러잖아도 이번 주말에 집에 다녀올 생각이었는데, 반가운 소식까지 덤으로 가져갈 수 있게 되었다.

"물론이지. 써. 그랜드 스트리트에서 반 블록 정도 내려간 곳에 세워놨어. 열쇠는 부엌 식탁 위에 있고. 집에 도착하면 전화해, 알았지?"

"그럴게. 같이 안 갈래? 맛있는 게 많을 거야. 우리 엄마가 가장 좋은 것만 주문해놓는 거 알잖아."

"구미가 당기는데? 하지만 내일 밤에 젊은 교사들끼리 모임이 있어. 팀으로 일하는 데 도움이 되는 모임이라 빠지고 싶지 않아."

"잘났어요, 정말. 어딜 가든 널리 이로운 행동만 하시는군요. 내가 만약 자기를 사랑하지 않았다면 아주아주 미워했을 거야." 나는 몸을 숙여 그에게 작별 키스를 했다.

나는 단번에 그의 작은 녹색 제타를 찾아냈고, 이십 분 만에 95번 북쪽 도로로 연결되는 넓은 도로에 들어섰다. 고속도로는 텅 비어 있었다. 11월치고는 매서운 날씨였다. 기온은 영상 1도 정도였고, 길이 군데군데 얼어 미끄러웠다. 하지만 해가 나 있었다. 아직 빛에 적응하지 못한 눈을 찌푸리게 하는 겨울 햇빛이었다. 공기는 차갑지만 맑았다. 가는 길 내내 차창을 내리고 영화 〈올모스트 페이머스〉의 사운드트랙을 반복해서 들었다. 머리가 날려 시야를 방해하지 않도록 한 손으로 젖은 머리를 묶었다. 시린 손을 덥히느라 손을 호호 불어대기도 했다. 대학을 졸업한 지 겨우 여섯 달. 내 삶은 활짝 피어나려는 중이었다. 미란다 프리스틀리는 어제까지 모르는 사람이었다. 그런데 그렇게 대단한 파워를 가진 그녀가 직접 나를 채용한 것이다. 이제 코네티컷을 떠나 맨해튼에 자리잡을 분명한 이유가 생겼다. 어린 시절을 보낸 우리집 진입로로 들어서자 환희로 가슴이 벅차올랐다. 룸미러로 보니 뺨은 발갛고 바람에 거칠어진데다, 머리카락은 정신 사납게 흐트러져 있었다. 화장기 없는 맨얼굴에, 뉴욕의 진창을 헤집고 다니느라 청바지 밑단은 지저분했다. 하지만 그 순간 나는 내가 아름답다고 느꼈다. 꾸밈없고, 순수하고, 발랄한 기분으로 현관문을 활짝 열며 엄마를 불렀다. 그렇게 날아갈 듯한 기분을 느낀 건 그때가 마지막이었다.

※

"일주일이라고? 얘야, 일주일 만에 어떻게 출근할 수 있겠니?" 엄마가 티스푼으로 차를 저으며 말했다. 엄마는 여느 때처럼 부엌 식탁 앞에 앉아 스위트앤로*를 넣은 디카페인 차를 마시고 있었고, 나는 늘 쓰는 머그잔에 설탕을 넣은 잉글리시 브랙퍼스트를 마시고 있었다. 사 년 동안 이 집을 떠나 있었는데도, 커다란 머그잔에 담긴 차와 초콜릿 과자를 먹고 있자니 생전 이 집을 떠난 적이 없는 것만 같았다.

"다른 선택이 없었어. 솔직히 말하면 그 일자리를 잡게 돼서 얼마나 다행인지 몰라. 그 여자가 전화로 얼마나 단호하게 얘기했는지 엄마도 들었으면 좋았을걸." 내가 말했다. 엄마는 담담한 표정으로 나를 쳐다보았다. "하지만 걱정할 거 없어. 그 분야에서 가장 힘있는 여자가 만드는 최고 유명한 잡지사에 일자리를 구한 거니까. 백만 명쯤 되는 여자들이 너무나 하고 싶어하는 일이래."

우리는 마주보며 빙그레 웃었다. 하지만 엄마의 미소에는 슬픔이 묻어났다. "네 덕분에 정말 행복하구나. 내 딸이 이렇게 아름답게 잘 컸다니. 이제부터 너는 황홀하고 멋진 삶을 살 거야. 내가 대학을 졸업하고 뉴욕으로 갔던 때가 생각나는구나. 그 어마어마하게 크고 복잡한 도시에 나 홀로 갔던 때가. 무섭기도 하지만 정말 재미있는 곳이야. 그곳에서 보내는 순간순간을 하나도 놓치지 말고 사랑하길 빈다. 연극과 영화와 사람들과 쇼핑과 책, 모두 다! 지금부터가 네 삶에서 가장 좋을 시절일 거야. 분명히!" 엄마는 내 손 위에 당신 손을 얹었다. 여느 때는 잘 하지 않는 행동이었다. "네가 정말 자랑스럽구나."

"고마워, 엄마. 나한테 아파트랑 가구랑 새 옷장을 사줘도 될 만큼 내가 자랑스러운 거지?"

"알았다, 알았어." 엄마는 차를 데우러 전자레인지 쪽으로 가

---

* 저칼로리의 설탕 대용 감미료.

면서 잡지로 내 머리를 톡 쳤다. '아니'라고 하진 않았지만, 그렇다고 그게 지금 당장 수표책을 집겠다는 의미도 아니었다.

나는 남은 저녁시간 동안 내가 아는 모든 사람에게 이메일을 보내 혹시 룸메이트가 필요한지, 아니면 룸메이트를 구하는 사람을 알고 있는지 물어보았다. 인터넷 사이트 몇 군데에 글을 올리고, 몇 달 동안 연락도 하지 않고 지내던 사람들에게도 전화를 돌렸다. 하지만 건진 건 전혀 없었다. 릴리의 소파에 붙박이로 박혀 있다가 우정을 깨뜨리지 않으려면, 또는 앨릭스네 집에서 자는 일이 생기지 않으려면(그건 우리 둘 다 준비가 되어 있지 않았다) 뉴욕에 좀 익숙해질 때까지 단기로 전대를 얻는 수밖에 없겠다는 생각마저 들었다. 가장 좋은 건 어딘가에 나만의 집을, 이왕이면 이미 가구도 다 갖춰져 있어서 가구 문제는 신경쓸 필요가 없는 집을 구하는 것이었다.

자정이 조금 지났을 때 전화벨이 울렸다. 나는 전화기를 들려고 몸을 내밀다가 어릴 때부터 쓰던 침대에서 떨어질 뻔했다. 어린 시절 내 우상이었던 테니스 스타 크리스 에버트가 사인한 사진이 벽에서 나를 내려다보며 웃고 있었다. 그 위에 있는 코르크 게시판에는 잡지에서 오려낸 커크 카메론의 사진이 가득 붙어 있었다. 나는 전화기에 대고 생긋 웃었다.

"안녕, 챔피언! 나 앨릭스야." 목소리를 들으니 무슨 일이 생긴 것 같았다. 좋은 일인지 나쁜 일인지는 전혀 판단이 서질 않았다. "방금 클레어 맥밀런이라는 여자가 룸메이트를 찾는다는 이메일을 받았어. 프린스턴 앤데, 전에 본 적이 있는 것 같아. 아마 앤드루랑 사귈걸? 아주 무난한 타입이야. 관심 있어?"

"당연하지. 전화번호 알아?"

"아니. 이메일 주소만 알아. 받은 메일을 전달해줄게, 연락해봐. 괜찮은 애 같아."

앨릭스와 전화 통화를 하면서 클레어에게 이메일을 보냈다. 그리고 마침내 침대로 들어가 잠을 청했다. 어쩌면, 그래, 어쩌면 일이 잘 풀릴지도 몰라.

～

클레어 맥밀런. 그녀는 생각보다 별로였다. 어둡고 음울한 그녀의 아파트는 헬스키친 한복판에 있었다. 그녀의 집에 도착했을 때 현관 계단에 마약중독자가 기대서 있는 게 보였다. 다른 곳도 다 고만고만했다. 한 커플은 남는 방 하나를 세놓겠다며, 자기들은 밤일할 때 요란하니 그걸 참아줬으면 좋겠다고 넌지시 말하기도 했다. 고양이를 네 마리나 기르면서도 더 많이 기르고 싶어하는 삼십대 초반의 예술가도 있었다. 어둡고 긴 복도 끝에 있는 어느 방에는 창문도 옷장도 없었다. 스스로 '막 나가는 시기'라고 선언한 스무 살짜리 게이도 있었다. 내가 가본 방들은 하나같이 월세가 1천 달러가 훨씬 넘었다. 내 연봉은 3만 2천5백 달러밖에 되지 않았다. 나는 수학과는 거리가 멀었지만 방세가 일 년에 1만 2천 달러가 들면, 나머지는 세금이 꿀꺽하리라는 건 천재가 아니어도 얼마든지 알 수 있었다. 게다가 부모님은 내가 '성인'이 되었다며 비상용 신용카드를 압수하겠다고 했다. 아주 좋네, 좋아.

사흘 내리 집을 보러 다니느라 기운이 빠진 나를 보더니 릴리가 돕겠다고 나섰다. 자신의 소파에서 나를 쫓아낼 기회를 놓치지 않겠다는 듯 릴리는 자기가 아는 모든 사람에게 이메일을 돌렸다. 컬럼비아대학 박사과정에 재학중인 릴리의 친구가, 자기 교수가 아는 여자애 둘이 룸메이트를 구한다고 연락을 해왔다. 나는 곧바로 전화를 걸어 샨티라는 이름의 상냥한 여자와 통화했다. 그녀와 그녀의 친구 켄드라는 어퍼이스트사이드의 아파트에서 함께 살 사람을 찾고 있었다. 작지만 창문과 옷장과 노출된 벽돌벽까지 있는 방이라고 했다. 한 달에 8백 달러라는 말에, 나는 혹시 욕실과 부엌도 있냐고 물어보았다. 다행히도 있다고 했다. 물론 식기세척기나 욕조, 엘리베이터는 없었다. 처음 독립하는 주제에 누가 화려한 생활을 기대하겠는가? 빙고! 샨티와 켄드라는 다정하고 조용한 인도 여자들이었다. 그들은 듀크대학을 갓 졸업하고 들어간 투자은행에서 끔찍할 정도로 착취당하는 중이었다. 두 여자애들은 한동안 서로 구분이 안 될 정도로 닮아 보였다. 어쨌든 드디어 내 집을 찾아냈다.

4

새 방에서 지낸 지도 벌써 사흘이 되었다. 아직도 매우 낯선 곳에서 살고 있는 이방인 같은 기분이 들었다. 방은 정말 작았다. 에이번의 우리집 뒷마당에 있는 헛간보다는 살짝 컸지만 꼭 크다고 말하기도 민망한 정도였다. 다른 방들은 가구가 들어가면 좀 더 커 보이는데, 내 방은 외려 반으로 줄어 보였다. 순진하게도 나는 이 좁디좁은 방이 보통 크기의 방과 비슷하다고 생각했다. 그래서 침실 세트, 즉 퀸 사이즈 침대와 서랍장 그리고 스탠드 한두 개쯤은 사야겠다고 마음먹었다. 릴리와 나는 앨릭스의 차를 빌려 타고 이케아에 갔다. 대학 졸업 후 집에서 독립한 사람들이 즐겨 찾는 이 가구점에서 나는 아름다운 옅은색 목제가구와 연푸른색, 진청색, 감청색과 남색이 섞인 러그를 샀다.

패션도 그렇지만 인테리어에도 나는 조예가 깊지 못했다. 이케

아는 '청색시대'로 접어든 것 같았다. 우리는 거기서 파란색 무늬가 있는 이불 커버와 폭신한 이불을 샀다. 릴리는 내게 중국 한지로 만든 스탠드를 사라고 권했다. 나는 지나치게 노출된 벽돌벽의 진한 빨간색을 보완하기 위해 흑백 그림이 든 액자 몇 개를 골랐다. 젠禪 스타일은 아니었지만 충분히 멋있었다. 성인이 되어 이런 대도시에서 처음 가지게 된 방과 아주 잘 어울릴 것 같았다.

잘 어울리긴 했다. 적어도 배달이 되기 전까지는. 눈짐작한 방 크기와 실제 방 크기는 전혀 달랐다. 제대로 들어가는 게 하나도 없었다. 앨릭스가 침대를 조립해서 노출된 벽돌벽에(맨해튼에서는 '노출 콘크리트 벽돌벽'이라고 부른다) 밀어붙였더니 방이 금세 꽉 차버렸다. 6단 서랍장, 너무 예쁜 사이드 테이블 두 개, 심지어 전신거울까지 배달원들 편에 돌려보내야 했다. 그래도 배달원과 앨릭스가 침대를 들어줘서 침대 밑에 세 가지 푸른색이 어우러진 러그를 끼워넣을 수 있었다. 그 나무 괴물 밑으로 푸른색은 겨우 몇 센티미터만 보였다. 한지 스탠드를 올려놓을 사이드 테이블과 서랍장이 없어서, 스탠드는 그냥 침대 틀과 벽장문 사이의 바닥에 내려놓아야 했다. 벽돌이 그대로 드러난 벽에 액자를 걸기 위해 초강력 접착테이프, 못, 나사, 철사, 강력 본드, 양면테이프 그리고 욕설까지 동원했지만 아무 소용이 없었다. 세 시간 가까이 낑낑대며 벽에 손 마디마디가 긁히고, 까지고, 피까지 흘리고 나서야 나는 결국 포기하고 그 액자들을 창틀에 기대놓았다. 더 뭘 어쩌겠어. 그래도 골목 건너편에 사는 여자가 내 방을 곧바로 들여다볼 수 없게 되긴 했다. 아무래도 좋았다. 장엄한 스카이라인 대신 골목길이 보이는 것도, 서랍장을 넣을 공간이 없는 것도, 옷장이 좁아 코트를 걸기조차 힘든 것도 다 상관없었다. 이 방은 내 것이었다. 부모님이나 룸메이트의 간섭을 받지 않고 처음으로 오롯이 나 혼자 꾸밀 수 있는 방이었다. 난 이 방이 너무도 좋았다.

일요일 밤. 내일이면 첫 출근이다. 도대체 뭘 입어야 할지 고민스러워 아무것도 손에 잡히지 않았다. 같이 사는 여자애 둘 중에서 그나마 상냥한 편인 켄드라는 줄곧 머리를 들이밀고 도와줄 게 없냐고 나직하게 물어보았다. 날마다 그애들이 매우 보수적인 스타일의 정장을 입고 나가는 걸 본 터라 그들에게서 패션에 대한 조언을 기대하기는 어려웠다. 나는 성큼성큼 네 걸음이면 끝나는 거실을 하염없이 왔다갔다하다가 TV 앞에 있는 소파 겸용 침대에 털썩 주저앉았다. 가장 세련된 패션잡지의 가장 세련된 패션 에디터를 위해 일하게 된 첫날, 도대체 뭘 입고 가야 하는 거지? 내가 들어본 건 프라다(브라운대학 시절 일본 여자애들 몇 명이 이 브랜드의 백팩을 메고 다녔다), 루이비통(우리집 할머니들은 이 브랜드가 박힌 백을 들고 다니면서도 당신들이 얼마나 멋있는지 전혀 모르고 계셨다), 구찌(누가 그 이름을 모르겠는가?) 정도였다. 그러나 눈 씻고 찾아봐도 내겐 그런 게 없었다. 그 세 브랜드의 모든 물건이 내 손톱만한 옷장에 걸려 있다 해도, 난 어찌해야 할지 몰랐을 것이다. 나는 매트리스만으로 꽉 찬 내 방으로 들어가 크고 아름다운 침대에 몸을 던졌다. 커다란 침대 틀에 발목이 쿵, 하고 부딪혔다. 으윽! 이제 어쩐담?

엄청나게 고민하며 옷을 마구 뒤적이다 마침내 나는 연파랑 스웨터와 무릎 길이의 검정 스커트를 입고 무릎까지 오는 검정 부츠를 신기로 마음먹었다. 서류 가방 같은 건 절대 사절이니, 대신 검정 캔버스백을 들고 가는 수밖에 없었다. 스커트만 걸친 채 하이힐을 신고 커다란 침대 옆을 돌아다니다 지쳐 주저앉은 게 그날의 마지막 기억이다.

불안한 나머지 쓰러져버린 게 틀림없었다. 왜냐하면 새벽 다섯시 삼십분에 나를 깨운 건 아드레날린이었기 때문이다. 나는 침대에서 벌떡 일어났다. 지난주 내내 신경은 다 닳아버렸고 머리는 터져버릴 지경이었다. 샤워하고 옷 입고, 아직은 불안하고 두렵기만 한 대중교통을 타고 96번가와 서드 애비뉴 사이의 이 동아리방 같은 곳에서 미드타운으로 가기까지 정확히 한 시간 반이 남아 있었다. 길에서 한 시간, 단장하는 데 삼십 분을 할당해야 했다.

여기서 하는 샤워는 끔찍했다. 샤워기는 개를 훈련시킬 때 부는 호루라기처럼 끽끽거렸고, 내내 미적지근하던 물은 얼어붙을 정도로 추운 욕실에서 막 나오려는 순간에야 뜨거워졌다. 사흘 동안 그러기를 반복한 뒤 마침내 난 샤워 십오 분 전에 침대에서 뛰쳐나가 미리 물을 틀어놓고 다시 이불 속으로 기어들어가는 방법을 개발해냈다. 자명종이 세 번 더 울릴 때까지 졸다가 다시 욕실로 들어가면, 거울은 황홀할 정도로 뜨거운 물에서 나오는 김으로 뿌옇게 덮여 있었다.

나는 꼭 끼는 불편한 옷을 입고 이십오 분 만에 문밖으로 나왔다. 기록이었다. 가장 가까운 지하철역을 찾는 데 십 분이 걸렸다. 어젯밤에 미리 알아놔야 했지만, 헤매지 않게 미리 '예행연습'을 하라는 엄마의 충고를 가볍게 무시해버린 결과였다. 지난

주 면접을 보러 갈 때는 택시를 탔었다. 지하철 타는 게 끔찍할 거라고 벌써부터 단정짓는데, 뜻하지 않게 매표소 직원이 59번가에 가려면 6호선을 타라고 알려주었다. 59번가에서 나가 서쪽으로 두 블록만 가면 매디슨 애비뉴라는 것이었다. 쉽군. 나는 입을 꼭 다문 채 추운 지하철을 탔다. 11월 중순의 그 끔찍한 시간에 밖을 돌아다닐 정도로 정신 나간 사람들 속에 이제는 나도 끼어 있었다. 그때까지는 괜찮았다. 지상으로 올라오기 전까지는 모든 게 순조로웠으니까.

나는 가장 가까운 계단을 통해 밖으로 나왔다. 날씨는 매섭도록 추웠고, 24시간 편의점에서 나오는 불빛 외엔 아무것도 보이지 않았다. 내 뒤에 있는 블루밍데일백화점 말고는 모든 게 눈에 낯설었다. 엘리아스 클라크, 엘리아스 클라크, 엘리아스 클라크. 대체 그 빌딩은 어디 있는 거지? 몸을 180도 돌리니 표지판이 보였다. 60번가와 렉싱턴 애비뉴였다. 59번가는 60번가에서 그렇게 멀지 않을 거야. 그런데 어디로 가야 서쪽이지? 렉싱턴 애비뉴에서 봤을 때 매디슨 애비뉴는 어느 방향이지? 면접을 보던 날은 택시를 타고 정문 바로 앞에서 내리는 바람에 눈에 익혀놓은 게 하나도 없었다. 조금 더 걸어내려갔다. 길을 헤매도 될 만큼의 시간이 있어서 다행이었다. 그러다 커피를 사러 델리[*]로 들어갔다.

"안녕하세요, 엘리아스 클라크 빌딩이 어디 있는지 못 찾겠어요. 길을 좀 가르쳐주시겠어요?" 나는 계산대 뒤에서 잔뜩 긴장하고 있는 남자에게 물었다. 너무 상냥하게 미소 짓지는 않으려

---

[*] 빵, 소시지, 샐러드, 음료 등을 파는 가게 겸 식당.

했다. 에이번에서처럼 굴지 말라는, 여기서는 예의바르게 행동해 봤자 소용없다는 말이 생각나서였다. 그가 찌푸린 얼굴로 날 바라보았다. 내가 무례하게 굴어서 그런 것 같아 문득 불안해졌다. 난 상냥하게 미소를 지었다.

"1딸라." 그가 손을 내밀며 말했다.

"길 가르쳐주는 것도 돈을 받아요?"

"1딸라. 밀크? 블랙? 골라요."

잠깐 그를 바라보다가, 그가 커피 팔 때 쓰는 영어밖에 모른다는 것을 눈치챘다. "아, 밀크커피요. 감사합니다." 나는 1달러를 건네주고 밖으로 나왔다. 내가 어디에 있는지 조금 전보다 더 감이 잡히지 않았다. 더 헷갈렸다. 신문가판대에서 일하는 사람들, 청소부, 심지어 아침식사용 수레 밑에 웅크리고 자고 있는 남자한테까지 물어봤지만, 59번가와 매디슨 애비뉴를 가르쳐줄 만큼 내 말을 이해하는 사람은 아무도 없었다. 인도에서의 사건과 좌절과 이질이 머리를 스치고 지나갔다. 안 돼! 난 꼭 찾아낼 거야.

막 잠에서 깨어나는 미드타운을 무작정 몇 분 더 걷다보니 갑자기 엘리아스 클라크 빌딩 정문이 나타났다. 박명의 어둠 속, 유리문 너머의 환한 로비는 처음엔 따뜻하고 반갑게 날 맞아주는 것 같았다. 하지만 회전문이 돌아가지 않았다. 몸을 앞으로 내밀고 얼굴이 거의 유리에 닿을 정도로 세게 밀자 그제야 조금 움직였다. 너무 느리게 돌아가길래 문을 더욱 세게 밀었다. 하지만 일단 가속도가 붙자 그놈의 유리 괴물은 팽그르르 정신없이 돌아갔다. 문이 내 등을 치는 바람에 발이 삐끗하고 밀려나버렸다. 경비 테스크에 있던 남자가 나를 보고 웃었다.

"꽤 까다롭지요? 처음 있는 일도 아닌걸요. 아마 또 그럴 거예요. 한두 번도 아닌데요 뭐." 그는 살집 좋은 볼을 흔들며 끌끌댔다.

나는 아무 말 없이 그를 바라보며, 앞으로 그를 미워하기로 마음먹었다. 내가 무슨 말을 하고 어떤 행동을 해도 그는 틀림없이 나를 좋아하지 않을 테니. 어쨌든 나도 생긋 웃어줬다.

"제 이름은 앤드리아예요." 나는 털실로 뜬 장갑을 벗으며 그의 책상 쪽으로 다가갔다. "오늘 〈런웨이〉에 처음 출근했어요. 미란다 프리스틀리의 새 어시스턴트랍니다."

"하, 안됐군!" 그가 좋아 죽겠다는 듯이 둥근 머리통을 뒤로 젖혀가며 외쳤다. "내 이름은 '안됐군'이오! 하하하, 에두아르도, 이리 와봐. 이 여자가 미란다의 새로 온 노예래! 대체 어디서 왔길래 이렇게 상냥하고 웃긴 거야? 캔자스의 토피카 같은 데서 온 건가? 그 여자가 당신을 산 채로 잡아먹을걸. 으하하하!"

내가 미처 대꾸하기도 전에 똑같은 제복을 입은 뚱뚱한 남자가 나타나 덤덤하게 나를 훑어봤다. 나는 또 조롱과 상스러운 웃음 세례를 받을 거라 생각하며 잔뜩 긴장했다. 그러나 그는 예상을 깨고 친절한 표정으로 내 눈을 똑바로 바라보는 것이 아닌가.

"난 에두아르도고 이 바보 같은 작자는 미키예요." 그가 앞의 사람을 가리키며 말했다. 미키는 에두아르도가 정중하게 행동하는 바람에 흥이 깨져서 기분이 상한 것 같았다. "이 사람 말은 신경 쓰지 마요. 그냥 놀리는 거니까." 그는 스페인어와 뉴욕 억양이 섞인 말투로 이야기하며 출입자 명단 기록부를 집어들었다. "여기에 당신 신상 명세를 적어요. 위에 올라갈 수 있는 임시 카드를 줄 테니까. 가서 당신 사진이 들어 있는 카드가 필요하다고 하면 인사과에서 발급해줄 겁니다."

내 얼굴에 고마워하는 빛이 역력했는지, 그는 당황해하며 기록부를 휙 내밀었다. "여기에 기록해요. 행운을 빌어요. 당신에겐 행운이 필요하니까."

그때 난 너무 긴장하고 지친 나머지 그게 무슨 뜻인지 물을 생각도 못했다. 사실 그럴 필요도 없었다. 전화를 받고 이 일을 하겠다고 수락한 이후 일주일이 지나는 동안 방을 구하는 것 외에 내가 유일하게 한 일이 있다면 새 상사에 관해 조금 알아본 것뿐이니까. 구글에서 그녀에 대해 검색하다가, 미란다 프리스틀리가 런던 이스트엔드에서 태어났으며 본명이 미리엄 프린체크였다는 사실을 알게 되었다. 그녀의 가족은 그 동네에 사는 다른 정통 유대인처럼 비참하리만큼 가난했지만 신실한 사람들이었다. 그녀의 아버지는 가끔 임시직을 얻기도 했으나, 대개 히브리어 책을 공부하면서 세월을 보냈다. 따라서 식구들은 그 지역에서 베푸는 생계 지원에 기대어 살아야 했다. 미리엄의 어머니는 미리엄을 낳다가 사망했고, 사실상 그 집에 들어와 아이들을 키워낸 사람은 바로 할머니였다. 그리고 아이들! 아이들은 모두 열한 명이었다. 그녀의 형제자매는 대개 아버지처럼 블루칼라 직종에 종사했다. 그래서 그들 역시 기도와 일 외에 다른 것을 할 시간이 거의 없었다. 그들 중 두 명만 고학으로 대학을 졸업했으며, 모두 일찍 결혼해 자기들만의 대가족을 이루기 시작했다. 미리엄은 이런 식구들 사이에서 혼자만 남다르게 행동했다.

미리엄은 언니 오빠들이 가끔 여유가 생기면 살짝 쥐여주던 얼마 안 되는 돈을 알뜰히 모아놓고, 열일곱 살이 되자 바로 고등학교를 중퇴했다(안타깝게도 졸업 석 달 전이었다). 그녀는 수완이 뛰어난 영국 디자이너의 어시스턴트 자리를 얻어 매 시즌 패션쇼 준비를 도왔다. 그녀는 이제 막 움트는 런던 패션계의 가장 사랑받는 어시스턴트가 되었다. 동시에 밤마다 프랑스어를 공부하며 몇 년을 보낸 후, 파리에 있는 프랑스판 〈시크〉에서 수습 에디터로 일하게 되었다. 그때까지 그녀는 가족과 거의 연락을 하지 않았다. 가족들은 그녀의 삶이나 야망을 이해하지 못했다. 그녀 역시 전통적인 경건함만 추구하며 세련미라곤 전혀 찾아볼 수 없는 그들이 곤욕스럽기만 했다. 〈시크〉에 입사한 스물네 살 때 이후로 그녀는 가족과 완전히 단절되었고, 미리엄 프린체크라는 이름도 미란다 프리스틀리로 바꾸었다. 민족색이 짙은 이름을 버리고 좀더 세련된 이름으로 바꾼 것이다. 코크니 사투리*와 거친 말투도 세심한 교육을 받은 사람들이 쓰는 교양 있는 말투로 바꾸었다. 이십대 후반이 되자 촌뜨기 유대인 여자애는 종교색을 찾아볼 수 없는 사교계 인사로 완벽하게 변신했다. 그녀는 잡지계의 상류사회로 빠르게 진입했다.

프랑스 〈런웨이〉를 십 년간 휘두른 뒤, 그녀는 회사 방침에 따라 미국 〈런웨이〉의 일인자로 등극했다. 더는 바랄 게 없었다. 그녀는 두 딸과, 미국에서 명성을 쌓고 싶어 안달이 난 당시 록스타였던 남편을 76번가와 피프스 애비뉴가 만나는 곳에 있는 펜트하우스로 이사시켰다. 그리고 〈런웨이〉의 새 시대, 즉 프리스틀리

* 런던 동부의 노동자 계층이 쓰는 말투.

시대를 열었다. 내가 첫 출근한 때는 그녀가 부임한 지 육 년이 되어가던 해였다.

뜻하지 않은 행운으로 나는 거의 한 달 동안 미란다가 없는 회사에서 일하게 되었다. 그녀는 해마다 추수감사절 바로 전주부터 이듬해 연초까지 휴가를 냈다. 대개 런던의 아파트에서 몇 주를 지낸다고 했다. 하지만 올해는 남편과 딸들을 도미니카공화국에 있는 오스카 드 라 렌타의 저택으로 이 주 동안 끌고 갔고, 그 뒤 파리의 리츠호텔에서 크리스마스와 새해를 보낼 예정이라고 했다. 나는 미리 경고를 받았다. 그녀가 공식적으로는 '휴가중'이지만 실제로는 연락이 가능하고 언제나 일을 하고 있으니, 다른 모든 직원도 그래야 한다는 것이었다. 여왕 폐하가 안 계시는 동안 나는 적절한 교육과정을 밟기로 되어 있었다. 이렇게 해놓아야 내가 일을 익히는 동안 어쩔 수 없이 저지를 실수 때문에 미란다가 속 썩을 필요가 없을 터였다. 나도 그게 좋았다. 그래서 오전 일곱시 정각에 에두아르도가 내민 기록부에 이름을 적고 처음으로 출입 검사대를 통과하게 된 것이다. "잘해봐요!" 에두아르도가 내 뒤에서 소리쳤다. 곧바로 엘리베이터 문이 닫혔다.

몸에 딱 맞는 주름 잡힌 얇은 흰 티셔츠와 유행의 첨단을 달리는 카고바지를 입은 에밀리는 수척하고 생기 없어 보였다. 그녀는 스타벅스 컵을 들고 새로 나온 12월호 잡지를 넘기며 안내 데스크에서 나를 기다리고 있었다. 하이힐을 신은 발은 유리로 된 커피 테이블 위에 올려져 있었는데, 속이 훤히 비치는 셔츠 때문에 레이스 달린 검정 브래지어가 적나라하게 보였다. 커피 때문에 립스틱은 약간 번져 있었다. 어깨까지 넘실거리는 빨간 곱슬머리는 빗질을 하지 않았는지 일흔두 시간 동안 잠만 자다 온 사람 같았다.

"아, 어서 와요." 그녀는 처음으로 내 위아래를 제대로 훑어보며 중얼거렸다. "부츠가 예쁘군요."

심장이 빠르게 뛰었다. 진심일까, 비꼬는 걸까? 말투만으로는 도저히 파악할 수가 없었다. 발바닥 가운데는 아까부터 쑤셔댔고 발가락 앞부분은 서로 짓눌리고 있었다. 하지만 〈런웨이〉 직원이 진짜로 내 옷차림을 칭찬한 거라면 이 정도 아픔쯤은 참을 수 있을 것 같았다.

에밀리는 잠시 뜸을 들이며 나를 바라보다가 테이블에서 발을 내리고는 들으라는 듯이 크게 한숨을 내쉬었다. "자, 이제 일을 하죠. 당신은 정말 운이 좋아요. 그녀가 지금 여기에 없잖아요. 물론 미란다가 훌륭한 사람이 아니라는 뜻은 아니에요. 사실 무척 좋은 사람이지요." 그녀는 얼른 덧붙였다. 내가 앞으로 '전형적인 피해망상으로 인한 〈런웨이〉식 말 바꾸기'라고 부르게 될 종류의 것이었다. 어쩌다 미란다에 대한 부정적인 말이 흘러나오면, 말한 당사자는 곧 태도가 돌변한다. 아무리 정당화한다 해도 금세 미란다의 귀에 들어가게 될 거라는 공포심에 휩싸이기 때문이다. 나중에 나는 동료들이 불경스러운 말을 내뱉었다가 허둥지둥 주워담는 모습을 상당히 즐기게 되었다.

에밀리가 자신의 카드를 전자 판독기에 댔고, 우리는 아무 말 없이 휘어진 복도를 따라 그 층 한가운데로 들어갔다. 그곳에 스위트룸으로 된 미란다의 사무실이 있었다. 나는 에밀리가 미란다 사무실의 프렌치 도어를 열고, 쑥 들어가 있는 사무실 바로 밖에 있는 책상에 가방과 코트를 던지는 것을 지켜보았다. "이게 당신 책상이에요." 그녀는 자기 책상과 마주보고 있는 포마이카 판을 댄 L자 모양의 매끈한 나무 책상을 가리켰다. 거기엔 하늘색 아이맥 컴퓨터와 전화, 파일함이 갖춰져 있었고, 서랍 속엔 펜과 클립과 노트가 들어 있었다. "우선 내가 쓰던 것을 넣어놨어요. 내가 새로 주문하는 편이 더 쉬울 테니까."

에밀리는 내게 수습 어시스턴트 자리를 물려주고 선임 어시스턴트로 승진했다. 그녀는 자기가 앞으로 이 년간 미란다의 선임 어시스턴트로 일하게 될 테고, 그다음에는 〈런웨이〉의 화려한 패션팀으로 고속 승진하게 될 거라고 했다. 그녀가 하게 될 총 삼 년간의 어시스턴트 일은 패션계에서의 승진을 확실히 보장할 것이다. 하지만 나는 〈뉴요커〉를 위한 형벌은 일 년이면 족하다는 생각이 들었다. 앨리슨은 이미 미란다의 사무실에서 뷰티팀으로 옮겨갔다. 거기서 새 화장품과 수분로션, 헤어 관련 제품을 테스트하고 기사 쓰는 일을 하게 될 예정이었다. 미란다의 어시스턴트 일을 했다고 해서 그런 일을 할 능력이 생기는 건지는 잘 모르겠지만, 아무튼 인상적이긴 했다. 약속 운운하는 얘긴 허튼소리가 아니었다. 그러니까 미란다를 위해 일한 사람들은 모두 한자리씩 얻은 것이었다.

나머지 직원들은 열시를 전후해 물밀듯이 밀려들어왔다. 편집부는 모두 오십여 명이었다. 가장 큰 부서는 물론 패션팀이었는데, 액세서리 담당 어시스턴트까지 합쳐 서른 명 가까이 되었다. 나머지 부서는 피처팀, 뷰티팀, 아트팀이었다. 거의 모든 사람들이 에밀리와 수다도 떨고, 상사에 대한 얘깃거리도 얻어듣고, 새로 온 직원의 얼굴도 구경할 겸 미란다의 사무실에 들렀다. 첫날 아침 나는 직원 수십 명을 만났다. 다들 이를 하얗게 보이며 활짝 웃어줬다. 정말로 나를 보고 싶어한 것처럼 행동하고 있었다.

남자들은 한결같이 화려한 차림의 게이였다. 그들은 세컨드 스킨* 가죽 바지와 쇄골이 드러나는 티셔츠를 입고 있었다. 티셔츠 아래로 불룩한 이두박근과 완벽한 가슴 근육이 팽팽하게 드러났다. 아트 디렉터는 좀 나이든 남자였는데, 숱이 적은 머리는 샴페인빛이 도는 금발로 물들였다. 엘튼 존을 흉내내는 데 삶을 바친 사람 같았다. 그는 토끼털 로퍼를 신고 아이라이너를 칠하고 나타났지만, 아무도 신경쓰지 않았다. 학교 다닐 때도 게이를 보았고 몇 년간 게이 친구들도 사귀었지만, 이런 차림의 사람은 난생처음이었다. 마치 뮤지컬 〈렌트〉의 출연자와 스태프들에게 둘러싸인 것 같았다. 물론 의상은 확실히 좀더 나았지만.

여자들, 아니 소녀라 할 만한 그들은 하나같이 아름다웠지만, 다 함께 있으면 그야말로 환상적이었다. 대부분 스물다섯 살 남짓으로 보였고, 몇 명만 서른 살에서 딱 하루 더 먹은 듯 보였다. 그리고 대부분이 넷째 손가락에 엄청나게 크고 번쩍이는 다이아

---

* 피부에 밀착되는 스타일의 룩. 루즈핏과 대비되며, 1970년대 후반의 펑크 패션이나 로큰롤 패션에서 흔히 볼 수 있다.

몬드 반지를 끼고 있었다. 하지만 아이를 낳았을 것 같지도, 그리고 앞으로 낳을 것 같지도 않아 보였다. 그들은 10센티미터 힐을 신고 내 책상 앞으로 미끄러지듯 우아하게 걸어와 매니큐어를 바른 긴 손가락이 달린 우유처럼 하얀 손을 내밀면서 "호프와 함께 일하는 조슬린" "패션팀의 니콜" "액세서리를 담당하고 있는 스테프" 등으로 자기를 소개했다. 키가 175센티미터가 안 되는 여자는 오직 한 명 샤이나뿐이었지만, 그녀는 너무 연약해서 거기에 1센티미터를 더하는 게 불가능해 보였다. 몸무게는 다들 50킬로그램 미만이었다.

회전의자에 앉아 그들의 이름을 모두 기억해두려 애쓰고 있는데, 오늘 본 여자들 중에서 가장 예쁜 여자가 들어왔다. 그녀는 분홍 구름에서 자아낸 듯한 장밋빛 캐시미어 스웨터를 입고 있었다. 하얀 머리카락이 등에서 물결치고 있는 모습은 정말이지 놀라웠다. 185센티미터의 키에, 체격은 그녀가 똑바로 서 있을 수 있을 만큼의 몸무게만 지탱할 수 있어 보였다. 그녀는 무용수처럼 우아하게 몸을 움직였다. 뺨은 발그레했다. 몇 캐럿은 됨직한 다이아몬드 반지가 손가락에서 휘황하게 반짝였다. 내가 그것을 뚫어지게 쳐다보는 것을 알아챘는지 그녀가 자기 손을 내 코밑에 들이댔다.

"내가 한 거예요." 그녀는 자기 손을 보며 배시시 웃더니 말했다. 나는 이 여자가 누구인지 알려달라는 뜻으로 에밀리 쪽을 바라보았다. 하지만 에밀리는 또 전화기를 붙잡고 있었다. 나는 그녀가 반지를 가리키며, 자신이 직접 디자인했다는 뜻으로 말한 줄 알았다. 그 순간 그녀가 말했다. "컬러가 정말 예쁘죠? 마시멜로 한 겹, 발레 슬리퍼 한 겹을 칠했어요. 실은 발레 슬리퍼를 먼저 칠하고 그다음에 톱코트로 마감했죠. 완벽하죠? 색깔이 연하게 연출되면서도 수정 자국은 안 보이죠? 앞으로는 매니큐어를 바를 때마다 이렇게 해야지!" 그러더니 그녀는 몸을 돌려 나가버렸다. 오, 그래. 나도 만나서 반가워. 우쭐대며 멀어져가는 그녀의 등에 대고 속으로 말했다.

나는 이 사람들이 다 좋았다. 모두 상냥하고 착한데다, 매니큐어광인 그 이상한 미인만 빼면 다들 나와 친해지고 싶어하는 것 같았다. 에밀리는 내 옆에 딱 붙어서 틈만 나면 날 가르치려 했다. 그녀는 누구는 아주 중요하고, 누구는 무시하면 안 되고, 누구는 멋진 파티를 자주 여니까 사귀면 득이 될 거라고 하나하나 말해주었다. 내가 그 '매니큐어 걸'에 대해 말하자 에밀리의 얼굴이 환해졌다.

"오!" 그녀는 크게 숨을 내쉬었다. 다른 사람 얘기를 할 때보다 훨씬 신나 보였다. "그애 정말 멋지죠?"

"예, 괜찮은 것 같아요. 사실 말은 제대로 못해봤는데, 자기가 매니큐어를 발랐다면서 보여주더군요."

에밀리는 자랑스러운 듯 활짝 웃었다. "오, 그래요? 쟤가 누군지 당신도 알죠?"

영화배우나 가수, 모델 중에서 그녀와 비슷한 사람이 있는지 머리를 짜내봤지만 도무지 생각이 나지 않았다. 그래, 유명하다 이거지! 그래서 자기를 소개하지 않은 건지도 모른다. 내가 알아볼 거라고 생각했겠지. 하지만 난 모르겠는걸. "아니요, 모르겠어요. 유명한 사람인가요?"

그녀를 모르는 대가로 나는 어이없음과 못마땅함이 뒤섞인 표
정이 반씩 섞인 눈길을 받아야 했다. "아, 그래요?" 에밀리는 '그
래요'를 강조하면서 얘 완전 바보 아냐 하는 표정으로 나를 쳐다
봤다. "제시카 듀샘프스예요." 그녀는 기다렸다. 나도 기다렸다.
잠시 침묵. "제시카 듀샘프스가 누군지 설마 모르진 않겠죠?" 난
이 새로운 정보를 누구와 접목시킬 수 있을까 싶어 또다시 머리
를 굴렸다. 하지만 그런 이름은 들어본 적조차 없었다. 게다가 이
놀이가 슬슬 지루해지기 시작했다.

"에밀리, 난 그녀를 본 적이 없어요. 이름도 낯설고요. 그녀가
누군지 말해주겠어요?" 나는 차분하게 말하려고 노력했다. 그
여자가 누구든 난 전혀 상관없는데, 에밀리는 날 완전히 바보로
만들기 전까지는 절대로 이 놀이를 그만두지 않을 작정인 것 같
았다.

그녀가 선심 쓰듯 생긋 웃었다. "물론 그렇게 말하는 게 당연하
죠. 제시카 듀샘프스는 듀샘프스 가문 사람이에요. 알죠? 뉴욕에
서 가장 잘나가는 프랑스 레스토랑 말이에요! 그 여자 부모님 거
예요. 정말 끝내주지 않아요? 그 사람들은 엄청난 부자라고요."

"아, 그래요? 굉장하네요." 그 예쁜 여자의 부모님이 레스토랑
을 한다니, 알아두면 좋을 것 같아 일부러 아주 호기심 있는 척
했다.

전화를 몇 통 받으면서 나는 시키는 대로 "미란다 프리스틀리
의 사무실입니다"라고 꼬박꼬박 말했다. 만약 미란다가 직접 전
화를 걸어오면 내가 어떻게 해야 할지 우리 둘 다 걱정이었다. 전
화 한 통이 와 받아보니, 웬 여자가 강한 영국식 억양으로 앞뒤

안 맞는 소리부터 질렀다. 순간 난 공포에 사로잡혔다. 잠시 기다리라는 말도 못하고 전화를 에밀리에게 넘겼다.

"그녀예요. 받아보세요." 나는 급히 속삭였다.

에밀리의 얼굴에 생전 처음 보는 특별한 표정이 스쳤다. 그녀는 절대로 감정을 절제하는 사람이 아니었다. 역겨움과 동정심이 섞인 표정을 짓더니 그녀는 눈썹을 치켜올리며 턱을 숙였다.

"미란다? 저 에밀리예요." 그녀는 미란다가 전화기를 통해 그녀의 모습을 다 보고 있는 것처럼 환한 미소를 지으며 말했다. 그런데 잠시 침묵이 흘렀다. 그녀가 얼굴을 찌푸렸다. "오, 미미, 정말 미안해요. 새로 온 사람이 당신을 미란다로 생각했나봐요! 글쎄 말예요, 정말 우습죠? 영국식 억양을 쓴다고 반드시 우리 보스는 아니라는 걸 파악하고 일을 해야 할 것 같은데." 그녀는 너무 많이 민 눈썹을 더욱 치켜올리며 눈짓으로 나를 가리켰다.

에밀리의 수다는 하염없이 이어졌다. 그동안 그녀를 찾는 전화가 계속 왔다. 나는 그 전화를 받아 나중에 그쪽으로 전화할 수 있도록 메시지를 받아두었다. 에밀리는 그들에게 일일이 전화를 해서 그들이 미란다의 인생에 얼마나 중대한 영향을 미치는지 끊임없이 설명하고 얘기할 것이다. 정오 무렵이 되자, 속이 쓰리면서 배가 고프다는 신호가 왔다. 그때 전화벨이 울렸다. 받아보니 수화기 너머에서 영국식 억양이 들려왔다.

"여보세요? 앨리슨?" 얼음처럼 차가운, 하지만 위엄 있는 목소리였다. "스커트가 필요해."

나는 수화기를 손으로 가렸다. 눈이 휘둥그레지는 게 스스로도 느껴졌다. "에밀리, 그녀예요. 이번엔 진짜예요." 나는 에밀리의 주의를 끌기 위해 수화기를 흔들면서 급하고 나직하게 말했다. "스커트가 필요하대요."

에밀리는 몸을 돌려 공포에 질린 내 얼굴을 보더니 "나중에 전화할게" 또는 "잘 있어"라는 말조차 하지 않고 황급히 전화를 끊었다. 그리고 버튼을 눌러 미란다의 전화를 자기 전화기로 연결하고는 환한 미소를 지었다.

"편집장님? 예, 에밀리예요. 무엇이 필요하세요?" 그녀는 어찌나 몰두하는지 이맛살까지 찌푸려가며 펜을 들어 노트에 급히 써내려가기 시작했다. "네, 물론이죠. 당연하지요." 일이 일어난 것도 순식간이었지만 끝나는 것도 정말 빨랐다. 나는 기다리는 눈빛으로 그녀를 바라보았다. 그녀는 열정적인 내 모습에 눈을 굴렸다.

"당신의 첫번째 일이 되겠군요. 미란다가 몇 가지 물건이 필요하다면서 스커트도 같이 보내래요. 늦어도 오늘밤 비행기편으로 보내줘야 해요."

"알았어요. 어떤 걸 원하시는데요?" 미란다가 필요로 한다는 이유만으로 스커트가 도미니카공화국까지 여행해야 하다니. 난 깜짝 놀랐다.

"구체적으로 말을 안 했지 뭐예요." 에밀리는 수화기를 들면서 툴툴거렸다.

"안녕, 조슬린. 나야. 미란다가 스커트가 필요하대. 오늘밤에 미세스 드 라 렌타 편에 보내려고. 그분이 거기서 미란다와 만나기로 되어 있거든. 아니, 모르겠어. 아니, 미란다가 말을 안 했어. 정말 모른다고. 그래, 고마워." 그녀는 전화기를 내려놓고 나를 보며 말했다. "구체적으로 정해주지 않을 때가 더 힘들어요. 그런 세세한 것까지 말하기엔 너무 바쁘신 몸이라 원하는 재질이나 색깔, 스타일, 브랜드 얘긴 생략하는 거죠. 하지만 뭐, 괜찮아요. 내가 그녀의 치수를 알거든요. 취향도 잘 아니까 어떤 걸 좋아할지 정확히 예측할 수 있어요. 방금 전화로 이야기한 사람은 패션팀의 조슬린이에요. 이제부터 옷을 협찬받아 올 거예요." 나는 머릿속으로 코미디언 제리 루이스가 거대한 점수판을 놓고 스커트 모으는 게임의 사회를 보는 모습을 그려보았다. 두둥, 북이 울리고 짠, 구찌가 나타나면 박수를 짝짝짝!

사실 그렇지는 않았다. 스커트 '협찬'을 통해 나는 처음으로 〈런웨이〉가 얼마나 어처구니없는 곳인지 알게 되었다. 물론 그 과정이 군사작전만큼이나 효율적이라는 것은 인정하지 않을 수 없었지만. 우선 에밀리나 내가 패션팀 어시스턴트에게 알린다. 그들은 모두 여덟 명인데, 각각 특정 디자이너 및 매장과 관계를 유지하고 있다. 그들은 공적인 관계로 연락할 수 있는 루트를 활용해 여러 디자인 하우스와 연락해서 미란다 프리스틀리(바로 그 미란다 프리스틀리이긴 한데, 실은 그녀가 '개인 용도'로 쓸)가 특정한 물품을 찾고 있다고 말한다. 경우에 따라서는 맨해튼에 있는 최고급 상점에 연락하기도 한다. 곧바로 마이클 코어스, 구찌, 프라다, 베르사체, 펜디, 아르마니, 샤넬, 바니스, 끌로에, 캘빈 클라인, 버그도프, 로베르토 카발리, 삭스 등에서 일하는 모든 홍보 이사와 직원들이 미란다 프리스틀리의 마음에 들 만한 온갖 스커트를 추천한다. 인편에 직접 물건을 보내기도 한다. 그 과정은 세련된 안무로 짜여진 발레처럼 진행되었다. 모두 언제, 어떻게, 어디로 다음 스텝을 디뎌야 하는지 정확하게 알고 있었다. 이런 일이 일상처럼 진행되는 동안, 에밀리는 내게 스커트와 함께 보낼 다른 물건들을 챙겨오라고 했다.

"당신 차가 58번가에서 당신을 기다리고 있을 거예요." 전화 두 대를 동시에 받아가며, 〈런웨이〉 로고가 찍힌 메모지에 지시 사항을 휘갈겨쓰면서 에밀리가 말했다. 그녀는 잠시 멈추더니 내게 휴대폰을 던져주었다. "이걸 가져가요. 내가 연락하거나 당신이 필요할 경우가 생길지도 모르니까. 꺼놓으면 안 돼요. 반드시 받도록 해요." 나는 휴대폰과 메모지를 들고 빌딩 옆쪽의 58번가로 내려갔다. 어떻게 '내 차'를 찾을 수 있을지 의아했다. 아니, 그 말이 무슨 뜻인지 궁금했다. 인도에 한 발짝 나와 두리번거리는데, 파이프를 문 땅딸막한 회색 머리 남자가 다가왔다.

"당신이 프리스틀리의 새 직원이오?" 그는 마호가니색 파이프를 입에 문 채, 담뱃진이 묻은 입으로 쉰소리를 내며 말했다. 나는 고개를 끄덕였다. "내 이름은 리치요. 배차 담당이지. 차가 필요하면 나한테 말해요. 알았죠, 금발머리 씨?" 나는 다시 고개를 끄덕이고 검은색 캐딜락 세단 뒷자리에 올라탔다. 그는 문을 닫아주고 손짓을 했다.

"어디로 갈 거요?" 그가 묻는 바람에 정신이 번쩍 들었다. 나는 어디로 가는지도 모르고 있었다. 황급히 주머니에서 메모지를 꺼냈다.

처음 갈 곳: 타미 힐피거의 스튜디오, 57번가 웨스트 355번지 6층. 리앤을 찾을 것. 우리가 필요한 것을 다 내줄 것임.

나는 운전기사에게 주소를 알려주고 창밖을 바라보았다. 쌀쌀한 겨울날 오후 한시. 스물세 살의 나는 운전기사가 딸린 세단의 뒷자리에 앉아 타미 힐피거의 작업실을 향해 가고 있었다. 배가 너무 고팠다. 점심때라 미드타운의 블록 열다섯 개를 지나는 데 거의 사십오 분이나 걸렸다. 뉴욕에서 내가 처음으로 겪는 교통 정체였다. 운전기사가 자기는 그 블록을 돌고 있을 테니 들어갔다 나오라고 했다. 나는 타미의 작업실로 들어갔다. 6층 안내 데스크에서 리앤을 찾자, 열여덟 살에서 하루도 더 먹지 않은 듯한 아름다운 여자가 통통거리며 계단을 내려왔다.

"안녕하세요?" 그 여자는 '요'자를 조금 길게 발음했다. "당신이 미란다의 새 어시스턴트인 앤드리아군요. 우리가 미란다를 얼마나 좋아한다고요. 팀에 온 걸 환영해요!" 그녀는 활짝 웃었다. 나도 미소를 지었다. 그녀는 테이블 밑에서 커다란 비닐백을 꺼내더니 안에 있던 것을 바닥에 쏟아냈다. "이건 세 가지 색상인데, 캐럴라인이 좋아하는 청바지예요. 베이비 티도 몇 벌 넣었어요. 캐시디는 타미의 카키색 스커트를 참 좋아해요. 전에 올리브색과 연회색 스커트도 준 적 있어요." 청치마, 청재킷, 심지어 양말까지 그 가방에서 쏟아져나왔다. 나는 그저 바라볼 수밖에 없었다. 열 살 남짓한 여자애의 옷장을 네 개 이상 채울 수 있을 만큼 옷이 넘쳐났다. 캐시디와 캐럴라인은 대체 누구지? 그 옷들을 보며 나는 궁금해졌다. 도대체 어떤 사람들이 타미 힐피거의 청바지를 입는담? 그것도 세 가지 다른 색상으로?

내가 어리둥절해하는 것처럼 보였는지 리앤은 일부러 등을 돌리고 그 옷들을 다시 넣으며 말했다. "미란다의 따님들은 틀림없이 이 옷들을 아주 좋아할 거예요. 몇 년 동안 우리가 대주는 옷을 입고 있거든요. 이건 타미가 직접 고른 거랍니다." 나는 그녀에게 고맙다는 눈길을 보내고 가방을 어깨에 멨다.

"행운을 빌어요!" 엘리베이터 문이 닫히는 순간 그녀가 진심에서 우러나는 미소를 띠고 외쳤다. "그런 멋진 직업을 가졌다니, 정말 운이 좋군요!" 그녀가 미처 말을 잇기도 전에 내 머릿속에서는 그에 이어지는 말이 떠올랐다. 그건 백만 명쯤 되는 여자들이 너무나도 하고 싶어하는 일이라고요! 방금 유명 디자이너의 스튜디오를 구경한데다 수천 달러어치의 옷을 들고 있으니, 바로 이 순간만큼은 그녀의 말이 옳은 것 같았다.

일이 돌아가는 분위기를 파악한 다음부터는 시간이 쏜살같이 흘러갔다. 내가 잠깐 샌드위치를 사러 간다고 누가 화를 내지는 않겠지? 잠시 갈등했지만 어쩔 수 없었다. 아침 일곱시에 크루아상을 먹은 뒤로 계속 빈속이었다. 시간은 벌써 두시가 다 돼가고 있었다. 나는 운전기사에게 델리 앞에 잠깐 차를 세워달라고 부탁했다. 마지막 순간에 그의 몫도 하나 샀다. 칠면조 고기와 허니머스터드소스가 든 샌드위치를 내밀자 그의 입이 딱 벌어졌다. 혹시라도 부담스러워하나 싶어 걱정이 되었다.

"시장하실 것 같아서요. 하루종일 운전하다보면 점심 드실 시간이 마땅치 않잖아요."

"고마워요, 정말 고마워요. 열두 해 동안이나 엘리아스 클라크 직원들을 태웠지만, 친절한 사람은 하나도 못 봤어요. 그런데 당신은 참 상냥하군요." 그는 룸미러로 나를 보며 걸걸하고 또렷치 않은 억양으로 말했다. 그에게 생긋 웃어주는 순간, 어떤 예감이 스쳤다. 하지만 그건 잠깐이었다. 우리는 교통이 정체된 틈을 타 그가 좋아하는 음악을 들으며 각자 샌드위치를 먹었다. 시에 곡을 붙여 시타르*로 연주한 음악이었는데, 내 귀엔 웬 여자가 전혀 알 아들을 수 없는 말로 계속 똑같은 소리를 질러대는 것만 같았다.

그다음에 에밀리가 시킨 일은 미란다가 테니스 칠 때 '꼭 필요 한' 흰 반바지를 가져오는 것이었다. 폴로로 가야 할 것 같았는 데, 그녀는 샤넬로 가라고 써놓았다. 샤넬이 테니스용 흰 반바지 도 만드나? 운전기사는 나를 개인 살롱으로 데려갔다. 주름 제거 수술을 해서 눈이 가늘게 위로 올라붙은 나이든 판매원이 0 사이 즈 흰색 면 라이크라 핫팬츠를 실크 옷걸이에 핀으로 고정해 벨 벳 옷가방에 넣어주었다. 그 반바지를 보니 여섯 살짜리한테도 안 맞을 것 같아 그 여자를 쳐다봤다.

"저, 미란다한테 이게 정말 맞을까요?" 나는 머뭇머뭇 물어보 았다. 그 여자가 싸움소같이 생긴 입을 벌리며 쏘아보았다. 나를 통째로 잡아먹을 것 같은 표정이었다.

"글쎄? 맞을 텐데요? 치수대로 정확히 재단해서 만든 거니까 요." 그녀는 그 초미니 반바지를 내게 건네며 툴툴거렸다. "미란 다에게 전해줘요. 코펠먼 씨가 안부 전한다고요." 알았어, 알았다 고. 그게 누군지는 모르겠지만.

그다음에 갈 곳은 에밀리가 '다운타운 저 안쪽에 있는'이라고 써준, 시청 근처의 J&R 컴퓨터 월드였다. '서부의 전사들'을 파

---

* 기타와 비슷한 인도의 현악기.

는 곳은 뉴욕에서 거기뿐인 것 같았다. 미란다는 그 게임을 오스카와 아네트 드 라 렌타 부부의 아들 모세에게 사주고 싶어했다. 한 시간쯤 후 그곳에 도착할 무렵, 나는 아까 받은 휴대폰으로 장거리전화를 할 수 있다는 사실을 깨달았다. 나는 직장이 정말 좋다는 사실을 부모님에게 알리고 싶어 신나게 전화를 걸었다.

"아, 아빠? 저 앤디예요. 제가 어디 있는지 아세요? 네, 물론 근무중이죠. 지금 운전기사 딸린 차의 뒷좌석에 앉아 맨해튼을 돌아다니고 있어요. 타미 힐피거와 샤넬에 갔다 왔고요, 이제 컴퓨터 게임만 사서 파크 애비뉴에 있는 오스카 드 라 렌타의 아파트에 갖다놓으면 돼요. 아뇨, 그 사람을 위한 게 아니에요. 미란다가 DR에 있는데, 아네트가 오늘밤 비행기편으로 거기 간대요. 개인 비행기로요. 아빠, DR은 도미니카공화국이란 뜻이에요!"

아빠는 조심스러워하면서도 내가 즐거워하니 만족해했다. 난 내가 대졸 심부름꾼으로 고용된 거라고 생각하기로 했다. 나쁘진 않았다. 나는 타미의 옷들이 든 가방과 핫팬츠와 컴퓨터 게임을 휘황찬란한 파크 애비뉴 로비(아, 사람들이 '파크 애비뉴'라는 말을 이런 뜻으로 쓰는 거였군!)에 있는 특이하게 생긴 경비원에게 건네주고, 엘리아스 클라크 빌딩으로 돌아왔다. 사무실로 들어가니, 에밀리는 책상다리를 하고 바닥에 앉아 흰 포장지와 흰 리본으로 선물을 포장하고 있었다. 수천 개는 됨직한 똑같은 모양의 빨갛고 흰 상자들이 책상 주변에 흩어져 있는 것도 모자라, 미란다의 방 안까지 넘쳐나고 있었다. 에밀리는 내가 보고 있다는 걸 전혀 알아채지 못했다. 상자 하나를 다 포장하려면 이 분이 걸리고, 흰 새틴 리본으로 묶으려면 십오 초가 더 걸렸다. 그녀는 일 초도 낭비하지 않고 효율적으로 움직이며 포장한 상자를 자기 뒤에 산처럼 쌓았다. 포장더미는 점점 커져만 갔다. 그렇다고 포장 안 된 더미들이 줄어드는 것도 아니었다. 나흘을 더 해도 끝나지 않을 것 같았다.

나는 그녀의 컴퓨터에서 나오고 있는 1980년대 음악보다 더 큰 소리로 외쳤다. "에밀리, 저 다녀왔어요!"

그녀가 나를 쳐다봤다. 얼핏 그녀의 얼굴에 내가 누군지 모르겠다는 표정이 스쳤다. 전혀 모르겠다는 표정. 하지만 순간 아, 저애가 새 어시스턴트지, 하는 생각이 스친 듯했다. "일은 어떻게 됐어요? 메모해준 거 다 했어요?" 그녀가 급히 물었다.

나는 고개를 끄덕였다.

"컴퓨터 게임도? 내가 전화했을 때 딱 한 개 남았다고 했거든요. 거기 있던가요?"

나는 또 고개를 끄덕였다.

"그걸 파크의 경비원에게 가져다줬죠? 옷이랑 반바지랑 다."

"네, 아무 문제 없어요. 다 잘 처리했고, 방금 거기 가져다주고 오는 길이에요. 근데 궁금한 게 있어요. 미란다가 그런 걸 실제로 입나요?"

"잠깐만요. 나 화장실 좀 다녀와야겠어요. 당신 오기만 기다리고 있었어요. 전화가 오는지 잠깐 봐줘요. 알았죠?"

"제가 없는 동안 한 번도 화장실에 안 갔어요?" 나는 믿기지가 않아 물었다. 다섯 시간이나 지났던 것이다. "왜 안 갔어요?"

에밀리는 포장하던 박스에 리본을 묶고 나서 나를 차갑게 바라보았다. "미란다는 자기 어시스턴트 말고 다른 사람이 전화받는 걸 무척 싫어해요. 그러니까 당신이 여기 없을 때 난 자리를 비우고 싶지 않아요. 나도 바쁘지만 미란다는 더 바빠요. 그래서 난 항상 대기하려고 해요. 우리 둘 중 한 사람이 여기 없을 땐 화장실이든 어디든 가면 안 돼요. 우리가 함께 일하는 건 그녀를 완벽하게 보좌하기 위해서라는 걸 분명히 기억해요. 알았죠?"

"물론이죠. 얼른 다녀오세요. 제가 여기 있을게요." 그녀는 몸을 돌려 나갔다. 나는 책상에 손을 짚고 간신히 서 있었다. 협동 전투체제 없이는 화장실에도 가지 말라고? 지금 저 여자는 방광이 터지는 걸 참아가며 다섯 시간 동안 여기 앉아 있었단 말이야? 화장실까지 뛰어갔다 오는 그 이 분 삼십 초 동안 대서양 건너편에서 미란다가 전화할까봐? 그런 거야? 황당하긴 했지만, 나는 에밀리가 너무 열성적이라 그런 거라고 생각해버렸다. 미란다가 자기 어시스턴트들에게 그런 걸 요구했을 리는 없어. 분명해. 아니, 혹시 정말 그런 건가?

나는 프린터에서 종이 몇 장을 집어들었다. '수령한 크리스마스 선물 목록'이라는 제목이 적혀 있었다. 하나, 둘, 셋, 넷, 다섯, 여섯 장에 선물 목록이 빽빽했고, 줄마다 보낸 이와 선물 명세가 적혀 있었다. 모두 256개나 되었다. 영국 여왕의 결혼 선물 목록 같았다. 대강 훑는 것도 버거울 정도였다. 바비 브라운이 보낸 바비 브라운 화장품 세트, 케이트와 앤디 스페이드가 보낸 최상품 케이트 스페이드 핸드백, 그레이던 카터가 보낸 스마이슨 오브 본드 스트리트의 와인색 가죽 수첩, 미우치아 프라다가 보낸 속에 밍크를 댄 슬리핑백, 에린 로더가 보낸 여러 겹으로 된 베르두라 비즈 팔찌, 도나텔라 베르사체가 보낸 다이아몬드가 박힌 시계, 신시아 로리가 보낸 샴페인, 마크 배즐리와 제임스 미슈카가 보낸 잘 어울리는 비즈 장식 탱크톱과 이브닝백 세트, 어브 라비츠가 보낸 까르띠에 펜 세트, 베라 왕이 보낸 친칠라 모피 머플러, 알베르타 페레티가 보낸 얼룩말 무늬 재킷, 로즈 마리 브라보가 보낸 버버리 캐시미어 담요. 이건 시작에 지나지 않았다. 허브 리츠, 브루스 웨버, 지젤 번천, 힐러리 클린턴, 톰 포드, 캘빈 클라인, 애니 리버비츠, 니콜 밀러, 아드리엔 비타디니, 마이클 코어스, 헬무트 랑, 조르지오 아르마니, 존 사하그, 브루노 말리, 마리오 테스티노, 나르시소 로드리게스가 온갖 모양과 크기의 핸드백을 선물했다. 미란다의 이름으로 여러 자선단체에 기부한 것도 많았다. 와인과 샴페인 수백 병, 디올 백 여덟에서 열 개, 향초 수십 개, 오리엔탈 도자기 몇 점, 실크 파자마, 가죽 장정 책, 목욕용품, 초콜릿, 팔찌, 캐비아, 캐시미어 스웨터, 액자 그리고 오백 쌍의 단체 결혼식을 위해 중국의 축구장 몇 개를 장식해도 될 만큼 수많은 화환과 화분. 이럴 수가! 이런 일이 실제로 일어나다니. 도저히 믿기지 않았다. 내가 지금 전 세계의 명사들에게 256개나 되는 크리스마스 선물을 받은 여자를 위해 일하고 있다니! 아니, 모두 명사가 맞기는 한가? 짐작이 가지 않았다. 정말 유명한 사람과 디자이너 몇 명이야 알아보았지만, 그때는 나머지 사람들 역시 유명한 사진작가와 메이크업 아티스트와 모델과 사교계 명사와 엘리아스 클라크의 이사들이었다는 걸 몰랐다. 에밀리는 이들이 다 누구인지 정말 알고 있을까? 갸우뚱하고 있는데 그녀가 들어왔다. 읽지 않은 척하려 했지만, 그녀는 전혀 상관하지 않았다.

"끝내주죠? 미란다는 정말 멋진 여자예요." 에밀리는 그 목록

을 책상에서 휙 집더니 절대적인 동경이라고밖에 표현할 수 없
는 눈길로 바라보며 우쭐해서 말했다. "지금까지 이렇게 멋진 걸
본 적 있어요? 이건 작년 거예요. 내가 이걸 뽑았어요. 벌써부터
선물이 밀려들어서 앞으로 뭘 받게 될지 알아보려고요. 그녀에게
온 선물을 풀어보는 것, 그게 바로 이 직업의 가장 좋은 점이죠."
나는 헷갈렸다. 우리가 그 선물을 풀어본다고? 왜 미란다가 직접
안 풀어보지? 나는 바로 질문했다.

 "미쳤어요? 미란다는 선물 중 구십 퍼센트는 마음에 안 들어
해요. 어떤 건 너무 모욕적이라 내가 알아서 아예 안 보여줄 때도
있어요. 이를테면 이런 거 말이에요." 그녀는 작은 박스 하나를
집어들며 말했다. 그것은 뱅앤올룹슨에서 출시된 실버 컬러 무선
전화기였는데, 모서리가 둥글게 처리되어 있었다. 3천 킬로미터
밖에서도 깨끗한 음질로 통화할 수 있는 제품이었다. 몇 주 전 뱅
앤올룹슨 매장에 갔을 때 앨릭스가 그 전화기의 스테레오 시스템
을 침을 흘리며 바라봤던 게 생각났다. 그래서 그 전화기가 5백
달러 이상 나가며, 대신 대화해주는 것 외에는 뭐든지 할 수 있는
기능이 있다는 걸 나도 알고 있었다. "기가 막혀, 전화기라니! 얼
마나 무신경하면 감히 이런 걸 미란다 프리스틀리한테 보낸담?"
그녀는 그것을 내 쪽으로 던졌다. "갖고 싶으면 가져요. 어차피
그녀한테 이런 건 절대 보여주지 않을 거니까. 그녀는 누가 전자
제품 따위를 보내면 아주 싫어해요." 그녀는 '전자'라는 단어를
징그럽다는 듯이 발음했다.

 나는 전화기 상자를 책상 밑에 잘 두었다. 참아보려 해도 자꾸
만 입이 벌어졌다. 너무 좋았다. 안 그래도 이사하면서 무선전화

기가 필요했는데 5백 달러짜리가 공짜로 생기다니!

에밀리는 다시 책상다리를 하고 미란다 사무실 바닥에 앉더니 말을 이었다. "몇 시간 더 와인을 포장하도록 해요. 그다음에 오늘 들어온 선물들을 풀어보면 돼요. 선물들은 저쪽에 있어요." 그녀는 자기 책상 뒤를 가리켰다. 다채로운 색깔의 상자와 가방과 바구니가 작은 산을 이루고 있었다.

"그럼 이건 우리가 미란다 이름으로 보내게 될 선물들인가요?" 내가 상자 하나를 집어 두꺼운 흰 종이로 포장하면서 물었다.

"물론이죠. 해마다 이래요. 상급에 속한 사람들은 돔*을 받아요. 엘리아스 이사들이나 별로 친하지 않은 유명 디자이너들이 여기 포함되지요. 미란다의 변호사와 회계사도요. 중간급은 뵈브를 받아요. 여기엔 거의 모든 사람들, 즉 쌍둥이의 선생님들, 헤어스타일리스트, 미란다의 전용 운전기사 등등이 속해요. 별 볼일 없는 사람들은 루피노 키안티를 받아요. 미란다를 위한 맞춤 제작이 아니라 그저 그런 작은 선물을 보내는 PR부서 사람들에게 주로 돌아가죠. 수의사와 카라를 대신하는 몇몇 베이비시터와 미란다가 자주 들르는 상점에서 그녀를 전담하는 사람들, 그리고 코네티컷에 있는 여름 별장에서 일하는 사람들에게도 키안티를 보내요. 아무튼 난 11월 초에 이 와인들을 2만 5천 달러어치 주문했어요. 셰리 레만에서 배달해주는데, 포장만 거의 한 달이 걸려요. 미란다가 휴가라 다행이에요. 안 그러면 이걸 집까지 가져가서 포장해야 하니까. 어쨌든 꽤 괜찮죠? 지불은 회사에서 하는

---

* 돔 페리뇽. 최고급 샴페인의 하나.

거니까.”

“셰리 레만이라는 곳에 포장을 맡기면 값이 두 배가 되나요?”
나는 선물의 계층구조를 파악하려고 애쓰면서 물어봤다.

“그게 대체 무슨 상관이죠?” 그녀는 콧방귀를 뀌었다. “여기선
가격 따윈 아무 상관 없다는 걸 당신도 곧 알게 될 거예요. 미란
다가 그 상점에서 하는 포장을 싫어해서 여기서 포장하는 것뿐이
에요. 작년에 내가 흰 포장지를 그 상점에 가져다줬는데, 우리처
럼 예쁘게 포장을 못하더라고요.” 그녀는 자부심이 철철 넘쳐 보
였다.

여섯시 무렵까지 포장을 하면서 에밀리는 회사 일에 대해 이것
저것 얘기해주었다. 나는 이 이상하고 신나는 세계로 내 마음을
포장하려고 노력했다. 그녀가 미란다는 커피를 설탕 두 조각을
넣은 톨 사이즈 라테로 마신다며 꼼꼼하게 설명하고 있는데, 패
션팀 어시스턴트 중 하나인 금발머리 여자가 유모차 크기의 바구
니를 들고 숨가쁘게 들어왔다. 그녀는 미란다의 사무실 바로 밖
에서 맴돌고 있었다. 마치 자기가 감히 문턱을 넘는 순간, 지미추
구두가 딛고 있는 부드러운 회색 카펫이 발이 푹푹 빠지는 모래
로 변할까봐 두려워하기라도 하는 듯했다.

“에밀리, 스커트를 갖고 왔어요. 너무 오래 걸려서 죄송해요.
하지만 추수감사절 직전이라 직원들이 없었어요. 이중에 미란다
마음에 들 만한 게 있으면 좋겠네요.” 그녀는 잘 개어놓은 스커트
로 가득한 바구니를 내려다보았다.

에밀리는 경멸어린 표정을 간신히 감추며 그녀를 쳐다보았다.
“내 책상 위에 놔둬. 그저 그런 건 돌려보낼게. 당신 취향을 생각

하면, 뭐 거의 다 그렇겠지만." 마지막 말은 하도 나직해서 내 귀에나 간신히 들릴 정도였다.

금발머리 여자는 당황한 것 같았다. 하늘에서 가장 빛나는 별 정도는 아니지만, 그래도 그녀는 상당히 예뻤다. 나는 에밀리가 왜 그녀를 그렇게 싫어하는지 궁금했다. 하지만 하루종일 쪽지를 들고 심부름하느라 온 뉴욕을 돌아다닌데다, 기억해야 할 이름과 얼굴이 너무 많아 난 이미 지쳐 있었다. 그래서 아예 물어보지도 않았다.

에밀리는 허리에 손을 얹은 채 책상에 놓인 바구니를 내려다보았다. 사무실 바닥에 앉은 내 눈에 각양각색의 천과 다양한 사이즈의 스커트 스물다섯 벌 정도가 보였다. 정말로 미란다는 자기가 구체적으로 뭘 원하는지 얘기하지 않은 걸까? 정식 만찬장에 입고 갈 정장인지, 혼식 경기를 하기 위해 입을 운동복인지, 아니면 비키니 랩으로 쓸 건지 에밀리에게 말하지 않아도 정말 상관없나? 데님을 원했나? 아니면 시폰 같은 게 더 나을 거라고 생각했을까? 어떤 걸 보내야 그녀가 마음에 들어할지 대체 어떻게 정확히 예측할 수 있는 거지?

이제 모든 베일이 벗겨지려는 찰나였다. 에밀리는 바구니를 미란다 방으로 가지고 와서 내 옆의 호화로운 카펫 위에 조심조심 놓았다. 그러고는 앉아서 스커트를 하나씩 꺼내 주위에 늘어놓기 시작했다. 아름답고 강렬한 자홍색 손뜨개 셀린느 스커트, 진줏빛 캘빈 클라인 랩스커트, 밑단에 블랙비즈 장식이 달린 드 라 렌타의 검정 스웨이드 스커트가 있었다. 빨간색, 베이지색, 연자주색 스커트도 보였는데, 레이스가 달린 것도 있었고 캐시미어로 만든 것도 있었다. 어떤 건 발목을 우아하게 감쌀 정도로 길었고, 어떤 건 치약 뚜껑만큼이나 짧았다. 종아리 중간쯤 오는 갈색 실크 스커트를 내 허리에 대보았더니 겨우 다리 한쪽만 간신히 가려졌다. 그다음에 나온 것은 얇은 명주 망사와 시폰이 소용돌이치는 스커트였다. 찰스턴*에서 열리는 가든파티에나 어울릴 것 같았다. 데님 스커트 중에는 허리에 화려하고 장중한 갈색 벨트가 달려 있는 것도 있었고, 속이 비치는 은색 주름천이 약간 덜 비치는 은색 속천을 한 겹 덮고 있는 것도 있었다. 도대체 이중에서 무얼 고른담?

"우와, 미란다는 스커트를 정말 좋아하나봐요?" 나는 달리 할 말이 없어서 이렇게 말했다.

"그렇진 않아요. 미란다는 오히려 스카프에 살짝 집착하는 경향이 있죠." 에밀리는 얼굴에 생긴 포진을 막 들킨 사람처럼 눈을 마주치려 하지 않았다. "좀 귀엽고 별난 특성 중 하나라는 걸 알아둬요."

"그래요?" 나는 흥미로워하는 것처럼 보이려고 애쓰며 물었다. 스카프에 집착한다고? 옆에 있는 이 여자만큼 나도 옷과 가방과 구두를 좋아하지만, '집착'이라고까지 하긴 좀 그랬다. 에밀리의 말투로 미루어보아 어째 좀 예사롭지가 않았다.

"그래요. 그녀는 뭔가 특별한 일 때문에 스커트가 필요한 걸 거예요. 하지만 스카프에는 그야말로 빠져 있죠. 그녀의 서명이나 다름없는 스카프. 알겠죠?" 그녀는 나를 바라보았다. 손톱만

---

* 미국 사우스캐롤라이나주에 있는 도시. 고풍스러운 건물과 정원이 유명하다.

큼도 모르겠다는 게 내 얼굴에 그대로 쓰여 있었는지 그녀가 다시 말했다. "면접 때 그녀를 만난 거 생각나죠? 안 그래요?"

"물론이죠." 사실 난 미란다의 이름만 간신히 기억하는 정도였다. 면접 당시 그녀가 뭘 입고 있었는지 기억할 마음도 전혀 없었다. 하지만 이런 마음을 에밀리에게 들키면 안 될 것 같아 얼른 대답했다. "하지만 스카프는 잘 기억나지 않아요."

"그녀는 항상, 늘, 언제나, 어딘가에 흰색 에르메스 스카프 하나를 매고 있어요. 주로 목에 하지만 가끔은 미용사한테 뒷머리 땋은 데다 묶어달라고 하기도 하고, 아주 가끔은 벨트 대신 쓰기도 해요. 그건 그녀의 서명이나 마찬가지죠. 미란다 프리스틀리는 어떤 일이 있어도 흰색 에르메스 스카프를 하고 다닌다는 건 다들 알고 있어요. 정말 멋지지 않아요?"

그 순간 에밀리의 흰색 티셔츠 바로 밑 카고바지의 벨트 구멍에 라임색 스카프가 끼워져 있는 게 눈에 들어왔다.

"뭐, 가끔 분명하게 말하지 않을 때도 있어요. 이번에도 그런 것 같아요. 어쨌든 패션팀의 저 바보들은 그녀의 취향에 대해 뭐 하나 아는 게 없어요. 세상에, 이 옷들 좀 봐. 어휴 끔찍해!" 그녀는 끝내주는 하늘하늘한 스커트 한 장을 집어들었다. 짙은 갈색 바탕에 여기저기 금빛으로 반짝거리는, 나머지 옷들보다 약간 더 맵시 있어 보이는 옷이었다.

"그러네요." 나는 동의했다. 이것이 이 여자의 입을 다물게 하기 위해 수천, 수만 번이라도 동의하게 되는 첫걸음이었다. "정말 끔찍하게 생겼네요." 하지만 사실 그 옷은 어찌나 예쁘던지 결혼식 때 입으면 정말 행복할 것 같았다.

에밀리는 동료 직원에 대한 가차없는 모욕을 간간이 양념으로
끼워넣으며 패턴과 옷감과 미란다의 요구 사항에 대해 주절주절
늘어놓았다. 그러고는 마침내 스타일이 서로 다른 스커트 세 장
을 골라 미란다에게 보내려고 따로 챙겨두었다. 물론 그동안 끊
임없는 수다가 이어졌다. 들어주려고 했지만, 저녁 일곱시가 다
되어가고 있었다. 난 지금 내가 너무 배가 고픈 건지, 토할 것 같
은 건지, 아니면 그저 지쳐 있는 건지라도 분간하려 애썼다. 그래
서 이제껏 본 사람들 중에서 가장 거대한 남자가 사무실 안으로
폭풍처럼 들어오는데도 알아차리지 못하고 있었다.

"이봐!" 내 뒤 어딘가에서 이런 소리가 들렸다. "얼굴 좀 보게
일어나!"

몸을 돌리는 순간 남자가 보였다. 2미터가 넘는 키에 잘 그을
린 피부와 검은 머리칼을 한 남자가 나를 똑바로 가리키고 있었
다. 몸무게는 110킬로그램은 나가 보였는데, 근육질의 몸이 데님
점프슈트에서 터져나올 것만 같았다. 잠깐, 점프슈트? 맙소사!
위아래가 붙어 있는 진짜 데님 점프슈트였다. 착 달라붙은 바지,
허리에는 벨트, 소매는 걷어올렸고 이불만한 털 망토까지 두른
차림이었다. 털 망토 줄은 그의 두꺼운 목에서 두 번 묶여 있었
고, 테니스 라켓만한 번쩍이는 검은색 전투화가 거대한 발을 가
리고 있었다. 근육과 진한 구릿빛 피부와 두드러지는 턱선 때문
에 십 년을 감출 수도 오 년을 더할 수도 있지만, 언뜻 보기에는
서른다섯 살 남짓했다. 그는 내게 바닥에서 일어나라고 손짓했
다. 내가 그에게 시선을 고정한 채 일어나자, 그는 즉각 나를 면
밀히 뜯어보았다.

"흠! 이 여자는 뭐야?" 그가 무척 심한 가성으로 외쳤다. "예뻐. 하지만 너무 건강해 보이는군. 그 옷은 전혀 안 어울려!"

"제 이름은 앤드리아입니다. 미란다의 새 어시스턴트예요."

그는 눈을 위아래로 굴려 내 몸을 샅샅이 훑었다. 에밀리는 입꼬리를 올리며 이 광경을 지켜보고 있었다. 견디기 힘든 침묵이었다.

"무릎까지 오는 부츠에 무릎 길이 스커트라. 지금 나 놀리는 거야? 뭘 모르는군. 문 옆에 검은색으로 쓰여 있는 커다란 명판 못 봤어? 여긴 〈런웨이〉라고. 전 세계의 최신 유행을 선도하는 잡지 말이야. 전 세계에서! 하지만 걱정할 건 없어, 자기. 이 나이절이 그 촌티를 싹 없애줄 테니까. 곧 멋있어질 거야."

그는 엄청나게 큰 손을 내 허리에 대더니 내 몸을 빙그르르 돌렸다. 그가 내 다리를 바라보고 쯧, 하는 것이 느껴졌다.

"흠, 괜찮아. 약속하지. 당신은 아주 괜찮은 재료야. 다리도 예쁘고, 머릿결도 괜찮고, 게다가 뚱뚱하지도 않아. 뚱뚱하지만 않으면 돼. 조금만 기다려, 자기."

나는 화를 내고 싶었다. 내 하체를 붙잡고 있는 그에게서 몸을 빼고, 누군지 전혀 모르는 이 사람이(그것도 동료 직원이) 내 옷과 몸매에 대해 불필요하게 단호하고 단정적인 말을 내뱉고 있다는 것에 대해 잠깐이라도 생각해보고 싶었다. 하지만 나는 그렇게 하지 않았다. 조롱이 아닌 웃음을 짓는 것처럼 보이는 그의 친절한 녹색 눈동자가 좋아져버린 것이었다. 하지만 그보다도 내가 통과했다는 사실이 기분좋았다. 이 사람이 바로 나이절이었다. 마돈나 프린스처럼 성은 없고 이름만 있는 사람. 나 같은 사람도 TV, 잡지, 사교계 소식 등을 통해 이미 알고 있을 정도로 그는 유명한 패션계의 권위자였다. 그런 그가 나를 자기라고 불러주었다. 게다가 내 다리가 예쁘다고 말했다! 그가 촌티라고 말한 건 귓등으로 넘겨버렸다. 난 이 사람이 마음에 들었다.

나를 좀 가만히 내버려두라고 말하는 에밀리의 목소리가 들렸다. 난 그가 가지 않았으면 했다. 하지만 너무 늦었다. 그는 벌써 등뒤로 털 망토를 펄럭이며 문 쪽으로 가고 있었다. 그를 불러 만나서 반가웠다고 말하고 싶었다. 그의 말에 화나지 않았다고, 그가 나를 변신시켜주겠다고 해서 기뻤다고 말해주고 싶었다. 하지만 내가 입을 떼기도 전에 나이절은 휙 돌아서더니 단 두 걸음 만에 내 앞에 와 있었다. 한 걸음이 긴 점프 같았다. 그는 내 앞에 똑바로 서서 근육질의 커다란 팔로 내 몸을 감싸안고 자기 쪽으로 눌렀다. 내 머리가 그의 가슴에 닿았다. 그에게서 존슨즈 베이비 로션 향이 났다. 나도 그를 껴안아줘야겠다고 생각한 순간, 그는 나를 확 밀어내고 내 양손을 맞잡았다. 그러고는 하이 톤의 목소리로 외쳤다.

"인형의 집에 온 걸 환영해, 베이비!"

5

"그 남자가 뭐랬다고?" 릴리는 녹차 아이스크림을 한 숟갈 떠 핥으면서 물었다. 나는 아홉시에 스시 삼바에서 릴리를 만나 회사에서의 첫날 얘기를 해주었다. 부모님은 첫 월급이 나오기 전까지 비상용 신용카드 대금을 지불해주겠다고 마지못해 약속했다. 나는 매운맛 참치롤과 해초 샐러드를 먹는 것을 비상시에 해당하는 걸로 생각해버리기로 했다. 릴리와 나를 이렇게 배불리 먹여주시는 부모님께 속으로 감사를 드리면 되는 거지 뭐.

"그 남자가 그랬다니까. '인형의 집에 온 걸 환영해, 베이비.' 진짜 멋있지 않니?"

숟가락이 허공에 멈추었고, 릴리는 입을 딱 벌리고 나를 바라보았다.

"와, 너 진짜 멋진 일자리를 구했구나." 대학원에 가기 전에 일

넌쯤 직장생활을 해볼 걸 그랬다고 늘 한탄하는 릴리가 말했다.

"진짜 그렇지? 좀 이상한 구석도 있지만, 아무튼 멋있긴 해. 다시 학생이 돼서 이런 일을 안 하고 싶다는 마음도 조금은 있고." 내가 초콜릿이 흘러나오는 브라우니를 야금거리며 말했다.

"너 지금 징글징글하게 비싸고 아무짝에도 쓸모없는 박사학위를 따기 위해 파트타임으로 일하고 싶어 죽겠지? 학부생들이 다니는 술집에서 바텐더로 일하고, 새벽 네시까지 1학년 애들한테 시달리고, 다시 하루종일 학교에 있는 게 부러운 거잖아. 안 그래? 게다가 앞으로 십칠 년쯤 뒤에 학위과정을 간신히 끝낸다 해도 일자리를 얻을 가능성은 꽝이라는 것도 잘 알고 말이야. 물론 학위를 끝낼 가능성도 별로 없지만." 릴리는 억지로 웃고는 자기 앞에 있는 삿포로 맥주를 벌컥 들이켰다. 그녀는 컬럼비아대학에서 러시아문학 박사학위를 받으려고 공부하는 중이었고, 자투리 시간에는 온갖 아르바이트에 매달렸다. 그녀의 할머니는 당신이 먹고살 돈도 거의 없었고, 릴리는 석사과정을 마치기 전까지는 장학금을 기대할 수 없었다. 지금 이 시간에 여기 나와 있다는 게 놀라울 정도였다.

릴리가 신세한탄을 할 때마다 그랬듯 이번에도 난 그 미끼를 덥석 물었다. "릴리, 그러면서 뭐하러 공부를 해?" 그 대답을 백만 번쯤 들었지만 나는 또 물어봤다.

릴리는 코웃음을 치더니 또다시 눈을 굴렸다. "좋아하니까!" 그녀는 빈정거리며 노래하듯 말했다. 불평하는 걸 훨씬 재미있어 해 절대 인정하려 들지 않았지만, 릴리는 자신이 하는 공부를 정말 사랑했다. 8학년 때 선생님에게 그녀의 동그란 얼굴과 검은

곱슬머리를 보면 그가 늘 꿈꿔왔던 롤리타가 생각난다는 말을 들은 후부터 릴리는 러시아문학을 파고들었다. 그녀는 곧장 집에 가서, 교사와 롤리타의 관계 따위는 생각도 하지 않은 채 성도착증에 대한 나보코프의 대작을 탐독했고, 그다음에는 나보코프의 모든 작품을 해치웠다. 톨스토이, 고골, 그리고 체호프도. 대학에 지원할 때가 되자, 릴리는 브라운대학의 어느 러시아문학 교수를 지목해 그 밑에서 공부하겠다고 했다. 열일곱 살짜리 릴리를 면접한 교수는 그녀가 학부, 대학원생 가릴 것 없이 자기가 본 학생 중에서 러시아문학을 가장 많이 읽은 가장 열정적인 학생이라고 단언했다. 그녀는 지금도 러시아문학을 사랑했고, 러시아어 문법을 공부했고, 원본으로 뭐든 읽어낼 수 있었다. 그리고 그것에 대해 넋두리하는 걸 무척 즐겼다.

"그래, 나도 알아. 내가 지금 정말 웃긴 일을 하고 있다는 거. 타미 힐피거? 샤넬? 오스카 드 라 렌타의 아파트? 참 끝내주는 첫날이지. 〈뉴요커〉로 한 발짝 다가가기 위해 왜 이런 일을 해야 하는지 모르겠어. 하지만 속단하기엔 이를지도 몰라. 아직은 이 상황이 현실로 느껴지지 않거든."

"그래, 언제든 현실로 돌아오고 싶거든 날 찾아와." 릴리가 가방에서 교통카드를 꺼내면서 말했다. "작은 게토가 그리워서 몸부림칠 지경이라면, 할렘에서 진짜 현실을 맛보고 싶다면, 화려한 일곱 평짜리 내 원룸이 널 기다리고 있을 거야."

내가 식사를 계산하고 우리는 작별의 포옹을 했다. 그녀는 크리스토퍼 스트리트와 세븐스 애비뉴가 만나는 곳에서 업타운의 내 방까지 가는 길을 자세히 가르쳐주었다. 우리집으로 가려면 지하철 L선을 타고 가다 6호선으로 갈아타고, 96번가에서 내려 걸어가야 했다. 나는 잘 알아들었다며 고개를 열심히 끄덕였다. 하지만 릴리가 사라지자마자 바로 택시를 잡아탔다.

이번 한 번만이야. 나는 따뜻한 뒷좌석에 폭 파묻혀 운전기사의 체취를 애써 피하며 생각했다. 난 이제 〈런웨이〉 직원이라고.

첫 주의 나머지 날도 첫날과 다를 게 없어서 나는 기분이 좋았다. 금요일, 에밀리와 나는 아침 일곱시에 로비에서 만났다. 그녀는 내가 찍은 기억조차 없는 사진이 박힌 내 ID카드를 건네주었다.

"보안 카메라에 찍힌 거예요." 내가 ID카드를 들여다보자 그녀가 말했다. "알겠지만 사방이 카메라예요. 촬영 때문에 협찬받는 옷이랑 보석 같은 걸 훔쳐가는 인간들이 있거든요. 심부름하는 사람들도 그렇지만, 가끔 에디터들까지 그대로 꿀꺽할 때가 있어요. 그래서 추적을 하는 거죠." 그녀가 판독기에 카드를 대자 두꺼운 유리문이 철컥 열렸다.

"추적이요? 그게 무슨 말이죠?"

그녀는 재빨리 복도를 따라 내려가 사무실로 향했다. 몸에 딱 붙는 갈색 세븐 코듀로이 바지 안에서 엉덩이가 앞뒤로 흔들렸다. 그녀는 어제 내게 세븐 바지를 한 벌, 아니 열 벌쯤 사는 걸 진지하게 고려해보라고 충고했다. 진이나 코듀로이 바지 중에서는 미란다가 사무실에서 입어도 된다고 허락한 유일한 상표라는 것이었다. MJ도 괜찮다. 단, 금요일에, 그것도 하이힐을 신을 경우에만 가능했다. MJ라고? "마크 제이콥스 말이에요." 그녀가 짜증을 냈다.

"어쨌든 카메라와 카드만 보면 모두 뭘 하고 있는지 알 수 있어요." 그녀는 구찌 로고가 프린트된 토트백을 책상에 올려놓으며 말했다. 그러고는 몸에 딱 맞는 가죽 블레이저의 단추를 풀기 시작했다. 11월 말의 날씨에 알맞은 옷이라고는 볼 수 없었다. "사실 뭐가 없어지지 않는 한 카메라를 들여다보진 않겠죠. 하지만 카드를 보면 다 알 수 있어요. 당신이 경비 데스크를 지나려고 아래층에서 체크하거나, 우리 층 입구에서 안으로 들어오기 위해 체크하는 순간부터 당신 위치가 파악되거든요. 사람들이 일을 하고 있는지도 그런 식으로 파악하는 거예요. 그러니까 밖으로 나가야 한다면, 물론 그럴 리는 없겠지만, 내게 카드를 줘요. 그럼 내가 체크해줄게요. 그렇게 해야 당신이 하루종일 자리를 비워도 월급을 받을 수 있어요. 내가 자리를 비울 경우엔 당신이 그렇게 해주면 돼요. 다들 그렇게 하거든요."

나는 '그럴 리는 없겠지만'이란 말 때문에 비틀거리고 있었지만, 그녀는 브리핑을 계속했다.

"레스토랑에서 식사할 때도 이걸 쓰면 돼요. 현금카드 기능도 하거든요. 돈을 충전해놓으면 쓸 때마다 빠져나가는 거예요. 물론 당신이 뭘 먹는지도 이걸 통해 알 수 있죠." 그녀는 미란다의 사무실 문을 열고 들어가면서 말했다. 그러고는 곧바로 와인을 포장하기 시작했다.

"뭘 먹는지도 상관한단 말이에요?" 영화 〈슬리버〉의 한 장면 속으로 막 들어온 것 같은 느낌이 들어 내가 물었다.

"글쎄? 잘 모르겠는데요. 하지만 그럴 수도 있지 않을까요? 어쨌든 회사에서는 다 파악할 수 있어요. 피트니스센터에서도 그 카드를 쓰고 신문판매대에서 책이나 잡지를 살 때도 마찬가지예요. 그래야 윗사람들이 체계적으로 일하는 데 도움이 된다나봐요."

체계적이라고? 직원들이 어느 층에 가 있는지, 점심으로 양파 수프를 좋아하는지 시저 샐러드를 좋아하는지, 직원들이 몇 분이나 일립티컬 머신을 견디며 탈 수 있는지 알아내는 걸 '체계적으로 일하는 것'이라고 규정한 회사에 내가 다니고 있는 거란 말이야? 세상에, 운도 좋아! 정말 그런 거야?

나흘 연속 다섯시 삼십분에 일어나느라 기운이 빠진 나머지, 외투를 벗고 책상에 앉아 일할 힘을 내는 데만 오 분이 걸렸다. 머리를 대고 엎드려서 잠깐 쉴까 했던 것도 잠시, 에밀리가 헛기침을 했다. 그것도 크게.

"음, 여기 와서 날 도와주고 싶은 마음 없어요?" 딱히 질문 같지는 않았지만, 어쨌든 그녀는 그렇게 말했다. "여기요. 포장하면 돼요." 그녀는 흰 종이 한 묶음을 내 쪽으로 밀어놓고는 하던 일을 계속했다. 그녀의 아이맥에 따로 장착한 스피커에서 주얼의 노래가 쾅쾅댔다.

자르고, 놓고, 접고, 테이프 붙이고. 에밀리와 나는 아침 내내 쉬지 않고 일했다. 상자 스물다섯 개 포장을 마치고 아래층 메신저센터에 전화할 때만 제외하고. 그쪽에서는 우리가 12월 중순에 맨해튼 도처에 발송하라고 지시할 때까지 그것들을 보관할 것이다. 첫 출근 후 이틀 동안 우리는 뉴욕 외 지역에 보낼 와인을 포장해놓았고, 그것들은 DHL을 기다리며 클로짓에 쌓여 있었다. 선물은 바로 다음날, 그것도 되도록 이른 시간에 목적지에 도착하도록 특급우편으로 발송되는데, 그렇게 서두르는 이유를 알 수가 없었다. 이제 겨우 11월 말인데 말이야. 난 질문은 안 하는 게 상책이라는 걸 이미 터득했다. 우리는 와인 150병을 전 세계에 페덱스로 보낼 예정이었다. 프리스틀리가 보내는 와인은 파리, 칸, 보르도, 밀라노, 로마, 피렌체, 바르셀로나, 제네바, 브루게, 스톡홀름, 암스테르담, 런던으로 가게 된다. 특히 런던에는 수십 병이나 보낸다! 베이징과 홍콩, 케이프타운, 텔아비브, 두바이까지는 페덱스를 통해 비행기편으로 보낼 것이다. 로스앤젤레스, 호놀룰루, 뉴올리언스, 찰스턴, 휴스턴, 브리지햄프턴, 낸터킷에서 사람들은 미란다 프리스틀리를 위해 건배할 것이다. 그리고 나머지는 뉴욕에 있는 사람들을 위한 것이었다. 여기에는 미란다의 친구와 의사, 도우미, 헤어스타일리스트, 보모, 메이크업 아티스트, 정신과의사, 요가강사, 개인 트레이너, 운전기사, 개인 맞춤형 쇼핑 담당자가 포함된다. 물론 이곳 뉴욕은 대부분의 패션 산업 종사자들이 사는 곳이기도 하다. 디자이너, 모델, 배우, 에디터, 광고 종사자, 홍보 담당 그리고 패션리더들은 각각 엘리아스 클라크에서 보내온 자신의 수준에 맞는 와인을 감사한 마음으로 받을 것이다.

"비용이 얼마나 들까요?" 나는 두꺼운 흰 종이를 백만 장째 자르면서 물었다.

"말했잖아요. 와인을 2만 5천 달러어치 주문했다고."

"아뇨, 아뇨. 전부 다 해서요. 이 소포를 하루 안에 전 세계에 보내는 데 드는 돈이요. 배보다 배꼽이 더 큰 경우도 있잖아요. 별 볼 일 없는 와인을 받는 경우라면."

그녀는 흥미가 생긴 것 같았다. 내 말에 역겨움이나 짜증, 무관심이 아닌 표정을 보인 건 이번이 처음이었다. "글쎄요. 페덱스 요금은 보통 국내가 20달러 정도 할 테고 해외는 60달러 정도, 그럼 페덱스 요금만 9천 달러군요. 소포 한 개당 배달원에게 11달러를 내야 하니까, 박스 250개를 보내려면 2천750달러. 그리고 우리가 쓰는 시간도 있죠. 다 싸는 데 일주일이 꼬박 걸린다고 하면, 우린 둘이니까 이 주일 치 급료로 치면 4천……"

우리 둘의 일주일 치 급료를 합쳐봤자 새 발의 피라는 걸 깨닫는 순간 나는 속으로 움찔했다.

"그러면 다해서 1만 6천 달러 정도 나오네요. 어마어마하죠? 하지만 무슨 상관이에요? 미란다 프리스틀리인데요 뭐."

오후 한시쯤 되자 에밀리는 배가 고프다며 액세서리 담당 몇 명과 함께 점심을 먹으러 아래층으로 내려갔다. 나는 그녀가 점심을 사올 줄 알았다. 이번주 내내 그런 패턴이었기 때문이다. 십 분쯤 기다렸다. 하지만 십오 분, 이십 분이 지나도 그녀는 점심을 들고 나타나지 않았다. 내가 여기 다니게 된 이래 우리는 미란다의 전화가 두려워 레스토랑에 가서 제대로 점심을 먹어본 적이 없었다. 하지만 이번엔 좀 이상했다. 두시가 되고, 두시 삼십분이 되고 세시가 되었다. 너무 배가 고파서 눈이 핑핑 돌 지경이었다. 에밀리의 휴대폰으로 전화해봤지만, 음성메시지 안내만 들렸다. 레스토랑에서 죽었나? 양상추 같은 걸 먹다가 목에 걸렸나? 아니면 스무디를 마시고 고꾸라졌나? 나는 다른 사람에게 점심을 좀 사다달라고 부탁할까 생각해봤다. 하지만 전혀 모르는 사람에게 그런 걸 부탁하려니 공주병 환자로 보일 것 같았다. 점심 배달원 노릇을 해야 할 사람은 정작 나인데 말이다. 오, 이봐요. 난 선물 포장하는 일을 내팽개치기엔 너무 중요하신 몸이라서. 그러니 당신이 나를 위해 칠면조 고기와 브리치즈가 든 크루아상 좀 사다줄 수 없겠어? 고마워. 이러면 좋겠지만 그럴 수 없었다. 오후 네시가 다 되었는데도 에밀리는 코빼기도 보이지 않았고, 미란다한테서는 전화 한 통 없었다. 그래서 나는 감히 생각할 수 없는 일을 하기로 했다. 사무실을 비우고 밖으로 나간 것이다.

복도를 엿보고 에밀리가 없는 것을 확인한 뒤, 나는 쏜살같이 안내 데스크로 뛰어가 아래층으로 내려가는 버튼을 스무 번쯤 눌러댔다. 안내원인 아름다운 아시아인 소피가 눈썹을 치켜올리더니 눈길을 돌렸다. 내가 참을성 없이 굴어서인지, 미란다의 사무실을 비웠다는 걸 알고 그런 건지 파악이 되지 않았다. 하지만 생각할 겨를이 없었다. 마침내 엘리베이터가 도착했다. 뾰족뾰족 세운 머리카락에 연녹색 푸마 옷을 입은, 냉소적인 마약중독자처럼 마른 남자가 '닫힘' 버튼을 누르는 찰나, 난 얼른 올라탔다. 공간도 넉넉하건만 아무도 날 위해 한 발짝도 비켜서주지 않았다. 여느 때 같으면 무척 열받았겠지만, 내 머릿속엔 빨리 점심을 사서 돌아오겠다는 생각뿐이었다.

유리와 화강암으로 된 레스토랑 입구는 실습중인 딱딱이들로 바글바글했다. 그들은 서로 기댄 채 속삭이며 엘리베이터에서 내리는 사람들을 뜯어보고 있었다. 엘리베이터에서 내려 홀 한가운데 서서 흥분을 감추지 못하는 걸로 보아, 에밀리가 전에 말한 '엘리아스 직원들의 친구들'이라는 생각이 들었다. 릴리도 이 레스토랑에 한번 데리고 가달라고 부탁한 적이 있었다. 다양하고 맛있는 음식을 고루 갖추었다는 기사가 맨해튼의 거의 모든 신문과 잡지에 났기 때문이다. 하지만 난 아직 그럴 여유가 없었다. 게다가 에밀리와 내가 협상한 복잡하기 짝이 없는 사무실 지킴이 스케줄을 수행하느라, 음식을 골라 돈을 지불하기까지 이 분 삼십 초 외에는 단 일 초도 더 쓴 적이 없었다. 그러니 앞으로도 내가 친구를 데리고 이곳에 오게 될 일은 없을 듯했다.

내가 딱딱이들을 밀며 앞으로 나아가자 그녀들은 혹시 내가 뭐라도 되는 사람인가 싶어 쳐다보았다. 아니올시다. 나는 부지런히 인파를 뚫고 메인 요리 코너에 있는 사람들을 마구 밀어젖히며 먹음직스러운 양고기 목덜미 살과 마르살라 와인에 재운 송아지 요리 앞을 지나갔다. 사람들이 '탄수화물 코너'라고 부르는, 옆줄로 쫓겨나 있는 작은 테이블 위에 있는 선드라이드 토마토와 염소치즈로 토핑한 특선 피자도 그냥 지나쳤다. 레스토랑의 '주요리'인 샐러드 바("우리 '그린'에서 만나자"라고 할 때처럼 '그린'이라고도 한다)엔 접근조차 쉽지 않았다. 네 방향으로 트인 샐러드 바 앞의 줄은 비행기 활주로만큼이나 길었다. 내가 마지막 남은 두부 조각을 노리는 게 아니라고 큰 소리로 말하자 사람들이 길을 비켜주었다. 나는 메이크업 카운터처럼 생긴 파니니 스탠드 바 뒤쪽에 외롭게 서 있는 수프 테이블로 향했다. 이 레스토랑에서 저지방, 탈지방, 저염분, 저탄수화물 요리를 고집하지 않겠다고 선언한 건 이 수프 담당 요리사뿐이었다. 그가 단호히 거부한 결과, 레스토랑을 통틀어 그의 수프 테이블에만 사람들의 줄이 없었고, 나는 날마다 그쪽으로 뛰어갔다. 이 회사에서 수프를 사는 사람은 나밖에 없는지, 레스토랑측에서는 수프 메뉴를 하루에 하나로 줄여버렸다. 나는 토마토 체다 수프가 있기를 간절히 바랐지만, 요리사는 고지방 크림을 넣어 만들었다고 자랑하며 뉴잉글랜드 클램차우더를 한가득 퍼주었다. 샐러드 바에 있던 사람 세 명이 고개를 돌려 신기하다는 듯 날 봤다. 이제 남은 일은 머리끝에서 발끝까지 하얀색으로 차려입은 특별 출장 요리사의 테이블 주변에 모여 있는 수많은 사람을 피해가는 일이었다. 그는 큼직한 생선회 조각을 늘어놓고 있었고, 사람들은 감탄하며 지켜보았다. 풀 먹인 흰색 깃에 달린 이름표에 '노부 마쓰히사'라는 이름이 적혀 있었다. 나는 사무실로 돌아가 그가 누구인지 알아보기 위해 이름을 기억해두었다. 거기 있는 엘리아스 클라크 직원 중에서 오직 나만 그에게 아부하지 않은 것 같아서였다. 마쓰히사라는 이름과 미란다 프리스틀리라는 이름 중 어느 쪽을 들어본 적 없는 게 더 나쁜 걸까?

자그마한 체구의 계산원이 수프를 보고 나서 금전등록기를 열더니 내 엉덩이를 내려다보았다. 아니, 그런 것 같았다. 어딜 가든 사람들이 위아래로 훑어보는 것에 점점 익숙해지고 있었다. 그녀가 빅맥 여덟 개 앞에 앉아 있는 200킬로그램의 뚱보를 바라보듯 나를 보는 것만 같았다. 그녀가 "아니, 정말 그걸 먹으려고요?"라고 묻는 듯 눈썹을 치켜올렸던 것이다. 아니야. 나는 근거 없는 생각을 털어버렸다. 이 여자는 체중 관리 카운슬러나 패션 잡지 에디터가 아니라 카페테리아의 계산원일 뿐이잖아?

"요즘엔 이런 수프를 사는 사람이 별로 없거든요." 그녀는 금전등록기의 숫자를 치면서 낮은 목소리로 말했다.

"네, 뉴잉글랜드 클램차우더 같은 걸 먹는 사람이 그리 많지 않겠죠." 나는 카드를 긁고 그녀의 손이 더 빨리, 좀더 빨리 움직이기를 바라면서 웅얼거렸다.

그녀는 동작을 멈추고 가느다란 갈색 눈으로 나를 똑바로 보았다. "아니요, 수프 담당 요리사가 지방을 조금도 덜어내지 않고 만들려고 해서 그런 거예요. 그게 칼로리가 얼마나 높은지 알고 있어요? 그 컵 하나 정도면 얼마 안 되는 것 같아도 얼마나 살이 찌는지 알아요? 보기만 해도 5킬로그램은 늘 것 같다니까요." 그 말에는 당신은 5킬로그램쯤 쪄도 되는 사람이 아니잖아요, 라는 뜻이 숨어 있었다.

아, 찔려. 늘씬한 〈런웨이〉의 모든 여자들이 노골적으로 나를 뜯어볼 때면, 나는 나 자신이 보통 키에 보통 몸무게라고 도저히 확신할 수가 없었다. 이제 이 계산원마저 의도적으로 내가 뚱뚱하다는 말을 하고 있어! 나는 테이크아웃 봉투를 휙 낚아채 사람들을 밀치며 밖으로 나와 편리하게도 레스토랑 바로 밖에 위치한, 폭식 후에 먹은 것을 도로 게워낼 수 있는 화장실로 들어갔다. 물론 거울은 오늘 아침 보여준 것 이상을 비춰주진 않을 거야. 나는 머리를 들고 거울 속을 똑바로 응시했다. 잔뜩 화가 나서 찌푸린 얼굴이 나를 쏘아보고 있었다.

"대체 여기서 뭘 하고 있는 거예요?" 에밀리가 거울에 비친 내 모습을 보고 비명을 지르다시피 했다. 돌아보니 구찌 문양 토트백 손잡이 사이에 가죽 블레이저를 끼워 넣은 채 선글라스를 머리 위로 올린 그녀가 서 있었다. 나는 갑자기 세 시간 반 전에 에밀리가 말한 것이 무슨 뜻인지를 깨달았다. 점심을 먹으러 나갔다 온다는 건 진짜 그 뜻이었던 것이었다. 정말로 밖으로 나간다는 뜻이었다. 아무 연락 없이 세 시간이나 나를 혼자 내버려두고, 먹을 것을 사오거나 화장실 갈 틈을 낼 수 있을 거란 희망도 없이 전화통에 매달리게 해놓는다는 뜻이었다. 하지만 그런 건 상관없었다. 어차피 나는 사무실을 비우면 안 된다는 것을 잘 알고 있었고, 어기면 내 또래밖에 안 된 그녀에게 잔소리를 듣게 된다는 것도 알고 있었기 때문이다. 다행히 문이 열리면서 〈코케트〉의 편집장이 들어왔다. 그녀가 우리를 위아래로 훑어보자, 에밀리는 내 팔을 잡고 화장실 밖으로 나가 엘리베이터 쪽으로 갔다. 우리는 서로 붙어 있다시피 서 있었다. 그녀가 내 팔을 꽉 붙잡고 있는 동안 방금 침대에 오줌을 싸버린 것 같은 기분이 들었다. 우리는 백주 대낮에 납치범이 한 여성의 등에 총을 겨누고 조용히 그녀를 협박하며 고문 장소인 지하실로 끌고 가는 장면을 연출하고 있었다.

"어떻게 이럴 수가 있죠?" 그녀는 〈런웨이〉 안내 데스크 문안으로 나를 밀어넣으면서 으르렁거렸다. 너무 빠르게 들어가는 바람에 우리는 각자의 책상에 부딪힐 뻔했다. "선임 어시스턴트로서 나는 우리 사무실에서 일어나는 일에 대한 책임이 있어요. 물론 당신이 갓 입사한 신입사원이라는 건 알고 있어요. 하지만 첫날부터 얘기했잖아요. 미란다 옆엔 항상 우리가 있어야만 한다고."

"하지만 미란다는 여기 없잖아요." 목소리에 울음이 섞여 나왔다.

"당신이 여기 없는 동안 전화할 수도 있잖아! 그런데 그놈의
전화를 받는 사람이 하나도 없다고 생각해보란 말이야!" 그녀는
어시스턴트 사무실의 문을 쾅 닫으며 고함을 쳤다. "가장 중요한
건 미란다 프리스틀리야. 그것밖에 없어. 잘하기가 그렇게 힘들
다면, 수백만 여자들이 당신 일을 하고 싶어 죽을 지경이라는 걸
기억해둬. 자, 음성메시지를 확인해봐. 혹시 미란다가 전화했다
면 우린 죽은 목숨이야. 당신은 죽었어."

난 아이맥 안으로 기어들어가 콱 죽어버리고 싶었다. 출근한
지 겨우 일주일 만에 이렇게 엉망진창으로 만들다니! 사무실에서
아직 미란다의 얼굴도 못 봤는데 벌써 그녀를 실망시키다니. 배
가 좀 고프면 어때? 참을 수도 있었잖아. 정말 중요한 사람들이
일을 하느라 애쓰고 있는데, 그들은 내 도움을 필요로 하는데, 난
그들을 실망시킨 거야. 나는 내 자동응답기를 확인해보았다.

"안녕, 앤디. 나야." 앨릭스였다. "어디 있어? 언제나 전화받더
니. 오늘 저녁 같이 먹기로 한 거 변동 없지? 가고 싶은 데 있으면
전화해줘. 네시 이후에 계속 교사 휴게실에 있을 거야. 사랑해."
메시지를 듣자마자 죄책감이 들었다. 방금 일어난 소동 때문에
약속을 미룰 생각을 했기 때문이다. 이번주는 너무 정신이 없어
서 우린 서로 얼굴 볼 틈도 없었다. 그러다가 드디어 오늘밤 우리
끼리 저녁을 먹기로 특별 계획을 짠 것이었다. 와인을 마시다 먼
저 잠들어버리면 김샐 것 같아 일단 나 혼자 하룻밤 푹 쉬고 싶었
다. 약속을 다음날로 미루자는 전화를 잊지 말고 해야겠다는 생
각이 들었다.

에밀리는 벌써 자기에게 온 음성메시지를 확인하고 나를 내려

다보며 서 있었다. 표정이 비교적 차분한 것으로 보아 미란다가 그녀를 죽여버리겠다는 협박 메시지를 남긴 것 같지는 않았다. 나는 내게도 미란다의 전화가 오지 않았음을 표현하느라 머리를 가로저었다.

"안녕, 앤드리아. 카라예요." 미란다의 보모였다. "미란다가 조금 아까 여기로 전화했어요(가슴 철렁!). 사무실에 전화했는데 아무도 받지 않더래요. 무슨 일이 생겼나 싶어서 내가 방금 전에 당신과 에밀리와 통화했다고 말해뒀어요. 그러니 너무 걱정 마요. 〈위민스 웨어 데일리〉를 팩스로 보내달래요. 마침 여기 한 부 있어서 내가 보냈어요. 벌써 받은 걸 확인했으니 스트레스받지 말아요. 그냥 전해주는 거예요. 그럼 주말 잘 보내요. 나중에 또 전화하죠. 안녕."

생명의 은인! 그 여자는 정말 천사였다. 사랑한다는 생각까지 들 정도여서 그녀를 알게 된 지(직접 본 것도 아니고 전화상으로만) 일주일밖에 안 되었다는 게 믿어지지 않았다. 그녀는 모든 면에서 에밀리와 정반대였다. 차분하고, 정확하고, 패션과는 거리가 먼 사람이었다. 그녀는 미란다가 불합리하다는 것을 잘 알고 있었지만 기분 나빠하지 않았다. 카라는 자기와 다른 사람들에 대해 웃어넘길 수 있는 극히 드물고 매력적인 성품을 가진 사람이었다.

"아니요, 미란다는 아니에요." 나는 에밀리에게 완전한 거짓말은 아니지만 미묘한 거짓이 담긴 말을 하면서 승리의 미소를 지었다. "우린 이제 괜찮아요."

"당신이 괜찮은 거겠지. 이번에는." 그녀는 딱 잘라 말했다.

"기억해둬요. 우린 한몸이야. 하지만 내가 윗사람이라고. 내가 가끔 점심을 먹으러 나가고 싶어하면 당신이 내 방패막이가 되어줘야 해. 난 그럴 자격이 있어. 앞으로 이런 일이 두 번 다시 일어나선 안 돼. 알았죠?"

나는 말대꾸라도 하고 싶었지만 꾹 참았다. "알았어요, 알았다고요."

우리는 나머지 와인을 다 포장해서 그날 저녁 일곱시까지 배달원에게 모두 넘겨주었다. 에밀리는 사무실을 비운 일에 대해 더는 말하지 않았다. 마침내 나는 여덟시에 택시 안으로(이번 한 번만 더!) 픽 쓰러졌다. 그리고 밤 열시에는 옷을 입은 채로 이불 위에 완전히 뻗어버렸다. 그때까지 아무것도 못 먹었다. 지난 나흘간 밤마다 먹을 것을 사러 나갔다가 길을 잃었다. 그짓을 다시 되풀이한다는 생각만 해도 온몸이 부르르 떨렸다. 나는 릴리에게 하소연하려고 새 뱅앤올룹슨 전화기로 전화를 걸었다.

"안녕! 오늘 앨릭스랑 데이트하는 거 아니었어?"

"응, 그러기로 했었는데, 앨릭스가 내일 만나도 괜찮다고 했어. 나 지금 죽을 지경이야. 그냥 시켜 먹을까봐. 넌 오늘 어떻게 지냈니?"

"딱 한마디로 할게. 돌아버리겠어. 어떤 일인지 넌 상상도 못할걸? 아니, 할 수는 있겠구나. 그건 항상 일어나는……"

"본론만 말해, 릴리. 난 당장이라도 돌아가실 것 같아."

"알았어. 귀여운 남자애 하나가 내 강독 수업에 들어왔어. 수업 내내 앉아 있는데, 정말 매력적으로 생겼더라. 끝나고 날 기다리고 있다가 같이 술 한잔할 수 있냐고 묻는 거 있지? 게다가 내가 브라운대학 다닐 때 발표한 논문을 읽었다면서 같이 그 얘기를 좀 하재."

"음, 괜찮은데? 어떤 앤데?" 릴리는 일이 끝나면 거의 매일 밤 다른 남자들과 놀러 다녔다. 하지만 아직 릴리의 점수표를 완성시킨 남자는 없었다. 우리가 알고 지내는 남자들이 '10-10 점수표'를 고안해 데이트 상대의 점수를 매긴다는 얘길 들은 어느 밤, 릴리는 자기만의 사랑의 분수표를 만들어냈다. "저 여자는 6, 8, B$^+$야." 제이크는 전날 밤 소개받은 광고학과 조교의 점수를 그렇게 매겼다. 점수는 1점부터 10점까지였다. 맨 처음 숫자는 얼굴, 그다음은 몸매, 마지막은 좀더 일반화된 방식인 ABCD로 점수를 매긴 성격이라는 걸 전제로 했다. 하지만 남자를 평가하는 작업에는 좀더 많은 요소가 필요했다. 릴리가 고안한 표에는 열 개 항목이 있고, 각 항목마다 점수가 매겨졌다. '완벽남'은 기초항목 다섯 개, 즉 지성, 유머 감각, 괜찮은 몸매, 귀여운 얼굴에 평균 수준의 직업을 갖춰야 했다. 하지만 그런 완벽남을 찾아내기란 거의 불가능하니, 대강 다음의 다섯 항목에서 점수를 얻으면 된다. 사이코인 전 여자친구나 사이코 부모 또는 데이트 강간범 룸메이트가 확실히 없어야 하고, 스포츠나 포르노가 아닌 다른 특정한 것에 흥미를 가진 인간이면 된다. 지금까지 가장 높은 점수를 받은 사람은 9/10점이었다. 하지만 그 남자랑 릴리는 깨졌다.

"처음에 그 남자는 7/10은 확실할 것 같았어. 예일대학교에서 연극을 전공한대. 게다가 게이가 아니야. 이스라엘 정치에도 아주 박식해서 '그냥 핵무기를 날리면 되지' 같은 말은 한 번도 하지 않더라. 그래서 좋았어."

"괜찮아 보이는데. 그런데 결정적인 흠이 도대체 뭐야? 걔가 닌텐도 게임 얘기라도 한 거야?"

"더 좋지 않은 거야." 그녀는 한숨을 쉬었다.

"너보다 말랐어?"

"더 좋지 않다니까." 그녀는 좌절한 것 같았다.

"도대체 그것보다 나쁠 수 있는 게 뭔데?"

"롱아일랜드에 살아……"

"릴리! 그러니까 영 꽝인데 산다는 거야? 그렇다고 그것 때문에 걔랑 데이트할 수 없는 건 아니잖아! 예를 들면……"

"부모님이랑 산대." 그녀가 끼어들었다.

오.

"지난 사 년 내내."

오, 맙소사!

"게다가 걔는 그걸 너무 좋아해. 엄마 아빠가 너무 좋은 친구라, 이런 대도시에서 혼자 살 이유가 전혀 없대."

"헉! 더 말하지 마. 첫번째 데이트를 하자마자 7/10에서 0으로 떨어진 경우는 없었던 것 같아. 개 신기록을 수립했구나. 축하해. 네가 나보다 훨씬 비참한 하루를 보낸 것 같다." 샨티와 켄드라가 회사에서 돌아오는 소리가 나서 나는 방문을 닫으려고 몸을 뺐다. 남자 목소리도 들렸다. 얘네들이 남자친구도 있었나? 지난 일주일 동안 내가 그애들을 본 시간은 총 십 분 삼십 초에 지나지 않았다. 그애들은 나보다 더 늦게까지 일하는 것 같았다.

"그렇게 힘들어? 왜 그렇게 힘든 거야? 네 일은 패션 쪽인데……" 릴리가 말했다.

누가 조심스럽게 문을 두드렸다.

"잠깐만, 누가 왔나봐. 들어와요!" 나는 문에 대고 말했다. 이 작은 공간에서 내기엔 너무 큰 소리였다. 조용한 내 룸메이트가 부끄러워하며 뭘 물어보려나. 혹시 계약서에 내 이름을 기입하기 위해 집주인에게 전화하는 걸 잊진 않았는지(아니), 사놓은 종이 접시 좀 없는지(없는데), 전화 메시지 받아놓은 게 있는지(없어)…… 그런데 뜻밖에도 앨릭스의 모습이 보였다.

"릴리, 나중에 전화해도 돼? 앨릭스가 왔어." 뜻하지 않게 앨릭스가 나타나서 기분이 무척 좋아졌다. 하지만 그냥 샤워하고 침대로 기어들어가고 싶은 마음이 완전히 사라진 건 아니었다.

"물론이야. 안부 전해줘, 앤디. 앨릭스가 점수표에서 만점을 받았으니 넌 정말 좋겠다. 앨릭스는 참 괜찮은 애야. 꼭 잡아."

"내가 그걸 왜 모르겠니? 애는 완전 성인군자라고." 나는 앨릭스 쪽을 보며 빙긋 웃었다. "잘 있어."

"안녕!" 나는 일어나 앉은 뒤 침대에서 내려와 그에게 다가갔다. "이렇게 반가울 데가!" 나는 포옹하려고 했지만, 그는 팔을 등뒤로 뺀 채 물러났다. "왜 그래?"

"아무것도 아냐. 일주일 동안 많이 힘들었지? 내가 널 잘 알지. 아직 식사도 안 했을 거야. 그래서 먹을 걸 좀 가져왔어." 그는 등뒤에서 커다란 종이봉투를 내밀었다. 누런 봉투에 밴 기름 자국에서 벌써 맛있는 냄새가 솔솔 풍겨왔다. 갑자기 허기가 느껴지며 속이 쓰려왔다.

"웬일이니! 그러잖아도 먹을 걸 좀 사러 가야 하는데 왜 이렇게 몸이 말을 안 들을까 하며 앉아 있었어. 에라 관두자, 하던 참이었는데."

"그럼 어서 드시지요!" 그는 뿌듯해하면서 봉투를 열었다. 방이 너무 좁아서 바닥에 둘 다 앉을 수가 없었다. 내 방엔 부엌이 없으니 거실에서라도 먹을까 생각해봤지만, 켄드라와 샨티가 손도 안 댄 테이크아웃 샐러드를 앞에 놓은 채 TV 앞에 쓰러져 있었다. 보고 있던 〈리얼 월드〉가 끝난 다음에 먹으려는 줄 알았는데, 가만 보니 둘 다 이미 곯아떨어져 있는 것이었다. 아아, 달콤한 인생이여!

"잠깐만, 좋은 생각이 떠올랐어." 앨릭스는 까치발로 조심스럽게 부엌으로 갔다. 그는 커다란 쓰레기봉투 두 개를 들고 와서 푸른 이불 위에 펼쳐놓은 뒤, 기름기 있는 누런 봉투에서 푸짐한 특대형 햄버거 두 개와 특대형 감자튀김 하나를 꺼냈다. 날 위해 토마토 케첩과 소금은 물론 냅킨도 한가득 집어오는 걸 잊지 않았다. 나는 신이 나서 손뼉까지 쳤다. 실망스러운 표정이 휙 스치며 지금 햄버거 따위를 먹고 있는 거야?라고 말하는 미란다의 얼굴이 떠오르긴 했지만.

"이게 다가 아니야. 자, 봐." 그는 배낭에서 조그만 바닐라향 향초 한 움큼과 마개를 돌리기만 하면 되는 레드 와인 한 병 그리고 종이컵 두 개를 꺼냈다.

"말도 안 돼. 이거 꿈인가?" 내가 나지막하게 말했다. 난 데이트를 취소했는데, 그는 이것들을 사러 다닌 것이다. 어떻게 이럴 수가 있을까.

그는 내게 와인잔을 건네고 건배를 했다. "꿈 아니야. 네가 회사에 출근한 지 일주일이 되었는데 그 얘기를 안 듣고 넘어갈 순 없잖아? 내 사랑을 위해 건배!"

"고마워." 나는 천천히 한 모금을 마시면서 말했다. "고마워, 고마워, 고마워."

6

 "세상에, 이게 누구야? 패션잡지 에디터 아니야? 이리 와서 이 언니의 절이라도 받으렴." 현관문을 열어주며 나타난 질 언니가 환호성을 질렀다.

 "패션잡지 에디터?" 나는 픽 웃었다. "패션계의 사고뭉치라고 해야지. 문명세계로 돌아온 걸 환영해." 나는 언니를 꼭 껴안았다. 한 십여 분 그러고 있었는데도 포옹을 풀고 싶지가 않았다. 언니는 내가 아홉 살 때 나와 부모님을 남겨두고 스탠퍼드대학으로 떠났다. 그때도 정말 섭섭했지만, 언니가 지금의 남편인 남자친구를 따라 휴스턴으로 갔을 때는 너무도 슬펐다. 휴스턴이라니! 습도가 높아 눅눅하고 모기떼로 뒤덮여 도저히 살 수 없는 곳 같았다. 그뿐이면 모르지만 우리 언니가, 신고전주의 미술을 좋아하고 시를 읊을 때마다 내 가슴을 녹아내리게 하던 세련되고 아름다운 언니가 남부 사투리까지 쓰게 된 것이다. 그것도 미묘하고 매력적으로 남부 억양을 살짝 비치는 게 아니라, 으으, 교양 없는 남부 백인 노동자가 쓰는 귓속까지 파고드는 느릿느릿한 말투로 변해버렸다! 나는 형부인 카일이 그 비참한 곳까지 언니를 끌고 간 걸 아직도 용서할 수 없다. 형부로서는 꽤 괜찮은 사람이긴 하지만 말이다. 그리고 그가 입을 열자 상황은 전혀 좋아지지 않았다.

"처제, 잘 지냈어? 볼 때마다 점점 예뻐지는데에?" 볼 때마다 점점 예뻐지는데에? "〈런웨이〉에서 처제에게 뭘 먹이기에 그래애?"

나는 테니스공으로 형부의 입을 틀어막아 더는 말을 못 하게 하고 싶었지만 형부가 빙그레 웃자 가서 껴안아주고 말았다. 형부는 말투도 시골뜨기 같은데다 너무 자주 헤벌쭉 웃었다. 그러나 형부는 정말 잘하려고 노력했고, 언니를 진심으로 사랑했다. 나는 형부가 말할 때 내놓고 싫은 표정을 짓지 않겠다고 다짐했다. "글쎄요, 잘 먹여주는 동네는 아닌 것 같은데요. 음식이 아니라 물이 다른 거죠 뭐. 그런데 형부, 형부도 아주 좋아 보여요. 그 비참한 도시에서 우리 언니를 계속 바쁘게 만들고 있겠죠?"

"처제도 한번 와. 앨릭스와 함께 오면 괜찮은 휴가를 보낼 수 있을 거야. 생각처럼 나쁜 곳은 아니라고." 형부는 빙그레 웃고 나서 언니를 보며 다시 싱긋 웃었다. 그러자 언니는 생글거리며 손등으로 형부의 뺨을 어루만지는 게 아닌가. 으, 닭살!

"정말이야, 앤디. 휴스턴은 문화적으로 풍요로운 도시야. 할 게 아주 많아. 네가 좀 자주 오면 좋을 텐데. 우리가 여기 와야만 네 얼굴을 볼 수 있다니 정말 너무한 거 아니니?" 언니는 그렇게 말하며 거실 쪽으로 마구 손을 흔들었다. "내 말은, 에이번을 참아낼 수 있다면 휴스턴도 당연히 참을 수 있다는 뜻이야."

"앤디, 너 왔구나. 여보, 뉴욕에서 직장 다니는 아가씨가 왔네요. 와서 반겨줘야죠." 엄마가 부엌 모퉁이를 돌아나오며 외쳤다. "기차역에 도착해서 전화할 줄 알았는데."

"에리카랑 같은 기차를 탔어. 마이어스 부인이 에리카를 데리러 나와서 그 차를 같이 타고 왔어. 엄마, 밥은 언제 먹어? 나 배고파 죽겠는데."

"지금 줄게. 일단 좀 씻을래? 기다릴 수 있어? 기차 타고 와서 그런지 지쳐 보이는구나. 씻고 싶으면……"

"엄마!" 나는 엄마를 쏘아보았다.

"앤디! 꼭 폭탄 같구나. 이리 와서 아빠도 껴안아줘야지." 키도 크고 오십대 중반인데도 아직 멋진 아빠가 복도에서 웃으며 나타났다. 아빠는 등뒤에 스크래블* 상자를 감추고 있다가 내게만 다리 옆으로 살짝 보여줬다. 그러고는 가족들의 시선이 다른 델 향하길 기다렸다가 그 상자를 가리키며 내게 으스댔다. "이번에도 내가 꼭 이길 거다. 두고 봐라."

나는 씩 웃으며 고개를 끄덕였다. 상식과는 달리, 난 집을 떠나 있던 지난 사 년간보다 앞으로 이틀 동안 가족과 함께 보낼 시간을 더욱 기대하고 있었다. 원래도 추수감사절을 좋아했지만, 올해는 이 명절을 즐기고 싶은 마음이 더욱 간절했다.

우리는 식당으로 가서 엄마가 유대 전통에 따라 추수감사절 전

---

* 단어 만들기 보드게임.

날의 향연을 위해 주문해놓은 어마어마한 양의 음식을 먹기 시
작했다. 전문가의 솜씨를 거친 베이글과 훈제 연어, 크림치즈, 송
어, 감자 팬케이크 등 온갖 요리가 빳빳한 일회용 접시에 담겨 있
었다. 종이 접시에 옮겨진 음식들은 일회용 포크와 나이프의 공
격을 받기만을 기다리고 있었다. 딸들이 먹기 시작하자, 엄마는
사랑이 철철 넘치는 표정으로 미소 지었다. 딸들을 먹이려고 일
주일 내내 요리를 준비했을 엄마의 얼굴에는 자부심이 넘쳐났다.
  나는 새 직장에 대해 온갖 이야기를 들려줬다. 아직 나도 잘 모
르는 일은 되도록 좋게 부풀려서 말했다. 스커트를 협찬받은 일,
하루종일 선물을 포장하며 보낸 일, 그 작은 전자 ID카드가 직원
들의 행동을 낱낱이 추적하는 방법 등을 얘기하다가 혹시 이런
말이 가족들에게 우습게 들리진 않을까 하는 생각이 들었다. 해
야 했던 일마다 긴급한 일이었다는 것, 즉 회사에서 내가 하는 일
이 상당히 의미 있고 중요하기까지 하다는 뜻을 담아낼 적절한
말을 찾기가 어려웠다. 나는 끊임없이 떠들어댔다. 지리적으로는
여기서 겨우 두 시간 거리지만 완전히 다른 세상인 그곳을 어떻
게 설명하면 좋을지 알 수 없었다. 다들 관심을 보이는 척하면서
고개도 끄덕이고, 미소도 짓고, 질문도 던져주었다. 하지만 모든
게 아주 낯설고 이상하게 들리는 다른 세상 얘기라, 가족들한테
와닿지 않는 소리라는 것을 말하고 있는 나 자신도 잘 알고 있었
다. 하긴 몇 주 전까지만 해도 나 역시 미란다 프리스틀리라는 이
름을 한 번도 들어본 적이 없었으니, 내게도 별 의미가 없긴 마찬
가지였다. 그곳은 가끔 지나치게 긴장감이 넘치는 것 같았고, 또
어떤 면에서는 빅 브라더 같은 분위기를 풍겼다. 하지만 신나긴

했다. 또 멋있었다. 직장이라고 부르기엔 분명 너무도 멋진 곳 아닐까?

"앤디, 앞으로 그 회사에 일 년은 다닐 텐데, 재미있을 것 같니? 어쩌면 더 오래 다니고 싶어질지도 모르겠구나?" 엄마가 소금 베이글에 크림치즈를 바르면서 물었다.

엘리아스 클라크와의 계약서에서(이 시점에서 좀 불안하긴 하지만, 내가 해고되지 않는다면) 나는 미란다를 위해 일 년간 일하는 데 동의했다. 그리고 만약 내가 뛰어나고 열성적이며 어느 정도 유능하다는 것을 보여준다면(이 부분은 계약서에는 들어 있지 않지만, 인사과 직원 여섯 명과 에밀리와 앨리슨이 암시한 바 있다), 나는 다음에 내가 하고 싶은 일을 지정할 수도 있게 된다. 물론 그건 〈런웨이〉 내의 일이거나 최소한 엘리아스 클라크 내의 자리겠지만, 나는 피처팀에서 서평 쓰는 일부터 시작해서 할리우드 명사들과 〈런웨이〉 사이를 잇는 역할까지 하겠다고 요구할 수 있었다. 미란다의 사무실을 거친 어시스턴트 열 명은 전부 〈런웨이〉 패션팀으로 옮기는 것을 택했다. 하지만 나는 그러지 않을 생각이었다. 미란다의 사무실에서 일정 기간 일하는 것은 모욕스러운 몇 년간의 보조 업무를 건너뛰고 이름 있는 직장에서 의미 있는 일을 바로 시작할 수 있는 최선의 방법이었다.

"물론이에요. 지금까지는 다들 참 친절해요. 에밀리가 약간, 음 뭐랄까, 너무 헌신적이긴 하지만 그것만 빼면 다 좋아요. 릴리가 시험 얘길 하거나 앨릭스가 학교에서 겪은 말도 안 되는 얘기들을 들으면, 난 참 운이 좋다는 생각이 들어요. 첫날부터 운전기사 딸린 차를 타고 다니는 사람이 어디 있겠어요? 정말이에요.

일 년 동안 정말 즐거울 것 같아요. 미란다가 빨리 돌아오면 좋겠어요. 난 이미 준비가 되어 있거든요."

언니는 눈을 깜박이더니 나를 향해 이런 표정을 날렸다. 웃기지 마, 앤디. 네가 거식증을 달고 다니는 패션광들에게 둘러싸인 사이코 밑에서 일하고 있다는 것도, 감당하기 벅찬 나머지 이토록 화사한 그림을 그리려 애쓰는 것도 우린 다 알아. 하지만 언니는 이렇게 말했다. "정말 좋겠다, 앤디. 진짜야. 아주 굉장한 기회야."

식탁에 앉아 있는 사람들 중에서 언니만 내 마음을 이해할 것 같았다. 언니는 '제3세계'로 이사하기 전에 일 년 동안 파리의 작은 사설 미술관에서 일하면서 오트쿠튀르*에 관심을 갖게 되었다. 소비자의 입장에서라기보다는 예술적이고 심미적인 면에서 관심을 가진 것이지만, 어쨌거나 그때 언니는 패션계를 약간이나마 체험했던 것이다. "저희도 무척 기쁜 소식이 있어요." 언니는 형부의 손을 잡으려고 테이블 위로 손을 내밀며 말했다. 형부도 커피잔을 내려놓고 양손을 내밀었다.

"아이고, 감사해라." 엄마가 외쳤다. 지난 이십 년간 어깨에 얹고 있던 90킬로그램짜리 덤벨을 마침내 누군가가 들어올려주기라도 한 듯 갑자기 홀가분해진 모습이었다. "가질 때도 됐지!"

"축하한다! 네 엄마가 얼마나 걱정했는지 아니? 이젠 신혼도 아니잖니. 그러잖아도 혹시나 하고 기다리고 있었는데……" 식탁 건너편에서 아빠가 눈썹을 치켜올렸다.

"어, 그럼 내가 이모가 된단 말이야? 정말 좋은 소식이네? 아

---

*디자이너가 직접 제작하는 고급 맞춤복을 일컫는다.

기는 언제 낳는 거야?"

언니와 형부가 당황스러운 표정을 지었다. 순간 나는 걱정이 되었다. 우리가 잘못 짚은 건가? 혹시 좋은 소식이라는 게 지금 둘이 살고 있는 늪지대에 더 크고 좋은 집을 지을 거라는 얘긴 가? 아니면 형부가 드디어 자기 아버지 변호사 사무실을 그만두고 언니가 줄곧 꿈꿔온 미술관을 열겠다는 건가? 우리가 너무 앞질러갔나보다. 조카나 손자가 태어날 거라는 소식을 너무 고대했는지도 모르겠다. 최근 들어 부모님은 왜 아직도 아기가 안 생기냐는 얘기를 자꾸 했다. 언니 부부는 벌써 삼십대가 된데다 결혼한 지도 사 년이 되었다. 지난 여섯 달 동안 그 문제는 우리 가족의 골칫거리에서 점차 심각한 걱정거리로 자리잡았다.

언니는 걱정스러워 보였고, 형부는 이맛살을 찌푸리고 있었다. 그 침묵 덕택에 부모님은 넋이 나간 듯했다. 팽팽한 긴장이 감돌았다.

언니가 의자에서 일어나 형부에게 가더니 형부의 무릎 위에 앉았다. 그러고는 형부의 목을 팔로 끌어안고 얼굴을 맞대고는 귀에 뭐라고 속삭였다. 엄마는 쓰러지기 일보 직전이었다. 걱정 때문에 눈가의 작은 주름은 고랑처럼 깊어져 있었다.

형부와 언니는 마침내 깔깔거리며 식탁으로 몸을 돌리더니 합창했다. "저희 아기 가졌어요!" 사방에 빛, 환호성, 포옹! 엄마가 벌떡 일어나는 바람에 의자가 뒤로 넘어가 유리 미닫이문 옆에 있던 선인장 화분을 넘어뜨렸다. 아빠는 언니를 끌어안고 뺨과 머리에 키스했고, 형부에게도 키스를 해줬다. 아빠가 형부에게 키스한 건 결혼식 이후 처음 같았다.

나는 닥터 브라운 블랙체리 소다 캔을 일회용 포크로 톡톡 친 다음 건배를 하자고 외쳤다. "자, 여러분, 모두 잔을 드세요. 우리 삭스 가족의 일원이 될 새 아기를 위해 잔을 들어요." 언니와 형부는 나를 쏘아보았다. "알았어, 알았어. 아기의 성은 해리슨이겠지만, 마음속으로는 삭스라는 성을 간직할 거야. 세상에서 가장 완벽한 아기의 가장 완벽한 부모가 될 형부와 언니를 위하여!" 우리는 음료수 캔과 커피잔을 부딪치며, 활짝 웃는 이 커플과 언니의 24인치 허리를 위해 건배했다. 엄마는 돌아가신 온갖 친척들의 이름을 대가며 아기 이름을 고르라고 언니에게 압력을 가했다. 나는 식탁 위에 있던 것들을 몽땅 쓰레기봉투에 쓸어넣으며 뒷정리를 했다. 형부는 만족스러운 얼굴로 커피를 마시고 있었다. 아빠와 나는 자정 직전에야 게임을 하러 연구실로 들어갈 수 있었다.

아빠는 낮에 환자들과 있을 때 쓰는 백색 소음기를 틀었다. 아빠와 환자를 집안에서 들려오는 소음에서 차단해주고, 집안에 있는 사람들이 진료실에서 나누는 얘기를 듣지 못하게 하는 기계였다. 다른 정신과의사들처럼 아빠도 진료실 한구석에 푹신한 회색 가죽의자를 놔뒀는데, 나는 그 의자 팔걸이에 머리를 기대고 있는 걸 좋아했다. 앞쪽을 향하고 있는, 몸을 폭 감싸는 의자 세 개도 있었다. 아빠는 거기 앉으면 자궁 안에 있는 것처럼 편안한 느낌이 든다고 했다. 매끄러운 검은색 책상 위에는 평면 모니터가 놓여 있었고, 책상에 어울리는 검은색 가죽의자는 등받이가 높고 디자인이 매우 근사했다. 벽 쪽 책장에는 심리학 서적이 가득했고, 바닥에 놓인 길쭉한 크리스털 화병에는 대나무가 꽂혀 있었다. 컬러블록 프린트 몇 점이(이 방에 있는 유일한 진짜 색깔이다) 미래주의적 느낌을 마무리하고 있었다. 나는 소파와 책상 사이의 바닥에 털썩 주저앉았다. 아빠도 그렇게 했다.

"자, 앤디, 속 얘길 해보렴." 아빠가 알파벳 타일을 놓는 작은 나무판을 건네주며 말했다. "이 아빠가 보기엔 네가 너무 짓눌려 있는 것 같구나."

나는 알파벳 타일 일곱 개를 골라 조심스럽게 내 앞에 늘어놓았다. "네, 두 주 동안 정말 정신이 없었어요. 우선 이사를 했죠. 그다음에 회사에 출근해보니 참 이상하다는 생각이 들더라고요. 설명하기도 벅차요. 그러니까 모든 사람들이 무척 아름답고, 말랐고, 정말 예쁜 옷을 입고 있어요. 또 아주 상냥한 것 같고요. 사실 모두 다정하긴 해요. 심각한 처방약이라도 먹고 있는 것처럼요. 잘은 모르겠지만……"

"뭐라고? 그게 무슨 말이니?"

"확실하게 설명을 못하겠어요. 잘 모르겠지만…… 마치 카드로 만든 집 같다는 느낌이 들어요. 내 주위를 둘러싸고 있다가 곧 무너져버릴 것 같은 그런 느낌. 패션잡지에서 일한다는 게 웃긴다는 생각을 지울 수가 없어요. 여태까지 한 일은 뭐랄까, 머리 따윈 필요 없는 일이었어요. 하지만 전 상관 안 해요. 낯선 일이니까 아직은 좀더 해보고 싶거든요."

아빠는 고개를 끄덕였다.

"이 일이 멋진 일이라는 건 저도 알아요. 하지만 이 일이 제가 〈뉴요커〉에서 일하도록 준비시켜줄 수 있을지는 잘 모르겠어요. 뭔가 잘못되기를 바라는 기분이 들 때도 있어요. 지금까진 현실이라고 하기엔 너무 환상적이거든요. 뭐, 제가 지금 제정신이 아닌 거라면 다행이지만."

"그런 건 아닌 것 같구나. 네가 지금 예민해서 그래. 하지만 운은 참 좋은 것 같다. 네가 올 한 해에 경험하게 될 것들은 다른 사람이라면 평생이 걸려도 해보지 못할 것들이란다. 생각해보렴. 첫 직장에서, 세계 최대의 잡지사에서 가장 잘 팔리는 잡지를 만드는 가장 영향력 있는 여성을 위해 일하게 된 거야. 분명 모든 것을 경험하게 될 거다. 처음부터 끝까지 말이야. 네가 늘 맑은 정신으로 중심을 잃지 않는다면, 너는 그쪽 사람들 대부분이 경험하는 것보다 훨씬 더 많은 것을 단 한 해 동안 배우게 될 거다." 아빠는 게임판 가운데다 'JOLT(동요, 충격)'라는 첫 단어를 만들었다.

"처음치곤 괜찮은데요?" 그렇게 말하고 점수를 세어보니, 단어가 분홍색 별 위에 있어서 점수가 두 배였다. 나는 점수 기록표에 '아빠: 22점, 앤디: 0점'이라고 썼다. 내 글자는 별 진전이 없었다. 나는 L에 A와 M과 E를 붙여서 6점밖에 못 얻었다.*

"어쨌거나 그 일에 한번 모든 걸 걸어보렴." 아빠는 아빠 나무판의 알파벳 타일을 바꾸면서 말했다. "생각해볼수록 그 일이 네게 중요하다는 확신이 드는구나."

"아빠 말씀이 맞는 것 같아요. 포장하다가 종이에 무척 많이 베였는데 상처들이 아주 오래갈 것 같아요. 다른 일도 했으면 좋겠는데."

---

* 영어 'lame'은 '설득력이 없는'이라는 뜻으로, 앤디가 〈런웨이〉에서의 일을 애써 긍정적으로 포장하는 게 설득력이 떨어진다는 것을 보여준다.

"그럴 거다, 애야. 그럴 거야. 두고 보렴. 지금은 네가 한심한 일을 하고 있는 것 같지? 하지만 절대 그렇지 않아. 사실은 아주 굉장한 일의 첫걸음을 내딛는 거란다. 아빠가 네 상사에 대해 좀 알아봤다. 그 미란다 프리스틀리라는 사람, 만만치 않은 사람 같더구나. 하지만 넌 그 여자를 좋아하게 될 거야. 그쪽에서도 널 좋아할 거고."

아빠는 내 'E'를 이용해서 세로로 'TOWEL'이라는 글자를 만들고 흐뭇한 표정을 지었다.

"그렇게 되면 정말 좋겠어요. 진짜로요."

⌁

"그분은 〈런웨이〉의 편집장이에요. 패션잡지 말이에요." 나는 전화기에 대고 다급하게 속삭이며 짜증내지 않으려고 애썼다.

"아, 어떤 잡지인지 알겠어요!" 스콜라스틱 북스의 홍보 비서 줄리아가 말했다. "좋은 잡지죠. 여자애들이 생리 때 당황했던 에피소드들 재미있게 읽었어요. 그런데 그거 진짜 있었던 일이에요? 그거 기억하시죠……?"

"아니, 그 청소년 잡지 말고요. 저희 잡지는 성인 여성을 위한 거예요." 최소한 이론적으로는 그렇다. "〈런웨이〉라는 잡지 정말 들어본 적 없으세요?" 들어본 적 없다니 인간적으로 가능한 일인가? 나는 의아해졌다. "아무튼 철자는 'P-R-I-E-S-T-L-Y'예요. 미란다요, 네." 나는 엄청난 인내심을 발휘하며 말했다. 내가 지금 그녀가 누군지도 모르는 사람과 통화하고 있다는 걸 미란다가 알면 어떻게 나올까? 달가워하진 않겠지.

"되도록 빨리 연락주시면 정말 감사하겠습니다. 그리고 홍보 책임자가 들어오시는 대로 제게 전화주십사 전해주시면 고맙겠어요."

벌써 12월 중순, 금요일 아침이었다. 달콤한 주말의 자유를 만끽하려면 이제 열 시간 남았다. 나는 스콜라스틱 북스에서 일하는, 패션은 전혀 모르는 줄리아에게 미란다 프리스틀리가 매우 중요한 인물이라는 것, 그들의 원칙을 굽히고 논리를 잠시 접어둬도 될 만큼 가치 있는 인물이라는 것을 확실히 알려주려고 애쓰고 있었다. 하지만 생각보다 훨씬 어려운 일이었다. 전 세계에서 가장 유명한 패션잡지와 그 유명한 편집장에 대해 들어본 적도 없는 사람에게, 미란다의 지위가 얼마나 대단한지 설명해야 하는 상황이 발생하리라고는 꿈에도 생각지 못했던 것이다. 불과 사주 동안 미란다의 어시스턴트 일을 하면서, 그렇게 압력을 가하고 비위를 맞추는 게 내 임무 중 하나라는 걸 알게 되었다. 사실 그동안 내가 설득하거나 위협하거나 압력을 가했던 사람들 대부분은 악명 높은 내 상사의 이름만 슬쩍 언급해도 두 손을 들었다.

줄리아가 학습물 출판사에서 일한다는 건 내겐 적잖은 불행이었다. 그곳에서는 모피에 취미를 가진 사람보다는 노라 에프론이나 웬디 와서스타인* 같은 사람이 VIP 대우를 받을 가능성이 훨

---

* 노라 에프론은 〈뉴욕 타임스〉 편집장 출신의 영화감독이며, 웬디 와서스타인은 퓰리처상을 수상한 극작가이다.

씬 높았다. 나 역시 미란다 프리스틀리라는 이름을 들어본 적이 없었던 다섯 주 전을 떠올려보려 했지만, 도무지 기억이 나지 않았다. 그래도 그 신기한 시절이 존재했다는 건 알고 있었다. 줄리아의 무관심이 부러웠다. 하지만 내겐 해야 할 일이 있었고, 그 일에 그녀가 도움이 되지 않고 있었다.

그 망할 『해리 포터』 시리즈 4권은 토요일인 내일 나오기로 되어 있는데, 미란다의 열 살짜리 쌍둥이 딸들이 그 책을 한 권씩 갖고 싶어했다. 책은 월요일에나 서점에 깔릴 예정이었다. 나는 토요일 아침까지 그 책을 손에 넣어야 했다. 도매상에 배본되는 즉시 말이다. 어쨌든 해리와 그의 친구들은 토요일 아침에 파리까지 가는 전용 비행기에 탑승해야 했다.

전화가 오는 바람에 생각이 끊겼다. 이제 에밀리는 미란다의 전화를 받게 할 정도로 나를 신뢰했다. 난 여느 때처럼 전화를 받았다. 아아, 우리는 통화했다. 하루에 스물네 번쯤. 미란다는 그 멀리서도 내 삶에 침입해 들어와 나를 완벽하게 지배했고 명령과 요청과 요구를 거센 불길처럼 훅훅 내뱉었다. 아침 일곱시부터 퇴근해도 되는 밤 아홉시까지.

"앤-드리-아? 여보세요? 누구 없나? 앤-드리-아!" 그녀가 내 이름을 부르는 순간, 나는 벌떡 일어났다. 그녀가 이 사무실에, 아니 이 나라에 없으니 최소한 그동안은 안전하다는 생각이 들기까지는 시간이 조금 걸렸다. 미란다는 앨리슨이 승진했다는 것과 내가 채용됐다는 것은 전혀 생각하지 못할 것이다. 사실 그런 건 그녀에겐 기억하나마나 한 사소한 사실에 지나지 않는다는 것을 에밀리는 거듭 강조했다. 누군가가 전화를 받고 자기의 요구를 들어주는 한, 누가 전화를 받든 미란다에겐 전혀 상관없는 일이었다.

"전화를 받는 데 왜 그렇게 오래 걸리는지 전혀 모르겠어." 그녀가 말했다. 이 세상의 다른 누가 그런 말을 했다면 징징대긴, 하고 생각했겠지만, 미란다가 그 말을 하니 상당히 냉랭하고 단호하게 들렸다. 꼭 그녀 자신 같았다. "얼마 안 돼서 아직 잘 모르는 것 같은데, 앞으로는 내가 전화하면 바로 대답하도록. 대단히 쉬워. 내가 전화한다. 당신은 받는다. 이제 할 수 있겠지, 앤-드리-아?"

나는 천장에 스파게티를 던져서 방금 야단을 맞은 여섯 살짜리 아이처럼 고개를 끄덕였다. 그녀에겐 보이지도 않는데. 나는 일주일 전에 그녀를 '선생님'이라고 불렀다가 해고당할 뻔했다. 난 그렇게 부르지 않으려고 초긴장 상태였다. "네, 편집장님. 죄송합니다." 나는 조심스럽게 말하며 고개를 숙였다. 그 순간 정말 미안한 마음이 들기까지 했다. 그녀의 말이 내 머릿속에 신속하게 입력되지 않아서, "미란다 프리스틀리의 사무실입니다"라고 말하는 게 느려서, 꼭 필요한 시간보다 일 초쯤 더 걸려서…… 내가 끊임없이 상기하고 있듯, 그녀의 시간은 내 시간보다 훨씬 더 중요했다.

"그럼 됐어. 자, 시간 낭비는 이만큼 했으면 됐고. 이제 본론으로 들어가지. 톰린슨 씨의 예약은 확인했나?"

"예, 미란다. 한시에 포시즌스로 예약돼 있습니다."

나는 이어질 말을 예상할 수 있었다. 그녀는 불과 십 분 전에 전화해서 포시즌스에 예약을 하고 톰린슨 씨와 자기 운전기사와 보모에게 전화로 그걸 알려주라고 했다. 그러고는 지금 지시를 다시 바꾸려는 것이었다.

"마음이 바뀌었어. 포시즌스는 어브와 점심식사를 할 만한 데가 아니야. 르 시르크에 두 명 예약해놔. 지배인에게 안쪽 자리로 달라고 해. 정면에서 보이지 않는 안쪽으로. 이상."

처음에 미란다가 전화로 '이상'이라고 했을 때, 난 그 말이 실은 '고마워'를 의미하는 거라고 스스로를 납득시켰다. 하지만 이 주 차가 되니 생각이 조금 바뀌었다.

"말씀대로 처리하겠습니다, 편집장님. 감사합니다." 나는 생긋 웃으며 말했다. 그녀가 수화기 너머에서 어떻게 대답해야 할지 당황해서 잠시 주춤거리는 게 느껴졌다. 내가 '감사합니다'라고 말함으로써 그녀가 '고마워'라는 말을 안 한 걸 강조하고 있다는 것을 눈치챘을까? 내게 명령을 내렸는데 오히려 감사하다고 말하는 게 이상하게 들렸을까? 요즈음 나는 그녀가 함부로 말하거나 전화로 명령하며 못되게 굴 때마다 꼬박꼬박 '감사합니다'라고 말하기 시작했다. 이 계략은 묘하게도 위로가 되었다. 아무튼 내가 자기를 비웃고 있다는 걸 알 거야. 그렇다고 뭐 어쩌겠어? 앤-드리-아, '감사합니다'라는 말은 그만해. 그런 식으로 감사한 마음을 표하는 걸 금지하겠어! 생각해보니 크게 무리가 될 것도 없었다.

르 시르크, 르 시르크, 르 시르크. 나는 속으로 되뇌이며 이 예약 건부터 빨리 처리하기로 마음먹었다. 이것부터 해결해야 골치 아픈 해리 포터 문제로 돌아갈 수 있을 것 같았다. 르 시르크의 예약 담당자는 톰린슨 씨와 어브가 오는 대로 바로 테이블을 마련하겠다고 약속했다.

에밀리가 성큼성큼 사무실로 들어왔다. 그녀는 미란다가 전화하지 않았느냐고 물었다.

나는 자랑스럽게 대답했다. "세 번밖에 안 왔어요. 절 해고하겠다는 협박도 안 했고요. 뭐, 좀 으르렁대긴 했지만 완전 협박은 아니었어요. 나아진 건가? 아닌가요?"

그녀는 내가 나 자신을 웃음거리 삼아 얘기할 때만 보이는 묘한 표정으로 웃었다. 그리고 그녀의 정신적 스승인 미란다가 무슨 지시를 내렸는지 물었다.

"B-DAD의 점심 예약 장소를 바꿔달래요. 그 사람도 개인 비서가 있는데 왜 나한테 시키는지 모르겠어요. 그렇다고 물어볼 수도 없고." 눈멀고Blind, 귀먹고Deaf, 그리고And 멍청한Dumb이라는 뜻을 가진 B-DAD는 우리가 미란다의 세번째 남편에게 붙인 별명이다. 남들에게는 전혀 그렇게 보이지 않지만, 실생활을 아는 우리는 그가 그 세 가지에 딱 들어맞는 남자라는 것을 잘 알고 있었다. 그렇게 괜찮은 남자가 그녀를 견디며 함께 사는 이유를 달리 설명하기란 불가능했다.

이번에는 B-DAD한테 직접 전화할 차례였다. 빨리 전화하지 않으면 그가 제시간에 레스토랑에 도착하기 힘들 것이다. 그는 이틀 동안 열리는 사업상 회의를 위해 휴가중에 뉴욕으로 날아왔다. 현 엘리아스 클라크 사장인 어브 라비츠와 잡혀 있는 점심 식사는 중요한 약속이었다. 언제는 안 그랬나! 미란다는 모든 세부 사항까지 완벽하길 원했다. B-DAD의 원래 이름은 헌터 톰린슨이다. 그와 미란다는 내가 이 회사에 들어오기 전해 여름에 결혼했는데, 듣기로는 구애가 꽤 독특했다고 한다. 미란다가 쫓아

126

다니고 남자는 망설였다는 것이다. 에밀리 말에 따르면 미란다가 그를 얼마나 끈질기게 쫓아다녔던지 마침내 그가 두 손 두 발 다 들고 포기했단다. 그녀는 쌍둥이의 아빠이자 1960년대 후반 가장 유명한 밴드의 리드싱어였던 두번째 남편을 말 한마디 없이 떠났고, 그후 그녀의 변호사가 그에게 이혼 서류를 갖다주었다. 이혼이 성립되고 정확히 십이 일 만에 미란다는 톰린슨 씨와 재혼했고, 톰린슨 씨는 미란다의 명령에 따라 피프스 애비뉴에 있는 그녀의 펜트하우스로 이사왔다. 난 미란다를 단 한 번 보았을 뿐이고 새 남편이란 사람은 본 적조차 없었지만, 불행히도 그들이 한 식구라는 것을 충분히 느낄 수 있을 정도로 그와 자주 통화했다.

세 번, 네 번, 다섯 번, 신호음이 계속 울렸다. 대체 그의 비서는 어디 간 거야? 나는 자동응답기로 넘어가기만 기다렸다. B-DAD가 즐겨 하는, 쓸데없이 친한 척하는 수다를 떨 기분이 아니었기 때문이다. 비서가 전화를 받았다.

"톰린슨 씨 사무실입니다." 그녀는 남부 특유의 느릿느릿하고 목젖을 떠는 듯한 목소리로 말했다. "무엇을 도와드릴까요?" 무우얼 도와아드릴까아요오?

"안녕, 마사. 앤드리아예요. 톰린슨 씨를 바꿔주실 것까진 없고, 그냥 메시지만 전해주세요. 예약을 해놓았는데……"

"아, 톰린슨 씨는 늘 당신과 얘기하고 싶어하시는걸요. 잠시만 기다리세요." 내가 미처 저항하기도 전에 보비 맥페린의 〈돈 워리 비 해피〉 배경음악이 흘러나왔다. 정말 끝내주는군. B-DAD가 통화 대기자들을 즐겁게 해주려고 선택한 이 노래는 세상의 모든 음악 중에서 가장 짜증나고 낙천적인 노래였다. 이렇게 완벽하게 어울리기도 힘들 거야.

"앤디, 당신인가요?" 그가 특유의 굵고 낮은 목소리로 조용히 물었다. "톰린슨 씨는 당신이 자기를 피하고 있다고 생각하게 될 것 같군요. 당신과 이야기하는 즐거움을 누린 지 꽤 된 것 같은데?" 정확히 따지면 일주일하고도 반이지. 그는 눈멀고, 귀먹고, 멍청하게 구는데다, 끊임없이 자기를 삼인칭으로 지칭해서 말하는 짜증나는 버릇까지 있었다.

나는 심호흡을 했다. "안녕하세요, 톰린슨 씨. 오늘 한시에 르 시르크에 점심 예약을 해놓았다고 편집장님이 전해드리랍니다. 편집장님 말씀으로는……"

"오, 앤디," 그는 느릿느릿 차분하게 말했다. "점심 약속 얘기 같은 건 잠시 접어둬요. 내게도 즐거운 시간을 좀 달라고요. 자, 요즘 어떻게 지내는지 이 톰린슨 씨한테 말해봐요. 그럴 수 있겠죠? 내 아내를 위해 일하는 게 행복한가요?" 자기 아내를 위해 일하는 게 행복하냐고? 흠, 한번 생각해볼까? 사자가 생쥐를 통째로 삼키려 할 때 그 생쥐가 기쁨에 겨워 비명을 지르던? 이 꼴도 보기 싫은 인간아, 그래, 난 네 마누라를 위해 일하는 게 기뻐서 미칠 것 같아. 우리 한가할 때 얼굴에 머드팩이라도 뒤집어쓰고 최근의 섹스 라이프에 대해 수다나 떨어볼까? 알고 싶다니 말인데, 친구들과 하는 파자마 파티와 아주 비슷할 거야. 모든 게 웃자고 하는 장난 같은 거.

"톰린슨 씨, 전 제 일을 사랑하며 편집장님을 위해 일하는 게 너무나 행복하답니다." 나는 숨을 참으며 그가 이제 그만 물러나

주기를 빌었다.

"아, 그래요? 모든 게 무리 없이 잘 되어간다니 T씨는 매우 감동했다는군요." 기가 막혀. 네가 왜 감동하고 그러니?

"감사합니다, 톰린슨 씨. 그럼 즐거운 점심식사 되시길 바랄게요." 틀림없이 주말에 뭐할 거냐고 물을 것 같아, 그전에 서둘러 전화를 끊어버렸다.

나는 의자에 기대어 사무실을 둘러보았다. 에밀리는 미란다의 2만 달러짜리 아메리칸 익스프레스 카드 청구서 중 한 장을 해결하느라, 잔털을 뽑은 매끈한 이마를 찡그려가며 온 신경을 곤두세우고 있었다. 해리 포터가 눈앞에 어른거렸다. 이번 주말을 반납하고 싶지 않다면 어서 그 일을 해결해야 했다.

릴리와 나는 이번 주말에 줄기차게 영화만 보기로 작정하고 있었다. 나는 일에 지쳤고 릴리는 수업 때문에 엄청 스트레스를 받아서, 주말 내내 릴리네 소파와 한몸이 되어 오직 맥주와 도리토스만으로 연명해보기로 한 것이다. 스낵웰스*도 안 됨. 다이어트 콜라도 안 됨. 정장 바지도 물론 사양. 우리는 늘 이야기를 나누었지만, 내가 뉴욕으로 이사온 뒤에는 한 번도 제대로 함께 시간을 보낸 적이 없었다.

릴리와 나는 8학년 때부터 친한 친구였다. 우리가 처음 만났을 때, 릴리는 카페테리아 식탁에서 혼자 울고 있었다. 엄마 아빠가 당분간 집에 돌아오지 않을 것이 분명해지자 할머니와 함께 살게 되었고, 우리 학교로 전학을 오게 된 것이었다. 릴리의 엄마 아빠

---

* 미국의 무지방 쿠키 브랜드.

는 몇 달 전에 데드*를 따라 떠나면서 딸을 뉴멕시코의 코뮌(릴리가 선호하는 표현에 따르면 '공동체')에 사는 괴상한 친구들에게 맡겼다. 릴리의 부모님은 열아홉 살 때 릴리를 가졌고, 아기보다는 물파이프로 마리화나를 피우는 데 정신이 팔려 있었다. 일 년이 지나도록 아들과 며느리가 돌아오지 않자, 릴리의 할머니는 코뮌(릴리의 할머니가 선호하는 표현으로는 '사이비 집단')에서 릴리를 빼내 에이번으로 데려왔다. 카페테리아에서 릴리를 본 첫날, 그애는 할머니가 자기의 드레드록**을 잘라버리고 억지로 치마를 입힌 바람에 그게 싫어 울고 있었다. 릴리의 말투는 매우 독특했다. "너 정말 젠禪적이구나" "그냥 느긋하게 살자고" 같은 말은 무척 매력적으로 들렸고, 우린 곧 친해졌다. 그후 고등학교에 들어가서도 우린 꼭 붙어다녔고, 브라운대학에서는 사 년 내내 같은 방을 썼다. 릴리는 맥 립스틱을 발라야 할지, 대마끈으로 꼰 목걸이를 걸고 다녀야 할지 아직 결정을 못한 상태였다. 그렇다고 완전히 주류에 합류한 것처럼 꾸미기엔 조금 독특한 면이 있었다. 하지만 우리는 서로를 잘 보완했다. 나는 릴리가 보고 싶었다. 그녀는 1년 차 대학원생이고 나는 사실상 노예나 다름없는 생활을 하는 터라 최근에 제대로 얼굴을 본 적이 없었다.

나는 주말까지 기다릴 수 없었다. 하루 열네 시간의 노동은 내 발과 팔뚝, 등 밑에 고스란히 영향을 미쳤다. 십이 년 동안 콘택트렌즈를 꼈건만, 눈이 너무 건조해져서 더는 렌즈를 낄 수가 없

---

* 제리 가르시아가 속해 있던 록그룹 그레이트풀 데드. 음악공동체를 추구하며 히피 이데올로기에 모든 것을 바쳤다.

** 여러 가닥으로 땋아내린 자메이카 스타일의 머리.

어 안경으로 바꿨다. 담배는 하루에 한 갑씩 피웠고, 비싼 스타벅스 커피와 더 비싼 테이크아웃 스시에만 의존했다. 몸무게도 빠지기 시작했다. 인도 여행에서 걸린 이질 때문에 줄었던 몸무게는 금방 회복했지만, 〈런웨이〉에서의 노동 덕분에 다시 줄기 시작했다. 뭔가 다른 이곳 공기나 강박적으로 식욕을 억누르는 분위기 때문인지도 몰랐다. 나는 눈과 코의 염증으로 시들어갔고, 낯빛도 창백해졌다. 이제 겨우 사 주 지났을 뿐인데. 난 겨우 스물세 살이고, 미란다는 아직 이 사무실에 나타나지도 않았다. 젠장, 난 주말을 즐길 권리가 있단 말이야!

이 와중에 해리 포터가 덤벼드니 기분좋을 까닭이 없었다. 미란다는 오늘 아침에 전화해서 원하는 바를 아주 간단하게 얘기했다. 하지만 내가 그걸 해석하는 데는 한도 끝도 없이 오랜 시간이 걸렸다. 나는 미란다 프리스틀리가 지배하는 세상에서는 잘못되더라도 일단 하고 그걸 되돌리기 위해 엄청난 시간과 돈을 들이는 게 낫다는 것을 터득했다. 억양이 심한 말투에 복잡하게 꼬인 명령을 못 알아들었다면서 되묻는 것보다는 그편이 훨씬 나았다. 그녀가 쌍둥이 딸들을 위해 『해리 포터』를 비행기편으로 파리까지 보내달라는 내용으로 들리는 말을 웅얼거렸을 때, 나는 이 책이 나의 주말을 망치리라는 것을 예감했다. 몇 분 후 그녀가 전화를 툭 끊어버리자 난 공포에 질려 에밀리를 보았다.

"지금 미란다가 뭐라고 한 거예요?" 나는 겁에 질려 미란다에게 다시 한번 얘기해달라는 말조차 못한 자신에게 증오심마저 느끼며 신음했다. "왜 난 그녀 말을 한마디도 못 알아들을까요? 내 탓이 아니에요, 에밀리. 나도 영어를 쓰는 사람이라고요. 나를 미치게 하려고 일부러 이러는 게 분명해요."

에밀리는 여느 때처럼 경멸과 연민이 뒤섞인 표정으로 나를 보았다. "내일 그 책이 나오는데, 미란다는 이곳에 없어서 책을 살 수 없으니 당신이 두 권을 구해서 뉴저지 티터버러공항으로 보내라는 말이에요. 비행기가 그 책을 파리까지 날라다줄 거예요." 그녀는 냉랭한 목소리로 요약해주었다. 나는 정말 우스운 지시라고 말하려다 눈을 깜빡이며 입을 다물어버렸다. 에밀리라면 미란다를 조금이라도 편안하게 해주는 일이라면 뭐든지, 정말 뭐든지 할 거라는 생각이 들었던 것이다.

그 명령을 이행하느라 내 주말을 단 일 초도 희생하고 싶지 않았다. 난 이제 미란다의 돈과 권력을 마음대로 쓸 수 있었기 때문에, 그날 하루를 파리행 비행기에 태워보낼 『해리 포터』를 수배하며 보냈다. 우선 나는 스콜라스틱에서 일하는 줄리아에게 편지 몇 줄을 썼다.

친애하는 줄리아,

제 어시스턴트인 앤드리아의 말을 들으니 당신은 정말 마음이 따뜻한 분이더군요. 이에 저는 진심에서 우러나오는 감사를 드리고자 합니다. 제가 내일 그 귀한 책 두 권을 받아볼 수 있게 해줄 분은 당신뿐이라고 들었습니다. 당신의 빈틈없는 일처리와 열심히 알아봐주신 노고에 어떻게 감사를 드려야 할지 모르겠습니다. 사랑하는 제 두 딸이 당신 덕분에 얼마나 기뻐하는지 모릅니다. 당신처럼 멋진 분이 필요하신 게 있다면 뭐든 알려주십시오.

키스와 포옹을 보내며,
미란다 프리스틀리

나는 완벽한 장식체로 그녀의 서명을 위조했다. 에밀리가 내 옆을 지키고 서서 여러 시간 동안 나를 연습시키며 마지막 'a'자의 동그라미를 좀더 크게 하라고 가르쳐준 결과 똑같이 쓸 수 있게 되었다. 나는 아직 가판대에도 나오지 않은 〈런웨이〉 최신호에 메모를 붙이고, 퀵서비스를 불러 그 소포를 다운타운에 있는 스콜라스틱 사무실에 배달해달라고 했다. 이게 효력을 발휘하지 않으면 일은 제대로 돌아가지 않을 것이다. 미란다는 우리가 자기 서명을 위조하건 말건 관심 없었다. 사실 위조된 서명 덕분에 그녀는 여러 가지 귀찮은 일에서 해방되었다. 하지만 내가 자기를 사칭해 이렇게 공손하고 다정한 편지를 썼다는 걸 알면 노발대발할 것이다.

삼 주 전에 미란다가 전화해서 주말에 해야 할 무슨 일인가를 지시했다면 나는 얼른 내 계획을 취소했을 것이다. 하지만 이제 나도 원칙을 조금 거스를 수 있을 만큼 노련해졌고, 이미 지칠 대로 지친 상태였다. 미란다가 내일 『해리 포터』를 받으러 딸들과 함께 공항까지 직접 나오진 않을 테니, 내가 직접 배달할 필요는 없었다. 줄리아가 내게 두 권을 보내줄 거라고 가정하고, 그러기를 기도하면서 나는 세부 사항을 정리했다. 몇 차례 여기저기 통화한 후 한 시간도 안 되어 다음과 같은 계획을 세웠다.

협조적인 스콜라스틱의 편집 어시스턴트 브라이언은 두 시간도 안 되어 줄리아에게 허락을 받는다. 그날 저녁 그는 『해리 포터』 두 권을 집으로 가져간다. 그렇게 하면 그는 토요일에 회사에 나갈 필요가 없다. 브라이언이 어퍼웨스트사이드에 있는 자기 아파트 경비원에게 책을 맡겨놓으면, 나는 미란다의 운전기사인 유리더러 다음날 오전 열한시에 그 책을 찾으러 가라고 한다. 유리는 책을 받았다고 내 휴대폰으로 확인 전화를 해줄 거고 티터버러 공항까지 그 책을 가져갈 것이다. 그리고 그 책은 톰린슨 씨의 전용 비행기에 실려 파리로 가게 될 것이다. 나는 KGB 작전처럼 이 모든 과정을 암호로 작성해볼까 잠깐 생각했지만, 유리의 영어가 그 정도까진 안 된다는 걸 깨닫고 그만두었다. 초특급 DHL로 파리까지 배달하는 데는 얼마나 걸리는지 알아보니 월요일에나 서비스가 가능하다고 했다. 그러면 너무 늦다. 결국 전용 비행기밖에 없었다. 모든 것이 계획대로 된다면, 캐시디와 캐럴라인은 일요일 아침 파리의 스위트룸에서 우유를 마시며 친구들보다 하루 먼저 해리의 모험을 읽을 수 있는 것이다. 그 생각을 하니 내 가슴이 다 찡해졌다. 정말이었다.

차도 수배해놓았고 관련자도 모두 대기시켜놓았다. 몇 분 후, 줄리아가 전화를 걸어왔다. 자기가 징계를 받을 수도 있고 난처한 상황에 처할 수도 있지만, 미즈 프리스틀리를 위해 기쁜 마음으로 브라이언에게 책 두 권을 건네주겠노라는 것이었다. 아멘.

"저 남자가 약혼했다니 이게 말이 되니?" 릴리는 우리가 방금 전에 다 본 〈페리스의 해방〉을 되감으며 물었다. "내 말은, 우린 지금 스물세 살밖에 안 됐는데 서두를 게 있냐는 거야."

"맞아. 정말 이상하지?" 내가 부엌에서 큰 소리로 대답했다. "그가 결혼해서 안정을 찾기 전까지는 엄마 아빠가 어마어마한 신탁자금에 손을 못 대게 하니까 그렇겠지? 그것만으로도 여자의 손가락에 결혼반지를 끼워줄 만한 동기가 되지 않을까? 아님 너무 외로워서일 수도 있어."

릴리는 나를 보더니 큰 소리로 웃었다. "그가 그 여자와 사랑에 빠져서 평생을 함께 살 준비가 되어 있을 리 없잖아. 안 그래? 우린 이미 그게 불가능하다고 결론을 내렸잖아."

"맞아. 그건 아니지. 그럼 다른 이유를 찾아봐야겠는걸."

"그렇다면 3번을 택할 수밖에. 그는 게이야. 영화를 보는 사람들은 처음부터 그걸 알고 있지만, 그는 이제야 그걸 자각하게 된 거지. 자기 엄마 아빠가 그걸 이해하지 못하리라는 것도 깨달았고. 그래서 맨 처음 만난 여자와 결혼해서 그 사실을 덮어버릴 거야. 네 생각은 어때?"

두번째로 볼 비디오는 〈카사블랑카〉였다. 릴리는 등장인물 이름이 나오는 도입부는 빨리 돌려 넘겼다. 그동안 나는 모닝사이드 하이츠에 있는 원룸의 작은 부엌에서 코코아 두 잔을 전자레인지에 데웠다. 우리는 금요일 밤 내내 시체놀이를 했다. 담배를 피우고, 블록버스터 대여점에 영화 테이프를 빌리러 갈 때만 잠간 몸을 일으키는 정도였다. 토요일 오후가 되자 바깥 공기를 쐬고 싶었다. 우리는 소호까지 몇 시간을 어슬렁거리며 릴리의 새해 파티 때 입을 탱크톱도 사고, 노천카페에서 큰 머그잔에 담긴 에그노그*를 마셨다. 잔뜩 지쳐 아파트에 돌아오면서도 우린 행복했다. 그날 밤의 나머지 시간은 TNT 채널에서 하는 〈해리가 샐리를 만났을 때〉와 〈새터데이 나이트 라이브〉 사이를 왔다갔다하며 보냈다. 어느덧 내 일상이 되어버린 고통에서 벗어나 취하는 휴식이 어찌나 달콤하던지, 일요일 아침에 전화벨소리를 듣기 전까지는 『해리 포터』에 대해서 까맣게 잊고 있었다. 오, 맙소사, 그녀다! 그러나 내 귀에 들린 것은 릴리가 학교 친구인 듯한 사람과 러시아어로 통화하는 소리였다. 감사합니다, 하느님. 정말 감사합니다. 그녀가 아니었군요. 하지만 그렇다고 내가 해방된 건 아니었다. 벌써 일요일 오전인데, 그 망할 놈의 책들이 제대로 파리에 도착했는지 아무것도 아는 게 없었다. 주말을 한껏 즐긴 나머지(사실 푹 쉰 것이지만) 그걸 확인하는 것 자체를 까맣게 잊고 있었다. 물론 휴대폰 전원은 켜져 있었고, 벨소리도 최대로 해놓았다. 무슨 일이 생겨 전화가 오기를 기다려서가 아니었다. 뭔가 하기에 너무 늦었을 때는 더더욱. 선제공격을 해야 했다. 치밀하게 짠 계획의 모든 단계가 제대로 수행되었는지, 이 일과 관련된 모든 사람에게 확인 전화를 돌려야 했다.

나는 〈런웨이〉에서 받은 휴대폰을 찾느라 허둥지둥 가방을 뒤졌다. 휴대폰은 미란다와 내가 숫자 일곱 개만큼의 거리에 있다

---

* 우유에 설탕, 달걀, 때로는 브랜디 따위를 첨가한 음료.

는 걸 확인해주고 있었다. 마침내 가방 밑바닥에서 속옷과 뒤엉켜 있는 휴대폰을 찾아냈다. 나는 휴대폰을 꺼내 본 후 침대에 털썩 주저앉았다. 휴대폰의 작은 액정화면을 보니 수신 불가 지역이라고 표시되어 있었다. 나는 미란다가 전화했고, 그 전화가 바로 음성메시지로 넘어갔음을 본능적으로 알아챘다. 휴대폰이 증오스러웠다. 그 순간에는 새 뱅앤올룹슨 전화기까지 증오스러웠다. 릴리의 전화기와 전화기 광고, 잡지에 나온 전화기 사진과 전화기를 발명한 알렉산더 그레이엄 벨까지 증오스러웠다. 미란다 프리스틀리와 일하고 나서부터는 내 일상에 끊임없이 불행한 부작용이 일어났다. 그중에서도 가장 큰 문제는 전화기를 끔찍이도 싫어하게 됐다는 것이었다.

대부분의 사람들은 전화벨소리를 반가워한다. 누군가가 안부를 묻기 위해, 또는 만나자고 전화한 것일 테니까. 하지만 내게 전화벨은 두려움과 심각한 불안과 심장이 내려앉는 공포심을 일으키는 소리일 뿐이었다. 어떤 사람들은 전화기의 수많은 기능을 신기해하고, 심지어는 재미있다고까지 여긴다. 그러나 내게 그런 기능들은 일을 하라는 명령에 지나지 않았다. 미란다와 일하기 전에는 통화중 대기 서비스를 그렇게까지 이용해본 적이 없었다. 〈런웨이〉에서 일한 지 며칠 만에 나는 통화중 대기 서비스(그녀가 내게 전화했을 때 통화중이라는 신호를 듣지 않게끔), 발신자 표시 서비스(필요한 경우 그녀의 전화를 피할 수 있도록), 발신자가 표시되는 통화중 대기 서비스(필요한 경우 다른 사람과 통화하는 동안 그녀의 전화를 피할 수 있게), 음성메시지 서비스(그녀가 자동 음성사서함 안내를 듣느라 내가 그녀의 전화를 피하고 있다는 걸 모르게끔)를 신청했다. 장거리전화 요금을 제외하고도 한 달 이용료만 50달러가 나왔지만, 마음의 평화를 위해서라면 별거 아니라는 생각이 들었다. 아니, 정확히 말하면 마음의 평화가 아니라 조기 경보였다.

그런데 그놈의 휴대폰 때문에 최후의 방벽마저 무너진 것이었다. 휴대폰이 꺼져 있다는 건 미란다에겐 이해가 안 되는 일이었다. 하늘이 무너져도 나는 전화를 받아야 했다. 처음 에밀리에게 업무 지시를 받았을 때 그녀는 〈런웨이〉의 가장 기본적인 물품인 휴대폰을 건네면서 언제든 전화를 받아야 한다고 말했다. 나는 전화를 못 받는 여러 상황이 있을 수 있다고 이유를 댔지만, 그녀는 몽땅 무시했다.

"자고 있으면 어떻게 해요?" 어리석게도 나는 이렇게 질문했다.

"그럼 일어나 받아요." 그녀는 줄칼로 손톱을 매끄럽게 다듬으며 대답했다.

"아주 격식을 차리는 식사 자리에 있다면요?"

"다른 뉴요커들처럼 행동해요. 식사중에 전화받아도 돼요."

"산부인과에서 검진을 받고 있을 때는요?"

"의사들이 들여다보는 게 당신 귀가 아니잖아, 안 그래요?" 그래, 알았어. 알았다고.

나는 그놈의 휴대폰을 혐오했지만, 그렇다고 그것을 무시해버릴 수는 없었다. 휴대폰은 나와 미란다를 탯줄처럼 연결해주고 있었으나, 그것은 내게 양분을 공급해주지도, 회사 밖 세상으로 뛰쳐나가게 해주지도, 이 질식의 원인에서 벗어나게 해주지도 않았다. 그녀는 끊임없이 전화를 해댔고, 전화기가 울리는 순간 망할 놈의 파블로프의 실험처럼 내 몸이 본능적으로 반응했다. 띠리리 띠리리. 심장박동수가 올라간다. 띠리리리. 주먹이 저절로 쥐어지고 어깨가 굳는다. 띠리리리리리리리리. 아아, 저 여자는 도대체 왜 날 내버려두지 않는 거야. 아, 제발. 제발 내가 살아 있다는 걸 잊어줘. 이마에서 땀방울이 뚝뚝 떨어진다. 이 찬란한 주말에 휴대폰이 연결되어 있지 않았을 거라고는 생각도 못했다. 무슨 일이 있으면 울리겠지, 라고 생각했었다. 그게 실수의 시작이었다. 나는 전화가 다시 연결될 때까지 일곱 평 남짓한 공간을 맴돌면서 숨을 죽이고 음성메시지를 확인했다.

릴리와 즐거운 시간 보내라는 엄마의 다정한 메시지. 샌프란시스코에 사는 친구가 이번주 뉴욕에 출장을 온다며 만나자는 메시지. 형부에게 생일 카드 보내는 거 잊지 말라는 언니의 메시지. 그리고 문제의 그 메시지가 있었다. 거의 잊고 있었던(과연 그랬을까?) 두려운 영국식 억양이 내 귓전을 울렸다. "앤-드리-아, 미라-안다야. 파-리는 지금 일요일 아침 아홉시인데, 아이들이 아직 책을 못 받았어. 리츠호텔에 있으니 내게 전화해서 책이 곧 도착할 거라고 확인해줘. 이상." 딸깍.

분노가 목구멍까지 치밀어올랐다. 여느 때와 마찬가지로 그 메시지에는 상냥한 구석이라곤 요만큼도 없었다. '안녕, 잘 있어' 또는 '고마워' 같은 말들 말이다. 그럴 줄 알았어. 하지만 그보다 중요한 건, 그 메시지가 하루 반 전에 남겨졌고 내가 아직도 전화를 하지 않았다는 사실이다. 해고 사유로 충분했다. 그렇다고 손쓸 수 있는 방법이 있는 것도 아니었다. 나는 아마추어처럼 내 계획이 아무 차질 없이 완벽하게 이루어질 거라고 생각했다. 운전

기사 유리가 책을 가지고 가 공항에 넘겼다는 확인 전화를 해주
지 않았다는 것도 깨닫지 못했다. 나는 주소록을 뒤져 재빨리 유
리에게 전화를 걸었다. 유리의 휴대폰 역시 그와 일주일 내내, 스
물네 시간 언제든 연결될 수 있도록 하기 위해 미란다가 사준 것
이다.

"안녕, 유리. 앤드리아예요. 일요일인데 방해해서 죄송해요.
혹시 어제 87번가와 암스테르담 애비뉴 교차로의 집에서 그 책들
을 찾아오셨는지 알고 싶어서 전화드렸어요."

"안녕, 앤디. 목소리를 듣게 돼 반가워요." 그는 듣기만 해도
마음이 편안해지는 걸쭉한 러시아 억양으로 말했다. 처음 만난
날 이후 그는 나이 지긋한 살가운 삼촌처럼 나를 앤디라고 불렀
다. 그가 그렇게 불러도 B-DAD한테 들을 때와는 달리 난 아무렇
지도 않았다. "물론 당신 말대로 그 책들을 찾아왔지요. 왜, 내가
당신을 돕고 싶어하지 않는다고 생각해요?"

"아니, 아니에요, 유리. 미란다가 메시지를 남겼는데, 아이들이
그 책들을 아직 못 받았대요. 뭐가 잘못된 건지 알아보려고요."

그는 잠시 조용하더니, 어제 오후에 파리로 날아간 전용기 조
종사의 이름과 전화번호를 알려주었다.

"고마워요, 정말 고마워요." 나는 번호를 급히 받아적으며 그
조종사가 날 도와주기를 간절히 빌었다.

"빨리 연락해봐야겠어요. 길게 얘기 못해서 죄송해요. 그럼 좋
은 주말 보내세요."

"그래요, 당신도 즐거운 주말 보내요. 조종사가 책이 어떻게
됐는지 말해줄 거예요. 잘되기를 빌어요." 그는 밝은 목소리로 말

하고는 전화를 끊었다.

릴리는 와플을 만들고 있었다. 돕고 싶었지만, 일단 이 일부터 해결해야 했다. 안 그러면 잘릴 테니까. 아니, 어쩌면 벌써 잘렸을지도 몰랐다. 아무도 나에게 얘기해주지 않은 것일 수도 있으니까. 〈런웨이〉는 그럴 가능성이 충분한 곳이었다. 신혼여행중에 해고된 패션 에디터가 있었을 정도였다. 그 에디터는 발리에서 〈위민스 웨어 데일리〉를 읽다가 자기 일자리가 날아간 걸 알게 되었다. 나는 유리가 알려준 번호로 전화를 걸었다. 자동응답기가 받자 얼마나 낙담을 했던지 곧 죽어버릴 것만 같았다.

"안녕하세요, 조너선. 〈런웨이〉의 앤드리아 삭스라고 합니다. 저는 미란다 프리스틀리의 어시스턴트인데, 어제 비행에 대해 여쭤볼 게 있어서 전화드렸습니다. 지금 당신은 파리에 계시거나 돌아오는 중이겠군요. 그 책들을 파리로 잘 배달하셨는지 알고 싶습니다. 물론 바로 해주셨겠지만요. 제 전화번호는 917-555-8702입니다. 되도록 빨리 전화해주시면 감사하겠습니다. 안녕히 계세요."

나는 리츠호텔의 접수계에 전화해 파리 외곽의 사설 비행장에서 책을 싣고 온 차가 있었는지 아느냐고 물어보려다가, 내 휴대폰은 국제전화가 안 된다는 것을 깨달았다. 이 전화기에서 안 되는 건 그 기능뿐이었다. 물론 지금 필요한 건 바로 그 기능이었고. 그때 와플과 커피가 준비되었다는 릴리의 목소리가 들렸다. 나는 부엌으로 가서 음식을 받아왔다. 그녀는 블러디 메리를 홀짝거리고 있었다. 세상에, 일요일 오전부터 술이라니!

"미란다 문제야?" 그녀가 안됐다는 표정으로 물었다.

나는 고개를 끄덕였다. "일이 완전 꼬인 것 같아." 나는 고마워하며 접시를 받았다. "이번엔 정말 잘릴지도 몰라."

"불쌍한 것. 또 그 소리구나. 그래도 널 자르진 않을 거야. 아직 사무실에서 직접 만난 적도 없잖니. 아니, 정말 너를 자르지 않아야 할 텐데. 넌 이 세상에서 가장 멋진 직업을 갖고 있잖아!"

나는 기가 막히다는 표정으로 그녀를 쳐다보며 차분해지려고 애썼다.

"사실이잖아. 그녀가 만족할 줄 모르고 약간 사이코 기질이 있는 사람이란 건 알아. 하지만 안 그런 사람이 어디 있니? 넌 지금 구두에, 화장에, 머리에, 옷까지 다 공짜잖아! 날마다 회사에 나간다는 이유만으로 디자이너의 옷을 공짜로 얻는 사람이 어디 있겠어? 앤디, 너는 〈런웨이〉에서 일하는 거야, 알겠어? 백만 명쯤 되는 여자들이 네 일을 하고 싶어 죽을 지경일 거라고."

바로 그 순간 난 깨달았다. 구 년 전 릴리를 알게 된 후 처음으로 그애가 날 이해하지 못하고 있다는 것을. 다른 친구들처럼 릴리도 지난 몇 주 동안 돌아버릴 것 같은 내 직장 이야기, 즉 가십거리나 흥미 만점인 얘기 따위를 재미있게 들었다. 그러나 정작 그 하루하루가 얼마나 힘겨운지는 이해하지 못했다. 내가 날마다 거기 나가는 것이 공짜 옷을 얻기 위해서가 아니라는 것도, 이 세상의 모든 옷을 공짜로 준다 해도 견뎌내기 힘든 일이라는 것도 이해하지 못했다. 절친한 친구를 내가 경험하고 있는 진짜 세계로 데려가야 할 시간이었다. 릴리는 분명 나를 이해하게 될 거야. 이제 말해야 해. 그래! 정확히 내가 무슨 일을 겪고 사는지를 누군가와 나눌 때가 온 거야. 나는 동맹군을 갖게 되리라는 희망에 부풀어 막 입을 열려고 했다. 그 순간 휴대폰이 울렸다.

젠장! 나는 전화기를 벽에 던져버리고, 전화 건 인간에게는 지옥에나 가버리라고 퍼부어대고 싶었다. 하지만 내심 어떤 정보라도 알려줄 조너선의 전화이기를 조금이나마 바랐다. 릴리가 웃으면서 서두를 필요 없으니 천천히 하라고 말했다. 나는 서글프게 고개를 끄덕이고 전화를 받았다.

"앤드리아?" 남자 목소리였다.

"네, 조너선이세요?"

"그렇습니다. 집에 전화를 걸었다가 당신 메시지를 들었어요. 지금 파리에서 돌아가는 길입니다. 대서양 어디쯤이지요. 당신이 무척 걱정하고 있는 것 같아서 바로 전화드리는 겁니다."

"고마워요, 고맙습니다! 정말 감사드려요! 사실 걱정하고 있었거든요. 아침 일찍 미란다의 전화를 받았는데, 아직 책을 받지 못했다고 해서요. 파리의 운전기사에게 분명히 그것을 건네주셨지요?"

"물론입니다. 아시다시피 전 일과 관련해서 질문을 하지 않는 사람이라 그게 책이라는 건 지금 알았습니다. 그냥 언제 어디로 가라고 하면 그곳에 가서 바로 누군가를 태워올 뿐입니다. 책 꾸러미만 달랑 싣고 대양을 건너는 일이 자주 있는 건 아니지요. 전 그게 이식용 장기나 기밀 서류 같은, 정말 중요한 물건이 틀림없다고 생각했어요. 그래서 조심스럽게 싣고 가 운전기사에게 건네주었습니다. 지시대로 했어요. 리츠에서 나온 운전기사는 괜찮은 친구였습니다. 아무 문제 없었어요."

나는 그에게 고맙다는 인사를 하고 전화를 끊었다. 리츠의 접수계에서는 드골공항에서 톰린슨 씨의 전용기를 맞아『해리 포터』를 호텔까지 갖다줄 운전기사를 배치해두었다. 계획대로라면 미란다가 현지 시간으로 아침 일곱시에 그 책을 받았을 텐데, 지금은 벌써 늦은 오후였다. 도대체 어떻게 된 건지 알 수가 없었다. 이제 방법은 하나뿐이다. 접수계에 전화를 해야 한다. 내 휴대폰은 국제전화가 안 되니, 국제전화가 가능한 전화기를 찾아내는 수밖에.

나는 다 식어버린 와플을 부엌으로 가져가 쓰레기통에 버렸다. 릴리는 소파에 누워 졸고 있었다. 나는 그녀에게 그만 가보겠다고 포옹하며 나중에 전화하겠다고 말했다. 그리고 택시를 잡아타고 사무실로 가기 위해 밖으로 나가려 했다.

"오늘 어떻게 되는 거야?" 릴리가 투덜거렸다. "〈대통령의 연인〉을 빌려놨단 말이야. 아직 가면 안 돼. 주말이 다 간 게 아니잖아!"

"미안해, 릴리. 하지만 지금 당장 이 일부터 해결해야 해. 여기선 할 수 있는 게 없어. 지금 미란다가 아주 짧은 목줄로 내 목을 조이고 있단 말이야. 나중에 전화할게."

사무실에는 물론 아무도 없었다. 틀림없이 모두 은행투자가인 남자친구와 파스티스에서 브런치를 먹고 있을 것이다. 나는 어두운 사무실에 앉아 심호흡을 하고 전화를 걸었다. 다행히 리츠의 접수계 직원들 중 내가 좋아하는 므슈 르노와 연결되었다.

"앤드리아, 안녕하세요? 미란다와 쌍둥이들이 이렇게 금방 저희 호텔을 다시 찾아주셔서 참으로 기쁠 따름입니다." 그는 거짓말을 하고 있었다. 에밀리는 미란다가 리츠에 너무 자주 머무르는 바람에 호텔 전 직원이 그녀와 딸들의 이름을 알 정도라고 내게 말했었다.

"네, 르노. 미란다도 다시 리츠에 머물게 되어 정말 기뻐하고 있어요." 나도 거짓말로 받아쳤다. 그 불쌍한 접수계 직원이 아무리 친절하게 굴어도 미란다는 그가 하는 일마다 못마땅해했다. 그래도 그는 평판이 두려워 언제나 노력했고, 자기가 그녀를 얼마나 좋아하는지 아느냐고 열심히 거짓말했다. "당신이 보낸 차가 미란다의 비행기에서 물건을 받아 호텔로 돌아왔는지 알고 싶어요."

"그러십니까? 몇 시간 전의 일이군요. 아마 오늘 아침 여덟시 전에 틀림없이 돌아왔을 겁니다. 우리 운전기사 중 최고를 보냈거든요." 그는 자랑스럽게 말했다. 최고의 운전기사를 보낸 이유가 단지 왕복운동을 하기 위한 거라는 걸 그가 알아야 하는데.

"좀 이상한데요. 물건을 받지 못했다는 미란다의 메시지를 받았거든요. 제가 이쪽 운전기사한테 확인해보니 그걸 공항에 갖다줬다고 하고, 조종사는 그걸 파리까지 싣고 가서 당신이 보낸 운전기사에게 건네주었다고 분명히 말했거든요. 그리고 당신은 그게 호텔에 도착했을 거라고 하니 어떻게 된 일일까요? 어떻게 아직도 그녀가 그걸 받지 못한 거죠?"

"글쎄요, 그분께 직접 여쭤보는 수밖에 없을 것 같군요." 짐짓 밝은 목소리로 그가 말했다. "연결해드릴까요?"

이런 일이 일어나지 않기를, 그녀와 통화하지 않고도 이 문제를 해결할 수 있기를 그토록 바랐건만. 미란다가 아직도 책을 받지 못했다고 우기면 뭐라고 대답해야 하지? 스위트룸 테이블 위를 보라고, 분명히 몇 시간 전에 책이 배달되어 거기 놓여 있을 거라고 말해야 하나? 내가 전용기를 타고 날아가 그날 안으로 그 책 두 권을 직접 대령해줬어야 했나? 다음부터는 책들이 바다를 건너 안전하게 도착하는 것을 확인하기 위해 비밀 요원을 딸려보내야 하나? 온갖 생각이 들었다.

"물론이죠, 르노. 도와주셔서 감사합니다."

몇 번 딸깍거리더니 다시 신호음이 들렸다. 긴장해서 땀이 밴 손바닥을 트레이닝팬츠에 닦았다. 운동복 차림으로 사무실에 앉아 있는 내 모습을 미란다가 보면 어떻게 될까 하는 생각 따윈 하고 싶지 않았다. 차분해지자, 당당하자. 나는 속으로 주문을 걸었다. 제아무리 미란다라도 전화로 날 어떻게 하진 못할 거야.

"네?" 멀리서 무슨 소리인가가 들려왔다. 속으로 간절히 기도하고 있었는데 순간 정신이 번쩍 들었다. 겨우 열 살이지만 엄마의 무뚝뚝한 전화 매너를 빼다박은 캐럴라인이었다. 그래도 캐시디는 전화받을 때 최소한 "여보세요?"라고 말하는 예의는 있었는데.

"안녕, 스위티?" 나는 어린아이에게조차 아부하는 나 자신을 혐오하며 부드럽게 말했다. "사무실에 있는 앤드리아야. 엄마mom 거기 계시니?"

"우리 멈mum 말이에요?" 그 아이는 내가 미국식 발음을 할 때마다 항상 그랬듯 이번에도 고쳐주었다. "물론이죠. 바꿔드릴게요."

잠시 후 미란다가 전화를 받았다.

"앤-드리-아? 중요한 일이야? 내가 아이들과 함께 있는 시간을 방해받을 때 어떤 기분인지 알지?" 냉랭하고 짧게 자르는 말투었다. 내가 아이들과 함께 있는 시간을 방해받을 때 어떤 기분인지 알지? 나는 소리를 지르고 싶었다. 이봐, 지금 나 놀려? 내가 괜히 전화한 줄 알아? 그 끔찍한 목소리를 못 듣고 주말이 가버리는 게 안타까워서? 그럼 내가 친구들과 보내는 시간은 뭐야? 분노로 가슴이 터질 것 같았지만, 숨을 가라앉히고 본론으로 들어갔다.

"편집장님, 전화받기 좋은 시간이 아니라면 죄송합니다. 하지만 『해리 포터』 두 권을 받으셨는지 확인하려고 전화드렸습니다. 아직 못 받으셨다는 메시지를 남기셔서요. 제가 모두와 통화를 했는데……"

그녀는 내 말허리를 싹둑 자르며 천천히, 하지만 또렷하게 말했다. "앤-드리-아, 좀 제대로 들어야겠군. 나는 그렇게 말한 적 없어. 오늘 아침 일찍 그 물건을 받았어. 아, 한 가지 덧붙이지. 중요하지도 않은 물건이 너무 일찍 도착하는 바람에 오히려 꼭두새벽부터 잠을 설쳤어."

지금 내가 듣고 있는 소리가 믿겨지지 않았다. 그녀가 메시지를 남긴 게 꿈이었던가? 이렇게 일찍 치매가 올 리는 없잖아?

"내가 말한 건, 내 요구대로 책이 두 권 오지 않았다는 거야. 상자 안에는 한 권밖에 없었어. 당신이 아이들을 얼마나 실망시켰는지 알겠지? 아이들은 각자 한 권씩 갖고 싶어했으니까. 자, 내가 요구한 대로 되지 않은 이유를 설명해봐."

이럴 수는 없었다. 정말 이럴 수는 없었다. 지금 꿈을 꾸고 있는 게 분명했다. 내가 이성과 논리는 통하지 않는 괴상한 외계에 와 있는 걸까? 지금 벌어지고 있는 이 불합리한 상황에 대해 생각조차 하기 싫었다.

"편집장님, 편집장님이 책을 두 권 요청하신 걸 분명히 기억하는데요. 그에 따라 두 권을 주문했고요." 나는 그녀의 잘못을 캐고 앉아 있는 나 자신을 증오하며 더듬더듬 말을 이었다. "저는 스콜라스틱에서 일하는 직원에게 부탁했고, 그 직원은 편집장님이 두 권을 필요로 한다는 걸 이해했다고 확실히 말씀드릴 수 있습니다. 그래서 저는 미처……"

"앤-드리-아, 내가 변명하는 사람을 어떻게 생각하는지 알지? 지금 당신 말은 별로 듣고 싶지 않아. 다시는 이런 일 없도록 해. 알았어? 이상." 그녀는 전화를 툭 끊었다.

나는 뚜뚜뚜 소리를 들으며 오 분 정도 망연자실 서 있었다. 머릿속에 오만 가지 생각이 떠올랐다. 죽여버릴까? 나는 체포될 가능성도 고려하면서 생각했다. 당연히 내가 범인으로 지목당할까? 그건 아닐 거야. 최소한 〈런웨이〉에 있는 모든 사람이 동기를 갖고 있으니까. 나는 정말로 미란다가 천천히, 오래도록 고통받으며 죽는 걸 보고 싶은 걸까? 그건 확실한 것 같았다. 그렇다면 그 가증스런 인간을 가장 만족스럽게 없애는 방법은 무엇일까?

나는 천천히 수화기를 내려놓았다. 내가 메시지를 정말 잘못 들은 걸까? 휴대폰으로 메시지를 다시 확인했다. "앤-드리-아, 미라-안다야. 파-리는 지금 일요일 아침 아홉시인데, 아이들이 아직 책을 못 받았어. 리츠호텔에 있으니 내게 전화해서 책이 곧 도착할 거라고 확인해줘. 이상." 잘못된 건 하나도 없었다. 미란다가 두 권이 아닌 한 권만 받았을 수도 있다. 하지만 그녀는 내가 해고당할 만큼 큰 실수를 저질렀다는 교묘한 뉘앙스를 담아 얘기했다. 또 자기가 아침 아홉시에 전화하면 몇 달 만에 가장 완벽한 주말

을 보내고 있는 나는 새벽 세시에 받게 된다는 사실 따위는 아랑
곳하지도 않았다. 그녀는 나를 좀더 열받게 하려고, 좀더 세게 압
박하려고 전화를 한 것이다. 내가 자기를 훨씬 더 증오하게 만들
기 위해.

7

릴리의 새해 파티는 차분하면서도 즐거웠다. 릴리의 집에서 대학 친구들과 그애들이 겨우겨우 끌고 온 사람들이 어우러져 종이컵에 샴페인을 따라 진탕 마시는 게 전부였다. 나는 새해 휴일을 그다지 좋아하지 않았다. 자기는 일 년 삼백육십사 일을 논다고 하면서 명절을 '아마추어 나이트'*라고 처음 말한 사람이 누군지 모르겠지만 (《플레이보이》 창간자인 휴 헤프너였던가), 내 생각도 그렇다. 억지로 술을 마시고 즐거운 척해봤자 좋을 게 없다. 그래서 릴리가 서둘러 작은 파티를 열어준 덕분에, 우리는 클럽에서 열리는 150달러짜리 파티 티켓을 사거나 타임스스퀘어에서

---

* 새해 전야나 밸런타인데이처럼 특별한 행사가 있는 날 밤에만 외출하는 사람들을 얕잡아보는 맥락에서 만든 표현.

얼어죽어보자는 우스꽝스러운 생각을 할 필요가 없었다. 다들 너무 독하지 않은 술 한 병 정도는 들고 오는 센스를 보였고, 릴리는 뿔피리와 반짝이는 왕관을 나눠주었다. 모두 거하게 마시고는 흐뭇해져서, 할렘이 내려다보이는 릴리네 아파트 옥상에서 새해맞이 건배를 했다. 다들 너무 마셔서 해롱거렸다. 특히 릴리는 다들 헤어질 무렵엔 완전히 인사불성이 되었다. 나는 두 번이나 구토한 릴리를 홀로 남겨두고 가기가 불안해, 앨릭스와 함께 릴리의 옷가방을 챙겨 택시에 태웠다. 그날 밤 우리 셋은 내 방에서 보냈다. 릴리는 거실의 매트리스에 재웠다. 다음날에는 밖에 나가 거한 브런치를 먹었다.

새해맞이 행사들이 다 끝나자 마음은 기쁨으로 차올랐다. 삶에 기어를 넣고 새로운 일을 시작할 때였다. 벌써 십 년쯤 회사에 다닌 기분이었지만 난 아직 신참이었다. 미란다가 돌아와서 함께 일하게 되면 모든 게 나아질 거라는 희망이 가슴 가득했다. 전화로는 누구나 냉혹한 괴물이 될 수 있다. 특히 휴가를 보내느라 일터에서 그토록 멀리 떨어져 있는 경우라면. 나는 첫달에 겪은 불행은 곧 새로운 상황에 자리를 양보할 거라고 확신했고, 앞으로 그 상황이 어떻게 펼쳐질지 기대에 부풀었다.

쌀쌀하고 흐린 1월 3일, 오전 열시가 조금 지난 시각이었다. 일터에 있다는 게 행복했다. 정말 행복했다! 에밀리는 LA에서 열린 새해 파티에서 만난 남자 얘기를 하느라 신이 나 있었다. 그는 '정말 끝내주는 유망 뮤지션'인데, 몇 주 후에 자기를 만나러 뉴욕에 오겠다고 약속했다는 것이다. 나는 복도 건너편에서 일하는 뷰티팀 에디터 제임스와 수다를 떨고 있었다. 배서 칼리지를 졸업한 남자로, 꽤 괜찮은 사람이었다. 그가 선택한 대학이나 패션 잡지의 뷰티 에디터라는 직업에도 불구하고, 그의 부모님은 아직도 아들이 남자들과 자는 걸 모르고 있었다.

"같이 가자니까. 정말 재미있을 거예요. 내가 아주 괜찮은 애들을 소개해줄게요, 앤디. 아주 멋진 애들이 올 거란 말이에요. 게다가 마셜이 주최하는 파티라니까? 정말 굉장할 거야." 내가 이메일을 확인하고 있는 동안에도 제임스는 내 책상에 기댄 채 계속 떠들어댔다. 에밀리는 자기 자리에서 그 긴 머리 가수와 만날 일에 대해 행복한 표정으로 시시콜콜 조잘거렸다.

"나도 정말 가고 싶어요. 그런데 크리스마스 전부터 남자친구랑 오늘 만나기로 약속을 해뒀어요. 몇 주 전부터 아주 멋진 저녁식사를 할 계획이었는데 매번 마지막 순간에 내가 취소했거든요."

"그럼 나중에 만나면 되겠네! 문명세계에서 가장 뛰어난 염색 전문가를 만나는 날이 날마다 오는 게 아니라고요. 게다가 유명 인사들도 엄청 올 거예요. 모두들 무척 화려한 옷을 입고 오겠죠? 이번주에 열리는 모든 파티 중에서 가장 매력적인 파티가 될 거예요. 아, 게다가 해리슨 앤드 슈리프트먼*에서 준비하는 파티라고요. 빨리 말해요, 가겠다고." 그가 강아지 같은 눈빛으로 호들갑을 떨며 나를 바라보았다. 난 웃음이 터져나왔다.

"제임스, 나도 정말 정말 가고 싶어요. 플라자엔 한 번도 가본 적이 없으니까요! 그렇지만 이번 약속을 깰 수는 없어요. 앨릭스가 집 근처 조그만 이탈리아 레스토랑을 예약해놓았단 말이에

---

* 패션, 연예 분야의 파티 및 행사 대행사.

152

요." 약속을 취소할 수도 없었고, 그러고 싶지도 않았다. 앨릭스와 단둘이서 밤을 보내며 그가 새로 맡은 방과후 활동 애기를 듣고 싶었다. 물론 약속과 파티 날짜가 겹쳐서 안타까운 건 사실이었다. 지난주 신문에서 이 파티에 관한 기사를 읽었다. 맨해튼에 사는 모든 사람들은 일류 염색 전문가인 마셜 매든이 해마다 새해 연휴에 뒤이어 여는 이 파티를 열광적으로 기다리는 것 같았다. 기사에 따르면, 마셜이 새 책『나를 염색해줘요, 마셜』을 낸지 얼마 안 되었으므로 이번 파티는 더욱 성대한 파티가 될 것이었다. 하지만 스타의 파티에 가기 위해 남자친구와의 약속을 취소하고 싶지는 않았다.

"알았어요. 대신 나중에 딴소리하지 말아요. 내일 〈페이지 식스〉*에 내가 머라이어 캐리나 제이로**와 같이 나온 걸 보고 징징대기 없기예요." 그는 장난스럽게 화난 표정을 짓고는 휙 가버렸다. 사실 그는 내내 흥분상태라서 반쯤은 농담이었을 것이다.

새해 첫 주인 이번주는 슬렁슬렁 지나갔다. 우리는 여전히 도착한 선물들을 풀어보고 목록을 작성하는 중이었다. 오늘 아침에 풀어야 했던 것은 스와로브스키 비즈가 박힌 스틸레토 힐이었다. 하지만 이제는 더 보내야 할 것도 없었고, 전화도 조용했다. 미란다는 이번 주말에 파리에서 돌아와 다음주 월요일에나 출근할 예정이었다. 에밀리는 이제 내가 미란다를 잘 견뎌낼 수 있을 거라고 확신했고, 나도 잘할 자신이 있었다. 모든 것을 예행연습해본데

---

* 〈뉴욕 포스트〉의 연예 매체.
** 가수 겸 영화배우인 제니퍼 로페즈의 별명.

다, 거의 모든 것을 노트 한 권 분량으로 빽빽하게 적어두었으니까. 다 머릿속에 남아 있기를 기대하며 나는 노트를 훑어보았다.

커피: 무조건 스타벅스. 라테 톨 사이즈, 설탕 두 조각, 냅킨 두 장, 젓는 스틱 한 개.

아침식사: 만지아에서 배달시킴. 555-3948. 소프트 치즈 데니시, 베이컨 네 조각, 소시지 두 개.

신문: 로비 신문판매대. 〈뉴욕 타임스〉 〈뉴욕 데일리 뉴스〉 〈뉴욕 포스트〉 〈파이낸셜 타임스〉 〈워싱턴 포스트〉 〈USA 투데이〉 〈월 스트리트 저널〉 〈위민스 웨어 데일리〉. 〈뉴욕 옵서버〉는 수요일마다.

주간지, 월요일에 구입 가능: 〈타임〉 〈뉴스위크〉 〈US 뉴스〉 〈뉴요커〉(!) 〈타임아웃 뉴욕〉 〈뉴욕〉 〈이코노미스트〉.

그 목록에는 미란다가 가장 좋아하는 꽃, 가장 싫어하는 꽃, 의사들의 이름, 주소, 집 전화번호, 가정부, 좋아하는 스낵, 좋아하는 생수 상표, 속옷부터 스키 부츠에 이르기까지 옷에 관련된 모든 것의 치수가 다 적혀 있었다. 나는 그녀가 언제나 기꺼이 대화하고 싶어하는 사람들과 절대로 대화하고 싶어하지 않는 사람들의 목록을 따로 만들어놓았다. 그리고 에밀리가 나와 함께 있는 동안 말해준 것을 하나도 빠뜨리지 않고 적고 또 적었다. 모든 게 끝나자, 미란다 프리스틀리에 관해 내가 모르는 건 하나도 없는 것 같았다. 취향의 호불호를 노트 가득 채워넣을 정도로 그녀가 대단한 사람인가 하는 점만 빼고는. 내가 왜 이렇게까지 해야하지?

“그렇다니까. 그 남자 정말 끝내줘.” 에밀리는 집게손가락으로 전화선을 꼬아대며 한숨을 폭 쉬었다. “이렇게 낭만적인 주말을 보낸 적은 없었던 것 같아.”

딩동! 알렉산더 파인먼으로부터 새 메일이 도착했습니다. 메일을 열어보세요. 와우! 엘리아스 클라크는 회사 전체에 인스턴트 메신 저를 차단해놓았다. 그런데 이상하게도 내 컴퓨터에는 새 메일이 오면 알림 표시가 떴다.

안녕, 자기. 어떻게 지내? 난 늘 정신이 하나도 없어. 제러마이아가 집에서 커터 칼을 가져와서 여자애들을 위협했다는 얘기 전에 했지? 근데 그게 진지하게 한 말이었나봐. 오늘 학교에 또 칼을 가져와서 쉬는 시간에 어떤 여자애 팔을 긋고는 ‘쌍년’이라고 욕을 했거든. 다행히 상처가 깊진 않아. 근무중인 지도교사가 대체 어떻게 그런 생각을 했냐고 물어봤더니, 엄마 남자친구가 엄마한테 그러는 걸 봤다는 거야. 앤디, 걔는 겨우 여섯 살짜리야. 말이 되니? 교장이 오늘밤 긴급 교사 회의를 소집했어. 그래서 오늘 저녁 약속을 취소해야 할 것 같아. 정말 미안! 그렇지만 학교에서 내가 바랐던 것 이상으로 이 일에 반응을 보여서 아주 기뻐. 네가 이해해줬으면 좋겠어. 화내지 마, 알았지? 나중에 전화할게. 그리고 다음에 꼭 잘할게. 사랑해. A.

화내지 마, 알았지? 네가 이해해줬으면 좋겠어. 자기 반 아이가 다른 애를 칼로 그어서 할 수 없이 저녁 약속을 취소했으니 이해해달라고 그가 말하고 있다. 나는 리무진을 타고 돌아다니는 일이, 선물을 포장하는 일이 너무 힘들어 출근 첫 주에 그와 만날 약속을 취소했는데. 나는 울고 싶었다. 그리고 그에게 전화해서 당연히 괜찮다고, 그런 일을 하고 그런 아이들을 돌보는 그가 자랑스럽다고 말하고 싶었다. '답장'을 클릭하고 막 몇 자 쓰려는데, 내 이름을 부르는 소리가 들렸다.

"앤드리아! 그녀가 오고 있대. 십 분 후면 여기 도착한대." 에밀리가 큰 소리로 알려주었다. 침착하려고 애쓰는 게 눈에 보였다.

"네? 그게 무슨 말이에요?"

"미란다가 지금 사무실로 오고 있다니까? 빨리 준비해야 해."

"사무실로 오다니요? 아직 미국에 돌아오지도 않았잖아요. 토요일이나 돼야……"

"마음이 바뀌었나보지. 자, 빨리! 아래층에 내려가서 신문을 가져와서 내가 말한 대로 펼쳐놔. 그다음에는 책상을 닦고 왼쪽에 펠레그리노 탄산수 한 잔을 따라놔. 얼음이랑 라임 넣고. 그리고 화장실에 필요한 거 다 준비되었는지 확인해. 서둘러! 벌써 차에 탔다니까 십 분도 안 돼서 도착할 거야. 도로 사정에 따라 다르긴 하겠지만."

사무실에서 허둥지둥 나오는데, 에밀리가 내선번호 네 자리를 누르고 외치는 소리가 들렸다. "지금 온대. 모두에게 알려줘." 삼 초 만에 복도를 돌아 패션팀을 통과하고 있는데, 벌써 여기저기서 공포에 찬 목소리들이 들려왔다. "에밀리가 전화했어. 그녀가 오고 있대" "미란다가 오고 있어!"라고 외치는 소리, 마치 피가 얼어붙는 듯 "그녀가 오고 있어어어어!" 하고 외치는 소리가 들려왔다. 어시스턴트들은 복도를 따라 줄지어 걸려 있는 옷들을 허둥지둥 정리했고, 에디터들은 각자의 자리로 달음박질쳤다. 굽낮은 신발을 10센티미터짜리 스틸레토 힐로 갈아 신는 에디터도 있고 립스틱과 마스카라를 바르고 브래지어 끈을 늘어지지 않게 조이는 사람도 보였다. 내가 남자 화장실 앞을 지날 때 마침 사장이 문을 열고 나서는 바람에 화장실 안을 들여다보게 되었다. 제임스가 검정 캐시미어 스웨터에 보푸라기가 있는지 확인하느라 거울 앞에 서서 부들부들 떨면서 알토이즈 사탕을 입에 털어넣는 것을 목격했다. 이런 사태를 대비해 남자 화장실에 확성기를 달지 않은 한, 그가 어떻게 이 소식을 들었는지 나는 도무지 알 수가 없었다.

지금 벌어지고 있는 광경을 구경하고 싶어 죽을 지경이었지만, 미란다의 어시스턴트로서 그녀와의 첫 대면을 준비할 시간이 십 분도 남지 않은 상황에서 이 만남을 망치고 싶지 않았다. 우왕좌왕하는 것처럼 보이고 싶지는 않았지만, 모두들 평소의 우아함을 완전히 내팽개쳐버리고 있는 이 사태를 지켜보다가 나도 뛰기 시작했다.

"앤드리아! 미란다가 오고 있다는 거 알죠?" 내가 안내 데스크를 지날 때 소피가 외쳤다.

"네, 알아요. 당신은 어떻게 알았어요?"

"나야 다 알죠. 얼른 서둘러요. 꼭 기억해둬요. 미란다 프리스틀리는 기다리는 일을 좋아하지 않는다는 걸."

나는 엘리베이터 안으로 뛰어들어가며 고맙다고 외쳤다. "삼 분 후에 신문 갖고 나타날게요."

엘리베이터 안에 있던 여자 두 명이 경멸어린 표정으로 쳐다보는 걸 보고 나서야 난 내가 소리지르고 있음을 깨달았다.

"죄송합니다." 나는 숨을 고르며 말했다. "저희 편집장님이 사무실로 오고 있다는 소식을 방금 들었거든요. 다들 아직 준비가 안 돼서 소란스러운 거예요." 내가 왜 이 사람들한테 설명을 하고 있지?

"어머나, 당신 미란다를 위해 일하는군요! 미란다의 새 어시스턴트 앤드리아, 맞죠?" 늘씬한 갈색 머리 여자가 빽빽한 치아를 드러내며 피라냐처럼 앞으로 나섰다. 그녀의 친구도 표정이 환하게 밝아졌다.

"아, 네, 앤드리아예요." 나는 그게 내 이름인지 긴가민가하는 것처럼 되풀이했다. "맞아요, 제가 미란다의 새 어시스턴트예요."

그 순간 로비에 도착한 엘리베이터의 문이 새하얀 대리석을 향해 열렸다. 문이 다 열리기도 전에 나는 그 여자들을 제치고 쏜살같이 뛰어나갔다. 여자 하나가 외치는 소리가 들렸다. "앤드리아, 정말 운이 좋군요. 미란다는 정말 끝내주는 여자예요. 당신 일을 하고 싶어하는 여자들이 아마 백만 명쯤 될 거예요!"

나는 전혀 즐겁지 않은 표정의 변호사들과 부딪치지 않으려고 조심하며 로비 구석에 있는 신문판매대까지 단숨에 날아갔다. 번쩍번쩍한 상표를 뽐내는 상품들이 보기 좋게 진열된, 무설탕 사탕과 다이어트 음료들이 드문드문 놓인 판매대에 아메드라는 작은 쿠웨이트 남자가 앉아 있었다. 에밀리는 나를 교육시키면서 크리스마스 전에 아메드를 소개시켜주었다. 지금 그가 나를 도울 수 있는 사람이기를 간절히 바랄 뿐이었다.

"잠깐만!" 내가 금전등록기 옆의 진열대에서 신문들을 꺼내기 시작하자 그가 외쳤다. "당신 미란다의 새 어시스턴트 맞지요? 이리 와요."

나는 몸을 돌려 아메드가 등록기 밑으로 몸을 숙여 뭔가 찾는 것을 바라보았다. 몸을 쭉 뻗은 탓에 그의 얼굴이 약간 붉어졌다. "아하!" 그는 두 다리가 부러진 노인처럼 느릿느릿 일어나며 또 외쳤다. "여기 있어요. 애써 진열해놓은 걸 뒤죽박죽으로 만들까봐 날마다 이걸 따로 준비해놔요. 떨어지기 전에 미리 챙겨놓으려는 마음도 있지만." 이 말을 하며 그는 윙크를 했다.

"아메드, 고마워요. 어떻게 감사를 드려야 할지 모르겠어요. 잡지도 지금 가져가야 하는 건가요?"

"물론이죠. 오늘이 벌써 수요일인데 잡지들은 월요일에 나오잖아요. 당신 보스는 아마 그게 마음에 들지 않을걸요." 그는 다 알고 있다는 듯이 말하며 등록기 밑으로 몸을 숙여 잡지를 한아름 꺼냈다. 얼른 살펴보니 딱 내가 가져가야 할 그 잡지들이었다.

ID카드, ID카드, 도대체 그놈의 ID카드는 어디 있지? 나는 풀 먹인 흰 셔츠 속으로 손을 뻗어 하얀 에르메스 스카프를 끈 삼아 묶어놓은 카드를 찾아냈다. 에밀리가 나를 맵시 있게 만들어준다며 매준 스카프였다. 에밀리는 이렇게 말했다. "미란다가 있을 땐 그 카드를 절대 목에 걸면 안 돼요. 모르고 계속 달고 다닐까봐 이렇게 해주는 거예요. 최소한 플라스틱 끈은 아니니까 미란다가 크게 화내진 않겠죠." 그녀는 '플라스틱 끈'이란 두 마디를 내뱉듯이 말했다.

"여기 있어요, 아메드. 도와줘서 정말 고마워요. 저 빨리 가봐야 해요. 지금 미란다가 오고 있거든요."

그는 내 카드를 판독기에 댄 다음, 스카프로 만든 끈을 레이*처럼 내 목에 걸어주었다. "자, 빨리 가요! 뛰어요!"

나는 터질 듯한 비닐백을 안고 냅다 뛰기 시작했다. 출입 검사대 앞에서 카드를 찍고 엘리베이터들이 늘어선 곳으로 들어가려 했지만 실패했다. 다시 한번 카드를 댄 다음 회전 바를 밀었다. 또 실패였다.

"어떤 남자애들은 키스하고, 어떤 남자애들은 껴안네, 괜찮은 것 같네." 경비 데스크 앞에 앉아 있는 뚱뚱한 에두아르도가 땀을 뻘뻘 흘리며 소리 높이 노래하기 시작했다. 젠장. 우리가 뭔가 짠 사이라는 듯 웃고 있는 그의 얼굴을 굳이 보지 않아도, 같이 노래 부르고 싶어한다는 걸 알 수 있었다. 지난 몇 주간 하루도 빠짐없이 그랬던 것처럼. 하나같이 짜증나는 곡조인 그의 애창곡 레퍼토리는 끝이 없는 것 같았다. 그는 내가 함께 노래를 부르지 않으면 회전 바를 통과시켜주지 않으려 했다. 지난번 노래는 〈아임 투 섹시〉였다. 그가 "난 밀라노엔 너무 섹시해. 밀라노, 뉴욕, 일본엔 너무 섹시해"라고 노래할 때, 나는 로비에 있는 가상의 통로를 걸어내려오는 연기를 해야 했다. 기분만 괜찮다면 그것도 재미있을 것이다. 때로는 그 덕분에 나도 웃으니까. 하지만 오늘은 미란다와 처음 만나는 날이다. 모든 것을 제시간 안에 처리해야 하기 때문에 노래를 따라 부를 시간이 없었다. 모두들 내 옆에 있는 회전 바를 통과해 경비 데스크를 우아하게 지나갔다. 날 이렇게 붙잡아놓다니, 한 방 먹이고 싶었다.

---

* 하와이에서 목이나 머리에 장식하는, 꽃이나 나뭇잎으로 만든 화환.

"그들이 날 믿지 않으면, 난 그냥 가버릴래." 나는 마돈나처럼 가사를 쭉쭉 늘이며 웅얼웅얼 노래를 불렀다.

그가 눈썹을 치켜올렸다. "열정은 다 어디로 갔나?"

한 번만 더 그의 목소리를 들으면 정말로 폭력을 쓰게 될 것 같았다. 나는 데스크에 신문과 잡지가 든 비닐백을 내려놓고, 양팔을 번쩍 추켜올렸다. 그러고는 엉덩이는 왼쪽으로 내밀고 입술을 연극적으로 오므렸다. "돈만 아는! 돈만 아는! 돈만 아는…… **세상**!" 난 거의 비명을 질러대다시피 했다. 그는 낄낄거리며 박수를 치더니 휘파람을 불어대며 나를 통과시켜주었다.

기억해둬야 할 사항: 나를 바보로 만들기에 적당한 시간과 장소에 대해 에두아르도와 이야기를 나눠볼 것. 나는 엘리베이터 안으로 뛰어들었다. 친절하게도 소피는 내가 말도 안 했는데 복도 쪽 문을 열어주었다. 소피 앞을 지나 작은 주방에 멈춰 섰다. 전자레인지 위의 특별 수납장 속에 미란다 전용으로 마련한 바카라* 와인잔을 꺼내 얼음 몇 조각을 넣는 것도 잊지 않았다. 나는 코너를 돌다가 '매니큐어 걸'이라는 별명을 가진 제시카와 부딪쳤다. 그녀의 표정엔 짜증과 공포가 함께 어려 있었다.

"앤드리아, 미란다가 오고 있다는 거 알아요?" 그녀는 나를 위아래로 훑어보며 말했다.

"당연하죠. 지금 막 신문을 챙겨오고 마실 것을 가져가는 중이에요. 이제 사무실에 갖다놔야 해요. 그럼……"

"앤드리아!" 뛰어가는데 그녀가 불렀다. 얼음조각이 잔에서

---

* 프랑스산 고급 크리스털 브랜드.

튀어나와 디자인팀 바닥에 떨어졌다. "신발 갈아 신는 거 잊지 마요!"

뛰어가다가 순간 멈칫하고 아래쪽을 내려다보았다. 나는 펑키 스타일의 스니커즈를 신고 있었다. 실용성은 하나도 없고 오직 멋있어 보이기만 하는 신발이었다. 미란다가 없을 때는 누가 따로 말하지 않아도 옷에 대한 규칙이 느슨했다. 하나같이 멋있게 생긴 회사 사람들은 미란다 앞에서라면 절대 입지 않을 것들을 걸쳤다. 내 짙은 빨간색 메시 스니커즈가 대표적인 예였다.

나는 땀으로 범벅이 되어 사무실로 돌아왔다. "신문은 다 가져 왔고, 혹시 몰라서 잡지도 다 사왔어요. 한 가지 문제는, 제가 이걸 신고 있으면 안 된다는 거죠?"

에밀리는 귀에서 헤드셋을 벗더니 책상 위에 휙 던졌다. "당연 히 그런 걸 신고 있으면 안 돼." 그녀는 전화기를 들어 내선번호 네 개를 누르더니 말했다. "제피, 지미추 구두를 갖다줘. 사이즈 는……" 그녀는 나를 쳐다봤다.

"9.5요." 나는 벽장에서 작은 펠레그리노 병을 꺼내 잔에 따 랐다.

"9.5. 아니, 지금. 아니야, 제피. 심각해. 빨리. 앤드리아가 스니 커즈를 신고 있단 말이야. 그것도 빨간색을. 곧 그녀가 들이닥칠 거야. 그래, 고마워."

그제야 나는 내가 아래층까지 갔다 온 단 사 분 동안 에밀리가 물 빠진 청바지를 가죽 바지로 바꿔입고, 펑키 스니커즈를 토 오 픈 스틸레토 힐로 갈아신고, 사무실도 깨끗하게 정리해놓았음을 깨달았다. 책상 위의 물건들은 서랍 속으로 쓸어 담고, 미란다의 아파트에 갖다놓지 않은 선물들은 몽땅 벽장 안에 쑤셔넣어버렸다. 립글로스와 볼터치도 벌써 같은 톤으로 바른 뒤였다. 그녀는 내게 빨리 서두르라고 손짓했다.

나는 미란다의 사무실로 들어가 신문이 든 비닐백을 뒤집어 라이트박스 위에 쏟았다. 에밀리는 미란다가 그 라이트박스 앞에 몇 시간 내내 서서 촬영해온 필름을 들여다본다고 했다. 라이트박스는 신문을 보는 장소로도 쓰였다. 신문을 제대로 늘어놓기 위해 나는 노트를 참고했다. 제일 먼저 〈뉴욕 타임스〉, 그다음에 〈월 스트리트 저널〉, 그리고 〈워싱턴 포스트〉. 순서는 내가 아직 파악하지 못한 패턴으로 이어졌고, 신문 위에 다른 신문을 살짝 겹쳐서 부채꼴 형태를 만들어야 했다. 〈위민스 웨어 데일리〉만 예외였다. 그 신문은 책상 한가운데에 놓아야 했다.

"온다! 앤드리아, 이리 나와. 올라온다니까!" 밖에서 에밀리가 나직하게 외쳤다. "유리가 전화했어. 방금 차에서 내렸대."

나는 〈위민스 웨어 데일리〉를 책상 위에 놓고, 펠레그리노를 리넨 냅킨 위에 얹어 구석에 놓았다. 어느 쪽이더라? 생각이 나지 않았다. 모든 게 제대로 되어 있는지 살펴본 뒤 쏜살같이 그 방을 빠져나왔다. 패션팀 어시스턴트인 제피가 고무줄로 묶은 구두 상자를 휙 던져주고 재빨리 튀어나갔다. 열어보니 지미추 힐이 들어 있었다. 낙타털로 만든 끈이 사방으로 늘어지고 가운데에는 버클이 달린 구두였다. 8백 달러는 되어 보였다. 이런, 지금 이걸 신어야 하다니. 나는 스니커즈와 땀이 밴 양말을 벗어 책상 밑으로 던져버렸다. 오른쪽 구두는 비교적 신기 쉬웠지만, 왼쪽의 버클은 내 굵은 손가락으론 열기가 힘들었다. 됐다! 버클을 열고 왼발을 구겨넣자 끈이 제대로 물렸다. 곧바로 버클을 닫고 똑바로 몸을 일으키는 순간 미란다가 들어왔다.

헉! 나는 몸을 일으키는 도중 완전히 얼어버렸다. 지금 내 모습이 얼마나 웃길지 알고도 남았지만, 몸이 따라주지 않았다. 그녀는 예전처럼 에밀리가 앉아 있는 줄 알고 내 책상 쪽을 봤다가, 곧바로 나를 알아보고는 내 쪽으로 걸어와 책상에 붙어 있는 카운터에 기대 서서 나를 훑어보았다. 나는 손끝 하나 까딱 못하고 의자에 얼어붙은 채 앉아 있었다. 그녀의 밝은 파란색 눈이 위아래로, 양옆으로 왔다갔다하면서 내 흰 셔츠와 빨간색 갭 코듀로이 치마와 버클이 채워진 낙타털 지미추 샌들을 훑어보았다. 그녀의 얼굴은 내게서 불과 3센티미터 떨어져 있었다. 그녀에게서는 살롱 샴푸와 최고급 향수의 기막힌 향기가 났고, 웬만한 거리에서는 보이지 않는 입과 목의 미세한 주름까지 보였다. 그러나 그녀의 얼굴을 오래 쳐다볼 수는 없었다. 그녀가 나를 열심히 관찰하고 있었기 때문이다. 그녀가 다음 세 가지 중 하나라도 알고 있긴 한 건지 도무지 파악이 되지 않았다. 1. 우리는 사실 딱 한 번 본 적이 있다. 2. 나는 그녀가 새로 채용한 사람이다. 3. 나는 에밀리가 아니다.

"안녕하세요, 미즈 프리스틀리." 나는 갑자기 끽끽거리며 말했다. 그녀가 아직 한마디도 하지 않았다는 것을 알고 있었지만, 그 긴장을 견딜 수가 없었다. 그렇다면 앞으로 질주할 수밖에. "당신을 위해 일하게 되어 매우 기쁩니다. 기회를 주셔서 정말 감사드리고……" 입 닥쳐. 그 바보 같은 입 닥치라니까! 자존심도 없니?

그녀는 가버렸다. 내가 더듬더듬 말하고 있는데, 카운터를 다시 뒤로 밀고 가버린 것이다. 볼 건 다 봤다는 뜻이었다. 열이 확 뻗쳤다. 당황과 고통과 수치심이 범벅되어 얼굴이 달아올랐다. 에밀리가 나를 쏘아보는 게 느껴졌다. 나는 달아오른 얼굴을 위로 들고 에밀리가 진짜로 나를 쏘아보고 있는지 확인했다.

"알림판은 업데이트가 되었겠지?" 미란다가 사무실로 들어가며 물었다. 그녀는 곧장 신문을 올려둔 라이트박스로 갔다. 그걸 보며 난 행복해졌다.

"네, 편집장님. 여기 있습니다." 에밀리는 고분고분하게 말하고, 미란다 앞으로 메시지가 들어올 때마다 업데이트해 출력해놓은 알림판을 건네주었다.

나는 조용히 앉아 미란다의 사무실 벽에 걸린 액자 유리를 통해 그녀가 사무실을 의도적으로 한 바퀴 도는 모습을 지켜보았다. 에밀리는 재빨리 자리로 돌아왔다. 침묵이 사무실을 지배하고 있었다. 미란다가 사무실에 있을 땐 한마디도 하면 안 되는 건가? 누구에게도? 궁금했다. 에밀리에게 긴급 이메일로 물어보았다. 에밀리가 바로 읽는 게 보였다. 답장은 즉각 왔다. 그래. 꼭 말해야 할 게 있으면 속삭여. 그 외엔 말하면 안 돼. 그녀가 먼저 말하지 않는 한 **절대로** 말 걸지 마. 그리고 **절대로** 미즈 프리스틀리라고 부르지 마. 그냥 편집장님이라고 해. 알았지? 한 대 얻어맞은 것 같았다. 나는 에밀리를 향해 고개를 끄덕였다. 그 순간 코트가 내 눈에 띄었다. 엄청나게 크고 멋진 모피코트가 아무렇게나 던져져 있었다. 한쪽 소매가 책상 끝으로 늘어져 있는 게 보였다. 나는 에밀리를 쳐다봤다. 그녀는 눈을 굴리더니 옷장 쪽을 향해 손짓하며 입을 뻥긋거리며 '걸어놔!'라고 했다. 코트는 금방 세탁기에서 꺼낸 푹 젖은 오리털 이불만큼이나 무거웠다. 바닥에 끌리지 않게 하려면 양손으로 들어야 했다. 나는 코트를 실크 옷걸이에 잘 걸 어놓고 조심스럽게 문을 닫았다.

내가 미처 자리로 돌아오지도 못했을 때, 미란다가 내 옆에 나 타났다. 이번에는 내 온몸을 눈으로 마음껏 훑었다. 그럴 리는 없 지만, 그녀의 눈길이 닿는 곳마다 불이 확확 붙는 것 같았다. 난 완전히 굳어서 자리로 돌아갈 수도 없었다. 머리카락에 불이 붙 으려는 순간, 그 냉혹한 파란 눈이 마침내 내 눈과 마주쳤다.

"내 코트 줘." 그녀는 나를 똑바로 보며 나직하게 말했다. 나 는 이 여자가 내가 누군지 궁금해하긴 하는 건지, 웬 낯선 사람이 어시스턴트 자리에 있는 걸 눈치조차 못 챈 건지, 아니면 그런 것 따위 상관없어하는 건지 의아해졌다. 불과 몇 주 전에 나를 면접 했건만, 그녀는 날 전혀 알아보지 못하는 것 같았다.

"네." 나는 간신히 대답하고 다시 옷장 쪽으로 몸을 움직였다. 그녀가 옷장과 나 사이에 서 있기 때문에 움직이기가 매우 불편 했다. 옷장 문을 열기 위해 손을 뻗으면서 그녀와 부딪히지 않으 려고 몸을 옆으로 돌려 지나가려 했다. 그녀는 내가 지나갈 수 있 도록 몸을 비켜줄 생각은 조금도 하지 않는 듯했다. 그녀가 계속 눈을 움직이는 것이 느껴졌다. 다행히도 모피가 내 손에 닿았다. 난 그것을 조심스럽게 꺼냈다. 모피를 그녀에게 내동댕이치고 싶 었지만, 꾹 참고 신사가 숙녀에게 해주듯 펼쳐주었다. 그녀는 우 아한 동작으로 한 번에 코트를 입고는 사무실에 갖고 들어갔던 유일한 물건인 휴대폰을 집어들었다.

"오늘밤 '그 책'이 필요해, 에밀리." 그녀는 당당하게 사무실을 나서며 말했다. 사무실 바깥 복도에서 여자 셋이 자기를 보자마자 가슴까지 고개를 조아리며 물러서는 것은 보지 못한 것 같았다.

"네, 편집장님. 앤드리아에게 말해놓겠습니다."

그뿐이었다. 그녀는 떠났다. 온 사무실을 공포로 몰아넣고, 허둥지둥 준비하게 만들고, 화장품과 옷장까지 정돈하게 한 그 대단한 방문은 고작 사 분도 지속되지 않았다. 내 눈에는 전혀 필요 없는 방문이었다.

8

　"지금 돌아보지 마요." 제임스가 복화술사처럼 입을 움직이지 않고 말했다. "세시 방향에 리스 위더스푼이 있어요."

　내가 곧바로 몸을 돌리자 그는 당황해서 움찔했다. 샴페인을 홀짝이고 머리를 뒤로 젖혀가며 웃는 그녀가 보였다. 나는 지나치게 감동받지 않으려 했지만, 어쩔 수가 없었다. 내가 좋아하는 배우였기 때문이다.

　"제임스, 내 사랑. 이 후진 파티에 와주다니 정말 기뻐." 우리 뒤쪽에 깡마르고 아름다운 남자가 나타나 빈정대듯 말했다. "같이 온 이분은 누구지?" 그들은 서로 키스했다.

　"이쪽은 컬러의 마술사인 마셜 매든, 이쪽은 앤드리아 삭스. 앤드리아는……"

　"미란다의 새 어시스턴트!" 마셜이 빙긋 웃으며 마무리를 대신 했다. "당신에 대해 많이 들었어요. 한 가족이 된 걸 환영해요. 내게 꼭 들러주면 좋겠군요. 당신 머리를 매끄럽게 만져줄게요." 그는 손으로 부드럽게 내 머리칼을 훑더니 머리카락 끝을 뿌리가 보일 정도로 들어올렸다. "여기 허니블론드를 약간만 첨가하면 슈퍼모델이 부럽지 않겠는데? 제임스한테 내 전화번호 받아두세요. 시간 되면 언제든 찾아와요. 시간 내기가 쉽지는 않겠지만." 그러더니 그는 리스 쪽으로 우아하게 발걸음을 옮겼다.

제임스는 한숨을 쉬더니 동경하듯 그를 바라보았다. "저 사람은 대가예요. 최고죠. 저 친구를 뛰어넘을 사람이 없다니까요. 격이 다르죠. 정말 멋있어요." 격이 다르다고? 웃기는군. 전에 누가 그런 표현을 쓰면 파워포워드에 맞서 골대를 향해 날아가는 농구 선수 샤킬 오닐이 떠올랐는데. 염색 전문가가 아니라.

"정말 멋지게 생기긴 했어요. 그 점에선 당신 말이 맞아요. 저 사람이랑 데이트해본 적 있어요?" 〈런웨이〉 뷰티팀의 에디터와 자유세계에서 가장 유명한 염색 전문가가 데이트를 하면 완벽하게 어울릴 것 같았다.

"마음이야 굴뚝같지만, 저 사람은 지금 사 년째 같은 남자랑 사귀는걸요. 사 년이라니, 말도 안 돼! 대체 언제부터 멋진 게이가 일부일처제를 따르게 된 거예요? 이럴 수는 없어!"

"그러게 말이에요. 정말 대체 언제부터 멋진 게이가 일부일처제를 따르게 됐죠? 나랑 일부일처제를 한다면 모를까……" 나는 담배를 길게 한 모금 빨고는 거의 완벽한 도넛 연기를 날렸다.

"그럼 인정해요, 앤디. 오늘 여기 오길 잘했다고 말해요. 이 파티가 최고의 파티라고 말하라고요." 그가 빙글거리며 말했다.

앨릭스가 약속을 취소하자, 난 마지못해 제임스를 따라가기로 했다. 제임스가 날 가만히 내버려두지 않았기 때문이다. 사실 난 머리 염색에 대한 책 때문에 열리는 파티가 대체 무슨 재미가 있을까 싶었다. 하지만 정말 깜짝 놀라지 않을 수 없었다. 조니 뎁이 제임스에게 반갑다고 인사했을 때, 나는 그가 영어를 능수능란하게 구사할 뿐 아니라 농담까지 몇 마디 던지는 걸 보고 기절할 뻔했다. 그리고 요즘 가장 섹시한 여자로 꼽히는 지젤 번천의 키가 생각보다 작은 걸 보고 매우 흐뭇했다. 물론 지젤이 은근히 땅딸막하다거나, 화사한 화장으로 가리고 있지만 실은 얼굴이 온통 여드름투성이라는 걸 알았다면 기분이 더욱 좋았을 것이다. 하지만 나는 그녀의 키가 작다는 것으로 만족했다. 어쨌든 지금까지 한 시간 반 동안은 과히 나쁘지 않았다.

"글쎄, 거기까진 확신 못하겠는데요?" 그렇게 말하면서 나는 책이 놓인 테이블 근처에 있는 우울한 표정의 멋진 남자를 보려고 제임스 쪽으로 몸을 기울였다. "하지만 상상했던 것처럼 괴롭진 않아요. 게다가 오늘 같은 날은 뭔가 스트레스를 풀 일이 필요하고요."

미란다가 느닷없이 나타났다가 가버린 후, 에밀리는 오늘밤 내가 '그 책'을 가지고 미란다의 집으로 가야 한다고 했다. '그 책'이란 전화번호부만한 책으로, 곧 나올 〈런웨이〉 다음 호를 실제 크기로 스프링 가제본한 것이었다. 에밀리의 설명에 따르면, 미란다가 퇴근하기 전까지는 사람들이 제대로 일을 할 수가 없었다. 디자인팀과 편집부 모두 하루종일 미란다가 내놓는 의견들을 접수하느라 정신이 없는데, 그녀의 변덕이 이만저만이 아니라는 것이었다. 미란다가 쌍둥이 딸들과 시간을 보내기 위해 다섯 시쯤 퇴근하면, 그때부터 그날의 본격적인 업무가 시작된다. 디자인팀은 새로운 레이아웃을 짜고 새 사진을 넣는다. 그러면 편집부에서 여러 차례에 걸쳐 미란다의 승인을 받은 것을 세심하게 매만진 후 프린트한다. 첫 페이지에는 언제나 미란다 프리스틀리의 이니셜인 'MP'가 둥근 글씨체로 대문짝만하게 인쇄되어 있었다. 모든 에디터가 그날의 변경사항을 아트 어시스턴트에게 보내면, 그들은 모두 퇴근하고 아무도 없는 사무실에 남아 이미지와 짜놓은 레이아웃을 배열한 후 프린트해 뒷면에 왁스를 입히는 작은 왁싱 기계에 넣은 후 각 페이지에 맞게 끼워넣는다. 과정에 따라 다르겠지만, 작업은 대개 밤 여덟시에서 열한시 사이에 끝났다. 그런데 그 일이 언제 끝나든, '그 책'을 미란다에게 갖다주는 일은 내 몫이었다. 물론 그녀는 거기에 의견을 다시 덧붙일 테고, 다음날 그녀가 그걸 회사로 가지고 오면 모든 과정이 다시 되풀이되는 것이었다.

내가 제임스에게 파티에 갈 수 있게 되었다고 말하는 것을 어깨너머로 듣고 에밀리가 당장 쫓아왔다. "'그 책'이 끝나기 전엔 아무데도 갈 수 없다는 거 알지?"

나는 그녀를 응시했다. 옆에 있던 제임스는 그녀를 공격하기라도 할 태세였다.

에밀리가 덧붙였다. "이건 당신 업무 중 하나야. 솔직히 말하자면 이제 내가 그 일을 안 하게 돼서 참 좋아. 책이 굉장히 늦게 나올 때도 있거든. 어쨌든 미란다는 하루도 빠짐없이 그걸 봐야해. 집에서 일하거든. 오늘까지는 내가 기다렸다가 어떻게 하는 건지 보여줄게. 하지만 다음부터는 혼자 해야 해."

"알았어요, 고마워요. 그런데 언제까지 기다려야 하는데요?"

"몰라. 날마다 다르니까. 디자인팀에 물어봐야 할 거야."

'그 책'은 여느 때보다 이른 여덟시 삼십분에 완성되었다. 나는 탈진한 디자이너에게 그걸 받아 에밀리와 함께 59번가로 걸어내려갔다. 에밀리는 막 드라이클리닝해서 비닐로 포장해 옷걸이에 걸어놓은 옷들을 한아름 안고 와서는, 책을 가져갈 때 그 옷들도 같이 가져가라고 말했다. 미란다는 세탁할 옷들을 사무실로 가져왔다. 세탁소에 전화해서 세탁물을 언제쯤 가지러 오라고 알리는 것도 내 임무였다. 세탁소에서는 즉각 엘리아스 클라크 빌딩으로 사람을 보내 옷을 가져갔다가 하루 뒤에 완벽한 상태로 되돌려보냈고, 우리는 사무실 옷장에 그걸 보관했다가 유리 편에 보내거나 그녀의 아파트로 직접 가지고 갔다. 내 업무는 이렇듯 시시각각 내게 지적 자극을 주고 있었다!

"리치!" 에밀리는 일부러 밝은 목소리로 내가 출근 첫날 만난, 파이프를 뻐끔거리는 배차 담당자를 불렀다. "이쪽은 앤드리아예요. 앞으로 매일 밤 '그 책'을 가지고 갈 거예요. 그러니까 좋은 차를 지정해주세요, 알았죠?"

"알았수다, 빨강머리." 그는 파이프를 입에서 빼고는 내 쪽으로 몸을 돌리며 말했다. "저 금발머리한테 잘해주지."

"고마워요. 아파트에 갈 때 차 한 대만 더 보내주실래요? 앤드리아와 난 책을 갖다주고 각자 다른 데로 갈 거거든요."

덩치 큰 타운카 두 대가 곧바로 모습을 드러냈다. 체구가 큰 운전사가 앞의 차에서 헐레벌떡 뛰어나와 뒷좌석 문을 열어주었다.

에밀리가 먼저 타더니 바로 휴대폰을 꺼내며 말했다. "미란다 프리스틀리의 아파트요." 운전사는 고개를 끄덕이며 차를 출발시켰다.

"운전기사가 항상 같아요?" 나는 그가 길을 어떻게 아는지 궁금해서 물었다.

그녀는 내게 조용히 하라는 시늉을 하더니 자기 룸메이트에게 메시지를 남기고 나서 대답했다. "아니. 이 회사에서 일하는 운전기사는 아주 많아. 다들 적어도 스무 번씩은 나를 태워다줬기 때문에 길을 잘 알고 있는 거야." 그녀는 다시 전화를 걸었다. 뒤를 돌아보니, 사람을 태우지 않은 타운카 한 대가 따라오면서 우리가 모퉁이를 돌고 멈춰 설 때마다 조심스럽게 따라 하고 있었다.

우리는 피프스 애비뉴의 전형적인 건물, 즉 티 하나 없는 인도, 깨끗한 발코니, 화려하고 따스한 조명이 비추는 로비가 있는 건물 앞에 차를 댔다. 턱시도를 입고 모자를 쓴 남자가 바로 다가와 우리를 위해 차문을 열어주었고, 에밀리가 차에서 내렸다. 왜 책과 옷들을 그냥 그에게 맡겨놓고 가지 않는지 이상했다. 이 낯선 도시에 대해 아는 게 별로 없긴 하지만, 어쨌든 내가 아는 한 그게 바로 도어맨의 존재 이유였다. 에밀리는 구찌 로고 무늬의 토트백에서 루이비통 가죽 열쇠고리가 달린 열쇠를 꺼내 내게 건네주었다.

"여기서 기다릴 테니까 이걸 미란다의 집에 갖다놔. 펜트하우스 A야. 문을 열고 들어가서 현관에 있는 테이블에 책을 놓고, 옷들은 옷장 옆의 고리에 걸어놓으면 돼. 옷장 안이 아니고, 옷장 옆이야. 그리고 바로 나와. 문을 두드리거나 초인종을 누르면 안 돼. 미란다는 방해받는 걸 싫어하거든. 그냥 들어갔다가 바로 나오면 돼. 조용히." 그녀는 내게 철사 옷걸이와 비닐이 덮인 옷더미를 건네고 다시 휴대폰을 열었다. 알았어요. 할 수 있다고. 책 한 권이랑 바지 몇 벌 갖다주는 일에 왜 이렇게 수선을 떠는 거야?

엘리베이터 담당자가 친절하게 미소 지으며 엘리베이터 문을 열어주더니 아무 말 없이 펜트하우스가 있는 층의 버튼을 눌렀다. 남편에게 두들겨맞아서 슬프고 침울한 아내 같은 남자였다. 더 싸울 힘도 없어서 자신의 불행과 평화협정을 맺은.

"저는 여기서 기다리겠습니다." 그가 바닥을 보며 나직하게 말했다. "일 분 이상 걸리지는 않겠죠."

복도 카펫은 짙은 와인색이었다. 구둣굽이 카펫 올에 걸리는 바람에 하마터면 넘어질 뻔했다. 두꺼운 크림색 천으로 도배한 벽에는 가는 크림색 줄무늬가 있었고, 벽에는 크림색 스웨이드 의자가 바짝 붙어 있었다. 프렌치 도어 앞에는 'PH B'라고 쓰여 있었다. 그런데 몸을 돌려보니 'PH A'라고 쓰인 똑같은 문이 보였다. 나는 에밀리의 경고를 기억하며 초인종을 누르고 싶은 마음을 꾹꾹 누르고 열쇠를 구멍에 넣었다. 곧바로 문이 열렸다. 머리를 매만지거나 안에 뭐가 있을까 궁금해하기도 전에, 나는 넓고 쾌적한 현관에 서서 맛있는 양고기 스테이크 냄새를 맡고 있었다. 그리고 그곳에 그녀가 있었다. 바로 거기, 그녀가 있는 것이었다. 그녀는 막 우아하게 포크를 입으로 가져가는 참이었고, 검은 머리칼의 쌍둥이 여자애들은 식탁 너머로 서로 소리를 질러 댔다. 그 옆에서 은발에 넙데데한 주먹코를 가진 큰 키의 못생긴 남자가 신문을 읽고 있었다.

"엄마, 쟤한테 말해줘. 내 방에 함부로 들어와서 내 청바지를 입지 말라고! 내 말은 안 듣는단 말이야!" 쌍둥이 하나가 미란다에게 애원했다. 그녀는 포크를 놓고, 라임을 넣은 게 틀림없는 펠레그리노를 한 모금 마시고 있었다. 물론 펠레그리노는 테이블 왼쪽에 있었을 것이다.

"캐럴라인, 캐시디, 이제 그만해. 제발 좀 조용히 해라. 토머스, 민트 젤리를 좀더 갖고 와." 그녀가 말했다. 요리사인 듯한 남자가 은쟁반에 은그릇을 받쳐들고 급히 들어왔다.

나는 내가 삼십 초가량 거기 서서 그들이 식사하는 걸 보고 있다는 사실을 깨달았다. 그들은 아직 나를 보지 못했다. 하지만 내가 테이블 쪽으로 가면 곧 알아볼 터였다. 나는 최대한 조심스럽게 움직였다. 그들이 모두 내 쪽으로 눈길을 돌리는 게 느껴졌다. 인사를 하려는 순간, 오늘 미란다와 만났을 때 바보같이 더듬거리면서 한심하게 군 일이 떠올랐다. 난 입을 다물었다. 테이블, 테이블, 테이블. 저기 있다. 테이블 위에 책을 놓아야 해. 자, 이번엔 옷! 나는 드라이클리닝한 옷들을 걸 데를 미친듯이 찾았다. 정신을 집중할 수가 없었다. 저녁 식탁은 이미 조용해졌고, 그들이 모두 나를 바라보고 있는 게 느껴졌다. 아무도 인사를 건네지 않았다. 집에 전혀 모르는 사람이 들어왔는데 여자애들 둘 다 아무렇지도 않은 것 같았다. 마침내 나는 문 뒤에 있는 작은 옷장을 발견하고, 서로 꼬여 있는 옷걸이들을 간신히 봉에 걸었다.

"옷장 안이 아니야, 에밀리." 미란다가 느릿느릿 유유하게 말했다. "그 용도를 위해 마련된 고리에 걸어."

"아, 안녕하세요." 이 바보! 입다물어! 저 여자는 대답을 원하는 게 아니야. 그냥 시키는 대로 하라고! 하지만 어쩔 수가 없었다. 아무도 인사를 건네지 않는 것이나, 누군가 자기 집에 들어와서 왔다갔다하는 걸 보면서도 그 사람이 누군지 궁금해하지 않는 상황이 너무 이상했다. 그리고 에밀리라니? 저 여자가 날 놀리나? 눈이 멀었나? 내가 지난 일 년 동안 자기를 위해 일한 그 여자가 아니라는 걸 정말 모르는 걸까? "저는 앤드리아입니다, 편집장님. 새로 온 어시스턴트요."

침묵. 사방으로 깔리는, 참을 수 없고 결코 끝나지 않을 것 같은, 귀가 터져버릴 듯한 기묘한 침묵.

계속 떠들면 안 된다는 것은 알고 있었다. 지금 내가 무덤을 파고 있다는 것도. 하지만 말을 멈출 수가 없었다. "어…… 헷갈려서 죄송해요. 말씀대로 이쪽 고리에 옷을 걸고 나갈게요." 설명 좀 그만해! 저 여잔 네가 뭘 하는지 관심도 없다고. 그냥 빨리 하고 나가. "그럼 식사 맛있게 하세요. 모두들 만나서 반가웠어요." 몸을 돌려 나가면서 말하는 것 자체도 우스꽝스럽지만, 내가 한 말도 바보 같았다. 모두들 만나서 반가웠다니? 난 한 명도 소개받지 못했는데?

"에밀리!" 문손잡이에 손이 닿는 순간 그녀의 목소리가 들렸다. "에밀리, 내일 밤부턴 이런 일이 없도록 해. 우린 방해받고 싶지 않아." 문손잡이가 내 손안에서 저절로 돌아갔고, 마침내 나는 복도로 나왔다. 모든 일이 불과 일 분도 안 되는 동안에 일어났지만, 올림픽 경기장 규모의 수영장을 숨 한 번 못 쉬고 완주한 느낌이었다.

나는 복도 의자에 털썩 주저앉아 막혔던 숨을 길게 내쉬었다.

나쁜 년! 처음에 그녀가 날 에밀리라고 부른 건 실수일 수도 있다. 하지만 두번째는 분명히 고의적이었다. 계속 엉뚱한 이름으로 부르는 것보다 사람을 더 무시하는 일이 또 있을까? 그것도 자기 집에 와 있는 사람의 존재를 인정하는 것조차 거부한 후에. 나는 그 잡지사에서 내가 가장 열등한 존재라는 걸 이미 알고 있었다. 그리고 에밀리는 내가 그 사실을 뼈저리게 느낄 기회를 앗아가지 않았다. 그렇다고 이미 알고 있는 사실에 미란다가 굳이 한번 더 도장을 찍어줄 필요가 있었을까?

밤새도록 그곳에 앉아 'PH A' 문에 총알 세례를 퍼붓는 상상을 할 수도 있을 것 같았다. 그때 목청을 가다듬는 소리가 들렸다. 고개를 들어보니, 슬픈 표정의 키 작은 엘리베이터 담당자가 바닥을 내려다보며 참을성 있게 나를 기다리는 게 보였다.

"죄송해요." 나는 급히 일어나며 말했다.

"괜찮습니다." 그는 나무 바닥을 열심히 들여다보며 속삭이듯 말했다. "점점 쉬워질 거예요."

"네? 무슨 말씀이신지 못 들었어요."

"아무것도 아니에요. 그럼 안녕히 가세요." 엘리베이터 문이 열렸다. 에밀리는 휴대폰에 대고 큰 소리로 수다를 떨고 있었다. 그녀는 나를 보자 바로 전화를 끊었다.

"어때? 별일 없었지?"

좀전에 일어난 일을 말해볼까 생각하며, 에밀리가 동정할 줄 아는 동료이기를, 우리가 한배를 탔기를 간절히 바랐다. 하지만 말이 휘두르는 채찍에 내가 또 상처받을 게 분명했다. 그래, 관두자.

"아무 일도 없었어요. 다들 저녁을 먹고 있었고, 난 시킨 대로 모든 걸 정확하게 놓고 나왔어요."

"잘했어. 앞으로 매일 당신이 이 일을 해야 해. 이제 차를 타고 집에 가면 돼. 그러면 일이 다 끝나는 거야. 자, 그럼 마셜의 파티에서 재밌는 시간 보내. 나도 무척 가고 싶지만, 비키니 제모 예약을 취소할 수가 없어서. 앞으로 두 달간 예약이 꽉 차 있대. 이게 말이 되는 상황이야? 지금은 한겨울인데 말이야. 다들 겨울 휴가라도 가려고 하나? 뉴욕의 모든 여자들이 왜 지금 비키니 제모를 받으려 하는지 알 수가 없어. 진짜 이상해. 하지만 뭐 어쩌겠어?"

그녀의 목소리 템포에 따라 머리가 지끈거렸다. 내가 뭘 하든, 어떻게 반응하든, 그놈의 비키니 제모 얘기를 영원히 들어야 하는 형벌을 받은 것 같았다. 저녁식사를 방해했다는 이유로 미란다가 고함치는 걸 듣는 게 차라리 나을 듯했다.

"그렇군요. 하지만 어쩌겠어요? 아, 전 가봐야 해요. 제임스하고 아홉시에 만나기로 했는데 벌써 열시가 넘었네요. 내일 봐요."

"그래. 그리고 말이야, 그동안 교육을 잘 받았으니까, 당신은 지금까지 해온 대로 일곱시에 출근해. 난 여덟시까지 출근하면 될 것 같아. 미란다도 알고 있어. 선임 어시스턴트는 일을 더 많이 하니까 출근은 조금 늦게 해도 되거든." 나는 그녀의 목을 콱 찔러버리고 싶었다. "그러니까 내가 알려준 대로 아침에 할일을 다 해놓으면 돼. 꼭 전화해야 할 경우엔 그렇게 하고. 할 수 있겠지? 그럼 안녕!" 그녀는 건물 앞에서 기다리고 있던 두번째 차에 올라탔다.

"안녕!" 나는 떨리는 목소리로 인사하며 억지로 환하게 웃었다. 운전기사가 내게 문을 열어주려고 몸을 움직였다. 난 알아서 뒷자리에 타겠다고 했다. "플라자로 가주세요."

제임스가 바깥 계단에서 나를 기다리고 있었다. 집에 가서 검은색 스웨이드 바지와 흰색 탱크톱으로 갈아입고 와서 그런지 굉장히 말라 보였다. 한겨울에 태닝 제품을 바른 결과가 탱크톱 밖으로 자랑스럽게 드러나 있었다. 난 아마추어답게 여전히 갭 미니스커트 차림이었다.

"안녕, 앤디. 책 갖다놓는 일 어떻게 됐어요?" 코트를 맡기려고 줄을 서 있는데, 얼핏 브래드 피트가 보였다.

"세상에! 브래드 피트가 와 있네?"

"그럼요. 마셜이 제니퍼의 머리도 하거든요. 그러니까 분명 그녀도 여기 와 있을 거예요. 이따 내 옆에 바짝 붙으라고 말하면 그대로 해요. 이제 한잔할까요?"

리스 위더스푼과 조니 뎁도 계속 보였다. 나는 새벽 한시까지 술을 넉 잔 마셨고, 〈보그〉의 패션 에디터와 즐겁게 수다를 떨었다. 우리는 비키니 제모에 대해 떠들었다. 그것도 열정적으로. 이번엔 그 얘기가 그다지 괴롭지 않았다. 맙소사! 나는 사람들 틈을 뚫고 제임스를 찾다가 제니퍼 애니스턴 옆을 지나가면서 생각했다. 이 파티, 그렇게 나쁘지 않은데. 알딸딸하게 취한 지금, 회사에 나가려면 이제 여섯 시간도 안 남았다. 게다가 집을 나온 지 거의 스물네 시간이 다 돼간다. 제임스가 마셜의 살롱에서 온 염색 전문가 한 명과 애무하고 있는 것을 보고 나가려는 순간, 등에 손길이 느껴졌다.

"이봐요." 아까 구석에 있던 멋진 남자였다. 나는 그가 사람을 잘못 봤다고, 내 뒷모습을 보고 여자친구와 헷갈렸다고 말하길 기다렸다. 하지만 그는 더 환하게 웃었다. "말하는 거 별로 좋아하지 않나봐요?"

"'이봐요'라고 말하는 당신은 사교적인가보죠?" 앤디, 입다물어! 나는 속으로 자신을 꾸짖었다. 유명 인사들로 가득한 파티에서 뻘쭘하니 혼자 있는 네게 완전 미남이 다가오는데 꺼지라고 말하는 거야? 그는 별로 마음 상한 것 같지 않았다. 그럴 만한 일도 없건만 그의 얼굴 가득 미소가 퍼졌다.

"미안해요." 나는 거의 비어가는 잔을 들여다보며 웅얼거렸다. "내 이름은 앤드리아예요. 이렇게 시작하는 게 훨씬 나을 것 같네요." 나는 손을 내밀었다. 그가 뭘 원하는지 궁금했다.

"당신 말투가 맘에 들어요. 난 크리스천입니다. 만나서 반가워요, 앤디." 그는 왼쪽 눈 위로 흘러내린 갈색 머리카락을 쓸어올리고는 버드와이저를 마셨다. 어디서 본 것 같은데 누구지?

"버드네요?" 나는 그의 손을 가리키며 말했다. "이런 파티에 이렇게 급수가 낮은 걸 갖다놓다니 몰랐네요."

그는 웃음을 터뜨렸다. 내가 기대했던 키득거리는 웃음이 아니라, 깊고 진심이 담긴 웃음이었다. "생각하는 걸 바로 말해버리는 스타일이군요, 그렇죠?" 내가 창피해하는 것 같아 보였는지 그가 웃으며 이렇게 덧붙였다. "아니에요, 아닙니다. 괜찮아요. 그런 소리를 듣는 일은 좀처럼 없죠. 이쪽 동네에선요. 작은 병에 빨대를 꽂고 샴페인을 마시긴 싫었어요. 너무 무기력해 보이잖아요. 바텐더가 주방 어딘가에서 요놈을 하나 찾아다주더군요." 그는 또 머리를 쓸어올렸다. 하지만 머리카락은 그가 손을 떼자마자 다시 눈앞으로 흘러내렸다. 그는 검정 스포츠코트 주머니에서 담뱃갑을 꺼내 내게 건넸다. 나는 한 개비 꺼내다가 바로 떨어뜨리고는, 담배를 집으려고 몸을 숙이면서 그를 관찰할 기회를 잡았다.

담배는 앞코가 뭉툭한 반짝이는 로퍼 바로 앞에 떨어져 있었다. 거기에 너무도 확실한 구찌 로고가 달려 있었다. 위쪽으로 시선을 옮기니 디젤 청바지가 보였다. 군데군데 바랜 매우 멋진 청바지였는데, 구두 뒤로 약간 끌릴 정도로 길고 통이 넓었다. 바닥에 자주 끌려서인지 끝단은 해져 있었다. 구찌인 듯하지만 확실히는 알 수 없는 검은색 벨트는 허리에 느슨하게 매달려 청바지를 고정해주고 있었다. 허리춤에 넣어 입은 흰 면티셔츠는 언뜻 보면 헤인즈 같지만, 아르마니나 휴고 보스가 분명했다. 그는 아름다운 피부색을 숨기느라 일부러 그 티셔츠를 입은 것 같았다. 맵시 있는 검은색 블레이저 역시 비싸 보였다. 평균 정도의 몸매지만 유난히 섹시해 보이는 그의 몸에 딱 맞게 만들어진 맞춤옷 같은 느낌마저 들었다. 가장 시선을 끄는 것은 녹색 눈이었다. 담녹색 같군. 고등학교 때 우리가 사랑해 마지않던 제이크루 색깔이 떠올랐다. 아니, 정확히 말하면 암녹색이 감도는 푸른 눈인가? 키와 체격은 앨릭스와 비슷한 것 같기도 했다. 그렇지만 전체적으로 훨씬 유로 스타일이고 애버크롬비와는 거리가 멀었다. 좀더 근사하고 아주 약간 더 잘생긴 정도? 물론 나이는 약간 들어 보였다. 한 서른쯤? 훨씬 더 품위 있고.

그는 재빨리 라이터를 꺼내더니 내 담배에 불이 붙었는지 확인하기 위해 몸을 더 가까이 숙였다. "앤드리아, 이런 파티엔 어떻게 온 거죠? 마셜 매든은 내 거라고 말할 수 있는 운좋은 사람 중 한 명인가요?"

"아뇨, 아니라서 유감이군요. 적어도 아직은 아니에요. 하지만 그가 나한테 그렇게 될 거라고 말하더군요." 나는 웃으면서, 그 짧은 순간 내가 이 낯선 남자에게 깊은 인상을 심어주려고 필사적이라는 걸 깨달았다. "난 〈런웨이〉에서 일해요. 뷰티팀의 남자 직원 하나가 절 여기 데려왔죠."

"오, 〈런웨이〉라고요? 만약 당신이 SM 같은 데 빠져 있다면 일하긴 좋은 데죠. 그걸 좋아해요?"

그것이 SM 자체를 뜻하는 건지, 일을 뜻하는 건지 알 수 없었다. 나는 그가 내 일이 바깥세계에 드러나는 것과 전혀 다르다는 것을 알고 있을 정도로 내부 사정에 정통한 사람일 가능성에 대해 생각해보았다. 아까 '그 책'을 가지고 갔을 때의 끔찍한 애기로 그를 유혹해볼까? 아니, 안 돼. 이 남자가 누군지도 모르는데…… 어쩌면 이 사람도 〈런웨이〉 직원일지도 몰라. 나와 멀리 떨어진 부서에 있어서 내가 아직 얼굴을 모를 수도 있잖아. 엘리아스 클라크에서 발행하는 다른 잡지의 직원일 수도 있고, 그 비열한 〈페이지 식스〉의 기자일 수도 있어. 에밀리가 정말 조심해야 한다고 구구절절 애기했잖아. "그들은 아무때나 나타나." 그녀는 불길한 목소리로 말했다. "느닷없이 나타나 사람을 속여서 미란다나 〈런웨이〉에 대한 기삿거리가 될 만한 걸 흘리게 해. 조심해야 된다고." 그 신문과 우리를 추적하는 ID카드를 떠올리며, 나는 〈런웨이〉의 감시가 사람들에게 모욕을 준다고 확신했다. '피해망상으로 인한 〈런웨이〉식 말 바꾸기'가 돌아왔도다.

"네." 나는 아무렇지도 않다는 듯 애매하게 말했다. "특이한 곳이죠. 하지만 전 패션에는 관심 없어요. 사실 글쓰기에 훨씬 관심이 많죠. 뭐, 이렇게 시작하는 것도 나쁘지 않다고 생각해요. 당신 직업은 뭔데요?"

"전 작가예요."

"그래요? 좋겠네요." 나는 주눅들어 보이지 않길 바랐다. 뉴욕에 산답시고 작가나 배우, 시인이나 예술가라고 자처하는 인간들은 상당히 짜증스러웠다. 나도 대학 다닐 때 신문에 글 좀 썼단다. 고등학교 때는 월간지에 에세이가 실린 적도 있고. 그렇다고 그걸 작가라고 할 수는 없지 않겠니? "뭘 쓰는데요?"

"그동안은 소설을 썼어요. 지금은 첫 역사소설을 준비하는 중이고요." 그는 맥주를 들이켜더니 그 귀찮은, 하지만 귀여운 머리카락을 뒤로 쓸어넘겼다.

'첫 역사소설'이라는 말은 그동안은 역사소설이 아닌 다른 걸 썼다는 걸 암시했다. 재미있군. "무슨 내용인데요?"

그는 잠깐 생각하더니 입을 열었다. "젊은 여성의 시각에서 풀어나가는 얘기예요. 2차대전 때 이 나라에서 살았다는 건 어떤 것인가에 대한 글이죠. 아직 취재가 덜 끝났어요. 인터뷰 같은 걸 글로 옮기는 중이죠. 조금 써놓긴 했는데, 괜찮아요. 내 생각엔……"

그가 계속 말을 이어나갔지만, 난 이미 그가 누구인지 알아챘다. 이런! 그 책에 대해 쓴 〈뉴요커〉의 최근 기사가 생각났다. 책과 관련된 매체에서라면 모두 그의 다음 작품을 열렬히 기대하고 있었고, 그가 여주인공을 사실적으로 묘사하는 것에 대해 찬탄 일색인 것 같았다. 나는 지금 파티에서 크리스천 콜린스워스와 아무렇지도 않게 잡담을 나누고 있는 것이었다. 예일대학교 도서관 열람실에서 스무 살의 나이에 첫 책을 써낸 어린 천재와 말이다. 비평가들은 그의 첫 책이 20세기 문학사상 가장 뛰어난 업적 중 하나라고 열광적으로 환호했다. 이후 그는 두 권을 더 냈다. 새 작품이 출간되면 이전의 작품보다 더 오랫동안 베스트셀러에 머무는 식이었다. 어떤 작가는 〈뉴요커〉와 진행한 인터뷰에서 크리스천에 대해 "출판계에서 앞으로 수십 년 동안 큰 영향력"을 갖게 될 뿐 아니라, "여자들의 혼을 빼놓는 강렬한 외모를 갖추었고, 문학적으로도 분명 성공할 것이며, 여성들과의 관계에서도 평생 성공을 보장받은 자연스러운 매력의 소유자"라고 말한 바 있다.

"와, 굉장하네요." 그렇게 말하는데, 갑자기 피곤이 몰려왔다. 그에게 재기 발랄하거나 재미있거나 귀엽게 보이고 싶은 마음이 멀리 달아나버렸다. 이 남자는 최고의 작가야. 대체 내게 뭘 원하는 거지? 여자친구가 하루에 1만 달러짜리 모델 일을 끝내고 달려올 때까지 시간이나 때우려나보지. 앤드리아, 어쨌든 그게 너랑 무슨 상관이야? 나는 스스로에게 가혹하게 물었다. 지금 잊고 있나 본데, 네겐 정말 상냥하고 너를 아끼는 매력적인 남자친구가 있잖아. 그걸로 충분하지 않아? 난 집에 빨리 가봐야 한다며 서둘러 이유를 하나 만들어냈다. 크리스천은 즐거워 보였다.

"나를 무서워하고 있군요." 그는 사실대로 말하며 놀리듯이 빙글거렸다.

"당신을 무서워한다고요? 도대체 내가 왜 당신을 무서워해야 하죠? 그럴 만한 이유가 있다면 모를까……" 나는 또다시 시시덕거릴 수밖에 없었다. 그가 다시 분위기를 편하게 만들어버렸기 때문이다.

그는 내 팔꿈치로 손을 뻗더니 능숙하게 내 몸을 돌려세웠다. "내가 택시를 잡아주죠." 집까지 가는 길은 잘 안다고, 만나서 반가웠다고, 나랑 집에 가려고 했다면 다시 생각해보는 게 좋을 거라고 말하려 했건만, 어느새 나는 그와 함께 빨간 카펫이 깔린 계단 위에 서 있었다.

"택시 타실 겁니까?" 우리가 밖으로 나오자 도어맨이 물었다.

"네. 숙녀분을 위해 한 대가 필요해요." 크리스천이 대답했다.

"아니, 괜찮아요. 차 있어요. 저기요." 나는 타운카들이 줄지어서 있는 파리 극장 앞 58번가를 가리키며 말했다.

그를 쳐다보지는 않았지만, 나는 크리스천이 빙긋 웃고 있다는 걸 느낄 수 있었다. 아까와 같은 미소였다. 그는 나를 차까지 데려다주곤 차문을 열더니 뒷좌석을 향해 손을 정중하게 내밀었다.

"고마워요, 만나서 반가웠어요." 나 역시 전혀 당황하지 않고 정중하게 말하며 손을 내밀었다.

"나도 마찬가지입니다, 앤드리아." 손을 잡고 악수할 거라고 생각했는데, 그는 내 손을 자기 입술에 가져다댔다. 그러고는 예의상 그러는 것보다 아주 조금 더 길게 대고 있었다. "곧 다시 만나기를 바랍니다." 난 어디 걸려 넘어지는 것 같은 일로 창피당하지 않고 무사히 뒷좌석에 앉았다. 얼굴이 빨개지지 않으려고 무진 애를 썼다. 물론 너무 늦었다는 느낌은 들었지만. 그는 문을 닫아주고, 차가 움직이는 것을 지켜보았다.

두 달 전만 해도 타운카 내부를 이렇게 자세히 본 적이 없었다.

하지만 나는 지난 여섯 시간 동안 전용 운전기사를 두고 있었다. 예전엔 유명인의 사돈의 팔촌도 만난 적이 없었지만, 방금 전에는 할리우드의 유명 인사들과 함께 있었다. 게다가 뉴욕에서 가장 기품 있는 독신남 중 하나가 내 손을 쓰다듬고 입맞춤까지— 그래, 입맞춤했다고— 했다. 아니야, 다 나와는 전혀 상관없는 일이야. 난 자꾸만 나 자신을 다잡았다. 이건 그쪽 세상의 일부일 뿐이야. 그리고 그쪽 세상은 네가 원하는 곳이 아니야. 그냥 재미있어 보일 뿐이지. 거긴 네 머리로는 이해하기가 너무 어려운 세상이야. 그러나 나는 손을 내려다보며 그가 키스했을 때의 온갖 세세한 것들까지 마음에 담아두려고 애썼다. 그런 다음 마음을 불편하게 하는 그 손을 가방에 넣어 휴대폰을 꺼냈다. 앨릭스의 번호를 누르면서, 난 그에게 무슨 말을 해야 할지 알 수 없었다.

9

열두 주가 지나서야 비로소 나는 무한대로 공급되는 디자이너 브랜드 옷들로 치장하게 되었다. 〈런웨이〉가 내게 제공해주겠다고 사정하는 옷들이었다. 하루에 열네 시간을 일하고 한 번에 다섯 시간 이상은 자지 못하는, 너무도 긴 한 주가 열두 번 지났다. 사람들이 날마다 머리끝부터 발끝까지 날 훑어보고, 칭찬 한마디 얻어듣기는커녕 간신히 해냈다는 느낌도 갖지 못하는 비참하고 기나긴 열두 주였다. 내가 한심하고 무능력한데다 바보 같다는 느낌만 든, 끔찍하게도 긴 열두 주였다. 〈런웨이〉에서 일한 지 넉 달째 들어섰을 때(아홉 달만 더 다니면 된다!), 나는 새로운 여성으로 변신하고 거기에 걸맞은 옷을 입겠다고 마음먹었다.

엘리어스 클라크 빌딩에 내가 현현顯現한 지 열두 주째 되는 날에는 겨우 일어나 옷을 입고 문밖으로 나가는 것만으로도 진이 빠졌다. '적절한' 옷들이 옷장 가득 쌓여 있다면 훨씬 쉬웠을 것이다. 안 그래도 정신없는 아침 일과 중 옷 입는 일이 가장 큰 스트레스였다. 내가 자명종을 몇시에 맞춰놓고 자는지, 정확히 몇시에 일어나는지 누군가에게 이야기하는 것조차 견딜 수가 없었다. 그 시간을 말하는 것만으로도 고통스러웠다. 아침 일곱시까지 회사에 가는 게 너무 힘들어 실소가 나올 지경이었다. 물론 예전에도 일곱시까지 어딜 가야 했던 적은 있었다. 새벽 비행기를 타러 공항에 가거나, 시험 때문에 공부를 마저 해야 한다거나 하는 경우 말이다. 하지만 내가 그 시간에 바깥 공기를 마신 것은 밤을 새는 바람에 아직 침대로 가지 못했기 때문이었고, 하루종일 잠만 자도 괜찮은 경우였다. 지금은 달랐다. 냉혹하고 무자비하게, 끊임없이 잠을 착취당하는 상황이었다. 자정 전에는 침대로 들어가려고 아무리 애써봐도 소용없었다. 지난 두 주는 특히 더 힘들었다. 봄호를 마감하는 기간이라, 밤 열한시까지 회사에서 책이 나오기를 기다리기도 했다. 미란다에게 책을 갖다주고 집으로 돌아오면 벌써 자정이었다. 입에 아무거나 쑤셔넣고 간신히 옷을 벗고 나면 픽 쓰러져 잤다.

정확히 새벽 다섯시 삼십분에 요란한 소리(내가 무시할 수 없는 바로 그 소리)가 정적을 깨며 울리기 시작하면, 나는 이불 속에서 간신히 맨발을 내밀어 알람 시계가 있을 만한 방향으로 쭉 뻗었다. 그러고는 알람이 비명을 멈출 때까지 시계를 발로 마구 차댔다. 이런 행동은 여섯시 사분까지 칠 분 간격으로 계속되었다. 그 시간이 되면 어쩔 수 없이 허둥대며 일어나 샤워를 하러 갔다.

다음은 옷장 앞에서 난리를 쳐야 했다. 대개 여섯시 삼십일분에서 여섯시 삼십칠분 사이였다. 패션이라고는 쥐뿔도 모르는 릴리는 자기도 대학원생 교복인 청바지에 초라한 엘엘빈 스웨터를 입고 대마끈으로 꼰 목걸이를 하는 주제에 나를 볼 때마다 이렇게 말했다. "네가 회사에 왜 그렇게 입고 가는지 도무지 이해가 안 돼. 거긴 〈런웨이〉잖아. 네 옷은 귀엽긴 하지만 〈런웨이〉하곤 안 어울려."

처음 한두 달 동안은 나도 바나나 리퍼블릭 옷으로 가득한 옷장에서 〈런웨이〉에 어울릴 만한 옷을 고르느라 엄청나게 일찍 일어났다는 말까지는 릴리에게 하지 않았다. 아침마다 전자레인지에 데운 커피를 들고 부츠와 혁대와 모직과 마이크로파이버 앞에 서서 거의 삼십 분 동안 고민을 했다. 마음에 드는 색깔을 발견할 때까지 스타킹을 다섯 번이나 갈아 신은 적도 있었다. 그러나 어떤 스타일, 어떤 색상이든 스타킹은 별로라는 것만 실감했을 뿐이다. 구둣굽은 너무 낮거나 너무 통굽이거나 너무 두꺼웠다. 캐시미어로 된 옷은 한 벌도 없었다. 티팬티라는 말은 들어본 적도 없었다. 그래서 커피 타임이면 화제의 초점이 되는, 어떻게 하면 팬티선을 감출 수 있는지에 광적으로 집착했다. 튜브톱은 여러 번 걸쳐봤지만 그걸 입고 회사에 갈 마음은 들지 않았다.

석 달이 지나자 나는 항복했다. 너무 진이 빠졌던 것이다. 날마다 옷장을 뒤지는 괴로움이 내 모든 에너지를 앗아갔다. 감정적으로, 육체적으로, 그리고 정신적으로! 출근한 지 딱 석 달이 되던 날, 내 성질은 좀 수그러들었다. 여느 때처럼 그날도 한 손에 '아이♥프로비던스'라고 쓰인 노란 머그잔을 들고, 다른 한 손으로는 내가 좋아하는 애버크롬비 옷을 마구 헤집고 있었다. 대체 왜 이런 전쟁을 하고 있니? 나는 스스로에게 물었다. 입고 싶은 옷을 입는다고 해서 배신자가 되는 건 아니잖아? 사람들이 점점 내 의상을 혹평하고 있어서, 이러다 일자리가 위험해지는 건 아닐까 하는 두려움마저 들었다. 나는 전신거울을 들여다보면서 웃을 수밖에 없었다. 메이든폼 브라(헉!)와 자키 면팬티(헉×2!)를 입은 여자가 〈런웨이〉 직원으로 보이려 하다니. 하하, 어째 이런 일이! 넌 지금 〈런웨이〉에서 일하고 있잖아. 찢어졌든 해졌든 얼룩이 졌든 너무 작지만 않으면 아무거나 입던 시절은 이젠 끝났어. 나는 교복이나 다름없는 버튼다운 셔츠를 옆으로 밀쳐두고, 프라다 트위드 스커트와 역시 프라다 검정 터틀넥 그리고 종아리 중간까지 오는 프라다 부츠를 찾아냈다. '그 책'을 기다리고 있던 어느 날 밤 제피가 내게 가져다준 것들이었다.

"이게 뭐예요?" 나는 옷가방을 열면서 물었다.

"앤디, 이걸 입어요. 해고되지 않으려면." 그는 미소 지었지만 내 눈길을 피했다.

"뭐라고요?"

"있잖아요. 음, 그러니까 당신 옷차림이 이곳과 전혀 어울리지 않는다는 걸 알아야 해요. 물론 이 옷들은 값이 비싸요. 하지만 길은 있어요. 클로짓에 이런 옷이 아주 많으니까 당신이 가끔 몇 벌 빌린다 해도 아무도 눈치 못 챌 거예요." 그는 '빌린다'는 말을 할 때 손가락으로 따옴표를 만들었다. "그리고 PR 사람들에게 전화해서 디자이너 브랜드의 할인 카드를 구해달라고 하세요. 나는 삼십 퍼센트 할인밖에 못 받지만, 당신은 미란다를 위해 일하니까 공짜로 옷을 줄지도 몰라요. 이런 갭 같은 걸 계속 입고 다닐 필요가 전혀 없다고요."

나는 내가 마놀로 대신 나인 웨스트를 신거나 바니스백화점의 8층 여성복 매장에는 없고 메이시백화점의 주니어 매장에서 파는 청바지를 입는 것이 〈런웨이〉의 모든 것에 전혀 유혹을 느끼지 않는다는 것을 보여주려는 나만의 시도라는 걸 구태여 설명하지 않았다. 대신 나는 고개를 끄덕였다. 제피는 내가 날마다 나 자신을 비참하게 만들고 있다고 말하면서 무척 불편해했다. 대체 누가 시킨 걸까? 에밀리? 미란다? 그게 누구든 사실 별 상관 없었다. 난 이미 석 달을 견뎠다. 어번 아웃피터스 대신 프라다 터틀넥을 입어서 아홉 달 더 살아남을 수만 있다면 기꺼이 그렇게 하리라. 나는 내 의상을 당장 새롭게 바꾸리라 마음먹었다.

아침 여섯시 오십분에 집을 나서면서 난 내 모습에 무척 만족했다. 아파트 근처에 있는 아침식사 노점상은 나를 보며 휘파람까지 불었다. 어떤 여자는 내가 열 걸음도 걷기 전에 나를 불러세우더니, 자기가 그 부츠에 눈도장을 찍은 지 벌써 석 달째라고 말했다. 이제 이런 일에도 익숙해지겠군. 어차피 날마다 뭔가 입긴 해야 한다. 그리고 이 옷을 입으면 다른 옷을 입은 것보다 기분이 훨씬 좋아진다. 이제는 택시 타는 일도 버릇이 됐다. 나는 서드애비뉴 모퉁이에서 택시를 잡아타고 따뜻한 뒷좌석에 고꾸라졌다. 너무 피곤한 나머지 사람들과 함께 부대껴가며 지하철을 타지 않아도 된다는 것에 감사할 힘도 없었다. 나는 잔뜩 잠긴 목소리로 말했다. "매디슨 애비뉴 640번지요. 빨리 가주세요." 택시기사는 룸미러로 가여운 듯 나를 바라보며 말했다. "예. 엘리아스 클라크 빌딩 말이죠." 우리는 좌회전해서 97번가로 가다가 렉스 쪽으로 다시 좌회전을 했다. 59번가까지 신호등을 휙휙 지나쳐가고, 59번가에서 다시 서쪽으로 꺾어 매디슨 애비뉴를 향했다. 길이 한산한 덕분에 정확히 육 분 후에 그 길고 높고 단아하고 매끈한 석조 건물 앞에 설 수 있었다. 안에서 일하는 수많은 사람들에게 좋은 몸매란 이런 것이라는 좋은 본보기가 되고 있는 건물이었다. 택시비는 여느 날과 마찬가지로 6달러 40센트였고, 나는 언제나처럼 택시 기사에게 10달러짜리 지폐를 건네주었다. "거스름돈은 안 받을게요." 기사들이 놀라며 행복해하는 모습을 볼 때마다 드는 똑같은 즐거움을 느끼며 나는 말했다. "〈런웨이〉가 내는 거예요."

아무 문제 없다. 확실하다. 엘리아스에서는 회계 문제에 그다지 신경을 곤두세우지 않는다는 사실을 아는 데는 일주일이면 충분했다. 매일 10달러짜리 택시요금 청구서를 올리는 건 일도 아니었다. 다른 회사 같으면 누구 마음대로 날마다 택시를 타느냐고 나무랄지도 모른다. 하지만 엘리아스 클라크의 경우엔 회사의 차량 서비스를 받을 수 있는데 왜 굳이 택시를 타는지 의아해한다. 회사가 날마다 10달러를 추가로 지불한다는 생각에 기분은 한결 좋아졌다. 내가 회사 경비를 좀 많이 쓴다고 해서 당장 누가 고통을 겪는 것도 아니다. 그리고 그 덕분에 내 기분이 한결 좋아진다. 사람들은 이런 내 행동이 '수동적이고 공격적인 반항'이라고 할지도 모른다. 하지만 난 그것을 '앙갚음'이라고 불렀다.

택시에서 내려 매디슨 애비뉴 640번지로 걸어갔다. 오늘 하루 누군가를 즐겁게 해준 덕택에 행복한 기분이 들었다. 건물의 이름은 엘리아스 클라크였지만, 절반은 뉴욕 최고 은행 중 하나인 JS 버그먼이 임대해 쓰고 있었다. 그러나 우리는 그 은행과 공유하는 게 전혀 없었다. 엘리베이터마저 따로 사용했다. 하지만 부유한 은행가들과 패션잡지사의 미인들이 로비에서 서로 힐끔거리는 건 막을 수 없었다.

"어어, 앤디, 웬일이야? 오랜만이군." 뒤에서 수줍어하며 쭈뼛거리는 목소리가 들린 순간, 날 방해하는 게 누군지 궁금해졌다.

나는 에두아르도와 아침 의식을 시작할 마음의 준비를 하고 있었다. 몸을 돌려보니 벤저민이 건물 밖 입구에 구부정한 자세로 앉아 있었다. 릴리가 대학 시절 사귀었던 수많은 남자친구 중 하나였던 남자다. 그는 자기가 길 한가운데에 앉아 있다는 것조차 모르는 것 같았다. 벤저민은 릴리의 수많은 남자친구 가운데 하나이긴 했지만, 릴리가 정말 순수하게 좋아했던 첫 남자였다. 릴리가 그의 아파트에 갔다가 그가 릴리의 아카펠라 그룹 멤버인 여자애 두 명과 섹스를 즐기고 있는 걸 목격한 이후, 나는 '옛친구 벤지'(벤저민은 이 별명을 지긋지긋하게 싫어했지만)와 얘기를 나눠본 적이 없었다. 릴리는 캠퍼스 밖에 있는 그의 아파트에 들어갔다가, 거실에서 소프라노 여자애, 그리고 겁 많은 콘트랄토 여자애와 꼴사납게 몸을 뒤섞고 있는 벤저민을 보았다. 그후 그 쥐새끼 같은 여자애들은 다시는 릴리의 얼굴을 똑바로 볼 수 없게 되었다. 나는 대학생들이 흔히 하는 짓궂은 장난에 불과하다고 릴리를 설득하려 했지만 그녀는 받아들이지 않았다. 릴리는 몇 날 며칠을 울고 난 뒤 자기가 본 걸 남들에게 얘기하지 말라고 신신당부했다. 난 아무에게도 말할 필요가 없었다. 벤저민이다 떠벌리고 다녔으니까. 그는 '세번째 여자가 지켜보는' 가운데 어떻게 '노래하는 두 변태를 완전히 녹초가 되게 만들었는지' 자랑삼아 떠들고 다녔다. 그는 릴리가 소파에 자리잡고 앉아 애인이 다른 여자들과 그 짓을 하는 걸 처음부터 끝까지 즐겁게 구경한 것처럼 교묘하게 꾸며서 얘기했다. 그 사건으로 인해 릴리는 앞으로 다시는 남자를 사랑하지 않겠다고 맹세했다. 적어도 지금까지는 그 약속을 지키는 것 같다. 릴리는 꽤 많은 남자들과 잤지만, 혹시나 좋아할 만한 구석이 생길까봐 그들이 자기 주변에서 맴도는 것을 극히 경계했다.

나는 그 남자를 다시 한번 바라보며 그의 얼굴에서 벤지의 옛 모습을 찾으려 했다. 그는 건강하고 귀여운, 그냥 보통 남자였다. 하지만 JS 버그먼 은행이 그를 유령처럼 만들어놓았다. 헐렁하고 꾸깃꾸깃한 양복을 입은 그는 말보로 담배에서 크랙 코카인이라도 빨고 싶어하는 듯 보였다. 겨우 아침 일곱시인데 이미 과로로 지쳐 보였다. 그 모습을 보니 기분이 좋아졌다. 릴리에게 그따위 짓을 한 대가였다. 이렇게 이른 시간에 몸을 질질 끌며 일하러 나온 사람이 나 혼자만은 아니라는 것도 기분이 좋았다. 이렇게 비참해지는 대가로 그는 일 년에 15만 달러를 받겠지만. 아무튼 적어도 나만 이런 건 아니야.

벤지는 어두운 겨울 아침에 기괴하게 불빛을 발하는 담배를 들고 내게 가까이 오라는 손짓을 했다. 출근이 늦어질까봐 불안했지만, 에두아르도가 "걱정 마요. 그녀는 아직 안 왔으니 괜찮아요"라는 신호를 보내줘서 벤지에게 다가갈 수 있었다. 그의 눈동자는 멍했고 희망도 어디론가 증발한 것 같았다. 너만 독재자 같은 상사를 만났다고 생각하는 것 같은데 모르는 소리. 난 큰 소리로 웃어주고 싶었다.

"매일 이렇게 일찍 오는 사람은 너밖에 없더라. 왜 그러는 거야?" 엘리베이터에 타기 전에 립스틱을 찾느라 가방을 뒤지고 있는데 그가 웅얼거리며 물었다.

조금 전엔 그가 너무 피곤한 나머지 쓰러질 것만 같아서 잠시 동정심이 들기도 했는데, 그 말을 듣는 순간 다리에 힘이 빠지며 후들거렸다. 갑자기 벤지의 멍청한 친구 하나가 릴리에게 그때 그 광경을 보면서 즐거웠냐, 너도 같이 하고 싶었냐고 물었던 일이 떠올랐다. 그때 릴리가 지었던 표정이 떠올라서 난 이성을 잃고 말았다.

"왜냐고? 아주 까다로운 사람 밑에서 일하거든. 그 망할 놈의 잡지사 직원들이 출근하기 두 시간 반 전에 미리 와서 그 여자를 맞을 준비를 해야 해." 나는 대답했다. 분노와 빈정거림이 말투에 뚝뚝 묻어났다.

"호오, 그래? 난 그냥 물어본 거야. 미안. 근데 꽤 힘든가봐? 상사가 누군데?"

"미란다 프리스틀리야." 나는 말하면서 그가 어떤 반응도 보이지 않길 기도했다. 겉보기에 교육을 잘 받고 성공한 것처럼 보이는 전문가가 그녀를 모른다면, 너무 행복해 환희마저 느낄 것 같았다. 다행히 그는 나를 실망시키지 않았다. 그는 어깨를 으쓱하고는 숨을 들이마시더니 설명을 바라는 눈으로 나를 바라보았다.

"〈런웨이〉의 편집장이야." 나는 목소리를 낮추고 기쁨에 몸을 떨기 시작했다. "내가 지금까지 만난 사람 중에 가장 사악한 인간이지. 솔직히 그런 인간은 본 적이 없어. 정말 사람도 아니야." 벤지에게 쏟아내고 싶은 불평거리는 끝도 없었다. 하지만 곧 '피해망상으로 인한 〈런웨이〉식 말 바꾸기'가 거세게 밀려왔다. 순간 거의 피해망상적인 불안에 휩싸이며, 이 생각 없는 인간이 〈옵서버〉나 〈페이지 식스〉에서 나를 염탐하라고 보낸 미란다의 추종자 중 하나일 거라는 확신이 들었다. 물론 말도 안 되는 생각이었다. 어쨌든 개인적으로 벤지와 몇 년간 알고 지냈고, 그의 능력으로 보건대 그가 미란다를 위해 일하지 않는 건 확실했다. 백 퍼센트 확신할 수는 없지만. 아니, 어떻게 백 퍼센트 확신할 수 있겠어? 이 순간 누가 등뒤에서 방금 내가 험악하게 내뱉은 말을 들을 수도 있지 않을까? 손해 볼 일은 하지 말자.

"물론 그녀는 지금 패션계와 잡지계에서 가장 힘있는 여자야. 하루종일 꿀 바른 말이나 하면서 뉴욕에서 가장 큰 두 기업의 꼭대기 자리에 오를 수는 없지. 일할 때 그녀가 좀 힘들게 하는 게 이해가 가긴 해. 나라도 그럴 거야. 이제 그만 가봐야겠어. 만나서 반가웠어." 지난 몇 주 동안 릴리나 앨릭스나 우리 부모님 이외의 사람들과 얘기할 때마다 그랬듯, 그 여자를 욕하고 싶어 미칠 지경이 되면 자리를 피하는 방법을 택했다.

"있잖아, 너무 힘들어하지 마!" 내가 엘리베이터 쪽으로 가는데 그가 뒤에서 외쳤다. "난 목요일 아침부터 지금까지 집에 못 들어갔으니까." 그는 그렇게 말한 뒤 연기 나는 담배꽁초를 시멘트 바닥에 버리고 무심히 비벼 껐다.

196

"안녕, 에두아르도?" 나는 지치고 애처로운 눈빛으로 그를 보았다. "이놈의 월요일이 제일 싫어요."

"이봐요, 친구. 걱정 마요. 그래도 오늘 아침엔 당신이 그녀보다 먼저 왔으니까." 그는 싱글거리며 말했다. 출입카드를 지니고 다니길 거부하는 미란다가 새벽 다섯시부터 나타나는 바람에 할 수 없이 위층까지 데려다줘야 했던 그 끔찍한 아침을 빗대어 한 말이었다. 한번은 그녀가 새벽부터 사무실에 나와 국가적 위기라도 발생한 것처럼 나와 에밀리에게 끊임없이 전화를 걸어대는 통에 꼭두새벽에 출근한 적도 있었다.

나는 이번 월요일만큼은 에두아르도가 선심을 써서 아침 의식을 거치지 않고 나를 통과시켜주기를 빌며 회전 바를 밀었다. 물론 헛수고였다.

"그대여, 원하는 것을, 정말, 정말, 정말 원하는 것을 내게 말해주세요." 그가 이를 드러내고 웃으며 스페인어 억양으로 노래했다. 택시 기사를 행복하게 해주고, 미란다보다 먼저 출근했다는 사실에 기뻤던 마음은 어느새 스르르 사라져버렸다. 경비 데스크로 돌진해 에두아르도의 얼굴을 할퀴고 싶은 마음뿐이었다. 하지만 난 원래 너무 착한데다, 에두아르도는 그 건물에서 사귄 친구 중 한 사람이었다. 나는 슬며시 장단을 맞추기 시작했다. "내가 정말 정말정말 원하는 것을 그대에게 말하리— 내가 정말정말정말 원하는 것을. 지가지가아아아아." 나는 1990년대에 유행했던 스파이스 걸스의 히트곡에 미약하나마 찬사를 보내며 노래를 불렀다. 에두아르도는 벙글거리며 나를 통과시켜주었다.

"이봐요, 잊지 말아요. 7월 16일!" 그가 내 뒤에서 외쳤다.

"알아요. 7월 16일." 나도 소리질렀다. 그가 왜, 어떻게, 내 생일을 알아냈는지는 기억나지 않지만, 그는 우리 둘의 생일이 같다는 사실에 환호하다시피 했다. 그리고 몇 가지 설명할 수 없는 이유로 그것은 아침 의식의 일부가 되었다. 망할, 하루도 빠짐없이.

엘리아스 클라크에서 사용하는 엘리베이터는 모두 여덟 대이다. 절반은 1층부터 17층까지 운행하고, 나머지 절반은 17층 이상만 운행한다. 그중 한쪽의 버튼만 중요했다. 거물 대부분이 1층에서 17층 사이를 차지하고 있기 때문이다. 그들은 엘리베이터 문에 붙은 번쩍이는 패널로 자신들의 존재를 과시했다. 2층에는 직원들을 위한 최신식 무료 피트니스센터가 있는데, 완벽한 노틸러스 서킷과 최소한 백 개는 되는 천국의 계단과 러닝머신, 일립티컬 머신 등이 고루 갖춰져 있었다. 로커룸에는 사우나와 핫 터브*, 증기탕이 있고, 제복을 갖춰 입은 직원들이 네일 케어와 메이크업을 해주는 살롱이 있었다. 타월도 무료로 제공된다고 했다. 난 한 번도 가보지 못했지만, 그곳은 아침 여섯시부터 밤 열시까지 발 디딜 틈 없이 붐빈다는 말을 들었다. 작가와 에디터와 영업 사원 들이 요가나 킥복싱 강좌를 들으려면 적어도 사흘 전에는 예약을 해야 했다. 십오 분 전까지 출석하지 않으면 자리가 사라지기도 했다. 하지만 직원들의 복지를 위해 설치된 엘리아스 클라크의 다른 모든 것처럼 그건 내 스트레스만 가중시킬 뿐이었다.

---

*뜨거운 물을 넣은 욕조. 와인을 마시거나 잡담을 하는 일종의 사교장 역할을 함.

지하에 보육시설이 있다는 소문도 들렸다. 그러나 아는 사람 중에 아이가 있는 사람이 아무도 없어서 사실인지는 알 수 없었다. 실질적인 업무 공간은 레스토랑이 있는 3층에서부터였다. 하지만 직원들과 함께 식사하기 싫어하는 미란다는 그곳에 가지 않았다. 직원들과의 유대를 과시하느라 그곳에서 즐겨 식사하는 엘리아스의 CEO 어브 라비츠와 점심을 먹을 때 외에는.

위로, 위로, 위로! 우리는 다른 유명 회사들의 이름을 지나 위로 올라갔다. 회사들은 대개 한 층을 다른 회사와 함께 써야 했다. 그들은 각기 한쪽에 안내 데스크를 두었는데, 안내 데스크 두 개가 유리문을 사이에 두고 서로 마주보고 있었다.

나는 17층에서 내리면서 엘리베이터 문에 비친 내 엉덩이를 바라보았다. 건축가는 친절하게도 천재적인 솜씨를 발휘해, 매디슨 애비뉴 640번지의 엘리베이터 안에 거울을 설치하지 않았다. ID 카드(건물 안에서의 모든 동선과 구매와 부재를 추적하는 바로 그 카드)를 깜박 잊고 안 가져와서 회사에 슬쩍 들어가야 할 판이었다. 소피는 아홉시까지는 나오지 않는다. 나는 소피의 책상 밑으로 몸을 숙여 유리문을 여는 버튼을 찾았다. 안내 데스크에서 유리문까지 전속력으로 뛰어가 문이 다시 닫히기 전에 재빨리 들어가야 했다. 서너 번을 시도해야 성공할 때도 있었지만, 오늘은 단 두 번 만에 성공했다.

내가 출근할 때 사무실 안은 늘 깜깜했다. 아침마다 나는 똑같은 길을 거쳐 내 책상까지 갔다. 왼쪽에는 광고영업팀이 있는데, 거기 여직원들은 자신을 가꾸는 데 가장 열심이었다. 그들은 끌로에 티셔츠와 스파이크힐 부츠를 신고 "〈런웨이〉"라고 외치는 듯한 명함을 뿌리고 다녔다. 그들은 편집부 쪽 업무와는 완전히 분리되어 있었다. 유행하는 옷을 고르고, 좋은 필자를 섭외하고, 의상에 어울리는 액세서리를 고르고, 모델을 뽑고, 책을 편집하고, 레이아웃을 짜고, 사진작가를 채용하는 곳은 편집부였다. 편집부는 사진 촬영을 위해 전 세계의 명소를 여행하고, 수많은 디자이너에게서 선물과 할인 혜택을 받고, 트렌드를 찾아다니고, 파스티스와 플로트에서 열리는 파티에 참석했다. '사람들이 무엇을 입고 있는지 꼭 확인해야 하기 때문'이었다.

광고영업팀은 광고란을 파는 일을 담당했다. 그들 역시 때때로 프로모션을 위해 파티를 열었다. 하지만 그 파티엔 명사들이 전혀 참석하지 않기 때문에 트렌드를 좇는 뉴요커에게는 지루한 파티였다(에밀리가 비웃으며 말해준 바에 따르면 그랬다). 〈런웨이〉 광고 프로모션 파티가 열리는 날엔 전화통에 불이 났다. 누군지도 알 수 없는 수많은 사람이 그 파티에 초대받고 싶어했다. "오늘밤에 〈런웨이〉에서 파티가 있다고 들었어요. 왜 나는 초대받지 못한 거죠?" 나는 파티가 있다는 것을 항상 외부 사람들을 통해 알게 되었다. 편집부 사람들은 참석을 안 하기 때문에 초대받는 일조차 없기 때문이다. 〈런웨이〉 여자들은 자기 무리에 속하지 않은 사람들을 비웃고, 협박하고, 배척하는 것만으로 충분하지 않은지, 내부에도 계급을 만들었다.

광고영업팀 뒤에는 길고 좁은 복도가 있다. 복도는 끝도 없이 이어질 것 같지만 사실은 왼편에 있는 작은 주방에서 막혀 있다. 그곳에는 커피와 차가 골고루 갖춰져 있고 도시락을 넣어두는 냉장고도 있다. 사실 이 모든 건 필요가 없었다. 직원들의 일용할 양식인 카페인은 스타벅스가 독점하고 있고 3층에 있는 레스토랑에서 온갖 메뉴를 고를 수 있는데다, 미드타운의 수많은 테이크아웃 레스토랑에서 마음대로 주문할 수 있기 때문이다. 주방은 이렇게 말하는 것 같았다. "이봐, 여길 봐. 립톤 티와 스위트앤로가 있고, 어젯밤에 먹다 남은 음식을 데워 먹을지 몰라서 전자레인지까지 갖춰놨어. 여기도 다른 곳과 똑같은 회사라니까!"

일곱시 오분에 나는 마침내 미란다의 영토에 도착했다. 너무 피곤해서 몸을 움직이기도 힘들었다. 모든 것이, 내가 의문을 던지거나 감히 바꿀 생각도 못하는 또다른 일상이 나를 기다리고 있었다. 나는 기운을 내서 일을 시작했다. 우선 그녀의 사무실 문을 열고, 모든 조명을 켜야 했다. 밖은 여전히 어두웠다. 나는 권력주의자의 어두운 사무실에 홀로 서 있는 이 극적인 분위기를 사랑했다. 쉼없이 불빛이 번쩍이는 뉴욕시를 응시하면서 지금 최정상에 서 있다는 기분을 만끽하며 영화의 한 장면 속에 있는 나를 상상하면서 말이다. 하나 골라볼까? 강이 내려다보이는 6백만달러짜리 아파트의 넓은 테라스에서 연인과 포옹하고 있는 영화는 어떨까? 하지만 사무실의 불이 켜지면 내 환상은 끝난다. 모든 게 가능할 것같이 느껴지던 뉴욕의 새벽이 밝아오면, 사진 속의 캐럴라인과 캐시디의 웃는 얼굴이 내 눈에 들어왔다.

다음에 나는 사무실 밖에 있는 옷장을 열었다. 그 옷장은 미란다의 코트와(그녀가 모피코트를 입지 않은 날에는 내 코트도 있었다. 미란다는 에밀리나 나의 평범한 모직코트가 그녀의 밍크코트 옆에 걸려 있는 것을 싫어했다) 다른 많은 것들을 보관하는 곳이었다. 그중에는 아직 미란다의 아파트에 갖다놓지 않은 새로

드라이클리닝한 옷도 있었다. 최소한 2백 장이 넘는 그 악명 높은 하얀 에르메스 스카프도 있었다. 들리는 얘기로 에르메스는 작년부터 그녀가 좋아하는 그 단순하고 우아한 흰 실크 스카프의 생산을 중단하기로 결정했다고 한다. 그 회사 사람 하나가 미란다에게 전화를 걸어 자초지종을 설명하고 사과했다. 그녀는 매우 실망했다고 냉랭하게 말하고는 남은 제품을 몽땅 주문했다. 약 5백여 장의 스카프가 내가 이 회사에 들어오기 몇 년 전에 사무실로 배달되었다는데, 지금은 절반도 채 안 남아 있었다. 미란다는 스카프를 레스토랑, 영화관, 패션쇼장, 주간 회의장, 택시 안 등 아무데나 놓고 다녔다. 비행기 안과 딸들의 학교, 테니스코트에도 흘리고 다녔다. 물론 늘 하나는 맵시 있게 옷에 매고 있고. 난 밖에서 스카프를 하지 않은 그녀의 모습을 단 한 번도 본 적이 없다. 그런데 다른 스카프들은 어디 흘리고 다녔는지 알 길이 없었다. 그녀는 그것을 손수건쯤으로 생각하는 걸까? 종이 대신 실크에 메모하는 걸 좋아하는지도 모르겠다. 아무튼 그녀는 진짜로 그 스카프를 일회용으로 여기는 것 같았다. 하지만 그녀에게 그건 일회용이 아니라고 말할 도리가 없었다. 엘리아스 클라크에서는 그 스카프 한 장당 몇백 달러를 지불했지만, 아무 상관 없었다. 우리는 그걸 크리넥스 티슈처럼 그녀에게 건넸으니까. 이 속도라면 이 년도 못 돼 다 없어질 것 같았다.

나는 상시 대기 품목만 놓는 옷장 선반에 스카프가 들어 있는 빳빳한 주황색 상자들을 올려놓았다. 상자들은 그곳에 오래 머무르지 못했다. 그녀가 사나흘에 한 번씩은 점심을 먹으러 나가면서 한숨을 쉬며 이렇게 말했기 때문이다. "앤-드리-아, 스카프

한 장 줘." 나는 스카프가 다 떨어질 즈음엔 내가 이미 이곳을 떠
났을 거라고 생각하면서 스스로를 위로했다. 누군지는 모르지만
그 흰색 에르메스 스카프가 다 떨어졌다고, 이제는 제작되거나
운송되거나 디자인되지 않는다고, 우편으로 배달시키거나 주문
할 수 없고, 만들어내라고 강요할 수도 없다고 말해야 하는 지지
리도 운 없는 사람이 이 세상 어딘가에 있겠지 싶었다. 생각만 해
도 소름끼치는 일이었다.

내가 사무실과 옷장 문을 열자마자 유리가 전화를 걸어왔다.

"여보세요? 앤드리아? 유리입니다. 아래층으로 내려와주겠어
요? 58번가에 있어요. 파크 애비뉴에 가까운 쪽, 뉴욕 스포츠 클
럽 바로 앞이요. 건네줄 것이 있어요."

미란다가 곧 도착할 거라고 알려주는 전화치곤 완벽하지 않았
지만, 어쨌든 고마웠다. 보통 미란다는 드라이클리닝을 맡겨야
할 옷들, 집으로 가져갔던 책과 잡지들, 수선할 구두와 가방 그리
고 '그 책' 같은 것을 먼저 유리 편에 사무실로 보냈다. 그렇게 해
야 내가 그 세속적인 것들을 먼저 챙겨서, 그녀가 사무실에 들어
서기 전에 처리할 수 있기 때문이었다. 미란다는 대개 소지품을
보낸 후 삼십 분쯤 있다가 왔다. 유리가 나에게 물건을 건네준 뒤
다시 그날 아침 미란다가 있는 곳으로 그녀를 데리러 가기 때문
이다.

그녀는 언제, 어디에나 있었다. 에밀리의 말에 따르면 미란다
는 절대 잠을 자지 않았다. 나는 에밀리보다 먼저 사무실에 나오
게 된 후, 음성메시지를 듣고서야 그 말을 믿게 되었다. 미란다는
매일같이 새벽 한시에서 여섯시 사이에 모호한 메시지를 여덟 개

에서 열 개쯤 남겼다. "캐시디가 다른 여자애들이 다 들고 다니는 나일론 가방을 갖고 싶어해, 중간 크기로. 그애가 좋아할 만한 색깔로 하나 주문하도록 해." "70번대 가의 그 골동품점 전화번호와 주소가 필요해. 지난번에 내가 빈티지 서랍장을 본 곳 말이야." 메시지는 대개 이랬다. 열 살짜리들 사이에서 유행하는 나일론 가방이 어떤 것인지 우리가 당연히 알고 있어야 한다는 투였다. 또 70번대 가에 있는(동쪽이야, 서쪽이야?) 넉넉 잡아 사백여 개는 될 골동품점 중 한 곳에서 지난 십오 년 동안의 어느 순간에 자기가 마음에 들어했던 뭔가를 우리가 잘 알고 있어야 한다는 투였다. 미란다에게 더 자세한 내용은 묻지 못했다. 혼자 실마리를 찾아 해석해보고 그녀의 억양을 이해하려고 노력하면서 아침마다 '재생' 단추를 거듭 눌러가며 성실하게 그 메시지를 듣고 받아 적었다.

한번은 좀더 자세한 사항을 미란다에게 물어보는 게 어떠냐고 에밀리에게 말한 적이 있다. 실수였다. 에밀리는 나를 노려봤고, 덕분에 난 기만 죽었다. 미란다에게 질문을 하는 것은 절대 금기였다. 시간과 돈을 낭비하더라도, 일의 결과가 처음 의도를 얼마나 벗어났는지 나중에 듣게 되더라도, 그 편이 차라리 나았다. 미란다의 눈에 든 빈티지 서랍장을 찾아내기 위해, 나는 리무진을 타고 이틀 하고도 반나절 동안 온 맨해튼을 돌아다니며 센트럴 파크 양쪽에 있는 70번대 가를 샅샅이 뒤졌다. 요크 애비뉴는 너무 주택가라 일단 제쳐놓았다. 71번가와 72번가 아래쪽, 73번가 위쪽 그리고 렉스 아래쪽을 훑었다. 주택가만 있는 파크 애비뉴는 건너뛰고, 매디슨 애비뉴 위쪽으로 쭉 올라갔다. 웨스트사이드에서도 비슷한 과정을 반복했다. 전화번호부를 무릎에 펼쳐놓고 손에 펜을 쥔 채 하나도 놓치지 않으려고 노력하면서, 골동품점이 눈에 띄면 바로 뛰어내릴 준비를 했다. 골동품점뿐만 아니라 꽤 많은 일반 가구점에도 들렀다. 네번째로 간 가게에서 나는 예술적으로 보이는 가구를 발견했다.

"안녕하세요, 혹시 빈티지 서랍장 있나요?" 판매원이 나를 안으로 안내하는 순간, 나는 그야말로 비명을 지르듯 물었다. 여섯번째 상점에서는 구태여 안으로 들어갈 생각도 하지 않았다. 어느 버릇없는 판매원은 나를 위아래로 훑어보며 응대할 가치가 있는지 없는지 가늠하기도 했다. 꼼짝없이 당하는 수밖에! 대부분의 상점에서는 타운카가 밖에서 나를 기다리고 있다는 것을 눈치채고 마지못해 "네" 또는 "아니요" 정도의 대답만 해주었다. 내가 어떻게 생긴 서랍장을 찾고 있는지 자세히 물어보는 곳도 물론 있긴 했지만.

그런 서랍장이 있다고 하면, 나는 무뚝뚝하게 이 말부터 했다. "최근에 미란다 프리스틀리가 여기 들른 적 있나요?" 사태가 이쯤 되면 그들은 내가 미쳤다고 생각하거나 경비를 부를 태세를 취했다. 그녀의 이름을 모르는 사람들도 꽤 있었는데, 그건 그쪽이나 내 쪽 모두에게 환상적인 상황이었다. 삶이 그녀에 의해 좌우되지 않는 정상적인 인간이 아직 남아 있다는 것을 의미할 뿐 아니라, 내 입장에서는 한마디도 더 보탤 필요 없이 곧바로 나오면 되기 때문이었다. 하지만 많은 사람이 그 이름을 알아들었고, 듣는 즉시 호기심을 보였다. 어떤 이들은 내가 가십 칼럼을 쓰는 게 아닌지 궁금해하기도 했다. 내가 어떤 이야기를 꾸며대도, 자기네 상점에 그녀가 왔다고 말하는 사람은 아무도 없었다. 세 군데만 빼고. 그들은 지난 몇 달 동안 '미즈 프리스틀리'를 본 적은 없지만 정말 그분을 뵙고 싶다고, 제가(프랭크, 샬럿, 세라베스) 안부 전해드린다고 꼭 말씀드려달라고 했다.

사흘째 정오까지도 그 상점을 찾지 못했다. 마침내 에밀리는 사무실로 들어와 미란다에게 자세한 내용을 물어보라고 했다. 차가 회사 건물 앞에 서자, 식은땀이 흐르기 시작했다. 나는 에두아르도에게 노래하는 의식 없이 나를 들여보내주지 않는다면 회전바를 뛰어넘어가버리겠다고 협박했다. 사무실이 있는 층으로 올라왔을 때 내 셔츠는 이미 땀으로 흠뻑 젖어 있었다. 사무실로 들어가는 순간, 손이 부들부들 떨리기 시작했다. 안녕하세요, 편집장님. 어떻게 지내세요. 저는 덕분에 잘 지냅니다. 지난번에 편집장님이 말씀하신 골동품점 위치를 찾고 있는데 그게 상당히 어렵습니다. 열심히 찾아봤지만 운이 없었어요. 그 상점이 맨해튼의 동쪽에 있는지 서쪽에 있는지 말씀해주실 수 있나요? 아니면 혹시 그곳 이름을 기억하시는지요? 완벽하게 준비해놓은 대사는 신경이 곤두선 뇌 안에서 기억 저 너머로 사라져버렸다. 나는 알림판에 질문을 올리지 않고 바로 그녀의 책상 앞으로 가도 되느냐고 물었다. 그녀는 허락했다. 말하라고 하지 않았는데도 대담하게 먼저 입을 여는 것에 놀라서 그랬으리라. 미란다는 한숨을 쉬고, 선심을 쓰는 척하고, 친절한 척도 했다. 아무튼 온갖 모욕적인 방법으로 그 상황을 즐기면서 검은 가죽으로 장정한 에르메스 다이어리를 열었다. 다이어리는 흰색 에르메스 스카프로 번거롭지만 세련되게 묶여 있었다. 그녀는 다이어리에서 그것을 꺼냈다. 바로 그 상점의 명함을.

"지난번에 메시지를 남길 때 할말은 다 했는데, 앤-드리-아. 그걸 받아 적으면 큰 문제라도 생기나보지?" 그 명함을 오려 종이공예품으로 만들어 그녀의 얼굴에 뒤집어씌우고 싶은 마음이 불끈 치솟았다. 하지만 난 그녀의 말이 맞다고 고개를 끄덕였다. 명함에 적혀 있는 주소를 확인해보니 68번가 동쪽 244번지였다. 동쪽이든 서쪽이든, 2번가든 암스테르담 애비뉴든, 상점을 찾을 수 없었던 것이 너무나 당연했다. 내가 근무시간 중 서른세 시간을 할애해서 그토록 찾아다닌 그 상점은 70번대 가에는 아예 존재하지도 않았던 것이다.

나는 이 사건을 떠올리며 미란다가 간밤에 응답기에 남긴 메시지를 받아 적었다. 그런 다음 유리를 만나러 아래층까지 잽싸게 내려갔다. 그는 아침마다 내가 찾아갈 수 있도록 자기가 어디에 주차했는지 자세히 설명해주었다. 하지만 내가 아무리 서둘러 아래층으로 내려가도 그는 내가 길거리에서 헤매지 않아도 되게끔 벌써 짐을 한가득 안고 와 있었다. 오늘도 마찬가지로 난 매우 기뻤다. 그는 자애롭고 너그러운 할아버지처럼 가방과 옷과 책을 한아름 안고 로비의 회전 바에 기대어 있었다.

"날 만날 땐 뛰어오지 마요, 알았어요?" 그는 강한 러시아 억양으로 말했다. "당신은 하루종일 뛰어다니기만 하는군요. 그녀는 일을 너무 많이 시켜요. 그래서 내가 건물까지 이걸 갖다주는 거예요." 그는 내가 가방과 상자를 잘 들 수 있도록 도와주며 말했다. "당신은 착해요. 좋은 하루 보내요."

나는 그에게 고맙다는 인사를 하고, 에두아르도에게는 '지금 날 괴롭힐 생각은 하지 마요. 그러면 죽여버리겠어'라는 뜻이 담긴 반농담조의 눈빛을 쏘아보냈다. 그는 아무 말 없이 회전 바를 통과시켜주었다. 마음이 조금 누그러졌다. 그런데 기적적으로 로비의 신문판매대에 들러야 한다는 게 기억났다. 아메드는 미란다가 요구한 조간신문들을 내 팔 안에 쌓아올려줬다. 우편 담당 부서에서 매일 아침 아홉시까지 미란다의 책상 앞에 신문을 배달해줬지만, 나는 그녀가 신문이 없는 사무실에 일 초라도 머물 위험을 최소화하기 위해 아침마다 따로 한 부씩 사두었다. 주간지도 마찬가지였다. 오직 가십난과 패션난만 읽는 누군가를 위해 아홉 종의 신문과 일곱 종의 잡지를 사들인 비용을 청구해도 회사에선 아무도 신경쓰지 않았다.

나는 그녀의 물건을 내 책상 밑 바닥에 몽땅 던졌다. 첫 주문을 할 시간이었다. 늘 외우고 있는 미드타운의 테이크아웃 레스토랑 만지아의 번호를 눌렀다. 여느 때처럼 호르헤가 받았다.

"안녕? 저예요." 나는 핫메일에 로그인하기 위해 전화기를 어깨와 턱 사이에 끼우고 말했다. "자, 시작해볼까요?" 나는 호르헤와 친했다. 아침마다 네댓 번씩 이야기하다보니 우습게도 꽤 빨리 친해졌다.

"안녕, 베이비. 배달원을 얼른 보낼게요. 그녀가 벌써 왔어요?" '그녀'가 내 미치광이 상사이며 〈런웨이〉에서 일한다는 것은 알지만, 지금 내가 주문한 아침을 정확히 누가 먹는지는 모르는 그가 물었다. 호르헤는 내 '아침 남자들' 중 하나였다. 나는 그들을 그렇게 부르는 것을 좋아했다. 에두아르도, 유리, 호르헤 그리고 아메드는 내가 인간답게 하루를 시작할 수 있도록 도와주는 이들이었다. 다행히 그들은 〈런웨이〉와 아무 관련이 없었다. 내 삶에서 그들 모두는 이 잡지 편집장의 삶을 좀더 완벽하게 만드는 도구일 뿐이었다. 그들 중 어느 누구도 미란다의 힘과 명성을 진정으로 알지 못했다.

1차 아침식사는 곧 매디슨 애비뉴 640번지로 배달될 것이다. 내가 그걸 버리게 될 확률은 매우 높았다. 아침마다 미란다는 기름이 뚝뚝 떨어지는 베이컨 네 조각과 소시지 두 개, 소프트 치즈 데니시를 먹고, 스타벅스의 톨 사이즈 라테(기억하라, 설탕 두 조각을 넣어서!)로 입가심했다. 사무실 사람들은 꾸준히 앳킨스 다이어트*를 하는 그룹과 환상적인 유전자 덕택에 초인간적인 신진대사가 가능한 운좋은 그룹으로 나뉘었다. 후자에 속하는 그녀는 아무 부담 없이 가장 기름지고 건강에 해로운 음식들을 게걸스럽게 먹었다. 나머지 사람들은 그녀와 같은 호사를 누릴 여유가 전혀 없었다. 음식이 도착하고 십 분 이상이 지나면 식어버리는 것은 너무나 당연했다. 그래서 나는 그녀가 나타날 때까지 새로 주문했다가 버리는 일을 반복해야 했다. 한 번 정도는 전자레인지에 데울 수 있지만, 그래봤자 온기는 오 분 정도 지속될 뿐이었고, 그녀의 입에서 이런 말이 나올 확률이 매우 높았다. "앤-드리-아, 대체 이게 뭐야. 당장 새로 가져와." 나는 이십 분마다 주문을 반복하거나, 그녀가 휴대폰으로 전화해서 다음과 같은 말을 할 때까지 기다렸다. "앤-드리-아, 곧 사무실에 들어갈 거야. 내 아침식사를 주문해놔." 예고라고 해봤자 이삼 분의 여유밖에 없

---

* 단백질과 지방 섭취량을 늘리고 탄수화물을 극도로 제한하는 다이어트. '황제 다이어트'라고도 한다.

었다. 그 짧은 예고를 받거나 아예 전화조차 하지 않는 일상적인 상황에서는 식사를 미리 주문해놓는 수밖에 없었다. 따라서 그녀가 아침식사 때문에 전화를 했다면 그때는 이미 두세번째 주문이 배달되는 중일 터였다.

전화벨이 울렸다. 누가 이렇게 이른 시간에 전화하겠어? 분명 미란다겠지.

"미란다 프리스틀리의 사무실입니다." 나는 미란다의 차가운 태도에 대비해 마음의 준비를 하며 말했다.

"에밀리, 십 분 안에 도착할 거야. 아침식사를 준비하도록 해."

그녀는 에밀리와 나를 둘 다 '에밀리'라고 불렀다. 그건 그녀가 우리 둘을 구분하지 못하며, 바뀌어도 아무 상관 없다는 것을 암시했다. 마음속 깊은 곳에서 반발심이 솟구쳤지만, 어쨌든 지금은 많이 익숙해졌다. 사실 너무나 피곤해서 이름 따윈 어떻게 부르든 신경이 쓰이지도 않았다.

"네, 편집장님. 바로 준비하겠습니다." 그녀는 벌써 전화를 끊은 뒤였다. 진짜 에밀리가 사무실로 들어왔다.

"미란다 왔어?" 에밀리는 자신의 상사처럼 '안녕'이나 '좋은 아침이야' 같은 말은 뚝 잘라먹고 미란다의 사무실을 살그머니 보며 속삭였다.

"아뇨. 하지만 십 분 안에 온다고 전화가 왔어요. 저 나갔다 올게요."

나는 코트 주머니에 휴대폰과 담배를 넣고 재빨리 뛰어나갔다. 아래층까지 내려가 매디슨 애비뉴를 건너 스타벅스의 긴 줄에 합류하는 데, 그리고 소중한 첫 담배 맛을 보는 데는 단 몇 분만 할

당되었다. 나는 담뱃불을 비벼 끄고, 비틀거리며 57번가와 렉스 애비뉴가 만나는 교차로에 있는 스타벅스로 들어가 줄을 살폈다. 줄을 선 사람이 여덟 명 이하인 경우에는 다른 사람들처럼 기다리는 편을 택했다. 하지만 대개 그렇듯 스무 명 남짓한 불쌍한 회사원들이 그 비싼 카페인 마약을 위해 지루하게 차례를 기다리고 있었다. 곧바로 건너뛰어야 했다. 나야 구태여 그런 즐거움을 누리고 싶지 않았다. 하지만 미란다는 내가 아침마다 갖다주는 라테가 배달이 되지 않고, 가장 붐비는 이 시간에는 사는 데만 삼십 분이 걸린다는 것을 도무지 이해하려 들지 않았다. "앤-드리-아, 어떻게 된 거야? 내가 분명 이십오 분 전에 곧 들어갈 테니 준비해놓으라고 했을 텐데. 내 아침식사는 어디 있지? 도무지 용납이 안 되는군." 두 주쯤 전에 그녀가 휴대폰에 대고 이렇게 소리를 지르는 바람에 스타벅스의 매니저에게 사정사정해야 했다.

"안녕하세요. 이렇게 시간을 내주셔서 고맙습니다." 나는 매장 매니저인 작은 몸집의 흑인 여성에게 말했다. "정말 어이없는 소리로 들리겠지만, 줄 서는 문제를 좀 해결해주십사 하고요." 나는 내 상사가 아주 중요한 인물인데, 좀 비합리적인 데가 있어서 모닝커피 때문에 기다리는 걸 좋아하지 않는다고 정성껏 설명했다. 그런 다음 혹시 내가 줄을 서지 않고 커피를 빨리 사갈 수 있는지 물어보았다. 웬 눈먼 행운인지, 매니저인 매리언은 패션 판매 분야의 학위를 받기 위해 FIT*에서 야간 수업을 듣고 있었다.

---

* 뉴욕 패션 공과대학교(Fashion Institute of Technology). 파슨스 디자인 스쿨과 더불어 뉴욕의 양대 패션 학교로 꼽힌다.

"어머, 정말이에요? 당신이 미란다 프리스틀리를 위해 일한다고요? 그분이 우리 라테를 마신다고요? 톨 사이즈로 아침마다? 세상에, 이럴 수가! 당연하죠. 당신이 오면 바로 도와드리라고 우리 직원들에게 말해놓을게요. 전혀 걱정할 거 없어요. 그분은 패션 분야에서 가장 막강한 분인걸요." 매리언이 한없이 주절거리는 동안 나는 마지못해 고개를 열심히 끄덕였다.

그렇게 해서 나는 공격적이고 자기만 아는 잘난 뉴요커들이 서 있는 긴 줄을 뛰어넘어 먼저 주문할 수 있게 된 것이었다. 그렇다고 으쓱한 기분이 들거나 혼자 잘났다는 느낌이 드는 건 아니었다. 오히려 이런 일을 해야 하는 날이면 늘 두려웠다. 오늘처럼 엄청나게 긴 줄이 카운터 주변을 구불거리며 늘어진 날에는 더 비참해졌다. 마음이 잔뜩 무거워져서 나오게 되리라는 것도 알고 있었다. 이쯤 되면 머리가 지끈거리고 눈은 무겁고 건조해졌다. 나는 이게 내 삶이라는 것을, 시를 외우고 작문 시험을 보고 학점을 잘 받고 많은 애정을 기울이며 기나긴 사 년을 보낸 이유가 이런 삶을 위해서라는 것을 잊으려고 애썼다. 바리스타에게 미란다를 위한 톨 사이즈 라테를 주문하고, 내 것도 몇 잔 추가했다. 미란다의 라테와 그란데 아마레토 카푸치노, 모카 프라푸치노 그리고 캐러멜 마키아토가 컵 네 개짜리 캐리어에 들어갔고, 머핀 여섯 개와 크루아상도 나왔다. 모두 28달러 83센트였다. 나는 영수증을 지갑 속에 따로 마련한 영수증 칸에 넣었다. 거긴 이미 불룩했다. 모든 비용은 신용도 백 퍼센트인 엘리아스 클라크에 청구하면 된다.

이제 서둘러야 했다. 미란다가 전화한 지 벌써 십이 분이 지났

다. 그녀는 내가 아침마다 대체 어디로 사라지는지 의아해하며
자기 자리에서 부글부글 끓고 있을 것이다. 컵 옆면의 스타벅스
로고는 그녀에게 아무런 실마리도 주지 못했다. 주문한 것들이
카운터에 다 나오기도 전에 휴대폰이 울렸다. 여느 때처럼 심장
이 덜컥 내려앉았다. 틀림없이 미란다야. 알고 있었지만 그래도
무서웠다. 발신자를 보니 그녀였지만, 전화를 받아보니 에밀리가
미란다의 전화로 건 것이었다.

"그녀가 와 있어. 잔뜩 화났어." 에밀리가 속삭였다. "빨리 와."

"빨리 하려고 정말 애쓰고 있어요." 나는 커피와 빵이 든 봉투
를 한 손에 간신히 들고, 다른 손으로는 전화기를 든 채 투덜거
렸다.

에밀리와 나 사이에는 뿌리 깊은 증오가 있었다. 그녀는 '선임'
어시스턴트였고, 나는 커피와 식사 담당에 미란다의 아이들 숙제
를 도와주고 미란다가 디너파티에 쓸 최고급 접시를 사러 온 도
시를 헤매는 일종의 개인 비서였다. 에밀리는 미란다가 쓴 비용
을 처리하고, 출장 계획을 짜고, 몇 달에 한 번씩 그녀가 개인적
으로 입을 옷을 주문하는(물론 이게 가장 중요한 일이었지만) 일
을 했다. 아침마다 내가 먹을 것을 사러 나간 동안 에밀리는 혼자
서 모든 전화를 받고, 이른아침부터 바쁘게 움직이는 미란다를
수발하고, 그녀의 요구를 전부 처리해야 했다. 나는 에밀리가 민
소매 차림으로 하루종일 사무실에 앉아 있을 수 있다는 이유로
그녀를 증오했다. 그녀는 하루에도 몇 번씩 따뜻한 사무실을 나
와 뭔가 가지러 가고, 찾으러 다니고, 모아오느라 온 뉴욕을 동동
거리며 돌아다닐 필요가 없으니까. 반면 에밀리는 틈만 나면 사

무실 밖으로 나갈 이유만 찾는다고 나를 미워했다. 내가 밖에 나갔다 하면 휴대폰으로 수다를 떨고 담배를 피우느라 필요 이상으로 오래 지체한다는 걸 그녀는 알고 있었다.

회사로 돌아갈 때는 스타벅스에 올 때보다 시간이 더 오래 걸렸다. 커피와 스낵을 노숙자들에게 나누어줘야 했기 때문이다. 나는 그것을 즐겼다. 자기들을 '청소해버리려는' 뉴욕시를 무시하고 57번가 현관에서 잠을 자며 계단을 점령하고 있는 단골 노숙자들 몇 명이 바로 그들이었다. 경찰은 차량이 붐비기 전에 그들을 몰아내려 했지만, 그들은 내가 첫 커피 심부름을 할 때 여전히 그곳을 점령하고 있었다. 엘리아스가 값을 지불하는 커피가 뉴욕이 가장 원하지 않는 사람들의 손에 넘어가는 모습을 보는 것은 굉장히 흐뭇한 일이었다. 아니, 상당한 활력소가 되었다.

체이스은행 밖에서 잠을 자는, 오줌에 절어 있는 남자가 모카 프라푸치노를 받았다. 그가 그걸 받기 위해 일어난 적은 한 번도 없지만, 나는 아침마다 커피에 빨대까지 꽂아 그의 왼쪽 팔꿈치 옆에 내려놓았다. 몇 시간 뒤 또 커피 심부름을 하러 갈 때 보면 커피는 물론 남자도 보이지 않았다.

손수레에 몸을 기대고 '집 없음, 청소 가능, 먹을 것 원함'이라고 쓴 종이 박스를 세워놓은 할머니는 캐러멜 마키아토를 받았다. 얼마 지나지 않아 나는 할머니의 이름이 테리사라는 것을 알게 되었다. 나는 종종 그녀에게 미란다가 좋아하는 톨 사이즈 라테를 사다주었다. 할머니는 늘 고맙다고 하면서도, 그 자리에서 곧바로 그걸 마시려고 하지 않았다. 내가 커피를 그만 갖다드릴까요? 하고 묻자, 할머니는 고개를 마구 저었다. 그러고는 까다롭게 굴고 싶진 않지만, 사실은 더 단 걸 좋아한다면서 그 커피는 너무 쓰다고 했다. 다음날 나는 그녀에게 휘핑크림을 얹은 바닐라향 커피를 사다주었다. 반가워했냐고? 물론 반응이 훨씬 좋았다. 그런데 이번에는 너무 단 것 같았다. 나는 하루 더 실험해보고 마침내 답을 찾았다. 테리사는 휘핑크림과 캐러멜 시럽을 조금 넣은 향 없는 커피를 좋아했다. 내가 그 커피를 건네주면, 그녀는 드문드문 빠진 이를 드러내며 빙그레 웃고는 곧바로 마셨다.

세번째 커피는 리오에게 갔다. 그는 담요 위에 CD를 늘어놓고 파는 나이지리아인이었다. 노숙자 같지는 않았다. 어느 날 아침 내가 테리사에게 일용할 양식을 주는데 그가 다가와 노래하듯 말을 걸었다. "요, 요, 요, 당신은 스타벅스 천사인가요? 내 것은 어디 있나요?" 다음날 나는 그에게 그란데 아마레토 카푸치노를 건넸고, 우리는 곧장 친해졌다.

내가 회사에 수동적인 동시에 공격적인 반항을 하느라고 매일 24달러어치 커피를 더 산 것은(미란다 몫의 톨 사이즈 라테는 겨우 4달러였다) 미란다가 멋대로 행동하도록 놔두는 회사에 대한 개인적인 응징이었다. 나는 그 커피를 더럽고 냄새나는 괴짜들에게 주었다. 그래야 엘리아스를 제대로 엿먹일 수 있을 것 같았다.

로비에 들어가니, 멕시코 억양이 심한 만지아의 배달 소년 페드로가 엘리베이터 근처에서 스페인어로 에두아르도와 잡담을 나누고 있었다.

"야, 이제 오시네요." 페드로가 말하는 순간 딱딱이 몇 명이 우리 쪽을 응시했다. "다른 때랑 똑같이 갖고 왔어요. 베이컨, 소시지 그리고 구역질나게 생긴 치즈가 든 걸로요. 그런데 오늘은 주문을 한 번밖에 안 하셨네요! 이렇게 끔찍한 것을 먹으면서 어쩌면 그렇게 마를 수가 있어요?" 소년이 헤벌쭉 웃었다. 진짜로 마른 게 뭔지 모르는구나, 하고 면박을 주려다 참았다. 페드로는 자기가 배달하는 아침식사를 내가 먹지 않는다는 건 잘 알고 있었지만, 아침 여덟시 이전에 나와 대화하는 다른 사람들과 마찬가지로 속사정까지는 모르고 있었다. 나는 평소처럼 소년에게 아침식사값인 3달러 99센트 대신 10달러를 건네주고 위층으로 향했다.

사무실로 들어섰을 때 미란다는 통화중이었다. 그녀의 구찌 뱀피 트렌치코트가 내 책상 위에 늘어져 있었다. 혈압이 열 배로 상승했다. 두 걸음 더 걸어가 옷장 문을 열고 코트를 걸어놓는 게 그렇게 어려운 일인가? 대체 왜 저걸 꼭 내 책상 위에 던져놓는 거야? 나는 라테를 내려놓고, 전화 세 통을 동시에 받느라 정신없는 에밀리를 쳐다봤다. 에밀리는 내가 들어온 것도 모르고 있었다. 나는 뱀피 코트를 걸어놓고 내 코트는 책상 밑에 던져놓았다. 옷장 속에 같이 넣었다가 미란다 코트에 병균이라도 옮기면 어쩌라고?

나는 책상 속에서 설탕 두 조각과 스틱을 꺼내 냅킨으로 한데 쌌다. 커피에 침을 뱉을까 하는 생각이 스쳤지만 참았다. 그다음엔 머리 위쪽에 있는 서랍에서 작은 도자기 접시를 꺼내 기름이 뚝뚝 떨어지는 고기와 찐득찐득한 데니시를 쏟았다. 그리고 아직도 드라이클리닝을 안 맡겼냐고 채근할까봐 책상 밑에 숨겨놓은 그녀의 옷에 손을 닦았다. 원래는 주방 싱크대에서 접시를 닦아서 써야 했지만 귀찮아 그렇게 하지 않았다. 남들이 보는 데서 설거지를 하는 수모 대신 티슈로 접시를 닦고 손톱으로 치즈 찌꺼기를 긁어내는 쪽이 나았다. 너무 더럽거나 오랫동안 사용하지 않은 접시가 걸리면, 박스째 갖다놓는 펠레그리노 병을 따고 내용물을 조금 따라서 닦아냈다. 책상 닦는 세제로 닦지 않은 것만으로도 그녀는 감사해야 했다. 나는 최소한의 도덕적 선만은 넘지 않았다고 이성적으로 확신했다. 다만 너무도 자연스럽게 그 새로운 도덕적 기준에 나 자신이 함몰된 건 아닐까 걱정스러울 뿐이었다.

"명심해. 애들 웃게 만들어." 미란다가 전화에 대고 말했다. 말투로 미루어보아, 패션 디렉터인 루시아에게 모델들이 어떤 표정을 지어야 하는지 이야기하는 것 같았다. 루시아는 곧 있을 브라질 촬영을 맡고 있었다. "행복한 표정. 이는 다 드러내고, 깨끗하고 건강해 보이게. 시무룩하거나 화난 표정, 찡그리거나 진한 화장은 안 돼. 반짝반짝 빛이 나야 해. 루시아, 내 말 알아듣지? 다른 건 절대 용납 못 해."

나는 책상 가장자리에 접시를 놓고 라테와 냅킨을 그 옆에 놓았다. 그녀는 내게 눈길도 주지 않았다. 나는 혹시 그녀가 팩스를 보내거나 찾아야 하거나 정리해야 할 서류를 산더미처럼 내게 건넬까 싶어서 잠시 그대로 서 있었다. 그러나 그녀는 본 척도 안 했고, 난 그냥 나와버렸다. 아침 여덟시 삼십분이었다. 일어난 지세 시간밖에 안 되었는데 벌써 열두 시간쯤 일한 것 같은 기분이었다. 이제야 비로소 오늘 처음으로 내 자리에 앉을 수 있게 되었다. 혹시 회사 밖 사람들에게서 즐거운 메일이라도 와 있지 않을까 싶어 핫메일에 로그인하고 있는데, 그녀가 내 앞에 서 있었다. 벨트를 맨 재킷은 안 그래도 가는 허리를 더욱 꽉 조였고, 그 밑에 입고 있는 착 달라붙는 펜슬스커트는 그녀를 더욱 날렵해 보이게 했다. 그녀는 당장이라도 폭발할 것 같은 표정이었다.

"앤-드리-아. 이 라테는 왜 이렇게 차갑지? 밖에 오래 있었던 거지? 다시 사가지고 와."

나는 숨을 깊이 들이마시며 내 얼굴에 나타난 증오의 표정을 황망히 지웠다. 미란다는 그 망할 놈의 라테를 내 책상 위에 올려놓더니, 그녀를 위해 테이블 위에 갖다놓은 이번 호 〈배니티 페어〉를 휙휙 넘겼다. 에밀리의 시선이 느껴졌다. 분명 동정과 분노가 섞인 시선일 거야. 에밀리는 그 지옥 같은 의식을 또 한번 치러야 하는 내가 가엽다고 느끼는 동시에, 감히 화를 내고 있다는 이유로 나를 미워하고 있는 것이다. 어쨌든 백만 명쯤 되는 여자들이 내 일자리를 갖고 싶어 죽을 지경이라잖아!

나는 누구에게나 다 들릴 정도로 크게 한숨을 쉬었다. 최근에 생긴 버릇이었다. 미란다 귀에 들릴 수도 있지만, 그렇다고 뭐라고 할 정도는 아닌 그런 수준이었다. 나는 코트를 다시 걸치고 엘리베이터 쪽으로 다리를 질질 끌며 갔다. 오늘 하루도 고달프겠구나.

이십 분 만에 간 두번째 커피 심부름은 한결 수월했다. 스타벅스의 줄이 훨씬 짧아진데다 매리언이 근무중이었다. 내가 들어가자마자 그녀는 직접 라테를 만들어주었다. 너무 지쳐서 빨리 돌아가 자리에 앉고 싶은 마음이 굴뚝같았다. 그래서 이번엔 다른 음료까지 주문하는 수고는 하지 않았다. 하지만 에밀리와 나를 위한 벤티 카푸치노는 주문했다. 막 계산을 하고 있는데 휴대폰이 울렸다. 망할! 이 여자는 도대체 왜 이러는 걸까? 도무지 만족할 줄 모르는데다 참을성도 꽝인, 정말 말이 안 통하는 사람이야. 나온 지 사 분도 안 됐는데 그새를 못 참아 화를 내다니. 나는 한 손으로 커피를 들고 코트 주머니에서 전화기를 꺼냈다. 그녀가 이럴 때면 난 반드시 담배를 한 대 더 피워 물었다. 그런데 릴리가 집에서 건 전화였다.

"안녕, 전화받기 힘들어?" 그녀는 즐거운 목소리로 물었다. 시계를 보니 릴리가 수업중일 시간이었다.

"좀 그래. 두번째 커피 심부름을 하고 있거든. 아주 행복해. 네가 물어볼까봐 미리 말하는데, 너무너무 즐거워 죽을 지경이야. 근데 무슨 일이야? 지금 수업시간 아니니?"

"응. 간밤에 '핑크 셔츠 보이'랑 또 데이트했는데, 마르가리타를 너무 많이 마셨나봐. 여덟 잔이면 너무 많지? 그 친구가 아직 여기 뻗어 있어서 혼자 두고 나갈 수가 없어. 아, 그것 때문에 전화한 건 아니고……"

"뭔데?" 한 손으로 담배를 꺼내 불을 붙이느라 전화기를 턱과 어깨 사이에 끼운데다 카푸치노 하나가 새는 바람에 나는 통화에 집중할 수가 없었다.

"세상에, 집주인이 오늘 아침 여덟시에 문을 두드리더니 나보고 나가달래." 이제 그녀의 목소리는 조금도 즐겁게 들리지 않았다.

"나가달라고? 왜? 그럼 이제 어떻게 해?"

"내가 샌드라 저스가 아니라는 것, 그리고 그 여자가 여섯 달 동안 여기 산 적이 없다는 걸 그쪽에서 눈치챘나봐. 그 여자는 내 가족도 아니고, 임차료 규제 아파트는 남에게 빌려주면 안 되는 거니까. 물론 나도 알아. 그래서 내가 그 여자인 척했거든. 그런데 어떻게 알았을까? 좌우간 그건 상관없어. 이제 너랑 나랑 같이 살 수 있어. 너 지금 월세 맞지? 살 곳이 없어서 전대 얻은 거잖아, 그렇지?"

"맞아."

"그럼 됐다. 함께 다른 집을 얻자. 어디든 우리 마음에 드는 데로!"

"좋은 생각이야." 매우 신나서 하는 말인데도 목소리는 공허하게 울렸다.

"찬성인 거지?" 그녀가 물었다. 흥분이 조금 수그러든 것 같았다.

"물론이야, 릴리. 정말 좋은 생각이야. 근데 나 지금 밖에 있고, 진눈깨비까지 내려. 게다가 왼쪽 팔에 뜨거운 커피가 흘러서 델 것 같아." 삐삐. 다른 곳에서 전화가 왔다. 전화기를 귀에서 떼다가 담뱃불 때문에 목을 델 뻔했지만, 전화한 사람이 에밀리라는 건 알 수 있었다.

"릴리, 미란다한테 전화 왔어. 나 빨리 가봐야 해. 어쨌든 쫓겨나게 된 거, 축하해. 우리한텐 신나는 일이지 뭐. 나중에 전화할게. 괜찮지?"

"응. 나중에……"

나는 이미 전화를 끊고 마음속으로 집중포화에 대한 대비를 하는 중이었다.

"나예요." 에밀리가 짤막하게 말했다. "대체 뭘 하고 있는 거야? 겨우 커피 심부름 하는 거잖아. 나도 해본 일이라는 거 잊었어? 그렇게 오래 걸릴 필요가 없다는 건 나도 알고……"

"뭐라고요?" 나는 전화기의 마이크 부분을 손가락으로 막으며 큰 소리로 말했다. "뭐라고 하셨어요? 잘 안 들려요. 그쪽에선 들려요? 곧 갈 거예요!" 난 전화기를 탁 닫고 주머니 속 깊이 넣어버렸다. 피우다 만 말보로가 반이나 남아 있었지만 인도에 버리고 급히 회사로 달려갔다.

황송하게도 미란다 님은 미약한 온기가 남은 라테를 받아주셨다. 게다가 열시에서 열한시 사이에 우리에게 평화로운 시간을 하사하기까지 하셨다. 그동안 그녀는 방문을 닫고 B-DAD에게 아양을 떨었다. 나는 공식적으로는 지난주에 처음 그를 만났다. 수요일 밤 아홉시경, '그 책'을 갖다주러 갔을 때였다. 그는 현관 옷장에서 코트를 꺼내는 중이었는데 자신을 삼인칭으로 지칭하며 십 분 동안이나 떠들었다. 그후 그는 내가 갈 때마다 지나친 관심을 보이며 하루를 어떻게 보냈는지 몇 분 동안이나 물어보거나, 맡은 일을 잘한다며 칭찬 따위를 했다. 물론 그런 섬세함은 그의 아내에게서는 찾아볼 수 없는 것이었다. 최소한 그는 주변 사람들을 즐겁게 해주는 사람이었다.

PR 사람들에게 전화를 걸어 회사에서 입을 만한 좀더 우아한 옷을 얻을 수 있는지 알아보려는데, 미란다의 목소리가 들렸다. "에밀리, 나 점심 먹어야겠어." 사무실에서 그렇게 부른 건 딱히 누구를 지칭하는 게 아니었다. 에밀리는 우리 둘 중 아무나 의미했기 때문이다. 진짜 에밀리가 날 쳐다보며 고개를 끄덕였다. 시키는 걸 하라는 신호였다. 스미스 앤드 월렌스키 레스토랑의 번호는 내 책상 위 전화기에 이미 등록되어 있었다. 난 전화기 너머의 목소리가 새로 온 여자 것이라는 걸 알아채고 말했다.

"안녕, 킴. 미란다 프리스틀리 사무실의 앤드리아예요. 서배스천 있나요?"

"아, 안녕하세요? 성함을 다시 한번 말씀해주시겠어요?" 일주일에 두 번, 정확히 같은 시간에 전화를 해서 내가 누군지 말해도, 그 여자는 언제나 우리가 한 번도 통화한 적이 없는 것처럼 굴었다.

"미란다 프리스틀리 사무실이에요. 〈런웨이〉요. 무례하게 굴 생각은 없지만(사실 지금 무례하게 굴고 있지) 좀 급하거든요. 서배스천 좀 바꿔주세요." 다른 사람이 받았다면 그냥 미란다가 늘 먹는 것을 주문한다고 말하면 되었을 것이다. 하지만 이 여자는 별로 신뢰가 가지 않았다. 매니저를 바꾸라고 말할 수밖에 없었다.

"알았어요. 계신지 볼게요." 으이구, 킴. 매니저는 거기 있어. 미란다 프리스틀리는 그의 삶이나 마찬가지라고.

"앤디, 안녕하세요?" 서배스천이 전화기에 가쁜 숨을 뿜어댔다. "경애하는 패션 편집장님께서 오늘 저희의 점심을 드시고 싶어하는군요. 맞죠?"

그 점심이 미란다가 원하는 게 아니라 내가 원하는 거라고 말하면 그가 어떤 반응을 보일지 궁금했다. 엄밀히 말하면 그곳은 테이크아웃 레스토랑이 아니었다. 하지만 여왕 폐하는 특별 케이스였다.

"예, 맞아요. 편집장님은 그곳의 맛있는 음식을 무척 좋아해요. 늘 고마워하고 있다고 전해달라고 했어요." 죽여버리겠다거나 팔다리를 잘라버리겠다고 위협해도 미란다가 자기 점심을 만

들어주는 이곳의 이름이 무엇인지 아는 건 불가능할 것이다. 그녀는 이 매니저의 이름이 뭐든 상관도 안 하겠지. 그렇지만 내가 이렇게 말하면 서배스천은 무척 기뻐했다. 오늘은 너무 좋은 나머지 킬킬거리기까지 했다.

"오오, 정말 환상적이에요! 얼른 오세요. 바로 준비해놓을게요." 그의 목소리가 다시 생기를 찾았다. "꼭 전해주세요. 저도 그분께 안부 전한다고요."

"물론이죠. 그럼 곧 갈게요." 그의 자부심을 이토록 불타게 하느라 진이 다 빠졌지만, 덕분에 내 일은 한층 수월해졌다. 그럴 만한 가치는 충분했다. 미란다가 외식을 하지 않을 때면 나는 늘 그녀의 책상에 똑같은 식사를 대령했고, 그녀는 문을 닫고 여유롭게 그걸 먹었다. 이 일을 위해 나는 내 책상 위 수납장에 도자기 접시를 준비해놓았다. 레스토랑에서 가져온 것도 있지만, 대개는 디자이너들이 홈라인에서 갓 출시한 제품 샘플을 보내준 것이었다. 하지만 그레이비 트레이나 스테이크 나이프, 리넨 냅킨 같은 것들을 비축해두는 건 너무 귀찮았다. 그런 사정을 아는 서배스천은 식사를 보낼 때 그런 것도 챙겨주었다.

나는 검은 모직코트 속으로 몸을 웅크렸다가 담배와 휴대폰을 주머니에 쑤셔넣고 밖으로 나갔다. 2월 말, 밖은 시간이 지날수록 점점 잿빛으로 변하는 듯했다. 49번가와 서드 애비뉴 사이에 있는 레스토랑까지는 걸어서 십오 분밖에 안 되었지만, 차를 부르고 싶은 마음이 잠깐 들었다. 그러나 폐에 맑은 공기가 느껴지자 걷는 게 낫겠다고 생각했다. 나는 담뱃불을 붙이고 연기를 빨아들였다. 그리고 다시 내뿜었을 때, 그게 담배연기인지 차가운

공기인지 짜증이 섞인 한숨인지는 알 수 없었지만, 어쨌든 너무 좋았다.

무작정 이리저리 흘러다니는 관광객을 피해 걸어다니는 것도 이젠 익숙해졌다. 전에는 사람들이 걸어가면서 통화하는 걸 역겹게 바라봤는데, 정신없이 살다보니 나도 똑같이 변했다. 나는 휴대폰을 꺼내 앨릭스의 학교로 전화했다. 흐릿한 기억이나마 끄집어내보니, 지금쯤 교사 휴게실에서 점심을 먹고 있을 시간이었다.

전화벨이 두 번 울리자 어떤 여자가 꼬집어 뜯는 듯 높은 목소리로 대답했다.

"안녕하세요. PS 277 게릿슨 비치 학교의 미시즈 휘트모어입니다. 무엇을 도와드릴까요?"

"앨릭스 파인먼과 통화하고 싶은데요."

"누구라고 전해드릴까요?"

"여자친구인 앤드리아 삭스예요."

"오, 앤드리아! 얘기 많이 들었어요." 딱딱 끊어지는 말투라 숨이 막힐 것만 같았다.

"그러세요? 어…… 반갑습니다. 저도 얘기 많이 들었어요. 앨릭스는 학교에 계신 분들이 다 좋다고 말해요."

"그 말을 들으니 정말 반갑네요. 그런데 앤드리아, 당신은 아주 좋은 직업을 가지고 있다던데요. 그렇게 유능한 여성을 위해 일하다니, 정말 재미있을 것 같아요. 참 운이 좋은 사람이군요."

오, 그래요, 미시즈 휘트모어. 난 정말 운이 좋아요. 얼마나 운이 좋은지 당신은 상상도 못 할 거예요. 어제 오후에 상사의 심부름으로 탐폰을 사러 갔는데, 나중에 잘못 사왔다며 대체 왜 제대로 하는 일이 하나도 없느냐는 잔소리를 들었을 정도로 운이 좋답니다. 또 있어요. 난 아침마다 여덟시가 되기도 전에 땀과 음식으로 얼룩진 남의 옷을 드라이클리닝 맡겨야 해요. 오, 잠깐만요. 난 진짜 운이 좋아요. 징글 징글하게 버릇없고 퉁명스러운 여자애 둘에게 반려동물을 한 마리씩 안겨주기 위해, 예쁜 프렌치 불도그를 찾으러 삼 주 내내 세 개 주* 접경지역을 온통 헤매면서 개 사육자들을 찾아다녀야 했거든요. 진짜 예요!

"네, 정말 환상적인 기회예요. 백만 명의 여자들이 갖고 싶어 몸부림치는 기회죠." 나는 기계적으로 말했다.

"저도 그렇게 생각해요! 아, 앨릭스가 들어오네요. 바꿔드릴 게요."

"안녕, 앤디. 무슨 일이야? 잘 있었어?"

"묻지 마. 지금 여왕 폐하의 점심을 사러 가는 중이야. 오늘은 어때?"

"아직까지는 괜찮아. 우리 반은 점심 먹고 음악 시간이라, 앞으로 한 시간 반 동안 자유거든. 그다음엔 철자 읽는 연습을 좀더 시켜야 해." 그가 약간 지친 목소리로 말했다. "아이들이 제대로 읽을 수 있을 것 같진 않지만."

"오늘 힘들었어?"

"아니."

"뭐야. 별로 힘들지도 않았고, 피 터질 일도 없었다는 얘기잖 아. 그냥 즐기면 되겠네, 읽기 수업은 내일로 미루고. 참, 오늘 아

침에 릴리한테 전화 왔어. 할렘의 그 집에서 쫓겨나게 됐대. 그래서 우리 둘이 같이 살려고 해. 재미있겠지?"

"와, 축하해! 지금이 네게 딱 맞는 때인 것 같아. 둘이 함께 살면 정말 좋을 거야. 잠깐, 생각해보니 좀 무서운데? 릴리와 하루 종일 같이 지내고…… 게다가 릴리의 남자친구들하고까지…… 그렇게 되면 우리집에도 자주 와서 지내야 해, 알았지?"

"물론이지. 하지만 자기도 편해질 거야. 다시 4학년 때로 돌아가는 거나 마찬가지잖아."

"그나저나 그 아파트 참 싼데, 아깝다. 그것만 빼면 좋은 소식이야."

"그래. 지금은 정서적으로도 안정이 안 되는 것 같아. 샨티와 켄드라는 좋은 애들이지만, 이제 낯선 사람들과 사는 게 지겨워." 인도 음식이 좋긴 했지만, 내 모든 물건에 카레 냄새가 배어드는 건 반갑지 않았다. "오늘밤에 릴리와 축하주 한잔할까? 릴리에겐 내가 물어볼게. 자긴 괜찮아? 이스트빌리지에서 만나자. 거기면 오기 괜찮지?"

"좋은 생각인데? 난 오늘밤에 헐레벌떡 라치몬트로 가서 조이를 돌봐야 해. 하지만 여덟시까지는 뉴욕으로 돌아올 수 있어. 물론 그 시간엔 네 일이 아직 끝나지 않았겠지만. 남는 시간 동안 나는 맥스를 만나고 있을게. 그다음에 너희가 합류해. 근데 요즘 릴리는 누굴 만나? 맥스는 필요한 것 같던데, 그러니까……"

"무슨 말이야?" 나는 웃음을 터뜨렸다. "계속해. 자기 혹시 내 친구를 몸 파는 애로 생각하는 거 아냐? 걘 그냥 자유로운 영혼을 가진 거야. 릴리가 요즘 누굴 만나냐고? 무슨 질문이 그래?

'핑크 셔츠 보이'라는 남자가 어젯밤에 그애 집에서 잤다더라. 진
짜 이름은 몰라."

"알았어. 어쨌든 상관없어. 지금 수업종 울렸어. '그 책' 갖다
준 다음에 전화해줘."

"응, 안녕."

전화를 막 끊으려는데 또 전화가 왔다. 낯선 번호였다. 미란다
나 에밀리의 번호가 아니라서 나는 안도의 한숨을 내쉬며 전화를
받았다.

"미란…… 여보세요?" 요즘엔 휴대폰이나 집전화를 받을 때
마다 입에서 자동으로 "미란다 프리스틀리의 사무실입니다"라는
소리가 나오는 바람에, 상대방이 부모님이나 릴리가 아닌 경우엔
너무 창피했다. 어떻게 좀 고쳐야 할 텐데.

"사랑스러운 앤드리아 삭스 씨 되시죠? 마셜의 파티에서 뜻하
지 않게 내 정신을 쏙 빼놓았던." 전화기 너머에서 약간 쉰 듯한
섹시한 목소리가 물었다. 크리스천! 입술로 내 손을 애무한 후 그
가 나타나지 않아 거의 안도하고 있었는데. 위트와 매력으로 그
에게 좋은 인상을 주려고 노력했던 그때의 감정이 되살아났지만,
나는 냉정하고 태연하게 대하기로 마음먹었다.

"맞습니다만, 그런데 누구신가요? 그날 밤에 여러 가지로 저를
놀라게 한 분이 무척 많아서요." 좋아. 지금까지는 괜찮아. 심호흡
하고, 침착하게.

"경쟁자가 그렇게 많은 줄은 몰랐군요." 그는 부드럽게 말했다.
"하지만 별로 놀랄 일도 아니죠. 어떻게 지냈어요, 앤드리아?"

"잘 지냈죠, 물론." 재빨리 거짓말을 하면서, 나는 대부분의

‘보통’ 남자들은 칼 같은 냉소에는 제대로 반응을 보이지 않으므로 새로운 남자를 만나면 ‘쾌활하고 경쾌하고 기분좋게’ 말하라고 했던 〈코스모폴리탄〉의 기사를 떠올렸다. “아주 잘 지내고 있어요. 제 일을 정말 좋아하거든요. 요즘 아주 재미있어요. 배울 것도 많고 진행되는 일도 무척 많아요. 당신은 어때요?” 당신 자신에 대해 너무 많이 말하지 마라. 대화를 지배하려고 하지 마라. 그가 자기가 좋아하는 것과 가장 익숙한 주제, 즉 자신에 대해 잡담할 수 있을 정도로 편안한 분위기를 만들어라.

“당신 참 재치 있는 거짓말쟁이군요, 앤드리아. 잘 모르는 사람이라면 진짜인 줄 알겠어요. 근데 이런 말이 있다는 건 알고 있겠죠? 능란한 거짓말쟁이를 속일 수는 없다. 하지만 걱정 마요. 이번만큼은 마음대로 하게 해주죠.” 나는 그의 공격을 맞받아치려고 입을 열었다가 그냥 웃고 말았다. 이 남자, 남의 속을 꽤 잘 들여다보잖아. “바로 본론으로 들어가죠. 내가 지금 워싱턴 DC행 비행기를 탈 예정이어서요. 통화하면서 금속 탐지기를 지나가니 보안 검색 요원의 눈길이 곱지 않군요. 자, 이번주 토요일 밤에 무슨 계획 있어요?”

나는 사람들이 마음속에 담고 있는 것을 얘기하기 전에 무슨 계획 있냐는 식으로 질문하는 것을 싫어했다. 이 남자, 자기 여자 친구에게 심부름해줄 사람으로 나를 고른 건가? 아니면 〈뉴욕 타임스〉와 여덟 시간짜리 긴 인터뷰를 하는 동안 자기 개를 산책시켜줄 사람이 필요한 건가? 어떻게 대답해야 이 질문을 빠져나갈 수 있을까 생각하는데, 그가 말했다. “내가 이번주 토요일 아홉시에 바보Babbo에 예약해놓았거든요. 친구들 여럿이 모일 거예요.

대개 잡지사 에디터들인데, 재미있는 사람들이 많아요. 〈버즈〉 기자도 있고, 〈뉴요커〉 필자도 두 명 있어요. 괜찮은 모임이죠. 올 생각 있어요?" 그 순간 구급차가 요란하게 사이렌을 울리며 내 옆을 지나갔다. 차로 꽉 찬 길을 뚫고 지나가기엔 역부족이었다. 여느 때처럼 운전자들은 구급차를 무시했고, 구급차는 다른 차들처럼 빨간불 앞에서 멈춰 서야 했다.

방금 이 남자가 내게 데이트 신청을 한 거야? 맞아, 그런 거야. 그가 데이트 신청을 하고 있는 거라고! 그가 날 초대하다니. 크리스천 콜린스워스가 내게 데이트 신청을 하다니. 토요일 밤에, 그것도 바보에서! 자기처럼 멋지고 재미있는 사람들이 모이는 황금시간대에 예약해놓고 말이야. 〈뉴요커〉 필자들 얘긴 귀에 들어오지도 않았다! 나는 기억을 더듬었다. 내가 그에게 뉴욕의 레스토랑 중에서 바보에 가장 가고 싶다고 말했던가. 이탈리아 레스토랑을 좋아하는데, 미란다가 열광하는 그 바보라는 레스토랑에 한번 가보고 싶다고 말한 적이 있었던가? 나는 일주일 치 급료를 그곳의 한 끼 식사로 날릴 생각도 해봤고, 앨릭스와 함께 가려고 실제로 예약하려 한 적도 있었다. 하지만 그곳은 다섯 달 치 예약이 꽉 차 있었다. 그리고 나는 지난 삼 년 동안 앨릭스 외엔 아무에게도 데이트 신청을 받아본 적이 없었다.

"어머나, 크리스천. 정말 가고 싶어요." 입을 열자마자 내가 방금 '어머나'라고 한 것을 잊고 싶었다. 어머나! 누가 그런 말을 했더라? 영화 〈더티 댄싱〉에서 베이비가 조니에게 수박을 가져왔다며 큰 소리로 자랑스럽게 말하는 장면이 스쳐지나갔다. 그 생각은 일단 제쳐두고, 창피하지만 얘기를 계속하기로 마음먹었다.

"정말 가고 싶어요." 어휴, 이 멍청아, 방금 말했잖아! 이 시점에선 좀 진도를 나가야지! "하지만 그럴 수가 없어요. 벌써 다른 약속이 있거든요." 전체적으로 괜찮은 대답이군, 나는 생각했다. 사이렌 소리 때문에 전화에 대고 소리를 질러대고 있었지만, 난 내가 여전히 기품 있게 말한다고 착각하고 있었다. 데이트를 하자면서 겨우 이틀 전에 전화했는데 시간 있다고 말할 필요는 없어. 남자친구의 존재를 드러낼 필요는 더욱 없고. 그건 이 남자랑 전혀 상관없는 일이잖아?

"정말 선약이 있는 거예요, 앤드리아? 아니면 남자친구가 당신이 다른 남자와 데이트하는 걸 싫어할까봐 그래요?" 정보를 얻으려고 하는군.

"어느 쪽이든 상관없잖아요." 나는 신경질적으로 말했다. 사실 난 추파를 던지듯 혼자서 눈까지 깜박이고 있었다. 그 바람에 신호등을 제대로 보지도 않고 서드 애비뉴를 건너다가 미니밴에 깔릴 뻔했다.

"아아, 알았어요. 이번엔 놔주죠. 하지만 또 신청할 거예요. 다음번엔 응할 거라고 생각해요."

"정말요? 왜 그렇게 생각하죠?" 전에는 섹시하게 보였던 그의 자신만만함이 이제는 아주 오만하게 느껴지기 시작했다. 하지만 문제는 그런 그가 더욱 섹시하게 다가온다는 것이었다.

"그냥 그런 예감이 들어서요, 앤드리아. 그냥 예감입니다. 그저 맛있는 식사를 즐기고 좋은 친구들을 만나보라는 우정어린 초대일 뿐이니까 그 예쁜 머리로 너무 고민할 필요는 없어요. 그 친구와 함께 와도 좋아요. 남자친구 말이에요. 아주 멋진 사람일 것

230

같군요. 정말 만나보고 싶어요."

"안 돼요!" 나는 고함을 칠 뻔했다. 두 사람이 마주보고 식탁에
앉아 있다는 생각만으로도 끔찍했다. 둘은 너무 달랐다. 크리스
천이 앨릭스의 건전함과 사회개혁가 같은 모습을 접하게 되면 내
가 너무 창피할 것 같았다. 크리스천에게 앨릭스는 순진한 촌뜨
기처럼 보일 것이다. 마찬가지로 앨릭스가 두 눈으로 내가 크리
스천에게서 매력을 느끼는 이 모든 불쾌한 것들, 즉 스타일, 도도
함, 그리고 흠집 내기 어려울 정도로 바위처럼 단단한 자신감을
보게 되면, 나는 더 창피해질 것 같았다.

"안 돼요." 웃음이 나왔다. 아니, 아무렇지 않게 들리도록 억지
로 웃었다. "별로 좋은 생각 같지 않아요. 물론 내 남자친구는 당
신을 만나보고 싶어하겠지만."

그는 나를 따라 웃었지만, 조롱조의 오만한 웃음이었다. "앤드
리아, 그냥 농담을 한 겁니다. 당신의 남자친구는 분명 매우 멋진
친구일 것 같군요. 그렇지만 딱히 그를 만나고 싶은 건 아니에요."

"그렇겠죠. 제 말은, 그러니까……"

"아, 난 이제 서둘러야겠어요. 마음이 바뀌거나 계획이 바뀌면
전화해줘요, 알았죠? 초대는 아직 유효하니까요. 그럼 좋은 하루
보내요." 내가 미처 대꾸도 하기 전에 전화는 끊겼다.

대체 무슨 일이 일어난 거야? 나는 되짚어보았다. 멋진 작가
가 어찌어찌 내 휴대폰 번호를 알아내서 전화를 했다. 그러곤 요
즘 제일 핫한 레스토랑에서 토요일에 만나자고 데이트를 신청했
다. 내게 남자친구가 있다는 걸 그가 사전에 알고 있었는지는 잘
모르겠지만, 그 정보 때문에 그의 기세가 그다지 꺾인 것 같지는

않다. 한 가지 확실한 건, 시계를 보니 그와 꽤 오래 수다를 떨었다는 점이었다. 회사에서 나온 지 벌써 삼십이 분이 지났다. 보통 때 점심식사를 가지러 갔다 오는 시간을 훨씬 초과했다.

전화기를 주머니에 넣고 보니 벌써 레스토랑이었다. 나는 나무 문을 열고 어두운 레스토랑 안으로 급히 들어갔다. 레스토랑 안은 좋아하는 스테이크를 뜯어먹고 있는 미드타운의 은행가와 변호사들로 꽉 차 있었지만, 소리는 거의 들리지 않았다. 플러시 천으로 만든 카펫과 고상한 색조의 인테리어가 모든 소리를 흡수해 버린 듯했다.

"앤드리아!" 계산대에서 서배스천이 부르는 소리가 들렸다. 내가 최후의 구급약 한 알을 갖고 나타난 것처럼 그는 일직선으로 내게 달려왔다. "와주셔서 정말 기뻐요." 갓 다림질한 회색 스커트 정장을 입은 어린 여자 둘이 그의 뒤에서 진지하게 고개를 끄덕였다.

"정말요? 왜 그러시는데요?" 나는 서배스천을 놀리고 싶은 마음을 참을 수가 없었다. 그는 정말 대단한 아첨꾼이었다.

그는 자기가 얼마나 흥분했는지 바로 알아볼 수 있게끔 의도적으로 몸을 내 쪽으로 구부렸다. "저희 스미스 앤드 월렌스키 레스토랑의 전 직원이 미즈 프리스틀리를 어떻게 생각하는지 잘 알고 계시겠죠? 〈런웨이〉는 참으로 아름다운 이미지와 놀랄 만한 스타일, 지적이고 매력적인 기사가 담긴 정말 훌륭한 잡지입니다. 저희 모두 그 잡지를 정말 좋아한답니다!"

"네, 정말이지 교양 넘치는 기사들이죠?" 나는 웃음이 새어나오는 걸 억지로 참으며 물었다. 그는 자랑스럽게 고개를 끄덕였다. 그때 정장 차림의 직원 중 하나가 토트백을 건네주려고 그의 어깨를 톡톡 쳤고, 그는 몸을 돌렸다.

그는 기쁨에 겨워 울부짖다시피 했다. "아하! 여기 있습니다. 여기 나왔군요. 단 한 분뿐인 완벽한 편집장님을 위한 완벽한 점심입니다. 물론 어시스턴트도 완벽하시고요." 그는 덧붙이면서 내게 윙크까지 날렸다.

"고마워요, 서배스천. 우리 둘 다 감사하게 생각하고 있어요." 나는 천연 면으로 만든 토트백을 열었다. 뉴욕대 학생이면 누구나 어깨에 메고 다니는, 스트랜드 서점에서 파는 그 멋진 가방과 똑같이 생긴 가방이었다. 로고가 없을 뿐, 다른 건 다 똑같았다. 너무 날것이라 조금도 익히지 않은 것 같은, 피가 뚝뚝 떨어지는 560그램짜리 립아이 스테이크. 됐고. 김이 날 정도로 뜨거운, 작은 새끼 고양이만한 구운 감자 두 개. 됐고. 작은 용기에 담긴 고지방크림과 버터를 듬뿍 넣은 부드러운 으깬 감자. 됐고. 위쪽은 통통하고 즙이 많아 보이고 아래쪽은 깨끗하고 하얗게 마무리된 아스파라거스 여덟 쪽. 됐고. 긴 금속용기에 담긴 부드러운 버터, 굵은 알갱이의 소금이 넘칠 정도로 담긴 소금통, 나무 손잡이가 달린 스테이크 나이프, 깔끔한 흰색 리넨 냅킨. 모두 있었다. 특히 오늘은 냅킨이 주름치마 모양으로 접혀 있었다. 어쩌면 이렇게 예쁜지. 서배스천은 내가 그걸 보고 좋아해주기를 기다렸다.

"정말 잘했어요, 서배스천." 나는 밖에서 변을 본 강아지를 칭찬하듯 말했다. "평소보다 훨씬 좋네요."

그의 얼굴이 환해지더니 그는 미리 연습한 겸손을 떨며 눈을 내리깔았다. "아, 감사합니다. 당신은 제가 미즈 프리스틀리를 어떻게 생각하는지 잘 아시죠? 저희는 정말 영광스러울 따름입니다, 당신도 아시겠지만……"

"그녀의 점심을 준비하시는 거요?" 내가 도와주듯 말을 건넸다.

"아, 예, 물론입니다. 제 마음을 잘 아시는군요."

"물론이죠, 서배스천. 미란다가 좋아할 거예요, 분명히." 나는 그가 애써 접어놓은 것을 내가 곧 펴버릴 거라고 말할 용기가 없었다. 그가 경애해 마지않는 미즈 프리스틀리 님은 냅킨이 냅킨 아닌 다른 모양으로 접혀 있는 걸 보면 바르르 떨면서 집어던져버릴 테니까. 가방을 들고 돌아서서 나가려는데, 휴대폰이 울렸다.

서배스천은 내 휴대폰 너머의 목소리가 혹시나 그의 사랑, 그가 살아가는 이유인 그분일까 고대하면서 기대에 찬 눈빛으로 나를 보았다. 다행히도 그를 실망시키는 일은 일어나지 않았다.

"에밀리? 에밀리인가? 잘 안 들려!" 날카롭게 딱딱 끊어지는 미란다의 목소리가 수화기를 타고 넘어왔다.

"예, 편집장님. 접니다. 앤드리아예요." 나는 차분하게 대답했다. 그녀의 이름을 들은 서배스천은 눈에 띄게 황홀해 보였다.

"앤드리아, 점심은 어떻게 된 거지? 시간을 확인해보니 삼십오 분 전에 말했는데, 왜 점심이 아직도 책상에 놓여 있지 않은 거지? 일은 제대로 하고 있는 건가? 이유를 알 수가 없군. 안 그래?"

그녀가 내 이름을 제대로 불렀다! 작은 성공이다. 하지만 축배를 들 시간이 없었다.

"음, 너무 오래 걸려서 죄송합니다. 약간 문제가 생겨서……"

"내가 시시콜콜한 얘길 듣기 싫어한다는 거 잘 알고 있지?"

"네, 물론 알고 있습니다. 그다지 오래 걸리지 않을……"

"점심을 갖고 오라는 말을 하려고 전화한 거야. 당장! 다른 말은 필요 없어, 에밀리. 갖고 와, 내 점심을. 당장!" 그녀는 전화를 끊었다. 손이 부들부들 떨리다가 휴대폰을 떨어뜨렸다. 휴대폰 표면에 비소가 불타고 있는 것 같았다.

서배스천은 내 행동 때문에 거의 기절할 것처럼 보였다. 그는 날렵하게 몸을 숙여 휴대폰을 집어서 내게 건넸다.

"저희 때문에 화나신 건가요, 앤드리아? 저희 때문에 실망하신 게 아니면 좋겠는데. 혹시 그런 거예요?" 그의 입이 타원형으로 꽉 오므라들었고, 이마에는 핏줄이 불뚝 튀어나왔다. 나는 그녀를 증오하는 만큼 그도 증오하고 싶었다. 하지만 순간 그가 가여워졌다. 이 사람은, 특출나지 못하고 딱 이만큼만 뛰어난 이 사람은 왜 미란다 프리스틀리를 그토록 경모하는 걸까? 왜 그녀를 기쁘게 하고, 그녀에게 좋은 인상을 주고, 그녀를 위해 베풀려고 이토록 애를 쓸까? 아무래도 이 사람이 내 일을 대신 떠맡는 게 낫겠어. 나는 당장 그만둬버릴 테니까. 그래, 그거야. 회사로 당당하게 돌아가서 그만두겠다고 말하자. 이런 행동을 누가 참아내? 무슨 권리로 사람들에게 이따위로 말하는 거야? 지위? 권력? 아니면 명성 때문에? 그 거지같은 프라다 때문에? 이런 행동이 용납되는 곳이 대체 이 세상 어디에 또 있어?

95달러짜리 영수증이 계산대 위에 놓여 있었다. 식사 비용을 엘리아스 클라크에 청구하기 위해 내가 날마다 서명하게 되어 있는 영수증이었다. 나는 되는대로 서명을 휘갈겼다. 지금 이 순간은 그게 내 이름이든, 미란다나 에밀리 또는 마하트마 간디의 이름이든 아무 상관 없었다. 중요하지도 않았다. 나는 '런치 미트'

라는 단어를 재정의한 그 음식이 든 가방을 들고 쿵쿵거리며 밖으로 나왔다. 차도로 내려서자마자 바로 택시에 몸을 실었다. 하마터면 지나가던 노인을 넘어뜨릴 뻔했다. 이젠 생각할 필요도 없었다. 일을 그만둘 거니까. 한낮의 러시아워인데도 몇 블록을 지나는 데 십 분밖에 안 걸렸다. 나는 택시 기사에게 20달러짜리 지폐를 던졌다. 50달러짜리가 있었다면 그걸 주고 엘리아스에서 다시 받아낼 방법을 궁리했을 것이다. 하지만 지갑 속에 그만한 돈이 없었다. 기사가 바로 거스름돈을 세기 시작했지만, 나는 택시 문을 쾅 닫고 뛰어나갔다. 그 20달러로 어딘가에서 작은 여자애를 돌보든, 온수 히터를 고치든 하겠지. 그가 차고에서 교대를 한 후 맥주를 몇 잔 하든, 아니면 다른 걸 하든, 내가 스타벅스 커피를 또 한 잔 사는 것보다는 훨씬 고결한 일일 것 같았다.

나는 정의로운 분노에 가득찬 채 쿵쿵거리며 회사 건물로 들어갔다. 모퉁이에 서 있던 딱딱이 몇 명이 불만스러운 시선을 보냈지만 무시했다. 벤지가 버그먼 쪽 엘리베이터에서 나오는 게 보였다. 난 더는 시간 낭비를 하고 싶지 않아 몸을 홱 돌려 보안카드를 찍었다. 그런 다음 회전 바로 직행했다. 이런 젠장! 그놈의 금속 막대기에 골반뼈를 부딪쳤다. 곧 보라색 피멍이 들겠지. 고개를 들어보니 허옇게 번득이는 치아와 그 주위로 연신 땀을 흘리고 있는 푸짐한 얼굴이 보였다. 에두아르도였다. 그는 지금 장난을 치고 있었다. 미칠 노릇이었다.

나는 사나운 표정을 지으며 그를 노려보았다. 죽어버려! 하는 눈빛으로 쏘아봤지만 전혀 먹히지 않았다. 나는 계속 그를 노려보며 회전 바를 돌렸다. 번개처럼 잽싸게 카드를 대고 곧바로 돌진했다. 하지만 그는 내가 통과하기 전에 회전 바를 정지시켜버렸다. 나는 그 자리에 멈춰 서서, 내가 들어가려 했던 회전 바로 딱딱이들이 차례차례 통과하는 것을 지켜보았다. 여섯 명이 통과했는데, 나는 아직도 그 자리에 서 있었다. 너무 진이 빠져 눈물이 날 것 같았다. 하지만 에두아르도는 동정하지 않았다.

"이봐요, 앤디, 그렇게 짜증내지 말아요. 이건 고문이 아니야. 재미있잖아? 자, 잘 들어요. 이제 우리뿐이야. 주위엔 아무도 없는 것 같아. 우리는 외로운 사람들. 심장 뛰는 소리만 들릴 뿐이야."

"에두아르도! 대체 내가 왜 이런 짓을 해야 하죠? 난 이따위 짓을 할 시간이 없단 말이에요!"

"알았어요, 알았어. 연기는 하지 말고 노래만 해요. 내가 먼저 할 테니 당신이 마무리해요. 얘들아, 제대로 해! 우리가 함께 있을 때 그들이 하는 소리지. 노는 걸 좀 봐! 그들은 이해 못해. 그래서 우리……"

내가 위층으로 올라가기만 한다면 일을 그만둘 필요도 없으리라. 올라가보면 이미 해고되어 있을 테니까. 이 사람이라도 기분 좋게 해주지 뭐. "있는 힘껏 빨리 달려요." 나는 박자를 놓치지 않고 노래를 이어불렀다. "손을 꼭 잡고 밤으로 멀리 도망가요. 나를 안아줘요. 우리 함께 쓰러져요. 그리고 말해……"

나는 출근 첫날 만났던 미키가 노래를 들으려 하는 것을 알아채고 에두아르도 쪽으로 몸을 더 기울였다. 에두아르도가 마무리했다. "이제 우리뿐이야. 주위엔 아무도 없는 것 같아. 우리는 외로운 사람들. 심장 뛰는 소리만 들릴 뿐이야!" 그는 큰 소리로 웃더니 손을 공중으로 번쩍 쳐들었다. 나는 그와 하이파이브를 했다. 그제야 회전 바가 찰칵, 하고 열렸다.

"점심 맛있게 먹어요, 앤디!" 호탕하게 웃으며 그가 외쳤다.

"당신도요, 에두아르도."

엘리베이터는 행복하다는 듯 아무 일 없이 위로 올라갔다. 사무실 문 앞에 서는 순간, 그만둘 수 없다는 생각이 들었다. 분명한 것은 무작정 그런 행동을 하려니 겁이 난다는 것과, 그녀가 나를 물끄러미 바라보며 "아니. 당신은 그만둘 수 없어"라고 말하면 내가 할말이 없다는 것이었다. 그건 제쳐놓더라도, 딱 일 년만 이 일을 하면 된다는 걸 생각하지 않을 수 없었다. 진정 하고 싶은 일을 하기 위해 일 년, 열두 달, 오십이 주, 삼백육십오 일만이 쓰레기 같은 곳에서 견디면 된다. 그렇게 무리한 요구는 아니었다. 게다가 난 지금 너무 진이 빠져서 다른 일자리를 알아볼 기운도 없었다. 정말로 너무 지쳐 있었다.

내가 들어가자 에밀리가 쳐다봤다. "미란다는 곧 올 거야. 방금 전화받고 라비츠 씨 사무실로 올라갔어. 앤드리아, 정말 진지하게 묻겠는데, 대체 왜 이렇게 오래 걸리는 거야? 당신이 늦으면 내가 괴롭다는 거 알지? 내가 대체 뭐라고 말해줘야 해? 커피를 사러 가는 대신 담배를 피우고 있다고 해? 아님 점심을 가지러 가는 대신 남자친구랑 수다 떨고 있다고 해? 이건 말도 안 돼, 정말." 에밀리는 컴퓨터 모니터로 시선을 돌렸다. 체념한 표정이었다.

그녀 말이 옳았다. 이 상황은 분명 말이 안 됐다. 내게도, 그녀에게도, 아니, 상식이 있는 사람이라면 그 누구에게라도. 나는 내가 밖에 나갈 때마다 긴장을 풀고 머리를 식히느라 항상 몇 분을 더 쓰는 바람에 그녀가 힘들어했다는 것에 미안함을 느꼈다. 내가 밖에 나가 있는 일 초 일 초는 미란다가 에밀리에게 가차없는 관심을 쏟아붓는 시간이었던 것이다. 나는 좀더 열심히 일하겠다고 마음먹었다.

"당신 말이 맞아요, 에밀리. 미안해요. 더 열심히 할게요."

에밀리는 매우 놀라는 것 같았고, 약간 만족스러워 보였다. "그렇게 말해줘서 고마워, 앤드리아. 내 말은, 나도 그 일을 해 봤다는 거야. 그 일이 얼마나 진 빠지는지 나도 알고 있다고. 정말이야. 하루에 대여섯 번, 아니 일곱 번씩이나 커피를 사러 눈과 진창과 빗속을 뚫고 다니던 때가 나에게도 있었어. 너무 지쳐서 움직이기 힘들 때도 있었고. 그게 어떤 건지 나도 안단 말이야. 미란다는 내가 건물에서 나가기도 전에 라테, 점심식사, 민감성 치아용 치약 같은 걸 당장 갖고 오라고 전화를 했어. 난 아직 밖에 나가지도 못했는데 말이야! 그 여자의 치아가 민감하다는 걸 알게 돼서 위안이 되긴 했지. 그녀는 그래, 앤디. 늘 그래. 그러니까 더는 문제를 일으키지 마. 계속 그러면 당신은 살아남을 수 없어. 미란다가 일부러 그렇게 못되게 구는 건 아니야. 원래 그런 것뿐이야."

나는 고개를 끄덕였다. 에밀리의 말을 이해했다. 하지만 받아들일 수는 없었다. 다른 곳에서 일해본 적은 없지만, 다른 상사들이 모두 이렇게 행동할 리는 없지 않은가. 설마 혹시 그들도……?

나는 점심이 든 가방을 책상 위에 놓고 차릴 준비를 했다. 보온 처리된 용기에서 맨손으로 음식을 꺼내, 머리 위 수납장에 있던 도자기 접시에 담았다(바라건대, 최대한 우아하게). 아직 세탁소에 보내지 않은 미란다의 더러운 베르사체 바지에 기름이 잔뜩 묻은 손을 천천히 닦고, 접시를 책상 밑에 있던 티크와 타일로 만든 쟁반에 올려놓았다. 옆에는 버터가 잔뜩 든 그레이비소스를 담은 긴 접시와 소금 그리고 이제는 주름치마 모양이 아닌 리넨 냅킨과 식기를 놓았다. 나의 예술적 감각으로 얼른 감상해보니 펠레그리노가 빠져 있었다. 서둘러. 그녀가 금방 들이닥칠 거야! 나는 주방으로 달려가 얼음을 한 움큼 꺼냈다. 얼지 않도록 손을 호호 불었다. 그러고 나니 불쑥 얼음을 핥고 싶은 욕구가 치밀어 올랐다. 할까 말까? 안 돼! 그따위 짓은 하지 마. 하지 말라고. 그녀의 음식이나 얼음조각에 침을 뱉지 마. 그런 짓을 하기엔 넌 너무 고상한 인간이야!

미란다의 사무실은 아직 비어 있었다. 이제 물을 따르고 모든 것이 완벽하게 차려진 쟁반을 그녀의 책상에 갖다놓기만 하면 되었다. 그녀는 돌아와서 어마어마하게 큰 책상 앞에 앉아 자기 방문을 닫으라고 시키겠지. 그러면 난 행복하게, 아주 열심히 달려갈 것이다. 그건 그녀가 문 뒤에서 적어도 삼십 분은 조용히 앉아 B-DAD와 전화를 한다는 뜻이니까. 그건 우리에게 뭔가 먹을 수 있는 시간이 주어졌다는 뜻이기도 했다. 에밀리와 나, 둘 중 한 명이 레스토랑으로 뛰어내려가 첫눈에 띄는 것을 집어들고 재빨리 되돌아와 교대할 수 있는 시간이다. 우리는 그녀가 예고 없이 나타날 때를 대비해 책상 밑이나 컴퓨터 모니터 뒤에 음식을 숨겨놓았다. 암묵적이지만 그 누구도 거역할 수 없는 규칙이 하나 있었다. 〈런웨이〉 직원들은 미란다 프리스틀리 앞에서는 음식을 먹을 수 없었다. 절대로.

시계를 보니 두시 십오분이었고, 위장은 점심시간이 한참 지났음을 알리고 있었다. 스타벅스에서 사무실로 걸어올 때 초콜릿 스콘을 입에 쑤셔넣었는데, 그러고 나서 벌써 일곱 시간이 지나 있었다. 배가 너무 고픈 나머지 그녀의 립아이 스테이크를 뜯어 먹고 싶은 생각마저 들었다.

"에밀리, 나 쓰러질 것 같아요. 배고파 죽겠어요. 빨리 뛰어가서 뭘 좀 사올게요. 뭐 사다줄까요?"

"미쳤어? 아직 점심 시중을 들지 않았잖아. 미란다가 곧 들이닥칠 거야."

"정말 힘들어서 그래요. 못 참겠어요." 잠은 부족하지, 혈당치는 낮지, 어지러워 죽을 것 같았다. 그녀가 지금 돌아온다 해도 스테이크 쟁반을 그녀의 사무실까지 나를 기력도 없었다.

"앤드리아, 이성적으로 생각해. 엘리베이터나 안내 데스크에서 그녀와 마주치면 어떻게 해? 당신이 사무실에서 나왔다는 걸 들키잖아. 미란다는 변덕스러운 사람이야. 뭐하러 위험을 감수해? 기다려. 내가 뭘 좀 사다줄게." 에밀리는 동전 지갑을 챙겨 밖으로 나갔다. 사 초도 안 돼 복도 저쪽에서 걸어오는 미란다가 보였다. 그녀의 딱딱하게 찌푸린 인상을 보는 순간 어지러워, 배고파, 지쳤어 따위의 생각은 순식간에 가셨다. 나는 점심식사를 갖다놓기 위해 벌떡 일어났다.

미란다의 지미추 구두가 문턱을 넘기 바로 직전에 나는 자리로 돌아왔다. 머리는 빙빙 돌고, 입안은 말라붙고, 어디가 어딘지 정신이 하나도 없었다. 다행히 그녀는 내 쪽을 오래 보지 않았다. 에밀리가 자리에 없는 것도 눈치채지 못한 것 같았다. 조금 아까 라비츠 씨와 만난 일이 잘 안 된 건가. 다른 사람을 만나기 위해 자기 사무실을 비운 일로 화가 난 게 좀 오래가는 것일 수도 있다. 이 건물 안에서 미란다가 얼른 쫓아가야 하는 사람은 오직 라비츠 씨뿐이었다.

"앤-드리-아! 이게 뭐야? 대체 이게 뭔지 말해봐!"

나는 쏜살같이 그녀 사무실로 들어가 책상 앞에 섰다. 그녀와 나는 거기 놓인 점심을 내려다보았다. 외식할 때를 제외하고 그녀가 늘 먹는, 겉보기에는 분명 똑같은 점심이었다. 빠진 게 없나 재빨리 눈으로 확인했다. 전혀 없었다. 모두 제자리에 잘 놓여 있었다. 좌우가 바뀐 것도 없었고, 요리가 잘못되지도 않았다. 대체 뭐가 문제지?

"음, 이건 편집장님 점심인데요." 나는 비꼬는 것처럼 들리게 하지 않으려고 애쓰며 조용히 말했다. 너무 당연한 말이라, 그렇게 말하기도 힘이 들었다. "뭐가 잘못되었나요?"

그녀는 입술을 벌렸다. 어지러워서 비틀거리는 내 눈에는 그녀가 마치 뾰족한 송곳니를 드러내고 있는 것처럼 보였다.

"뭐가 잘못되었나요?" 그녀는 내 목소리와 너무나 다른, 도저히 사람의 목소리로 들리지 않는 새된 소리로 흉내를 냈다. 그러더니 날 째려보면서 몸을 가까이 숙였다. 물론 절대 목소리는 높이지 않았다. "그래. 뭐가 잘못되었지. 대단히, 대단히 잘못됐어. 내가 왜 방에 돌아와서 이게 책상 위에 있는 걸 봐야 하지?"

비비 꼬인 수수께끼를 풀려고 애를 쓰는 것과 같았다. 왜 이게 책상 위에 있는 걸 봐야 하냐고? 나는 머리를 갸우뚱했다. 한 시간 전에 그녀가 점심을 가져오라고 했다는 말은 분명 정답이 아니다. 하지만 그것밖에는 내밀 답이 없었다. 점심식사가 놓인 쟁반이 마음에 안 드나? 아니, 그럴 리가 없다. 지금까지 자기 눈으로 백만 번쯤 봤고, 한 번도 불평한 적이 없었다. 레스토랑에서 고기 부위를 다른 데로 줬나? 그것도 아니다. 전에 그 레스토랑에서 정말 맛있어 보이는 허릿살을 보낸 적이 있었다. 질긴 립아이보다 그걸 좋아할 거라고 생각한 게 틀림없었다. 하지만 그녀는 거의 심장발작을 일으킬 뻔했다. 그때 그녀는 나를 시켜 요리사에게 전화하게 했다. 그러더니 소리를 질러대며 내 편에 할말을 전했다.

"정말 죄송합니다, 미스. 정말 죄송합니다." 요리사는 어찌나 사근사근하던지 이 세상에서 가장 부드러운 남자 같았다. "미즈 프리스틀리는 참으로 귀한 손님이라, 저희 레스토랑의 최고급 음식을 권해드리면 더 좋아하실 거라고 생각했습니다. 추가 비용을 청구하지는 않았습니다. 염려하지 마십시오. 앞으로는 이런 일이 절대 없을 겁니다. 약속드립니다." 미란다는 내게, 당신은 2급 레스토랑 외에 어디에서도 요리사 노릇을 제대로 할 수 없을 거라고 전하라고 명령했다. 나는 울고 싶은 심정으로 그대로 전할 수밖에 없었고, 요리사는 그 말을 인정하며 사과했다. 그날 이후 미란다는 언제나 피가 흐르는 립아이만 먹었다. 그러니 스테이크의 문제도 아니다. 나는 무슨 말을 해야 할지, 어떻게 해야 할지 알 수 없었다.

"앤-드리-아. 라비츠 씨와 내가 방금 그 형편없는 레스토랑에서 함께 점심을 먹었다는 말을 그의 비서한테 듣지 못했어?" 그녀는 자제력을 잃지 않기 위해 애쓰는 것처럼 느릿느릿 물었다.

뭘 어쨌다고? 그렇게 뛰어다니고, 서배스천의 우스꽝스러운 태도와 그 지랄 같은 전화와 95달러짜리 식사와 티파니의 노래와 음식 차리는 일과 어지럼증을 참아내며 이 여자가 들어올 때까지 아무것도 못 먹고 기다렸는데, 벌써 먹고 들어왔단 말이지?

"아니요. 전화를 못 받았습니다. 그러면 이 식사는 필요 없다는 말씀이신가요?" 나는 쟁반을 가리키며 말했다.

그녀는 마치 쌍둥이 딸 중 하나를 먹으라는 말을 들은 것처럼 나를 쳐다보았다. "그럼 그게 무슨 뜻인 것 같아, 에밀리?" 망할! 내 이름 갖고 여러 가지 하는군!

"제 생각엔 이걸 원하시지 않는 것 같아서요."

"매우 지각이 있군, 에밀리. 이렇게 학습 능력이 뛰어난 사람을 부하직원으로 뒀다니 난 참 운이 좋아. 자, 이제 그만 치워. 그리고 다시는 이런 일이 일어나지 않도록 해. 이상."

내가 팔로 책상을 쓸어버려 쟁반이 방 저편으로 날아가는 영화 같은 장면이 머릿속을 휙휙 지나갔다. 경악하며 그 광경을 바라보다가 자기 죄를 뉘우치고, 내게 진심으로 사과하는 그녀의 모습도. 그녀의 손톱이 책상에 톡 부딪히는 소리가 났다. 나는 현실로 돌아와 쟁반을 집어들고 조심스럽게 그 방을 나왔다.

"앤-드리-아, 문 닫아. 난 쉬어야겠어!" 먹고 싶지 않을 때 책상 위에 놓여 있는 음식을 보는 게 꽤나 큰 스트레스인가보군.

에밀리가 날 위해 다이어트 콜라와 건포도 한 상자를 들고 돌아왔다. 이게 내가 점심 대신 먹을 음식이었다. 물론 그 음식엔 칼로리고 지방이고 설탕이고 하나도 들어 있지 않았다. 에밀리는 그걸 책상 위에 내려놓다가 미란다의 소리를 듣고, 즉시 프렌치 도어를 닫아주러 뛰어갔다.

"무슨 일 있었어?" 내가 들고 있는, 손댄 흔적이 안 보이는 쟁반을 슬쩍 보며 에밀리가 속삭였다. 나는 책상 근처에서 굳어 있었다.

"매력적인 저 상사께서 이미 점심을 드신 것 같아요." 나는 이를 갈며 이죽거렸다. "게다가 내가 그 사실을 미리 알지 못했다고, 자기의 위장 속을 들여다보지 못했다고, 배가 고프지 않은 것도 모르고 있다고 나를 한참 야단쳤어요."

"말도 안 돼. 자기가 요구해서 점심을 사러 갔다 왔는데 소리를 질렀다고? 점심 먹은 걸 몰랐다고 소리를 질렀단 말이야? 나쁜 년!"

나는 고개를 끄덕였다. 에밀리가 '왜 당신이 그렇게 일처리를 하는지 정말 이해할 수 없어' 하는 식으로 설교를 늘어놓지 않고 내 편을 들어준 것은 경이로운 변화였다. 하지만 잠깐! 어쩐지 좀 이상하더라. 마치 조금 전까지 환하게 빛나고 있던 태양이 분홍빛과 푸른빛 광선을 남기며 스러지듯, 에밀리의 얼굴빛이 분노에서 후회로 확 변했다. '피해망상으로 인한 〈런웨이〉식 말 바꾸기'가 도래하였도다.

"우리가 전에 이야기한 걸 기억해, 앤드리아." 오, 물론이지. 드디어 말 바꾸기가 시작되는군. 열두시 정각, 땡! "미란다가 일부러 당신 마음을 상하게 한 건 아니야. 그런 말을 했다고 별다르게 생각하진 마. 그녀는 너무 중요한 사람이라 사소한 데까지 신경을 못 쓰잖아. 그러니 그런 걸로 힘들어하지 말고, 음식 갖다버리고 할일을 하도록 해." 에밀리는 단호한 표정으로 돌아가 자기 컴퓨터 앞에 앉았다. 그녀는 혹시나 미란다가 우리 얘기를 엿들었을까봐 걱정하고 있었다. 에밀리는 잠시 자제심을 잃고 얼굴이 벌게진 것을 매우 속상해하고 있는 듯했다. 그녀가 어떻게 이토록 오래 살아남을 수 있었는지 알 수가 없었다.

스테이크를 먹어버릴까 했지만, 그게 조금 전에 미란다의 책상에 있었다고 생각하니 속이 울렁거렸다. 나는 주방으로 가 그걸 몽땅 쓰레기통에 부어버렸다. 전문가가 요리한 음식, 도자기 접시, 금속 버터 용기, 소금병, 리넨 냅킨, 포크와 나이프 세트, 바카라 잔이 다 사라졌다. 모두 사라졌다. 하지만 그게 무슨 소용이람? 내일이면, 아니, 미란다가 배고프다고 하면 난 언제든 또다시 그 일을 해야 할 텐데.

⌁

드링크랜드에 가보니 앨릭스는 짜증난 표정이었고, 릴리는 취해서 인사불성이었다. 내가 오늘 나보다 나이 많은 유명 인사에게, 게다가 완전 마초인 남자에게 데이트 신청을 받았다는 걸 앨릭스는 알고 있을까? 갑자기 궁금증이 일었다. 눈치챘을까? 내 입으로 얘기해야 하나? 아니야, 별일도 아닌데 뭐. 내가 다른 남자에게 관심이 있다는 것도 아니고. 물론 내가 그럴 리도 없지만. 그러니 그런 대화를 해봤자 얻을 게 하나도 없었다.

"이봐, 패션 걸." 릴리가 진토닉을 흔들면서 싱글싱글 웅얼거렸다. 자기 카디건에 술이 튀었지만 알아차리지 못한 것 같았다.

"아니, 미래의 룸메이트라고 부를까? 한잔하자. 건배해야지!"

'건배'가 아니라 마치 '건비이'처럼 들렸다.

나는 앨릭스에게 키스하고 그의 옆에 앉았다.

"와, 오늘 끝내준다!" 그는 내가 입은 프라다를 힐끗 감상하며 말했다. "언제부터 바뀐 거야?"

"오늘. 외모를 바꾸지 않으면 일자리가 날아갈 것 같더라고. 굉장히 모욕적인 옷이긴 한데, 날마다 뭔가 입고 나가긴 해야 하니까. 이 옷도 별로 나쁘진 않아.

근데 늦어서 진짜 미안해. 오늘은 그놈의 책이 나오는 데 오래 걸렸어. 게다가 미란다에게 갖다주러 갔더니, 나한테 모퉁이의 델리에 가서 생바질 잎을 사오라는 거야."

"그 여자, 요리사도 있다고 하지 않았어? 요리사한테 시켜야 하는 일 아니야?" 앨릭스가 지적했다.

"내 말이! 요리사는 물론이고 가정부랑 보모도 있고, 애들도 둘이나 있지. 왜 나에게 저녁식사용 향신채를 사오라는 건지 알다가도 모르겠어. 더 짜증나는 건, 피프스 애비뉴 모퉁이엔 델리라곤 눈 씻고 찾아봐도 없다는 거야. 매디슨이나 파크도 마찬가지고. 그래서 렉스까지 가야 했다니까. 그런데 생바질이 있었느냐? 없더라고. 그래서 다고스티노 슈퍼마켓까지 아홉 블록이나 걸어가야 했어. 사십오 분이 더 걸린 거지. 앞으로는 향신료 수납 선반을 경비 처리해서 늘 들고 다녀야겠어. 그 사십오 분은 정말 놀라운 가치가 있는 시간이었어! 생바질 사는 법을 아주 잘 배웠고, 잡지계에 펼칠 내 미래를 위해 준비를 한 거잖아! 난 지금 편집자가 되기 위한 고속도로를 타고 있는 거라고!" 나는 승리의 미소를 날렸다.

"너의 미래를 위하여!" 릴리는 내가 상황을 비비 꼬아가며 읊어댔다는 걸 조금도 눈치채지 못하고 외쳤다.

"너무 취했어." 앨릭스는 나직하게 한마디하며, 병원에 누워 있는 친척을 보듯 릴리를 바라보았다. "맥스도 왔었는데, 벌써 갔어. 릴리는 훨씬 먼저 와 있었나봐. 아니, 술을 너무 빨리 마신 건지도 모르지."

릴리는 언제나 빨리 마셨다. 하지만 이상하지 않았다. 릴리는 모든 면에서 빨랐기 때문이다. 그녀는 중학교 때 제일 먼저 마리화나에 손을 댔고, 고등학교 때 제일 먼저 남자와 잤고, 대학교에 가서는 친구들 중에 처음으로 스카이다이빙을 했다. 릴리는 자기에게 사랑을 돌려주지 않는 것이면 누구나, 무엇이든 사랑했다. 지금까지는 그게 그녀를 살아 있다고 느끼게 해주었다.

"이해가 안 돼. 그 남자가 애인이랑 절대 깨지지 않을 걸 알면서 어떻게 같이 잘 수가 있니?" 나는 대학교 3학년 때 그녀가 몰래 만나던 남자에 대해 이렇게 물은 적이 있었다.

"난 네가 어떻게 그렇게 많은 규칙을 지키며 사는지 이해할 수가 없어." 릴리는 바로 받아쳤다. "완벽하게 계획하고, 정확하게 표시하고. 그렇게 빡빡하게 살면 재미있니? 좀 살아보자, 앤디! 뭔가 느껴봐! 살아 있다는 건 좋은 거야!"

요즘 들어 릴리가 전보다 더 많이 마시는 것 같긴 했다. 대학원 첫해의 스트레스는 릴리 같은 성격이 참아내기에도 버거웠다. 컬럼비아대학의 교수들은 그녀가 브라운대학에서 겪었던 교수들에 비해 요구사항은 더 많고 이해심은 부족했다. 나쁜 건 아니야. 나는 그렇게 생각하며 웨이트리스를 불렀다. 술 마시는 게 스트레스를 푸는 길인 듯했다. 나는 앱솔루트 보드카와 자몽주스를 시켜 한 모금 쭉 들이켰다. 다른 걸 마실 때보다 더 빨리 취했다. 먹은 거라곤 에밀리가 갖다준 건포도와 다이어트 콜라밖에 없어서 그런 것 같았다.

"지난 몇 주 동안 릴리가 학교에서 무척 힘들었나봐." 나는 릴리가 이 자리에 없기라도 한 듯 앨릭스에게 말했다. 그녀는 바에 있는 여피스러운 남자에게 무거운 눈꺼풀로 추파를 던지느라 우리가 자기 얘기를 하는지도 몰랐다. 앨릭스가 내게 팔을 둘러서 나는 좀더 편안하게 붙어앉았다. 그의 옆에 있으니 너무 좋았다. 이렇게 앉아본 지가 몇 주는 된 것 같았다.

"빨리 일어나고 싶진 않은데, 사실 나 집에 가봐야 해." 앨릭스가 내 머리카락을 귀 뒤로 넘겨주며 말했다. "릴리와 둘이 있어도 괜찮겠어?"

"가야 해? 벌써?"

"벌써라니? 앤디, 난 벌써 두 시간이나 네 친구가 술 마시는 걸 지켜보고 있었어. 널 만나러 온 건데, 네가 안 왔잖아. 벌써 열두 시가 다 됐고, 아이들 작문 고쳐줄 게 남아 있단 말이야." 나직한 목소리였지만 화난 게 느껴졌다.

"알아. 미안하게 생각해. 진짜야. 하지만 내가 일부러 늦게 온 건 아니잖아. 그리고……"

"알아. 네가 잘못했다거나, 행동을 고쳐야 한다고 말하는 게 아니야. 나도 이해해. 하지만 내 사정이 어떤지 너도 이해하려고 해봐, 응?"

나는 고개를 끄덕이고 그에게 키스했다. 그래도 기분은 나아지지 않았다. 나는 오늘 이렇게 된 대신 나중에 뭔가 해주겠다고, 하룻밤 날을 잡아 우리만을 위한 특별 계획을 세우겠다고 맹세했다. 어쨌든 이 사람은 날 위해 너무 많은 걸 참아주고 있었다.

"그럼 오늘밤에 같이 있지 않겠다는 거야?" 나는 혹시나 해서 또 물어보았다.

"네가 릴리 때문에 내 도움이 필요하다면 어쩔 수 없지만. 정말 집에 가서 그 작문을 고쳐줘야 해." 그는 나를 껴안고 작별인사를 한 뒤 릴리의 뺨에도 키스를 하고 문 쪽으로 갔다. "내가 필요하면 전화해." 그는 밖으로 나가면서 말했다.

"어, 앨릭스 왜 가는 거야?" 대화 내내 같이 앉아 있었으면서도 릴리가 물었다. "너 때문에 화났니?"

"그런가봐." 나는 한숨을 쉬며 캔버스 메신저백을 가슴에 껴안았다. "요즘 내가 앨릭스한테 심하게 굴었거든." 바에서 후식을 시키고 돌아와보니, 월 스트리트 남자가 릴리 옆에 붙어 있었다. 이십대 후반인 듯했지만, 머리가 벗어지기 시작해 정확한 나이는 짐작하기 어려웠다.

나는 릴리의 코트를 집어 그녀에게 던졌다. "릴리, 입어. 가자." 나는 말하면서 그 남자를 보았다. 키가 작은 편이었는데, 주름 잡힌 카키 바지도 작은 체구를 가려주지는 못했다. 그의 혀가 지금 내 친구의 귀에서 5센티미터밖에 떨어져 있지 않다는 사실 때문에라도 그에게 호감을 가질 수 없었다.

"이봐요, 왜 이렇게 서둘러요?" 그가 콧소리로 힝힝거리며 물었다. "당신 친구와 나는 지금 막 서로를 알아가는 중이라고." 릴리는 웃으면서 고개를 끄덕이고는 잔이 이미 빈 것도 모르고 한 모금 마시려 했다.

"그럼 좋군요. 하지만 우린 지금 가야 해요. 이름이 뭐죠?"

"스튜어트."

"만나서 반가웠어요, 스튜어트. 릴리에게 당신의 전화번호를 주지 그래요. 릴리가 정신이 들면 당신에게 전화를 걸 수도 있잖아요. 아닐 수도 있지만. 괜찮죠?" 나는 그에게 미소를 날렸다.

"음, 뭐, 걱정 마요. 나중에 또 보죠." 그는 자리에서 일어나 재빨리 바 쪽으로 사라졌다. 덕분에 릴리는 그가 사라진 사실도 몰랐다.

"스튜어트와 나는 서로 친해지는 중이야. 안 그래, 스튜?" 그녀는 그가 앉아 있던 쪽으로 몸을 돌렸다가 황당한 표정이 되었다.

"스튜어트는 바쁘대. 릴리, 이리 와. 가자."

나는 칙칙한 녹색 반코트를 스웨터 위에 걸쳐준 뒤 릴리를 일으켜세웠다. 그녀는 불안하게 비틀대다가 마침내 균형을 잡았다. 춥고 건조한 바깥 공기를 쐬면 릴리가 정신을 차리는 데 도움이 될 터였다.

"속이 별로 안 좋아." 그녀가 또다시 웅얼거렸다.

"알아, 안다고. 너희 집까지 택시 타고 가자, 알았지? 갈 수 있겠어?"

그녀는 고개를 끄덕이다가 갑자기 몸을 숙이더니 속에 든 것을 게워냈다. 토사물이 갈색 부츠를 온통 뒤덮었고, 그녀의 청바지 밑단에까지 튀었다. 지금 〈런웨이〉 여자들이 내 친구를 보면 뭐라고 할까? 자꾸 그런 생각이 들었다.

나는 릴리를 건물 창턱에 앉혔다. 그곳이라면 경보기가 없을 테니 괜찮을 것 같았다. 릴리에게 꼼짝 말고 있으라고 강경하게 말했다. 길 건너에 24시간 편의점이 보였다. 릴리는 지금 물을 마셔야 했다. 편의점에서 돌아와보니 그녀는 또 구토를 한 뒤였다. 이번엔 몸 앞쪽이 몽땅 더러워졌고 눈까지 풀려 있었다. 한 병은 먹이고 한 병으로는 몸을 씻어주려고 폴란드 스프링 생수 두 병을 사왔는데, 그녀의 모습을 보니 내가 토할 것 같았다. 토사물을 씻어내려고 한 병은 발에 붓고, 또 한 병은 코트에 부었다. 토사물로 범벅이 되어 있느니 젖는 편이 나았다. 릴리는 너무 취해서 아무것도 모르고 있었다.

그 몰골을 한 릴리와 나를 태워다달라고 택시 기사를 설득해야 했다. 엄청난 요금과 어마어마한 팁을 주겠다고 제안했다. 로어이스트사이드에서 상당히 먼 어퍼웨스트까지 가야 했다. 요금은 당연히 20달러가 나올 테고, 나는 그것을 어떻게 회사 비용으로 처리할지 궁리했다. 그래, 미란다 때문에 뭔가 찾으러 다닐 때 쓴 비용이라고 올리면 되겠군.

릴리를 끌고 4층까지 올라가는 일은 택시를 타는 것보다 더 힘들었다. 이십오 분 동안 택시를 탄 후라 그녀는 몸을 조금이나마 가눌 수 있었다. 혼자 샤워도 할 수 있을 정도였다. 침대로 가게 했더니 릴리는 그대로 엎어지면서 침대 박스 스프링에 무릎을 부딪쳤다. 의식을 잃은 그녀를 내려다보며 나는 잠깐 대학 시절을 그리워했다. 어쨌건 그때 우리는 모든 것을 함께했으니까. 지금도 재미있긴 하다. 하지만 그때만큼 근심 걱정 없던 시절은 다시 오지 않겠지.

릴리가 요즘 술을 너무 많이 마시는 건 아닌지, 잠깐 수상한 느낌이 들었다. 릴리는 늘 너무 취해 있는 것 같았다. 지난주에 앨릭스가 그 문제를 얘기했을 때, 나는 릴리가 아직 학생이어서, 진짜 성인으로서의 책임감(펠레그리노를 숙련된 솜씨로 따르는 것 같은!)이 필요한 세계에 살고 있지 않아서 그런 거라고 납득시켰다. 내 말은 우리가 봄방학 때 세뇨르 프로그*에서 함께 사진을 많이 찍지 못했다거나, 8학년 때 처음 만난 날을 기념하면서 레드 와인 세 병을 마시지 못했다거나 같은 게 아니었다. 릴리는 내가 기말고사 후 폭음을 하고 변기에 앉아 얼굴을 박고 있을 때 내 머리카락을 뒤로 넘겨주었다. 럼주 여덟 잔과 코카콜라를 마시고 가라오케에서 〈가시 없는 장미는 없다네〉라는 무시무시한 노래를 불렀던 밤에는 나를 기숙사까지 차로 데려다주었고, 가는 길에 네 번이나 멈춰서 내가 토할 수 있게 도와주기도 했다. 릴리의 스물한번째 생일에는 완전히 뻗어버린 그녀를 내 아파트로 질질 끌고 가 내 침대에 눕히곤 십 분 간격으로 호흡을 체크한 뒤, 밤 사이에 그녀가 죽지 않을 거라는 확신이 든 후에야 침대 옆 마룻바닥에 곯아떨어지기도 했다. 그날 밤 그녀는 두 번 일어났다. 한 번은 침대 옆에 토하기 위해서였고(릴리는 옆에 있는 쓰레기통에 게우려고 노력했지만, 결국 벽에 게워놓았다), 또 한번은 내게 진지하게 사과하며 너를 사랑한다고, 넌 여자가 가질 수 있는 최상의 친구라고 말하기 위해서였다. 친구란 이런 게 아닐까? 같이 취하고, 같이 바보짓을 하고, 서로를 보살펴주는 그런 것. 아니면

---

* 멕시코와 미국 전역에 있는 멕시칸 레스토랑.

그건 모두 대학 시절의 즐거움, 한순간의 통과의례에 불과한 것일까? 앨릭스는 이번엔 다르다고, 릴리가 뭔가 달라졌다고 주장했다. 하지만 내 생각은 달랐다.

그날 밤 릴리를 혼자 두고 가면 안 된다는 것을 나는 알고 있었다. 하지만 거의 두시가 다 되었고, 나는 다섯 시간 후에 회사에 가 있어야 했다. 내 옷에서는 토사물 냄새가 났고, 릴리의 옷장에는 〈런웨이〉에 입고 갈 만한 옷이 하나도 없었다. 특히 지금처럼 의상이 업그레이드된 상황에서는. 나는 한숨을 쉬고, 릴리에게 담요를 덮어주었다. 시계는 아침 일곱시에 맞춰놓았다. 숙취에 시달리지만 않는다면 수업에 들어갈 수 있을 거야.

"안녕, 릴리. 나 간다. 괜찮지?" 나는 그녀의 머리 옆 베개에 휴대폰을 놓았다.

그녀는 눈을 뜨고 나를 똑바로 보더니 빙긋 웃었다. "고마워." 릴리는 중얼거리더니 다시 눈을 감았다. 마라톤을 하거나 모터 달린 잔디깎이 기계를 끌고 다닐 순 없겠지만, 자는 데는 아무 문제 없어 보였다.

스물한 시간 만에야 비로소 뛰어다니거나, 뭔가를 가지러 가거나, 정리하거나, 움직이거나, 청소를 하거나, 누군가를 도와주는 일을 하지 않을 수 있게 되었다. 난 겨우 말했다. "천만에. 내일 전화할게." 나는 뻣뻣한 다리를 질질 끌며 밖으로 나왔다. "우리 중 하나라도 살아 있다면 말이야." 그리고 마침내, 마침내 집으로 갔다.

10

"우와, 연결돼서 정말 다행이에요." 전화기 너머에서 카라가 말했다. 아침 여덟시 십오분부터 왜 이렇게 숨을 헉헉대지?

"이렇게 일찍 전화한 적 없었잖아. 무슨 일 있어?" 이 말을 하는 짧은 순간에도 미란다가 시킬 수 있는 일에 관한 수많은 시나리오가 휙휙 지나갔다.

"별일 아니에요. 지금 B-DAD가 당신을 만나러 가는 중이라고 알려주려고요. 오늘 아침 그 사람 유난히 말이 많아요."

"정말 빅뉴스네. 그 사람이 나에게 어떻게 지내냐고 시시콜콜 물어본 지 일주일쯤 지났나? 나의 열렬한 팬이 어딜 가셨는지 안 그래도 궁금했어." 나는 문서 작성을 다 끝내고 '인쇄' 버튼을 눌렀다.

"어머, 당신 정말 운좋은 여자네요? 그 사람 마음이 이젠 내게

서 완전히 떠났나봐." 그녀는 그를 애타게 그리워하는 척했다. "이젠 당신만 바라보는군요. 아까 당신한테 가서 메트로폴리탄미 술관 파티에 대한 세부 사항을 의논해야겠다고 말하던걸요."

"오, 반가워라. 난 그 사람 동생을 하루빨리 만나고 싶어. 여태 까지 전화상으로만 얘기했는데 한심한 푼수던데? 그런데 B-DAD 가 여기로 오고 있는 거 맞아? 이런 불행을 면할 행운이 혹시 없 을까?"

"없어요, 오늘은. 거기 가는 중인 게 확실해요. 미란다는 아침 여덟시 삼십분에 발 전문의를 만나기로 되어 있어요. 그러니까 그녀는 같이 가지 않을 거예요."

나는 얼른 에밀리 책상에 있는 일정표를 보고 예약을 확인했 다. 오늘 아침에 미란다는 나오지 않을 예정이었다. "환상적인 데! 아침 일찍부터 만나는 사람 중에 B-DAD보다 더 끔찍한 사람 은 없을 거야. 그 사람은 왜 그렇게 말이 많대?"

"명백한 한 가지 사실 외엔 다른 이유를 들 수가 없네요. 미란 다와 결혼했으니 정신적으로 이상한 사람이라는 거요. 만약 그가 터무니없는 소릴 하면 전화해요. 이제 가봐야 해요. 캐럴라인이 화장실 거울에 미란다의 스틸라 립스틱을 뭉개놨어요."

"우리 인생은 정말 최고라니까. 안 그래? 우린 정말 멋진 여자 들이야. 어쨌든 미리 알려줘서 고마워. 나중에 전화할게."

"그래요, 안녕."

B-DAD가 오기를 기다리면서 서류를 힐끗 보았다. 미란다가 메트로폴리탄미술관 이사회에 보내는 요청서였다. 그녀는 시동 생을 위해 3월에 그 미술관에서 디너파티를 열도록 허가를 받으

려는 중이었다. 내가 보기에 미란다는 그 시동생이라는 남자를 전적으로 경멸하고 있었다. 하지만 불행히도 어쩔 수 없는 가족이었다. 잭 톰린슨은 B-DAD의 동생으로 형보다 좀 거친 편인데, 최근에 아내 및 세 아이와 헤어져 자기 안마사와 결혼하겠다고 발표했다. 그와 B-DAD는 동부 연안 프렙 스쿨* 출신의 전형적인 귀족이었지만, 잭은 이십대 후반에 자기의 하버드 페르소나를 떨쳐버리고 사우스캐롤라이나로 옮겨가 부동산으로 큰돈을 벌었다. 에밀리가 말해준 모든 것으로 판단하건대, 그는 지독한 남부 남자였다. 밀짚을 질겅질겅 씹고 담뱃진을 뱉는 시골뜨기로 변해버린 것이었다. 고급스러움과 세련미의 결정판인 미란다는 바로 그 점 때문에 그에 대해 질색했다. B-DAD는 자기 동생을 위해 약혼 파티를 준비해달라고 부탁했고, 사랑에 눈먼 미란다는 그 부탁을 들어주는 수밖에 없었다. 그녀는 뭘 했다 하면 제대로 하는 타입이었고, 그 결과가 바로 메트로폴리탄미술관이었다.

존경하는 이사님들께 어쩌고저쩌고, 멋진 파티를 열 수 있도록 허가해주십사 합니다 어쩌고저쩌고, 최고급 출장 요리사와 꽃 장식 전문가, 밴드와 계약할 것이며 어쩌고저쩌고, 귀한 제안을 해주시면 감사하겠습니다 어쩌고저쩌고. 나는 눈에 띄는 실수가 있는지 마지막으로 확인한 후, 재빨리 그녀의 서명을 위조하고는 발송팀에 서류를 가지고 가라고 전화했다.

곧바로 사무실 문을 노크하는 소리가 들렸다. 이렇게 이른 아침엔 올 사람이 아무도 없어서 사무실을 잠가놓았다. 노크하는

---

* 주로 미국 동북부 뉴잉글랜드와 보스턴 지역에 몰려 있는 명문 사립고등학교.

소리가 들리자, 나는 발송팀에서 사람을 정말 빨리 보내준다고 생각하며 감동했다. 그러나 문이 열리고 나타난 사람은 B-DAD였다. 그는 아침 여덟시도 안 된 시간에 보기엔 너무 열정적인 미소를 짓고 있었다.

"앤드리아." 그는 곧바로 내 책상으로 걸어왔다. 웃는 모습이 너무 순수해서, 그를 싫어한 것에 얼마간 죄의식마저 들었다.

"안녕하세요, 톰린슨 씨. 이렇게 일찍 웬일이세요? 어쩌죠, 편집장님은 아직 출근하지 않았는데요."

그는 쥐처럼 코를 씰룩이면서 웃었다. "그래요, 그렇죠. 미란다는 점심식사 후에나 올 거예요. 앤디, 우리가 얼굴을 본 지 참 오래되었죠? 이 미스터 T에게 말해봐요. 어떻게 지내고 있나요?"

"어, 그거 이리 주세요." 나는 미란다가 내게 갖다주라고 맡긴 더러운 옷이 가득한 가방을 끌어당겼다. 그 가방에는 그녀의 이니셜이 수놓여 있었다. 최근에 다시 유행하고 있는 비즈 장식 펜디 토트백도 받았다. 실비아 벤투리니 펜디가 감사의 표시로 미란다에게 만들어준, 디자인이 정교하고 깔끔한 토트백이었다. 구슬을 손수 꿰매어 미란다 단 한 사람을 위해 만든, 세상에 하나밖에 없는 백이기도 했다. 패션팀 어시스턴트는 그게 1만 달러는 될 거라고 말했다. 하지만 지금 보니 가죽 손잡이 하나가 또 떨어져 나가 있었다. 액세서리팀에서 펜디에 스물네 번쯤 보내 손바느질 수선을 맡겼는데도 말이다. 백은 우아한 여성용 지갑을 넣는 용도지만, 꼭 필요하다면 선글라스나 작은 휴대폰 정도는 하나 더 넣을 수 있는 크기였다. 하지만 미란다는 그런 것에 신경쓰지 않았다. 그녀는 그 안을 특대형 불가리 향수, 수선 전문점에 보내야 할 굽이 부러진 샌들, 노트북보다 더 무거운 커다란 장부만한 에르메스 수첩, 매들린 것인지 곧 있을 패션 촬영을 위한 것인지 알 수 없는 대형 스파이크 개 목걸이 그리고 간밤에 내가 갖다준 '그 책'으로 꽉 채웠다. 토트백은 터져나갈 지경이었다. 나라면 그 가방을 저당잡혀 일 년 치 집세를 낼 텐데. 미란다는 그 가방을 쓰레기통으로 만드는 쪽을 택했다.

"앤디, 고마워요. 당신은 모든 사람에게 큰 도움이 되는군요. 자, 미스터 T는 당신의 생활에 대해 좀더 듣고 싶어요. 어떻게 지내고 있나요?"

어떻게 지내냐고? 어떻게 지내냐고? 한번 따져볼까? 크게 특별한 건 없어. 난 사디스트인 당신 아내와 맺은 계약기간 동안 살아남느라고 거의 모든 시간을 바치고 있지. 그녀가 잡다한 일을 시키지 않아 조금이라도 시간이 나면, 선임 어시스턴트가 쓸데없는 세뇌의 말을 쏘아대는 바람에 힘들어 죽겠어. 아주 드물긴 하지만 간혹 이곳의 철창을 벗어나 밖에 나가게 되면, 하루에 8백 칼로리 이상 먹어도 괜찮다고, 6 사이즈를 입는다고 특대 사이즈에 속하는 건 아니라고 나 자신을 다독여. 그러니까, 간단하게 말하자면 별일 없다고.

"톰린슨 씨, 별일 없어요. 일은 좀 많은 편이죠. 일하지 않을 땐 친구나 남자친구를 만나요. 가족을 보러 가려고도 하고요." 전엔 책을 많이 읽었어요. 하지만 지금은 너무 피곤해요. 나는 이렇게 말하고 싶었다. 또 운동이 내 삶의 아주 중요한 요소였지만, 지금은 시간 내기조차 어렵다고.

"당신 스물다섯 살 맞죠?" 그는 추론 따윈 하지 않는 사람이었다. 또 무슨 얘기를 하고 싶은 걸까?

"아뇨, 스물세 살이에요. 지난 5월에 졸업했어요."

"아, 그렇군요! 스물세 살!" 그는 말을 할까 말까 망설이는 것 같았다. 나는 마음을 다잡았다. "그럼 미스터 T에게 말해봐요. 스물세 살짜리들은 이 도시에서 뭘 즐기나요? 레스토랑? 클럽?" 그는 다시 미소를 지었다. 이 남자는 늘 관심을 받고 싶어하는 것처럼 보이지만, 정말로 그런지 궁금해졌다. 남들에게 지나치게 관심을 쏟지만 악의는 없어 보였다. 그저 자꾸만 말하고 싶어서 참견하는 것 같았다.

"여러 곳에 가죠. 사실 클럽에는 잘 안 가요. 바나 라운지 같은 데는 가요. 외식을 하거나 영화를 보러 가기도 하고."

"아주 재미있겠는걸요. 나도 당신 나이 때는 그러고 다녔죠. 이젠 업무 관련 행사와 기금 모금 행사밖엔 없는데. 앤디, 즐길 수 있을 때 즐겨요." 그는 꼴사나운 아버지처럼 윙크했다.

"네, 그럴게요." 나는 간신히 말했다. 제발, 제발, 제발 좀 가줘. 나를 부르고 있는 베이글을 애타게 바라보며 나는 빌고 또 빌었다. 하루에 고작 삼 분간 평화를 즐기는데, 이 남자가 그걸 훔쳐가고 있었다.

무슨 말인가 하려고 그가 또 입을 여는 순간, 문이 열리며 에밀리가 들어왔다. 그녀는 헤드폰을 끼고 음악에 맞춰 몸을 흔들다가 B-DAD가 서 있는 걸 보고 입이 떡 벌어졌다.

"톰린슨 씨!" 그녀는 헤드폰을 재빨리 벗고 구찌 토트백 안에 아이팟을 던져넣으며 외쳤다. "어떻게 된 거예요? 편집장님에게 무슨 일이 생긴 건 아니죠? 그렇죠?" 그녀는 정말로 걱정하는 것처럼 말했고, 실제로도 그렇게 들렸다. 오, 대단한 연기력이군.

늘 변함없이 상냥하고 예의바른 어시스턴트야.

"잘 지냈어요, 에밀리? 아무 일 없어요. 미란다는 곧 여기 올 겁니다. 미스터 T는 그녀의 물건을 갖다주러 잠시 들른 것뿐이에요. 어떻게 지내요?"

에밀리의 얼굴이 환해졌다. 나는 그가 여기 와 있는 걸 그녀가 진짜로 좋아하는지 궁금했다. "잘 지내요. 물어봐주셔서 감사합니다. 톰린슨 씨는요? 앤드리아가 잘 도와주었나요?"

"물론이죠." 그는 내 쪽으로 육천번째 미소를 날리며 말했다. "동생 약혼 파티 때문에 몇 가지 의논하려고 했는데, 아직 너무 이르다는 생각이 드는군요. 그렇죠?"

나는 이르다는 말이 지금이 너무 이른 아침이라는 뜻인 줄 알고 하마터면 "네!" 하고 외칠 뻔했다. 하지만 그 말이 계획상 세부 사항을 논의하기에 너무 이르다는 뜻임을 곧 깨닫고는 입을 다물었다.

그는 에밀리를 보더니 말했다. "당신은 아주 뛰어난 수습 어시스턴트를 두었군요. 그렇지 않나요?"

"물론이죠." 에밀리는 거의 이를 악물고 대답했다. "정말 일을 잘한답니다." 그녀가 생긋 웃었다.

나도 빙긋 웃어주었다.

톰린슨 씨는 입이 귀에 걸리게 웃었다. 혹시 조울증 같은 화학적 불균형 상태에 있는 게 아닐까?

"자, 미스터 T는 이제 가봐야겠습니다. 함께 얘기해서 즐거웠어요. 그럼 이만."

"안녕히 가세요, 톰린슨 씨!" 복도 모퉁이를 돌아 안내 데스크

쪽으로 가는 그의 등뒤에 대고 에밀리가 외쳤다.

"저분한테 왜 그렇게 무례하게 대하는 거야?" 그녀가 얇은 가죽 블레이저를 벗으면서 내게 물었다. 코르셋처럼 앞판에 레이스가 있는, 목이 둥글게 파인 하늘하늘한 시폰이 드러났다.

"무례하다니요? 전 미란다의 물건을 받아줬고, 당신이 오기 전에 같이 이야기도 했는걸요. 그게 어째서 무례한 거예요?"

"안녕히 가시라는 인사도 안 했잖아. 그리고 얼굴 표정을 보면 다 드러나."

"무슨 표정요?"

"당신 표정 있잖아. 당신은 여기서 저멀리 떨어져 있다고, 여기를 정말 싫어한다고 드러내는 그 표정. 나한테는 그렇게 해도 되지만, 톰린슨 씨 앞에서는 조심해. 그분은 미란다의 남편이야. 그러니까 그렇게 대하면 안 된다고."

"에밀리, 혹시 그 사람 좀 이상하다는 생각 안 들어요? 한시도 떠들지 않은 적이 없잖아요. 그리고 어쩌면 그렇게 상냥해요? 솔직히 미란다는 음…… 그렇게…… 상냥하지 않은데?" 신문을 똑바로 놓았는지 확인하려고 에밀리가 미란다 사무실을 힐끗 들여다보았다.

"이상하다고? 뭐가? 앤드리아, 그분은 맨해튼에서 가장 잘나가는 조세 전문 변호사야."

말하지 말걸. "아니에요. 어떨 땐 내가 무슨 말을 하고 있는지 나도 잘 모르겠다니까요. 참, 어젯밤은 어땠어요?"

"아아, 좋았지. 제시카랑 개 들러리에게 줄 선물을 사러 돌아다녔어. 스쿱, 버그도프, 인피니티, 모두 다. 나중에 파리에 갈 때

가져갈까 싶어서 이것저것 입어봤어. 아직은 너무 이른 것 같긴 하지만."

"파리라뇨? 파리에 가요? 그럼 저와 미란다만 있게 되는 거예요?" 마지막 말은 입 밖에 내지 않으려 했지만, 새어나오고 말았다.

에밀리의 얼굴에 얘가 돌았나, 하는 표정이 또다시 스쳤다. "10월에 미란다와 함께 파리에 가. 봄 시즌 프레타포르테 때문에. 미란다는 현장이 어떤지 보여주려고 해마다 선임 어시스턴트와 거길 가거든. 브라이언트파크에서 하는 건 정말 많이 가봤지. 하지만 유럽의 쇼는 아주 달라."

나는 재빨리 계산해봤다. "10월이면 지금부터 일곱 달 후인데요? 그때 입고 갈 옷을 지금 사려 한단 말이에요?" 일부러 거슬리게 말할 의도는 없었다. 하지만 에밀리는 즉각 방어적으로 나왔다.

"그래. 물론 난 아무거나 살 생각은 없어. 그때쯤엔 스타일이 아주 많이 바뀌어 있을 테니까. 그래도 지금부터 생각해놓으려고 하는 거지. 거긴 정말 굉장해. 오성급 호텔에서 자고, 가장 멋진 파티에 가고. 오, 세상에! 게다가 가장 멋있고 독창적인 패션쇼에 참석하는 거라고."

미란다는 패션쇼 때문에 일 년에 서너 번 유럽에 간다고 했다. 다른 사람처럼 그녀도 런던에는 가지 않고, 10월에 열리는 봄 시즌 쇼와 7월의 겨울 시즌 쇼, 3월의 가을 시즌 쇼를 보러 밀라노와 파리에 갔다. 가끔 휴양지에 들르기도 했지만, 늘 있는 일은 아니었다. 우리는 이달 말에 열리는 쇼 때문에 미란다의 뒷바라지를 하느라 거의 미칠 지경이었다. 나는 그녀가 왜 어시스턴트를 데리고 갈 생각을 하지 않는지 조금 궁금했다.

"그럼 왜 패션쇼에 갈 때마다 당신을 데리고 가지 않는 거죠?" 분명 에밀리는 장황하게 설명을 늘어놓겠지. 그래도 난 그 질문을 해버렸다. 미란다가 일주일은 밀라노, 일주일은 파리에 가 있으면 두 주 내내 사무실에 나타나지 않을 테고, 에밀리도 일주일 동안 사무실에 없을 테니 흥분이 되지 않을 수 없었다. 베이컨 치즈버거와 찢어진 청바지, 납작한 신발(운동화도 괜찮을 거야) 생각이 머릿속에 가득했다. "왜 10월에만 따라가는 건데요?"

"그곳에 그녀를 보조해줄 사람들이 없는 건 아니야. 이탈리아와 프랑스 〈런웨이〉에서 매번 그쪽 어시스턴트를 보내줘. 에디터들이 도와주기도 하고. 봄 시즌 프레타포르테 때는 늘 그녀가 큰 파티, 그러니까 킥오프 파티를 열어. 사람들 말로는 그게 모든 쇼를 통틀어 가장 크고 멋진 파티래. 난 미란다가 파리에 있는 주에만 가 있는 거야. 그녀는 거기서 자기를 도울 수 있는 사람은 나밖에 없다고 생각하는 거지. 분명해." 그래, 어련하시려고.

"와, 정말 멋질 것 같아요. 그러니까 나 혼자 여기서 요새를 지킨다, 이거죠?"

"그렇긴 해. 하지만 장난 아닐걸? 그녀가 여기 없으면 오히려 챙겨줘야 할 게 훨씬 많아. 그 일주일이 진짜 고될 거야. 전화도 엄청나게 해댈 거고."

"오, 너무 너무 좋네요." 내가 말하자 에밀리는 눈을 부라렸다.

나는 컴퓨터 모니터를 바라보며 눈을 뜬 채로 잤다. 사람들이 하나둘씩 사무실을 채우자 그제야 정신을 차릴 수 있었다. 열시에 첫번째 딱딱이가 들어왔다. 그녀는 샴페인 때문에 생긴 숙취를 달래기 위해 휘핑크림을 얹지 않은 저지방 라테를 조용히 마시고 있었다. 제임스가 내 책상으로 오더니, 간밤에 발타자에서 남편감을 만났다고 했다. 그는 미란다가 방에 없는 걸 알면 늘 이런 식이었다.

"그 남자가 정말 멋진 빨간 가죽 재킷을 입고 바에 앉아 있는 거예요. 그러곤 그걸 벗더라고. 혀 위에 굴을 얹는 그 감미로운 모습을 당신도 봤어야 했는데……" 그는 남들에게 다 들리게 신음소리를 냈다. "오, 정말 멋졌어."

"연락처 받았어요?"

"연락처 받았냐고요? 바지를 얻었냐고 물어보시지? 그 사람은 열한시까지 누드로 내 소파에 있었어요. 그리고……"

"알았어요, 제임스. 좋았겠네요. 당신은 일부러 관심 없는 척하는 사람은 아니군요. 그런데 솔직히 말하면 몸가짐을 좀 조심해야 하는 거 아니에요? 지금은 에이즈의 시대라고요."

"오, 베이비, 고고하고 순결한 천사인 당신도 그 친구를 봤다면 곧바로 무릎을 꿇었을 거예요. 정말 끝내주는 사람이라니까!"

열한시가 되자 모두 누가 새 떠어리 '맥스' 팬츠를 입었는지, 누가 구하기 힘든 최신 세븐스를 입었는지 점수까지 매기며 서로의 옷차림을 확인했다. 정오가 되자 대화는 특정 옷에 집중되었다. 사람들은 대부분 벽에 늘어선 옷걸이 선반 옆에서 수다를 떨었다. 제피는 아침마다 촬영 가능성이 있는 아이템으로 협찬받은 드레스, 수영복, 바지, 셔츠와 코트, 구두 등을 몽땅 가져왔다. 그가 벽 전체를 따라 옷걸이 선반을 정렬해놓았기 때문에, 에디터들은 클로짓에서처럼 자기가 원하는 것을 찾아 마구 헤맬 필요가 없었다.

클로짓은 단순한 옷장이 아니라 작은 강당 같은 곳이었다. 가장자리를 빙 둘러 스타일이 다른 온갖 구두가 벽을 이루고 있었다. 거기야말로 슬링백, 스틸레토 힐, 발레 플랫, 하이힐 부츠, 토오픈 샌들, 비즈 장식 샌들이 가득한, 최신 유행 디자이너들을 위한 윌리 웡카의 공장*이나 다름없었다. 붙박이 서랍장이나 모서리에 끼워놓은 서랍에는 상상할 수 있는 온갖 모양의 스타킹, 양말, 브래지어, 팬티, 슬립, 캐미솔, 코르셋이 꽉 차 있었다. 라 펠라의 호피 무늬 푸시업 브래지어가 급히 필요하다고? 그럼 클로짓에 가면 된다. 살구색 망사 스타킹이나 디올의 에비에이터 선글라스가 필요하다고? 그것도 클로짓에 있다. 가장 먼 쪽 벽 두 면에는 액세서리 선반과 서랍이 꽉 차 있었다. 가치는 말할 것도 없는 엄청난 수량의 물건이 여기저기 널려 있었다. 만년필, 보석, 침대 커버, 머플러와 장갑, 스키 모자, 파자마, 망토, 숄, 문구용품, 실크로 만든 꽃, 모자, 더 많은 모자, 그리고 백. 수많은 백들! 토트백과 볼링백, 백팩, 언더암백, 숄더백, 미니백, 대형 백, 클러치, 엔벨로프백, 메신저백이 있는데, 각각 고유한 라벨과 보통 사람들이 매달 내는 융자금보다 비싼 가격표가 붙어 있었다. 조금이라도 틈새가 있는 곳이면 옷이 걸린 옷걸이가 빼곡하게 들어차 있었다. 어찌나 빽빽한지 그 틈을 뚫고 걷는 게 불가능할 지경이었다.

---

* 로알드 달의 소설 『찰리와 초콜릿 공장』에 나오는 신비한 공장 이름.

낮에 제피는 복도로 그 많은 옷걸이를 끌고 나왔다. 그렇게 해서 클로짓에 협소하나마 공간을 만들어 모델들이(나 같은 어시스턴트도) 옷을 입어보고 구두와 백에 접근할 수 있게 하려고 애쓰는 것이었다. 작가든 남자친구든 배달원이든 스타일리스트든 이곳에 왔다가 복도에 줄지어 걸려 있는 옷을 보고 발이 땅에 붙은 듯 멈춰 서서 입을 벌리지 않는 방문객을 본 적이 없다. 때때로 옷걸이는 시드니나 산타바버라처럼 촬영 장소에 따라 배열되기도 했고, 비키니나 스커트 정장처럼 품목별로 배열되기도 했다. 하지만 대개 그 비싼 것들은 뒤죽박죽 아무렇게나 쌓여 있었다. 누구나 멈춰 서서 부드러운 캐시미어와 비즈로 정교하게 장식한 이브닝 가운을 만져보았지만, '내 옷'으로 소유하고 싶어서 그곳을 맴돌며 한 벌 한 벌 의견을 내놓는 것은 딱딱이들이었다.

"이 카프리 팬츠를 실제로 입을 수 있는 사람은 이 세상에서 매기 라이저*밖에 없을 거야." 47킬로그램에 키는 185센티미터인 패션팀 어시스턴트 호프가 어시스턴트실 밖에서 큰 소리로 말하며 바지를 자기 몸에 대보고는 한숨을 쉬었다. "안 그래도 엉덩이가 큰데 이걸 대보니 엉덩이가 마치 항아리 같아."

"앤드리아." 액세서리팀에서 일하는 호프의 친구가 나를 불렀다. 나는 아직 그녀를 잘 몰랐다. "제발 호프에게 뚱뚱하지 않다고 말 좀 해줘요."

"호프, 당신은 뚱뚱하지 않아요." 자동응답기를 작동시킨 것처럼 내 입에서 말이 술술 흘러나왔다. 그 말이 새겨진 셔츠를 입

---

* 미국의 패션모델. 주근깨와 깡마른 몸매로 유명하다.

거나 이마에 그 문구를 새겨놓았다면 시간이 훨씬 절약되었을 텐데. 〈런웨이〉의 모든 직원은 늘 내게 자기가 뚱뚱하지 않다고 확인해달라는 부탁을 해왔다.

"요새 내 배 본 적 없어요? 스페어타이어로 꽉 찬 파이어스톤 대리점 같아요. 난 너무 뚱뚱해!" 그들은 자기 몸에 붙어 있지도 않은 지방 때문에 전전긍긍하고 있었다. 에밀리는 자기 허벅지 둘레가 커다란 측백나무보다 더 굵다고 단언했다. 제시카는 팔뚝 살이 덜렁거릴 지경이라며 영화배우 로잰 바의 팔뚝 같다고 했다. 제임스마저도 어느 날 아침 샤워를 하고 나오다가 자기의 엉덩이가 너무 커 보여서 병가를 내고 싶었다고 말했다.

처음에는 수없이 던져지는 "나 뚱뚱하지?"라는 질문에 나는 내가 생각하기에도 너무나 이성적인 대답으로 일관했다. "호프, 당신이 뚱뚱하면 난 어쩌라고? 난 당신보다 키가 5센티미터나 작은데 몸무게는 더 나가잖아."

"오, 앤디, 나 지금 심각해. 난 뚱뚱해. 자긴 말랐고 게다가 너무 멋져!"

나는 그녀가 거짓말하는 거라고 생각했다. 하지만 곧 호프(사무실 안의 모든 여자와 대부분의 남자들과 마찬가지로 거식증 환자처럼 마른)가 다른 사람의 몸무게를 정확히 파악할 수 있다는 걸 깨달았다. 그러나 다들 거울만 보면 그 안에서 커다란 영양 한 마리가 자기를 쳐다보고 있는 줄 아는 것이다.

물론 나는 꿋꿋하게 내가 정상이고 남들이 비정상이라고 생각하려 했지만, 지방에 대한 이야기를 계속 듣다보니 내 마음도 변해갔다. 여기서 일한 지 넉 달밖에 안 됐지만, 가끔 그런 발언이 나를 겨냥한 것이 아닌가 생각할 정도로 내 속은 꽈배기처럼 배배 꼬이고 있었다. 피해망상은 말할 것도 없었다. 예를 들면 이렇다. 키 크고 멋있고 날씬한 패션팀 어시스턴트가 자신이 뚱뚱하다고 생각하는 척한다. 그러면 편집장의 개인 어시스턴트인 땅딸막한 나는 내가 정말로 뚱뚱하다는 것을 깨닫게 되는 것이다. 178센티미터에 52킬로그램(전에 그 끔찍한 기생충 때문에 몸이 축났을 때와 똑같은 몸무게다!)인 나는 늘 내가 또래보다 날씬한 축에 속한다고 생각했다. 또 내가 만난 여자들의 구십 퍼센트보다, 남자들의 절반보다 키가 크다고 생각했다. 그러나 모든 직원이 몸무게에 대한 망상에 시달리는 이 회사에서 일하고부터, 나는 키가 작고 뚱뚱하다는 게 어떤 느낌인지 날마다 새록새록 깨달았다. 나는 이곳에서 가장 작고 가장 뚱뚱한 트롤인데다 옷도 6 사이즈를 입었다. 혹시라도 내가 잊을까봐 날마다 벌어지는 잡담이 그 사실을 상기시켜주었다.

"아이젠버그 박사가 그러는데, 과일을 끊어야 존 다이어트*도 효과가 있대요." 제시카가 나르시소 로드리게스 옷걸이에서 스커트를 꺼내며 대화에 끼어들었다. 최근에 투자은행 골드만 삭스에서 가장 젊은 부사장과 약혼한 제시카는 다가올 결혼 피로연에 부담을 느끼고 있었다. "박사님 말이 맞긴 해요. 드레스 가봉한 다음 최소 4.5킬로그램이 더 빠졌으니까." 그녀에게는 몸이 정상적인 기능을 할 만한 최소한의 체지방도 없어 보였다. 그녀가 굶

---

*탄수화물, 단백질, 지방의 비율을 4 : 3 : 3으로 구성하는 다이어트. 특정 영양소를 제한하지 않고 과학적 비율의 영양소를 섭취하는 것이 핵심이다.

는 건 용서가 됐지만, 그런 말을 하는 건 도저히 용서가 되지 않았다. 의사의 이름이 아무리 유명해도, 그녀가 성공담을 아무리 많이 늘어놓아도, 나는 전혀 솔깃해지지 않았다.

한시쯤 되자 다들 점심을 먹으러 가느라 사무실을 오가는 발걸음이 분주해졌다. 점심을 먹지 않더라도 그 시간은 손님을 맞기에 가장 좋은 시간이었다. 나는 여느 때처럼 스타일리스트와 기고가, 프리랜서, 친구와 연인 들이 즐거운 시간을 보내려고 들렀다가 수천, 수만 달러 나가는 옷들과 너무나 예쁜 얼굴과 도저히 가치를 매길 수 없는 늘씬한 다리가 즐비한 매혹적인 광경에 넋을 잃는 모습을 나른하게 지켜보았다.

제피는 미란다와 에밀리가 점심을 먹으러 나간 걸 확인하자마자 곧장 내게 오더니, 어마어마하게 큰 쇼핑백 두 개를 건네주었다.

"한번 봐요. 마음에 쏙 들걸요?"

나는 쇼핑백의 내용물을 책상 옆 바닥에 쏟아놓고 분류했다. 낙타색과 짙은 회색 조셉 바지가 한 장씩 나왔다. 둘 다 몸에 달라붙는 길고 부드러운 모직 바지로, 허리선이 낮았다. 갈색 스웨이드 구찌 바지는 매력이라곤 눈을 씻고 봐도 찾아볼 수 없는 사람도 슈퍼모델처럼 보이게 해줄 것 같았다. 물이 예쁘게 빠진 마크 제이콥스 청바지 두 벌은 내 몸을 위해 맞춘 듯했다. 윗도리도 여덟아홉 벌쯤 있었는데, 그중에는 몸에 딱 달라붙는 캘빈 클라인 터틀넥 스웨터에서부터 도나 카란의 속이 비치는 페전트블라우스까지 있었다. 강렬하고 인상적인 무늬의 다이앤 폰 퓌르스텐베르크의 랩드레스는 남색 벨벳 타하리 바지 정장 위에 단정하게 개어져 있었다. 이것저것 구경하다가 나는 해비추얼 데님 주름 스커트에 매료되었다. 무릎 바로 위까지 오는 그 스커트는 카테이온 아델리의 파격적인 꽃무늬 블레이저와 잘 어울릴 것 같았다.

"이 옷들을…… 나보고 입으라고요?" 환호하는 목소리로 들리길 바라며 내가 물었다.

"네. 별거 아니에요. 클로짓에 늘 깔려 있던 건데요 뭐. 촬영할 때 쓴 것도 있을 거예요. 하지만 제작사에 돌려준 적은 한 번도 없어요. 몇 달에 한 번씩 클로짓을 정리하면 이런 게 나와요. 혹시 관심 있을까 해서 가지고 왔어요. 사이즈가 6 맞죠?"

나는 고개를 끄덕였다. 여전히 어안이 벙벙했다.

"그래요, 그럴 줄 알았어요. 다른 사람들 사이즈는 대개 2 이하거든요. 그러니 당신이 다 입어도 돼요."

윽, 찔린다! "너무 예뻐요, 제피. 정말 고마워요. 정말이지 믿을 수가 없어요!"

"이쪽 것도 보세요." 그가 바닥에 놓여 있는 백을 가리키며 말했다. "벨벳 정장에 당신이 늘 갖고 다니는 그 후진 메신저백을 들 순 없잖아요?"

첫번째 것보다 더 불룩한 두번째 쇼핑백을 쏟아보니 구두와 백이 엄청나게 쏟아져나왔다. 코트도 몇 벌 있었다. 지미추 하이힐 부츠 두 켤레, 토오픈 마놀로 스틸레토 샌들 두 켤레, 고전적인 검은색 프라다 펌프스 한 켤레, 토즈의 로퍼 한 켤레였다. 제피는 로퍼는 사무실에 신고 나오지 말라고 당부했다. 나는 늘어진 붉은색 스웨이드백을 어깨에 메다가 앞에 'C'자가 교차되어 새겨진 것을 보았다. 내가 다른 쪽에 들고 있는 진한 초콜릿색 셀린느 토트백은 그보다 더 예뻤다. 마크 제이콥스라고 새겨진, 커다란 단추가 달린 군복 스타일의 긴 트렌치코트가 마지막이었다.

"믿을 수가 없어요." 나는 제피가 망설이다가 마지막에 던져넣은 것 같은 디올 선글라스를 만지작거리면서 수줍게 말했다. "지금 나 놀리는 거죠?"

그는 내 반응이 마음에 드는 듯 고개를 꾸벅했다. "그냥 받아요, 알았죠? 당신한테 제일 먼저 갖다줬다고 아무한테도 말하면 안 돼요. 다들 클로짓 정리하는 날만 호시탐탐 노리거든요, 알았죠?" 복도 저쪽에서 누군가를 부르는 에밀리의 목소리가 들리자, 그는 얼른 사무실을 빠져나갔다. 나는 새 옷들을 책상 밑에 쑤셔 넣었다.

에밀리는 늘 먹는 점심을 레스토랑에서 사가지고 왔다. 천연 과일 스무디와 브로콜리와 양상추 샐러드 스몰 사이즈였다. 샐러드에는 발사믹 식초를 뿌렸다. 비네그레트 드레싱이 아니라 식초 말이다. 유리에게서 곧 미란다가 도착할 거라는 전화가 왔다. 그녀가 곧 나타날 예정이라, 나는 여느 때처럼 최단거리로 수프 테이블에 다녀와 내 책상에서 수프를 마시는 사치스러운 칠 분의 여유도 누리지 못했다. 시간은 흘러만 갔고, 나는 배가 고파 죽을 지경이었다. 하지만 딱딱이들 틈을 비집고 가서 계산원에게 식권을 끊고, 펄펄 끓는, 게다가 살까지 찌게 하는 수프를 허겁지겁 들이켜 혹시라도 내 식도에 영구적인 손상을 입히는 게 아닐까 하고 걱정할 힘조차 남아 있지 않았다. 괜찮아. 나는 생각했다. 한 끼쯤 걸렀다고 죽지는 않아. 분별 있고 차분한 동료들이 다들 한마디씩 하잖아. 다이어트를 하면 더 튼튼해질 거라고. 게다가 게걸스럽게 먹어대는 여자들은 2천 달러짜리 바지를 입어봤자 멋지지도 않아.
나는 그렇게 스스로를 합리화했다. 그리고 방금 내가 〈런웨이〉를
얼마나 잘 대표했는지를 생각하며 의자에 푹 파묻혔다.

11

꿈속 깊은 곳 어디선가 휴대폰이 비명을 질렀다. 그녀가 건 전화일지도 모른다는 생각이 들 만큼 의식이 돌아오기까지는 시간이 좀 걸렸다. 그 짧은 시간 동안 나는 상황 판단에 들어갔다. 지금 내가 어디 있지? '그녀'는 누구지? 오늘이 무슨 요일이지? 상황 판단이 끝나자, 토요일 아침 여덟시에 전화가 울리는 건 좋은 징조가 아니라는 결론이 나왔다. 내 친구들 중 이 시간에 일어날 인간은 아무도 없을 테고, 부모님은 수년 동안의 경험으로 딸자식이라는 애물단지가 정오나 돼야 전화를 받는다는 사실을 겨우 인정한 상태였다. 이 모든 것을 파악하는 칠 초 동안 왜 이 전화를 받아야 하는지 생각했다. 하지만 출근 첫날 에밀리가 말한 것들이 떠오르자, 나는 침대에서 손을 내밀어 휴대폰을 찾기 시작했다. 전화가 막 끊기려는 순간 간신히 휴대폰을 열었다.

"여보세요?" 몇 시간 동안 일에 몰두하고 있었던 것처럼 또렷하고 다부진 목소리가 나와 내심 흐뭇했다. 사실 졸도하듯 쓰러져 죽은 듯 잔데다 건강까지 좋지 않았지만.

"좋은 아침이구나, 얘야! 깨어 있어서 다행이다. 우리는 지금 서드 애비뉴 60번대 길에 와 있단다. 한 십 분 후면 거기 도착할 거야, 알았지?" 엄마의 목소리가 전화기 너머에서 왕왕댔다. 이삿날! 오늘이 이삿날이구나! 부모님이 내 짐 싸는 걸 도와주고, 릴리와 함께 들어갈 새 아파트에 짐을 날라다주겠다고 한 것을 까맣게 잊고 있었다. 이삿짐센터 직원들이 내 거대한 침대와 씨름할 동안 우리는 낑낑거리며 옷 박스와 시디, 사진첩 박스 등을 나를 계획이었다.

"엄마, 안녕?" 나는 다시 피곤에 찌든 목소리로 웅얼거렸다. "그 여자가 전화한 줄 알았어."

"오늘 쉬는 날이잖니. 그런데 주차는 어디에 해야 하지? 이 근처에 주차장 있니?"

"응, 우리 아파트 바로 밑에. 서드 애비뉴에서 바로 들어오면 돼요. 경비원에게 내 방 번호를 말하면 주차비를 할인해줄 거야. 나 이제 옷 입어야 해. 조금 있다 봐요."

"그래라, 얘야. 오늘 일할 준비 잘 해놓으렴."

나는 베개로 푹 쓰러졌다. 다시 잘까 말까 잠시 고민했지만, 이사를 도와주려고 코네티컷에서 여기까지 차를 몰고 온 엄마 아빠를 생각하니 도저히 그럴 수가 없었다. 그때 알람 시계가 요란하게 울려댔다. 오호라! 그러니까 오늘이 이사하는 날이라는 걸 내가 기억하고 있었다, 이거군. 완전히 넋을 놓고 있었던 건 아니라는 사실이 입증돼 조금은 위로가 되었다.

평소보다 몇 시간 늦게 일어났는데도 침대에서 나오기가 힘겨웠다. 몸이 어찌나 처지는지, 심리학개론 수업에서 배운 그 악명 높은 잠빚*을 줄이는 데 매달리면 언젠가는 그 빚을 탕감받을 거라 생각했는데 깜박 속을 뻔했다. 침대에서 억지로 몸을 떼어냈다. 침대 옆에는 가지런히 개어놓은 옷들이 쌓여 있었다. 칫솔을 제외하면 유일하게 아직 싸놓지 않은 것들이었다. 나는 파란 아디다스 운동복 바지와 브라운대학 후드티를 입고, 세상 구석구석을 나와 함께한 꼬질꼬질한 회색 뉴발란스 운동화를 신었다. 입에 남은 마지막 리스테린 가글을 뱉자마자 초인종이 울렸다.

"왔어요? 잠깐만요, 문 열게요."

이 분 후에 문 두드리는 소리가 나서 열어보니, 부모님이 아니라 앨릭스가 서 있었다. 머리는 헝클어져 있었고, 여느 때처럼 매우 좋아 보였다. 물 빠진 청바지는 있는 듯 마는 듯한 골반에 헐렁하게 걸쳐져 있고, 남색 긴소매 티셔츠는 보기 좋을 정도로 딱 맞았다. 새빨갛게 충혈된 눈에는 콘택트렌즈가 안 받을 때 쓰는 가는 금속테 안경을 꼈고, 머리는 부스스했다. 그 순간 그를 꼭 껴안아주지 않을 수 없었다. 지난 일요일 오후 늦게 잠깐 커피를 함께 마신 후 내내 만나지 못했다. 그날 우리는 하루종일 함께 있고 싶었지만, 미란다가 캐럴라인을 병원에 데려가느라 급히 캐시디를 봐줄 사람이 필요해 내가 징발되었기 때문이다. 그날 집에 너무 늦게 돌아오는 바람에 앨릭스와 제대로 시간을 보낼 수 없

---

* 잠을 충분히 자지 않았을 때 빚처럼 몸에 쌓이는 영향.

었다. 얼굴이라도 보겠다고 가끔 우리집에 와 내 침대에서 함께 지내던 것도 최근엔 그만두었다. 충분히 이해할 수 있었다. 어젯밤 그는 나와 함께 있고 싶어했다. 하지만 나는 우리 관계에 대해 아직 부모님께 시치미떼는 단계였다. 주변 친구들은 우리가 함께 자기도 한다는 것을 알고 있었지만, 아직은 우리 관계가 정말로 진지하다고 할 만한 행동이나 말이나 암시 같은 것을 한 적은 없다. 그래서 부모님이 왔을 때 그가 여기 있는 것을 원치 않았던 것이다.

"안녕, 자기. 오늘 일손 필요하지 않아?" 그는 베이글리의 봉투를 들고 있었다. 그 안엔 분명 내가 좋아하는 소금 베이글과 큰 사이즈 커피들이 들어 있을 터였다. "아직 부모님 안 오셨어? 그분들 커피도 가져왔는데."

"오늘 과외 있는 날 아니야?" 내가 말하는 순간, 샨티가 검은 바지 정장을 입고 침실에서 나왔다. 그녀는 고개를 푹 숙이고, 하루종일 일해야 한다고 투덜거리며 우리 옆을 지나 나갔다. 샨티와 나는 거의 대화를 하지 않았다. 그녀는 오늘이 내 이삿날이라는 걸 알기는 할까.

"응, 전화해봤더니 둘 다 내일 아침에 해도 된대. 그러니까 하루종일 널 도와줄 수 있어."

"앤디! 앨릭스!" 아빠가 앨릭스 뒤에, 오늘 아침이 생애 최고의 아침이라는 듯 환한 표정으로 서 있었다. 엄마는 혹시 마약을 한 게 아닌가 싶을 정도로 지나치게 생기발랄한 모습이었다. 나는 얼른 상황을 살폈다. 앨릭스는 아직 신발을 신고 있고 방금 산 음식을 들고 있는 게 분명하니, 부모님은 그가 조금 전에 도착한 거라고 제대로 추측하셨을 것이다. 게다가 문도 아직 열려 있었다. 휴……

"앤디가 자네는 오늘 못 온다고 하던데." 아빠가 또한 분명 소금 베이글이 담겼을 봉지와 커피를 거실 테이블 위에 내려놓으며 말했다. 아빠는 눈이 마주치는 걸 교묘하게 피하고 있었다. "지금 들어오는 건가, 나가는 건가?"

나는 생긋 웃으며 앨릭스를 쳐다봤다. 그가 괜히 이렇게 아침 일찍 왔다고 후회하고 있지 않기를 바랐다.

"방금 왔습니다, 삭스 박사님." 앨릭스가 씩씩하게 말했다. "과외 시간을 바꿨어요. 일손이 더 필요할 것 같아서요."

"잘했네, 잘했어. 큰 도움이 될 걸세. 자, 베이글 좀 먹게나, 앨릭스. 자네 커피가 없어서 미안하네. 오는 줄 몰랐거든." 아빠가 진심으로 어쩔 줄 몰라하는 것 같아 고마웠다. 아빠는 막내딸에게 남자친구가 있다는 사실을 여전히 불편해했지만 속마음을 드러내지 않으려고 상당히 애썼다.

"괜찮습니다, 박사님. 저도 좀 가져왔으니 넉넉할 겁니다." 어쨌든 아빠와 내 남자친구는 거북해하지 않고 이른 아침식사를 함께했다.

나는 양쪽 봉투에서 나온 소금 베이글을 조금씩 맛보며 릴리와 사는 게 재미있을 거라고 생각했다. 우리가 대학을 졸업한 지도 일 년이 다 되었다. 적어도 하루에 한 번은 전화하려고 했지만, 제대로 얼굴을 보지 못하고 있다는 느낌은 여전했다. 이제부터는 함께 살면서 각자 겪는 끔찍한 나날을 난도질하고 욕하리라. 그 옛날처럼. 앨릭스와 아빠는 스포츠 얘기에 열을 올렸고(내 생각엔 농구 같았다), 그동안 엄마와 나는 박스마다 꼬리표를 붙였다. 안타깝게도 박스는 몇 개 안 됐다. 침대 커버와 베개를 넣은 박스 몇 개와 또다른 사진첩 박스 몇 개, 문구용품을 넣은 박스 하나 (책상도 없었지만), 화장품 및 목욕용품을 넣은 박스 하나 그리고 〈런웨이〉에 어울리지 않는 옷들로 빼곡한 옷가방들뿐이었다. 사실 꼬리표를 붙일 필요는 전혀 없었다. 하지만 내 안에 있는 어시스턴트 기질이 그렇게 만든 게 아닌가 싶었다.

"자, 이제 옮기자." 아빠가 거실에서 외쳤다.

"쉿! 켄드라가 깨겠어요." 나는 약간 큰 소리로 속삭였다. "토요일 아침 아홉시잖아요."

앨릭스가 머리를 가로저었다. "아까 켄드라가 샨티랑 같이 나가는 거 못 봤어? 아니었나? 어쨌든 둘이 정장을 입고 나가던데. 우울해 보이더라. 걔네 방에 가서 한번 봐."

이층 침대를 놓고 겨우 둘이 쓰고 있는 방은 문이 약간 열려 있었다. 문을 살짝 밀어보니 침대는 둘 다 깔끔하게 정리되어 있었고 베개도 잘 정돈되어 있었다. 기대어놓은 건드 멍멍이 인형도 침대에 잘 어울렸다. 그제야 난 깨달았다. 한 번도 그 방에 발을 들여놓은 적이 없었다는 것을. 그들과 몇 달 동안 함께 살면서 삼십 초 이상 대화를 나누어본 적이 없었다. 그애들이 정확히 무슨 일을 하며 어느 회사에 다니는지, 룸메이트 외에 다른 친구가 있는지도 전혀 몰랐던 것이다. 여길 떠나게 되어 다행이었다.

앨릭스와 아빠는 남은 음식을 정리한 뒤 작전을 짜고 있었다. "네 말이 맞아. 다 나갔네? 오늘 내가 이사한다는 것도 모르나 봐."

"메모라도 남겨놓는 게 어떠니? 스크래블 판에 써놓으면 되겠구나." 엄마가 제안했다. 난 아빠를 닮아 스크래블이라면 정신을 못 차렸다. 아빠는 새집에는 새 스크래블 판을 들여놓아야 한다는 지론을 갖고 있어서, 그동안 내가 쓰던 것은 놓고 갈 생각이었다.

이 아파트에서 보내는 마지막 오 분 동안 나는 스크래블 판에 타일로 글자를 만들었다. "여러 가지로 고마웠어. 사랑과 포옹을 보내며, 앤디." 59점. 나쁘지 않군.

차 두 대에 짐을 나눠 싣는 데 한 시간이 걸렸다. 부모님과 앨릭스가 2층으로 다시 올라가는 동안, 나는 길가 쪽으로 문을 열어놓고 차들을 지키고 있었다. 침대를 운반할 사람들이(그놈의 침대값보다 운반비가 더 비쌌다) 늦게 오는 바람에, 아빠와 앨릭스는 각자 차를 타고 먼저 다운타운으로 떠나야 했다. 릴리는 〈빌리지 보이스〉 광고란에서 우리가 살 아파트를 찾아냈는데, 난 아직 그곳을 구경조차 못 한 상태였다. 한창 일을 하고 있는데 릴리가 휴대폰으로 전화해서 호들갑을 떤 게 얼마 전이었다. "찾았어! 찾았어! 정말 괜찮은 데야! 수돗물이 나오는 욕실도 있고, 마루도 조금밖에 안 들떴어. 내가 있는 사 분 동안 쥐나 바퀴벌레도 한 마리 못 봤고. 너 지금 당장 여기로 올 수 있니?"

"너 약 먹었니?" 내가 속삭였다. "그 여자가 사무실에 있어. 나 지금 아무데도 못 가!"

"지금 당장 와야 해. 집 구하는 게 어떤 건지 알잖아. 나 지금 계약에 필요한 서류 다 가지고 있어."

"릴리, 좀 진정해. 긴급 심장이식수술을 받아야 한다 해도 해고된 게 아니면 여길 빠져나갈 수가 없다고. 내가 지금 어떻게 그 집을 보러 가겠니?"

"삼십 초만 지나면 계약 못 할 거야. 나 말고도 이 집에 온 사람이 최소한 스물다섯 명은 돼. 다들 지금 신청서를 쓰고 있단 말이야. 우리도 지금 당장 써야 해."

이 징글징글한 맨해튼 부동산 시장에서는 그럭저럭 살 만한 아파트가 그럭저럭 괜찮은 남자보다 드물고, 수요는 더 높다. 게다가 월세도 그럭저럭 괜찮은 수준이라는 조건까지 붙으면, 그 아파트를 빌린다는 것은 아프리카 남부 해안 어딘가에서 혼자 살 섬을 빌리는 것보다 힘들다. 아니, 훨씬 더 힘들 것이다. 대부분의 사람들은 더럽고 썩은 나무바닥과 우둘투둘한 벽에 선사시대 것 같은 붙박이 가전제품이 딸린 9평도 안 되는 방에서 생활했다. 바퀴벌레가 없다고? 쥐도 안 보여? 그럼 그 집을 잡아야지!

"릴리, 난 널 믿어. 그러니까 그냥 계약할래? 자세한 건 이메일로 보내주고." 미란다가 금방이라도 디자인팀에서 돌아올 것 같아 난 빨리 전화를 끊으려고 안절부절못했다. 사적인 통화를 하다가 들키면 끝장이었다.

"그래. 네 월급명세서 사본은 있고, 근데 얼마 되지도 않더라…… 우리 둘의 은행예금 명세서와 신용정보 그리고 네 재직증명서도 있어. 한 가지 문제는 보증인인데, 세 개 주 접경지역 내에 사는, 우리가 낼 월세의 사십 배 이상의 돈이 통장 잔고에 있는 사람이 필요해. 우리 할머니는 당연히 10만 달러를 못 버시지. 너희 부모님께 보증인이 되어달라고 부탁하면 안 될까?"

"맙소사. 릴리, 잘 모르겠어. 물어본 적이 없거든. 게다가 난 지금 집에 전화할 수도 없어. 네가 해줘."

"알았어. 그 정도는 갖고 계시겠지?"

내가 어찌 알까? 하지만 달리 부탁할 데도 없었다. "일단 전화 해봐." 나는 릴리에게 말했다. "미란다 때문이라고 설명 좀 해드려. 직접 전화 못 드려 죄송하다고."

"알았어. 어쨌든 이 집을 꼭 잡을게. 나중에 전화하자." 릴리는 전화를 끊었다. 그런데 이십 초 후에 또 휴대폰이 울리며 액정에 릴리의 번호가 떴다. 전에 내가 친구와 통화하는 것을 듣고 에밀리는 매우 독특한 시선으로 나를 본 적이 있었다. 이번에도 그녀의 눈빛은 그런 식이었다.

"중요한 일이라서요." 나는 에밀리 쪽을 보며 다급하게 말했다. "친구가 제 아파트를 구해주느라 전화한 거예요. 제가 여기서 나갈 수가 없어서요. 그놈의……"

세 군데서 각기 다른 목소리가 동시에 나를 공격했다. 에밀리의 목소리는 신중했고 나직했으며 경고의 뜻이 실려 있었다. "앤드리아, 제발." 그와 동시에 릴리의 고함소리가 들렸다. "해주신대, 앤디! 너희 부모님이 해주신대! 내 말 들리니?" 그 두 목소리는 분명 나를 향하고 있었지만, 나는 하나도 제대로 들을 수가 없었다. 크고 또렷하게 들린 건 오로지 미란다의 목소리뿐이었으니까.

"무슨 문제라도 있나, 앤-드리-아?" 헉, 이번엔 내 이름을 제대로 불렀군. 그녀는 내 머리 위에서 맴돌며 당장이라도 공격을 할 기세였다.

나는 릴리가 이해하길 바라며 바로 전화를 끊어버리고, 공격에 대비해 마음을 다잡았다. "아니요, 편집장님. 아무 문제 없습니다."

"좋아. 난 지금 선디를 먹고 싶어. 다 녹은 거 말고 제대로 된 걸로 말이야. 요거트나 아이스밀크는 안 돼. 무설탕이나 저지방 말고 바닐라 아이스크림으로. 초콜릿 시럽과 진짜 생크림을 얹어서. 냉동된 거 말고. 알아듣겠어? 진짜 생크림 말이야. 이상." 그녀는 의미심장한 모습으로 다시 디자인팀으로 걸어갔다. 그녀가 나를 확인하러 와본 것 같다는 느낌이 강하게 들었다. 에밀리가 피식거렸다. 전화가 다시 울렸다. 또 릴리였다. 젠장, 그냥 이메일로 보내면 안 되는 거야? 나는 전화기를 귀에 댄 채 아무 말도 하지 않았다.

"알았어. 너 지금 말할 수 없구나. 듣기만 해. 고맙게도 너희 부모님이 보증인이 되어주신대. 이 아파트엔 큰 침실이 하나 있어. 거실은 벽을 세워도 이인용 소파와 의자 하나 놓을 공간은 남아. 화장실에 욕조는 없는데, 샤워기 성능이 괜찮은 것 같아. 식기세척기는 물론 없고 에어컨도 없어. 하지만 창문형 에어컨을 설치하면 돼. 세탁실은 지하에 있고, 시간제로 근무하는 경비원이 있어. 6호선까지 한 블록이고. 그리고 또 뭐가 있는지 알아? 발코니야!"

내가 헉, 하는 소리가 들린 게 분명했다. 릴리가 더욱 즐거워했기 때문이다. "그치? 끝내주지, 그치? 금방 무너지게 생겼지만, 어쨌든 발코니가 있긴 있어! 거기 나가서 담배도 피울 수 있어. 아, 정말 완벽하지 않니?!"

"얼만데?" 이 말만 하고 끊어야지, 생각하며 내가 쉰 목소리로 물었다.

"둘이 합쳐서 한 달에 2280달러야. 한 사람당 1140달러씩 내는데 발코니까지 있다는 게 믿어져? 세기의 발견이라고. 여기 계약해도 되는 거지?"

나는 침묵했다. 말을 하고 싶었지만, 미란다가 사람들 앞에서 행사 담당 코디네이터를 마구 야단치며 사무실로 돌아오고 있었다. 그녀는 기분이 몹시 나쁜 상태였다. 난 아까 이미 하루치를 다 겪었다. 그녀에게 혼나고 있는 직원은 뺨이 벌겋게 달아오른 채 고개를 푹 숙이고 있었다. 나는 그 직원이 눈물을 쏟지 않기를 간절히 기도했다.

"앤디! 너 진짜 웃긴다? 예스인지 노인지만 대답해! 난 오늘 수업까지 빼먹었다고. 그런데 넌 나오지도 않았잖아. 더는 열받기 싫어. 예스냐 노냐 정도는 대답할 수 있겠지? 내가……" 릴리는 한계에 도달해 있었다. 진심으로 이해할 수 있었지만, 전화를 끊는 것 말고는 달리 방법이 없었다. 릴리가 전화에 대고 하도 크게 소리를 질러서 그 소리가 조용한 사무실에 울려퍼지고 있었고, 미란다는 1.5미터도 안 되는 거리에 서 있었다. 나는 너무 낙담한 나머지, PR부서의 그 코디네이터를 확 낚아채 화장실에 데리고 가서 함께 울고 싶었다. 어쩌면 우리가 합심해서 미란다를 화장실로 끌고 가, 그 가는 목에 느슨하게 맨 에르메스 스카프를 꽉 조일 수도 있지 않을까? 짓밟아버릴까 아니면 스카프를 잡아당길까? 아니, 그 징글징글한 스카프를 목구멍에 쑤셔넣고 그녀가 헐떡대는 걸 보는 게 더 나을지도 몰라. 그리고……

"앤-드리-아!" 그녀의 목소리가 냉혹하게 탁탁 끊어졌다. "오분 전에 내가 뭐라고 했지?" 앗! 그놈의 선디. 까맣게 잊고 있었다. "할일을 안 하고 아직도 여기 앉아 있는 특별한 이유라도 있나? 지금 날 놀리는 거야? 혹시 내가 아까 한 말이 농담이었다고 받아들일 행동이나 말을 한 적이 있었나? 그래, 응?" 그녀의 파란 눈이 당장이라도 튀어나올 것 같았다. 아직 목소리를 높이지는 않았지만 그녀는 무서울 정도로 가까이 다가오고 있었다. 내가 입을 막 벌리려는 순간, 에밀리의 목소리가 들렸다.

"편집장님, 죄송합니다. 제 잘못이에요. 제가 앤드리아에게 전화를 받으라고 부탁했어요. 캐럴라인이나 캐시디한테 온 건 줄 알았거든요. 저는 다른 전화로 프라다에 편집장님이 원하는 셔츠를 주문하고 있었고요. 죄송합니다. 다시는 이런 일이 없을 겁니다."

세상에, 이런 기적이! 저 완벽녀가 나를 위해 변명을 해주다니!

미란다는 조금 진정이 된 것 같았다. "알았어. 지금 가서 선디를 사와, 앤드리아." 그 말을 하고 그녀는 자기 사무실로 들어갔다. 그러고는 전화기를 들더니 곧바로 B-DAD에게 아양을 떨기 시작했다.

나는 에밀리를 바라보았다. 그녀는 일하는 척하고 있었다. 나는 이메일로 한마디 날렸다. 왜 그랬어요?

그녀는 바로 답신을 보냈다. 당신을 해고할까봐. 난 지금 또다시 신참을 훈련시킬 기분이 아니거든. 나는 그놈의 완벽한 선디를 찾아나섰다. 엘리베이터가 로비에 서자마자 곧바로 휴대폰으로 릴리에게 전화했다.

"미안해, 정말 미안해. 왜 그랬냐면……"

"지금 말할 시간 없어." 릴리는 무뚝뚝하게 말했다. "네 행동은 좀 오버였어. 안 그러니? 전화로 예스나 노냐 정도는 말할 수 있는 거 아니야?"

"설명하긴 힘든데 릴리, 왜 그랬냐면……"

"됐어. 나 서둘러야 해. 아파트 계약하게 되면 전화할게. 하든 말든 넌 관심도 없겠지만."

뭐라고 항의하려는 순간, 릴리는 전화를 끊어버렸다. 젠장! 불과 넉 달 전이라면 나 역시 이런 내가 한심하다고 생각했을 것이다. 릴리가 이해해주길 기대하는 건 경우가 아니었다. 우리가 함께 살 집을 찾아 릴리 혼자 온 맨해튼을 헤집게 해놓고, 나는 전화조차 받으려 하지 않았다. 정말 말이 안 되는 짓이었다. 하지만 날더러 어쩌란 말이야?

자정이 넘어 마침내 릴리와 통화가 됐다. 릴리는 아파트를 계약했다고 했다.

"릴리, 정말 고마워. 이 은혜는 꼭 갚을게!" 갑자기 좋은 아이디어가 머릿속을 스쳤다. 당장 하자! 엘리아스 클라크의 차를 불러 할렘으로 가서 내 친구에게 고마운 마음을 보여주자. 그래, 바로 그거야! "릴리, 너 집에 있지? 함께 축하 파티라도 할까? 내가 지금 갈게, 괜찮지?"

릴리가 좋아할 줄 알았다. 하지만 천만의 말씀. 그녀는 차분하게 말했다. "그러지 않아도 돼. 지금 '혀에 피어싱한 남자'와 위스키 한잔하고 있거든. 그냥 지금 이렇게 있고 싶어."

그 말이 가슴을 찔렀지만 나는 이해했다. 릴리는 화를 거의 안 내는 편이었다. 하지만 한번 화를 내면 스스로 마음을 가라앉힐 때까지 아무도 달랠 수 없었다. 액체가 잔에서 찰랑거리고 얼음이 부딪히는 소리와 함께 릴리가 한 모금 들이켜는 소리가 들렸다.

"알았어. 필요한 게 있으면 전화해. 알았지?"

"왜? 전화기 너머에서 입다물고 앉아 있으려고? 싫어."

"릴……"

"내 걱정은 마. 난 괜찮으니까." 또 한 모금 꿀꺽. "나중에 전화할게. 참, 집 구한 거 축하!"

"그래. 축하." 나는 따라서 축하했지만 이미 릴리가 전화를 끊은 뒤였다.

혹시 앨릭스에게 가도 될까 싶어서 전화해봤지만, 그는 기대만큼 반가워하지 않았다.

"앤디, 정말 보고 싶어. 그런데 지금 맥스 일행하고 함께 밖에 있어. 주중에는 너를 전혀 만날 수가 없어서 애들과 약속을 만들었거든."

"그래? 브루클린 근처에 있는 거야? 나도 갈까?" 나는 그들이 여기서 아주 가까운 어퍼이스트사이드 어딘가에 있다는 걸 잘 알고 있었다. 모두 그곳에 살기 때문이다.

"있잖아, 다른 때 만나자. 오늘은 남자들끼리 만나는 거야."

"알았어. 새 아파트를 구해서 릴리와 만나서 축하하려고 했는데, 싸움 비슷한 걸 하고 말았어. 내가 회사에서 사적으로 통화할 수 없다는 걸 이해 못하더라고."

"어, 앤디, 실은 나도 이해가 안 될 때가 가끔 있어. 내 말은, 미란다가 까다로운 건 알겠는데, 네가 그 여자에 관해서는 지나치게 신경을 쓰는 것 같아. 무슨 말인지 알겠지?" 그는 자기 말이 부드럽게 들리도록, 또 내게 딴지를 거는 느낌을 주지 않도록 무척 노력하는 듯했다.

"내가 원래 그런가보지!" 난 화가 난 나머지 소리를 질렀다. 앨릭스가 날 보고 싶어하지도, 자기 친구들과 함께 만나자고 하지도 않아서였다. 아무리 릴리의 말이 맞다고 해도 앨릭스까지 릴리 편을 들자 짜증이 났다. "이건 내 삶이야, 알아? 내 직업, 내 미래란 말이야. 내가 대체 어떻게 해야 해? 그냥 농담처럼 받아들이란 말이야?"

"앤디, 넌 내 말을 오해하고 있어. 그런 뜻이 아니라는 거 잘 알잖아."

난 이미 소리를 질러대고 있었다. 도저히 참을 수가 없었다. 릴리에 이어 이젠 앨릭스까지? 미란다만으로도 충분히 피곤했다. 그런데 이 두 사람마저? 하루종일, 날이면 날마다? 너무해. 울고 싶었지만, 나오는 건 고함밖에 없었다.

"이게 웃기는 농담처럼 들리니? 너희에게는 내 일이 그렇게밖에 안 보여? 오, 앤디, 너 패션 분야에서 일하는구나. 그런 게 힘들어봤자 얼마나 힘들겠어?" 나는 조롱 섞인 목소리로 말하며 일 분 일 초가 흐를 때마다 더욱더 나 자신을 증오했다. "정말 미안해. 내가 사회개혁가나 박사과정 학생이 아니라서! 대단히 미안한걸. 내가……"

"좀 진정한 다음에 전화해. 더 안 들을게." 그가 간결하게 말하고는 전화를 끊었다. 끊다니! 난 앨릭스가 다시 전화해주길 기다렸다. 하지만 전화는 오지 않았다. 새벽 세시쯤 잠이 들 때까지 앨릭스도 릴리도 전화 한 통 하지 않았다.

그뒤로 일주일이 지났고, 이제 이삿날이 된 것이다. 겉으로는 아무도 화를 내고 있지 않았지만, 전과 같지 않았다. 잡지 마감이라 앨릭스나 릴리와 얼굴을 맞대고 화해할 시간이 없었다. 나는 릴리와 함께 새 아파트에 들어가면 모든 게 제자리를 찾을 거라고 믿었다. 아파트에서 함께 살면 모든 것이 대학 시절처럼 돌아갈 거야. 지금보다 훨씬 즐거웠던 그때로.

열한시가 되자 드디어 이삿짐센터 직원들이 도착했다. 그들은 구 분 만에 내 사랑하는 침대를 분해해서 밴에 던져넣었다. 엄마와 내가 그 차를 타고 새 아파트에 가보니, 아빠와 앨릭스는 로비 벽에 박스를 쌓아둔 채 경비원과 이야기를 나누고 있었다. 특이하게도 경비원은 디자이너 존 갈리아노와 너무 닮은 사람이었다. 아빠는 나를 보고 환하게 웃었다.

"앤디, 드디어 왔구나. 여기 있는 피셔 씨가 세입자가 안 왔다며 문을 안 열어주더라고. 물론 당연히 그래야지." 아빠는 경비원에게 윙크를 보내며 말했다.

"어머, 릴리가 아직 안 왔어요? 열시나 열시 삼십분쯤 온다고 했는데."

"아니, 안 보이는데. 전화할까?" 앨릭스가 물었다.

"그러는 게 좋겠어. 짐을 날라야 하니까 난 피셔 씨와 올라갈게. 도움이 필요한지 릴리에게 물어봐줘."

피셔 씨는 음란하다고밖에 할 수 없는 요상한 미소를 지으며 내 가슴에 눈길을 꽂은 채 말했다. "이제 한 식구처럼 지내도록 하죠. 존이라고 합니다."

나는 들고 있던 식은 커피를 마시다가 사레가 들릴 뻔했다. 크리스찬 디올을 다시 부흥시켰다는 이유로 온 세상의 숭배를 받는 그 남자가 혹시 내가 모르는 사이에 죽었다가 경비원으로 환생한 게 아닌가 하는 생각이 들었다.

앨릭스는 고개를 끄덕이더니 티셔츠로 안경을 닦았다. 난 그의 그런 행동이 좋았다. "부모님과 먼저 올라가. 난 릴리에게 전화할게."

앞으로 내 생활을 빠짐없이 알게 될 이 (디자이너) 경비원과 아빠가 친해진 게 좋은 건지 나쁜 건지 잠시 궁금해졌다. 로비는 복고풍인 것만 빼면 괜찮은 것 같았다. 밝은색 석재 비슷한 걸로 마감되어 있었고, 엘리베이터 앞과 우편물실 뒤에는 불편해 보이는 벤치들이 놓여 있었다. 우리 아파트 호수는 8C였다. 아파트는 남서향이었는데, 내가 알기로는 좋은 거였다. 존은 마스터키로 문을 연 뒤, 자랑스러운 아빠처럼 뒤로 물러났다.

"자, 이곳입니다." 그가 호기롭게 말했다.

내가 먼저 들어갔다. 유황냄새가 코를 쏘거나 천장에서 박쥐가 푸드덕거릴 줄 알았는데, 뜻밖에 깨끗하고 밝았다. 오른쪽에 있는 좁은 부엌은 한 명이 들어갈 수 있을 폭이었다. 바닥에는 하얀색 타일이 깔려 있었고, 너무 희지 않은 색상의 포마이카 수납장이 달려 있었다. 싱크대는 점점이 무늬가 박힌 모조 화강암으로 되어 있었고, 스토브 위에는 붙박이 전자레인지가 보였다.

"어머, 괜찮구나." 엄마가 냉장고를 열어보며 말했다. "얼음 얼리는 판도 있어." 이삿짐센터 직원들이 툴툴거리며 우리를 밀어내고는 침대를 끌고 지나갔다.

부엌과 거실은 서로 트여 있었고, 거실에는 간이벽을 설치해 방 하나를 더 만든 상태였다. 거실에서 보면 모든 창문이 막혀 있는 셈이었지만, 상관없었다. 간이벽을 세워 만든 방의 크기는 그럭저럭 큰 편이었고(물론 지난번 방보다는 훨씬 컸다), 발코니의 미닫이 유리문이 벽 역할을 하고 있었다. 화장실은 거실과 침실 사이에 있는데, 펩토* 같은 분홍색 타일과 분홍색 페인트로 마감되어 있었다. 어휴, 촌스러워. 나는 침실에 들어가 한 바퀴 둘러보았다. 침실은 거실에 새로 만든 방보다 더 컸다. 작은 옷장, 천장에 매달린 선풍기 그리고 옆 아파트가 바로 들여다보이는 작고 더러운 창문 하나. 릴리가 이 방을 쓴다고 했을 때 나는 기꺼이 동의했다. 그녀는 방에서 공부하는 경우가 많아서 좀더 넓은 방을 갖고 싶어했고, 대신 나는 햇빛과 발코니 문을 얻었다.

"고마워, 릴리." 릴리가 내 말을 들을 수 없다는 걸 알면서도 나는 속삭였다.

"뭐라고 했니, 얘야?" 엄마가 내 뒤로 다가오며 물었다.

"아무것도 아니에요. 릴리가 너무너무 잘 골랐다고. 난 별 기대 안 했거든요. 그런데 여기 정말 좋지, 그렇지?"

엄마는 뭔가 말하고 싶긴 한데 가장 적절한 표현을 고르느라 애쓰는 눈치였다. "그래. 뉴욕에선 이 정도면 좋은 거겠지. 하지만 이렇게 비싼데도 이 정도밖에 안 될 수 있다니 신기하구나. 네 언니와 형부는 아파트에 살면서 한 달에 1천4백 달러밖에 안 내는데 말이야. 거기엔 에어컨도 있고 화장실은 대리석이란다. 새 식기세척기, 세탁기, 건조기에 침실은 세 개, 화장실은 두 개인 거 알지?" 엄마는 이런 사실을 처음 깨달았다는 듯 말하고 있었다. 월 2280달러면 LA에서는 해변에 있는 타운하우스를 빌릴 수 있고, 시카고에서는 가로수가 늘어선 거리에 있는 3층짜리 아파

---

* 야광 분홍색의 소화제.

트 한 채를 통째로, 마이애미에서는 복층으로 된 침실 네 개짜리 집을, 클리블랜드에서는 해자가 있는 성까지 빌릴 수 있다. 누가 그걸 모르나?

"차를 두 대까지 주차할 수 있고, 골프장, 체육시설, 풀장도 이용 가능하죠." 내가 덧붙였다. "나도 알아, 엄마. 하지만 여기선 이 정도면 정말 좋은 거예요. 우린 이 아파트에서 즐겁게 지낼 수 있을 거야."

엄마는 나를 껴안더니 슬쩍 말했다. "그래, 그럴 거야. 너무 일만 하지 않고 좀 즐긴다면 말이야."

아빠가 들어와서 하루종일 끌고 다닌 더플백을 열었다. 나는 아빠가 라켓볼을 치려고 운동복을 가져온 거라고 생각했다. 하지만 아빠는 거기서 앞면에 '한정판'이라는 글자로 장식된 밤색 상자를 꺼냈다. 스크래블이었다. 그것도 수집가용! 보드판 밑에 턴테이블이 달린 것이었는데, 글자가 미끄러지지 않도록 네모칸 주위를 도드라지게 만든 제품이었다. 지난 십 년 동안 아빠와 난 게임도구 가게에서 그걸 보며 침을 흘렸다. 하지만 그걸 언제 손에 넣을지는 기약이 없었다.

"아빠, 뭐하러 이걸 사오셨어요!" 틀림없이 2백 달러는 훨씬 넘을 것이다. "너무너무 고마워요!"

"잘 쓰도록 해라." 아빠가 나를 꼭 껴안으며 말했다. "아빠한테 뜨거운 맛을 보여줄 때 쓰면 더 좋겠지. 분명 넌 그럴 테지만 말이다. 일부러 너에게 져주던 시절이 떠오르는구나. 그땐 어쩔 수 없었어. 안 그러면 네가 밤새도록 입을 내밀고 심술을 부리며 온 집안을 쿵쿵대고 다녔을 테니까. 하지만 이젠 나도 뇌세포가 노화해서 아무리 해도 널 이길 수가 없구나. 나도 지고 싶진 않은데 말이야."

내가 그동안 최고수한테 배운 거라고 말하려는 순간, 앨릭스가 들어왔다. 얼굴에 구름이 잔뜩 끼어 있었다.

"무슨 일이야?" 내가 급히 물었지만 그는 운동화만 만지작거렸다.

"아무것도 아니야." 그는 거짓말을 하면서 부모님 쪽을 슬쩍 쳐다보았다. 그러더니 '조금 있다 말할게'라는 뜻의 눈길을 보냈다. "여기 박스를 가져왔어."

"가서 좀더 가져옵시다." 아빠가 엄마에게 말하며 문 쪽으로 갔다. "피셔 씨에게 카트 같은 게 있을지도 모르겠구나. 그게 있으면 한 번에 많이 나를 수 있겠지. 곧 돌아오마."

나는 앨릭스를 바라보았다. 우리는 엘리베이터 문이 열렸다 닫히는 소리가 들릴 때까지 잠자코 있었다.

"방금 릴리랑 통화했어." 그가 느릿느릿 말했다.

"지금도 나한테 화가 난 건 아니겠지? 걔가 이번주 내내 이상하게 굴었거든."

"그건 아니야."

"그럼 뭐야?"

"릴리는 지금 집에 없어……"

"그럼 어디 있어? 남자 아파트에? 이삿날인데 늦다니 말도 안 돼." 나는 페인트 냄새를 없애려고 새로 만든 침실의 창문 하나를 활짝 열었다.

"아니야. 사실은 미드타운의 어느 경찰서에 있어." 그가 신발을 내려다보았다.

"어디? 괜찮대? 세상에! 목이라도 졸린 거야? 아니면 강간당했어? 당장 가봐야겠어!"

"앤디, 릴리는 괜찮아. 체포된 거야." 그는 마치 학부모에게 당신의 자녀는 4학년으로 진급하지 못할 거라고 알려주듯 차분하게 말했다.

"체포? 체포되었다고?" 침착하려고 했지만 입에서 비명이 새어나왔다. 그걸 깨달았을 때는 너무 늦었다. 아빠가 들쑥날쑥 실은 박스 때문에 곧 뒤집힐 것 같은 커다란 카트를 밀며 들어온 것이다.

"누가 체포되었다고?" 아빠가 무심히 물었다. "피셔 씨가 이걸 갖다주었단다."

내가 그럴듯한 거짓말을 꾸며내기도 전에 앨릭스가 한 발 앞서 말했다. "어젯밤에 VH-1 채널에서 TLC 멤버 중 하나가 마약 복용 혐의로 체포되었다는 소식을 들었다고 말하던 중이었어요. 늘 착해 보이던 멤버였는데……"

아빠는 고개를 가로젓더니 방안을 둘러보았다. 건성으로 들으면서도 한편으론 앨릭스와 내가 언제부터 여성 팝스타에게 그렇게 관심을 기울였는지 의아해하는 것 같았다. "침대는 머리 부분을 저쪽 벽에 붙이는 수밖에 없을 것 같구나." 아빠가 말했다. "말이 나와서 말인데, 저 사람들이 일을 어떻게 하고 있는지 가서 봐야겠다."

현관문이 닫히는 순간, 난 그야말로 앨릭스에게 달려들다시피 했다.

"빨리! 무슨 일이야? 말해봐. 무슨 일이야?"

"앤디, 고함치지 마. 그다지 심각한 건 아니야. 사실은 좀 우스운 일이야." 웃느라고 눈가에 주름이 잡히자, 순간적으로 그는 에두아르도와 똑같아 보였다. 윽.

"앨릭스 파인먼, 내 친구한테 무슨 일이 생겼는지 당장 말해."

"알았어, 알았다고. 진정해." 앨릭스는 이 순간을 즐기고 있는 게 분명했다. "간밤에 릴리가 어떤 남자랑 외출을 했대. 그 '혀에 피어싱한 남자' 말이야. 우리가 아는 앤가?"

나는 그를 물끄러미 쳐다보았다.

"어쨌든 함께 저녁을 먹고 '혀에 피어싱한 남자'가 릴리를 집에 데려다줬는데, 릴리는 개한테 은밀한 곳을 살짝 보여주면 재미있겠다 싶었나봐. 레스토랑 바로 밖 길거리에서 말이야. '섹시한 거 볼래?'라고 물었대. 개 관심을 끌려고."

나는 릴리가 분위기 좋은 곳에서 저녁식사를 한 후 박하사탕 껍질을 까며 산책을 하다가 갑자기 웬 남자에게 윗도리를 벗어 보여주는 장면을 상상했다. 그것도 혀에 피어싱하는 데 돈을 쓴 남자애한테. 기가 막혀서.

"말도 안 돼. 그럴 리가……"

앨릭스는 웃음을 참으며 엄숙하게 고개를 끄덕였다.

"내 친구가 가슴을 보여주다가 체포되었단 말이야? 진짜 웃긴다. 여긴 뉴욕이야. 나는 가슴을 내놓고 다니는 여자들을 날마다 보는데. 그것도 회사에서!" 나는 또 소리를 질렀다. 도저히 통제가 되지 않았다.

"아래쪽이었어." 그가 다시 신발을 내려다보았다. 그의 얼굴이 너무 빨개서 당황한 건지 신경질이 난 건지 파악할 수가 없었다.

"어디라고?"

"가슴이 아니라 아래쪽. 몸 아래쪽. 그러니까…… 다. 앞뒤로."
그는 마침내 입이 찢어질 듯 웃음을 터뜨렸다. 지나치게 즐거워
하는 것 같아 혹시 오줌이라도 지린 게 아닌가 싶었다.

"진짜 그랬다는 건 아니지?" 나는 신음했다. 내 친구가 지금
어떤 상황에 처했는지 걱정이 휘몰아쳤다. "경찰이 그런 릴리를
보고 체포했다는 거야?"

"아니야. 어린아이 둘이 릴리가 그러고 있는 걸 보고 엄마한테
저거 보라고 가리켰대."

"맙소사."

"그 엄마가 릴리한테 가서 바지를 입으라고 했더니 릴리가 소
리를 질렀대. 왜 내가 내 마음대로 할 수 없냐고. 할 수 없이 그
여자가 그냥 돌아서서 가다가 도중에 경찰을 봤다나봐."

"아, 됐어. 그만 얘기하자."

"점입가경이야. 그 여자가 경찰을 데리고 다시 와보니 릴리하
고 그 '혀에 피어싱한 남자'가 길거리에서 일을 치르려 하고 있더
래. 그 여자 말로는 아주 화끈하고 진하게."

"세상에, 걔가 정말 내 친구 릴리 굿윈이란 말이야? 8학년 때
부터 나하고 가장 친한 그 사랑스러운 친구가 길거리에서 옷을
홀딱 벗고 남자를 유혹하고 있었다고? 혀에 피어싱 같은 거나 한
남자를?"

"앤디, 진정해. 릴리는 괜찮아. 릴리를 체포한 진짜 이유는 경
찰이 바지를 벗은 게 사실이냐고 물어봤더니 릴리가 손가락을 세

워 욕한 것 때문이래."

"난 더 못 듣겠어. 엄마들 심정이 딱 이럴 것 같아."

"……어쨌든 경찰에선 경고만 하고 풀어줬어. 릴리는 몸을 추스르기 위해 집으로 가는 중이야. 굉장히 취했었나봐. 안 그랬으면 왜 그렇게 경찰을 열받게 했겠어? 그러니 이제 걱정 마. 이삿짐 다 나르고, 네가 원한다면 릴리한테 같이 가자." 그는 거실 한가운데에 아빠가 두고 간 카트로 가서 박스를 내려놓기 시작했다.

하지만 기다릴 수가 없었다. 무슨 일이 일어났는지 당장 알아야만 했다. 전화벨이 네 번 울리자 릴리가 받았다. 음성메시지로 넘어가기 직전이었다. 전화를 받을까 말까 고민한 것 같았다.

"너 괜찮아?" 릴리의 목소리를 듣자마자 내가 물었다.

"안녕, 앤디. 내가 이사를 엉망으로 만든 건 아니지? 내가 없어도 괜찮지? 미안해, 전부 다."

"아니야. 그런 건 상관없어. 네가 걱정될 뿐이야. 괜찮니?" 릴리가 경찰서에서 하룻밤을 보냈을지도 모른다는 생각이 문득 들었다. 토요일 이른아침인 지금 거기서 나왔다면 말이다. "너 밤새 거기 있었어? 구치소에?"

"응, 뭐 그렇다고 할 수 있지. 별로 나쁘지 않았어. TV 같은 데 나오는 거하곤 달랐으니까. 아주 얌전한 여자애랑 같은 방에서 잤어. 개도 나처럼 어처구니없는 일을 저질러서 들어왔대. 간수들도 착했고, 정말 괜찮았어. 창살 같은 것도 없었고." 릴리는 웃음을 터뜨렸지만 왠지 공허하게 들렸다.

나는 이 말을 한동안 되씹으며, 오줌 범벅인 감방에서 귀엽고 상냥한 히피 릴리가 험악하고 소유욕 강한 레즈비언 옆에서 궁지에 몰려 있는 모습을 받아들이려고 애썼다. "그 '혀에 피어싱한 남자'는 대체 어디 있었던 거야? 걘 네가 구치소에서 썩게 그냥 내버려둔 거야?" 릴리가 미처 대답하기도 전에 내 머릿속에 다음 과 같은 생각이 스쳤다. 그러는 넌 그동안 어디 있었니? 릴리는 왜 네게 전화하지 않았을까?

"사실 걘 괜찮은 애였어. 걘……"

"릴리, 왜……"

"……나와 함께 있겠다고 했고, 자기 부모의 변호사한테 연락 까지 했단 말이야."

"릴리, 릴리, 잠깐! 왜 나한테 전화 안 했어? 전화만 하면 내가 쏜살같이 달려가서 네가 끌려가지 않게 애썼을 거라는 거 알잖 아. 도대체 왜 전화 안 했어?"

"앤디, 이제 그런 건 중요하지 않아. 별로 나쁜 경험도 아니었 고. 난 그저 내가 왜 그런 어처구니없는 행동을 했는지 모르겠어. 믿어줘, 난 완전히 인사불성이었어. 옥신각신할 가치도 없어."

"대체 왜 전화 안 했어? 난 내내 집에 있었단 말이야."

"정말 별일 아니었어. 진짜야. 네가 일하고 있거나 너무 피곤 할 거라고 생각했어. 널 방해하고 싶지도 않았고. 더구나 금요일 밤에는."

난 어젯밤 내가 뭘 하고 있었는지 생각해보았다. TNT에서 방 영하는 〈더티 댄싱〉을 보고 있었던 것이 또렷하게 떠올랐다. 지 금까지 살면서 정확히 예순여덟번째였다. 그렇게 많이 봤건만 내 가 가장 좋아하는 장면을 보기도 전에 곯아떨어진 건 어제가 처 음이었다. 조니의 대사. "아무도 베이비를 힘들게 해선 안 돼."

그러고는 그녀를 번쩍 들어올린다. 그제야 베이비의 아버지 하우스먼 박사는 페니를 그렇게 만든 게 조니가 아니라는 걸 자신이 알고 있었다고 인정한다. 그는 조니의 등을 두드려주고, 프랜시스라는 이름을 되찾은 베이비에게 키스한다. 나는 이 장면을 내 정체성을 규정짓는 요소로 여기고 있었다.

"일? 내가 일하고 있을 거라고 생각했다고? 대체 내가 얼마나 피곤하길래 네가 날 필요로 할 때 도와줄 수 없다는 거야? 릴리, 난 이해가 안 돼."

"앤디, 그만하자. 알았지? 넌 항상 일만 하잖아. 밤낮으로 바쁘고, 주말에도 나갈 때가 많잖아. 일을 안 할 땐 일에 대해 불평을 늘어놓고. 내가 이해 못하는 게 아니야. 난 네 일이 얼마나 힘든지, 네가 얼마나 미친듯이 일하고 있는지 알아. 금요일 밤이라 네가 모처럼 쉬고 있거나 앨릭스와 함께 있을지도 모르는데, 그걸 방해하고 싶진 않았어. 앨릭스가 그러는데 너 만나기 정말 힘들다더라. 난 말이야, 앨릭스한테서 널 빼앗고 싶지 않았어. 정말 네가 필요했다면 전화했을 거야. 네가 바로 달려올 거라는 걸 알고 있으니까. 하지만 맹세하는데 그다지 나쁘지 않았어. 이젠 제발 좀 잊자, 응? 난 지쳤어. 샤워하고 침대로 기어들어가고 싶은 마음뿐이야."

나는 너무 기가 막혀서 말이 나오지 않았다. 릴리는 내 침묵을 자기 말을 인정하는 걸로 받아들였다.

"여보세요?" 삼십 초쯤 후에 그녀가 말했다. 그동안 나는 미안하다는 말이나 설명 같은 걸 하고 싶어서 적당한 말을 찾고 있었다. "있잖아, 나 지금 막 집에 도착했어. 잠 좀 잘래. 나중에 전화해도 되지?"

"물론이야." 내가 간신히 대답했다. "릴리, 정말 미안해. 네가 나에 대해 그런 생각을 갖게 해서……"

"앤디, 그만하자. 다 괜찮아. 난…… 우리 괜찮잖아. 나중에 얘기하자."

"알았어. 잘 자. 도움이 필요하면 전화하고……"

"그래. 참, 새집 어때?"

"정말 좋아, 릴리. 엄청 좋아. 정말 잘 골랐더라. 생각보다 훨씬 좋아. 이 집이 무척 좋아질 것 같아." 내 목소리는 내가 듣기에도 공허했다. 나는 말을 위한 말을 늘어놓고 있었다. 설명할 순 없지만 우리의 우정은 전혀 변하지 않았다고 확신시키기 위해 릴리를 붙잡고 늘어지고 있다는 게 뻔히 보였다.

"네가 그렇게 좋아하니까 참 기뻐. 혀에 피어싱 한 개도 그 집을 좋아했으면 좋겠다." 그녀가 농담을 했다. 하지만 그 역시 공허하게 들릴 뿐이었다.

우리는 전화를 끊었다. 전화기를 바라보며 거실에 멍하게 서 있는데, 엄마가 점심을 먹으러 가자며 들어왔다.

"무슨 일이니, 앤디? 릴리는 어디 있대? 걔도 이삿짐 때문에 도움이 필요할 텐데. 우린 세시 이후엔 떠나야 할 것 같아. 릴리 지금 오고 있니?"

"아니요. 어젯밤에 아팠대. 며칠 동안 계속 그랬나봐. 그러니까 내일이나 돼야 들어올 것 같아요. 방금 릴리랑 통화했어요."

"그래? 릴리 정말 괜찮니? 우리가 들여다봐야 하지 않을까? 에구, 엄마는 그애가 늘 가엾더라. 친부모도 없고 늙은 박쥐 같은 까탈쟁이 할머니뿐이니." 엄마는 그 고통을 자신이 가져가려는 듯 내 어깨에 손을 얹었다. "릴리한테 너 같은 친구가 있어서 정말 다행이구나. 아니면 갠 이 세상에서 자기 혼자뿐일 테니."

대답을 하려니 목이 꺽꺽 메었지만, 몇 초 후에 간신히 몇 마디를 꺼낼 수 있었다. "그런 것 같아. 엄마, 릴리는 정말 괜찮아요. 그냥 잠을 좀 자겠대. 이제 우린 샌드위치 먹으러 가요, 네? 경비원 말이 네 블록만 내려가면 아주 괜찮은 식당이 있대."

"미란다 프리스틀리의 사무실입니다." 나는 이제는 습관이 된 짜증스러운 말투로 전화를 받았다. 감히 내가 이메일 쓰는 시간을 방해하는 상대방에게 내 불행이 전염되기를 바라면서.

"안녕, 에, 에, 에, 에밀리인가?" 전화기 너머에서 상대방이 혀 짧은 발음으로 더듬거렸다.

"아니요, 전 앤드리아입니다. 미란다 프리스틀리의 새 어시스턴트요." 나를 궁금히 여기는 사람들에게 이미 천 번쯤 한 그 말을 또 반복했다.

"오, 미란다의 새 어시스턴트라." 요상한 목소리의 여자는 한바탕 크게 웃었다. "이 세, 세, 세, 세상에서 가장 큰 행운을 잡았군. 안 그래? 그 극악무도한 마녀랑 일해보니까 어때? 계속 할 만한가?"

갑자기 기분이 좋아졌다. 이건 또 뭐람? 〈런웨이〉에서 일하면서 미란다에 대해 이렇게 대놓고 혹평하는 사람은 한 번도 본 적이 없었다. 이 여자, 진심일까? 혹시 슬쩍 미끼를 던져보는 거 아냐?

"네, 저는 〈런웨이〉에서 많은 경험을 쌓고 있습니다." 나는 더듬거리며 말했다. "이 일은 백만 명쯤 되는 여자들이 너무나도 하고 싶어하는 일이거든요." 헉, 내 입에서 이런 말이 나오다니!

잠시 침묵이 흐르더니 이내 하이에나가 울부짖는 듯한 괴성이 들려왔다. "오, 오, 정말 엿, 엿, 엿같이 끝내주는군." 그녀는 새된 소리를 지르는 동시에 헉헉거리며 키득키득 웃어댔다. "그 여자가 당신을 웨스트빌리지의 원룸 아파트에 가둬놓고 구찌 따윈 다 압수해버리고 그따위 말을 하게 될 때까지 세뇌했나보지? 화, 화, 환상적이야! 그 여자 정말 대단해! 신참, 이번에는 미란다가 머리가 좀 돌아가는 하, 하, 하녀를 고용했다고 들었는데, 그 정보가 틀렸군. 마이클 코어스의 트윈세트와 제이 멘델의 끝내주는 모피코트를 갖고 싶겠지? 후후, 스위티, 당신은 잘해낼 거야. 자, 이제 그 말라깽이 보스를 바꿔봐."

갈등이 됐다. 처음에는 그녀에게 입 닥치라고, 내가 누군지도 모르면서 웬 아는 척이냐고 쏘아주고 싶었다. 하지만 이 여자는 말을 더듬는 것으로 모자란 예의를 보상하려 드는 거라고 생각하는 쪽이 마음 편했다. 그래도 전화기를 입에 바짝 대고 다급하게 속삭이고 싶은 마음이 훨씬 더 컸다. '전 갇혀 있어요. 당신이 생각하는 것보다 더 끔찍해요. 그러니 제발 절 구해주세요. 사람을 세뇌시키는 이 감방에서 저를 구해달라고요. 당신 말이 맞아요. 여긴 말씀하신 대로예요. 하지만 전 다르다고요!' 그러나 어떤 행동도 섣불리 취할 수가 없었다. 전화기 너머에서 더듬거리며 키득대는 목소리의 주인공이 누군지 전혀 아는 바가 없다는 생각이 머릿속을 스쳤기 때문이다.

나는 숨을 삼키고 그녀가 말한 것을 하나하나 반박하기로 마음먹었다. 물론 미란다에 관한 것만 빼고. "글쎄요. 전 물론 마이클 코어스를 존경합니다. 하지만 그의 트윈세트 때문은 아니라는 걸 확실히 말씀드려야 할 것 같군요. 제이 멘델의 모피코트도 물론 아름답습니다만, 〈런웨이〉의 진정한 직원이라면 29번가에 있는 폴로조지스에서 맞춰 입는 걸 더 좋아하리라 생각합니다. 〈런웨이〉 직원이라는 것은 탁월한 심미안과 세련된 취향을 가졌다는 뜻이니까요. 아, 그리고 실례지만 차후로는 하녀라는 거칠고 무례한 말 대신 부하직원이라는 표현을 써주시면 감사하겠습니다. 또한 잘못 알고 계신 것들에 대해서 더 바로잡아드리고 싶군요. 물론 기꺼이 의견을 들어주시겠지요. 하지만 그보다 먼저 지금 저와 대화를 나누고 계신 분이 누구신지 여쭤봐도 되겠습니까?"

"오, 한 방 먹었군. 미란다의 새 어시스턴트, 내가 완전히 한 방 먹었어. 우린 친구가 되, 되, 될지도 모르겠군. 난 미란다가 고용하는 로봇 같은 여자들을 벼, 벼, 별로 좋아하지 않지만 뭐, 괜찮아. 어차피 그 여자를 별로 좋아하지 않으니까. 난 주디스 메이슨이라고 해. 호, 호, 혹시 몰라서 말하는데, 매, 매, 매달 그 잡지에 여행 기사를 쓰지. 흐흠, 당신이 아직 신참이라 하는 말인데, 허니문은 끝났나?"

나는 침묵을 지켰다. 이 말이 무슨 뜻이지? 이거야 원, 꼭 째깍거리는 시한폭탄에게 말하는 것 같군.

"흠? 모두가 당신 이름을 알긴 하지만, 노골적으로 당신의 약점을 잡을 만큼 오래되진 않은 모양이군. 그, 그, 그런 일이 일어나면 아주 재미날 거야. 당신은 매우 특이한 곳에서 일하고 있으니까."

내가 미처 대답도 하기 전에 그녀가 다시 말했다. "자, 자, 장난은 이제 그만두지. 새 친구분, 그녀에게 내가 전화했다고 구, 구, 구태여 말할 건 없어. 어, 어, 어차피 내 전화는 받지 않으니까. 더, 더, 더듬거리는 걸 듣는 게 짜증나겠지. 그냥 알림판에 내 이름을 올려놔. 그럼 다른 사람을 시켜서 나한테 전화를 해줄 거야. 그럼 이, 이, 이만 안녕." 딸깍.

나는 어안이 벙벙해서 전화를 끊었다. 웃음이 터져나왔다. 에밀리가 미란다의 지출 내역 보고서를 살펴보다가 고개를 들더니 누구냐고 물었다. 주디스라는 사람이라고 하자 그녀는 눈을 부라렸다. 너무 세게 부라려서 눈이 다시 제자리로 돌아올 것 같지 않았다.

"세상에 무슨 그런 여자가 있나 몰라. 미란다가 왜 그따위 여자랑 말을 섞는지 알다가도 모르겠어. 미란다는 그 여자 전화는 안 받아. 그러니까 전화가 왔다고 말할 필요도 없어. 그냥 알림판에 이름을 적어놔. 그러면 미란다가 다른 사람을 시켜서 그 여자한테 연락할 거야." 주디스는 우리 사무실 내부의 상황을 나보다 더 잘 알고 있는 것 같았다.

나는 '알림판'이라고 불리는, 매끄러운 청록색 아이맥 화면에 떠 있는 아이콘을 더블클릭했다. 그리고 지금까지 올라와 있는 내용을 훑어보았다. 알림판은 미란다 프리스틀리 사무실의 '메인 요리'였다. 그녀는 오직 그걸 보기 위해 사는 것 같았다. 알림판이란 몇 년 전에 몹시 예민하고 강박관념에 사로잡힌 한 어시스턴트가 만든, 에밀리와 내 공유폴더에 들어 있는 워드 문서였다. 우리만 보게 되어 있었고, 몇 가지 항목으로 분류된 표에 알릴 내용이나 의견, 또는 질문을 덧붙일 수 있었다. 정보가 업데이트되면 인쇄해서 내 책상 선반에 있는 클립보드에 끼우고, 지난 것은 버렸다. 전화가 올 때마다 에밀리와 내가 허우적거리며 그 내용을 적고 인쇄하고 클립보드에 끼워놓으면, 미란다는 몇 분마다 한 번씩 그것을 체크했다. 가끔 에밀리와 나는 서로 알림판 문서를 닫으라고 채근하기도 했다. 그래야 메시지를 쓸 수 있기 때문이었다. 누구 것이 최근 버전인지 모르는 상태에서 동시에 인쇄해 클립보드에 끼워놓을 때도 있었다.

"제 건 주디스가 남긴 메시지가 마지막이에요." 미란다가 오기 전에 알림판을 작성해야 한다는 압박감에 지쳐 내가 말했다. 좀 전에 에두아르도가 아래층 경비 데스크에서 미란다가 올라가는 중이라고 전화로 알려주었다. 소피에게서는 아직 전화를 받지 못했지만, 금방이라도 그녀가 들이닥칠 터였다.

"주디스 건 다음에 파리의 리츠호텔 접수계에서 온 메시지를 올려놓았어." 에밀리가 자기가 인쇄한 것을 루사이트 클립보드에 끼우면서 의기양양하게 말했다. 나는 인쇄한 지 사 초 만에 필요 없게 된 내 알림판을 책상 위로 가져와 한번 읽어보았다. 전화번호 사이에 줄표(–)는 용납되지 않는다. 온점(.)만 찍어야 했다. 시간을 나타낼 때도 콜론(:)이 아닌 온점을 썼다. 시간은 십오 분 간격이었다. 전화를 부탁한 사람의 번호는 구별하기 쉽게 항상 다음 줄에 썼다. 목록에 나온 시간은 상대방이 전화한 시각이다.

그녀에게 반드시 알려야 하는 내용에는 '유의'라고 표시했다(미란다가 말을 걸기 전에 우리가 먼저 말을 거는 것은 있을 수 없는 일이어서, 관련 정보는 모두 알림판에 적었다). '상기'라는 표시가 있는 것은 미란다가 주로 지난 새벽 한시에서 다섯시 사이에 우리에게 음성메시지로 남긴 것이었다. 미란다는 일단 메시지를 녹음해놓으면 처리된 것과 다름없다고 여겼다. 우리를 지칭할 때는 삼인칭으로 표현해야 했다. 그것도 이름을 반드시 언급해야 할 경우에만.

가끔 그녀는 특정인과 연결이 가능한 정확한 시간과 연락처를 요구하기도 했다. 이런 경우 우리가 조사한 결과에 '유의'나 '상기' 표시를 해야 할지 말지는 예측할 수 없었다. 알림판은 프라다를 입는 사람들의 인명사전 같았다. 가장 부유한 사람들과 최고의 패션리더들, 인상적인 유명인의 이름은 이제 그런 것에 무감각해진 내 뇌에 '특별하게' 기록되지 않았다. 〈런웨이〉라는 새로운 세계에서는 백악관의 사교 담당 비서보다 미란다의 반려견 예방접종 때문에 통화해야 하는 수의사가 훨씬 더 중요했다. 물론 그래도 그가 미란다 프리스틀리 님의 전화를 받을 가능성은 희박하지만!

4월 8일 목요일

7.30: 파리 사무실에서 시몬이 전화했습니다. 리우데자네이루 촬영 건으로 테스티노 씨와 만날 약속은 알고 있다고 합니다. 지젤의 에이전트와의 약속을 확인해주었습니다. 하지만 패션에 대해 편집장님과 이야기하고 싶어합니다. 전화 부탁드

립니다.

011.33.1.55.91.30.65

8.15: 톰린슨 씨가 전화했습니다. 휴대폰으로 전화 부탁드립니다.

유의: 앤드리아가 브루스와 통화했습니다. 댁 현관홀에 있는 거울 왼쪽 윗부분의 석고 장식 조각이 떨어졌다고 합니다. 그는 보르도에 있는 골동품 가게에서 똑같은 거울을 찾았습니다. 주문해드릴까요?

8.30: 조녀선 콜이 전화했습니다. 토요일에 멜버른에 간다고 하며, 그전에 정확한 지시를 알고 싶어합니다. 전화 부탁드립니다.

555.7700

상기: '올해의 모델' 파티 건에 대해 칼 라거펠트에게 전화 부탁드립니다. 오늘 저녁, 그곳 시간으로 8.00~8.30 사이에 비아리츠의 댁으로 하시면 됩니다.

011.33.1.55.22.06.78: 집

011.33.1.55.22.58.29: 집 스튜디오

011.33.1.55.22.92.64: 운전기사

011.33.1.55.66.76.33: 파리의 비서(그와 연결이 안 될 경우)

9.00: 글로리어스 푸드의 내털리가 전화했습니다. 바슈랭*에 각종 베리류와 섞은 프랄린**과 대황 설탕조림 중 무엇을 넣기 원하시는지 알고 싶어합니다. 전화 부탁드립니다.

555.9887

---

* 머랭 안에 아이스크림이나 과일을 넣어 만든 디저트.
** 아몬드, 호두 등을 설탕에 졸인 것.

9.00: 잉그리드 시시 씨가 4월호 발간 축하 전화를 하셨습니다. 표지가 "여느 때와 마찬가지로 무척 멋지다"고 말했습니다. 그리고 표지 촬영시 스타일 담당자가 누구였는지 알고 싶어합니다. 전화 부탁드립니다.

555.6246: 사무실

555.8833: 집

유의: 미호 코스도에서 데이미언 허스트 씨에게 꽃을 배달하지 못했다고 사과 전화 왔습니다. 그분 댁 밖에서 네 시간을 기다렸지만, 경비원이 없어서 결국 포기했다고 합니다. 내일 다시 배달한다고 합니다.

9.15: 새뮤얼스 씨가 전화했습니다. 점심때까지는 통화가 곤란하다고 합니다. 오늘밤 호러스먼에서 열릴 학부모-교사 모임에 관해 확인 전화 하신 거라고 합니다. 또 그전에 캐럴라인의 역사 과목 과제물에 대해 의논하고 싶어합니다. P.M.2.00과 P.M.4.00 사이에 전화부탁드린다고 하십니다.

555.5932

9.15: 톰린슨 씨가 다시 전화했습니다. 앤드리아에게 오늘밤 학부모-교사 모임 이후의 저녁식사 예약에 관해 물으셨습니다. 전화 바란다고 하셨습니다. 휴대폰으로 연락됩니다.

유의: 앤드리아가 편집장님과 톰린슨 씨 이름으로 오늘밤 8.00에 라 카라벨레에 예약했습니다. 리타 재밋이 뵙기를 고대하고 있으며, 자신의 레스토랑을 선택해주셔서 감사드린다고 합니다.

9.30: 도나텔라 베르사체가 전화했습니다. 편집장님을 맞이할 모

든 준비가 끝났다고 합니다. 운전기사, 요리사, 트레이너, 메이크업 담당, 개인 비서, 어시스턴트 세 명, 요트 선장 외에 다른 스태프가 필요하면 자기가 밀라노를 떠나기 전에 연락해달라고 합니다. 휴대폰 번호는 남기지만, 쇼 준비 때문에 따로 만나기는 어렵다고 합니다.

011.3901.55.27.55.61

9.45: 주디스 메이슨이 전화했습니다. 전화 부탁드립니다.

555.6834

그 종이를 구겨서 책상 밑 쓰레기통에 던졌다. 그러자 아까 버린 미란다의 세번째 아침식사에서 흘러나온 기름 찌꺼기가 곧바로 종이에 배어들었다. 알림판에 한해 지금까지는 비교적 평탄하게 흘러가고 있었다. 메일이 왔나 보려고 핫메일의 '편지함'을 막 클릭하려는데, 그녀가 사무실에 들어왔다. 빌어먹을! 소피는 어떻게 된 거야. 미리 전화해주는 걸 잊어버리다니!

"알림판은 업데이트됐겠지?" 그녀는 눈을 마주치지도, 우리의 존재를 인식하려 들지도 않고 냉랭하게 물었다.

"여기 있습니다, 편집장님." 나는 그녀가 가까이 오지 않도록 재빨리 알림판을 내밀며 말했다. 지금까지 단어 세 개. 나는 속으로 생각했다. 오늘 하루종일 나는 일흔다섯 개 이상의 단어를 말하지 않을 것이었다. 그러기를 간절히 바랐다. 그녀는 밍크코트를 벗어 내 책상 위에 던졌다. 밍크가 어찌나 호화로운지 거기에 얼굴을 파묻고 싶은 마음을 꾹 참아야 했다. 그 화려한 동물 시체를 걸어놓으려고 옷장에 가지고 가면서 몰래 뺨에 대고 비비려다가 차갑고 축축한 느낌에 소스라쳤다. 털 끝에 살얼음이 살짝 끼어 있었다. 정말 끝내주는군.

나는 미적지근한 라테의 뚜껑을 열고, 기름기 많은 베이컨 몇 조각과 소시지, 치즈 범벅인 페이스트리를 더러운 접시에 조심스럽게 담았다. 그러고는 까치발로 그녀의 방에 들어가 아무것도 방해하지 않고 그것을 조심스럽게 책상 구석에 놓았다. 그녀는 베이지색 뎀프시 앤드 캐럴 편지지에 뭔가를 쓰다가 거의 못 알아들을 정도로 작은 소리로 말했다.

"앤-드리-아, 약혼 파티에 대해 말할 게 있어. 노트를 갖고 와."

나는 고개를 끄덕이면서 이건 한 단어로 계산되지 않는다고 생각했다. 약혼 파티는 한 달이나 남아 있었지만, 내겐 예고된 재앙이나 다름없었다. 미란다가 곧 유럽 패션쇼에 가느라 두 주를 비울 예정이어서, 요즘 에밀리와 나는 파티 계획에 대부분의 시간을 할애했다. 나는 노트와 펜을 들고 미란다의 방으로 다시 들어갔다. 그녀가 던지는 말을 하나도 못 알아들을 상황에 대비하면서. 앉아서 받아쓰는 게 편할 것 같아 잠깐 앉을까 하고 생각하다가, 곧바로 그 생각을 접었다.

그녀는 이 일이 너무 고생스러워서 제대로 해낼 수 있을지 모르겠다는 듯 한숨을 쉬었다. 그러더니 팔찌처럼 매고 있던 하얀색 에르메스 스카프를 잡아당겼다. "글로리어스 푸드의 내털리에게 말하도록 해. 내가 대황 설탕조림이 더 좋다고 하더라고. 내털리가 나와 직접 통화하지 않도록 해. 그럴 필요가 없으니까. 그리고 미호에 전화해서 내가 주문한 꽃을 제대로 파악하고 있는지 확인하도록 해. 테이블보와 좌석표와 쟁반에 대해 얘기해야 하니까 점심 전에 로버트 이저벨에게 전화해. 메트로폴리탄미술관 담당자에게 준비가 다 됐는지 확인하러 언제 가야 하는지 물어보고. 좌석을 지정해야 하니까 좌석 배치표를 팩스로 보내라고 해. 이상."

그녀는 편지지에 쓰는 일을 단 일 초도 멈추지 않은 채 이 모든 것을 말했다. 그리고 자기가 방금 쓴 편지를 내게 건네며 메일로 보내라고 하는 것으로 업무 지시를 끝냈다. 나는 그녀의 말을 노트에 휘갈겨적으며 내가 모두 제대로 알아들었기를 바랐다. 그녀의 말은 억양이 심한데다 총알같이 빨라서 알아듣기가 그리 간단치 않았다.

"알겠습니다." 나는 웅얼거리며 대답했다. 미란다에게 쓴 단어가 지금까지 네 개뿐이라고 생각하며 몸을 돌렸다. 오십 개를 안 넘길 수도 있겠군. 몸을 돌려 내 책상으로 가는데, 그녀의 눈이 내 엉덩이 사이즈를 검사하고 있는 게 느껴졌다. 통곡의 벽을 떠나는 신심 깊은 유대인처럼 몸을 돌려 오던 길로 다시 걸어갈까 하는 생각이 스쳤지만, 내 책상이 있는 안전한 비밀 공간으로 소리 없이 걸어가기 위해 안간힘을 썼다. 머릿속으로는 검은색 프라다를 입은 수천수만 명의 하시딤*들이 뒷걸음질치며 미란다 프리스틀리를 둥글게 에워싸는 장면을 상상하며.

---

* 율법에 충실한 경건한 유대인 분파.

12

기다리고 기다리던 날이 마침내, 드디어, 정말로 왔다. 미란다는 사무실에 없고, 이 나라에도 없다. 그녀는 콩코드기를 탔고, 앞으로 한 시간 이내에 유럽의 디자이너들을 만날 예정이었다. 덕분에 나는 지구에서 가장 행복한 사람이 되었다. 미란다는 해외에 나가 있을 때 요구사항이 더 많아진다고 에밀리가 거듭 말했지만, 나는 들은 척도 하지 않았다. 두 주간의 황홀한 순간을 즐길 구체적인 계획을 짜고 있는데, 앨릭스의 이메일이 도착했다.

안녕? 오늘은 그럭저럭 괜찮은 날이길 빌어. 미란다가 없어서 정말 좋지? 신나게 즐겨. 오늘 세시 삼십분쯤 나에게 전화할 수 있으면 해줘. 읽기 수업 전에 한 시간 여유가 있거든. 너랑 얘기할 게 있어. 특별한 건 아니지만, 그냥 얘기하고 싶어. 사랑해. 앨릭스.

메일을 읽자 마음이 쓰였다. 나는 무슨 일이 있느냐고 답장을 보냈다. 그러나 답이 없었다. 로그아웃한 게 분명했다. 세시 삼십 분에 꼭 전화하겠다고 머릿속에 밑줄을 쳐놓았다. 미란다가 없으니 일이 뒤죽박죽될 리는 없을 거야. 이 자유로운 느낌이 새록새록 즐겁기만 했다. 혹시 몰라 파일에서 〈런웨이〉 메모지 한 장을 꺼내 '오후 세시 삼십분에 A에게 전화'라고 써서 모니터 옆에 붙여놓았다. 그리고 일주일 전 집전화에 메시지를 남긴 대학동창에게 전화하려는 순간, 전화벨이 울렸다.

"미란다 프리스틀리의 사무실입니다." 그 누구와도 말하고 싶지 않은 이 순간 전화를 받아야만 하다니, 거의 한숨이 나올 뻔했다.

"에밀리? 에밀리인가?" 절대 헷갈릴 수 없는 바로 그 목소리였다. 미란다의 목소리는 전화선을 타고 사무실의 공기 속으로 스며드는 것 같았다. 사무실 저편에 있는 에밀리에게 이 목소리가 들릴 리 없을 텐데, 그녀는 고개를 들어 나를 바라보았다.

"안녕하세요, 편집장님. 앤드리아입니다. 도와드릴 게 있나요?" 대체 이 여자가 어떻게 전화를 한 거지? 에밀리가 직원들을 위해 만든 미란다의 유럽 일정표를 힐끗 보니, 비행기는 겨우 육 분 전에 출발한 상태였다. 기내 전화로 전화하고 있는 게 분명했다.

"내 일정표를 보니 목요일 저녁식사 전에 하기로 한 헤어와 메이크업 예약을 확인해놓지 않았더군."

"편집장님, 므슈 르노가 목요일 담당자들에게 미처 확실하게 확인해놓지 못해서 그랬습니다. 하지만 그분 말로는 구십구 퍼센트 확실……"

"앤-드리-아, 대답해. 구십구 퍼센트와 백 퍼센트가 같아? 확인한 것과 똑같은 말이냐고!" 내가 입을 열기도 전에, 그녀가 승무원인 듯한 사람에게 '전자제품 사용 규칙 따위엔 관심 없다'고 하며 '다른 승객들에게나 알려주라'고 말하는 것이 들렸다.

"부인, 이건 규정 위반입니다. 순항고도에 오르기 전에는 전화를 꺼주시기 바랍니다. 지금 매우 안전하지 못한 행동을 하고 계시는 겁니다." 승무원이 간청하다시피 했다.

"앤-드리-아, 들리나? 지금 듣고 있어……?"

"부인, 거듭 말씀드립니다. 전화기를 꺼주시기 바랍니다."

내 입은 웃음을 참느라 실룩거리기 시작했다. '부인'이라는 말이 '나이든 여성'이라는 뜻을 함축한다는 건 누구나 알고 있는 사실이었다. 그렇게 불리는 걸 미란다가 얼마나 혐오하고 있을지 그림이 그려졌다.

"앤-드리-아, 스튜어디스가 지금 전화를 끊으라고 강요하고 있어. 전화해도 된다고 할 때 다시 하지. 그동안 헤어와 메이크업에 대해 확인해놔. 그리고 새 보모가 필요하니 면접을 진행하도록. 이상." 전화가 끊기기 직전에 승무원이 미란다를 또다시 '부인'이라고 부르는 소리가 들렸다.

"뭐래?" 걱정이 되는지 에밀리가 이맛살을 찌푸리며 물었다.

"이번에는 제 이름을 세 번 연속 제대로 불렀네요." 나는 에밀리를 궁금하게 만드는 게 즐거워 고소한 마음까지 들었다. "세 번 연속 말이에요! 믿어져요? 이쯤 되면 아주 친한 사이라는 의미 아니에요? 누가 감히 그렇게 생각하겠어요? 앤드리아 삭스와 미란다 프리스틀리, 영원한 친구!"

"앤드리아, 미란다가 뭐랬는데?"

"목요일에 헤어와 메이크업 예약한 거 확인해놓으래요. 구십구 퍼센트는 완벽한 확인이 아니라나요? 참, 새 보모를 면접하라고 하던데요? 잘못 들은 것 같아요. 어쨌건 금방 또 전화 올 텐데요 뭐."

에밀리는 심호흡을 하면서 내 어리석음을 우아하고 세련되게 참아내려고 애쓰는 것 같았다. 하지만 그건 절대 쉬운 일이 아니었다. "잘못 들은 거 없어. 카라는 그만뒀어. 그러니 새 보모가 필요한 거지."

"네? 그만두다니요? 그럼 카라는 지금 어디 있어요?" 카라가 내게 한마디도 하지 않고 갑자기 그만두다니, 믿어지지 않았다.

"미란다는 카라가 다른 사람을 위해 일하는 게 더 행복할 거래." 지금 에밀리는 미란다의 말을 한참 돌려서 전하는 게 분명했다. 언제부터 미란다가 남의 행복에 신경을 썼다고!

"에밀리, 대체 무슨 일이 있었는지 말해봐요."

"나도 캐럴라인한테 들었어. 쌍둥이들이 자기한테 말대꾸했다고 카라가 그애들을 방에서 나오지 못하게 했대. 미란다는 카라가 그렇게 한 게 부적절하다고 생각했고. 나도 동감이야. 카라는 엄마가 아니잖아?"

그러니까 건방을 떤 애들을 방에 가뒀다는 이유로 카라가 해고당했다는 거지? "무슨 말인지 알겠어요. 자기가 맡은 아이들이 어떻게 자랄지 걱정하는 건 당연히 보모가 할 일이 아니죠. 정말

본분을 넘어선 행동이었네요." 나는 엄숙하게 머리를 끄덕이며
말했다.

에밀리는 내가 꼬아서 말하는 것에 아무런 반응도 보이지 않
았을 뿐만 아니라, 꼬고 있다는 사실도 눈치채지 못한 것 같았다.
"맞아. 그리고 미란다는 카라가 프랑스어를 못해서 싫어했어. 그
밑에서 애들이 어떻게 미국식 억양 없는 완벽한 프랑스어를 배우
겠어?"

글쎄. 프랑스어가 필수과목이고, 프랑스어 교사 세 명이 모두
원어민인, 일 년 학비가 1만 8천 달러인 사립학교에서 충분히 배
울 수 있지 않을까? 프랑스어가 유창하고, 왕년에 프랑스에 산
적도 있고, 지금도 일 년에 여섯 번은 프랑스에 가는데다, 완벽하
고 경쾌한 발음으로 프랑스어를 읽고 쓰고 말할 줄 아는 엄마한
테서 배워도 되잖아? 하지만 난 이런 대답밖에 할 수 없었다. "맞
아요. 프랑스어를 못하면 보모도 못하는 거죠 뭐."

"당신이 책임지고 새 보모를 찾아줘. 여기 직업소개소 전화번
호가 있어." 그녀는 이메일로 연락처를 내게 보내며 말했다. "미
란다가 얼마나 사람을 가리는지(그래그래, 물론 정당한 거지) 거
기서도 잘 아니까, 늘 괜찮은 사람들을 보내주는 편이야."

나는 주의깊게 에밀리를 바라보았다. 미란다 프리스틀리 밑에
서 일하기 전엔 그녀가 어떻게 살았을지 궁금해졌다. 잠시 눈을
뜬 채 자고 있는데, 다시 전화가 울렸다. 다행히 에밀리가 받았다.

"안녕하세요, 편집장님. 네, 잘 들립니다. 아뇨, 아무 일 없습
니다. 목요일의 헤어와 메이크업 예약 확인했습니다. 네, 앤드리
아는 이미 새 보모를 구하고 있는 중입니다. 돌아오시는 첫날 확

실한 후보 세 명을 대령해놓겠습니다." 에밀리는 고개를 옆으로 기울이더니 펜을 입술에 지그시 갖다댔다. "네, 확실하게 확인해 놓았습니다. 아니요, 구십구 퍼센트가 아니라 백 퍼센트 확실합 니다. 네, 편집장님. 제가 직접 했습니다. 확실합니다. 그쪽에서 뵙기를 고대하고 있습니다. 네, 여행이 즐거우시길 빕니다. 네, 확인했습니다. 제가 바로 팩스로 보내드릴게요. 네, 안녕히 계세 요." 전화를 끊더니 그녀는 몸을 부르르 떨었다.

"대체 이 여잔 왜 이렇게 이해를 못하는 거야? 헤어랑 메이크 업 예약 확인해놨다고 그렇게 말했는데. 참 나, 오십 번도 넘게 얘기해줘야 하나? 미란다가 뭐래는지 알아?"

나는 고개를 가로저었다.

"이것 때문에 계속 신경이 쓰였대. 이제 예약을 확인했으니, 일정표에 새로 추가해서 리츠로 팩스를 보내래. 도착하는 대로 받을 수 있게 말이야. 자기를 위해 내 인생을 다 바치고 있는데 이 런 식으로 보답받아야 해?" 에밀리는 금방이라도 울음을 터뜨릴 것 같았다. 이 여자가 미란다 욕을 하다니. 이 드문 일에 짜릿해 졌지만, 그녀는 곧 '피해망상으로 인한 〈런웨이〉식 말 바꾸기'를 할 게 분명했다. 나는 경계를 늦추지 않고 말을 꺼냈다. 동정과 무관심을 정확히 표명해야지.

"에밀리, 그렇지 않아요. 미란다는 당신이 얼마나 열심히 일하 는지 잘 알고 있어요. 당신은 아주 뛰어난 어시스턴트잖아요. 당 신이 일을 잘한다고 생각하지 않았다면, 그녀는 벌써 당신을 해 고했을 거예요. 그런데 그런 말을 한 적이 한 번도 없잖아요. 내 말 무슨 말인지 알죠?"

에밀리는 어느새 울음기를 거두었다. 그녀는 설사 내 말이 일리가 있더라도 혹 너무 세다고 생각되면 곧바로 미란다를 두둔할 준비를 하는 그 도전적인 영역에 바싹 다가서 있었다. 심리학 시간에 희생자가 자기를 인질로 삼은 사람과 자신을 동일시하는 '스톡홀름증후군'에 대해 배운 적이 있다. 그때는 어떻게 그런 일이 일어날 수 있는지 이해하지 못했다. 만약 에밀리와 나 사이에 일어나는 작은 사건 중의 하나를 녹화해 교수에게 보낸다면, 신입생들은 그 증후군의 실상을 생생히 지켜보게 될 것이다. 살얼음판 위를 걷듯 조심스럽기만 한 이 모든 노력이 문득 인간의 한계를 넘어선 것이 아닌가 하는 생각이 들었다. 나는 심호흡을 하고 제대로 된 공격에 들어갔다.

"미친 건 그녀예요, 에밀리." 나는 에밀리가 동의하기를 바라며 천천히 부드럽게 말했다. "당신이 아니라 그녀라고요. 세련된 옷은 엄청나게 가졌을지 몰라도, 그녀는 속이 빈, 천하고 못된 여자에 불과해요."

에밀리의 얼굴이 눈에 띄게 경직되었다. 목과 뺨이 뻣뻣해졌고, 이제 손은 떨리지 않았다. 그녀가 곧 나를 제지할 거라는 걸 알면서도 나는 말을 멈출 수가 없었다.

"미란다한테 친구가 하나도 없는 거 알아챘어요, 에밀리? 늘 세상에서 가장 멋진 사람들이 전화하지만, 아이들이나 일 얘기, 결혼생활 얘기 같은 건 전혀 안 하잖아요. 그들은 단지 뭔가 필요해서 그녀에게 전화할 뿐이죠. 물론 멋있어 보이긴 하죠. 하지만 누가 당신한테 그런 이유로만 전화한다고 생각해봐요……"

"그만해!" 그녀가 다시 눈물을 흘리며 외쳤다. "입 닥치란 말이야! 이제 이곳의 모든 걸 안다고 생각하는 모양이지? 속이 비비 꼬여서 남들 꼭대기에 올라앉았다고 착각하는 철부지 주제에! 넌 아무것도 몰라, 아무것도!"

"에……"

"날 그렇게 부르지 마. 마저 들어. 미란다는 남을 힘들게 하는 사람이야. 가끔 그녀가 미치광이 같다는 것도 알아. 나 역시 한 번도 푹 자본 적이 없어. 그녀가 전화할 때마다 두렵고, 친구들의 이해를 전혀 받지 못하는 게 어떤 건지도 알아. 다 안다고! 하지만 그게 그렇게 싫다면, 그리고 그녀와 다른 사람들에 대해 불평밖에 늘어놓을 게 없다면, 왜 당장 그만두지 않지? 문제는 당신의 태도야. 미란다가 미쳤다고? 밖에 나가봐. 사람들은 그녀를 재능 있고 멋지고 뛰어난 사람이라고 생각해. 오히려 그렇게 멋진 사람을 최선을 다해 돕지 않는 당신이 미쳤다고 생각할 거야. 왜 그럴까? 그녀가 멋지기 때문이야. 앤디, 이건 정말이야. 그녀는 진짜 멋지단 말이야!"

나는 이 말을 잠시 생각해보았다. 그리고 에밀리가 핵심을 찔렀다고 결론지었다. 내가 보기에도 미란다는 정말 뛰어난 에디터였다. 그녀의 승인 없이는 잡지에 단 한 마디도 실을 수 없었다. 그나마 승인을 얻기도 힘들었다. 또 미란다는 이제껏 해놓은 모든 것을 무효로 만들어버리고 처음부터 다시 시작하는 것을 두려워하지 않았다. 설사 그렇게 해서 다른 사람들을 불편하고 힘들게 할지라도. 수많은 패션 에디터가 촬영을 위해 옷을 협찬받지만, 자기가 원하는 스타일이 나오도록 옷을 고르고 그에 딱 맞는 모델을 찾아내는 에디터는 미란다뿐이었다. 실제 촬영이야 촬영담당 에디터가 하지만, 사실 그들은 미란다가 내리는 구체적이고 놀랍도록 세세한 지시 사항을 그대로 따르기만 할 뿐이었다. 매호 팔찌, 백, 구두, 의상, 헤어스타일, 기사, 인터뷰, 작가, 사진, 모델, 장소 하나하나까지 그녀가 최종 결정을(때로는 사전 결정도) 내렸다. 매달 잡지가 엄청난 성공을 거두는 것은 전적으로 그녀 덕분이라는 생각은 나도 했다. 미란다 프리스틀리가 없다면 〈런웨이〉는 〈런웨이〉가 아닐 것이다. 아니, 아무것도 아닐 것이다. 이 사실을 나뿐만 아니라 모든 사람이 알고 있었다. 하지만 그렇다해서 남들을 그런 식으로 대할 권리가 그녀에게 있는 건지는 납득할 수 없었다. 피에르 발망의 이브닝 가운을 입은 시무룩한 표정의 늘씬한 아시아 소녀를 산세바스티안*의 길 한쪽에 세워놓는 능력으로 그토록 경탄을 받는다고 해서, 미란다가 자기 행동을 설명할 책임이 없는 걸까? 난 여전히 이해할 수 없었다. 하지만 내가 대체 뭘 알겠는가? 당연히 에밀리는 답을 갖고 있으리라.

"에밀리, 내 말은 당신은 아주 뛰어난 어시스턴트이고, 당신처럼 열심히 일하는 헌신적인 어시스턴트가 있어서 미란다가 정말 운이 좋은 사람이라는 뜻이었어요. 난 그녀가 기분이 좀 안 좋다고 그걸 당신 잘못으로 몰아붙이지 않았으면 하는 마음뿐이에요. 그래요. 그녀는 기분이 언짢은 것뿐이고, 그럴 때 당신이 해줄 수 있는 건 아무것도 없을 거예요."

"나도 알아, 안다고. 하지만 당신은 그녀의 가치를 충분히 인정하지 않고 있어, 앤디. 한번 생각해봐. 그녀는 엄청나게 많은

---

* 프랑스 국경에 인접한 스페인 도시. 풍경이 아름답기로 유명하다.

걸 이뤘어. 그러기 위해 많은 걸 희생해야 했지. 다른 분야도 마찬가지 아니야? 성공한 사람들에 대해 다들 그렇게 얘기하잖아. CEO나 영화감독 같은 사람들 중에서 이따금 거칠게 굴지 않는 사람이 몇이나 되겠어? 그럴 수밖에 없는 거란 말이야."

이번에는 서로 의견이 일치하지 않을 거라는 게 눈에 훤했다. 에밀리는 미란다에, 〈런웨이〉에, 그 모든 것에 온 정성을 바치고 있었다. 난 도무지 이해가 가지 않았다. 그녀가 다른 패션잡지사에서 일하는 수많은 개인 어시스턴트와 편집 어시스턴트, 수습 에디터와 수석 에디터, 그리고 편집장과 딱히 다른 건 아니었다. 그러나 난 이해가 가지 않았다. 이제까지 본 것에 따르면, 누구나 직속 상사에게 굴욕과 모욕과 학대를 받는다. 그러나 그들은 꾹 참고 있다가 자신이 승진하면 그것을 고스란히 자기 아랫사람에게 퍼부었다. 길고 진 빠지는 승진 사다리의 꼭대기에 도달해봤자, 얻는 건 기껏해야 이브 생로랑의 패션쇼 제일 앞좌석과 프라다 백 몇 개뿐인데도 말이다.

이제 비위를 맞춰야 할 시간이었다. "그래요, 맞아요." 나는 그녀의 주장에 항복하며 한숨을 쉬었다. "다른 건 관두고라도, 그 못된 성질머리를 다 받아주는 은혜를 당신이 베풀고 있다는 걸 그녀가 알아주기나 했으면 좋겠어요."

곧바로 맞받아칠 줄 알았는데, 그녀는 씩 웃었다. "조금 아까 목요일의 헤어와 메이크업 예약 확인했다고 미란다에게 백번쯤 말한 거 알지?"

나는 고개를 끄덕였다. 에밀리는 매우 들떠 보였다.

"거짓말이야. 전화도 안 했고, 확인한 것도 전혀 없어!" 그녀는 노래하듯 말을 끝맺었다.

"에밀리! 진짜예요? 이제 어떻게 해요? 직접 확인했다고 몇 번이나 다짐했잖아요." 여기서 일하기 시작한 후 처음으로 난 이 여자를 껴안아주고 싶었다.

"앤디, 머리 좀 써. 미란다가 머리와 화장을 하겠다는데 제정신을 가진 사람이라면 누가 거절하겠어? 그 일을 하면 그 사람의 경력이 얼마나 화려해지는데. 거절하면 미친 짓이지. 그쪽에선 미란다 맞을 준비에 정신이 없을걸? 휴가 계획 같은 것도 다 바꿨을 거야. 뭐하러 내가 예약을 확인해? 그쪽에서 백 퍼센트 알아서 할 텐데. 안 하면 어쩔 거야? 미란다 프리스틀리가 간다는데!"

이번엔 내가 울어버리고 싶었다. 하지만 난 이 말밖에는 할 수 없었다. "새 보모를 구하기 위해 제가 할 일이 뭐죠? 지금부터 시작해야 할 것 같아요."

"그래." 그녀는 동의했다. 자기가 여우 같다는 생각에 여전히 즐거워하고 있는 것 같았다. "좋은 생각이야."

보모를 구하기 위해 면접한 첫 후보자는 어딘가 신경쇠약에 걸린 여자 같았다.

"어머나, 어머나, 정말이세요? 웬일이니!" 전화로 우리 사무실로 와줄 수 있냐고 묻자, 그녀는 환호성을 질러댔다.

"오실 건가요, 안 오실 건가요?"

"물론 가죠, 가요. 〈런웨이〉로 가는 거예요? 친구들한테 말해 줘야지. 다들 기절할 거예요. 시간과 장소만 알려주세요."

"지금 미란다가 없어서 못 만나는 건 알고 계시죠?"

"네, 잘 알아요."

"지금 미란다의 두 딸을 돌봐줄 보모를 구하고 있는 거 아시 죠? 이건 〈런웨이〉와 아무 관련 없다는 것도요."

그 여자는 이 슬프고도 불행한 사실을 이제야 깨달았다는 듯 한숨을 푹 쉬었다. "네, 물론이죠. 보모요. 알아요."

휴, 그녀는 상황을 제대로 이해하지 못하고 있었다. 그녀는 키 가 훤칠했고 머리도 아주 예쁘게 다듬었고, 옷도 상당히 잘 입었 으며 몸은 심각하게 영양부족이었다. 한쪽 조건은 만족시켰지만, 보모 일을 한다면 어떤 경우에 이 사무실에서 일하게 되느냐고 자꾸만 물어보았다.

나는 어이가 없다는 눈치를 주었지만, 그녀는 상황 파악을 못 하고 있었다. "그럴 일은 없어요. 말했잖아요. 전 지금 미란다 대 신 1차 면접을 하는 거고, 단지 그 일을 이 사무실에서 하는 것 뿐이에요. 그뿐이라고요. 쌍둥이는 여기에 살지 않아요. 알고 있 죠?"

"아, 네." 그녀가 고개를 끄덕였지만, 난 이미 그녀를 후보에서 탈락시켰다.

소개소에서 보내준 다른 세 사람도 나을 건 없었다. 겉모습은 모두 미란다의 요구사항을 만족시켰지만(그 소개소는 그녀의 취 향을 아주 정확히 알고 있었다), 내 미래의 조카를 돌볼 보모를 찾는 기준에 미치는 사람은 아무도 없었다. 코넬대학에서 아동발

달학 석사학위를 받았다는 한 후보자는 이 일이 그녀가 했던 다른 일과는 다를 거라고 세세히 설명해주자 표정이 흐려졌다. 또 한 명은 유명한 NBA 선수와 사귄 적이 있는 여자였는데, 그 경험을 통해 '유명 인사에 대한 통찰력'을 갖게 되었다고 말했다. 하지만 유명 인사의 아이들을 위해 일해봤느냐는 질문에는 곧바로 얼굴을 찡그리며 "유명한 사람의 애들은 늘 문제가 심각하다"라고 대답했다. 난 이 사람도 탈락시켰다. 세번째 여자가 가장 가능성이 있었다. 그녀는 맨해튼에서 자라 미들베리대학을 갓 졸업했는데, 파리 여행을 할 돈을 모으기 위해 일 년간 보모로 일하고 싶어했다. 그럼 프랑스어를 할 줄 아냐고 묻자 그녀는 고개를 끄덕였다. 한 가지 문제는 그녀가 운전면허증이 없다는 점이었다. 혹시 운전을 배울 생각이 있느냐고 물었더니 없다고 대답했다. 그러잖아도 차들이 넘쳐나는 길에 또 한 대를 더하고 싶지는 않다고 했다. 세번째도 탈락. 남은 시간 동안 나는 매력적이고, 운동도 잘하고, 명사들과 함께 있어도 평정심을 잃지 않고, 맨해튼에 살고, 운전면허증도 있고, 수영도 할 줄 알고, 석사학위도 있고, 프랑스어도 하고, 게다가 미란다의 시간에 완벽하게 맞출 수 있는 여자는 아마도 보모 일을 하고 싶어하지 않을 거라는 얘기를 어떻게 하면 미란다에게 할 수 있을지 궁리했다.

전화가 곧바로 울린 걸 보니, 분명 그녀가 내 마음을 읽은 것 같았다. 계산해보니 드골공항에 막 내렸을 시간이었다. 에밀리가 열심히 작성한, 초 단위로 짠 일정표를 흘끗 보았다. 미란다는 차를 타고 리츠호텔로 가고 있을 시간이었다.

"미란다 프리……"

"에밀리!" 그녀가 빽 소리를 질렀다. 내 이름이 앤드리아라고 말할 때가 아니었다. "에밀리! 운전기사가 내게 평상시에 쓰던 전화기를 주지 않았어. 난 지금 사람들 전화번호를 하나도 몰라. 이건 절대 용납할 수 없는 일이야. 전화번호도 없는데 어떻게 일을 할 수 있겠어? 당장 라거펠트 씨를 연결해."

"네, 편집장님. 잠깐 기다리세요." 나는 재빨리 대기 버튼을 누르고, 에밀리에게 도와달라고 했다. 미란다가 너무 짜증이 난 나머지 전화기를 내동댕이치고 계속 "그는 대체 어디 있어? 왜 그를 못 찾는 거야? 전화할 줄도 몰라?"라고 소리지르기 전에 칼 라거펠트의 현 위치를 파악하는 건 불가능했다. 차라리 수화기를 통째로 먹어버리는 편이 더 쉬운 일이었다.

"칼을 찾는데요?" 나는 에밀리에게 외쳤다. 그녀는 곧바로 책상 위에 있는 서류를 마구 뒤져댔다.

"알았어. 우리한텐 이삼십 초밖에 시간이 없어. 당신은 비아리츠* 번호랑 그의 운전기사 번호를 찾아봐. 난 파리 부티크와 그의 어시스턴트 번호를 찾아볼 테니까." 그녀가 외쳤다. 에밀리의 손가락은 벌써 키보드 위를 날아다니고 있었다. 나는 하드 드라이브에 공유하고 있는 천 명도 넘는 명단을 클릭해서 내가 전화해야 할 곳을 정확히 다섯 개 찾아냈다. 비아리츠 저택, 비아리츠 별채, 비아리츠 스튜디오, 비아리츠 수영장 그리고 비아리츠의 운전기사. '칼 라거펠트'라는 이름 밑에 있는 번호들을 얼핏 보니 에밀리는 총 일곱 군데에 전화를 해야 했다. 뉴욕과 밀라노의 전

---

* 프랑스 북부에 위치한 휴양 도시. 이곳에 디자이너 칼 라거펠트의 사유지가 있다.

화번호도 있었다. 우리는 시작하기도 전에 이미 죽을 맛이었다.

비아리츠 저택과 연결이 안 되자, 나는 곧바로 비아리츠 별채의 전화번호를 눌렀다. 그때 깜박깜박하던 빨간 불이 꺼져버렸다. 내가 모를까봐 그랬는지, 에밀리는 미란다가 전화를 끊어버린 거라고 가르쳐줬다. 십 초에서 십오 초 정도밖에 안 되었는데 말이다. 미란다는 오늘따라 더더욱 참을성이 없는 것 같았다. 당연히 곧바로 전화가 또 울렸다. 내가 애원하는 강아지 같은 눈빛을 보내자 에밀리가 전화를 받았다. 그녀는 평소에 하던 인사말을 채 반도 하기 전에 진지하게 고개를 끄덕이고는 미란다를 안심시키려고 노력했다. 나는 계속 전화를 걸었고, 기적적으로 비아리츠 수영장과 연결되었다. 하지만 상대방은 영어를 단 한 마디도 못하는 여자였다. 그래서 미란다가 프랑스어에 그토록 집착했던 걸까?

"네, 네, 편집장님. 앤드리아와 제가 지금 전화하는 중이에요. 몇 초만 더 기다리시면 돼요. 네, 이해합니다. 아니요, 정말 화가 나시리라는 걸 잘 알고 있습니다. 십 초만 기다려주시면 바로 연결해드릴게요." 그녀는 '대기' 버튼을 누르고 계속 전화번호를 눌러댔다. 그녀가 칼 라거펠트라는 이름을 모르는 것 같은 누군가에게 아주 난감한 억양의 프랑스어로 뒤죽박죽이나마 어쨌든 말하려 애쓰는 게 들렸다. 우린 이제 죽었다, 죽었어. 수화기에 대고 빽빽 소리를 지르는 미친 프랑스 여자와 하던 전화를 끊어버리려는데, 깜박이던 빨간 불이 또다시 꺼졌다. 에밀리는 여전히 미친듯이 이리저리 전화를 걸어대고 있었다.

"또 끊었어요!" 나는 인공호흡을 실시하는 응급구조요원처럼 다급한 목소리로 외쳤다.

"이번엔 당신이 받아!" 손가락은 여전히 키보드 위를 날아다니는 채로 그녀가 말했다. 당연히 또다시 전화벨이 울렸다.

나는 전화기를 귀에 댄 채 입도 떼지 않았다. 자기가 바로 말할 텐데 뭐. 과연 미란다는 기대를 저버리지 않았다.

"앤-드리-아! 에밀리! 지금 받은 게 누구든, 왜 내가 라거펠트 씨가 아닌 당신과 얘기하고 있는 거야? 왜?"

난 일단 가만히 있었다. 빗발치는 대사가 아직 끝난 것 같지 않아서였다. 하지만 늘 그렇듯 내 직감은 틀렸다.

"여보세요? 아무도 없어? 전화 연결시켜주는 일이 둘이나 되는 내 어시스턴트들에게 그토록 어려운 건가?"

"아닙니다, 편집장님. 아닙니다. 죄송합니다만……" 목소리가 몹시 떨렸다. "……라거펠트 씨가 지금 어디 계신지 못 찾고 있어서요. 여덟 곳이나 전화를 걸어봤는데……"

"못 찾고 있어서요?" 그녀는 높은 소리로 내 목소리를 흉내냈다. "'못 찾고 있어서요'가 대체 무슨 뜻이지?"

이렇게 간단한 말을 왜 못 알아듣는 걸까? 못. 찾고. 있어서요. 참으로 간단명료한 말인데…… 우리가 지금 그 작자를 못 찾고 있다. 그래서 당신이 지금 그와 통화할 수 없는 거다. 당신이 찾을 수 있다면 당신이 찾아서 통화해라. 가시 돋친 대답이 머릿속을 백만 개쯤 스쳐갔지만, 난 수업시간에 떠들다가 선생님께 걸린 1학년 아이처럼 더듬거리기만 했다.

"음, 그러니까 편집장님, 저희가 갖고 있는 그분 관련 전화번호로 전화를 다 돌려봤지만 아무데도 안 계신 것 같습니다." 나는 간신히 말했다.

"그가 없는 게 당연하지!" 그녀는 거의 고함을 치다시피 했다. 그 철저하고 방어적인 차가움이 무너져내리기 일보 직전이었다. 그녀는 과장되게 심호흡을 한 뒤 침착하게 말했다. "앤-드리-아. 이번주에 라거펠트 씨가 파리에 있다는 건 알고 있나?" 나는 마치 우리가 영어를 제2언어로 가르치는 수업을 하는 느낌이었다.

"물론입니다, 편집장님. 에밀리가 전화란 전화는 다 걸어봤는데……"

"그럼 라거펠트 씨가 파리에 있을 때는 휴대폰으로 연락 가능하다고 한 것도 알고 있겠지?" 침착하게 말하느라 그녀의 목근육은 죄다 팽팽해져 있을 것이다.

"어, 아니요. 저희가 갖고 있는 목록에는 휴대폰 번호가 나와 있지 않아요. 그래서 라거펠트 씨가 휴대폰을 갖고 있다는 것도 몰랐어요. 하지만 에밀리가 지금 그분 어시스턴트에게 연락하는 중이니까 바로 알 수 있을 거예요." 에밀리가 나를 향해 엄지를 치켜올리고는 바로 뭔가 휘갈겨쓰고 나서 "메르시. 오, 감사합니다. 메르시"라고 거듭 외쳤다.

"편집장님, 지금 번호를 알아냈어요. 바로 연결해드릴까요?" 나는 확신과 자신감에 가슴이 뿌듯해지는 것 같았다. 잘했어! 압박감에 짓눌린 상황에서 훌륭하게 해낸 거야. 패션 어시스턴트 두 명이 감탄에 마지않던 귀여운 페전트블라우스 겨드랑이로 땀자국이 번지고 있었지만 상관없었다. 국제전화까지 해대는 이 사이코를 떨쳐버리게 되어 감격스럽기까지 했다.

"앤-드리-아?" 그건 마치 어떤 질문 같았다. 하지만 난 그녀가 이름을 어떤 식으로 부르는지 그 패턴을 찾는 데만 온 신경을 곤두세우고 있었다. 처음에 나는 그녀가 우리를 멸시하고 굴욕감을 주려고 일부러 그러는 줄 알았다. 하지만 나중에 보니 미란다는 우리가 견디는 멸시와 수치심에 꽤 만족하고 있었고, 따라서 어시스턴트의 이름 같은 사소한 것에 신경쓰기 싫을 때만 그러는 것이었다. 에밀리의 말로는 미란다가 자기를 부를 때도 반은 제대로 부르고 반은 앤드리아나 예전 어시스턴트인 앨리슨이라고 부른다니 내 추측이 맞긴 했다. 기분이 좀 나아졌다.

"네?" 목소리가 또 끽끽거렸다. 이런 망할! 난 왜 이 여자를 대할 때 손톱만큼도 우아해지지 못하는 거야?

"앤-드리-아, 난 이미 라거펠트 씨의 휴대폰 번호를 알고 있어. 왜들 그렇게 수선을 떨지? 오 분 전에 그가 내게 번호를 알려줬어. 하지만 우리가 하던 전화가 끊어졌고, 전화 거는 법을 잘 몰라서 전화한 거야." 마지막 말을 할 때 그녀는 이 짜증나고 불편한 상황에 대해 자신을 제외한 온 세상이 책임을 져야 한다는 투였다.

"오. 음, 전화번호를 이미 알고 계셨다고요? 그 번호로 걸면 그분이 받는다는 걸 아까부터 알고 계셨다고요?" 나는 에밀리가 들으라고 그렇게 말했지만, 그 때문에 미란다는 더욱 화를 냈다.

"내가 한 말이 무슨 말인지 몰라? 03.55.23.56.67.89로 연결해 줘, 당장. 그게 그렇게 어려운 일인가?"

에밀리는 도저히 이해할 수 없다는 듯 고개를 설레설레 저으며 우리가 그토록 어렵게 알아낸 전화번호를 구겨버렸다.

"아니, 아니요, 편집장님. 물론 전혀 어렵지 않습니다. 곧 연결해드리겠습니다. 잠시만 기다려주세요." 나는 '연결' 버튼을 누른 뒤 그 번호를 눌렀다. 나이든 남자가 "알로!" 하고 외치는 소리를 들은 뒤 다시 '연결' 버튼을 눌렀다. "라거펠트 씨, 그리고 미란다 프리스틀리, 두 분은 이제 연결되었으니 말씀하십시오." 나는 『초원의 집』 시절의 전화교환원처럼 말했다. 그리고 전화를 '음소거' 상태로 해놓고 통화 내용을 들을 수 있도록 스피커를 켜는 대신 그냥 전화를 끊어버렸다. 우리는 몇 분 동안 아무 말 없이 앉아 있었다. 미란다 욕을 하고 싶었지만 꾹 참았다. 대신 이마의 땀을 닦고 길게 심호흡을 했다. 에밀리가 먼저 입을 열었다.

"정리 좀 해볼까? 미란다는 전화번호는 알고 있는데 거는 방법을 몰랐다, 이거지?"

"전화번호를 누를 기분이 아니었는지도 모르죠." 우리가 힘을 합쳐 미란다에 대항하는 기회를 늘 고대했던 나는 친절하게 덧붙였다. 그리고 에밀리와 이런 시간을 갖는다는 게 얼마나 힘든 일인지 생각해보았다.

"내가 왜 그 생각을 못했을까?" 그녀가 자신에게 실망했다는 듯이 머리를 가로저으며 말했다. "내가 왜 그 생각을 못한 걸까? 미란다는 옆방에 있는 사람한테, 혹은 두 블록 건너 호텔에 있는 사람에게 전화할 때도 늘 나한테 연결하라고 해. 파리에서 뉴욕까지 전화해서 파리에 있는 사람과 연결해달라고 하는 게 처음엔 무척 이상했어. 하지만 이젠 아무렇지도 않아. 그런데 왜 그 생각을 못했을까?"

점심을 사러 레스토랑으로 뛰어가려는데 또 전화가 울렸다. 설마 엎친 데 덮치기야 하랴 싶어 이번엔 발랄하게 전화를 받았다.

"미란다 프리스틀리의 사무실입니다."

"에밀리! 지금 비가 쏟아지는데 난 리볼리가에 서 있어. 운전기사는 어디로 갔는지 모르겠고. 없어졌단 말이야! 내 말 알아듣겠어? 운전기사가 없어졌다고! 당장 그를 찾아내!" 미란다는 신경질적으로 흥분해 있었다. 그녀가 그런 식으로 말하는 건 처음 들었다. 하지만 오직 그 순간 딱 한 번 그랬다는 것을 알았다 하더라도 별로 놀라지 않았을 것이다.

"잠깐만 기다리세요. 운전기사 전화번호가 여기 있습니다." 나는 몸을 돌려 아까 책상 위에 놓아둔 일정표를 찾기 시작했다. 하지만 서류, 지나간 알림판, 지난 호 잡지 더미만 눈에 띄었다. 겨우 삼사 초 지났을 뿐인데, 마치 그녀의 펜디 모피코트에 비가 쏟아지고 얼굴의 화장이 번지는 걸 바라보고 있는 느낌이었다. 그녀가 전화기 너머에서 손을 뻗어 내 얼굴을 때리곤 넌 제대로 할 줄 아는 게 하나도 없는 쓰레기라고 말할 것만 같았다. 이 여자는 사람일 뿐이라고, 빗속에 서 있게 되는 바람에 기분이 언짢아서 6천 킬로미터 떨어져 있는 어시스턴트에게 퍼부어대고 있는 사람에 불과하다고 나 자신을 설득할 시간이 없었다. 이건 내 잘못이 아니야. 이건 내 잘못이 아니야. 이건 내 잘못이 아니라고!

"앤-드리-아! 내 구두가 다 젖고 있어. 내 말 들려? 듣고 있는 거야? 당장 운전기사를 찾아내!"

위험하게도 다소 부적절한 감정이 치밀었다. 목구멍에 뭔가가 콱 치밀어오르고 목 뒤 근육이 뻣뻣해지는 게 느껴졌다. 웃음이 나오려는 건지 울음이 나오려는 건지는 아직 파악이 안 됐다. 어느 쪽도 좋지 않았다. 에밀리가 눈치를 챘는지 얼른 자리에서 일어나 자기가 갖고 있던 일정표를 내게 건넸다. 운전기사의 카폰, 휴대폰, 집 전화번호에 형광펜이 그어져 있었다. 당연하게도!

 "편집장님, 제가 그에게 전화를 연결해드릴 테니 끊지 말고 기다리세요. 아시겠죠?" 그녀의 화를 돋우게 될 걸 알면서도 나는 대답을 기다리지 않고 곧바로 '대기' 버튼을 누르고 파리로 전화를 걸었다. 다행히도 첫 신호가 울리자 바로 운전기사가 받았다. 하지만 불행하게도 그는 영어를 할 줄 몰랐다. 전에 나는 한 번도 자학이라는 것을 한 적이 없었다. 그러나 이번엔 포마이카 책상에 이마를 찧지 않을 수 없었다. 세 번이나 그러자, 에밀리가 전화를 받았다. 그녀 역시 자신의 엉터리 프랑스어를 기사에게 이해시키기엔 역부족이었기에, 악악거리며 소리만 질러댔다. 운전기사가 새로 바뀌면 늘 훈련 과정이 필요했다. 그건 그들이 미란다를 사십오 초에서 일 분 정도 더 기다리게 해도 괜찮을 거라는 바보 같은 생각을 하기 때문이었다. 에밀리와 나는 이런 생각을 하는 그들을 깨어나게 해야 했다.

 에밀리는 운전기사를 마구 다그쳐서, 삼사 분 전에 미란다를 놓아둔 곳으로 황급히 돌아가게 만들었다. 우리는 한동안 고개를 푹 꺾고 앉아 있었다. 점심을 먹고 싶은 마음도 사라져버렸다. 이런 현상이 나타나면 난 심히 불안해졌다. 〈런웨이〉에 전염된 걸까? 아니면 아드레날린과 스트레스가 합쳐지면 식욕이 날아가버리는 걸까? 바로 그거였다! 〈런웨이〉 특유의 단식은 저절로 생겨난 게 아니었다. 늘 공포와 불안에 시달리다보면 배고프다는 느낌도 사라졌다. 인체의 당연한 생리적 반응이었던 것이다. 나는 이것에 대해 좀더 깊이 생각해보기로 했다. 미란다는 생각보다 훨씬 똑똑해서, 교묘하게 모든 면에서 공격적인 페르소나를 만들어내어 그것으로 사람들을 뼈만 남을 정도로 위협하는 것 같았다. 나는 그런 가능성에 대해 좀더 탐구해보겠다고 결심했다.

"여러분, 여러분! 책상에서 고개를 드세요. 지금 미란다가 당신들을 보고 있다고 상상해봐요. 그녀가 좋아할 리 없겠죠!" 제임스가 문가에서 떠들어댔다. '베드 헤드Bed Head'라는 헤어왁스로 머리카락을 뒤로 매끄럽게 넘긴 모습이었다("이름 끝내주지, 어떻게 이걸 거부하겠어?"). 몸에는 꼭 맞는 미식축구 셔츠를 입고 있었는데, 셔츠의 앞뒤판에 숫자 '69'가 씌어 있었다. 늘 그렇듯이 미묘하게 에둘러서 표현한 모습이었다.

아무도 그에게 제대로 눈길을 주지 않았다. 시계는 겨우 오후 네시를 가리키고 있었지만, 자정쯤 된 기분이었다.

"내가 한번 알아맞혀볼까요? 엄마가 리츠호텔과 알랭 뒤카스 레스토랑 사이에서 귀걸이를 잃어버렸다며 전화했군요. 당신들더러 찾아내라고 해서 전화통에 불이 났겠죠? 귀걸이는 파리에 있고, 당신들은 뉴욕에 있는데 말이에요."

나는 콧방귀를 뀌었다. "그런 일쯤으로 우리가 이러고 있는 것 같아요? 그게 우리 업무라고요. 그런 일은 날마다 겪어요. 좀 어려운 과제를 제시해보시죠?"

에밀리조차 키득거렸다. "진짜야, 제임스. 그건 별론데? 난 이 세상 어느 도시에서도 잃어버린 귀걸이를 십 분 이내에 찾아낼 수 있어." 그녀가 말했다. 왜인지는 모르겠지만, 느닷없이 대화에 참여할 마음이 생긴 것 같았다. "진정한 도전이라고 하려면 미란다가 귀걸이를 어느 도시에서 잃어버렸는지 말하지 않은 상태에서 시작돼야지. 그래도 우린 찾아낼 수 있을걸?"

제임스가 공포에 질린 척하며 뒤로 슬슬 물러났다. "아, 알았어요, 여러분. 그럼 즐겁게 지내요. 다행히도 그녀가 당신들을 완전히 미치게 하지는 않았군요. 그 사실에 감사해야죠, 안 그래요? 당신들은 둘 다 너무너무 제정신이니까요. 자, 그럼 즐겁게 지내……"

"그렇게 금방 가면 안 되지!" 누군가 빽 소리를 질렀다. "저 숙녀분들 쪽으로 다시 돌아서 걸어보시지. 그리고 오늘 아침에 무슨 생각으로 그런 넝마를 입었는지 말해봐!" 나이절이 제임스의 왼쪽 귀를 잡고 우리 책상 쪽으로 질질 끌고 왔다.

"오, 나이절, 제발!" 제임스는 낑낑거리며 짜증을 내는 척했지만, 나이절이 제 몸에 손을 대고 있는 걸 은근히 즐기는 게 분명했다. "당신도 이 셔츠 좋아하잖아."

"그걸 좋아한다고? 내가 그따위 게이들 옷을 좋아한다고? 제임스, 다시 생각해볼래? 응? 응?"

"꼭 끼는 미식축구 셔츠가 뭐 어때서. 멋있잖아?" 에밀리와 나는 고개를 끄덕이며 제임스에게 무언의 지지를 보냈다. 취향이 썩 괜찮다고는 할 수 없지만, 제임스는 매우 힙해 보였다. 게다가 얼룩말 무늬 부츠컷 청바지와 검은색 브이넥 스웨터를 입은, 스웨터 등에 파인 동그란 구멍으로 접힌 살이 들여다보이는 남자가 잔소리를 하는 상황이라니 상당히 황당했다. 나이절의 전체적인 앙상블은 축 늘어진 밀짚모자와 살짝(이런 말이 어울리는지 모르겠지만 '미묘하게') 칠한 검은색 아이라이너로 마무리되어 있었다.

"베이비, 패션이란 셔츠에 당신이 좋아하는 체위를 광고하고 다니는 것이 아니야. 그런 게 아니라고! 속살을 보여주고 싶어? 그거 멋있지! 딱 달라붙는 옷을 입어 몸매를 자랑하고 싶어? 그것도 멋지지. 하지만 옷은 네가 어떤 체위를 좋아하는지 세상에 읊어대는 도구가 아니라고, 이 친구야. 알아듣겠어?"

"하지만 나이절!" 자기가 나이절의 집중 관심의 대상이 되었다는 즐거움을 감추기 위해, 제임스는 졌다는 표정을 지었다.

"이봐, 친구, 그렇게 부르지 마. 제피에게 가서, 내가 보냈다고 말해. 마이애미 촬영 건으로 협찬받은 새 캘빈 클라인 탱크톱을 달라고 해. 아주 멋진 흑인 모델이 입기로 되어 있는 옷이지. 오, 진한 초콜릿 밀크셰이크처럼 멋진 모델이야. 얼른 가. 그리고 다시 와서 그걸 입은 모습을 꼭 보여줘야 해!"

제임스는 먹이를 먹은 토끼처럼 통통 튀어나갔다. 나이절이 우리에게 시선을 돌렸다. "아직 그녀의 옷을 주문하지 않았나?" 그는 딱히 누구에게랄 것 없이 물었다.

"아니요. 룩북을 봐야 고르실 거예요. 돌아와서 한다고 했어요." 에밀리가 대답했다. 지겹다는 표정이었다.

"그럼 내게 미리 말해줘. 그래야 그 파티를 위해 스케줄을 비워둘 수 있으니까!" 그는 클로짓 쪽으로 갔다. 제임스가 옷 갈아입는 걸 보려는 것 같았다.

미란다의 의상 주문 과정을 겪어본 적이 있는데, 결코 즐겁지 않았다. 패션쇼가 열리면 그녀는 스케치북을 손에 들고 무대를 돌면서 미국으로 돌아가 뉴욕 상류사회에게는 그들이 입어야 할 옷을, 중산층에게는 입고 싶어 해야 할 옷을 알려줄 준비를 했다. 물론 추천은 〈런웨이〉를 통해 이루어졌다. 미란다 역시 앞으로 몇 달 후에 자기가 입을 옷들을 처음 보게 되는 터라, 무대 위의 의상에 특별한 관심을 기울였다. 그때는 이런 사실을 잘 모르고 있었다.

사무실로 돌아온 지 이 주쯤 후에 미란다는 자기가 원하는 룩북의 디자이너 명단을 에밀리에게 건네주었다. 1차 담당자들이 그녀를 위해 급히 룩북을 편집했고, 〈런웨이〉의 전 직원은 책들이 도착할 때를 대비해 경계 태세에 들어가 있었다. 그녀가 가져오라고 한 무대 사진 중에는 수정이나 장정은커녕 아직 현상되지 않은 것도 종종 있었다. 나이절은 그 책들을 뒤적이며 미란다를 도와 의상을 골라줄 만반의 준비를 갖추고 있었다. 액세서리 담당 에디터는 백과 구두를 고르기 위해, 패션 에디터는 모두 같은 의견이라고 미란다를 안심시키기 위해 그 옆에 붙어 있어야 했다. 모피코트나 이브닝 가운처럼 상당히 비싼 것을 주문하게 되는 경우에는 더욱더 그랬다. 여러 매장에서 그녀가 원했던 옷들이 도착하면, 미란다의 전용 재봉사는 며칠 동안 〈런웨이〉에 출근해서 그 옷들의 가봉을 마쳤다. 제피는 클로짓을 완전히 비워놓았고, 그동안은 당연히 아무 일도 제대로 할 수가 없었다. 미란다와 재봉사가 몇 시간 내내 거기 파묻혀 있었기 때문이다. 처음 가봉하던 날, 마침 클로짓 근처를 지나가다 나이절의 고함소리를 들었다. "미란다 프리스틀리! 당장 그 누더기를 벗어요. 그 옷을 입으니 꼭 매춘부 같아요. 흔해빠진 창부 말이에요!" 갑자기 문이 열리면 내 목숨이 위험하다는 것을 알면서도, 나는 문에 귀를 대고 있었다. 그리고 그녀가 자기만의 독특한 방식으로 그를 힐책하기를 기다렸다. 하지만 내가 들은 건 낮게 웅얼거리며 동의하는 목소리와 옷을 벗느라 사각거리는 소리뿐이었다.

여기도 그럭저럭 오래 다녔으니 곧 미란다의 옷을 주문하는 영광이 내게 떨어질 것 같았다. 그녀는 일 년에 네 번, 마치 시계처럼 정확하게 자신의 전용 카탈로그인 양 룩북을 넘기며 알렉산더 매퀸 정장과 발렌시아가 바지를 엘엘빈 티셔츠 고르듯 골랐다. 펜디 바지 위에 노란색 포스트잇. 샤넬 스커트 정장 위에 주저없이 또하나. 그 옷과 세트인 실크 톱에는 커다랗게 'NO'라고 쓴 세번째 포스트잇. 넘기고, 붙이고, 넘기고, 붙이고. 이것은 그녀가 무대에서 다음 계절 의상을 골라낼 때까지 계속되었는데, 대부분의 옷들은 아직 만들어지지도 않은 상태였다.

나는 에밀리가 미란다가 고른 것을 분류해서 디자이너들에게 팩스로 보내는 과정을 지켜보았다. 물론 사이즈나 선호 색상은 생략했다. 마놀로 블라닉의 가치를 아는 사람이라면 미란다 프리스틀리에게 어떤 옷이 어울리는지 알 것이기 때문이다. 사이즈만 맞다고 다 되는 건 아니었다. 옷들을 잡지사로 가져오면, 잘라낼 건 잘라내고 접어넣을 건 접어넣어 맞춤옷처럼 만들어야 했다. 모든 의상을 주문하고 배달시키고 수선해서 운전기사 편에 보내 자기 침실 옷장에 확실하게 걸어놓는 일까지 다 끝나면, 미란다는 철 지난 옷들에서 눈을 뗐다. 산더미 같은 이브 생로랑과 셀린느와 헬무트 랑 옷들이 쓰레기봉투에 담겨 사무실로 돌아왔다. 대개 네댓 달밖에 안 된 옷들이었다. 한두 번 입었거나 아예 새것인 경우도 있었다. 모든 옷이 매우 세련되고 최신 유행을 반영한 것이어서 대부분의 매장에는 아직 진열조차 안 된 것들이었다. 하지만 미란다는 일단 한철이 지난 옷을 입는 일이 거의 없었다. 그건 미란다가 할인 매장에 걸린 인조 가죽 바지를 입는 것과 비슷한 확률이었다.

가끔 내가 입을 만한 탱크톱이나 재킷이 보였지만, 옷의 사이즈가 '0'이라는 사실이 문제였다. 우린 그 옷들을 십대가 안 된 딸이 있는 사람에게 주었다. 그애들한테나 겨우 맞을 것 같았다. 나는 소년 같은 몸매의 소녀들이 프라다 립스틱 스커트와 스파게티 스트랩이 달린 날씬한 돌체 앤 가바나 드레스를 입고 잘난 척하며 걷는 모습을 상상해보았다. 어마어마하게 비싼 옷은 쓰레기 봉투에서 빼내 내 책상 밑에 살며시 숨겨두고 나중에 집으로 가져가기도 했다. 이베이를 몇 번 클릭하거나 매디슨 애비뉴에 있는 화려한 위탁 판매점 같은 곳에 들르면, 갑자기 내 봉급이 그렇게까지 실망스럽진 않았다. 이건 훔치는 게 아니라고, 내가 쓸 수 있는 것을 이용하는 것뿐이라고 합리화했다.

미란다는 그날 저녁 여섯시에서 아홉시 사이(그쪽 시간으로는 자정에서 새벽 세시 사이)에 여섯 번 더 전화해서, 이미 파리에 가 있는 사람들과 자기를 전화로 연결하라고 요구했다. 나는 무덤덤하게 별 탈 없이 제대로 해냈고, 전화가 또 울리기 전에 소지품을 챙겨 빠져나가려 했다. 노곤한 몸을 이끌고 코트를 입으려는데, 모니터에 붙여놓았던 메모가 눈에 들어왔다. '오후 세시 삼십분에 A에게 전화.' 머리가 빙빙 돌았다. 콘택트렌즈는 눈에 덮인 작고 딱딱한 껍데기로 변한 지 오래였고, 머리는 다시 지끈거리기 시작했다. 심하지도 않았고 정확히 어디라고 콕 집어낼 수도 없게 아팠지만, 서서히 쌓여 날 죽이든가 머리를 폭파시켜버릴 듯한 고통이었다. 대서양 건너편에서 수없이 걸려오는 공포스러운 전화에 미친듯이 매달려 있느라, 하루에 딱 삼십 초를 할애해 앨릭스에게 전화하는 것을 까맣게 잊은 것이다. 내게 어떤 대가도 바라지 않는 누군가를 위해 그토록 간단한 일도 잊어버리고 못해주다니!

나는 어둠이 깔린 고요한 사무실에 앉아 전화기를 들었다. 조금 전 미란다의 마지막 전화를 받느라 손에 땀이 나서 전화기는 아직도 끈끈했다. 집전화는 계속 울리다가 자동응답기로 넘어갔다. 전화를 끊고 휴대폰에 걸어보니 곧바로 그가 받았다.

"안녕, 오늘 어떻게 지냈어?" 발신자 표시를 보고 나인 줄 안 그가 말했다.

"아, 글쎄. 다른 때랑 똑같았어, 앨릭스. 세시 삼십분에 전화 못 해서 정말 미안해. 할 수가 없었어. 너무 바빴거든. 그녀가 계속 전화를 해대는데……"

"괜찮아. 중요한 일도 아니었어. 있잖아, 지금 나 전화받기 좀 그렇거든. 내가 내일 전화하면 안 될까?" 그는 신경이 딴 데 가 있는 것 같았다. 목소리가 지구 반대편에 있는 어느 해변 마을에서 공중전화로 국제전화를 하는 것처럼 멀게 들렸다.

"알았어. 근데 별일 없는 거야? 아까 왜 전화하라고 한 거야? 걱정돼서 그래."

그는 잠시 아무 말도 하지 않다가 입을 열었다. "넌 별로 신경 쓰지 않는 것 같구나. 내가 나 편한 시간에 전화해달라고 부탁한 건 이번이 처음이었어. 게다가 네 상사는 외국에 나가 있고. 그런데 여섯 시간이 지나도록 전화를 할 수 없었다니, 정말 신경을 쓰는 사람이라면 이런 태도를 보일 수 없어. 안 그래?" 비꼬거나 비난하는 말투는 아니었다. 그저 사실만 간단하게 요약하는 투였다.

나는 전화 줄을 손가락에 칭칭 감았다. 피가 통하지 않아 손가락이 부풀며 손끝이 하얗게 변해갔다. 입안에서는 피맛이 느껴졌다. 그제야 내가 아랫입술 안쪽을 씹고 있었다는 걸 깨달았다.

"앨릭스, 나 전화하는 거 안 잊어버렸어." 안 그런 것 같으면서도 비난의 뜻이 담긴 그의 말에서 나를 구해내느라 아예 거짓말을 해버렸다. "정말 일 초도 여유가 없었어. 네가 전화하라고 했던 거, 심각한 일인 것 같아서 걸자마자 끊지 못할 것 같았어. 그래서 전화 못 한 거야. 오늘 오후에만 미란다가 스물네 번쯤 전화했는데, 다 급한 일들이었어. 에밀리는 다섯시에 퇴근해버려서 전화받을 사람이 나밖에 없는데다, 미란다는 한도 끝도 없이 전화를 해대는 거야. 너한테 전화하려고 하면 다른 전화로 그 여자 전화가 또 오고, 그런 상황이었어. 아, 정말이지……"

속사포같이 쏟아져나오는 변명은 내 귀에도 참 구차하게 들렸다. 그러나 멈출 수가 없었다. 그는 내가 까맣게 잊었다는 걸 알고 있었다. 나 역시 마찬가지였다. 내가 그에게 마음을 쓰지 않아서가 아니었다. 나는 미란다와 관련된 일이 아니면, 회사에 도착하는 순간 모두 잊어버렸다. 바깥세상이 어떻게 녹아 없어졌는지, 모든 게 사라졌는데도 왜 〈런웨이〉만 남아 있는지, 다른 사람에게 이해를 구하기는커녕 나 스스로도 이해할 수 없었다. 게다가 유일하게 내게 남아 있는 그것이 내가 경멸해 마지않는 것이라는 걸 어떻게 설명할 수 있을지. 그럼에도 중요한 건 오직 그것뿐이었다.

"있잖아, 나 조이 좀 들여다봐야 해. 걔가 친구 둘을 데려왔는데, 지금 집이 무너질 지경이야."

"조이? 너 지금 라치몬트에 있는 거야? 수요일엔 조이를 돌보지 않잖아. 무슨 일 있는 거야?" 나는 여섯 시간 내내 회사 일에 몰두해 있었다는 이 뻔뻔하고 노골적인 사실에서 그의 신경을 돌리고 싶었다. 지금이 가장 좋은 기회였다. 그는 어머니가 갑자기 회사에서 빠져나올 수 없게 되었다거나, 베이비시터가 못 오는 날인데 조이 선생님이 어머니에게 학부모 면담을 오라고 했다든가 하는 얘기를 하겠지. 앨릭스는 절대 투덜거리는 스타일은 아니었지만, 최소한 무슨 일이 생겼는지는 내게 얘기해줄 거야.

"아무 일 없어. 오늘밤 우리 엄마가 급한 일로 고객을 만나야 한대. 앤디, 나 이런 얘기 할 시간이 없어. 아까는 기쁜 소식이 있어서 그런 거야. 그런데 네가 전화하지 않았던 거고." 그가 딱 잘라 말했다.

나는 천천히 풀리고 있던 전화 줄을 다시 감기 시작했다. 하도 세게 감아, 결국 둘째 손가락과 셋째 손가락이 욱신거리기 시작했다. "미안해." 그 말밖에는 할 수 없었다. 내가 무신경해서 전화하지 않았다는 그의 말이 옳기도 했고, 이젠 너무 지쳐서 나 자신을 열심히 옹호할 기분도 아니었다. "앨릭스, 그래도 기쁜 소식이 뭔지는 말해줄 거지? 누가 기쁜 일로 전화를 해온 게 얼마나 오랜만인지 알아? 제발 그게 뭔지 정도는 알려줘." 나는 그가 내 이성적인 시도에 대답해줄 거라고 믿었다. 그리고 그는 그 기대를 저버리지 않았다.

"사실 아주 흥분할 일은 아니야. 그냥, 첫 동창회에 우리가 함께 갈 수 있도록 예약을 해놓았다는 것뿐이야."

"정말? 우리가 동창회에 가?" 전에 내가 몇 번 편하게 그 얘길 꺼낸 적이 있었다. 앨릭스는 그답지 않게 함께 가자고 한 내 제안을 받아들이지 않고 미적거리기만 했다. 벌써부터 계획을 세우는 건 좀 이른 감이 있지만, 프로비던스에 있는 호텔과 레스토랑은 이미 몇 달 전부터 예약이 다 차 있는 상태였다. 그래서 나는 몇 주 전에 그 계획을 포기했다. 다른 계획을 잡아 놓면 될 것 같았다. 그런데 앨릭스는 내가 동창회에 얼마나 함께 가고 싶어하는지 알고 있었고, 나 몰래 모든 준비를 해놓은 것이었다.

"다 준비됐어. 렌터카도 예약해놓았고. 물론 지프로. 그리고 빌트모어*에 방도 예약했어."

"빌트모어? 정말이야? 거기에 방을 얻었어? 와!"

"그래. 거기서 꼭 한번 자고 싶다고 했잖아. 그래서 한번 가보려고. 알 포르노에 일요일 브런치도 예약해놨어. 열 명. 그러면 우리 모두 같은 시간에 한곳에 모일 수 있을 거야."

"우와, 말도 안 돼. 벌써 다 예약해놨단 말이야?"

"물론이지. 신나서 죽겠지? 그래서 이 소식을 빨리 알려주고 싶었는데, 넌 너무 바빴나보구나. 전화도 못 할 정도로."

"앨릭스, 나 진짜로 너무 좋아. 얼마나 신나는지 알아? 정말 좋아. 네가 벌써 다 준비해놨다니 믿을 수가 없어. 아까 일은 정말 미안해. 10월까지 어떻게 기다리지? 네 덕분에 정말 멋진 시간을 보내게 될 것 같아."

---

* 밴더빌트 가문이 소유한 미국에서 가장 큰 개인 주택으로, 숙소 및 관광 명소로 활용되고 있다.

우리는 이 분 남짓 더 통화했다. 전화를 끊을 무렵엔 앨릭스의 화도 풀린 것 같았다. 나는 움직일 힘조차 없었다. 그를 되찾고, 내가 그를 무시한 게 아니었다는 걸 증명하느라, 내가 정말 고맙고 신난다는 것을 확실히 알려주기 위해 적당한 말을 고르느라 마지막 힘까지 다 쏟아야 했다. 어떻게 차에 올라 집까지 갔는지, 아파트 로비에서 존 갈리아노를 닮은 경비원과 인사를 나누었는지 어쨌는지 전혀 기억나지 않는다. 내가 유일하게 기억하는 건, 뼛속까지 지쳐 거의 기분좋을 지경이었다는 것과 릴리의 방 문이 닫혀 있었고 그 밑으로 불빛이 전혀 새어나오지 않아 안도했다는 것이었다. 무언가 배달시켜 먹을까 생각했지만, 메뉴를 찾아 전화를 걸어야 한다는 생각에 미리부터 지쳤다. 간단한 한 끼 식사는 포기했다.

대신 나는 텅 빈 발코니의 무너져내리게 생긴 콘크리트에 앉아 느긋하게 담배를 피웠다. 담배 연기를 뱉을 힘조차 없어서, 연기가 입에서 흘러나와 주위에 흩어지는 대로 내버려두었다. 갑자기 릴리의 방 문이 열리더니 복도에서 발을 질질 끄는 소리가 들렸다. 난 얼른 불을 끄고 어두운 침묵 속에 앉아 있었다. 열다섯 시간 내리 말을 한 끝이라 한마디를 할 힘조차 남아 있지 않았다.

13

"채용하도록." 미란다는 내가 열두번째로 면접하고 미란다와 만나게 해도 되겠다고 생각한 마지막 두 명 중 한 명인 아나벨을 보더니 명령했다. 아나벨은 프랑스인이었는데(그녀는 영어를 잘 못해서 나는 쌍둥이들에게 통역을 시켜야 했다) 소르본대학을 졸업했고 아름다운 밤색 머리카락에 탄탄하고 늘씬한 몸매를 갖고 있었다. 그녀는 일할 때 아무렇지도 않게 스틸레토를 신었고, 미란다의 무뚝뚝한 태도에도 신경쓰지 않았다. 사실 아나벨 자신도 약간 쌀쌀맞고 냉담한 성격인데다 눈도 잘 마주치려 하지 않았다. 늘 지루해하고 심드렁하며, 매사에 자신감이 넘치는 타입이었다. 미란다가 그녀를 원하자 난 매우 기뻤다. 보모 지원자들을 만나느라 몇 주를 더 낭비하지 않아도 되었고, 또 내가 조금이나마 일을 파악하기 시작했다는 의미였기 때문이다.

정확히 무엇을 파악했는지는 잘 모르겠지만, 어쨌든 요즘은 더 바랄 게 없을 정도로 일이 무난하게 흘러가고 있었다. 실수가 조금 있긴 했지만 의상 주문도 훌륭히 해냈다. 지방시에 주문한 옷들을 보여주며 내가 표기 그대로 '기브엔치give-EN-chee'라고 발음했을 때도 미란다는 그렇게까지 파르르하지 않았다. 나를 쏘아보며 경멸조로 몇 마디 하더니, 정확한 발음으로 교정해주었을 뿐이다. 요청했던 로베르토 카발리 옷이 아직 완성되지 않아 삼 주를 더 기다려야 한다는 말을 듣기 전까지는 모든 게 순탄했다. 어쨌든 난 그 일을 잘해냈다. 미란다가 클로짓에서 재봉사와 가봉할 수 있게 시간도 잘 조정했고, 그후 거의 모든 옷을 원룸 아파트 크기만한 그녀의 드레스룸에 갖다놓는 일도 완수했다.

파티 준비는 미란다가 없는 동안에도 계속되었고, 그녀가 돌아오자 맹렬하게 가속도가 붙었다. 뜻밖에도 비상사태는 거의 일어나지 않았다. 모든 일이 차근차근 진행되어, 이번주 금요일에 무사히 파티가 열릴 예정이었다. 미란다가 유럽에 있을 때, 샤넬에서 딱 한 벌뿐이라는 빨간 비즈로 장식한 긴 시스 드레스를 보내왔다. 그것과 비슷한 검은색 샤넬 드레스를 지난달 〈더블유〉에서 봤다고 에밀리에게 얘기하자 그녀는 엄숙하게 고개를 끄덕였다.

"4만 달러." 그녀는 고개를 계속 끄덕이며 말하더니 스타일닷컴에 들어가 검은 정장 바지를 더블클릭했다. 곧 미란다와 함께 가게 될 유럽 출장 때문에 몇 달 동안 들락거린 사이트였다.

"**뭐라고요**? 4만?"

"그 드레스. 샤넬에서 보낸 빨간 드레스 말이야. 매장에서 사려면 4만 달러라니까. 물론 미란다는 그 가격을 다 내진 않지. 그렇다고 완전히 공짜로 얻는 건 아니지만. 정말 끝내주지?"

"4만 **달러요?**" 나는 방금 전에 그렇게 비싼 옷을 손에 들고 있었다는 게 믿어지지 않아 다시 한번 물었다. 그리고 4만 달러를 다른 곳에 대입해보았다. 이 년 치 대학 등록금, 새집 할부금, 4인 가족 기준 일 년 치 봉급. 아니, 멀리 갈 것도 없이 프라다 백을 수십 개는 살 수 있잖아. 그런데 드레스 한 벌이 그 가격이라고? 순간 이제 알 건 다 알았다는 생각이 들었다. 하지만 그 드레스가 우아한 글씨체로 '미즈 미란다 프리스틀리'라고 쓴 봉투와 함께 돌아왔을 때, 또 한번 충격을 받았다. 두꺼운 크림색 종이에는 손 글씨로 이렇게 적혀 있었다.

의류 타입: 이브닝 가운

디자이너: 샤넬

길이: 발목

색상: 빨강

사이즈: 0

세부 사항: 수제 비즈장식, 살짝 둥글게 파인 목선에 민소매, 옆 지퍼는 감춰져 있음, 두꺼운 실크 안단

서비스: 기본, 드라이클리닝 1회

요금: $670

청구서 밑에 세탁소 주인의 메모가 있었다. 엘리아스는 미란다가 중독 수준으로 맡기는 엄청난 양의 드라이클리닝 비용을 지불하고 있었다. 이 세탁소 주인은 엘리아스가 지불하는 돈으로 가

겟세는 물론 집세까지 낼 수 있을 것이었다.

이토록 우아하고 멋진 가운을 세탁하게 되어 영광으로 생각합니다. 메트로폴리탄미술관 파티에서 기쁜 마음으로 이 옷을 입으시길 바랍니다. 명시된 바와 같이 저희는 5월 24일 월요일 파티 후 세탁을 위해 이 가운을 가져가고자 합니다. 추가 서비스가 필요하시면 언제라도 연락주십시오.

최고의 서비스를 약속드리며,
콜레트

아직 목요일인데도 미란다의 옷장에는 갓 세탁한 새 드레스가 우아하게 걸려 있었고, 미란다가 요구한 은색 지미추 샌들은 이미 마련되어 있었다. 헤어 스타일리스트는 금요일 오후 다섯시 삼십분까지, 메이크업 아티스트는 다섯시 사십오분까지 그녀의 집에 오기로 되어 있었다. 유리는 미란다와 톰린슨 씨를 미술관에 모시고 가기 위해 정확히 여섯시 십오분에 대기할 것이다.

미란다는 캐시디의 체조대회에 참석하기 위해 이미 퇴근했다. 나는 어서 회사에서 빠져나가 릴리를 놀라게 해주고 싶었다. 올해의 마지막 시험을 막 끝낸 릴리를 데리고 나가 축하 식사를 하고 싶었다.

"에밀리, 나 여섯시 삼십분이나 일곱시경에 퇴근해도 돼요? 미란다가 오늘은 '그 책'이 필요 없다고 했거든요. 새로운 내용이 별로 없다면서요." 나는 얼른 덧붙였다. 평소에 열네 시간씩 일하다가 간만에 열두 시간 일하고 퇴근하려는데 나와 동급의 동료에게 허락을 구걸해야 하다니, 짜증이 났다.

"그래, 맘대로 해. 난 지금 퇴근할 거야." 에밀리는 컴퓨터 모니터로 다섯시가 조금 넘은 것을 확인했다. "두 시간 정도 더 있다가 퇴근해. 오늘밤엔 미란다가 쌍둥이와 함께 있으니까 자주 전화하진 않을 거야."

그날 밤 에밀리는 새해 무렵 LA에서 만난 남자와 데이트 약속이 있었다. 그가 마침내 뉴욕에 와, 놀랍게도 정말로 전화를 해온 것이다. 그들은 크래프트 바에서 한잔하기로 했다. 에밀리는 일단 거기 갔다가 그가 예의 있게 굴면 노부로 데려갈 생각이었다. 오 주 전에 그가 뉴욕에 올지도 모른다고 이메일을 보내오자 에밀리는 곧바로 예약을 했다. 물론 자리를 얻기 위해서는 미란다의 이름을 대야 했다.

"거기 가서 어떻게 할 거예요? 당신이 미란다 프리스틀리가 아닌 건 다들 알잖아요."

내가 바보 같은 질문을 하자, 에밀리는 여느 때처럼 숙달된 솜씨로 눈을 치뜨며 한숨을 쉬었다. "미란다가 갑자기 출장을 가게 되었다고 말할 거야. 명함을 보여주고, 나한테 예약석을 대신 쓰게 했다고 말하면 되지 뭐. 어려울 것 전혀 없어."

에밀리가 나간 뒤, 미란다가 한 번 전화를 했다. 내일은 정오까지 사무실에 나오지 않겠다면서, 오늘 '신문에서' 읽은 레스토랑 칼럼을 찾아놓으라고 했다. 용감하게도 어느 신문에서 읽었는지, 혹시 그 레스토랑 이름을 기억하는지 물어봤지만, 그녀는 짜증만 냈다.

"앤-드리-아, 대회에 가야 하는데 벌써 늦었어. 날 화나게 하지 마. 아시아 퓨전 레스토랑이고, 오늘 신문에 나왔어. 이상." 그렇게 말한 뒤 그녀는 모토로라 V60의 폴더를 탁 닫았다. 그녀가 말허리를 잘라먹을 때마다, 난 언젠가 그 휴대폰이 탁 닫히면서 완벽하게 매니큐어를 바른 그녀의 손가락을 콱 물어 삼키길 바랐다. 특히 흠 하나 없는 빨간 손톱을 갈가리 찢어버리기를. 물론 아직 그런 행운은 일어나지 않았다.

나는 한도 끝도 없는 미란다의 요구를 적어놓는 노트를 펼쳤다. 그러고는 내일 아침에 할 일 1순위로 레스토랑 기사를 찾는 일을 얼른 써놓은 뒤 차로 뛰어갔다. 휴대폰으로 릴리에게 전화를 걸었다. 차에서 내려 아파트로 올라가려는 순간, 그녀가 전화를 받았다. 나는 머리를 좀더 기르고 체인 몇 줄로 제복을 장식해 날마다 갈리아노를 더 닮아가는 피셔 씨에게 손을 흔들어 인사했지만 그쪽으로 발걸음을 옮기지는 않았다.

"릴리, 안녕? 나야."

"안녀어어어어어어엉!" 릴리가 노래했다. 지난 몇 주, 아니 몇 달 동안 이렇게 행복해한 적이 없었다. "끝났어, 끝났다고! 여름방학 때 수업 안 들어도 돼. 별 볼 일 없는 석사논문 계획서만 내면 돼. 그것도 일단 내고 나서 필요하면 열 번쯤 바꿔도 돼. 7월 중순까진 이제 할일이 없어. 아, 너무 행복해!" 릴리는 정말로 신이 나서 죽을 지경인 것 같았다.

"그래그래. 나까지 신나! 우리 축하할 겸 저녁이나 먹을까? 네가 가고 싶은 곳에 가자. 〈런웨이〉에 뒤집어씌우면 돼."

"진짜? 아무데나?"

“응, 아무데나. 나 지금 로비야. 차도 있어. 내려와. 분위기 죽이는 데로 갈까?”

릴리는 환호성을 질렀다. “좋지! 너한테 ‘프로이트 보이’ 얘기 해주려고 했는데. 진짜 괜찮은 애야. 잠깐만 기다려. 청바지 입고 바로 내려갈게.”

릴리는 오 분 뒤에 통통 튀어내려왔다. 오랫동안 봐왔지만 그녀가 지금처럼 예쁘고 행복해 보인 적은 없었다. 엉덩이에 꼭 끼는 색 바랜 부츠컷 청바지와 나풀나풀한 긴소매 페전트블라우스를 입었고 청록색 비즈로 장식한 갈색 가죽 조리로 마무리한 모습이었다. 화장까지 한데다, 머리는 오늘 드라이를 한 듯했다.

“너 정말 예쁘다.” 릴리가 뒷좌석에 앉자 내가 말했다. “비결이 뭐야?”

“물론 ‘프로이트 보이’ 때문이지. 그 친구 정말 괜찮아. 나, 사랑에 빠진 것 같아. 지금까지는 점수가 확실하게 9/10야. 믿어지니?”

“릴리, 우선 갈 곳부터 정하자. 예약한 곳은 없지만, 전화해서 미란다의 이름을 팔면 돼. 어디로 갈래?”

릴리는 키엘 립글로스를 바르면서 룸미러를 통해 자기 모습을 바라보았다. “아무데나 괜찮아?” 릴리는 무심하게 물었다.

“응. 치카마에 가서 모히토나 마실까?” 릴리를 레스토랑에 데려가려면 음식이 아니라 술에 대해 선전해야 한다는 걸 난 알고 있었다. “아니면 미트에 가서 멋진 코스모스*를 마셔도 좋고. 허

---

* 럼, 라임주스, 설탕을 넣은 칵테일.

350

드슨호텔도 괜찮아. 야외에 있을 수 있으니까. 와인을 마시기엔 어디가 좋으냐 하면……"

"앤디, 우리 베니하나에 갈까? 늘 거기서 식사하고 싶었어." 릴리는 수줍어 보였다.

"베니하나? 베니하나에 가잔 말이야? 징징거리는 애들을 한 부대씩 데리고 온 여행객들이 우글우글하고, 아시아인 실업자 배우들이 손님 테이블에서 직접 요리해주는 그 체인 레스토랑? 그 베니하나 말이야?"

릴리는 열심히 고개를 끄덕였다. 주소를 묻기 위해 할 수 없이 그곳에 전화하려 했다.

"아니, 내가 알아. 피프스 애비뉴와 식스스 애비뉴 사이에 있는 56번가 북쪽이요." 릴리가 운전기사에게 말했다.

릴리는 묘하게 흥분해 있어서, 내가 빤히 보는 것도 눈치채지 못했다. 그녀는 '프로이트 보이'에 대해 행복하게 수다를 떨었다. 그 남자는 심리학 박사과정 마지막 해였고, 그 별명은 아주 적절했다. 릴리는 그를 로도서관 지하의 대학원생 라운지에서 만났다고 했다. 나는 그의 인적 사항을 쭉 들어야 했다. 29세("성숙하지만, 나이가 너무 많다고까지는 할 수 없음"), 몬트리올 출신("너무도 귀여운 프랑스 억양. 하지만 완전히 미국화되었음"), 긴 머리("하지만 머리를 묶을 만큼 징그럽게 길진 않음"), 그리고 적당히 짧은 수염("사흘 동안 면도를 하지 않으면 안토니오 반데라스와 똑같음").

사무라이 복장을 한 배우 겸 요리사들이 여느 때처럼 재료를 얇게 썰고, 깍둑썰기를 하고, 고깃조각을 뒤집는 것을 보면서 릴

리는 처음 서커스 구경을 하는 어린애처럼 웃음을 터뜨리며 박수
를 쳤다. 릴리가 진짜로 한 남자를 사랑하고 있다는 게 믿어지지
않았다. 하지만 기쁨에 찬 릴리를 설명할 수 있는 것은 그 남자뿐
인 것 같았다("학교에서 이 주일 반 내내 함께 다녔을 뿐 아무 일
없었어! 너, 내가 자랑스럽지 않니?"). 아직 그 남자와 자지 않았
다는 릴리의 말은 더더욱 믿을 수 없었다. 왜 집에 데려오지 않았
느냐고 물었더니, 릴리는 뿌듯하게 미소를 지으며 말했다. "아직
초대하지 않았어. 좀 천천히 진행하는 중이거든." 식사를 마친 후
레스토랑에서 나와서 릴리가 그 남자에게 들은 재미난 이야기를
한창 풀어놓고 있는데, 느닷없이 크리스천 콜린스워스가 내 앞에
나타났다.

"앤드리아, 사랑스러운 앤드리아. 당신이 베니하나 단골이라
니 놀라운걸요…… 미란다가 뭐라고 생각하겠어요?" 그는 팔을
내 어깨에 쓰윽 감으며 놀리는 어조로 말했다.

"어, 저는……" 더듬거리던 말도 쑥 들어가버렸다. 온갖 생각
이 머리 양옆과 두 귀 사이를 핑핑거리며 뛰어다니는 바람에 무
슨 말을 해야 할지 멍하기만 했다. 베니하나에서 식사한 걸 크리스
천이 알게 됐어! 베니하나와 미란다라니! 가죽 봄버 재킷을 입은 모
습이 어쩜 저렇게 멋있지! 나한테 틀림없이 베니하나 냄새가 날 거
야. 그의 뺨에 키스하지 마! 아니, 그의 뺨에 키스해! "어, 그게 아니
라……"

"우린 다음에 어디를 갈까 의논하고 있었어요." 릴리가 경쾌
하게 말하며 크리스천에게 손을 내밀었다. 그제야 나는 그가 혼
자라는 걸 깨달았다. "얘기하느라 정신이 팔려서 길 한가운데에

서 있다는 것도 몰랐네요! 하하! 앤디, 웃기지? 제 이름은 릴리예요." 크리스천은 릴리와 악수하더니 지난번 파티 때처럼 머리카락을 뒤로 쓸어넘겼다. 잘생긴 그가 아름다운 머리카락을 쓸어넘기는 모습을 몇 시간, 아니, 며칠 동안이라도 황홀하게 바라볼 수 있을 것 같은 야릇한 기분이 들었다.

릴리와 그를 보면서 나는 뭔가 말을 해야 할 것 같다고 어렴풋이 깨달았다. 하지만 두 사람은 자기들끼리도 충분히 즐거운 듯 보였다.

"릴리." 크리스천이 입안에서 그 이름을 굴려보았다. "릴리, 멋진 이름이군요. 앤드리아만큼이나." 나는 이제 최소한 그들을 똑바로 쳐다볼 수 있을 정도로 평정심을 되찾았다. 릴리가 환하게 웃고 있는 것도 알아챌 수 있었다. 이 남자가 연상에 멋진데다가 매력적이라고 생각하는군. 릴리는 내가 그에게 관심이 있는지, 앨릭스를 두고 내가 딴생각을 하는 건지, 만약 그렇다면 자기가 어떻게 해야 할지 궁리하는 눈치였다. 릴리는 앨릭스를 매우 좋아했다. 앨릭스 같은 사람을 싫어할 이가 어디 있겠는가? 하지만 릴리는 우리 같은 젊은 커플이 어떻게 그토록 오래 사귈 수 있는지 이해하지 못했다. 최소한 그게 릴리의 주장이었다. 사실 그녀를 열받게 만드는 건 일부일처제라는 제도였지만. 크리스천과 나 사이에 모종의 사건이 일어날 기미가 조금이라도 보인다면, 릴리는 그 불에 부채질을 하고 싶어 몸살이 날 것이다.

"릴리, 만나서 반가워요. 난 크리스천이에요. 앤드리아의 친구죠. 당신들은 항상 베니하나 앞에 서서 대화를 나누나요?" 그가 빙긋 웃자 내 가슴속이 찌릿찌릿했다.

릴리는 손등으로 밤색 곱슬머리를 쓸어넘기면서 말했다. "아뇨, 크리스천! 우린 방금 타운에서 저녁을 먹었고, 이제 한잔하러 갈까 하는 중이었어요. 추천할 만한 데 없어요?"

타운이라니! 거긴 뉴욕에서 가장 인기 있고 비싼 레스토랑 중 하나였다. 미란다가 가는 곳이었고, 제시카와 그녀의 약혼자가 들르는 곳이었다. 꼭 한번 가보고 싶다고 에밀리가 줄곧 읊어대는 곳이기도 했다. 릴리가 대체 왜 이러지?

"흠, 좀 이상하군요." 크리스천이 말했다. 릴리의 말을 그대로 믿는 것 같았다. "방금 거기서 내 에이전트와 저녁을 먹었거든요. 그런데 당신들을 못 봤다니 이상하네요……"

"우린 안쪽에 앉아 있었어요. 바 뒤편으로 쑥 들어가 있는 데 요." 어느 정도 안정을 찾은 내가 말했다. 데이트하기에 적당한 곳인지 알아보려고 에밀리가 시티서치닷컴에 나온 타운의 미니 바 사진을 보여주었을 때 관심을 갖고 봐둔 게 다행이었다.

"흠." 그는 고개를 끄덕였다. 별 신경 안 쓰는 것 같았고, 다른 때보다 한층 멋져 보였다. "그러니까 한잔하러 가는 길이라고요?"

나는 옷과 머리에 진하게 배어 있는 베니하나 냄새를 씻어내고 싶어 죽을 지경이었다. 하지만 릴리는 내게 기회를 주지 않았다. 내가 지금 완전히 무시당하고 있다는 걸 크리스천도 알고 있는지 잠시 궁금했지만, 그는 매력적이었고 릴리는 굳게 결심을 한 상 태여서 나는 아무 말도 하지 않았다.

"네, 어딜 갈까 생각하던 중이었죠. 추천할 데 있어요? 당신과 같이 가면 아주 좋을 것 같은데요?" 릴리가 장난스럽게 그의 팔을 끌어당기며 말했다. "이 근처에 좋아하는 데 있어요?"

"글쎄요. 미드타운에는 괜찮은 바가 없죠. 제가 오 바Au Bar에서 에이전트를 만나기로 했는데, 숙녀분들께서 같이 가고 싶다면 환영입니다. 제 에이전트는 지금 서류를 가지러 사무실에 갔어요. 곧 거기로 올 거예요. 앤디, 혹시 그를 만나보겠어요? 나중에 당신에게도 에이전트가 필요할지 모르잖아요. 오 바에 가는 거 괜찮아요?"

릴리는 부추기는 표정으로 나를 슬쩍 보았다. 꼭 이렇게 외치는 것 같았다. 앤디! 이 남자 미남이야, 진짜 미남! 누군지는 모르지만 너랑 같이 가고 싶어하잖아. 빨리 말해. 거기 좋아한다고. 오 바를 아주 좋아한다고!

"저도 오 바가 좋아요. 아주 멋진 곳 같아요." 나는 가본 적도 없으면서 조금 힘주어 말했다.

릴리가 씨익 웃었다. 크리스천도 미소 지었다. 우리는 함께 오 바로 출발했다. 내가 크리스천 콜린스워스와 함께 술을 마시러 가고 있다. 이걸 데이트라고 생각해도 될까? 말도 안 돼. 웃기지 좀 마. 나는 나 자신을 질책했다. 앨릭스, 앨릭스, 앨릭스. 속으로 되뇌면서, 내겐 정말 사랑하는 남자친구가 있다는 것을 잊지 않겠다고 다짐했다. 하지만 다른 한편으로는 그토록 사랑하는 남자친구를 억지로 떠올리는 나 자신이 환멸스러웠다.

특별한 행사가 없는 목요일 밤이었지만, 안내원들이 많이 나와 있었다. 그들은 아무 문제 없이 우리 셋을 들여보내주었지만, 입장료를 할인해주지는 않았다. 입장료만 20달러였다.

내가 미처 돈을 꺼내기도 전에 크리스천이 주머니에서 두툼한 돈뭉치를 꺼내 20달러짜리 세 장을 능숙하게 빼서 아무 말 없이 그들에게 건네주었다.

한마디하려는데, 크리스천이 손가락 두 개를 내 입술에 갖다댔다. "앤디, 달링. 이런 일로 그 예쁜 머리를 지끈거리게 하지 마요." 내가 그의 손 밑에 있는 입술을 채 달싹거리기도 전에, 그는 다른 손을 내 머리 뒤에 대더니 내 얼굴을 양손으로 감쌌다. 혼란스러워진 머릿속 깊은 곳에서 확 달아오른 신경세포들이 그가 내게 키스하려 한다고 경고했다. 하지만 꼼짝할 수가 없었다. 내가 몸을 빼려고 순간적으로 머뭇거린 것을 그는 허락의 의미로 받아들였다. 크리스천은 몸을 숙여 내 목에 입술을 댔다. 순간적으로 아주 살짝 턱밑과 귓가에 입술이 스쳤지만 목에 입술이 닿은 느낌은 확실했다. 그는 내 손을 잡고 안으로 이끌었다.

"크리스천, 잠깐만요. 나 할말이 있어요." 입술끼리 닿은 것도 아니고 목에 살짝 키스만 받은 상황에서, 남자친구가 있으니 다른 신호는 보내지 말라고 장황하게 설명해야 하는 건지 결정을 내리지 못한 채 나는 입을 열었다. 하지만 크리스천은 그럴 필요가 없다고 생각한 게 분명했다. 그는 나를 구석의 소파로 데려가더니 앉으라고 했다.

"마실 걸 가져올게요, 알았죠? 그렇게 걱정할 것 없어요. 물어뜯진 않을 테니까." 그가 싱글거렸다. 나는 얼굴이 달아오르는 걸 느꼈다. "또 모르지. 그러면 당신이 좋아할지도." 그는 몸을 돌려 바 쪽으로 걸어갔다.

기절하지 않으려고, 아니 방금 전 일을 돌이켜 생각하지 않으려고 나는 동굴 같은 어두운 실내를 둘러보며 릴리를 찾았다. 도착한 지 삼 분도 안 됐건만, 릴리는 벌써 어떤 키 큰 흑인 남자와 대화중이었다. 릴리는 너무 즐거워 고개까지 뒤로 젖혀가며 웃고 있었다. 나는 무리 지어 술을 마시는 외국인들 틈을 지나갔다. 이 사람들은 이곳이 미국 여권 없이도 올 수 있는 곳이라는 걸 어떻게 알았을까? 나는 일본어인 듯한 말로 소리를 지르고 있는 삼십 대 남자들, 손뼉을 쳐가며 아랍어로 열심히 얘기하는 두 여자, 서로 노려보며 스페인어인지 포르투갈어인지로 화를 내며 속삭이는 침울한 표정의 젊은 커플 옆을 지나갔다. 릴리와 함께 있는 남자는 벌써 그녀의 등에 손을 얹고 있었다. 릴리에게 완전히 빠진 듯 보였다. 점잔 떨 필요 없어. 나는 결심했다. 크리스천 콜린스워스는 방금 전에 입으로 내 목을 애무했잖아. 난 남자를 무시하면서 소파로 되돌아가려고 릴리의 오른쪽 팔을 잡아끌었다.

"앤디, 이러지 마." 릴리가 팔을 빼려고 하면서 불쾌한 듯 말했다. 그래도 옆의 남자에게 미소 짓는 것은 잊지 않았다. "너 왜 이렇게 무례하니? 친구를 소개하려는데. 윌리엄, 이쪽은 내 친구 앤드리아예요. 평소에는 이렇지 않아요. 앤디, 이쪽은 윌리엄이야." 우리는 악수했고 릴리는 상냥한 미소를 지었다.

"자, 이제 당신의 친구를 왜 내게서 훔쳐가려는지 물어봐도 될까요, 앤드리아?" 그의 목소리가 어찌나 낮은지 그대로 메아리칠 것만 같았다. 다른 장소나 다른 시간 또는 다른 사람이었다면 그의 따스한 미소나 내가 오자 즉각 일어나 자리를 권한 기사도 정신이 눈에 들어왔겠지만, 지금은 오직 그의 영국식 억양에만 온 신경이 쏠렸다. 이 사람이 덩치 큰 흑인이며, 미란다 프리스틀리와는 외모나 체구 어디 하나 닮은 곳이 없다는 건 아무 상관 없었다. 그녀와 똑같은 억양으로 내 이름을 발음하는 것만 들어도 가슴이 쿵쾅거렸고 맥박은 점점 빨라졌다.

"윌리엄, 정말 미안해요. 다른 감정은 없어요. 제가 일이 있어서 우리끼리 잠깐 얘기하고 싶어서 그런 거예요. 다시 얌전히 데려다놓을게요." 나는 릴리의 팔을 더 세게 잡고 확 끌어당겼다. 난 지금 내 친구가 필요하단 말이야!

나는 아까 크리스천이 나를 앉혀놓았던 그 소파에 앉았다. 그는 아직도 바텐더의 시선을 끄느라 애를 쓰고 있었다(바에 서 있는 이성애자 남자라니. 밤새도록 주문 못하겠군). 나는 심호흡을 했다.

"크리스천이 나한테 키스했어."

"그래서? 키스가 별로였어? 오, 그랬구나? 점수를 잃는 덴 그게 지름길이야……"

"릴리! 잘하든 별로든 그딴 게 무슨 상관이야?"

릴리가 눈썹을 이마 끝까지 치켜올리고 무슨 말인가 하려는 순간 내가 말을 이었다.

"좌우간 그 사람이 내 목에 키스했단 말이야. 문제는 그의 키스가 어땠느냐가 아니라, 내겐 이런 일이 처음이라는 거야. 앨릭스는 어쩌지? 너도 알다시피 난 다른 남자랑 키스하는 짓 같은 건 안 하잖아."

"그건 내가 더 잘 알지." 그녀는 웅얼거리더니 입을 열었다. "앤디, 너 지금 무지 웃긴다. 너와 앨릭스는 서로 사랑하지만, 네가 가끔 다른 남자와 키스하고 싶은 건 아주 당연한 거야. 넌 스물세 살밖에 안 됐잖아. 이 바보야, 좀 발랄하게 살아줄래?"

"내가 그 남자한테 키스한 게 아니라, 그 남자가 나한테 한 거란 말이야!"

"이것부터 좀 확실히 하자. 너 모니카 르윈스키가 빌 클린턴에게 펠라티오를 해줬을 때, 온 나라와 모든 부모와 켄 스타*가 그걸 섹스라고 부르며 난리치던 거 기억 안 나? 그런데 그건 섹스가 아니었어. 이것도 아주 비슷하네 뭐. 웬 남자가 뺨에 키스하려다가 목에 했다고 해서 그걸 정식으로 키스했다고 볼 수는 없지."

"하지만……"

"마저 들어. 실제로 일어난 일보다 더 중요한 건 네가 그런 일이 생기길 원했다는 점이야. 앤디, 인정할 건 인정해. 잘못이든 나쁜 짓이든 불법이든 간에 넌 크리스천과 키스하고 싶었잖아. 그걸 인정하지 않는다면 넌 지금 거짓말하는 거야."

"릴리, 난 정말로 이게 올바른 일 같지 않아서……"

"널 안 지도 벌써 구 년이야, 앤디. 네 얼굴에 그 사람을 숭배한다고 쓰여 있는데 내가 모를 것 같니? 넌 네가 그러면 안 된다고 생각하지. 그리고 그는 네 뜻대로 행동하지 않고. 그렇지? 그런데 말이야, 바로 그렇기 때문에 네가 그 사람을 좋아하는 건지도 몰라. 그냥 흘러가는 대로 둬. 즐기란 말이야. 만약 앨릭스가 네게 맞는 사람이면 앞으로도 계속 그럴 거야. 자, 이제 나 좀 놔줄래? 내가 지금 나랑 딱 맞는 남자를 만났거든…… 적어도 지금은 말이야." 그녀는 소파에서 튕기듯 일어나 윌리엄에게 뛰어갔다. 그녀를 다시 보게 된 그의 얼굴은 기뻐 보였다.

---

*미국 전 대통령 빌 클린턴과 그의 비서 모니카 르윈스키 사이의 스캔들을 담당한 특별 검사.

커다란 벨벳 소파에 혼자 앉아 있다는 걸 깨달은 나는 크리스천이 어디 있는지 둘러보았다. 그는 보이지 않았다. 시간이 좀 걸릴 뿐이야, 나는 결론을 내렸다. 신경 끄자. 그러면 모든 게 제자리로 돌아갈 거야. 어쩌면 릴리 말이 맞는지도 몰라. 내가 정말로 크리스천을 좋아하는지도. 하지만 그게 뭐 잘못인가? 그는 똑똑하고, 매력적이고, 정말로 섹시해. 이렇게 섹시한 사람과 시간을 보낸다는 게 몰래 바람피우는 것과 같은 것일 수는 없어. 분명 앨릭스도 지난 몇 년 동안 멋지고 매력적인 여자를 알게 되거나, 함께 일하거나 공부한 적이 있었을 거야. 그리고 그도 그런 생각을 했을 거야. 하지만 그렇다고 그가 날 아끼지 않은 건 아니잖아. 나는 새로운 자신감에 차올라(그리고 이제는 크리스천을 보고, 듣고, 다시 옆에 있고 싶어 열렬하게) 라운지를 돌아다니기 시작했다.

세련된 스리피스 정장을 입은 사십대 후반의 남자와 열심히 대화를 나누고 있는 그가 보였다. 그는 오른손을 테이블에 기대고 있었는데, 즐거운 표정과 귀찮은 표정이 반쯤 섞인 어중간한 표정을 짓고 있었다. 큰 제스처로 손을 열심히 움직이며 말했고, 머리칼이 희끗희끗한 상대방은 그의 말에 열심히 귀를 기울였다. 거리가 꽤 멀어서 무슨 말을 하는지는 알 수 없었다. 내가 너무 뚫어져라 봤는지, 그 남자가 나를 유심히 보더니 빙그레 웃었다. 크리스천은 몸을 약간 뒤로 돌려 그의 눈길을 따라가다가 그들을 보고 있는 나를 발견했다.

"앤디, 달링." 그가 말했다. 조금 전과는 완전히 다른 어조였다. 나는 그가 여자나 꾀는 바람둥이에서 부모의 친구로 슬쩍 바뛰고 있다는 것을 느꼈다. "이리 와요. 내 친구를 소개하고 싶군요. 이쪽은 내 에이전트이자 업무 매니저, 모든 면에서 뛰어난 게이브리얼 브룩스예요. 게이브리얼, 이쪽은 앤드리아 삭스입니다. 〈런웨이〉에서 일하고 있죠."

"앤드리아, 만나서 반갑습니다." 게이브리얼이 손을 내밀어 불편할 정도로 내 손을 부드럽게 잡았다. 마치 '남자 손을 잡듯이 잡지는 않을게요. 살짝 잡기만 해도 당신의 그 연약한 뼈가 부러질 테니까'라고 하는 것 같았다. "크리스천에게 얘기 많이 들었습니다."

"그러세요?" 나는 그의 손을 꽉 잡았다. 그러자 살며시 잡고 있던 그의 손이 더욱 느슨해졌다. "다 좋은 얘기였겠죠, 물론?"

"물론이죠. 당신이 큰 꿈을 품은 작가라고 하더군요. 여기 있는 친구와 마찬가지로요." 그가 싱긋 웃었다.

크리스천에게서 내 얘기를 들었다는 말을 듣고 나는 깜짝 놀랐다. 지난번에 우리는 사소한 잡담처럼 글쓰는 것에 대해 얘기했을 뿐인데. "아, 네. 전 글쓰는 걸 아주 좋아해요. 그래서 언젠가는……"

"이 친구가 내게 추천해준 사람들의 반만큼이라도 재능이 있는 분이라면 당신 작품을 읽고 싶습니다." 그는 안주머니를 뒤지더니 가죽 케이스에서 명함을 꺼냈다. "물론 아직 준비는 안 되었겠지요. 하지만 언젠가 당신 글을 누군가에게 보여주고 싶을 때 절 기억해주시기 바랍니다."

똑바로 서 있기 위해, 입을 떡 벌리거나 무릎이 꺾이지 않도록 하기 위해 남은 의지력과 에너지를 다 쏟아부어야 했다. 절 기억해주시기 바랍니다? 문학계의 뛰어난 천재인 크리스천 콜린스워스의 에이전트인 이 사람이 내게 자기를 기억해달라고 하다니, 말도 안 돼.

"감사합니다." 나는 쉰 목소리로 간신히 대답하며 명함을 가방에 넣었다. 하지만 곧 그것을 꺼내 나에게 온 첫 기회를 꼼꼼히 들여다볼 거라는 것을 난 알고 있었다. 두 사람은 날 보며 빙그레 웃었다. 난 일 분 후에야 그게 그만 가달라는 신호임을 깨달았다. "브룩스 씨, 아니, 게이브리얼, 만나서 정말 즐거웠습니다. 이제 집에 가봐야겠네요. 곧 다시 뵈었으면 좋겠군요."

"저도 즐거웠습니다, 앤드리아. 그렇게 멋진 일을 하시다니 다시 한번 축하드립니다. 졸업하자마자 〈런웨이〉에서 일하는 것 말입니다. 참으로 놀랍습니다."

"내가 배웅해주죠." 크리스천이 내 팔꿈치에 손을 대며 말하고는, 게이브리얼에게 곧 돌아오겠다고 했다.

우리는 잠깐 바에 들러 릴리에게 난 집에 가겠다고 말했다. 릴리는 윌리엄과 포옹하면서 같이 가지 않겠다고 했다. 구태여 말할 필요도 없는 얘기였다. 밖으로 나가는 계단 위에서 크리스천은 내 뺨에 키스를 했다.

"오늘밤 우연히 만나서 반가웠어요. 그리고 게이브리얼이 당신을 칭찬할 줄 알았어요." 그가 싱긋 웃었다.

"그 사람과는 별 얘기도 안 했는데요?" 다들 왜 이렇게 칭찬하는 분위기인지 의아해하며 내가 말했다.

"맞아요, 앤디. 하지만 당신이 깨닫지 못한 게 있어요. 글쓰는 동네는 아주 좁아요. 추리소설을 쓰든 에세이를 쓰든 신문기사를 쓰든 간에 서로 다 알고 있어요. 게이브리얼은 당신의 잠재력을 알아보기 위해 당신에 대해 많은 것을 알 필요가 없어요. 당신은 〈런웨이〉에서 일할 정도로 능력 있고, 똑똑하고, 말도 잘해요. 게다가 내 친구잖아요? 그 사람이 당신에게 명함을 준다고 해도 손해볼 건 없죠. 혹시 알아요? 미래의 베스트셀러 작가를 막 발견한 것인지. 날 믿어요. 게이브리얼 브룩스는 알아두면 좋은 사람이에요."

"그런 것 같군요. 어쨌든 이제 가야겠어요. 몇 시간 후면 다시 회사에 나가야 하니까요. 오늘 정말 고마웠어요. 진짜예요." 그의 뺨에 키스하느라 고개를 들면서, 나는 그가 얼굴을 앞으로 돌리지 않을까 우려하는 마음과 그렇게 되기를 원하는 마음이 반반씩 들었다. 그러나 그는 빙그레 웃기만 했다.

"나도 무척 즐거웠어요. 잘 자요." 내가 무슨 말이든 한마디 생각해내기도 전에 그는 벌써 돌아서서 게이브리얼 쪽으로 가고 있었다.

나는 스스로를 한심해하며 택시를 잡기 위해 차도로 갔다. 비가 오고 있었다. 가랑비였지만, 그것도 비라고 맨해튼 어디에서도 빈 택시는 보이지 않았다. 나는 엘리아스 클라크의 차량 서비스에 전화를 걸어 내 VIP 번호를 불러주었다. 정확히 육 분 후에 차 한 대가 인도 가까이에 미끄러져들어왔다. 휴대폰을 확인하니 앨릭스의 음성메시지가 와 있었다. 오늘 어떻게 지냈느냐는 안부인사와 자기는 오늘밤 집에서 수업계획서를 쓸 거라는 내용이었다. 불시에 그를 찾아간 지도 참 오래되었다. 조금쯤 노력하고 충동적으로 굴 때가 된 것 같았다. 운전기사가 필요한 만큼 기다려주겠다고 해서 나는 비를 뚫고 2층으로 뛰어올라갔다. 샤워를 하고, 머리를 다시 단장하고, 내일 회사에 가져갈 물건들을 가방에 쑤셔넣었다. 밤 열한시가 넘은 시각이라 거리는 한산했다. 나는 십오 분 만에 브루클린에 있는 앨릭스의 아파트까지 날아갔다. 문을 열고 나를 본 앨릭스는 진심으로 반가워했다. 평일 밤 이렇게 늦은 시각에 여기까지 와준 게 의외라면서, 갑자기 나타나 너무 감동받았다는 말을 거듭했다. 나는 그의 가슴에 머리를 기대고 코넌이 진행하는 쇼를 봤다. 내 머리카락을 만지며 고른 숨소리를 내는 앨릭스를 보니 크리스천에 대한 생각은 거의 잊을 수 있었다.

 ✦

"안녕하세요? 푸드 섹션 담당 기자와 통화하고 싶은데요? 안 된다고요? 그럼 편집기자도 좋아요. 레스토랑 리뷰 기사가 언제 나갔는지 말해주실 수 있는 분으로요." 나는 적대감을 드러내는 〈뉴욕 타임스〉의 안내원에게 부탁했다. 그녀는 거의 짖다시피 "뭐라고요?"라고 묻더니, 아예 우리가 다른 언어로 통화하고 있는 척했다. 물론 아닐 수도 있지만. 하지만 인내는 보상을 받았다. 이름이 뭐냐고 세 번이나 물어보고("우린 이름을 대면 안 돼요"), 국장에게 보고하겠다고 위협하고("뭐요? 그런다고 국장님이 눈 하나 깜짝할 것 같아요? 당장 그분을 바꿔주죠"), 나중에는 타임스스퀘어에 있는 그 신문사로 직접 찾아가 온갖 줄을 대서라도 당장 당신을 해고하게 만들겠다고("오, 정말요? 무서워 죽겠네요!") 난리를 쳤다. 그랬더니 마침내 그녀는 지쳐서 어떤 사람을 바꿔주었다.

"편집부입니다." 싸움닭 같은 여자 목소리가 튀어나왔다. 미란다의 전화를 받을 때 내 목소리도 그렇게 들리는지 궁금했다. 그렇지 않다면 나도 그런 목소리를 내고 싶다는 열망이 생겼다. 두 번 다시 듣고 싶지 않을 만큼 너무도 끔찍하게 불행한 목소리여서, 듣는 순간 전화를 끊고 싶어질 것 같았다.

"안녕하세요, 간단히 여쭤볼 게 있는데요." 그녀가 전화를 끊어버리기 전에 말해야 한다는 필사적인 마음으로 허둥지둥 말을 쏟아냈다. "혹시 어제 아시아 퓨전 레스토랑들에 대한 리뷰 기사가 실렸나 해서요."

그녀는 내가 과학의 발전을 위해 팔다리를 기증해달라고 말하기나 한 듯 한숨을 쉬었다. "온라인으로 확인해보셨어요?" 또다시 한숨소리.

"예, 물론이죠. 하지만……"

"우리가 그런 기사를 실었다면 거기서 찾아보셔야죠. 아시다시피 신문에 나오는 모든 기사를 내가 알 수는 없잖아요."

심호흡부터 하고, 나는 차분해지려고 애썼다. "이 신문사의 매력적인 안내원이 당신이 자료보관팀에서 일한다며 여기로 연결시켜줬어요. 그러니 신문에 나오는 기사를 모두 다 알고 있어야 하는 게 당신의 임무인 것 같은데요."

"이봐요, 온갖 사람들이 날마다 전화해서 막연하게 설명하는 것들을 다 찾아줘야 한다면, 내가 다른 일을 어떻게 하겠어요?

제발 온라인으로 찾아보세요." 그녀는 두 번 더 한숨을 쉬었다. 난 그녀가 과호흡이 온 게 아닐까 걱정스러워졌다.

"아니, 아니에요. 이봐요, 내 말 좀 들어봐요." 기운이 불끈 솟았다. 나보다 훨씬 더 나은 환경에서 일하는 이 게으른 여자를 비난할 준비를 하며 나는 말을 시작했다. "여기는 미란다 프리스틀리의 사무실인데, 우연히……"

"뭐라고요? 지금 미란다 프리스틀리의 사무실에서 전화하고 있는 거예요?" 그녀가 물었다. 전화기 너머로 그녀의 귀가 쫑긋하는 게 느껴졌다. "미란다 프리스틀리라면…… 〈런웨이〉요?"

"맞아요. 그녀 이름을 들은 적이 있나보죠?"

바로 그 순간, 그녀는 남의 약점을 즐기는 편집기자에서 과시적인 패션의 노예로 바뀌었다. "이름을 들어봤냐고요? 물론이죠! 미란다 프리스틀리를 모르는 사람이 어디 있어요? 패션계의 여왕이잖아요. 그녀가 뭘 찾는다고요?"

"리뷰요. 어제 신문에 나왔고, 아시아 퓨전 레스토랑에 관한 건데, 온라인에서 못 찾았어요. 제가 제대로 확인을 못했나봐요." 내 말엔 거짓말이 약간 섞여 있었다. 나는 온라인을 뒤져서 지난주 〈뉴욕 타임스〉에는 아시아 퓨전 레스토랑에 대한 기사가 한 줄도 실리지 않았다는 것을 확인했다. 하지만 일부러 그 말을 하지 않았다. 그곳의 정신분열증 편집기자가 기적을 만들어낼 수도 있기 때문이었다.

지금까지 〈타임스〉 〈포스트〉 〈데일리 뉴스〉에 전화해봤지만 건진 건 없었다. 미란다의 회원카드 번호로 〈월 스트리트 저널〉의 유료 기록보관 파일에 들어가 빌리지에 있는 새 태국 레스토랑에 관한 광고를 봤지만, 메인 요리의 평균 가격이 불과 7달러 인데다 시티서치닷컴에서 이 식당의 이름 옆에 달러 표시를 하나만 매긴 걸 보고 여긴 아니라고 바로 제쳐놓았다.

"오, 알았어요. 잠깐만 기다리세요. 얼른 찾아드릴게요." 신문에 나오는 모든 기사를 다 기억할 수는 없다던 여자는 갑자기 키보드를 두드리며 기분좋게 콧노래까지 불렀다.

나는 어젯밤 사태 때문에 머리가 지끈거렸다. 갑자기 앨릭스를 찾아가 한가롭게 빈둥거린 것까진 참 좋았다. 하지만 잠이 오지 않았다. 실로 몇 달 만의 일이었다. 크리스천이 내 목에 키스하던 장면이 자꾸만 떠올랐다. 앨릭스를 보고 싶어 얼른 차에 올랐지만, 앨릭스에게 크리스천에 관해 아무 말도 하지 않은 것에 대해 자꾸만 죄의식이 들었다. 머릿속에서 생각을 몰아내려 했지만 그럴수록 더욱 또렷하게 떠올랐다. 간신히 잠이 들었는데, 이번에는 꿈에서 앨릭스가 미란다의 보모로 들어온 게 아닌가. 입주 보모가 아닌데도 앨릭스는 미란다의 가족과 함께 살게 되었다. 꿈속에서 나는 앨릭스가 보고 싶으면 미란다와 함께 차를 타고 그녀의 집으로 가야만 했다. 그녀는 고집스럽게 나를 자꾸 에밀리라고 불렀고, 나는 남자친구를 만나러 여기 온 거라고 말해도 계속 자잘한 심부름을 시켜 내보냈다. 아침이 되자, 마침내 앨릭스는 미란다의 마법에 걸려서 내가 왜 미란다를 그토록 사악하게 여기는지 이해하지 못했다. 거기다 미란다가 크리스천과 데이트하는 더 나쁜 상황이 벌어졌다. 미란다와 크리스천과 앨릭스가 다 함께 일요일 아침마다 프레떼 잠옷 차림으로 둘러앉아 〈타임스〉를 읽으며 웃어대는 동안, 나는 아침식사를 차려주고 설거지까지 하는 것이었다. 그 대목에서 잠이 깨는 바람에 다행히 나의 지옥은 거기서 끝이 났다. 지난밤 잠자리는 새벽 네시에 애비뉴 D를 홀로 걷는 것만큼이나 편치 못했고, 이제 이 레스토랑 리뷰 건은 무사히 금요일을 보내고 싶다는 내 희망을 무너뜨리고 있었다.

"없군요. 최근에 아시아 퓨전 레스토랑에 대해 다룬 기사는 없어요. 혹시 새로 연 레스토랑 중에 인기 있는 데가 없나 생각해보는 중이에요. 미란다가 정말로 가볼 마음이 들 만한 곳 말이에요."

그녀는 미란다의 성을 빼고 이름만 부르며 친근한 척하고 있었다. 나는 무시하고 전화를 끊으려 했다. "네, 저도 그 생각을 했답니다. 어쨌든 고마워요. 안녕히 계세요."

"잠깐만요!" 그녀가 외쳤다. 다급한 목소리에 나는 전화기를 내려놓으려다가 다시 들었다. "네?"

"혹시 제가 도와드릴 게 있으면, 아니, 우리 신문사에서 도와드릴 게 있으면 언제든 전화하세요, 알았죠? 우리가 미란다를 얼마나 좋아한다고요. 도울 수 있는 일이라면 언제든 해드릴 거예요, 아시겠죠?"

이건 마치 미국의 퍼스트레이디가 정신분열증 편집기자에게 임박한 전쟁에 관련된 중요한 정보가 담긴 기사를 대통령을 위해 찾아달라고 부탁한 것과 같았다. 어느 신문인지도 모르는, 어느 레스토랑에 대한 누군가의 비평을 찾아달라는 것이 아니라. 나는 이런 반응이 하나도 놀랍지 않다는 게 슬퍼졌다. 이 여자가 그러리라는 것을 이미 알고 있었던 것이다.

"알았습니다. 전해드리지요. 정말 고마워요."

에밀리는 접대비를 계산하려다가 얼굴을 들고 물었다. "아직 못 찾았어?"

"네. 미란다가 어디를 말하는 건지 모르겠어요. 분명 뉴욕에 그걸 아는 사람은 아무도 없을 거예요. 그녀가 읽는 맨해튼의 모든 신문에 전화했고, 온라인도 확인했고, 자료보관 담당 직원, 음식 담당 기고가, 요리사에게도 전화했어요. 그런데 지난 스물네 시간 동안 리뷰가 실린 곳은 고사하고, 미란다가 말한 그 아시아 퓨전 레스토랑을 기억하는 사람이 하나도 없어요. 미란다가 잘못 알고 있는 것 같아요. 이제 어쩌면 좋죠?" 나는 의자에 늘어진 채로 머리카락을 하나로 모아 잡아당겼다. 이제 겨우 오전 아홉시밖에 안 됐는데 벌써 두통이 목과 어깨까지 내려가고 있었다.

"내 생각엔……" 그녀는 안됐다는 듯 느릿느릿 말했다. "미란다에게 좀더 자세히 말해달라고 하는 수밖에."

"오, 안 돼, 싫어요! 그녀가 어떻게 나오겠어요!"

에밀리는 여느 때와 마찬가지로 비비 꼬인 내 말을 달가워하지 않았다. "그녀는 정오에 올 거야. 내가 당신이라면 뭐라고 말해야 할지 미리 생각해놓겠어. 그 리뷰를 찾지 못했으니 기분 나빠 할 게 분명하거든. 게다가 어젯밤에 시킨 일을 아직도 안 한 거잖아." 에밀리가 지적했다. 그녀는 웃지 않으려 했지만 저절로 입이 벌어졌다. 내가 야단맞게 된 상황을 아주 즐거워하는 것 같았다.

기다리는 것 외에는 달리 할일이 없었다. 미란다가 한 달에 한 번 있는 단축 마라톤을 하는 중이라 그나마 다행이었다(왜 미란다가 세 시간이나 달리기를 하는지 묻자, 에밀리는 "일주일에 한 번 거기까지 갈 시간이 없어서 그래"라고 설명했다). 그 시간은 밤낮을 통틀어 그녀가 우리에게 전화하지 않는 유일한 시간이었다. 하지만 오늘은 그녀에게서 걸려오는 전화가 절실했다. 지난 이틀간 뜯어보지도 않은 우편물이 산더미처럼 쌓여 곧 무너질 것만 같았다. 책상 밑의 내 발 근처에는 세탁소에 보낼 더러운 옷이 이틀 동안 쌓여 있었다. 내가 얼마나 우울한지 온 세상에 알리려고 나는 땅이 꺼져라 한숨을 쉬었다. 그러고 나서 세탁소에 전화했다.

"안녕, 마리오? 저예요. 네, 알아요. 이틀 동안 전화 안 했죠. 세탁물 좀 가져가시겠어요? 네, 감사합니다." 전화를 끊고, 옷 몇 벌을 무릎 위에 올려놓았다. 그리고 옷들을 분류한 뒤, 세탁소에 보낼 옷을 컴퓨터에 입력했다. 미란다가 저녁 아홉시 사십오분에 사무실로 전화해 새 샤넬 정장이 어디 있는지 아느냐고 물으면, 내가 할 수 있는 일은 파일을 열어본 후 어제 세탁소에 보냈고 내일 가져올 거라고 말하는 것밖에 없었다. 미소니 블라우스 한 벌, 알베르타 페레티 바지 두 벌, 질 샌더 스웨터 두 벌, 흰색 에르메스 스카프 두 장, 버버리 트렌치코트 한 벌. 나는 오늘 보낼 옷을 입력한 뒤 〈런웨이〉 로고가 새겨진 쇼핑백에 던져넣고, 배달원에게 그걸 세탁소 사람들이 가져가기로 되어 있는 장소에 갖다놓으라고 요청했다.

나는 순조롭게 일을 해내고 있었다! 하지만 세탁은 내가 가장 싫어하는 일 중 하나였다. 그렇게 자주 하는데도 남의 더러운 옷을 분류하는 일은 여전히 끔찍했다. 날마다 세탁물을 분류해서 쇼핑백에 넣은 뒤 반드시 손을 씻었다. 미란다의 냄새가 곳곳에 남아 있었다. 거기에 불가리 향수와 수분로션, 때로 B-DAD의 담배 냄새까지 섞여 있으니 어찌 불쾌하지 않을 수 있을까. 그 냄새만 맡으면 속이 울렁거렸다. 영국식 억양, 불가리 향수, 하얀 실크 스카프. 소수의 인생들이나 누리는 그 가벼운 즐거움이 내게는 영원한 파멸의 상징인 것만 같았다.

미란다에게 온 편지의 구십구 퍼센트는 그녀가 절대 보지 않을 쓰레기들이었다. 겉에 '편집장님께'라고 쓰여 있는 편지들은 모두 '독자의 편지' 담당자에게 보내는데, 요즘엔 수신인에 미란다의 이름을 쓰는 영리한 독자들이 많아졌다. 이게 자선 파티 초대장인지, 옛친구를 찾는 편지인지, 아니면 편집장님께 쓴 것인지 판단하기 위해 편지를 훑어보는 데는 한 통당 사 초가 걸렸다. 후자의 경우는 쓰레기통으로 직행이었다. 오늘은 편지가 정말 산더미 같았다. 십대 소녀와 가정주부, 심지어 몇 명의 게이(공정하게 말하자면 상당한 패션 감각을 갖춘 정상적인 사람들)가 이런 편지를 보내왔다. "미란다 프리스틀리, 패션계의 별이자 나의 여왕님!" "4월호에 실린 '레드가 블랙을 대신한다' 기사는 정말 좋았습니다. 당신의 천재성이 돋보이는 기획이었어요!"라고 외치는 편지도 있었다. 스틸레토를 신고 가터벨트만 걸친 여자 둘이 흐트러진 침대에 누워 있는 구찌 광고가 너무 선정적이라고 꾸짖는 편지도 몇 통 있었다. '건강 먼저 챙기기'라는 기사에 열흘쯤 굶은 듯한 퀭한 눈의 비쩍 마른 모델을 썼다고 비난하는 편지도 있었다. 예쁜 글씨체로 한쪽에 '미란다 프리스틀리 귀하'라고 쓰고 다른 한쪽에는 "왜? 당신은 왜 그렇게 짜증나고 한심한 잡지를 만드는가?"라고 쓴 우체국 엽서도 있었다. 나는 한바탕 웃고 난 뒤 나중을 위해 그것을 가방 속에 넣었다. 비판적인 편지나 엽서가 점점 늘어나, 이제는 냉장고에 붙일 공간이 남아 있지 않을 것 같았다. 릴리는 다른 사람의 부정적인 생각이나 적대감을 집안에 들이는 건 좋지 않다고 생각했다. 하지만 그런 적대감이 겨냥하고 있는 대상이 미란다여서 난 좋기만 하다고 우겨대자, 릴리는 고개를 절레절레 흔들었다.

어마어마한 편지 더미에서 본 마지막 편지는 한 십대 소녀가 보낸 듯한 것이었다. 글씨체는 동글동글했다. 'i'의 점은 하트로 표시되어 있었고, 유쾌한 문장 옆에는 스마일 표시 같은 이모티콘이 그려져 있었다. 대강 훑어보기만 하려고 했는데, 편지 내용이 너무 슬프고 정직해서 차마 그럴 수 없었다. 편지지가 온통 피를 흘리며 애원하고 간청하는 것 같았다. 사 초가 지났는데도 나는 계속 읽고 있었다.

미란다 님께

제 이름은 애니타예요. 열일곱 살이고 뉴저지주의 뉴어크에 있는 배링어고등학교 졸업반이죠. 남들은 제가 뚱뚱하지 않다지만, 전 몸매에 정말 자신이 없어요. 저는 당신 잡지에 나오는 모델처럼 되고 싶어요. 엄마는 제가 용돈을 패션잡지 사는 데다 써버린다고 야단치시지만, 전 매달 〈런웨이〉가 오기만 기다린답니다. 엄마는 제 꿈을 이해하지 못해요. 하지만 당신은 이해해주시겠죠? 제겐 어릴 때부터 꿈이 있어요. 이루어질 것 같진 않지만. 왜냐고 물으시겠죠? 제 가슴은 너무 납작하고 엉덩이는 당신 잡지에 나오는 모델들의 엉덩이보다 훨씬 크거든요. 정말 창피해 죽겠어요. 이러고도 계속 살아야 될까 싶을 정도예요. 전 변하고 싶어요. 더 예뻐지고, 더 나아졌다고 느끼고 싶어요. 그래서 당신의 도움을 바라고 있어요. 전 정말로 바뀌고 싶어요. 거울을 봤을 때 제 가슴과 엉덩이가 세계 최고의 잡지에 나오는 모델들의 것과 똑같아 보였으면 좋겠어요.

미란다, 전 당신이 아주 멋진 패션 에디터이고 절 새롭게 변화시켜줄 분이라고 생각해요. 그렇게 해주시면 전 영원히 감사드릴 거예요. 하지만 당신이 절 새로운 사람으로 만들어주실 수 없다면, 제가 특별한 행사 때 입을 수 있게 아주아주아주 멋진 드레스 한 벌만 주시면 안 될까요? 전 아직 데이트를 해본 적은 없지만, 엄마는 여자애들끼리만 외출하는 건 괜찮대요. 그래서 그렇게 하려고요. 저에게는 낡은 드레스 한 벌밖에 없어요. 디자이너의 드레스도 아니고, 〈런웨이〉에서 보여주는 드레스들과는 거리가 멀어요. 제가 좋아하는 디자이너는 1위 프라다, 2위 베르사체, 3위 장 폴 고티에예요. 좋아하는 디자이너는 더 많지만, 이 셋을 제일 좋아해요. 제겐 이 디자이너들의 옷이 한 벌도 없어요. 상점에서 본 적도 없고요(뉴어크에도 이런 디자이너 옷들을 파는 데가 있는지 모르겠어요. 혹시 아시면 알려주세요. 어떻게 생겼는지 가까이서 꼭 보고 싶어요). 전 그런 건 다 〈런웨이〉를 통해서 보고 있어요. 그리고 정말정말 그 옷들을 사랑해요.

이제 그만 방해할게요. 당신이 이 편지를 쓰레기통에 버린다 해도 저는 당신 잡지를 사랑할 거예요. 왜냐하면 전 모델과 의상을 모두 너무나 사랑하거든요. 물론 당신도 매우 사랑해요.

P.S. 제 전화번호는 973-555-3948이에요. 혹시 전화하실 거면 7월 4일 전에 해주세요. 그때 예쁜 드레스가 정말 필요하거든요. **사랑해요!!** 감사해요!!!!

편지지에서는 장 나테의 톡 쏘는 오드 투알레트 향기가 났다. 어린 소녀들이 좋아하는 향이었다. 내 목이 콱 멘 건 그 냄새 때문이 아니었다. 세상에는 애니타 같은 여자애들이 얼마나 많을까? 인생에 대해 별로 아는 게 없는 어린 소녀들이 〈런웨이〉에 나오는 옷과 모델에 맞춰 자신의 가치와 자신감과 전 존재를 측정하고 있는 건 아닐까? 얼마나 많은 소녀들이 매달 그따위 것을 모아 잡지를 만드는 여자(그런 유혹적인 판타지의 지휘자)를 무조건 사랑하기로 결심한 걸까? 실제로 그 여자는 그런 사랑을 단일 초도 받을 가치가 없는데 말이다. 그들이 숭배해 마지않는 그녀가 사실 외롭고 불행하며, 그런 순수한 애정과 관심을 잠깐이라도 받을 가치가 전혀 없는 잔인한 여자라는 사실을 대체 누가 알 수 있을까?

애니타 같은 여자애들이 샬롬 할로우나 스텔라 테넌트, 카르멘 카스 같은 모델이 되고 싶어 애쓰는 걸 생각하면 나는 울고 싶어졌다. 미란다는 그애들의 편지를 받아봤자 눈 한번 깜박하거나 어깨를 한번 들썩이고 말 것이다. 누가 썼는지 관심도 없이 편지를 던져버릴 여자를 감동시키고 즐겁게 해주려고 애쓰다니! 나는 편지를 책상 위 서랍에 넣고, 애니타를 도울 길을 찾아보겠다고 마음먹었다. 이 여자애는 비슷한 편지를 보낸 다른 사람들보다 훨씬 절박해 보였다. 곧 데이트를 한번 해보고 싶은 여자애를 위해 넘쳐나는 물건들 중 우아한 드레스 한 벌쯤 보내준들 어떻게 되랴 싶었다.

"에밀리, 신문판매대에 얼른 갔다 올게요. 〈위민스 웨어 데일리〉가 아직 있나 보려고요. 시간이 벌써 이렇게 됐네. 뭐 사다줄까요?"

"다이어트 콜라 하나 사다줄래?"

"물론이죠. 잠깐 기다려요." 나는 옷걸이 사이를 뚫고 출입문을 지나 엘리베이터 쪽으로 갔다. 제시카와 제임스는 담배를 피우며 오늘밤 메트로폴리탄미술관에서 열리는 파티에 누가 참석할지 궁금해하고 있었다. 다행히 아메드가 〈위민스 웨어 데일리〉를 찾아주었다. 나는 에밀리 몫의 다이어트 콜라를 집었다. 내 것으로는 펩시를 집었다가 잠시 생각해보고 다이어트 콜라로 바꿨다. 두 콜라가 주는 맛과 즐거움의 차이는 안내 데스크에서 내 책상까지 걸어가며 분명히 받게 될, 왜 저런 걸 먹을까 하는 시선과 맞바꿀 가치까지는 없었다.

나는 신문 1면에 실린 타미 힐피거의 컬러사진을 들여다보느라 엘리베이터 문이 열렸다는 걸 깨닫지 못하고 있었다. 힐끗 보니 매우 특징 있는 녹색이 시야에 얼핏 들어왔다. 그것이 내 눈에 들어온 이유는 미란다가 바로 그 색깔의 샤넬 트위드 정장을 갖고 있기 때문이었다. 전에 본 적은 없지만, 미란다의 옷을 한번 본 뒤로 그 색이 너무 좋아졌다. 이미 짐작하고 있었지만, 나는 눈을 들어 엘리베이터 안을 확인하지 않을 수 없었다. 그곳에는 당연히 미란다가 서서 내 눈길을 받고 있었다. 여느 때처럼 머리칼을 뒤로 넘긴 모습으로 틀림없이 내 얼굴에 나타나 있을 경악하는 표정을 물끄러미 바라보고 있었다. 그녀는 엄격할 정도로 꼿꼿하게 서 있었다. 난 어쩔 수 없이 그녀가 서 있는 엘리베이터 안으로 한 걸음 들여놓았다.

"아, 안녕하세요, 편집장님." 내가 작은 소리로 웅얼거렸다. 엘리베이터 문이 닫혔다. 17층까지 올라가는 엘리베이터 안에는 우리 둘뿐이었다. 그녀는 내게 한마디도 하지 않고 가죽 다이어리를 꺼내 페이지를 넘기기 시작했다. 우리는 나란히 서 있었다. 침묵의 깊이는 그녀가 아무 반응도 보이지 않는 일 초마다 열 배로 증폭하는 것 같았다. 이 여자가 날 알아보긴 한 건가? 나는 궁금했다. 지난 일곱 달 동안 어시스턴트로 일했는데 날 못 알아본다는 게 가능한 일일까? 내가 너무 작게 웅얼대서 못 알아들었나? 왜 내게 레스토랑 리뷰에 대해 묻지 않는 걸까? 새 도자기 그릇을 주문하라고 남긴 메시지를 들었는지, 오늘 저녁 파티 준비는 잘 되어 있는지 묻지 않는 것도 의아했다. 그녀는 엘리베이터에 혼자 타고 있다는 듯, 그 작은 공간에 자기 말고 다른 사람은 없다는 듯, 아니, 정확히 말하면 알아차릴 가치가 있는 사람이 없다는 듯 행동했다.

일 분쯤 후 나는 이 엘리베이터가 올라가고 있지 않다는 걸 깨달았다. 맙소사! 그녀는 내가 버튼을 누를 거라 생각해서 날 응시한 거였다. 하지만 나는 완전히 얼어붙어 있었던 것이다. 나는 겁에 질려 천천히 앞으로 가서 17층을 누르고, 뭔가 폭발하기를 기다렸다. 엘리베이터는 곧바로 올라갔다. 난 엘리베이터가 움직이지 않고 있었다는 것을 이 여자가 알고 있었는지조차 확신하지 못했다.

　5, 6, 7…… 한 층을 올라가는 데 십 분은 걸리는 것 같았다. 이미 침묵이 내 귓가를 울리기 시작했다. 용기를 내 미란다를 훔쳐보니, 그녀는 나를 위아래로 훑고 있는 게 아닌가. 그녀의 눈은 내 신발과 바지와 셔츠를 적나라하게 훑고, 내 얼굴과 머리로 올라갔다. 그러면서도 내 눈길만은 피했다. 그녀의 얼굴에는 〈로앤오더〉의 냉정한 수사관들이 피로 범벅된 시체를 볼 때 드러내는 무덤덤한 혐오감이 나타나 있었다. 나는 얼른 스스로를 살펴보았다. 그녀가 왜 그런 반응을 보이는지 의아했다. 나는 밀리터리 스타일의 민소매 셔츠와 〈런웨이〉에서 일한다는 이유만으로 세븐 홍보부에서 공짜로 준 새 청바지를 입고 있었다. 거기에 부츠도 아니고 운동화도 아니고 로퍼도 아닌, 비교적 굽이 납작한(5센티미터!) 슬링백을 신고 있었다. 여느 때는 제피가 준 지미추를 신었지만, 일주일에 한 번쯤은 그걸 벗고 발바닥을 좀 쉬게 해주고 싶었다. 헤어스타일도 무난했다. 일부러 약간 흐트러지게 묶었는데, 그건 에밀리도 별달리 지적받지 않고 늘 하고 다니는 스타일이었다. 매니큐어를 칠하지는 않았지만 손톱은 길고 알맞게 다듬어져 있었고, 겨드랑이 털은 깎은 지 마흔여덟 시간도 안 되었다. 적어도 내가 마지막으로 확인했을 때까지는 얼굴에 뭐가 잔뜩 나 있지도 않았다. 파슬 시계는 누가 상표를 볼까봐 문자판을 손목 아래쪽으로 돌려놓았다. 오른손으로 얼른 만져보았지만 브래지어 끈도 나와 있지 않았다. 대체 뭐가 문제지? 도대체 왜 그런 표정으로 날 바라본 걸까?

12, 13, 14…… 엘리베이터가 멈추고 문이 열리더니 새하얀 안내 데스크가 또하나 펼쳐졌다. 서른다섯 남짓한 여자 하나가 엘리베이터에 타려고 발을 내딛다가, 미란다가 안에 있는 걸 본 순간 문 60센티미터 앞에서 굳어버렸다.

“어, 아, 어……” 그녀는 주변 사람들이 모두 들을 정도로 더듬거렸다. 우리만의 지옥으로 들어오지 않으려고 황급히 변명거리를 찾는 모습이었다. 물론 그녀가 타는 쪽이 나에겐 좋았겠지만, 난 그녀가 달아나기를 속으로 빌었다. “오, 맙소사! 회의에 가져갈 사진을 깜빡했네요.” 그녀는 간신히 한마디하고는 상당히 불안정해 보이는 마놀로 블라닉을 신고 허우적거리며 사무실 쪽으로 달아났다. 그러나 미란다는 알아차린 것 같지 않았다. 또다시 문이 닫혔다.

15, 16…… 마침내, 드디어 17층에 도착했고, 엘리베이터 문이 열렸다. 〈런웨이〉의 패션 어시스턴트들이 담배나 다이어트 콜라와 점심으로 먹을 샐러드를 사러 가기 위해 엘리베이터를 기다리고 있었다. 젊고 아름다운 얼굴들엔 경악한 표정이 역력했다. 그들은 너무 놀란 나머지 미란다에게 길을 터주려다가 자기들끼리 발을 밟을 뻔했다. 그들은 한쪽은 세 명, 다른 쪽은 두 명으로 갈라졌고, 그녀는 황송하게도 그 사이로 걸어갔다. 그들은 아무 말 없이 눈으로 그녀를 좇았다. 그녀가 안내 데스크를 지나갈 때 나도 그녀를 뒤따라가는 수밖에 없었다. 방금 전까지 좁아터진 상자 속에 갇혀 일주일은 되는 것 같은 너무 힘든 시간을 함께 보냈건만, 그녀는 내 존재를 인식조차 못하는 것 같았다. 하지만 사무실에 들어서자마자 그녀는 몸을 휙 돌리고 물었다.

“앤-드리-아?” 사무실에 깔린 팽팽한 침묵을 단숨에 가르는 목소리였다. 나는 대답하지 않았다. 그게 수사적 기교에 불과하다는 걸 잘 알고 있었기 때문이다. 하지만 그녀는 기다렸다.

“앤-드리-아?”

“네, 편집장님.”

“지금 누구 구두를 신고 있는 거지?” 그녀는 트위드 천으로 감싼 엉덩이에 한 손을 살짝 댄 채 나를 똑바로 응시했다. 엘리베이터는 이미 가버렸다. 어시스턴트들은 미란다 프리스틀리를 눈앞에서 구경하고 그녀의 목소리를 듣느라 엘리베이터에 타지 않았다. 나는 여섯 쌍의 눈이 내 발에 와 닿는 것을 느꼈다. 아까는 비교적 편안했던 발이, 패션 어시스턴트 다섯 명과 패션 구루 한 명의 시선을 받으니 갑자기 확 달아오르고 가렵기 시작했다. 뜻밖에 엘리베이터를 함께 타서(그것도 처음으로) 긴장한데다, 사람들이 모두 나를 응시하는 바람에 머릿속이 뒤죽박죽이었다. 미란다가 그렇게 물었을 때, 나는 이 여자가 내가 신고 있는 게 내 구두가 아니라고 생각하나보다고 생각했다.

“어, 제 건데요?” 그렇게 대답하면서도 나는 그 말이 불손한데다 꽤 불쾌하게까지 들린다는 것을 깨닫지 못했다. 딱딱이들이 웅성거리자 미란다는 곧바로 분노를 표출했다.

“이렇게 많은 패션 어시스턴트들이 왜 일들은 안 하고 여자애들처럼 조잘대고 있는 거지? 매우 궁금하군.” 그녀는 손가락으로 한 명 한 명 지적하기 시작했다. 누가 와서 머리에 총을 들이대도 그들의 이름을 절대 생각해내지 못하기 때문이었다.

“너!” 그녀는 아마도 자기를 처음 보는 듯한 신입사원에게 냉정하게 말했다. "이렇게 노닥거리라고 채용했어, 아니면 의상 촬영 협찬을 받아오라고 채용했어?" 그 신입사원은 고개를 푹 숙인 채 사과하려고 입을 벌렸지만, 미란다는 다음 사람으로 홱 넘어갔다.

"그다음, 당신!" 그녀는 그들 중 지위가 가장 높고 모든 에디터들이 선망하는 조슬린 앞에 서더니 말했다. "당신 일을 하고 싶어 하는 백만 명쯤 되는 사람 중에 당신 정도의 패션 지식이 있는 사람이 없을 것 같아?" 미란다는 한 걸음 물러서서 눈을 위아래로 굴려 그들의 몸을 응시했다. 다들 자기가 뚱뚱하고, 못생겼고, 어울리지 않는 옷을 입고 있다고 느끼기에 충분할 정도로 오래. 그녀는 모두 제자리로 돌아가라고 명령했다. 그들은 계속 머리를 숙인 채 열심히 고개를 조아렸다. 그리고는 황급히 패션팀으로 돌아가면서 마음에서 우러나오는 사과의 말을 했다. 그들이 가버리자, 나는 그녀와 단둘이 남았다는 사실을 깨달았다. 또!

"앤-드리-아, 나는 내 어시스턴트가 그런 식으로 말하는 걸 참아주지 않아." 복도 쪽 문을 향해 가면서 그녀가 말했다. 나는 그녀를 따라가야 할지 말지 고민스러웠다. 에두아르도나 소피 또는 패션팀 직원들 중 하나가 에밀리에게 미란다가 돌아오고 있다고 사전경고를 해주었기를 속으로 잠깐 빌었다.

"편집장님, 저는……"

"그만." 그녀는 문 앞에 멈춰 서서 나를 바라보았다. "지금 누구 구두를 신고 있는 거지?" 그녀가 전혀 마음에 들지 않는다는 목소리로 다시 물었다.

나는 검은색 슬링백을 다시 한번 내려다봤다. 지금 내가 신고

있는 이 구두가 앤 테일러 로프트에서 산 것이라고 서구에서 가
장 세련된 이 여자에게 어떻게 말해야 할지 고민스러웠다. 다시
한번 그녀의 얼굴을 흘끗 보았지만 도저히 말이 안 나왔다.

"스페인에서 샀습니다." 나는 눈길을 돌리면서 말했다. "바르
셀로나의 람블라스 거리에 있는 무척 아름다운 부티크인데, 거기
서 이 새로운 스페인 디자이너의 상품을 팔고 있었어요." 이런 말
을 대체 어떻게 꾸며냈지?

그녀는 주먹을 꼭 쥐고는 입에 대더니 고개를 갸웃했다. 다른
쪽 유리문으로 다가오던 제임스가 미란다를 보고는 바로 몸을 돌
려 달아나는 게 보였다. "앤-드리-아, 그 구두는 용납이 안 돼.
내 직원은 〈런웨이〉를 대표해야 해. 그런 구두는 내가 전달하려
는 메시지에 어울리지 않아. 클로짓에서 괜찮은 구두를 찾아봐.
그리고 커피를 가져오도록." 그녀는 나를 한번 보더니 문으로 시
선을 옮겼다. 나는 그걸 자기를 위해 문을 열어달라는 뜻으로 이
해했고, 그렇게 했다. 그녀는 고맙다는 말 한마디 없이 문을 지나
쳐 자기 사무실로 향했다. 커피 심부름에 필요한 돈과 담배를 챙
겨야 했지만, 이런 괴롭힘을 당하고도 충성스러운 오리처럼 그녀
의 뒤를 졸졸 따라가고 싶은 마음까지는 들지 않았다. 나는 몸을
되돌려 엘리베이터 쪽으로 걸어갔다. 라테값 5달러는 에두아르
도에게 빌리면 될 테고, 담뱃값은 지난 몇 달간 그래온 것처럼 아
메드가 〈런웨이〉에 청구할 터였다. 미란다가 인식하고 있을 거라
곤 생각도 못했는데, 갑자기 그녀의 목소리가 삽처럼 내 뒷머리
를 때렸다.

"앤-드리-아!"

“네, 편집장님?” 나는 가던 길을 멈추고 돌아서서 그녀를 바라보았다.

“내가 말했던 레스토랑 리뷰는 내 책상 위에 놓여 있겠지?”

“음, 어, 사실 찾는 데 약간 어려움이 있었습니다. 신문사마다 전화했는데, 지난 며칠 동안 아시아 퓨전 레스토랑에 대한 리뷰를 실은 곳이 한 군데도 없었어요. 저, 혹시 그 레스토랑의 이름을 기억하고 계신지요?” 나는 숨을 죽이고 맹습에 대비해 팽팽히 긴장하고 있었다.

하지만 내 설명이 별로 흥미롭지 않았는지 그녀는 곧바로 자기 사무실을 향해 걸음을 옮겼다. “앤-드리-아, 그 기사가 〈포스트〉에 실렸다고 내가 얘기하지 않았나? 그걸 찾는 게 그렇게 어려운 일이야?” 그리고 그녀는 가버렸다. 〈포스트〉라고? 바로 오늘 아침에 그 신문의 레스토랑 리뷰 담당자와 통화를 했는데, 그는 내 설명에 들어맞는 리뷰는 실린 적이 없다고 단언했다. 이번주에는 딱히 주목할 만한 리뷰가 없었다는 것이었다. 헛소리는 분명 미란다가 하고 있는데, 비난의 화살은 내게 쏟아지도록 되어 있었다.

한낮이어서 커피 심부름은 몇 분밖에 걸리지 않았다. 그래서 남는 십 분 동안, 정확히 열두시 반에 점심을 먹는 앨릭스에게 전화하기로 마음먹었다. 다행히 그가 전화를 받아서, 다른 교사들과 이 얘기 저 얘기 할 필요가 없었다.

“안녕, 내 사랑. 오늘은 어때?” 그는 매우 즐거운 듯했다. 나는 짜증나게 굴지 않겠다고 스스로를 다잡았다.

“아주 좋아. 늘 그렇듯이. 여기서 일하는 게 너무 좋아. 지난 다섯 시간 동안 난 망상에 빠진 여자가 꿈꾸는 상상 속의 기사를 찾고 있었어. 그 여자는 자기가 틀렸다는 걸 인정하느니 차라리 죽음을 택할걸. 넌 어때?"

"아주 좋아. 내가 저번에 샤우나라는 아이 얘기한 거 기억나?" 내 얼굴이 그에게 보이는 것도 아닌데, 나는 전화기에 대고 고개를 끄덕였다. 샤우나는 앨릭스의 반 여자아이 중 하나로, 교실에서 아직 한마디도 입을 뻥긋하지 않은 애였다. 앨릭스는 그애를 위협해보고, 달래보고, 차근차근 도와줘도 봤지만 도무지 그애의 말문을 열 수 없었다. 아홉 살이 되도록 한 번도 학교라는 곳에 가본 적이 없는 아이였다. 그애가 사회복지사의 손에 이끌려 앨릭스의 교실에 나타났을 때, 앨릭스는 온 정성을 기울여 그애를 돌보았다.

"이젠 다시 입을 다물지 않을 거야! 노래로 해결을 봤지. 포크송 가수한테 오늘 우리 반에 와서 기타를 쳐달라고 했거든. 그런데 샤우나가 따라 하는 거야. 한번 말문이 트이더니 모든 애들과 재잘거리고 있어. 영어를 알고 있더라고. 어휘도 자기 나이 수준이고. 완전히 정상이었어!" 그가 어찌나 의기양양해하는지 나는 저절로 웃음이 나왔다. 문득 그가 너무나 보고 싶었다. 자주 그리고 정기적으로 누군가를 만나지만, 그와 정말로 연결되어 있다는 느낌은 없을 때 그 사람이 그리워지는 그런 기분이었다. 어젯밤 불시에 찾아가 그를 깜짝 놀라게 한 건 좋았지만, 여느 때처럼 너무 지친 탓에 좋은 친구가 되어주지 못했다. 우리 둘 다 내가 어서 형기를 마치기를, 이 잡지사와 계약한 일 년이 어서 지나기를, 모든 게 예전으로 돌아가기를 기다리고 있다는 것을 본능적으로 알고 있었다. 하지만 그래도 나는 그가 그리웠고, 지난번 크리스천 사건에 대해 꽤 죄의식을 느끼고 있었다.

"와, 축하해! 네가 정말 좋은 선생님이라는 사실이 입증됐잖아. 정말 좋겠다!"

"그래. 정말 신나." 전화기 너머로 벨소리가 들렸다.

"있지, 오늘밤에 데이트하자고 한 제안, 아직 유효해? 우리끼리만 시간 보내자고 한 거 말이야." 그가 다른 약속이 있을 것 같았지만, 약속을 만들지 않았기를 바라며 물었다. 오늘 아침 간신히 몸을 일으켜 여기저기 쑤시는 지친 몸을 이끌고 샤워를 하고 있는데 그가 비디오를 빌리고 먹을 것을 시켜 같이 시간 보내자고 외쳤을 때 나는 그렇게 하면 시간이 아깝지 않냐고 비꼬며 중얼거렸다. 어차피 나는 밤늦게나 집에 올 것이고, 집에 오자마자 쓰러져 잘 거니까. 적어도 우리 둘 중 하나는 제대로 살면서 신나는 금요일 밤을 즐겨야 할 것 같았다. 난 앨릭스에게 말하고 싶었다. 지금 난 미란다에게, 〈런웨이〉에게, 나 자신에게 화가 난 거지 그에게 화가 난 건 아니라고. 또한 지금 열다섯 시간 내내 소파에 앉아 있는 것보다 더 하고 싶은 일은 없다고.

"물론이야." 그는 놀라면서도 한편으로는 기뻐하는 것 같았다. "내가 네 아파트에 가서 기다릴까? 기다리면서 뭘 할까 생각해보면 되잖아. 네가 올 때까지 릴리와 함께 있을게."

"정말 좋은 생각이야. 릴리가 '프로이트 보이'에 대해 온갖 수다를 떨걸?"

"누구?"

"아냐, 아냐. 나 그만 가봐야 해. 여왕 폐하께서 커피를 더 기다리지 못할 거야. 오늘밤에 봐. 빨리 보고 싶어."

에두아르도는 〈우린 전쟁을 일으키지 않았어We didn't Start the Fire〉의 후렴구 두 마디를 부르게 한 뒤 나를 올려보내주었다. 내가 책상 왼쪽 구석에 커피를 올려놓았을 때, 미란다는 전화로 생기발랄하게 떠들고 있었다. 나는 나머지 오후 시간 내내 연결 가능한 〈뉴욕 포스트〉의 모든 편집부 직원 그리고 기자들과 말씨름을 했다. 내가 당신들보다 그 신문에 대해 더 잘 알고 있다고 악악거리며 어제 실린 아시아 퓨전 레스토랑 리뷰를 제발 구해달라고 애원했다.

"여보세요, 열두 번쯤 말했는데 또 말해야 해요? 우린 그런 리뷰를 쓴 적이 없다고요. 미즈 프리스틀리가 미친 여자라는 건 저도 알고 있고, 그 여자 때문에 당신 생활이 지옥 같을 거라는 것도 알아요. 하지만 없는 기사를 어떻게 찾아내요?" 마침내 어느 수습기자의 입에서 이런 말까지 나왔다. 그는 〈페이지 식스〉에서 일하지만, 내가 요구하는 기사를 찾아 내 입을 막아버리는 임무를 맡은 사람이기도 했다. 인내심도 많았고 찾아주려는 열의도 컸지만, 결국 이 자선 활동의 종착역에 도달하고야 만 것이었다. 에밀리는 다른 전화로 그 신문의 푸드 섹션 자유 기고가 한 명과 통화하고 있었다. 나는 제임스에게 그 신문의 광고부 직원인 그의 전 남자친구에게 전화해 도와줄 수 있는지 알아봐달라고 윽박질렀다. 미란다가 기사를 요구한 게 어제였건만, 시각은 벌써 오후 세시였다. 시킨 일을 바로 해내지 못한 건 이번이 처음이었다.

"에밀리!" 미란다가 엄청나게 밝은 사무실 안에서 소리쳤다.

"네, 편집장님?" 그녀가 누구를 부르는 건지 몰라 우리는 둘 다 튕겨오르며 대답했다.

"에밀리, 방금 〈포스트〉 쪽과 전화하는 것 같던데?" 그녀는 내 쪽으로 눈길을 돌리며 말했다. 진짜 에밀리는 안심하며 자리에 앉았다.

"네, 편집장님. 방금 통화했습니다. 세 명과 얘기했는데, 다들 지난주에 맨해튼에 있는 새 아시아 퓨전 레스토랑에 대한 기사는 한 줄도 나가지 않았다고 우기고 있습니다. 혹시 그보다 전에 실린 건 아닐까요?" 나는 비틀거리며 그녀의 책상 앞으로 다가갔다. 난 제피가 보란듯이 갖다준 10센티미터 굽의 검은색 지미추 슬링백을 내려다보며 고개를 폭 숙였다.

"맨해튼이라고?" 그녀의 얼굴에 황당하다는 표정과 화난 표정이 동시에 나타났다. "대체 누가 맨해튼이라고 했지?"

이번엔 내가 황당했다.

"앤-드리-아, 그 리뷰는 워싱턴에 새로 연 레스토랑에 대한 거라고 내가 말하지 않았나? 이번까지 합하면 적어도 다섯 번은 말한 것 같은데? 다음주에 거기 가야 하니까 예약을 해놓도록 해." 그녀가 머리를 까닥이며 입술을 움직였다. 사악하다고밖에 달리 표현할 길이 없는 미소였다. "대체 그 일이 왜 그렇게 어려운 거지?"

워싱턴이라고? 워싱턴에 그 레스토랑이 있다고 나한테 다섯 번은 말했다고? 아니야, 그렇지 않아. 저 여자는 정신이 나간 게 분명해. 그게 아니라면, 내가 정신 나가는 모습을 관찰하며 사디스트의 기쁨을 느끼고 있거나. 그녀가 날 바보 취급하는 바람에 나는 생각해볼 겨를도 없이 입을 열었다.

"오, 편집장님, 〈뉴욕 포스트〉에서는 워싱턴의 레스토랑에 대한 리뷰를 싣지 않는 게 확실합니다. 그 신문은 뉴욕에 새로 문을 연 레스토랑에 대한 리뷰만 싣는데요."

"그 말에 내가 웃어야 해, 앤-드리-아? 당신은 이런 식으로 유머 감각을 발휘하나보지?" 미소는 이미 사라졌다. 이제 그녀는 먹이를 잡으려고 조급하게 선회하는 굶주린 매처럼 몸을 앞으로 숙이고 있었다.

"아, 아닙니다, 편집장님. 제 생각엔 그저……"

"앤-드리-아, 내가 찾고 있는 비평은 〈워싱턴 포스트〉에 실린 거라고 벌써 열두 번도 더 말했을 텐데. 당신도 그 하잘것없는 신문 이름은 들은 적이 있겠지? 뉴욕에 〈뉴욕 타임스〉가 있는 것처럼, 워싱턴 DC에도 자기네 신문이 있어. 자, 이제 이해가 돼?" 그녀의 목소리는 조롱투를 넘어서 있었다. 한 발짝 물러나 의외의 선심을 쓰며 나를 어린아이처럼 가르치는 것이었다.

"네, 당장 구해다드리겠습니다." 나는 최대한 차분하게 말하고 얼른 밖으로 걸어갔다.

"참, 앤-드리-아!" 가슴이 울렁거렸다. 이 여자가 또 무슨 '깜짝' 놀랄 일을 만들까 걱정스러워졌다. "오늘밤 파티에 참석해서 손님들에게 인사하도록 해. 이상."

나는 에밀리를 쳐다보았다. 에밀리는 기가 막히다는 표정이었다. 찌푸린 이마를 보니 나처럼 말문이 막힌 것 같았다. "제가 제대로 들은 거예요?" 에밀리에게 속삭였더니, 그녀는 고개만 끄덕이며 자기 쪽으로 오라고 손짓했다.

"이를 어쩌지?" 가슴을 열었다가 끔찍한 것을 발견했다고 환자의 가족에게 말하는 외과의사처럼 에밀리가 심각하게 속삭였다.

"저 말 진담이에요? 지금은 금요일 네시예요. 파티는 일곱시에 시작하고. 맙소사, 드레스를 입고 가야 하는데 날 오라고 하면 어떻게 해!" 나는 믿어지지가 않아, 다시 시계를 보고 그녀가 정확히 뭐라고 말했는지 기억해보려 했다.

"저 말 진짜야." 에밀리가 전화기를 들면서 말했다. "내가 도와줄게, 알았지? 〈워싱턴 포스트〉에 나온 그 리뷰를 빨리 찾아서 미란다가 나가기 전에 갖다줘. 헤어와 메이크업을 해야 하니까 유리가 곧 그녀를 데리러 올 거야. 오늘밤 당신이 입을 드레스 같은 건 내가 구할게. 걱정 마. 할 수 있어." 그녀는 부리나케 번호를 누르더니 급박한 목소리로 전화기에 대고 조그맣게 지시를 내리기 시작했다. 나는 그대로 멀거니 서서 바라보고만 있었다. 에밀리가 보지도 않고 손을 흔들어대는 바람에 나는 현실로 돌아왔다.

"빨리 가." 그녀는 연민이라곤 조금도 없는 얼굴로 나를 보며 속삭였다. 나는 자리를 떴다.

14

"너 택시 타고 나타나면 안 돼." 릴리가 말하는 순간, 나는 새로 산 메이블린 그레이트 래시 마스카라를 어쩔 수 없이 눈가에 갖다대고 있었다. "드레스를 입고 가야 하잖아. 제발 차 좀 불러." 릴리는 일 분쯤 지켜보다가, 내 손에서 마스카라를 빼앗더니 내 속눈썹을 매만져주었다.

"네 말이 맞는 것 같아." 나는 한숨을 내쉬었다. 아직도 오늘 같은 금요일 밤에 드레스를 입고 메트로폴리탄미술관에서 조지아주와 노스캐롤라이나주, 사우스캐롤라이나주에서 온 부유하지만 교양 없는 인간들을 영접하며 어설프게 화장한 얼굴로 억지 미소를 짓고 있어야 한다는 사실을 받아들이기가 싫었다. 아까 미란다의 말이 떨어지기가 무섭게 드레스를 고르고, 화장품을 사고, 모든 준비를 해놓고, 나의 주말 계획을 바꾸었다. 어찌나 정신이 없던지 차편을 수소문해놓는 걸 까맣게 잊고 있었다.

이 나라에서 가장 큰 패션잡지에서 일한다는 것(백만 명이나 되는 여자들이 가장 하고 싶어하는 바로 그 일!)은 다행히 장점도 있었다. 오후 네시 사십분 무렵, 나는 클로짓의 제왕이자 여성적인 모든 것을 사랑하는 제피가 갖다준 세련된 검은색 오스카 드 라 렌타 드레스를 빌릴 수 있었다. "자기, 드레스를 입을 거면 오스카를 입어요, 그럼 만사 오케이예요. 수줍어하지 말고, 그 바지를 벗고 제피를 위해 이걸 입어보라니까." 내가 옷을 벗고 있는데 그가 진저리를 쳤다. 반쯤 벗은 내 몸이 그렇게 역겹냐고 했더니, 그는 절대 아니라고 했다. 단지 엉덩이에 팬티 선이 드러나는 게 너무 싫었던 것뿐이었다. 패션 어시스턴트들이 내 발에 맞는 은색 마놀로 블라닉을 구해왔고, 액세서리 담당자는 찰랑거리는 긴 체인 장식이 달린 화려한 은빛 주디스 리버 이브닝백을 골라왔다. 나는 남들이 업신여기는 캘빈 클라인 클러치백에 관심을 표했지만, 그녀는 내 의견을 묵살하고 주디스 백을 건네주었다. 스테프는 내 목에 초커를 걸어줄까 펜던트가 있는 목걸이를 걸어줄까 고민하고 있었고, 뷰티팀 에디터로 승진한 앨리슨은 회사에 정기적으로 오는 매니큐어 전문가와 전화로 이야기를 나누고 있었다.

"매니큐어 전문가가 당신을 만나러 네시 사십오분까지 회의실로 올 거야." 내가 내선전화를 받자 앨리슨이 말했다. "옷은 검은색을 입겠지? 샤넬의 루비레드를 칠해달라고 해. 비용은 회사로 청구하라고 하고."

사무실은 나를 오늘밤 파티에 어울리게 꾸며주느라 거의 흥분

모드였다. 내가 너무 예뻐서 그렇게 열렬히 도와주는 건 물론 아니었다. 미란다가 그들에게 나를 완전히 개조하는 임무를 부과했다는 사실을 그들은 알고 있었다. 자신들의 세련된 취향과 품격을 그녀에게 증명하느라 그렇게 호들갑을 떠는 것이었다.

릴리가 자선 메이크업을 끝냈다. 나는 치렁치렁한 오스카 드 라 렌타 드레스를 입고 초콜릿 아이스크림 맛 본벨 립스매커를 바른 내 모습이 우스꽝스럽게 보일까봐 살짝 걱정스러워졌다. 그렇겠지. 하지만 난 메이크업 아티스트를 집으로 보내주겠다는 제안을 거절했다. 회사 사람들은 모두 그렇게 하라고 우겼지만 나는 완강히 거절했다. 나도 선은 그을 줄 아니까.

나는 10센티미터 굽의 마놀로 스틸레토를 신고 절뚝거리며 내 방에 들어갔다. 앨릭스의 이마에 키스했지만, 그는 읽고 있던 잡지에서 눈도 들지 않았다.

"열한시까지는 확실히 돌아올게. 그다음에 같이 저녁을 먹거나 술 마시러 가자, 응? 이렇게 돼서 정말 미안해. 친구들이랑 놀게 되면 나중에 전화해줘. 내가 그쪽으로 갈게. 알았지?" 앨릭스는 약속했던 대로 오늘밤을 나와 함께 지내려고 학교에서 바로 우리집으로 왔다. 하지만 내가 집에 와서 자기는 여기서 느긋한 저녁시간을 보낼 수 있지만 나는 그럴 수 없게 됐다고 얘기하자, 그는 그다지 달가워하지 않았다. 그는 내 방 옆의 발코니에 앉아 굴러다니던 〈배니티 페어〉 지난 호를 읽으면서 릴리가 냉장고에 넣어둔 손님용 맥주를 꺼내 마시고 있었다. 그리고 나는 오늘밤 일 때문에 나가봐야 한다고 설명한 후에야 릴리가 앨릭스와 같이 있지 않다는 것을 알았다.

"릴리 어디 갔어? 오늘 수업 없는데. 그리고 여름방학 내내 금요일에는 일하지 않는다고 했는데?"

앨릭스는 맥주를 한 모금 넘기더니 어깨를 으쓱했다. "여기 있는 것 같은데. 릴리 방 문이 닫혀 있는데, 아까 웬 남자가 왔다갔다하는 걸 봤거든."

"웬 남자? 좀 자세히 말해줘. 어떤 남자 말이야?" 누가 침입을 한 건지, 아니면 드디어 '프로이트 보이'가 초대를 받은 건지 궁금했다.

"몰라. 무시무시하게 생긴 남자야. 문신도 했고, 귀도 뚫었고, 민소매 셔츠도 입었어. 아무튼 온몸이 무시무시해. 릴리가 어디서 그런 남자를 만났는지 모르겠어." 그는 무덤덤한 얼굴로 맥주를 또 한 모금 마셨다.

어젯밤 열한시에 릴리가 윌리엄인지 뭔지 하는 꽤 점잖은 남자와 함께 있는 걸 보고 헤어졌다. 민소매 셔츠 따위의 옷을 입거나 문신으로 몸을 도배할 남자는 아니었던 것 같다. 릴리가 대체 어디서 그런 이상한 남자를 만났는지 나도 알 수 없었다.

"앨릭스, 나 심각해! 지금 우리집에 살인마가 돌아다니고 있는지도 모르잖아. 그 작자가 제대로 초대를 받고 온 건지 아닌지도 모르고. 그런데 넌 아무 상관도 없어? 말도 안 돼! 당장 쫓아가봐야지." 나는 의자에서 벌떡 일어났지만, 그렇게 갑자기 무게를 옮기면 발코니가 무너질까봐 은근히 걱정되었다.

"앤디, 진정해. 그 남자는 살인마가 아니야." 앨릭스는 잡지를 넘겼다. "불쾌하고 별난 펑크족이긴 하지만, 살인마는 아니야."

"그래? 정말 웃기네. 지금 상황이 어떻게 돌아가고 있는지 보러 갈래, 아니면 밤새도록 거기 앉아 있을래?"

앨릭스는 여전히 나를 쳐다보려 하지 않았다. 그제야 나는 그가 오늘밤 일 때문에 매우 짜증이 나 있다는 걸 깨달았다. 전적으로 이해는 가지만, 나 역시 금요일 밤에 회사 일로 외출하는 것 때문에 열이 받아 있었다. 나더러 어쩌라고? "내 도움이 필요하면 소리질러."

"알았어." 벌컥 화가 났다. 속이 부글부글 끓었다. "내 몸이 토막난 채로 욕실 바닥에서 발견되더라도 죄의식 따윈 느끼지 마. 별거 아니니까……"

나는 부르르 떨며 아파트 안을 잠깐 휘돌아보면서 그 남자의 흔적을 찾았다. 제자리를 벗어나 있는 건 개수대에 놓인 케텔 원 빈 병뿐이었다. 릴리가 어젯밤 자정이 넘은 시각에 보드카를 사와 그 한 병을 다 마셨단 말이야? 그녀의 방 문을 두드렸지만 응답이 없었다. 계속 두드렸더니 누군가 문을 두드리고 있다는 이 명백한 사실을 이야기하는 남자의 목소리가 들렸다. 여전히 아무런 대답이 없어 나는 문손잡이를 돌렸다.

"이봐요, 아무도 없어요?" 방안을 보지 않으려고 했지만, 오 초밖에 못 갔다. 내 눈은 바닥에 엉켜 있는 청바지 두 벌과 책상 의자에 걸려 있는 브래지어, 남자들 동아리방처럼 온 방안에 썩은 내를 풍기는 재가 수북한 재떨이를 지나 곧바로 내 친구가 알몸으로 돌아누워 있는 침대로 향했다. 머리카락이 떡진 메스껍게 생긴 남자가 입술까지 땀을 줄줄 흘리며 릴리의 이불에 엉켜 있었다. 무시무시한 문신은 체크무늬 이불에 가려 눈에 띄지 않았다. 그는 눈썹에 금으로 된 링 피어싱을 하고, 양쪽 귀에는 유난히 번쩍이는 금속을 달고 있었다. 턱에는 모서리가 둥근 스파이크 두 개가 박혀 있었다. 다행히 사각팬티는 걸치고 있었지만, 어찌나 더럽고 꼬질꼬질하고 낡아 보이는지 안 입고 있느니만 못했다. 그는 담배를 물고는 천천히, 그리고 의미심장하게 연기를 내뿜더니 내 쪽을 보며 고개를 끄덕였다.

"어이." 그가 내 쪽으로 담배를 흔들면서 말했다. "어이, 친구, 문 좀 닫지 그래?"

뭐? '친구'라고? 이 찌질한 오지*가 정말 사람 열받게 하네.

"당신 지금 마약해?" 내가 물었다. 매너 따위는 알 바 아니었고 무섭지도 않았다. 그는 나보다 몸집이 작은데다 몸무게도 60킬로그램 이하로 보였다. 이 상황에서 최악의 일이 벌어져봤자 그가 내 몸에 조금 손을 대는 정도일 것 같았다. 그의 호위 아래 아직도 깊이 잠들어 있는 릴리의 몸을 그가 온갖 방법으로 건드렸을 거라고 생각하는 순간, 몸이 부르르 떨렸다. "대체 당신 누구야? 여긴 내 아파트야. 당장 나가!" 내가 한마디 더했다. 명령하는 순간 용기가 불끈 솟았다. 지금까지의 직장생활 중 가장 스트레스를 받게 될 밤을 위해 단장할 시간은 정확히 한 시간밖에 남지 않았고, 이런 마약중독자 따위를 상대하는 일은 내 계획에 전혀 들어 있지 않았기 때문이다.

"헤에에이, 진정해." 그는 숨을 내뱉더니 다시 숨을 들이쉬었다. "여기 있는 네 친구가 날 놓아줄까 몰라……"

"앤 당신이 꺼져주길 바랄걸. **제정신이 든다면 말이야, 이 나**

뿐 놈아!" 나는 고함쳤다. 릴리가 이 남자와 잤을까봐(당연히 있음직한 일이었다) 소름이 쫙 끼쳤다. "말했지. **당장 이 아파트에서 나가라고!**"

어깨에 누군가의 손길을 느끼고 휙 돌아보니 앨릭스가 걱정스러운 표정으로 서 있었다. "앤디, 가서 샤워해. 내가 해결할게, **알았지?**" 앨릭스를 거인이라고 할 사람은 아무도 없겠지만, 지금 내 친구의 등에 자기 얼굴에 매달린 피어싱을 비비고 있는 저 말라깽이에 비하면 그는 프로 레슬러처럼 보였다.

"**난. 저 인간이.**" 나는 똑 부러지게 말하느라 이 대목에서 손가락질까지 했다. "**내 집에서. 나가길. 원해.**"

"그래. 저 사람은 바로 나갈 거야. 안 그래, 친구?" 앨릭스는 광견병에 걸린 미친개의 성질을 돋울까봐 달래듯 살살 말했다.

"헤에에에이, 정말 왜 이래? 난 그냥 릴리와 즐기고 있는 거야. 간밤에 얘가 오 바에서 날 물었어. 거기 가서 물어봐. 다들 알 테니까. 얘가 날 데려가려고 애걸복걸했단 말이야."

"그래, 그래." 앨릭스가 달래는 어조로 말했다. "릴리는 맘이 내키면 정말 친절하게 대하지. 하지만 너무 취해서 자기가 뭘 하는지 모를 때도 있어. 그러니까, 릴리의 친구로서 난 당신이 이제 그만 나가줬으면 좋겠어."

그 찌질이는 담배를 짓이기더니 양손을 과장되게 올리며 조롱조로 항복하는 표시를 했다. "헤이, 알았어. 우선 샤워나 좀 하고. 그다음에 요 귀여운 릴리에게 작별인사를 하고 갈게." 그는 침대 옆으로 다리를 내리더니, 릴리의 책상 옆에 걸려 있는 수건에 손을 뻗었다.

앨릭스가 앞으로 나서며 재빨리 수건을 낚아채고는 그를 똑바로 내려다봤다. "안 돼. 지금 나가. 당장." 앨릭스와 사귄 지 삼 년이 되었지만, 이런 모습은 한 번도 본 적이 없었다. 앨릭스는 그 찌질이 앞에 바짝 다가서더니 키를 이용해 교묘하게 위협을 가했다.

"헤이, 걱정 마. 나가, 나간다고." 그는 앨릭스를 힐끗 보더니, 자기가 앨릭스의 얼굴을 제대로 보려면 목을 길게 빼야 한다는 걸 깨닫고 나지막이 웅얼거렸다. "옷을 입어야 나가지." 그는 바닥에서 청바지를 집고, 여전히 알몸인 릴리 밑에 깔려 있는 다 찢어진 티셔츠를 찾았다. 그가 티셔츠를 빼내려 하자, 릴리가 몸을 뒤척이더니 몇 초 후에 간신히 눈을 떴다.

"덮어줘!" 앨릭스는 이제는 아예 위협하는 걸 즐기면서 무뚝뚝하게 명령했다. 그 찌질이는 아무 말 없이 릴리의 어깨 위까지 이불을 덮어줬다. 릴리의 검은 머리카락 몇 가닥만 밖으로 삐져나왔다.

"무슨 일이야?" 릴리가 억지로 눈을 뜨고는 쉰 목소리로 물었다. 그녀는 몸을 돌려 문가에서 분노로 부들부들 떨고 있는 나와, 윽박지르느라 몸집을 부풀린 앨릭스와, 파란색과 카나리아색이 섞인 디아도라 신발끈을 서둘러 묶고 있는 찌질이를 바라보았다. 너무 늦었다. 그녀의 눈길은 찌질이에게 고정됐다.

"당신 대체 누구야?" 릴리는 자기가 실오라기 하나 걸치고 있지 않다는 것도 모른 채 벌떡 일어나며 물었다. 앨릭스와 나는 순간적으로 눈을 돌렸고, 릴리는 너무 놀라 이불을 끌어당겼다. 그 마약중독자는 음란하게 웃으며 그녀의 가슴에 추파를 던졌다.

"자기, 지금 내가 누군지 모르겠다고 하는 거야?" 한마디할 때마다 점점 더 싫어지는, 강한 오스트레일리아 억양으로 그가 물었다. "간밤엔 내가 누군지 잘 알고 있었으면서." 그는 그녀에게 다가가 침대에 앉으려고 했지만, 앨릭스가 재빨리 그의 팔을 잡고 똑바로 일으켜세웠다.

"나가, 당장. 안 그러면 내가 끌어내겠어." 앨릭스가 명령했다. 보기에는 거칠고 멋있었지만, 정작 본인은 이러는 자신을 별로 자랑스러워하는 것 같지 않았다.

찌질이는 손을 뿌리치고 혀를 찼다. "나간다, 나가. 릴리, 나중에 전화해. 어젯밤엔 정말 끝내줬어." 그는 얼른 거실로 나갔고, 앨릭스가 그를 뒤쫓았다. "저 여자 끝내주게 힘 좋던데!" 현관문이 쾅 닫히기 전에 그가 앨릭스에게 말하는 소리가 들렸다. 하지만 릴리는 그 말을 들은 것 같지 않았다. 그녀는 티셔츠를 꿰어 입고 간신히 침대에서 빠져나왔다.

"릴리, 저 인간 대체 누구야? 세상에 저런 또라이는 살다 살다 처음이야. 정말 구역질나는 애였어."

그녀는 느릿느릿 고개를 저었다. 대체 어디서 저런 남자와 엮였는지 곰곰이 생각하는 것 같았다. "구역질난다고? 네 말이 맞아. 정말 구역질나는 남자야. 근데 무슨 일이 있었는지 전혀 생각이 안 나. 어젯밤 네가 나간 다음에 양복을 입은 멋진 남자랑 얘기를 했던 건 기억나. 어떻게 된 건지 모르겠지만 우리는 술을 마시고 있었어. 그것밖에 모르겠어."

"릴리, 너 저렇게 생긴 인간이랑 같이 잔 것도 문제지만, 아파트까지 끌고 들어온 건 더 문제야. 그 정도로 술에 취했던 거야?"

나는 명명백백한 사실을 지적하고 있건만, 릴리는 너무 놀라 눈이 휘둥그레졌다.

"너 내가 저 남자랑 잤다고 생각해?" 그녀는 내가 보기에 너무도 분명한 사실을 인정하지 않고 나직하게 물었다.

몇 달 전에 앨릭스가 "릴리는 정상이 아니야. 술을 너무 마셔"라고 말했던 것이 퍼뜩 스쳤다. 징후는 충분했다. 그녀는 주기적으로 수업을 빼먹었고, 경찰에 체포되었고, 이제 지금껏 본 중에 가장 끔찍한 녀석을 집까지 끌어들였다. 또 이런 일도 있었다. 기말고사 직후 릴리의 교수가 기말 보고서는 정말 잘 썼지만, 결석이 너무 잦고 늦게 제출한 보고서가 많아 A를 주려야 줄 수가 없다는 메시지를 자동응답기에 남긴 것이다. 나는 조심스럽게 한 발짝 내딛기로 마음먹었다. "릴리, 문제는 그 남자가 아닌 것 같아. 너를 그렇게 만든 건 술 같은데?"

릴리는 조금 전부터 머리를 빗고 있었다. 나는 벌써 금요일 저녁 여섯시가 되었고, 릴리가 막 침대에서 일어났다는 것을 그제야 깨달았다. 그녀가 반발하지 않아서 나는 계속했다.

"술 마시는 것 가지고 뭐라는 게 아니야." 나는 이 대화를 되도록 평화롭게 끌어가고 싶었다. "술 마시는 것 자체를 반대하진 않아. 네가 요즘 조절을 잘 못하는 것 같아서 걱정하는 거야. 학교생활은 어때?"

릴리가 뭔가 말하려는 순간, 앨릭스가 방안에 머리를 들이밀더니 마구 울려대는 휴대폰을 내게 건네주었다. "그녀야." 그는 짧게 말하고는 다시 나갔다. 아아아아아! 이 여자는 내 삶을 망치는 데 정말 특별한 재능을 갖고 있어!

"미안." 릴리에게 말한 뒤 나는 긴장하며 휴대폰을 바라보았다. 액정에는 'MP 휴대폰'이라는 글자가 깜박거리고 있었다. "이 여자가 날 모욕하거나 야단치는 데는 일 초밖에 안 걸려. 잠깐만 기다려." 릴리는 빗을 내려놓고 내가 전화받는 것을 지켜보았다.

"미란……" 또 그녀의 사무실 전화를 받는 것처럼 대답할 뻔했다. "앤드리아입니다." 나는 정정하면서 연발사격에 대비했다.

"앤드리아, 오늘 저녁 여섯시 삼십분에 거기서 만나기로 한 거 잊었어?" 그녀는 인사라든가, 자기가 누군지 밝히는 것 따위는 완전히 생략하고 곧장 전화에 대고 짖어댔다.

"어, 아까는 일곱시라고 하셨는데요. 저는 아직……"

"아까 여섯시 삼십분이라고 했어. 또 한번 말해주지. 여어섯시 사암시입분! 알겠어?" 툭, 그녀는 전화를 끊었다. 나는 시계를 보았다. 여섯시 오분. 맙소사!

"이십오 분 후에 거기 나타나라는데?" 나는 딱히 누구에게라고 할 것도 없이 큰 소리로 말했다.

주제가 바뀌자 릴리는 안도한 것 같았다. "그럼 서둘러야지, 안 그래?"

"우리 얘기하던 중이었잖아. 중요한 문제야. 조금 전에 너 무슨 말 하려고 했어?" 그 말은 사실이었지만, 내 마음이 이미 멀리멀리 딴 데 가버렸다는 건 릴리에게나 나에게나 명백했다. 샤워할 시간이 없다는 생각은 이미 하고 있었다. 난 십오 분 안에 드레스로 갈아입고 차에 타야 했다.

"앤디, 너 정말 서둘러야 해. 빨리 준비해. 이 문제는 나중에 얘기하자."

또다시 방망이질하는 가슴을 안고 나는 허둥지둥 드레스를 입고 머리를 빗었다. 에밀리가 뽑아준 파티 참석자의 이름과 사진을 맞춰보며 빨리빨리 움직이는 수밖에 없었다. 릴리는 이 모든 상황을 느긋하게 즐기고 있었지만, 속으로는 찌질이와의 사건 때문에 고민하고 있는 것 같았다. 난 당장 그 일부터 정리할 수 없어서 기분이 별로 안 좋았다. 앨릭스는 동생에게 전화해서, 밤 아홉시에 영화 보러 나가기엔 아직 너무 어리니 엄마가 외출을 금지한 건 지나친 처사가 아니라고 열심히 타이르는 중이었다.

나는 앨릭스의 뺨에 키스했다. 그는 휘파람을 불었다. 그러고는 혹시 다른 사람들과 저녁을 먹을지도 모르니 파티 후에 자기를 만나고 싶으면 전화하라고 말했다. 거실로 돌아가보니, 릴리가 아름다운 검은 실크 숄을 들고 있었다.

"숄이야. 너의 황홀한 밤을 위해." 그녀는 그것을 펴 침대보처럼 흔들며 말했다. "내 친구가 오늘밤 시중들게 될 캐롤라이나주의 부자들만큼 세련돼 보였으면 좋겠어. 이건 몇 년 전에 우리 할머니가 에릭의 결혼식에 입고 가라고 사주신 거야. 예쁜지 아닌지는 잘 모르겠지만, 어쨌든 정장 파티용이고 샤넬 거야."

나는 릴리를 껴안았다. "내가 뭔가 실수를 해서 미란다가 날 죽여버리면 이 드레스를 태워주겠다고 약속해. 그리고 꼭 브라운 대학 운동복을 입혀서 날 묻어줘. 약속해, 응?!" 그녀는 내가 흔들고 있는 마스카라를 빼앗아 내 눈에 칠하기 시작했다.

"진짜 예뻐, 앤디. 정말이야. 오스카 드레스를 입고 미란다 프리스틀리가 여는 파티에 가는 네 모습을 보게 될 줄은 꿈에도 몰랐어. 너 정말 잘 어울려. 자, 이제 가."

릴리는 내 손에 찰랑거리는 주디스 리버 백을 쥐여주고, 내가 복도로 나갈 때 문을 잡아주었다. "재미있게 놀다 와."

차는 아파트 밖에 대기중이었다. 성도착자처럼 옷을 입은 존은 운전기사가 내게 문을 열어주자 휘파람을 불었다.

"오, 화끈한데!" 그는 수선스럽게 윙크하며 외쳤다. "이따 밤늦게 보자고." 그는 내가 어디에 가는지는 몰라도 어쨌든 다시 집으로 돌아올 거라고 생각하고 있었다. 그의 말이 위로로 느껴졌다. 파티는 그렇게 나쁘지 않을지도 몰라. 나는 타운카의 푹신한 뒷좌석에 앉아서 생각했다. 그때 드레스가 무릎 위로 말려올라가면서 얼음처럼 차가운 가죽 의자에 다리가 닿는 바람에 몸이 앞으로 튕겨나갔다. 아니야, 짜증날 것 같다는 내 짐작이 맞을지도 모르지.

◡

운전기사가 헐레벌떡 차에서 나와 뒷문을 열어주려고 뛰어왔다. 하지만 그가 다가왔을 때 난 벌써 연석 위에 서 있었다. 전에 엄마, 언니와 당일치기로 뉴욕 구경을 왔다가 메트로폴리탄미술관에 들른 적이 있었다. 그날 무슨 전시회를 봤는지 기억나진 않지만(도착할 무렵 새 구두 때문에 발이 너무 아팠던 것만 생각난다) 끝도 없이 긴 하얀 중앙 계단을 바라보며 저길 올라가려면 시간이 엄청 걸리겠구나, 하고 생각했던 게 기억났다.

계단은 여전히 그 자리에 버티고 있었지만, 저녁 어스름 탓인지 예전과는 다르게 보였다. 짧고 끔찍한 겨울날에 익숙해져서인지, 하늘이 이제 막 어두워지려고 하는데 시간은 벌써 여섯시 삼십분이라는 게 이상하게 느껴졌다. 오늘밤, 계단은 그야말로 장엄해 보였다. 스페인계단*이나 컬럼비아대학 도서관 계단이나 워싱턴 DC 국회의사당 건물에 장중하게 뻗어 있는 계단보다 훨씬 더 아름다웠다. 하지만 그 아름다운 하얀 계단의 채 십분의 일도 올라가기 전에 슬슬 혐오감이 밀려오기 시작했다. 대체 어떤 잔인하고 끔찍한 사디스트가 몸에 딱 달라붙는 치렁치렁한 드레스를 입고 뾰족한 굽이 달린 구두를 신은 사람에게 저 지옥같이 높은 곳을 기어올라가게 한 걸까? 건축가를 혐오할 수도 없고 그에게 그런 일을 맡긴 박물관 관계자를 증오할 수도 없어서 나는 할 수 없이 미란다를 저주했다. 직접적이든 간접적이든 내 삶에 이 모든 불행을 몰고 온 장본인은 그 여자뿐이니까.

꼭대기까지 2킬로미터는 돼 보였다. 전에 피트니스센터에서 사이클 레슨을 받던 기억이 문득 떠올랐다. 광적이었던 강사는 작은 자전거에 앉아 음절을 딱딱 끊어가며 군대식으로 구령을 내뱉었다. "힘주고, 힘주고, 숨쉬고, 숨쉬고! 간다, 간다. 언덕에 올라간다. 거의 다 왔어! 속도를 늦추지 마! 밟아! 밟아! 더 세게!" 나는 눈을 감은 채 페달을 밟고 바람에 머리카락을 날리며 자전거로 그 강사를 치어버리는 상상을 하려 했지만, 이놈의 계단은 한도 끝도 없었다. 오, 새끼발가락부터 뒤꿈치까지, 아니, 등까지 타는 듯한 이 고통을 잊을 수만 있다면! 열 걸음만 더. 자, 이제

---

* 이탈리아 로마의 스페인 광장에 있는 계단. 영화 〈로마의 휴일〉에 배경으로 등장한 것으로도 유명하다.

거의 다 왔어. 열 계단만 더. 오 하느님, 구두가 축축해졌어요. 피가 난 걸까요? 제가 땀에 젖은 오스카 드레스를 입고 발에는 피를 흘리며 미란다 앞에 서야만 하나요? 오, 제발, 제발 이제는 다 왔기를…… 다 왔다! 꼭대기였다. 나의 승리감은 세계적인 육상 선수가 드디어 첫번째 금메달을 땄을 때와 같았다. 나는 거칠게 숨을 들이마셨다. 승리의 담배를 한 대 피워 물고 싶은 마음과 싸우느라 주먹을 꽉 쥐고, 초콜릿 아이스크림 맛 립스매커를 입술에 발랐다. 이제 숙녀가 되어야 할 시간이었다.

경비원이 나를 위해 문을 열었다. 그는 고개를 숙이며 보일 듯 말 듯 미소 지었다. 내가 손님이라고 생각한 모양이었다.

"안녕하십니까. 앤드리아 씨 맞지요? 일라나가 저쪽에 자리를 마련해두었다고 했습니다. 조금만 기다리시면 일라나가 나올 겁니다." 그는 몸을 돌려 소매에 달린 마이크에 대고 조심스럽게 몇 마디한 후 이어폰으로 대답을 들으며 고개를 끄덕였다. "자, 여기입니다. 일라나가 곧 올 겁니다."

나는 장중한 입구를 둘러보았다. 제대로 앉기 위해 번거롭게 드레스를 매만져야 하는 게 싫었다. 지금이 아니면 언제 또 아무도 없는 메트로폴리탄미술관에 들어올 수 있을까 싶은 생각도 들었다. 티켓 판매소는 텅 비어 있고 1층 갤러리들은 어둑어둑했지만, 역사와 문화가 주는 느낌은 놀라웠다. 침묵 그 자체 때문에 오히려 귀가 먹먹했다.

의욕 과잉의 보안 요원에게서 너무 멀리 떨어지지 않으려 조심하면서 거의 십오 분 남짓 둘러보고 있는데, 긴 남색 원피스 차림의 다소 평범하게 생긴 여자가 로비를 가로질러 내 쪽으로 걸어왔다. 나는 박물관의 특별 행사 담당 같은 멋진 일을 하는 사람이 그렇게 평범할 수 있다는 것에 놀랐다. 동시에 내가 대도시에서 열리는 정장 파티에 어울리는 옷을 입으려고 애쓰는 시골뜨기 소녀처럼 우스꽝스럽게 느껴졌다. 좀 역설적이긴 하지만, 나는 딱 그 꼴이었던 것이다. 일라나는 직장에서 입는 옷에서 다른 옷으로 갈아입을 생각조차 없어 보였다. 나는 나중에 그게 사실이라는 걸 알게 되었다. 그녀는 이렇게 말했다.

"왜 신경을 써요? 사람들이 날 보러 여기 오는 것도 아닌데." 그녀의 밤색 머리카락은 깨끗했지만 맵시 있진 않았고, 굽 낮은 갈색 구두는 민망할 정도로 패션과는 거리가 멀었다. 하지만 파란 눈은 밝고 상냥해서, 난 금방 이 여자를 좋아하게 될 것 같은 예감이 들었다.

"당신이 일라나군요." 이 상황에서는 어쨌든 내가 주도권을 잡아야 한다고 느끼며 말했다. "전 앤드리아예요, 미란다의 어시스턴트죠. 제가 도울 게 있나 해서 왔어요."

날 보며 그녀가 너무 안도하고 있는 것 같아, 순간적으로 나는 미란다가 그녀에게 무슨 말을 했을지 궁금해졌다. 가능성은 다양했지만, 〈레이디스 홈 저널〉 유의 일라나의 옷차림과 관계있는 말일 것이라는 생각이 들었다. 미란다가 이 순진한 여자에게 내뱉었을 끔찍한 말을 생각하니 몸이 부르르 떨렸다. 그때 이 여자가 울지 않았기를 간절히 바랐다. 그런데 갑자기 일라나가 그 크고 순진한 눈으로 나를 보며 몸을 앞으로 숙이고는 목소리를 낮추지 않고 선언하듯 말하는 것이 아닌가. "당신 상사는 진짜 나쁜 년이에요."

나는 놀라서 그녀를 응시했다. 곧바로 제정신이 들었다. "맞아요, 그렇죠?" 내 말에 우리는 웃음을 터뜨렸다. "뭐 도와드릴 거 있어요? 십 초만 있으면 미란다는 내가 여기 있다는 걸 알아차릴 거예요. 그러니 뭔가 하고 있는 척해야 돼요."

"있어요. 테이블을 보여줄게요." 그녀가 이집트 전시장 쪽의 어두운 복도로 걸어가며 말했다. "진짜 멋있어요."

우리는 작은 전시장으로 들어섰다. 직사각형 테니스코트만한 크기였는데, 가운데에 스물네 명이 앉을 수 있는 테이블이 놓여 있었다. 로버트 이저벨이라는 이름이 괜히 저명한 게 아니었다. 그는 뉴욕의 파티 기획자인데, 세부 사항까지 꼼꼼하게 신경쓰며 정확하게 지적하고 적절한 의견을 제시하기로 정평이 나 있었다. 파티 기획자 중 그 정도로 신뢰받는 사람은 그가 거의 유일했다. 그는 유행을 따르되 지나치지 않았고, 화려하되 넘치지 않았고, 독특하되 기묘하지 않았다. 미란다는 로버트가 자신이 여는 모든 파티를 맡아야 한다고 주장했지만, 나는 그가 캐시디와 캐럴라인의 생일 파티를 맡은 것밖에 본 적이 없었다. 나는 로버트가 열 살짜리 아이들을 위해 식민지 양식의 거실을 현대적이고 세련된 다운타운 라운지(마티니 잔이 갖춰진 바와 최고급 스웨이드로 만든 붙박이 의자, 완벽하게 난방이 되는 모로코풍의 천막 모양 발코니 댄스장)로 바꿀 수 있을 정도로 능력이 있는 사람이란 건 알고 있었지만, 이곳은 정말이지 눈부실 정도로 호화로웠다.

모든 게 하얗게 반짝이고 있었다. 상큼한 하얀색, 부드러운 하얀색, 밝은 하얀색, 거친 느낌의 하얀색, 풍요로운 하얀색. 테이블에서 그대로 자라난 듯 보이는 우윳빛 작약 다발은 향이 매우 그윽했지만, 사람들이 꽃 너머로 대화를 나누는 데 방해가 될 정도는 아니었다. 흰색 체크무늬가 들어 있는 하얀 본 차이나는 산뜻한 흰 리넨 테이블보 위에 놓여 있었고, 등받이가 높은 하얀 떡갈나무 의자에는 관능적인 흰색 스웨이드가 씌워져 있었다. 이 모든 것이 오늘밤을 위해 특별히 깔아놓은 호화로운 하얀 카펫 위에 놓여 있었다. 단순한 흰 자기 촛대에 꽂힌 흰 봉헌용 양초는 부드러운 하얀 빛을 일렁이고, 촛불은 작약에 흰빛을 더하면서 테이블 주위를 은은하게 비추고 있었다. 이 방안에서 유일하게 색깔이 있는 것은 테이블 주위의 벽에 걸려 있는 고대 이집트인의 생활을 묘사한 다양한 색채의 섬세한 그림들이었는데, 강렬한 파란색과 녹색, 금색이 주된 색이었다. 하얀 테이블은 섬세한 그림과 대비되며 더없이 세련된 아름다움을 보여주고 있었다.

그림의 색채와 흰색이 자아내는 놀라운 대비를 감상하느라 고개를 돌리는 순간("이 로버트란 사람은 진짜 천재네요!"), 선명한 빨간 형체가 내 눈에 들어왔다. 구석의 흐릿한 그림 아래에 서 있는 그 형체는 오늘밤을 위해 특별히 주문해서 사이즈에 맞게 수선한 빨간 비즈 장식 샤넬 드레스를 입은 미란다였다. 그 드레스에 들인 돈이 한푼도 아깝지 않다고 하면 과장이겠지만(그 한푼 한푼이 수만 달러에 이르렀다), 그녀는 너무 아름다워서 보는 사람이 넋을 잃을 지경이었다. 미란다 자체가 작은 미술품이었다. 위로 치켜든 턱과 팽팽한 피부를 드러낸 그녀는 비즈로 장식한 샤넬 실크 드레스를 입은 신고전주의 조각상이었다. 사실 그녀 자체가 아름다운 건 아니었다. 눈동자는 너무 번쩍거렸고, 머리카락은 너무 뻣뻣했으며, 얼굴은 너무 굳어 있었다. 이유는 모르겠지만 여하튼 그녀는 굉장히 멋있어 보였다. 정신을 차리고 이 파티장에 감탄하는 척하려 해도 난 그녀에게서 좀처럼 눈을 뗄 수가 없었다.

내 망상을 깬 것은 역시나 그녀의 목소리였다. "앤-드리-아, 오늘 저녁에 올 손님들의 이름과 얼굴을 다 알고 있겠지? 사진을 보고 제대로 파악해놓았을 거라 믿어. 오늘밤 손님들의 이름을 잘못 불러서 나를 망신시키는 일이 없도록." 그녀는 딱히 어느 곳에 눈길을 두지 않은 채 말했다. 내 이름만이 그 말이 나를 향하고 있다는 것을 알려줄 뿐이었다.

"네, 잘 알고 있습니다." 머리라도 조아리고 싶은 마음을 억누르며 대답하면서도 난 내가 아직도 그녀를 바라보고 있음을 느끼고 있었다. "몇 분만 더 보면 됩니다. 그럼 확실할 겁니다." 그녀는 당연히 그래야지, 이 바보야, 라고 말하듯 나를 쳐다보았고, 나는 억지로 눈길을 돌리며 그곳에서 나왔다. 일라나가 바로 내 뒤를 따라왔다.

"저 여자가 무슨 얘기를 한 거예요?" 그녀가 내게 바짝 몸을 숙이며 속삭였다. "사진이라니? 미친 거 아니에요?"

우리는 어두운 복도의 딱딱한 나무 벤치에 앉았다. 둘 다 어디론가 숨고 싶은 마음뿐이었다. "아, 그거요? 정상적인 상황이라면 난 지난주에 오늘밤 올 손님들의 사진을 찾아놓고 그들의 이름을 부르면서 인사할 수 있도록 외웠어야 해요." 일라나는 충격을 받은 표정이었다. 그녀는 못 믿겠다는 듯 나를 보았다. "그런데 미란다가 여기 참석하라는 이야기를 오늘에야 갑자기 하는 바람에 손님들의 사진과 이름을 파악할 시간이 없었어요. 도착하기 전에 차 안에서 잠깐 들여다본 게 다예요. 왜요? 말도 안 되는 것 같아요? 괜찮아요. 미란다의 파티에서는 이런 게 다반사니까."

"오늘 파티엔 유명한 사람들이 하나도 안 오는 줄 알았는데요." 일라나는 전에 메트로폴리탄미술관에서 미란다가 연 파티들을 암시하며 말했다. 그녀는 엄청난 기부를 하기 때문에, 이곳을 빌리는 특권, 즉 사적인 파티와 칵테일파티를 열기 위해 무려 메트로폴리탄미술관을 빌리는 특권을 부여받았던 것이다. 톰린슨 씨의 부탁을 받고, 미란다는 시동생을 위해 이 미술관에서 최고의 파티를 열어주느라 동분서주하고 있었다. 그녀는 이곳에서 만찬 파티를 열면 부유한 남부 사람들과 그들의 전리품인 아내들이 혹할 거라는 걸 알고 있었다. 그리고 그 판단은 옳았다.

"맞아요. 우리가 한눈에 알아볼 수 있는 그런 사람들은 오지 않아요. 메이슨·딕슨선* 아래쪽에 사는 수많은 억만장자뿐이죠. 보통 때 손님들의 얼굴을 외워야 할 경우엔 온라인에서 찾아보거나 〈위민스 웨어 데일리〉 같은 데서 찾아보면 더 쉬워요. 누르 왕비나 마이클 블룸버그, 요지 야마모토** 같은 사람들의 사진은 대개 거기 나오거든요. 하지만 찰스턴 교외의 부촌에 사는 패커드 부부를 찾는 건 쉽지 않아요. 다른 직원들이 내가 여기 올 수 있게 도와주는 동안, 미란다의 다른 어시스턴트가 그들의 사진을

---

* 펜실베이니아와 메릴랜드, 델라웨어 사이의 영토분쟁을 해결하기 위해 만든 경계선. 이 선은 후에 북부의 산업지역과 남부의 노예소유 지역을 가르는 경계선이 되었다.

** 차례로 요르단 출신의 사교계 명사, 블룸버그 통신의 창립자이자 당시 뉴욕 시장, 일본의 디자이너.

찾아냈어요. 그들이 사는 지역 신문의 사교란이나 온갖 웹사이트를 통해서 거의 다 찾아냈죠. 하지만 정말 짜증나는 일이었어요."

일라나는 계속 나를 보았다. 내 말이 로봇처럼 들린다는 걸 알고 있었지만, 멈출 수가 없었다. 그녀가 기막혀하자 내 기분은 더욱 비참해졌다.

"아직 못 찾아낸 건 어느 커플 하나뿐이에요. 어쨌든 다른 사람들 얼굴은 다 아니까 그 사람들은 저절로 알게 되겠죠."

"세상에, 어떻게 그렇게 할 수 있는지 모르겠어요. 난 금요일 밤에 여기 있어야 하는 것도 짜증이 나는데, 당신이 하는 그런 일은 도저히 엄두가 안 날 것 같네요. 어떻게 그럴 수 있어요? 그따위로 말하고 함부로 대하는 걸 어떻게 참고 살 수 있죠?"

이 질문은 나를 놀라게 했다. 지금까지 아무도 내 일에 대해 이렇게 나서서 부정적인 말을 한 적이 없었기 때문이다. 나는 (내 일을 하고 싶어 죽을 지경인 백만 명쯤 되는 여자들 중에서) 나 혼자만이 내 상황을 비정상이라고 생각하는 줄 알았다. 회사에서 날마다 벌어지는 수많은 어이없는 일을 목격하는 것보다 일라나의 눈에 나타난 놀라운 표정을 보는 게 훨씬 더 공포스러웠다. 순진하고 처연하게 나를 바라보는 그 눈길 때문에 내 속에 있는 뭔가가 폭발해버렸기 때문이다. 나는 지난 몇 달간 인간 이하의 상황에서 인간 이하의 상사를 위해 일하면서 하지 못했던 것을, 그동안 꾹 참아온 것을 결국 했다. 울기 시작한 것이다.

일라나는 아까보다 더 놀라며 나를 바라보았다. "오, 불쌍하기도 하지. 이리 와요. 정말 미안해요! 그런 뜻으로 한 말은 아니었어요. 그런 마녀를 참아내고 있다니 당신이 정말 천사 같다는 뜻이었어요, 내 말 알겠어요? 이리 와요." 그녀는 나를 끌어당겨 뒤쪽 사무실로 향하는 어두운 복도로 데려갔다. "잠깐 여기 앉아 있어요. 그따위 멍청이들의 사진일랑 아예 생각하지 말고요."

코를 훌쩍이던 나는 내가 바보 같다는 기분이 들기 시작했다.

"이상하다고 생각할 것 없어요, 알죠? 당신이 오랫동안 속으로만 삭여온 걸 나도 느끼고 있어요. 당신은 가끔 한바탕 울어줘야 해요."

내가 뺨에 번진 마스카라를 닦는 동안 그녀는 자기 책상을 더듬거리며 무언가를 찾았다. "여기 있다!" 그녀가 자랑스럽게 말했다. "이것 좀 봐요. 바로 버리면 되니까. 혹시 이 얘길 다른 사람에게 하면 당신을 죽여버릴 거예요. 얼른 봐요. 아주 재미있어요." 그녀는 '기밀'이라고 적힌 스티커로 봉한 마닐라 봉투를 내게 건네주며 미소를 지었다.

나는 스티커를 찢고 안에 있는 녹색 폴더를 꺼냈다. 그 안에는 어느 레스토랑의 긴 의자에 꼿꼿이 앉아 있는 미란다의 컬러 사진이 들어 있었다. 파스티스에서 열린 도나 캐런의 최근 생일파티에서 유명한 사교계 사진 전문가가 찍은 것이었다. 전에 〈뉴욕〉에 실린 적 있었고, 앞으로도 자주 실릴 것 같은 사진이었다. 그녀는 갈색과 흰색이 섞인 매우 독특한 스타일의 뱀피 트렌치코트를 입고 있었는데, 난 그 옷을 입은 그녀를 볼 때마다 그녀가 뱀처럼 보인다고 생각했었다.

나만 그런 생각을 한 게 아니었나보다. 그녀의 다리가 있어야 할 부분을 보니, 딱 맞게 오린 방울뱀의 꼬리가 전문가의 솜씨로 교묘하게 붙여져 있었다. 그렇게 해놓으니 미란다는 정말로 뱀

같았다. 그녀는 긴 의자에 팔꿈치를 대고 손으로 날카로운 턱을 괸 채 몸은 가죽 의자 위에 세우고 있었다. 꼬리는 반원 모양으로 모아져 의자 끝에 걸려 있었다. 완벽 그 자체였다.

"정말 끝내주죠?" 일라나가 내 어깨 뒤에서 보며 물었다. "어느 날 오후 린다가 내 사무실에 왔어요. 미란다가 저녁식사를 할 전시실을 고르느라 하루종일 자기와 전화로 입씨름을 했다더군요. 당연히 린다는 크기도 알맞고 가장 아름다운 곳을 한 군데 추천했죠. 그런데 미란다가 기념품 가게 쪽에 가까운 다른 전시실에서 파티를 열겠다고 우겼대요. 서로 입씨름을 하다가 결국 그 전시실에서 파티를 열기로 린다가 양보했죠. 며칠간의 협상 끝에 파티를 열어도 좋다는 위원회의 허가를 간신히 받아냈대요. 미란다에게 전화해서 그 기쁜 소식을 전했더니 미란다가 뭐라고 한 줄 알아요?"

"당연히 마음을 바꿨겠죠." 그녀가 열을 내고 있다는 걸 느끼며 나는 조용히 대답했다. "린다가 처음에 제안한 곳으로요. 모두 자기 지시대로 움직인다는 걸 확인한 다음에야 그렇게 했겠죠."

"맞아요. 그 일 때문에 난 정말 열받았어요. 미술관 전체가 누군가를 위해 그렇게 입장을 척척 바꾸는 걸 본 적이 없으니까요. 미국 대통령이 국무부 만찬을 열겠다고 부탁했어도 아마 들어주지 않았을 거예요! 그런데 당신 상사는 당당하게 진격해 들어와서는 모두에게 명령을 내리고, 며칠 동안 우리의 생활을 생지옥으로 만들고도 아무렇지 않은 것 같았어요. 난 린다를 위해 이 예쁜 사진을 만들었어요. 린다가 어떻게 했는지 알아요? 지갑 속에 넣고 다니려고 이걸 축소 복사까지 했어요! 당신도 이 사진이 마음에 들죠? 이 사진을 보면 당신만 힘든 게 아니라는 걸 되새기게 될 거예요. 물론 당신이 가장 힘들겠지만, 그래도 우리가 있잖아요."

나는 그 사진을 다시 기밀 봉투에 넣어 일라나에게 돌려주었다. "정말 최고예요." 나는 그녀의 어깨를 어루만지며 말했다. "정말, 정말 고마워요. 이 사진을 어디서 구했는지 아무에게도 말하지 않을게요. 이걸 나한테 부쳐줄 수 있어요? 이 리버 백엔 안 들어갈 거예요. 이걸 우리집으로 보내주면 보답은 톡톡히 할게요."

그녀는 생글거리며 내 주소를 써달라는 시늉을 했다. 우리는 미술관 현관 쪽으로 걸어갔다(나는 절뚝거렸다). 일곱시가 되었으니 곧 손님들이 들이닥칠 것이다. 미란다와 B-DAD는 오늘의 명예로운 손님이자 예비 신랑인 동생과 얘기를 나누고 있었다. 예비 신랑은 금발 미인들에게 둘러싸인 남부의 학교에서 미식축구와 라크로스와 럭비를 했을 것 같은 덩치였다. 그의 옆에는 애교 만점의 스물여섯 살짜리 금발 약혼녀가 얌전히 서서 사랑이 넘치는 표정으로 그를 바라보고 있었다. 그녀는 브랜디 잔을 들고 약혼자의 농담에 깔깔거렸다.

미란다는 얼굴에 억지 미소를 띤 채 B-DAD의 팔에 매달려 있었다. 난 그들이 무슨 말을 나누는지 듣지 않고도 미란다가 적절한 순간에 대답하지 않는다는 걸 잘 알 수 있었다. 우아한 사교성은 미란다와는 거리가 멀었다. 그녀는 잡담을 참아내지 못했다. 하지만 오늘은 그녀가 엄청 아부하는 모습을 보일 게 확실했다. 나는 미란다의 '친구들'이 두 가지 등급 중 하나에 속한다는 것을 알고 있었다. 그녀는 자기 '위'라고 평가한 사람들에게는 좋은 인

상을 줘야 했다. 몇 안 되는 이 부류에는 어브 라비츠, 오스카 드
라 렌타, 힐러리 클린턴 그리고 최고 영화배우들이 있었다. 그녀
가 '밑'에 두는 사람들은 자신의 처지를 잊지 않도록 그녀가 군림
하고 얕봐야 하는 사람들이었다. 이 부류에는 거의 모든 사람들,
즉 〈런웨이〉의 전 직원, 일가친척, 쌍둥이 친구들의 부모들(간혹
상급에 속하는 사람들도 있긴 했다)이 속했다. 거의 모든 디자이
너와 다른 잡지의 에디터, 국내외를 막론하고 서비스업 종사자도
여기에 속했다. 오늘 초대받은 사람들 중에는 원래 '하급'에 속하
면서도 단지 톰린슨 씨 및 그의 남동생과 관계가 있다는 이유만
으로 '상급' 대우를 받을 사람들이 있어서 상당히 재미있을 것 같
았다. 나는 미란다가 주변에 좋은 인상을 주려고 애쓰는 것을 지
켜보는 이 드문 기회를 즐겼다. 미란다는 자연스러운 매력과는
거리가 먼 사람이었기 때문이다.

  첫번째 손님들이 도착한 것 같았다. 방안에 긴장감이 흘렀다.
난 사진 속 인물들을 떠올리며, 그 커플에게 얼른 다가가 여자의
모피 숄을 받으려고 했다. "윌킨슨 씨 그리고 윌킨슨 부인, 오늘
저녁 와주셔서 감사드립니다. 숄을 이리 주세요. 여기 있는 일라
나가 여러분을 칵테일이 준비된 중앙홀로 안내해드릴 겁니다."
혼자 말하면서 나는 그들을 쳐다보지 않으려 했지만, 그 광경은
실로 충격적이었다. 전에 미란다의 파티에서 매춘부처럼 입은 여
자들과 여자처럼 입은 남자들 그리고 아예 옷을 입지 않은 모델
들을 본 적은 있지만, 이렇게 입은 사람들은 한 번도 본 적이 없
었다. 유행에 민감한 뉴요커 같지는 않겠지만, 적어도 〈댈러스〉*
에 나오는 사람처럼은 입었을 줄 알았다. 하지만 이들은 〈서바이

벌 게임〉**의 등장인물이 조금 차려입은 정도에 지나지 않았다.

은발이 매우 특징적인 톰린슨 씨의 남동생은 (5월에) 하얀색 연미복을 입고 체크무늬 손수건과 지팡이를 드는 매우 중대한 실수를 저질렀다. 그의 약혼녀는 끔찍하게도 에메랄드빛 녹색 호박단 드레스를 입고 있었다. 소용돌이 모양으로 부푼 그 드레스는 주름이 많이 잡힌데다 엄청나게 큰 가슴은 위로 바짝 추켜올린 모양이었다. 실리콘을 넣은 가슴 때문에 그녀는 거의 질식할 것만 같았다. 귀에는 종이컵 크기만한 다이아몬드가 달려 있고, 왼손에는 더 큰 다이아몬드가 번쩍였다. 머리카락은 과산화수소로 하얗게 탈색되어 있었다. 치아도 마찬가지였다. 뾰족하고 굽이 높은 구두를 신은 그녀는 마치 지난 십이 년 동안 NFL***에서 러닝백으로 뛴 것처럼 걸었다.

"어머나, 보잘것없는 파티에 와주셔서 정말 기뻐요. 모두들 파티를 좋아하시죠, 안 그런가요?" 미란다가 가성으로 지저귀었다. 미래의 톰린슨 부인은 금방이라도 기절해버릴 것 같았다. 지금 자기 앞에 서 있는 사람은 다른 누구도 아닌 바로 그 미란다 프리스틀리가 아닌가! 그녀의 환호 때문에 모두 당황했다. 이 불쌍한 중생들은 미란다가 이끄는 대로 중앙홀로 갔다.

그날 밤은 처음처럼 계속 진행되었다. 나는 모든 손님의 이름을 머릿속에 넣고, 부끄러운 실수를 저지르지 않으려고 애썼다. 시간이 지나자 하얀 턱시도, 시폰, 커다랗게 부풀린 머리칼, 더

---

* 댈러스를 배경으로 한 TV 드라마로 석유 재벌가의 이야기를 다루었다.
** 카누 여행을 떠난 네 친구가 습격을 받으며 벌어지는 일을 그린 스릴러 영화.
*** National Football League. 미국의 미식축구 프로 리그.

커다란 보석, 아직 사춘기도 넘기지 않은 것처럼 촌스러운 여자들을 봐도 심드렁했다. 하지만 미란다를 보는 것만큼은 절대 지루하지 않았다. 그녀는 진정한 숙녀다웠고, 그날 밤 미술관에 온 모든 여자들의 시샘을 샀다. 이 세상의 모든 돈을 다 줘도 그녀가 지닌 우아함과 고상함만은 살 수 없다는 것을 알면서도, 그들은 희망의 끈을 절대 놓지 않으리라.

저녁 만찬이 무르익어가자, 미란다는 여느 때처럼 고맙다거나 잘 가라는 말 한마디 없이 나를 놓아주었다. "앤-드리-아, 오늘 저녁엔 당신이 더는 필요 없겠어. 이제 가보도록 해." 나는 순수한 마음으로 미소 지었다. 일라나를 찾아봤지만 그녀는 이미 사라지고 없었다. 지하철을 타고 갈까 잠시 생각했지만 오스카의 드레스나 내 발이 견뎌낼 것 같지 않았다. 차를 부르자 십 분 만에 달려왔다. 나는 몸은 지쳤지만 평온한 마음으로 뒷좌석에 몸을 실었다.

존을 지나쳐 엘리베이터로 가려는데, 그가 작은 테이블 밑으로 손을 뻗더니 마닐라 봉투 하나를 꺼냈다. "몇 분 전에 이게 왔어요. '긴급'이라고 쓰여 있네요." 고맙다고 인사한 뒤, 금요일 밤 열시에 누가 이런 것을 갖고 왔는지 의아해하며 로비 구석에 앉았다. 봉투를 찢어보니 메모가 나왔다.

사랑하는 앤드리아

만나서 정말 즐거웠어요. 다음주에 스시 같은 거 먹으러 갈까요? 집에 가는 길에 이걸 놓고 가요. 오늘 같은 밤을 보내려면 이게 꼭 있어야 할 것 같아서요. 그럼 안녕.

사랑과 포옹을 보내며,
일라나

　그 안에는 일라나가 가로 25센티미터 세로 33센티미터로 확대해놓은 뱀으로 변신한 미란다의 사진이 들어 있었다. 나는 마놀로 구두에서 발을 빼 주무르면서 몇 분 동안 그것을, 특히 미란다의 눈을 찬찬히 들여다보았다. 위협적이고 야비한 모습이었다. 내가 날마다 보는 그 나쁜 인간과 똑같았다. 하지만 오늘밤엔 그녀도 슬프고 무척 외로워 보였다. 이 사진을 냉장고에 붙여놓고 릴리와 앨릭스와 함께 비웃어봤자, 발이 덜 아프거나 나의 금요일 밤이 다시 돌아올 것 같지도 않았다. 나는 그 사진을 찢어버리고 절뚝거리며 위층으로 올라갔다.

15

　"앤드리아? 나 에밀리야. 들려?" 전화기 너머로 쉰 목소리가 들려왔다. 에밀리가 이렇게 늦은 시간에 집으로 전화한 건 몇 달만의 일이었다. 뭔가 심각한 일이 생긴 게 아닌가 걱정되었다.

　"안녕하세요. 목소리가 왜 그렇게 안 좋아요?" 나는 침대에서 일어나며 물었다. 혹시 미란다가 또 무슨 짓을 한 건가 하는 생각이 스쳤다. 지난번 에밀리가 이렇게 늦은 시간에 전화했을 때는, 미란다가 토요일 밤 열한시에 전화해서 자기와 톰린슨 씨가 지금 마이애미에 있는데 악천후로 원래 타고 가려던 비행기가 취소되었으니 개인용 비행기를 빌리라고 요구했었다. 그때 에밀리는 자기 생일 파티에 가느라고 막 외출하려던 참이었다. 에밀리는 곧바로 내게 전화해서 대신 그 일을 처리해달라고 간청했다. 하지만 내가 그 메시지를 접수한 것은 다음날이 되어서였고, 에밀리에게 전화를 했더니 그녀는 그때까지 울고 있었다.

"앤드리아, 난 내 생일 파티도 못 갔어." 전화를 받은 그녀는 눈물부터 쏟아냈다. "그놈의 비행기를 빌리느라 내 생일 파티에 못 갔단 말이야!"

"그 인간들은 남들처럼 호텔에서 하루 자고 다음날 오면 어디가 덧난대요?" 내가 지극히 당연한 사실을 지적했다.

"내가 그 생각을 안 한 것 같아? 처음 전화받고 칠 분 안에 그 인간들을 위해 쇼어 클럽, 앨비언, 델라노의 펜트하우스 스위트룸을 예약해놓았단 말이야. 미란다가 진짜 그런 뜻으로 전화한 게 아닐지도 몰라서. 무슨 말이냐 하면, 토요일 밤이었잖아. 토요일 밤에 어디 가서 비행기를 전세 내겠어?"

"미란다는 그 생각이 별로였나보죠?" 가까이서 그녀를 돕지 못해 정말로 미안한 마음과 총탄이 나를 피해갔다는 안도감을 동시에 느끼며 나는 위로의 말을 건넸다.

"그래, 정말 별로였나봐. 십 분에 한 번씩 전화를 걸어서 왜 아직도 제대로 처리를 못 하느냐고 물어보더라고. 그 여자 전화를 받느라 다른 사람들 전화는 '대기중'으로 해놓고, 다시 연결해보면 벌써 끊어져 있고……" 그녀는 흐느끼고 있었다. "정말 악몽이었어."

"그래서 어떻게 됐어요? 물어보기도 겁나네요."

"그래서 어떻게 됐냐고? 그래서 정말로 어떻게 되었냐고? 플로리다주의 전세 비행기 회사마다 전화를 했지. 하지만 토요일 자정에 누가 전화를 받겠어? 그래서 이번엔 조종사 이름이란 이름은 다 찾아내서 그 사람들 휴대폰에 전화를 걸어댔고, 혹시 도움을 받을 수 있을까 해서 국내선 항공사에도 전화를 했어. 그랬더니 간신히 마이애미국제공항의 고위층에 연결이 됐어. 삼십 분 후에 두 명을 뉴욕으로 실어다줄 비행기가 필요하다고 말했더니 그 사람이 뭐라고 했는지 알아?"

"뭐라고 했는데요?"

"그냥 웃더라고. 그것도 신경질적으로 말이야. 테러리스트나 마약 밀수업자 따위랑 관련 있는 일이라고 생각하더라고. 그러면서 날 신고하겠대. 그 시간에는 아무리 돈을 많이 낸다 해도 비행기와 조종사를 확보할 확률보다 번개에 스무 번 맞을 확률이 훨씬 높다나. 그러고는 한 번만 더 전화하면 날 바로 FBI에 넘겨버리겠대. 기가 막혀서!" 그녀는 거의 비명을 지르다시피 했다. "기가 안 막혔겠어? FBI라니!"

"미란다가 좋아하지 않았겠네요?"

"당연하지. 펄펄 뛰더라. 비행기를 못 구한다는 걸 못 믿겠던지 이십 분을 버티더라고. 비행기가 모두 출장중이라서 그런 게 아니라, 이런 한밤중에는 빌리는 것 자체가 어렵다는 걸 이해시키느라 정말 힘들었어."

"그래서 어떻게 됐어요?" 좋게 마무리되었을 리가 없었다.

"새벽 한시 삼십분쯤 되어서야 결국 그 오밤중에 집으로 돌아갈 수 없다는 사실을 인정했어. 특별한 일이 있어서도 아니었어. 딸들은 친아빠와 함께 있었고, 호출을 대비해서 보모도 일요일 내내 아이들 근처에 있었으니까. 그런데 그다음에 나보고 아침 첫 비행기표를 사놓으라는 거야."

좀 이상한 일이었다. 비행기가 취소되었다면 당연히 항공사에서 다음날 아침 첫 비행기를 배정해주었을 것이다. 특히 그녀처럼 프리미어 어드밴티지 플러스 골드 플래티넘 다이아몬드 이그제큐티브 VIP 마일리지 대우를 받는데다 원래 퍼스트 클래스 티켓을 가진 고객일 경우에는 당연한 일이었다. 그 말을 했더니 에밀리가 대답했다.

"그래, 콘티넨털항공사에서는 두 사람이 아침 여섯시 오십분에 이륙하는 첫 비행기를 타도록 조처했어. 그런데 미란다가 어떤 사람이 여섯시 삼십오분에 출발하는 델타항공사의 비행기를 타게 되었다는 소릴 들었다면서 갑자기 화를 내는 거야. 나보고 무능한 바보라고 난리를 치고, 개인 비행기를 구하는 것처럼 간단한 일도 제대로 못하는 어시스턴트를 어디다 써먹겠느냐고 끝도 없이 잔소리를 하면서 말이야." 그녀는 훌쩍거리고는 뭔가 한 모금 마셨다. 커피인 것 같았다.

"맙소사, 이제 무슨 말을 하려는지 알았어요. 그래서 설마 그렇게 하진 않았겠죠!"

"했어."

"설마요. 그럴 리가. 달랑 십오 분 앞당기려고?"

"했다니까. 그럼 어쩌겠어? 나 때문에 그렇게 화가 났다는데. 최소한 그렇게라도 해야 내가 일을 하고 있는 것 같잖아. 추가로 이천 달러나 들었지만, 별로 큰돈도 아니었어. 전화를 끊을 때쯤엔 그 여자가 나름대로 기분이 좋아졌다고. 뭘 더 바라겠어?"

우리 둘 다 웃음이 터져나왔다. 에밀리가 말해주지 않아도 나는 알고 있었다. 그녀도 내가 알고 있다는 걸 알고 있었고. 에밀리는 델타항공사에서 비즈니스 클래스 티켓 두 장을 사서 미란다의 입을 막아버리고, 끊임없이 내뱉는 요구와 모욕을 멈추게 한 것이었다.

하도 웃어서 숨이 끊어질 지경이었다. "잠깐만요. 그럼 그녀가 델라노의 펜트하우스로 갈 수 있게 당신이 준비해놓은 차는……"

"그때가 새벽 세시 직전이었어. 나중에 보니까 밤 열한시부터 그때까지 그 여자가 내 휴대폰에 정확히 스물두 번 전화했더라구. 운전기사는 그 부부가 펜트하우스 스위트룸에서 샤워하고 옷을 갈아입을 동안 기다렸다가 출발 시간이 더 이른 비행기를 탈수 있게 그들을 다시 공항에 데려다주었지."

"아, 그만! 이제 그만해요!" 우스꽝스러운 사건들이 겹쳐서 일어나준 바람에 나는 마구 비명을 질러댔다. "어떻게 그런 일이 있을 수가 있어요?"

에밀리는 웃음을 멈추고 심각한 척했다. "정말 재미있어? 아직 본론으로 들어가지도 않았는데?"

"말해요, 말해줘요!" 난 처음으로 에밀리와 내가 동시에 즐거워하고 있다는 사실을 깨닫고는 진심으로 기뻤다. 내가 팀원이라는 것, 압제자에 대항하는 전투에서 절반의 몫을 담당하고 있다는 것이 즐거웠다. 그 순간 나는 에밀리와 내가 진정한 친구가 될수 있었다면, 서로 믿고 보호하며 합심해서 미란다에게 대항할수 있었다면 나의 일 년은 다르게 전개되었으리라는 사실을 처음으로 깨달았다. 모든 게 그토록 못 참을 정도는 아니었을지도 모른다. 하지만 이번처럼 드문 경우를 제외하면, 우리는 거의 모든점에서 일치하지 않았다.

"본론은……" 그녀는 우리가 함께 맛볼 즐거움을 조금 더 늦추느라 말을 질질 끌었다. "물론 그녀는 몰랐겠지. 델타항공사의 비행기는 이륙은 조금 일찍 했지만, 착륙 시간은 원래 타려던 콘티넨털항공사의 비행기보다 팔 분 늦게 예정되어 있었어!"

"말도 안 돼!" 나는 이 달콤한 정보를 만끽하며 외쳤다. "지금 날 놀리는 거죠?"

전화를 끊고 나서 나는 우리가 진짜 친구처럼 한 시간도 넘게 통화했다는 사실을 깨닫고 놀랐다. 물론 월요일이 되자 늘 품던 적대감을 가지고 예전처럼 되돌아와 있었지만. 그래도 에밀리에 대한 내 감정은 그 주말 이후 한층 우호적으로 바뀌었다. 물론 지금까지도 그렇다. 그렇긴 해도 그녀가 말하려는 짜증스럽고 사소한 일을 들어줄 만큼 그녀를 좋아할 수는 없었다.

"무척 안 좋은 것 같아요. 어디 아파요?" 동정심이 묻어나게 말하려고 애썼지만, 내 목소리는 공격적이면서도 비난조로 들렸다.

"어, 으응." 그녀는 쌕쌕거리더니 토막 기침을 했다. "정말 아파."

누가 아프다고 할 때 나는 그 말을 믿은 적이 없었다. 생명을 위협할 수 있는 질병에 걸렸다는 공식적인 진단을 받지 않았다면, 〈런웨이〉에 출근해서 충분히 일할 만하기 때문이다. 그래서 에밀리가 기침을 멈추고, 정말 아프다고 또 한번 읊었을 때도 그녀가 월요일에 회사에 못 나오겠다고 할 줄은 꿈에도 몰랐다. 어차피 그녀는 파리로 날아가 10월 18일에 미란다와 만나기로 되어 있었고, 그 날짜가 약 일주일 앞으로 다가와 있었다. 나로 말하자면 패혈성 인두염 두 번, 기관지염 몇 번, 끔찍한 식중독 한 번, 흡연으로 인한 만성 기침과 감기 따위를 무시하며 근근이 살았고, 거의 일 년 동안 단 하루도 병가를 내본 적이 없었다.

패혈성 인두염을 앓았을 때는 항생제가 너무도 필요해 슬쩍 병원에 간 적이 있었다. 미란다와 에밀리는 내가 톰린슨 씨의 심부름으로 새 차를 미리 알아보러 나갔다고 생각했겠지만, 사실 난 병원에 가서 진찰을 받았다. 내겐 병을 미리 예방할 시간이 없었다. 마셜에서 부분 염색을 열두 번 정도 받고, 미란다의 어시스턴트를 고객으로 맞는 것에 뿌듯해하는 스파에서 공짜 마사지 쿠폰 몇 장을 얻고, 수많은 매니큐어와 페디큐어와 미용 관리를 받을 수 있는 쿠폰을 손에 넣었지만, 일 년 동안 치과의사나 산부인과 의사의 진찰은 한 번도 받아본 적이 없었다.

"제가 뭐 도울 건 없어요?" 아프면 아팠지 왜 구태여 내게 말해주느라 전화까지 한 거야. 나는 평상시처럼 말하려고 애쓰며 물었다. 우리 둘에게는 아픈 건 정말 아무 문제가 안 되었다. 아프거나 말거나 미란다는 월요일에 회사에 나와 있을 테니까.

그녀가 콜록거렸다. 폐의 점액이 흔들리는 소리까지 들리는 듯했다. "응, 사실은 있어. 이런 일이 내게 일어나다니 믿을 수가 없어!"

"무슨 일이요?"

"난 미란다와 함께 유럽에 갈 수 없게 되었어. 단핵구증*에 걸렸거든."

"뭐요?"

"말했잖아, 난 못 간다고. 의사가 오늘 혈액검사 결과를 알려

---

* 백혈구 숫자가 비정상적으로 늘어나는 혈액질환의 일종으로 전염성이 있다.

줬어. 지금 상태로는 앞으로 삼 주 동안 문밖에 나가면 안 된대."

삼 주라니! 말도 안 돼. 에밀리가 불쌍하다고 느낄 때가 아니었다. 방금 그녀는 유럽에 못 간다고 했다! 지난 두 달간 나를 지탱해준 건, 미란다와 에밀리 둘 다 잠시 내 삶에서 사라져줄 거라는 그 생각뿐이었는데.

"에밀리, 미란다가 당신을 죽이려고 할 거예요. 그러니 당신은 꼭 가야 해요! 그녀는 아직 이 사실을 모르죠?"

수화기 건너편에서 불길한 침묵이 흘렀다. "알고 있어."

"그녀에게 전화했단 말이에요?"

"그래. 실은 의사한테 대신 말해달라고 했어. 그녀는 단핵구증이 앓아누울 만큼 큰 병이라고는 생각하지 않을 테니까. 그래서 의사가 그녀에게 전화해서, 내가 그녀와 다른 사람들을 감염시킬지도 모른다고 말했어. 어쨌든……" 그녀는 말꼬리를 흐렸다. 어조로 미루어보아 훨씬 더 나쁜 일이 있는 게 분명했다.

"어쨌든 뭐요?" 자기 방어 본능이 발동한 나는 말을 재촉했다.

"어쨌든…… 그녀는 당신이 함께 가주기를 바라."

"그녀가 나와 함께 가기를 바란다고요? 우습군요, 정말. 그녀가 진짜로 뭐라고 한 거예요? 설마 아프다는 이유로 당신을 해고하겠다고 협박한 건 아니겠죠?"

"앤드리아, 나……" 가래 섞인 목소리가 힘들게 떨려나왔다. 에밀리는 지금 나와 전화하는 이 순간에 숨이 끊어질 것만 같았다. "……정말 아파. 차라리 죽었으면 싶을 정도야. 그녀는 현지에서 파견되는 어시스턴트들은 너무 바보 같다면서, 차라리 당신이 옆에 있는 게 더 낫겠대."

"그렇게까지 말했다면 내 이름을 올려요! 내게 뭔가 하게 하려고 그런 식으로 아부를 하다니! 그녀가 이렇게 고마운 일을 해줄 줄은 몰랐네요. 황송해 죽겠어요!" 나는 초점을 미란다가 나를 파리로 데려가고 싶어한다는 사실에 맞춰야 할지, 날 데려가려는 이유가 거식증에 걸린 내 프랑스인 복제품보다 그나마 내가 낫다고 생각해서라는 것에 맞춰야 할지 알 수가 없었다.

"아, 제발 그만 좀 해." 에밀리는 이젠 듣기만 해도 짜증이 나는 발작적인 기침을 계속 하다가 쉰 목소리로 말했다. "당신은 행운을 잡은 거야. 난 이 년 동안이나, 아니, 이 년도 넘게 거기 갈 날만을 기다려왔다고. 그런데 못 가게 되었어. 어쩜 이럴 수 있니? 응? 차라리 죽어버리고 싶어. 이해하지?"

"물론이죠! 정말 끝내주게 진부하네요. 이 여행이 당신에겐 인생의 유일한 목적이고 내게는 재난이라니. 하지만 정작 가는 건 나고, 못 가는 건 당신이라니요. 인생 참 웃기네요. 재미있어서 웃겨 죽을 지경이에요." 나는 전혀 즐겁지 않은 목소리로 담담하게 말했다.

"그래. 나도 기가 막혀. 그래도 어쩌겠어? 내가 이미 제피에게 전화해서 당신을 위해 옷을 협찬받아달라고 했어. 옷을 어마어마하게 많이 가져가야 할 거야. 쇼와 디너파티는 물론, 코스테스호텔에서 열리는 미란다의 파티에 갈 때마다 다른 옷을 입어야 하거든. 메이크업은 앨리슨이 도와줄 거야. 백과 구두와 보석 같은 액세서리는 스테프에게 말해. 일주일밖에 안 남았으니까 내일 출근하면 이 일부터 해, 알았지?"

"그녀가 날 데려간다는 게 아직도 믿기지 않아요."

"믿어. 미란다는 절대 농담 같은 건 안 하니까. 난 이번주 내내 사무실에 못 나가. 그러니까 당신은……"

"뭐라고요? 사무실에도 못 나온다고요?" 미란다가 사무실에 있는 한, 난 병가를 내거나 단 한 시간도 밖에서 한가하게 보낼 수 없었다. 그건 에밀리도 마찬가지였다. 그녀는 단 한 번 결근할 뻔한 걸 가까스로 피한 적이 있는데, 증조할아버지가 세상을 떠났을 때였다. 그때 에밀리는 간신히 필라델피아에 있는 집에 가서 장례식에 참석한 뒤 근무시간은 단 일 초도 빼먹지 않고 자기 책상으로 돌아왔다. 회사는 그렇게 돌아갔다. 그 이상은 허용되지 않았다. 사망(직계가족에 한함), 사지절단(본인의 몸), 핵전쟁(맨해튼에 직접 영향을 미친다고 미국 정부가 확인한 경우에 한함) 발발을 제외하고는 반드시 사무실에 나와야 했다. 이번 일은 프리스틀리 체제의 분기점이 될 것이었다.

"앤드리아, 난 단핵구증에 걸렸어. 전염성이 매우 높은 병이고 상태도 정말 심각해. 하루종일 회사에 나가 있기는커녕, 커피 한 잔 사러 문밖에 나가는 것도 안 돼. 미란다도 그걸 알고 있어. 그러니 이제 당신이 바짝 긴장해야 해. 파리에서 미란다와 당신이 해야 할 일이 아주 많아. 미란다는 수요일에 밀라노로 갈 거야. 당신은 파리에서 그녀를 만나기 위해 다음주 화요일에 비행기를 타야 하고."

"미란다가 그 상황을 이해해줬다고요? 기가 막히는군요. 그녀가 진짜로 뭐라고 말했는지 얘기해봐요." 나는 그녀가 단핵구증 같은 것을 결근 사유로 인정했다는 걸 믿고 싶지 않았다. "그 작은 기쁨이나마 즐기게 해달라고요. 어차피 앞으로 몇 주 동안 내 삶은 지옥일 테니까."

에밀리가 한숨을 쉬고 눈을 부라리는 게 전화기 너머로 그대로 느껴졌다. "휴, 당연히 달가워하지 않았어. 내가 직접 전화한 건 아니지만, 의사 말로는 단핵구증이라는 게 '진짜' 병이냐고 계속 물어봤다는 거야. 그렇다고 확인해주니까 그녀가 이해심을 보였다는군."

나는 깔깔거렸다. "물론 그랬겠죠, 에밀리. 당연히 그랬을 거예요. 이제 아무 걱정 마요. 몸조리에만 신경써요. 나머지는 내가 다 알아서 할게요."

"확인할 것들은 내가 이메일로 보내줄게. 하나도 빼먹지 마."

"그럴 일은 절대 없을 거예요. 지난 한 해 동안 미란다는 유럽에 네 번 갔다 왔잖아요. 다 적어뒀어요. 지하에 있는 은행에서 현금을 찾아 몇천 달러는 유로로 바꾸고 몇천 달러는 여행자수표로 만들어놓고, 현지 헤어와 메이크업 예약은 세 번 확인해둬야 하죠. 또 뭐가 있더라? 아, 리츠에서 이번엔 제대로 된 휴대폰을 그녀에게 주도록 확인할게요. 운전기사들에겐 그녀를 기다리게 하고 사라지면 안 된다고 미리 말해놓고요. 그녀의 일정표가 필요한 사람들도 미리 생각해놓고 있어요. 일정표는 물론 내가 작성하면 돼요. 일정표를 받아야 하는 사람들이 그걸 제대로 받았는지도 확인할게요. 쌍둥이들의 수업과 레슨, 연습, 놀이에 관한 세부 일정표도 받아야 할 테고, 집안일하는 사람들의 일정표도 알아야겠죠. 걱정할 거 하나도 없죠? 나도 다 안다고요."

"벨벳 꼭 챙기고." 그녀는 내비게이션을 틀어놓은 것처럼 마지막 몇 마디를 잔소리로 끼워넣었다. "스카프도!"

"물론이죠! 벌써 기억하고 있는걸요." 에밀리나 나는 미란다가 짐을 싸기 전에(사실은 가사도우미가 그녀를 위해 짐을 싸기 전에) 원단가게에서 엄청난 양의 벨벳을 사서 미란다의 아파트로 가지고 갔다. 그리고 가사도우미와 함께 미란다가 가지고 갈 옷의 크기별로 정확하게 벨벳을 자른 다음 그 호화로운 천으로 옷을 한 벌 한 벌 포장했다. 그 벨벳 꾸러미들은 수십 개의 루이비통 슈트 케이스에 차곡차곡 담겼다. 물론 파리에서 짐을 푸는 순간 그녀가 처음 버리게 될 벨벳을 대체하기 위해 충분한 여분을 챙겨두었다. 이 밖에도 보통 크기의 슈트 케이스의 절반쯤 되는 공간이 스무 개가 넘는 주황색 에르메스 상자로 채워졌다. 상자 안에는 잃어버리거나, 잊어버리거나, 잘못 놓고 가거나, 아니면 그저 버려지기만을 기다리는 하얀 스카프가 한 장씩 들어 있었다.

⌒

나는 진정으로 연민을 느끼는 것처럼 보이려고 상당히 애쓴 후에 에밀리와 통화를 끝냈다. 그런데 소파에 길게 누워 담배를 피우면서 칵테일 잔에 들어 있는, 분명 물은 아닌 맑은 액체를 마시는 릴리가 보였다.

"여기서 담배 피우지 않기로 했잖아." 나는 릴리 옆에 털썩 앉으면서 닳아빠진 목제 커피 테이블 위에 발을 올려놓았다. 부모님이 물려주신 테이블이었다. "나야 상관없지만, 네가 정한 규칙이잖아." 릴리는 밤낮 가리지 않고 피워대는 골초는 아니었다. 술 마실 때만 피웠고, 담배를 보루째 사는 일도 없었다. 그녀가 입고 있는 헐렁한 버튼다운 셔츠 윗주머니에는 새 캐멀 스페셜 라이트 갑이 삐죽 튀어나와 있었다. 나는 슬리퍼 신은 발로 그녀의 다리를 슬쩍 건드리고 담배를 향해 고개를 까닥였다. 그녀는 라이터와 함께 담배를 건네주었다.

"네가 상관 안 할 줄 알았어." 릴리가 느긋하게 담배를 피우면서 말했다. "지금 미뤄놓은 일이 있어서. 담배를 피우면 집중에 도움이 되거든."

"뭘 써야 하는 거야?" 내가 물으면서 담뱃불을 붙이고 라이터를 도로 던졌다. 지난 학기에 그저 그런 성적밖에 못 거둔 릴리는 평균 학점을 끌어올리느라 이번 학기에 17학점을 신청했다. 나는 그녀가 또 한번 담배를 길게 빨고는 물이 아닌 액체를 꿀꺽 마셔 담배 맛을 씻어내는 모습을 보았다. 정상 궤도를 달리고 있는 것 같진 않았다.

그녀는 의미심장하게 땅이 꺼져라 한숨을 쉬더니 입에 담배를 문 채 말했다. 담배는 당장이라도 떨어질 듯 위아래로 달랑거렸다. 감지 않은 부스스한 머리카락과 뭉개진 눈 화장 때문에 그녀는 〈주디 판사〉*에 나오는 피고인처럼 보였다. 아니, 원고였던가? 언제나 그 얼굴이 그 얼굴이었다. 이는 빠졌고 떡진 머리카락에 멍한 눈. 그리고 부정어를 두 번 사용하는 말버릇까지. "아무도 읽지 않을 비생산적이고 난해한 학술잡지에 실을 논문. 어쨌든 꼭 써야 해. 그저 논문이 실렸다고 말하기 위해서 말이야."

"짜증나겠다. 언제까진데?"

"내일." 완전 태연한 모습. 그녀는 아무렇지도 않은 것 같았다.

"내일? 진짜?"

릴리가 경고의 눈길을 쏘아대는 바람에 난 항상 그애 편이 되어야 한다는 사실을 얼른 떠올렸다. "그래, 내일. '프로이트 보이'가 교정해주기로 했어. 그러니 미칠 노릇이지. 그는 전공이 러시아문학이 아니라 심리학인데 아무도 상관 안 하는 것 같아. 교정볼 편집자가 부족하거든. 그래서 그 사람이 내 것을 맡았지. 도저히 마감 전에 논문을 갖다줄 수 없을 것 같아. 그 사람에 대해서는 관심을 꺼야겠어." 릴리는 액체를 또다시 목구멍에 들이붓더니 맛을 음미하려는 노력은 전혀 하지 않고 얼굴만 잔뜩 찌푸렸다.

"릴리, 무슨 일 있어? 몇 달 전이긴 하지만 마지막으로 들었을 때 넌 그와 천천히 진도를 나가고 있었고, 그가 완벽남이라고 했잖아. 물론 그건 그 사건, 그러니까 네가 그 찌질이를 집에 끌고 들어오기 전이었지만……"

또다시 경고의 눈길. 이번에는 강렬했다. 나는 그 찌질이 사건에 대해 수십 번이나 그녀와 대화해보려 했지만 늘 다른 사람이 같이 있었고, 최근에는 우리 둘 다 마음을 터놓고 얘기할 기회가 없었다. 내가 그 얘기를 꺼낼 때마다 릴리는 곧바로 화제를 돌렸다. 릴리가 정말로 당황스러워한다는 걸 느낄 수 있었다. 그녀는 그가 상종하기조차 싫은 인간이라는 건 인정했지만, 과음 때문에 그 사건이 일어났다는 데 대해 뭔가 진지한 이야기라도 할라치면 대화를 거부해버렸다.

"그래. 그날 밤 어느 순간 오 바에서 그를 불러 나랑 같이 나가

자고 애걸했던 것 같아." 릴리는 눈길을 피하며 말했다. 대신 그녀는 애절한 제프 버클리*의 CD 트랙을 계속 바꾸는 데 몰두하느라 리모컨을 만지작댔다. 제프 버클리의 노래는 무한으로 재생되며 온 집안에 울려퍼지고 있었다.

"그래서? 그가 왔다가 네가 다른 남자랑 얘기하고 있는 걸 본 거야?" 비판조로 말하면 릴리를 더욱 몰아세우는 게 될까봐 나는 말투를 조심스럽게 했다. 그녀의 머릿속에 학교, 음주, 끊임없는 남자관계 같은 수많은 생각이 스쳐가고 있음이 분명했다. 나는 릴리가 누군가에게 마음을 터놓길 바랐다. 예전에 그녀는 내게 아무것도 숨기지 않았다. 그녀에겐 오직 나밖에 없었기 때문이었다. 하지만 요즘 릴리는 아무것도 제대로 말해주지 않았다. 그 사건이 있은 지도 벌써 넉 달이나 되었는데, 아직 우리가 그 일에 대해 얘기하지 않은 게 나로서는 너무 이상했다.

"그런 건 아니야." 그녀가 씁쓸한 표정으로 대답했다. "그가 모닝사이드 하이츠에서부터 거기까지 왔는데 내가 없었던 거지. 그래서 내 휴대폰에 전화했는데, 케니가 받은 것 같더라. 기분이 좋진 않았겠지."

"케니?"

"내가 초여름에 집에 데려온 그 찌질이 말이야. 기억나?" 그녀가 비꼬며 말했다. 하지만 이번에는 미소를 짓고 있었다.

"'프로이트 보이'가 별로 반가워하진 않았겠구나."

"그렇지 뭐. 될 대로 되라지. 쉽게 얻은 건 쉽게 놓치는 법이

야, 그치?" 그녀는 빈 잔을 들고 부엌으로 갔다. 반 병 남은 케텔 원을 따르는 게 보였다. 그녀는 잔에 소다를 약간 섞어 다시 소파로 돌아왔다.

내일까지 마감인 논문을 써야 하는데 왜 보드카를 마시는지 되도록 부드럽게 물어보려는데 인터폰이 울렸다.

"누구세요?" 나는 인터폰을 들고 존에게 외쳤다.

"파인먼 씨가 삭스 씨를 만나러 왔습니다." 그는 딱딱한 어조로 말했다. 주변에 다른 사람들이 있어서인지 완전히 사무적인 분위기였다.

"정말요? 아, 올라오게 하세요."

릴리가 나를 보더니 눈썹을 치켜올렸다. 난 이번에도 이 얘기를 못 하게 될 거라는 걸 깨달았다. "너 아주 복잡해 보여." 그녀가 드러내놓고 비꼬았다. "남자친구가 갑자기 찾아왔는데 신나 보이지도 않고 말이야. 안 그래?"

"아니야." 나는 방어적으로 말했다. 하지만 뻔히 들여다보이는 거짓말이었다. 앨릭스와 나는 지난 몇 주간 계속 긴장 상태였다. 팽팽, 그 자체. 우리는 함께 있는 시늉만 했고, 그런대로 잘해 냈다. 거의 사 년간 사귀었으니 서로 무슨 말을 듣고 싶어하는지, 뭘 하고 싶어하는지 잘 알았기 때문이다. 하지만 그는 내가 회사에 있는 시간 내내 학교에서 더욱 천사처럼 행동하며(코치에, 과외 교사에, 조언자 역할에, 생각할 수 있는 모든 활동에 자발적으로 끼어들면서) 지냈다. 그리고 서로 얼굴을 보게 되면 마치 삼십 년 된 부부처럼 굴었다. 회사와의 계약기간이 끝날 때까지만 서로 참고 있다는 건 굳이 말하지 않아도 잘 알고 있었지만, 막상 그때가 되면 우리의 관계가 어떻게 될른지…… 생각하고 싶지 않았다.

하지만 내 삶에서 매우 가까운 두 사람이 이 문제를 지적해왔다. 처음에는 언니가(어느 날 밤 전화가 왔기에 이 비참한 애정 전선에 대해 다 털어놓았다) 그리고 이제는 릴리였다. 그들은 앨릭스와 내가 함께 있어도 예전처럼 사랑하는 것 같지 않다고 했다. 릴리는 취한 상태였지만 앨릭스가 왔는데도 내가 반가워하지 않는다는 것을 예민하게 알아차렸다. 유럽에 가야 한다고 그에게 말하는 것이 두려웠다. 말한 뒤에 어쩔 수 없이 이어질 싸움이, 될 수 있으면 며칠이라도 미루고 싶었던 싸움이 두려웠다. 하지만 불행히도 그가 지금 내 집 문을 두드리고 있었다.

"안녕!" 나는 문을 열어준 뒤 엄청나게 반가운 척 앨릭스의 목을 껴안았다. "반가운 깜짝 방문이네!"

"그냥 불쑥 들른 건데 괜찮지? 이 근처에서 맥스를 만나 한잔했거든. 잠깐 얼굴이나 보고 가려고."

"당연히 괜찮지. 잘 왔어! 어서 들어와." 스스로도 내가 조증 환자 같았다. 실전 경험이 아무리 적은 정신과의사라도 내가 겉으로 이렇게 열렬한 태도를 보이는 건 속에 부족한 것을 메우려 하기 때문임을 쉽게 알아차릴 것이다.

그는 맥주 캔을 집고 릴리의 뺨에 키스하고는, 나의 부모님이 자식에게 물려주리라 생각하며 지금까지 버리지 않고 있는 1970년대산 밝은 주황색 안락의자에 앉았다. "뭐하고 있었어?" 그는 이렇게 묻고는 제프 버클리의 〈할렐루야〉가 가슴을 저미듯 뿜어져 나오는 스테레오 쪽으로 고개를 까딱거렸다.

릴리는 어깨를 으쓱했다. "빈둥거리고 있었지 뭐. 달리 뭐가 있겠어?"

"앨릭스, 말할 게 있어." 나는 이 일이 긍정적인 발전이 되리라는 걸 나 자신에게나 앨릭스에게 확신시키기 위해 열정적인 목소리로 말하려 애썼다. 앨릭스는 다음 주말에 있을 동창회 계획을 짜느라 무척 신이 나 있었다. 그렇게 하도록 압력을 넣은 건 나였고, 동창회는 벌써 일주일 반 앞으로 다가와 있었다. 이제 와서 다 취소하라고 하는 건 솔직히 잔인한 일이었다. 우리는 그동안 성대한 일요일 브런치에 누구를 초대할까 궁리하기도 했고, 토요일에 열릴 브라운대학과 다트머스대학의 경기에 앞서 열 테일게이트 파티*를 어디서 누구와 함께할 것인지도 세세하게 계획했다.

둘 다 나를 쳐다보았다. 그들은 약간 긴장한 것 같았다. 마침내 앨릭스가 물었다. "뭔데?"

"나 방금 전화를 받았어. 일주일 동안 파리에 가게 될 거래!" 나는 불임부부에게 쌍둥이가 들어섰다고 알려주듯 기뻐하며 말했다.

"어딜 간다고?" 릴리는 고개를 갸우뚱하며 뭐가 뭔지 모르겠다는 표정으로 물었지만, 별 관심은 없어 보였다.

"왜 가는 건데?" 앨릭스가 동시에 물었다. 그는 내가 매독 양성반응이 나왔다고 선언하기나 한 듯 나를 보았다.

"에밀리가 단핵구증인가에 걸려 미란다가 나를 쇼에 데려가기로 결정했대. 정말 끝내주지?" 내가 활기찬 미소를 보이며 대답

---

* 운동경기 전 주차장에서 차 트렁크를 열고 준비해온 음식을 즐기는 파티.

했다. 진이 빠지는 상황이었다. 내가 가야 한다는 사실 자체가 너무 싫었기 때문에, 파리에 가는 게 아주 좋은 기회라고 앨릭스를 설득하는 것이 열 배는 더 힘들었다.

"무슨 말인지 모르겠어. 그 여자는 일 년에 천 번쯤 패션쇼에 가지 않아?" 그가 물었다. 나는 고개를 끄덕였다. "그런데 왜 갑자기 이번엔 널 데리고 가겠다는 거야?"

릴리는 이미 고개를 돌려 철 지난 〈뉴요커〉를 열심히 뒤적이고 있었다. 내가 지난 오 년간 빠짐없이 모아둔 잡지였다.

"파리 봄 시즌 프레타포르테에서 미란다가 화려한 파티를 열 계획인데, 미국인 어시스턴트 한 명을 데려가고 싶어해. 그녀는 우선 밀라노에 갈 거고 나랑은 나중에 파리에서 만날 거야. 모든 실무를 관장하기 위해서 말이야."

"그런데 그 미국인 어시스턴트가 바로 너고, 따라서 넌 동창회에 못 가게 된다는 거군." 그가 담담하게 말했다.

"그래. 이렇게 될 줄은 몰랐어. 이건 굉장한 특권이래. 보통은 선임 어시스턴트만 가거든. 그런데 에밀리가 아파서 내가 가게 된 거야. 다음주 화요일에 떠나야 해. 그래서 다음 주말에 프로비던스에 못 가게 되었어. 정말 미안해." 나는 의자에서 일어나 소파로 가서 앨릭스 가까이 앉으려 했다. 하지만 그의 몸은 곧바로 굳어졌다.

"그렇게 간단한 일이야? 너도 알다시피 벌써 호텔비를 다 낸 상태야. 주말에 너와 함께 가려고 내 스케줄을 전부 재조정한 얘기는 관두자. 엄마에게는 네가 동창회에 가고 싶어하니까 나 대신 동생을 봐줄 사람을 구하라고 말해놨어. 그런데 너한테는 그 일이 별게 아닌 거지, 그렇지? 〈런웨이〉 일이 더 중요하니까." 몇 년 동안 사귀면서 난 이토록 화내는 앨릭스의 모습을 본 적이 없었다. 끼어들지 않으려고 오랫동안 잡지를 보고 있던 릴리마저 고개를 들더니, 상황이 험악해지기 전에 방에서 나가버렸다.

나는 그의 무릎에 앉으려 했지만, 그는 다리를 모으고 손사래를 쳤다. "나 지금 심각해, 앤드리아……" 그는 아주 짜증이 날 때만 나를 이렇게 불렀다. "그게 그렇게 중요하니? 잠깐만이라도 나한테 좀 솔직해져봐. 그게 그렇게 가치가 있는 일이야?"

"그게 그렇게라니? 직장에서 나에게 부여한 업무를 하느라고 주말 동창회에 빠지는 거? 그 일은 동창회보다 몇십 배는 중요해. 가능성이 전혀 없어 보였지만, 예상보다 빨리 날 성공의 지름길로 이끌어줄 기회가 찾아온 거라고. 물론이야! 가치가 있는 일이고말고."

그가 고개를 폭 숙였다. 잠시였지만 난 그가 우는 줄 알았다. 하지만 고개를 들었을 때 그의 얼굴은 분노로 타오르고 있었다.

"나도 일주일 내내, 하루 스물네 시간씩 누군가의 노예가 되는 것보다 너랑 거기 가고 싶어. 누군 안 그런 줄 알아?" 나는 릴리가 이 집안 어딘가에 있다는 것도 잊은 채 소리를 질렀다. "나도 안 가고 싶어, 알겠어? 하지만 선택의 여지가 없잖아. 그런 생각을 단 일 초만이라도 해줄 수 없니?"

"선택의 여지가 없다고? 네가 선택할 것들이 얼마나 많은데! 앤디, 네가 아직도 모르는 것 같은데, 이제 그 직장은 직장이 아니야. 네 삶을 송두리째 잡아먹고 있다고!" 그가 맞서서 소리질렀다. 얼굴의 벌건 기운이 목과 귀까지 번졌다. 보통 때라면 그게 매우 귀엽고 심지어 섹시하다고까지 생각했겠지만, 오늘밤에는 다 관두고 그냥 쓰러져 자고만 싶었다.

"앨릭스, 내 말 좀 들어봐……"

"아니. 네가 들어! 나에 대한 얘긴 잠깐 관두자. 과장이 아니라, 진짜로 네가 회사일로 바빠서, 또 늘 촌각을 다투는 회사일 때문에 이젠 우리가 만날 시간도 없다는 것도 생각하지 말자. 하지만 네 부모님은? 그분들을 마지막으로 뵌 게 언제야? 언니는? 언니가 첫아기를 낳았는데, 넌 아직 조카 얼굴도 못 봤다는 거 알고나 있니? 이런 것들이 아무것도 아닌 일이야?" 앨릭스는 목소리를 낮추고 내 쪽으로 몸을 숙였다. 나는 그가 사과하려는 줄 알았지만 그는 이렇게 말했다. "릴리는 또 어떻고? 네 단짝 친구가 끔찍한 알코올중독자가 된 거 눈치채지 못했어?" 내가 충격을 받은 것처럼 보였는지 그는 더욱 빠르게 말을 내뱉었다. "모른다고 하진 않겠지, 앤디. 그건 누구나 알 수 있을 정도로 분명한 일이니까."

"그래. 물론 릴리는 술을 마셔. 너도 마시고, 나도 마시고, 우리가 아는 애들은 다 마셔. 릴리는 학생이야. 학생이 그러는 건 당연하잖아, 앨릭스. 그게 뭐가 그렇게 이상해?" 입 밖으로 그 말을 꺼내니 한층 더 비참하게 들렸다. 앨릭스는 오로지 고개만 저을 뿐이었다. 우리는 몇 분 정도 침묵했다. 마침내 그가 입을 열었다.

"넌 이해를 못하는구나, 앤디. 왜 이렇게까지 되었는지 잘 모르겠지만, 난 이제 네가 누군지 모르겠어. 우리 잠시 연락하지 말자."

"뭐라고? 지금 뭐라고 하는 거야? 헤어지자고?" 나는 그때서야 앨릭스가 매우, 매우 진지하다는 것을 깨닫고는 물었다. 앨릭스는 이해심 깊고, 참으로 상냥하고, 언제나 내 곁에 있어줘서, 난 그동안 앨릭스가 내 곁에 있는 걸 당연하게 여기고 있었다. 그는 힘든 하루를 보낸 나를 위로해주거나 내 말을 들어주었다. 남들이 모두 술을 마시러 갔을 때도 내 옆에서 기분을 북돋워주었다. 문제가 하나 있다면, 내가 앨릭스에게 잘해주지 못한다는 것이었다.

"아니, 아주 헤어지자는 건 아니야. 당분간 연락하지 말자는 거야. 지금 이 자리에서 말한 걸 다시 한번 생각해보는 게 너와 나 둘 다에게 도움이 될 것 같아. 요즘 넌 나와 함께 있는 걸 별로 좋아하지 않잖아. 나 역시 아주 좋다고는 말 못하겠어. 당분간 떨어져 지내는 게 둘 다에게 좋을 것 같아."

"둘 다에게 좋다고? 그게 도움이 될 것 같다고?" 나는 진부한 그 말에, 시간을 좀 갖는다면 우리 사이가 더 가까워지는 데 도움이 될 거라는 그 생각에 비명을 지르고 싶었다. 〈런웨이〉에서 보내는 일 년 감옥살이의 마지막 기간이자 내 경력의 가장 큰 시험을 훌륭히 치러내야 할 순간이 바로 며칠 앞인데 그가 이러는 건 너무 이기적인 처사 같았다. 조금 전 나를 아프게 했던 슬픔이나 걱정은 사라지고 짜증이 나기 시작했다. "좋아, 그럼 시간을 가져보자." 나는 비꼬면서 못되게 말했다. "잠깐 휴식이라, 아주 좋은 계획 같아."

앨릭스는 매우 놀라고 상처받은 듯했다. 그 커다란 갈색 눈동자로 나를 바라보고는 내 얼굴을 밀어내려는 듯 두 눈을 꽉 감았다. "알았어, 앤디. 네가 몹시 기분 상한 것 같으니 내가 나가줄게. 파리에서 즐겁게 지내. 진심이야. 나중에 얘기하자." 앨릭스는 내가 미처 이 상황을 파악하기도 전에 릴리나 우리 엄마에게 하듯 내 뺨에 키스를 하고는 문 쪽으로 걸어갔다.

"앨릭스, 얘기를 마저 해야 하는 거 아니야?" 나는 그가 정말 나가버릴 건지 의아해하면서 차분하게 말하려 애썼다.

그는 몸을 돌려 슬픈 미소를 지었다. "오늘밤엔 더 얘기하지 말자, 앤디. 사실 지난 몇 달 동안, 아니, 작년에 얘기해야 했어. 지금 갑자기 벼락치기 하듯 이러지 말고 말이야. 모든 일을 다시 생각해봐, 알았지? 네가 파리에서 돌아와서 좀 정리가 되면 내가 전화할게. 파리에서 잘 지내. 넌 정말 잘해낼 거야." 그는 나가더니 조용히 문을 닫았다.

나는 릴리의 방으로 뛰어들어갔다. 앨릭스가 과잉 반응을 하고 있다고, 파리에 가는 건 내 미래를 위한 최선의 방법이니까 가야만 한다고, 릴리에겐 알코올 문제 따윈 없다고, 언니에게 첫 아이가 생겼는데 해외에 나간다고 해서 반드시 나쁜 동생이 되는 건 아니라고 위로받고 싶었다. 하지만 릴리는 옷을 입은 채 이불 위에서 잠들어 있었고, 빈 칵테일 잔은 침대 옆 테이블에 놓여 있었다. 릴리 옆에는 도시바 노트북이 그대로 열린 채 놓여 있었다. 난 릴리가 한 줄이라도 썼는지 궁금해서 슬쩍 모니터를 쳐다보았다. 브라보! 이름과 과목명, 교수 이름과 제목만 써놓은 상태였다. 임시로 써놓은 듯한 제목은 다음과 같았다. '당신의 독자와 사랑에 빠질 때의 심리적 결과.' 내가 큰 소리로 웃었는데도 릴리는 미동도 하지 않았다. 나는 컴퓨터를 책상에 갖다놓고 자명종을 일곱시에 맞춰준 뒤 불을 껐다.

내 방으로 들어오는 순간 휴대폰이 울렸다. 전화가 울릴 때마다 그녀일까 두려워 늘 가슴이 쿵쿵댔다. 가슴이 뛰는 처음 오 초를 견디고 나자, 앨릭스의 전화라는 생각이 들었다. 난 얼른 휴대폰을 열었다. 그래, 앨릭스는 제대로 얘기를 끝내지도 않고 떠나버릴 사람이 아니야. 잘 자라는 키스도 안 하고, 좋은 꿈 꾸라는 말도 안 하고 가버릴 사람이 아니라고. 나와 몇 주간 얘기도 안 하겠다고 선언하고 뛰쳐나가서 잘 지낼 사람이 아니야.

"안녕, 자기야?" 나는 벌써부터 그가 그리워졌다. 지금은 얼굴을 마주하지 않고 전화로 얘기해도 된다는 사실이 행복해 낮은 목소리로 속삭였다. 머리가 지끈거렸고 귀가 어깨에 달라붙을 것처럼 절로 고개가 꺾였지만, 난 지금까지의 일은 다 잘못된 것이니 내일 다시 전화하겠다는 그의 말을 듣고 싶었다. "전화해줘서 얼마나 기쁜지 몰라."

"자기라고? 와! 진도 한번 빠른걸. 안 그래요, 앤디? 조심하는 게 좋을 거예요. 아니면 당신이 날 원하고 있다고 단정지어버릴지도 모르니까." 전화기 너머로 싱글거리는 크리스천의 목소리가 들려왔다. "전화했다는 사실이 나도 기뻐지는걸요."

"오, 당신이군요."

"이렇게 따뜻한 환영은 받아본 적이 없는데요? 무슨 일이에요, 앤디? 요즘 내가 괜찮은 사람인지 재보고 있었나요?"

"물론 아니죠." 나는 거짓말을 했다. "그저 오늘 좀 힘들었을 뿐이에요. 다른 때도 마찬가지지만. 그런데 웬일이세요?"

그가 웃었다. "이봐요, 앤디. 그렇게 불행해할 이유가 없잖아요? 당신은 멋진 일을 향해 고속열차를 타고 있으니까요. 말이 나와서 말인데, 혹시 내일 밤 열리는 펜 어워드 수상식 겸 낭독회에 와줄 수 있나 해서 전화한 겁니다. 재미있는 사람들이 많이 올 테고, 나는 당신을 한동안 못 봤으니까요. 아, 물론 순수하게 일에 관한 만남입니다."

〈코스모폴리탄〉에서 '그가 행동을 개시할 준비가 되어 있는지 아는 방법' 같은 기사를 많이 읽은 여자라면, 이 순간 경고의 깃발이 올라간다고 생각할 것이다. 사실 올라가긴 했다. 그러나 나는 그것들을 무시하기로 했다. 오늘 하루는 너무 힘들었다. 그래서 단 몇 분만이라도 그가 어쩌면, 어쩌면, 어쩌면 진짜로 진지한 건지도 모른다고 생각하기로 했다. 될 대로 되라지 뭐. 날 비난하지 않는 남자와 몇 분 얘기를 나누니 기분이 좋아졌다. 나에게 남자친구가 있다는 것을 그가 받아들이지 않는데도 말이다. 사실 그 초대에 응할 생각은 없었지만, 전화로 몇 분 시시덕거리는 게 뭐 어떠랴 싶었다.

"정말요? 자세히 얘기해주세요." 난 내숭을 떨었다.

"당신이 나와 함께 가야 하는 모든 이유를 대죠, 앤디. 첫째 이유가 제일 간단해요. 나는 당신에게 무엇이 도움이 될지 알고 있답니다. 끝!" 아, 이 사람은 뭘 믿고 이렇게 오만한 걸까? 그런데 난 왜 그것에 끌리는 걸까?

게임은 시작됐다. 우리는 출발선을 지나 이미 달리고 있었다. 파리 출장과 조금은 심각한 릴리의 음주벽과 앨릭스의 슬픈 눈이 내가 크리스천과 나누는 '불건전하고 감정적으로는 위험하지만 매우 섹시하고 그래서 재미있는' 대화의 배경으로 바래져가는 데는 불과 몇 분밖에 걸리지 않았다.

16

　미란다는 내가 파리에 도착하기 일주일 전에 먼저 유럽에 가 있을 예정이었다. 밀라노 쇼를 도울 현지 어시스턴트도 배정되어 있었다. 파티의 세부 사항을 챙기기 위해 내가 파리에 가는 날 그녀도 도착할 예정이었다. 마치 옛친구와의 해후처럼. 델타항공사는 티켓의 이름을 에밀리에서 내 이름으로 쉽게 바꿔주려 하지 않았다. 난 더 많은 좌절과 혼란을 택하느니 차라리 새 티켓을 한 장 사버리기로 결정했다. 패션쇼가 열리는 주간인데다 마지막 순간에 사는 거라 티켓값은 2천2백 달러나 되었다. 회사 법인카드로 지불하기 전 난 우습게도 일 분쯤 머뭇거렸다. 뭐 어때, 미란다는 일주일 동안 헤어와 메이크업에만 그만큼 쓸 텐데.

　미란다의 수습 어시스턴트인 나는 〈런웨이〉에서 직위가 가장 낮았다. 하지만 접근성과 파워가 동일한 것이라면, 에밀리와 나는 패션 부서에서 가장 파워가 센 사람들이었다. 누가 미란다를 만날지, 언제 만날지(다들 갓 화장하고 옷도 구겨지지 않은 이른 아침을 선호했다), 그리고 누구의 메시지를 전해줄지(알림판에 이름이 올라가 있지 않은 사람은 존재하지 않는 거나 다름없었다) 우리가 결정했기 때문이다.

그래서 우리 중 한 사람이 도움을 필요로 하면, 모든 직원들은 그 난국을 타개해주어야 할 의무가 있었다. 우리가 미란다 프리스틀리를 위해 일하지 않는다면, 이들이야말로 기사 딸린 타운카로 주저없이 우리를 깔아뭉개고 지나갈 사람들이었다. 이런 생각을 하면 조금 짜증이 나긴 했다. 그러나 어쨌든 그들은 우리가 부르기만 하면 잘 훈련된 강아지처럼 달려오고 물어 왔다.

나를 제대로 준비시켜 파리로 보내는 일에 모두 달라붙어 있는 바람에 이번 호 작업은 완전히 멈춘 상태였다. 패션팀의 딱딱이 세 명이 급히 의상이란 의상은 다 끌어왔다. 거기에는 내가 어떤 행사에 참여하더라도 갖춰야 할 모든 것이 빠짐없이 들어 있었다. 내가 떠날 때가 되자, 패션팀장인 루시아는 내 짐 속에 만약을 위해 필요한 옷을 다 넣어주는 건 물론, 스타일은 최대한 살리고 창피함은 최소로 줄일 수 있도록 그 옷들을 잘 입을 수 있는 온갖 방법을 목탄 스케치로 그려넣은 스케치북도 챙겨주겠다고 약속했다. 이건 달리 말하면 네가 골랐거나 네가 어울린다고 여기는 것들은 다 두고 가라, 그러면 네 모습은 봐줄 만할 것이다, 비록 가능성은 별로 없더라도, 라는 뜻이었다.

미란다를 따라 미니바에 가서 그녀가 보르도를 마시는 동안 미라처럼 구석에 서 있는 경우가 생길까? 그러면 검은색 실크 셸린느 터틀넥 스웨터에 밑단이 접힌 잿빛 띠어리 바지를 입어야지. 미란다가 개인 레슨을 받는 테니스 클럽에서 멍하니 기다리다가, 그녀가 땀이라도 흘릴라치면 물과 하얀 스카프를 갖다 바치기도 하겠지? 그때는 머리끝부터 발끝까지 운동복 차림이어야 할 거야. 7부 운동복 바지와 후드와 지퍼 달린 윗도리에(물론 배가 드러나도록 짧게 만든), 속에는 185달러짜리 끈 달린 톱을 입고 스웨이드 운동화를 신으면 되겠지. 물론 전부 다 프라다 제품이다. 모두 장담하는 것처럼 내가 혹시, 정말이지 혹시 어떤 쇼에서 제일 앞자리에 앉게 된다면? 선택은 무한하다. 딱딱이들이 가져온 것 중 내가 제일 좋아하는 것은(아직 월요일 늦은 오후였다!) 안나 수이의 스쿨걸 스타일 플리츠 스커트와 주름 장식이 화려한 얇은 흰색 미우미우 블라우스에, 우스꽝스러운 크리스찬 루부탱 미들부츠를 신고, 너무 달라붙어 야해 보이기까지 하는 카테이온 아델리 가죽 블레이저를 입는 것이었다. 내 익스프레스 청바지와 프랑코 사르토 로퍼는 이미 몇 달 전부터 옷장 속에서 먼지를 뒤집어쓰고 있었고, 지금 난 그 옷들이 조금도 그립지 않았다.

나를 준비시킬 책임을 맡을 자격이 있는 다른 한 사람은 뷰티 팀 에디터 앨리슨이었다. 내게 화장품이 필요하고, 화장법은 더 많이 필요할 거라는 '통지'를 받은 지 스물네 시간 안에, 그녀는 '알짜배기 화장법'을 만들어냈다. 특대 사이즈인 버버리 '화장품 가방(실제로는 항공사에서 기내용 가방으로 인정해주는 것보다 약간 큰, 바퀴 달린 슈트 케이스와 비슷했다)' 안에는 상상할 수 있는 모든 타입의 섀도, 로션, 립글로스, 크림, 라이너와 온갖 화장도구가 들어 있었다. 립스틱도 번쩍거리지 않는 매트 타입, 유난히 반짝거리는 글로시 립스틱, 오래가는 롱 래스팅, 투명한 클리어까지 가지가지였다. 연한 파란색부터 '토라진 검은색'까지 여섯 가지 색상의 마스카라는 물론이고 속눈썹 뷰러와, 마스카라가 뭉칠 경우를 대비해 속눈썹 빗까지 두 개 들어 있었다.

시중에서 판매되는 제품 중 절반은 모아놓은 듯한 파우더들은 눈꺼풀과 피부 및 볼의 색조를 그대로 유지하거나 살짝 또는 도드라지게 강조하거나 감추는 용도인데, 화가의 팔레트보다 더 복잡하고 색채의 변화 또한 미세했다. 청동색도 있었고, 하이라이트용도 있었고, 뽀로통해 보이게 하거나 포동포동하게 혹은 창백해 보이게 하는 용도의 것들도 있었다. 얼굴에 바를 때는 리퀴드, 솔리드, 파우더 타입을 고르거나, 또는 그것들을 섞어서 바를 수도 있었다. 모든 화장품 중에서 가장 인상적인 것은 파운데이션이었다. 마치 누가 내 얼굴의 실제 피부를 조금 가지고 가 피부색에 맞게 색을 섞어 0.5리터 내지 1리터짜리 병에 담아온 것 같았다. '하이라이트 전용'이든 '결점 보완용'이든 간에, 작은 병 하나하나에 든 그것들은 내 원래 피부보다도 내 얼굴에 잘 어울렸다. 약간 작은 격자무늬 상자 안에는 또다른 품목들이 들어 있었다. 동그란 화장솜, 네모난 화장솜, 면봉, 스펀지, 크기별 브러시 스물네 개, 작은 수건, 아이리무버 두 종류(수분공급용과 지성피부용), 그리고 열두 종류의(**열두 종류나!**) 수분로션(얼굴용, 바디용, 피부 깊숙이 스며드는 것, 자외선 차단 지수가 15인 것, 반짝이는 것, 톤업용, 유향, 무향, 저자극성, 알파하이드록시*가 들어

---

* 과일, 식물, 우유 등에 들어 있는 성분으로 각질 제거 및 피부결 정돈 효과가 있다.

있는 것, 항균성, 그리고 파리에서 10월의 태양이 짓궂게 내리쬘 경우를 대비해 알로에베라가 들어 있는 것) 등이었다.

조금 더 작은 가방의 옆 주머니에는 A4보다 약간 큰 종이들이 들어 있었다. 종이에는 저마다 그 크기에 맞게 확대된 얼굴이 인쇄되어 있었는데, 그 얼굴들은 인상적으로 화장되어 있었다. 앨리슨이 화장품 가방에 들어 있는 것들을 가지고 종이 얼굴 위에 진짜로 화장을 해놓은 것이다. '한가로운 저녁의 글래머'라는 야릇한 제목을 달고 있는 얼굴 밑에는 마커로 진하고 크게 경고문이 쓰여 있었다. **드레스를 입을 땐 하지 말 것! 너무 평범함!!** 공식적인 자리에 어울리지 않는다는 그 화장은 무광택 파운데이션을 살짝 칠하고, 청동색 파우더를 살짝 바르고, 리퀴드 또는 크림 타입의 볼터치로 발그레한 느낌을 준 것이었다. 눈썹엔 새까만 마스카라를 칠해 섹시하고 어두운 라인에 짙은 음영을 드리우고 있었고, 입술은 립스틱을 슬쩍 바른 정도였다. 이걸 어떻게 따라 하겠느냐고 중얼거리자 앨리슨은 화가 난 것 같았다.

"그래. 당신이 이런 화장을 할 일이 없길 빌어." 그녀가 하도 비난조로 말하는 바람에 나는 내 무지의 무게에 그녀가 무너진 건 아닌가 생각했다.

"그럴 일이 없다고요? 그럼 왜 이 모든 화장품을 온갖 방법으로 바르는 걸 알려주는 '얼굴들'을 열두 개나 가져가는 건데요?"

남을 주눅들게 하는 그녀의 시선은 미란다와 비슷했다.

"앤드리아, 좀 진지해져봐. 이건 긴급 상황일 때 하는 거야. 미란다가 막판에 당신을 어디에 데려가려고 하거나, 당신의 헤어나 메이크업 담당자가 못 온다거나 할 때 말이야. 아, 잊을 뻔했네.

내가 챙겨놓은 헤어 관련 제품을 보여줄게."

앨리슨이 머리를 드라이할 때 네 종류의 빗을 사용하는 방법을 시연해 보일 때, 나는 방금 그녀가 한 말의 뜻을 새겨보았다. 내게도 헤어나 메이크업 담당자가 붙는다고? 미란다를 위해 예약해놓을 때 내 것은 따로 하지 않았는데? 누가 했지? 나는 물어보지 않을 수 없었다.

"파리 사무실에서." 앨리슨이 한숨을 쉬며 대답했다. "당신이 〈런웨이〉를 대표한다는 건 잘 알고 있겠지? 미란다는 그 점에 상당히 민감해. 당신은 미란다 옆에서 이 세상에서 가장 화려한 행사에 참석하게 될 거야. 당신 혼자 힘으로 제대로 할 수 있겠어?"

"아니요. 당연히 전문가의 도움을 받는 게 좋겠어요. 감사합니다."

그후에도 앨리슨은 일주일의 출장 기간에 잡혀 있는 헤어와 메이크업 예약 열네 번 중 혹시 한 번이라도 어긋날 경우, 내가 입술에 마스카라를 묻히거나 옆머리를 밀어버리거나 가운데를 모호크족처럼 세운다거나 해서 내 상사를 수치스럽게 하는 일이 없도록 두 시간이나 더 강의를 했다. 마침내 앨리슨에게서 해방이었다. 고칼로리의 수프를 사러 레스토랑으로 뛰어갈 시간이었다. 그런데 앨리슨이 전에 자기가 쓰던 에밀리의 전화기를 들어 액세서리팀의 스테프에게 전화를 하는 것이 아닌가.

"안녕, 이제 끝났어. 앤드리아가 여기 있으니까 지금 이리 오겠어?"

"잠깐만요! 미란다가 돌아오기 전에 점심을 사러 갔다 와야 해요."

앨리슨은 에밀리처럼 눈을 부라렸다. 저 위치에 있으면 짜증이 날 때 꼭 저렇게 행동하게 되는 건지 잠깐 궁금해졌다. "알았어. 아니, 아니. 지금 앤드리아에게 얘기하고 있었어." 그녀는 전화기에 대고 말하면서 나를 향해 눈썹을 치켜올렸다. 맙소사! 에밀리와 똑같았다. "배고픈가봐. 알아. 응, 알아. 말했어. 그런데도…… 먹고 싶은가봐."

나는 사무실에서 나와 체다치즈가 든 브로콜리수프를 큰 컵으로 사서 삼 분 만에 사무실로 돌아왔다. 그런데 미란다가 자기 자리에 앉아 마치 거머리라도 있다는 듯 수화기를 얼굴에서 멀찌감치 뗀 채 들고 있는 게 아닌가. 그녀는 오늘밤 밀라노로 갈 예정이지만, 내가 그때까지 살아 있을지 의문이었다.

"전화가 왔어, 앤드리아. 그런데 내가 받으니 아무 소리도 안 나. 이 현상을 설명해보겠어?" 그녀가 물었다.

물론 그녀에게가 아니라면 얼마든지 설명할 수 있었다. 드문 일이긴 하지만, 미란다가 사무실에 혼자 있는 경우 전화가 오면 직접 받을 때가 있었다. 그러면 전화를 건 사람은 그녀의 목소리를 듣고 너무 놀라 바로 끊어버렸다. 전화를 해서 그녀와 바로 연결될 가능성은 거의 없으니, 그녀와 직접 '말'을 하게 될 거라고는 도저히 생각할 수 없었던 것이다. 미란다가 전화를 받고 있다는 것을 내가 모르는 줄 알고 에디터와 어시스턴트들이 내게 수많은 이메일을 보내 알려준 적도 있다. 공포에 질린 메일들엔 이렇게 적혀 있었다. "대체 어디 있는 거야??? 그녀가 전화를 직접 받고 있잖아!!!"

내가 받아도 가끔 끊어지는 경우가 있다고 웅얼거리고 있는데,

미란다는 벌써 그 일에 관심을 끊은 후였다. 그녀는 내가 아니라 내 수프 컵을 보고 있었다. 질척한 녹색 액체가 컵 옆으로 천천히 흘러내리고 있었던 것이다. 내가 먹을 것을 들고 있을 뿐 아니라, 그걸 진짜로 먹을 생각이라는 걸 깨달은 그녀는 역겹다는 표정을 지었다.

"당장 버려!" 그녀는 4미터 이상 떨어진 곳에서 짖어댔다. "냄새만 맡아도 토할 것 같아!"

나는 미란다를 역겹게 하는 그 수프를 쓰레기통에 버렸다. 잃어버린 내 양식을 안타깝게 내려다보았지만, 그녀의 목소리 때문에 바로 뛰어와야 했다.

"자, 이제 브리핑을 들어야겠어!" 그녀는 날카로운 목소리로 말했다. 자기가 〈런웨이〉에서 목격한 음식이 사라져서, 좀더 편한 마음으로 의자에 앉은 듯했다. "그다음엔 피처팀을 만나야 해."

그녀가 한마디씩 할 때마다 내 몸에서 아드레날린이 솟구쳤다. 그녀가 요구하는 게 정확히 뭔지 모르겠고, 내가 그 일을 할 수 있는지 여부도 전혀 알 수 없었다. 브리핑과 주간 회의 일정표를 짜는 것은 에밀리의 일이라, 난 얼른 에밀리의 책상으로 달려가 예약 일정표를 봐야 했다. 오후 세시 칸에 '세도나 촬영 브리핑, 루시아/헬렌'이라고 휘갈겨써놓은 게 보였다. 나는 얼른 루시아에게 전화를 걸어, 그녀가 받자마자 바로 말했다.

"편집장님이 준비되셨답니다." 나는 군대 사령관처럼 단칼에 말했다. 루시아의 어시스턴트인 헬렌은 한마디도 하지 않고 전화를 끊었다. 그녀와 루시아는 이미 여기까지 반은 왔을 터였다. 만약 이십 초에서 이십오 초 내에 도착하지 않으면 미란다는 나보고 그들을 찾아오라고 할 테고, 그러면 나는 내가 삼십 초 전에 전화해서 그녀가 지금 준비되어 있다고 말한 건 진짜로 '지금'을 의미한다고 그들에게 상기시켜야 했다. 이 정도는 늘 일어나는 귀찮은 일에 지나지 않았지만, 뾰족한 스틸레토를 어쩔 수 없이 신어야 한다는 것 때문에 내 삶은 더욱 비참해졌다. 어떻게 해서든 미란다의 눈을 벗어나고 싶어하는 사람들을 온 사무실을 돌아다니며 찾아 헤매는 건 조금도 재미있지 않았다. 당사자가 화장실에 있는 경우엔 정말 불행 그 자체였다. 남자 화장실이든 여자 화장실이든, 미란다 앞에 와 있어야 하는 바로 그 순간에 거기가 있다는 건 전혀 변명거리가 되지 않았다. 난 바로 돌진해서(때로는 신발로 사람을 알아보기 위해 화장실 칸 아래쪽을 보는 일도 있었다) 즉각 볼일을 보고 미란다에게 오라고 정중히 말해야 했다.

다행히도 헬렌은 옷이 넘치는 바퀴 달린 수납대를 앞뒤로 하나씩 끌고 삐거덕거리며 곧바로 나타났다. 그녀는 미란다의 사무실로 통하는 프렌치 도어 밖에서 잠깐 머뭇거리다가 미란다가 보일 듯 말 듯 고개를 까닥이자 그제야 수납대들을 끌고 들어갔다.

"이것뿐인가? 두 개가 다야?" 미란다가 읽고 있던 잡지에서 눈도 들지 않고 물었다.

헬렌은 미란다가 자기에게 말을 하자 깜짝 놀랐다. 대개 미란다는 남의 어시스턴트에게는 말을 걸지 않기 때문이었다. 루시아가 아직 자기 수납대를 가지고 나타나지 않았으니 어쩔 수 없었다.

"아, 아닙니다. 루시아가 곧 올 겁니다. 수납대 두 개를 가지고요. 저희가 협찬받은 옷들을 보시겠습니까?" 긴장한 헬렌은 골지

탱크톱을 집시치마 쪽으로 끌어내리며 물었다.

"아니."

이윽고 미란다가 소리를 질렀다. "앤-드리-아! 루시아를 찾아와. 내 시계는 지금 세시야. 마냥 앉아서 기다릴 시간이 없어. 해야 할 일이 많다고." 거짓말이었다. 미란다는 아직 그 잡지를 읽는 중이었고, 내가 첫 전화를 한 지 겨우 삼십오 초밖에 지나지 않았으니까. 하지만 그 말을 할 새도 없었다.

"그럴 필요 없습니다, 편집장님. 저 왔습니다." 찾으러 나가려고 내가 일어난 순간, 수납대를 밀며 내 옆을 지나가던 루시아가 헐떡이며 말했다. "정말 죄송합니다. 이브 생로랑에서 오는 마지막 외투를 기다리고 있었거든요."

그녀는 미란다의 책상 앞에 셔츠, 겉옷, 바지, 스커트, 드레스 등을 종류별로 분류해 진열한 수납대를 반원 모양으로 놓은 뒤, 헬렌에게 나가라는 신호를 보냈다. 미란다와 루시아는 옷을 하나하나 살펴보며 애리조나주 세도나에서 진행될 패션 촬영에 그게 적합한지 아닌지 토론을 했다. 루시아는 '세련된 여자 카우보이 스타일'이 붉은 바위산 배경과 완벽하게 어울릴 거라며 그 안을 밀고 나갔고, 미란다는 '세련된 카우보이 스타일'이라는 말 자체가 명백한 모순이라며 그냥 '세련된 스타일'이 더 낫다고 경멸하듯 대꾸했다. 아마도 시동생의 파티에서 '세련된 카우보이 스타일'을 한껏 맛봐서 그런 것 같았다. 못 들은 척하고 있는데, 미란다가 날 불렀다. 이번에는 액세서리 담당자들을 불러오라는 것이었다.

재빨리 에밀리의 예약 일정표를 확인해보았다. 이럴 줄 알았다. 액세서리 브리핑은 잡혀 있지도 않았던 것이다. 나는 에밀리가 잊어버리고 안 써놨기만을 바라며 스테프에게 전화해 미란다가 세도나 건 때문에 브리핑을 받고 싶어한다고 전했다.

이번엔 운이 없었다. 브리핑은 내일 늦은 오후로 예정되어 있었고, 필요한 물건 중 최소 사분의 일이 아직 PR 회사에서 오지 않은 상황이었다.

"불가능해. 할 수가 없어." 스테프는 단언했지만, 별로 확신에 찬 목소리는 아니었다.

"그럼 나보고 뭐라고 말하라는 거예요?" 내가 속삭였다.

"사실대로 말해요. 원래 브리핑은 내일이고, 받기로 한 물건들이 아직 오지 않았다고. 진짜야! 지금 여기엔 이브닝백 하나, 클러치백 하나, 주름 장식 지갑 세 개, 구두 네 켤레, 목걸이 두 개, 그리고 또……"

"알았어요, 알았어. 말할게요. 하지만 전화기 옆에서 기다렸다가 내가 전화하면 바로 받아요. 내가 당신이라면 당장 준비할 거예요. 그녀는 일정 따윈 깡그리 무시하잖아요."

스테프는 한마디도 하지 않고 전화를 끊었다. 나는 미란다의 문 앞에 가서 그녀가 내 기척을 알아차리기를 참을성 있게 기다렸다. 드디어 그녀가 내 쪽을 바라보자 나는 말했다. "방금 스테프와 통화했는데 브리핑은 내일까지 예정에 없다고 합니다. 몇 가지 협찬품은 아직 기다리는 중이랍니다. 그것들은……"

"앤-드리-아, 구두와 백과 액세서리가 없다면, 난 모델들이 이 옷을 입었을 때 어떻게 보일지 눈에 그려낼 수가 없어. 그리고 내일이면 난 이탈리아에 가 있을 거야. 스테프에게 말해. 뭘 갖고 있든지 일단 브리핑부터 하고, 아직 없는 건 사진이라도 가져와서 보여달라고!" 그녀는 루시아에게 돌아가 함께 수납대로 갔다.

나는 이 말을 스테프에게 전해주었다. '심부름꾼에게는 죄가 없다'는 속담은 이 경우엔 전혀 소용이 없었다. 스테프는 거의 발작을 일으키려 했다.

"삼십 초 안에 어떻게 브리핑할 걸 끌어모으라는 거야? 말도 안 돼! 어시스턴트 다섯 중 넷은 지금 없고, 그나마 남아 있는 애는 멍청하다고. 앤드리아, 내가 어떻게 해야 하지?" 그녀는 광분 상태였지만, 협상의 여지는 거의 없었다.

"알았어요." 나는 교묘하게 모든 것을 듣고 있는 미란다를 힐끗 쳐다보고는 전화기에 대고 상냥하게 말했다. "미란다에게 당신이 곧 올 거라고 말씀드리겠습니다." 나는 그녀가 눈물을 터뜨리기 전에 얼른 전화를 끊었다.

이 분 삼십 초 후에 스테프가 액세서리팀의 그 멍청한 어시스턴트와 패션팀에서 데려온 어시스턴트, 뷰티팀에서 빌려온 제임스를 데리고 나타났을 때, 난 조금도 놀라지 않았다. 다들 잔뜩 겁에 질린 표정으로 특대형 고리버들 바구니를 들고 있었다. 그들은 내 책상 옆에 움츠리고 서 있다가 미란다가 알 듯 말 듯 고개를 끄덕이자 비굴한 태도로 우르르 몰려들어갔다. 미란다는 자기 사무실에서 나오는 것을 매우 싫어했다. 그래서 사람들은 옷이 넘쳐나는 수납대와 구두로 가득한 카트, 액세서리 바구니를 거기까지 힘겹게 끌고 가야 했다.

액세서리팀이 가져온 물건들을 그녀가 볼 수 있게 카펫 위에 가지런히 늘어놓자, 미란다의 사무실은 베두인족의 시장터로 바뀌었다(샤름엘셰이크*에서보다는 매디슨 애비뉴에서 더 자주 볼 수 있긴 하지만). 한 에디터가 2천 달러짜리 뱀피 벨트를 그녀에게 보여주는 동안 다른 사람은 커다란 켈리 백을 팔려고 애썼다. 세번째 사람은 짧은 펜디 칵테일 드레스를 팔러 돌아다녔고, 나머지 사람은 그녀에게 시폰의 장점을 설명하려고 애썼다. 겨우 삼십 초 전에 통고를 받은데다 협찬품이 제대로 들어오지 않았는데도 스테프는 거의 완벽하게 브리핑을 할 수 있을 정도로 액세서리를 긁어모아 가져왔다. 스테프는 없는 물건은 사진을 대신 보여주며 앞으로 들어올 액세서리는 이것과 비슷하지만 훨씬 낫다는 것을 미란다에게 열심히 설명했다. 그들은 모두 자기 분야에서 전문가였지만, 미란다는 그들을 뛰어넘는 대가였다. 미란다는 무척 쌀쌀맞은 소비자였고, 아름다운 진열대 앞에서 냉정하게 움직이며 조금도 관심 있는 척하지 않았다. 마침내 그녀가 결정을 내리고 물건을 가리키며 명령하자(도그 쇼에서 감정가가 "밥, 그녀는 저 보더콜리를 골랐어……"라고 말하는 것과 매우 비슷했다), 에디터들은 고분고분하게 고개를 끄덕이고("네, 탁월한 선택입니다." "오, 정말 굉장한 선택입니다.") 자기들이 가져온 것을 다시 잘 싸서 그녀의 마음이 변하기 전에 허둥지둥 각자의 팀으로 되돌아갔다.

몸서리쳐지는 이 의식은 불과 몇 분밖에 걸리지 않았지만, 의식이 끝나자 모두들 긴장이 풀리며 녹초가 되었다. 그녀는 이미 오늘 네시쯤 나가서 출장 전에 쌍둥이들과 두어 시간을 함께 보

---

* 이집트의 휴양지.

낼 거라고 통고해둔 터였다. 덕분에 나는 피처팀 회의를 취소해야 했고, 이에 팀 전체가 안도했다. 정확히 오후 세시 오십팔분에 그녀는 나가려고 가방을 챙기기 시작했다. 전혀 힘들 게 없는 일이었다. 어차피 중요한 것들은 오늘 저녁 늦게 내가 그녀의 아파트로 갖다줄 예정이었으니까. 그 일에는 그녀가 늘 마구잡이로 쓰는 펜디 가방 안에 구찌 지갑과 모토로라 휴대폰을 던져넣는 것도 포함되어 있었다. 지난 몇 주 동안 캐시디가 학교 가방으로 쓴 아름다운 1만 달러짜리 가방은, 손잡이는 물론 거기 달려 있는 수많은 비즈까지 떨어져나갔다. 미란다는 그것을 내 책상 위에 던져놓더니, 수선해 오든가 고치는 게 불가능하면 버리라고 했다. 고칠 수 없다고 말하고 내가 갖고 싶다는 생각이 들었지만, 나는 그 유혹을 당당히 뿌리치고 가방을 가죽 수선업자에게 맡겨 25달러에 수선했다.

마침내 그녀가 퇴근하자 나는 본능적으로 전화기에 손을 뻗었다. 오늘 하루 일에 대해 앨릭스에게 징징거리기 위해. 하지만 번호를 채 반도 누르기도 전에 지금은 잠시 시간을 갖기로 한 상황이라는 사실이 떠올랐다. 삼 년이 넘는 시간 동안 서로 말을 하지 않은 건 오늘이 처음이었다. 손에 전화기를 든 채 나는 그 전날 앨릭스가 보낸 '사랑해'로 끝나는 이메일을 바라보았다. 잠시 떨어져 있는 데 동의하다니 엄청난 실수를 한 게 아닐까 하는 생각이 들었다. 다시 전화를 걸었다. 이번에는 다 얘기해보자고, 어디서부터 우리가 삐걱거리기 시작했는지 알아보자고, 우리의 관계가 이렇게 서서히 빛이 바래기 시작한 데는 내 책임도 있다는 말을 할 준비가 되어 있었다. 하지만 미처 신호가 가기도 전에,

미란다와의 브리핑으로 잔뜩 흥분한 스테프가 파리 여행을 위한 '액세서리 전쟁 플랜'을 가지고 와 책상 옆에 서 있었다. 구두, 백, 벨트, 보석, 스타킹, 선글라스에 대해 의논해야 했다. 나는 전화기를 내려놓고 스테프의 지도에 집중하려 애썼다.

논리적으로 생각하면, 몸에 딱 붙는 가죽 바지에 탱크톱, 블레이저를 입고 토오픈 스트랩샌들을 신은 채 비행기 이코노미 클래스를 타고 일곱 시간 동안 날아가는 건 그야말로 지옥 같은 경험일 것이다. 하지만 글쎄, 꼭 그런 것도 아니다. 그 일곱 시간 동안의 비행은 입사 후 가장 한가로운 시간이었다. 미란다와 내가 각기 다른 비행기를 타고 같은 시간에 파리로 날아가고 있어서(그녀는 밀라노에서, 나는 뉴욕에서) 그녀가 일곱 시간 내내 전화할 수 없는 상황이 되어버린 것이다. 그 축복받은 시간 동안 나와 연락이 되지 않는 건 내 잘못이 아니었다.

이유는 잘 모르겠지만, 내가 출장 소식을 알리자 부모님은 기대했던 것만큼 기뻐해주지 않았다.

"정말이니?" 엄마는 엄마만의 특이한 어조로 말했는데, 거기에는 방금 말한 몇 마디보다 훨씬 더 많은 의미가 담겨 있었다. "지금 파리에 간다는 거야?"

"'지금'이라니, 그게 무슨 뜻이야?"

"유럽에 가기 아주 좋은 때는 아닌 것 같아서. 그뿐이야." 엄마의 말은 알쏭달쏭했다. 하지만 나는 유대인 엄마가 퍼붓는 죄의식의 산사태가 내 앞길에 쏟아져내리기 시작했음을 감지했다.

"이유가 뭔데? 그럼 좋은 때는 대체 언젠데?"

"화내지 마, 앤디. 몇 달 동안 네 얼굴을 못 봐서 그래. 네게 불평하는 게 아니야. 아빠와 엄마는 네 일이 얼마나 힘든지 잘 알고 있어. 하지만 넌 조카를 보고 싶지도 않니? 몇 달 전에 태어났는데 아직 얼굴도 못 봤잖아!"

"엄마! 나 죄의식 느끼게 하지 마. 나도 아이작을 보고 싶어. 하지만 엄마도 알잖아. 정말 어쩔 수 없이……"

"휴스턴행 비행기표쯤은 우리가 사줄 거라는 건 알고 있지?"

"알아! 벌써 사백 번쯤 말했잖아. 잘 알고 있고, 감사하게 생각하고 있어요. 엄마, 이건 돈 문제가 아니야. 도저히 시간을 낼 수가 없단 말이야. 지금은 에밀리도 없고, 내가 빠져나올 수 있는 상황이 아니라고. 주말까지 말이야. 내가 그곳에 가더라도, 토요일 아침에 미란다가 전화해서 드라이클리닝할 옷들을 가져가라고 하면 비행기를 타고 다시 와야 해. 이게 말이 돼?"

"물론 말이 안 되지, 앤디. 우린 미란다가 몇 주 출장 가 있는 동안 네가 언니네 집에 다녀올 수 있을 거라고 생각했다. 그러면 우리도 함께 가려고 했지. 그런데 네가 파리에 가야 하다니."

엄마는 속마음을 넌지시 내비치고 있었다. '그런데 네가 파리에 가야 하다니'라는 말은 '가족에 대한 의무를 피하려고 유럽으로 날아가려 하다니'로 해석되었다.

"엄마, 제발 내 말 좀 잘 들어봐. 난 휴가 가는 게 아니야. 나도 조카를 보러 가고 싶어. 어떻게 파리에 가는 게 더 좋겠어? 내 마음대로 할 수 있는 게 아니라는 걸 엄마도 알고 있잖아. 그런데 왜 인정하지 않아? 얘긴 간단해. 엄마 딸은 사흘 뒤에 일주일 동안 미란다와 함께 파리에 있어야 해. 안 가면 해고란 말이야. 내가 이 시점에서 어떤 선택을 해야 해? 알면 좀 알려줘, 응?"

엄마는 잠시 침묵하더니 입을 열었다. "앤디, 우리가 다 이해한다는 거 너도 알지? 엄마는 그저 일이 이런 식으로 돌아가도 네가 행복하기를 바랄 뿐이다."

"그게 무슨 의미야?" 내가 못되게 물었다.

"아니다, 아니야." 엄마는 허둥지둥 수습했다. "다른 뜻은 없단다. 아빠와 엄마는 네가 행복하기만을 바라는데, 요새는 네가 자신을 너무 몰아가고 있는 것 같아서. 너 괜찮은 거니?"

엄마가 너무 애쓰는 게 눈에 보여서 나는 조금 누그러졌다. "응, 다 괜찮아요. 나 파리에 가는 거 즐겁지 않아, 엄마도 알겠지만. 일주일 내내 얼마나 끔찍할까? 하지만 곧 일 년이 다 되니까 곧 여기서 해방될 수 있을 거야."

"그래, 앤디. 일 년 동안 참 힘들었지? 모든 일이 네게 좋은 쪽으로 마무리되길 빈다. 그뿐이야."

"나도 그러면 좋겠어요."

우리는 좋게 전화를 끊었다. 하지만 부모님조차 내게 실망하고 있다는 느낌을 털어버릴 수 없었다.

드골공항에서 짐을 찾는 일은 악몽 같았다. 나는 세관을 빠져나와 내 이름이 적힌 피켓을 흔들고 있는 단정한 차림의 운전기사를 발견했다. 그는 차문을 열어주면서 내게 휴대폰을 건넸다.

"미즈 프리스틀리께서 도착하는 대로 전화해달라고 하셨습니다. 제가 자동 번호에 호텔 번호를 설정해놓았습니다. 그분은 코코 샤넬 스위트룸에 계십니다."

"알겠어요. 감사합니다. 지금 걸게요." 나는 약간 불필요한 말까지 했다.

내가 별표와 1번을 누르기도 전에 전화가 앵앵거리더니 공포의 빨간불이 번쩍번쩍 들어왔다. 운전기사가 기대에 찬 얼굴로 보지만 않았다면, 나는 벨소리를 죽이고 못 들은 척했을 것이다. 그가 내게서 눈을 떼지 말라는 지시를 받은 것 같다는 막연한 느낌이 들었다. 그의 얼굴에는 그 전화를 무시하면 좋지 않을 거라는 암시가 넌지시 비치고 있었다.

"여보세요? 앤드리아 삭스입니다." 나는 되도록 사무적인 어조로 말했지만, 상대방이 다른 사람이 아니라 미란다라는 것을 분명 알고 있었다.

"앤-드리-아! 당신 시계는 지금 몇시야?"

이건 함정이 있는 질문인가, 아니면 내가 늦었다고 야단치려는 서곡인가?

"글쎄요, 지금 제 시계는 아침 다섯시 십오분을 가리키고 있습니다. 아직 파리 시간으로 바꿔놓지 못했어요. 그러니까 여기 시간으로 오전 열한시 십오분입니다." 나는 우리가 할 지루한 여행을 되도록 즐겁게 시작하려고 경쾌하게 대답했다.

"끝없이 늘어놓는 건 여전하군, 앤드리아. 지난 삼십오 분간 무엇을 했는지 물어도 될까?"

"비행기가 몇 분 연착하는 바람에……"

"당신이 만들어준 일정표에 따르면 당신 비행기는 오늘 아침 열시 삼십오분에 도착해야 하는데?"

"네, 일정표상으론 그렇습니다. 하지만 아시다시피……"

"내가 이미 알고 있는 것까지 말해줄 필요는 없어, 앤드리아. 앞으로 일주일 동안 절대 용납할 수 없는 행동이야, 알겠어?"

"네, 잘 알겠습니다. 죄송합니다." 일 분 동안 심장이 백만 번쯤 뛰는 것 같았고, 얼굴은 수치심으로 확확 달아올랐다. 그런 식의 말을 듣는 것도 수치스러웠지만, 거기에 장단을 맞추는 나 자신이 훨씬 더 수치스러웠다. 내가 탄 국제 항공기가 정확한 시간에 도착하지 못했고, 프랑스 세관을 빨리 빠져나오는 방법을 몰랐다는 이유로 방금 누군가에게 아주 진심어린 사과를 한 것이었다.

리무진이 파리의 번잡스러운 도로를 뚫고 나아가는 동안, 나는 차창에 얼굴을 대고 밖을 바라보았다. 파리 여자들은 키가 상당히 컸고, 남자들은 점잖은 것 같았다. 거의 모든 사람이 아름답게 차려입었고, 마르고 당당해 보였다. 전에 파리에 한번 와본 적이 있긴 하지만 이곳과 다른 지역에 있는 호스텔에 숙소를 잡고 배낭을 메고 돌아다녀서 그랬는지, 리무진 뒷좌석에 앉아 세련되고 작은 부티크와 예쁜 노천 카페들을 바라보는 지금과는 사뭇 달랐다. 이렇게 지내는 것도 나쁘진 않겠네, 라는 생각을 하고 있는데, 운전기사가 몸을 돌리더니 혹시 모르니 알려준다면서 물병이 있는 곳을 말해주었다.

차가 호텔 정문 앞에 서자, 맞춤복인 듯한 옷을 입은 특이한 외모의 신사가 날 위해 뒷문을 열어주었다.

"마드무아젤 삭스, 뵙게 되어 참으로 영광입니다. 저는 제라르 르노입니다." 그의 목소리는 부드러우면서도 자신만만했다. 은빛

머리칼과 깊게 주름진 얼굴은 전화로 얘기할 때 상상했던 것보다 훨씬 나이들어 보였다.

"므슈 르노, 드디어 만나뵙는군요!" 장거리 비행에서 쌓인 피로가 날아가도록 푹신푹신한 침대에 쏙 들어가 푹 자고 싶었다. 하지만 르노는 내 바람을 곧바로 짓이겨버렸다.

"마드무아젤 앤드리아, 마담 프리스틀리는 지금 마담의 방에서 당신을 보고 싶어하십니다. 죄송합니다만, 당신 방에 짐을 내려놓기 전에요." 그의 얼굴에는 미안하다는 표정이 가득했고, 난 잠시 나보다 그가 더 가엾게 생각됐다. 그는 이런 얘기를 전하는 게 전혀 기쁘지 않은 듯 보였다.

"젠장." 이렇게 중얼거리고 나서야, 이 일 때문에 므슈 르노가 얼마나 난감해하는지 눈치챌 수 있었다. 나는 일부러 환한 미소를 지은 뒤 다시 말했다. "죄송합니다. 비행기를 정말 오래 탔거든요. 제가 어디로 가야 미란다를 만날 수 있는지 누가 말씀 좀 해주시면 좋겠는데요."

"물론입니다, 마드무아젤. 그분은 스위트룸에 계시고, 제가 들은 바로는 당신을 무척이나 보고 싶어하십니다." 므슈 르노를 슬쩍 봤는데, 그가 살짝 눈을 굴린 것 같다는 생각이 들었다. 전화 통화를 하면서 난 늘 그가 답답할 정도로 예의바른 사람이라고만 생각했다. 하지만 이제 생각이 달라졌다. 그는 자기 일에 너무 숙련되어 있어서 쉽게 속마음을 드러내거나 아무 말이나 내뱉진 않았지만, 그 역시 나만큼이나 미란다를 혐오하고 있는 것 같았다. 그렇다는 뚜렷한 증거는 없었지만, 그녀를 혐오하지 않는 사람이 있다는 건 상상도 할 수 없는 일이었다.

엘리베이터 문이 열리자, 므슈 르노는 미소를 짓고 나를 안으로 안내했다. 그는 나를 위층으로 데려다줄 벨보이에게 프랑스어로 뭐라고 말했다. 르노는 내게 작별인사를 했고, 벨보이는 나를 미란다의 스위트룸으로 데려다주었다. 그러고는 문을 두드리더니 나 혼자 미란다를 대면하게 놔두고 도망쳐버렸다.

미란다가 직접 문을 열어줄까? 잠깐 궁금했지만, 그런 일을 상상하는 건 불가능했다. 지난 열한 달 동안 그녀의 아파트에 드나들었지만, 그녀가 전화를 받는다든가, 옷장에서 재킷을 꺼낸다든가, 물을 따른다든가 하는 것은 한 번도 본 적이 없었다. 그녀는 신실한 유대인 같았고, 매일매일이 그녀의 안식일이었다. 물론 난 유대인이 아닌 심부름꾼*이었고.

제복 차림의 예쁜 룸메이드가 문을 열고 나를 안으로 안내했다. 그녀는 슬픔에 젖은 눈으로 바닥을 보고 있었다.

"앤-드리-아!" 지금까지 본 중에서 가장 장엄한 분위기를 풍기는 거실 안쪽 어디선가 그녀의 목소리가 들려왔다. "앤-드리-아, 오늘밤 샤넬 정장이 필요하니까 다려놓도록 해. 비행기를 타고 오느라 온통 주름이 갔어. 콩코드쯤 되면 짐을 다루는 법을 안다고 생각했는데, 내 짐이 다 엉망이 됐어. 그리고 호러스먼 학교에 전화해서 애들이 등교했는지 확인해. 날마다 해야 돼. 난 아나벨이라는 여자를 신뢰하지 않으니까. 그리고 밤마다 캐럴라인과 캐시디에게 전화해서 과제물과 곧 있을 시험 과목이 뭔지 적어

---

　*안식일 동안 유대인에게 금지된 일, 즉 요리나 불 피우는 것 등을 대신 해주기 위해 고용된 비유대인. 샤베스 고이(shabbes goy)라고 부른다.

놓도록 해. 아침마다 식사 직전에 보고서를 갖다놔. 아, 슈머 상원의원에게 지금 당장 전화해. 마지막으로 멍청한 르노에게 내가 여기 있는 동안 유능한 직원을 데려다놓으라고 해. 그게 어렵다면 매니저가 직접 나를 도울 수 있도록 하던가. 그가 보내준 저 바보 같은 아이는 정신적으로 문제가 있어."

나는 슬픈 눈의 직원 쪽으로 눈길을 돌렸다. 현관 앞에 몸을 움츠리고 있던 그녀는 구석에 몰린 햄스터처럼 겁에 질려 부들부들 떨면서 억지로 울음을 참고 있었다. 그녀가 영어를 알아듣는 것 같아 난 최대한 연민어린 시선으로 그녀를 바라봤지만, 그녀는 여전히 떨고만 있었다. 나는 방을 둘러보며 미란다가 방금 내뱉은 모든 말을 기억하려고 노력했다.

"알겠습니다." 보통 집만한 크기의 스위트룸에서 나는 베이비 그랜드피아노와 여기저기 아름답게 놓여 있는 열일곱 개의 꽃 장식을 지나 그녀의 목소리가 들리는 쪽을 향해 말했다. "말씀하신 모든 것을 하고 돌아오겠습니다. 곧." 나는 마지막 말을 함으로써 나 자신을 조용히 꾸짖고, 그 장엄한 방에 마지막으로 눈길을 던졌다. 두말할 필요도 없이 내가 본 중에서 가장 호사스럽고 가장 사치스러운 방이었다. 능라 커튼에, 두꺼운 크림색 카펫, 킹 사이즈 침대와 침대를 덮은 촘촘한 다마스쿠스 천 침대보. 마호가니 선반과 여러 개의 테이블 위에는 금으로 칠한 작은 조각상들이 세심하게 놓여 있었다. 평면 TV와 유선형 은색 스테레오 시스템만이 여기가 옛 장인들이 만들고 디자인한 곳이 아님을 보여주고 있었다.

나는 여전히 떨고 있는 룸메이드를 지나 복도로 갔다. 겁에 질린 벨보이가 다시 나타났다.

"제 방이 어딘지 보여주시겠어요?" 되도록 상냥하게 말했지만, 그는 나도 자기를 막 대할 거라 여겼는지 급히 발걸음을 옮겼다.

"여기입니다, 마드무아젤. 마음에 드시길 바랍니다."

복도를 따라 18미터 정도 떨어진 곳에 방 번호가 따로 붙어 있지 않은 문 하나가 있었다. 그 안은 작은 스위트룸이었다. 미란다의 방과 똑같았지만 거실이 좀더 작았고 침대는 킹 사이즈가 아닌 퀸 사이즈였다. 회사용 다선 전화기, 날렵한 데스크톱 컴퓨터, 레이저 프린터, 스캐너, 팩스가 놓인 커다란 마호가니 책상이 베이비 그랜드피아노 자리에 놓여 있었지만, 그것 외에는 두 방의 호화롭고 안정감 있는 실내장식은 놀라울 정도로 비슷했다.

"손님, 이 문으로 나가시면 개인용 복도를 통해 미즈 프리스틀리의 방과 연결됩니다." 그는 문 쪽으로 가면서 설명했다.

"아니! 괜찮아요. 안 봐도 돼요. 거기 있다는 것만 알면 됩니다." 나는 잘 다려진 제복 셔츠의 주머니에 조심스럽게 달려 있는 그의 명찰을 흘깃 쳐다보았다. "고마워요, 음…… 스테판." 그에게 팁을 주려고 가방을 뒤적이다가, 난 미국 달러를 유로화로 바꿀 생각도 못했고 아직 현금지급기에 들르지도 못했음을 깨달았다. "아, 미안해요. 미국 달러밖에 없군요. 그것도 괜찮아요?"

그는 얼굴이 벌게지더니 미안하다는 말을 장황하게 늘어놓기 시작했다. "아닙니다, 손님. 그런 걱정은 안 하셔도 됩니다. 미즈 프리스틀리는 호텔을 떠나실 때 그런 사소한 부분까지 다 배려하시니까요. 밖으로 나가시면 현지 화폐가 필요하실 테니 이걸 보여드리지요." 그는 커다란 책상 쪽으로 걸어가 위쪽 서랍을 열고,

프랑스 〈런웨이〉의 로고가 찍힌 봉투를 꺼내 내게 건네주었다. 그 안에는 약 4천 달러에 해당하는 유로 뭉치가 들어 있었다. 이 출장과 미란다가 주최할 파티 계획, 그리고 일정 가운데 힘든 부분을 맡아 처리해준 편집장 브리제 자르댕이 휘갈겨쓴 메모도 들어 있었다.

안녕하세요, 앤드리아. 당신과 함께할 수 있게 되어 정말 기쁘군요! 파리에 있는 동안 동봉된 유로화를 사용하시기 바랍니다. 므슈 르노와 전화했는데, 그는 미란다를 위해 하루 스물네 시간 대기할 거랍니다. 아래에 그의 업무용, 개인용 전화번호를 적어두었습니다. 또한 호텔의 요리사, 운동 트레이너, 차량 담당자는 물론 매니저 번호도 적어놓았어요. 다들 패션쇼가 열리는 동안 미란다가 여기 머무르는 데 매우 익숙한 사람들이라 아무 문제 없을 겁니다. 그리고 혹시라도 두 분 중 한 분에게 무슨 일이 생겨서 제게 연락하고 싶으면, 언제든 회사 전화, 휴대폰, 집전화, 팩스, 호출기로 연락하시면 됩니다. 절 보지 못한다 해도 토요일에 열릴 파티 때는 만날 수 있을 겁니다. 그럼 이만, 브리제.

현금 다발 밑에 접어놓은 〈런웨이〉 로고가 찍힌 종이에는 우아한 플로리스트 연락처에서부터 위급상황용 외과의사 번호까지, 파리에서 혹시라도 필요할 모든 것을 망라한 수백 개의 전화번호 리스트가 있었다. 브리제가 날마다 업데이트해서 팩스로 보낸 내용을 바탕으로 내가 미란다를 위해 만든 세세한 일정표의 마지막 장에도 똑같은 번호들이 나와 있었다. 전면적인 세계 전쟁이 발발하지 않는 한, 그 어떤 우발적인 상황에서도 미란다 프리스틀리의 스트레스, 걱정, 불안을 최소화하고 봄 시즌 패션쇼를 편안하게 보도록 할 수 있을 터였다.

"정말 고마워요, 스테판. 큰 도움이 되겠어요." 그에게 주려고 지폐를 몇 장 꺼냈지만, 그는 예의바르게 그것을 못 본 척하고 복도 쪽으로 물러났다. 아까보다는 날 덜 무서워하는 것 같아 마음이 놓였다.

어쨌든 나는 미란다가 요구한 것들을 다 해냈다. 이제 팔십 수*짜리 베갯잇에 머리를 대고 몇 분간 쉴 수 있겠다고 생각하며 눈을 감는 순간 전화벨이 울렸다.

"앤-드리-아, 당장 내 방으로 와." 그녀는 소리를 지르고는 전화기를 내동댕이쳤다.

"네, 물론입니다. 편집장님. 참으로 우아하게 부탁해주셔서 대단히 감사합니다." 나는 혼자 중얼거리며 시차 때문에 지친 몸을 억지로 일으켰다. 그리고 그녀의 방과 내 방을 이어주는 복도 카펫에 구둣굽이 걸리지 않게 조심하면서 걸어갔다. 문을 두드리자 또다른 룸메이드가 나왔다.

"앤-드리-아, 방금 브리제의 비서에게 전화가 왔어. 오늘 오찬에서 할 내 연설이 어느 정도 분량이냐고." 그녀가 말했다. 그녀는 사무실에서 누군가(아마 미란다의 사무실에서 일해본 경험으로 요령을 아는 앨리슨일 것이다)가 팩스로 보내준 〈위민스 웨

---

* 실의 굵기를 나타내는 단위로, 숫자가 커질수록 가볍고 촉감이 좋으며 비싸다. 일반적인 베개는 사십 수이다.

어 데일리〉를 넘기고 있었고, 멋지게 생긴 남자 둘이 그녀의 헤어 손질과 메이크업을 하고 있었다. 옆에 있는 앤티크 테이블에는 치즈 접시가 놓여 있었다.

연설? 무슨 연설? 오늘 일정표에는 패션쇼 외에 미란다가 십오 분 정도 견디다 지겨워서 뛰쳐나올 예정인 수상식 겸 오찬밖에 없었다.

"죄송합니다만, 연설이라고 말씀하셨나요?"

"그래." 그녀는 신문을 섬세하게 덮어 반으로 조용히 접고는 화를 내며 바닥에 팽개쳤다. 하마터면 그녀 앞에서 무릎을 꿇고 있던 남자가 그것에 맞을 뻔했다. "오늘 오찬에서 내가 그따위 상을 받는다고 왜 통보받지 못한 거지?" 미란다가 으르렁댔다. 그녀의 얼굴은 전에 내가 한 번도 보지 못한 분노로 일그러져 있었다. 불쾌? 물론이다. 불만? 항상 그렇다. 짜증, 좌절, 일상화된 불행? 당연히 그렇다. 매일 단 일 분도 빼놓지 않고. 하지만 이토록 분노한 얼굴은 처음이었다.

"편집장님, 죄송합니다만 오늘 행사에 참석 의사를 보낸 건 브리제 사무실인데, 그쪽에선 한 번도……"

"그만! 당장 그만해! 언제나 내게 변명거리만 늘어놓는군. 당신은 내 어시스턴트야. 내가 파리에서 일을 시키려고 데려온 어시스턴트라고. 당신은 이렇게 일이 꼬이지 않도록 처리해야 하는 거라고!" 그녀는 거의 고함치다시피 했다. 메이크업을 하던 남자가 자리를 비켜드릴까요, 라고 나직하게 영어로 물었다. 하지만 그녀는 그를 완전히 무시했다. "지금은 정오고, 난 사십오 분 후에 나가야 해. 짧고 간결한 연설문을 알아볼 수 있게 타자로 쳐서 내 방에 갖다놓도록 해. 못하겠다면 집으로 가. 그리고 다시는 얼굴을 내밀지 마. 이상."

난 굽 높은 구두를 신고 허겁지겁 복도로 뛰어가면서 내 방에 도착하기도 전에 아까 받은, 국제전화가 가능한 휴대폰을 열었다. 손이 너무 떨려서 브리제의 회사 번호를 누르는 게 불가능할 지경이었다. 어쨌든 전화는 연결되었다. 그녀의 어시스턴트 하나가 받았다.

"브리제 바꿔요!" 내가 소리질렀다. 이름을 발음할 때는 목소리가 갈라져나왔다. "어디 있어요? 어디 있냐고요! 당장 연결해줘요, 지금!"

상대방은 황당해서 잠시 아무 말도 하지 않았다. "앤드리아? 앤드리아예요?"

"그래요, 나예요. 브리제 바꿔줘요. 급해요. 대체 지금 어디 있어요?"

"지금 쇼장에 가 있어요. 하지만 걱정 마세요. 휴대폰이 켜져 있으니까요. 지금 호텔이세요? 제가 그리로 전화드리라고 할게요."

책상 위의 전화는 불과 몇 초 후에 울렸지만, 일주일은 걸린 것 같았다. "앤드리아." 그녀는 아름다운 프랑스 억양으로 경쾌하게 말했다. "무슨 일인가요? 모니크가 당신이 지금 흥분한 상태라고 하던데요."

"흥분했다고요? 맞아요. 나 지금 흥분했어요! 브리제, 어떻게 이럴 수가 있어요? 당신 쪽에서 그 거지같은 오찬을 마련해놓았으면서, 미란다가 상을 받고 연설도 해야 한다는 말을 아무도 내게 해주지 않았잖아요!"

"앤드리아, 진정해요. 우리는 분명히 말했는데……"

"내가 그걸 써야 한대요. 듣고 있어요? 사십오 분 안에 내가 전혀 알지도 못하는 언어로 수상 연설문을 써야 한다고요. 못하면 난 죽어요. 어떡해요?"

"알았어요, 진정해요. 해결해줄게요. 우선, 그 행사는 리츠호텔에서 열려요. 살롱에서요."

"뭐라고요? 살롱이라뇨?" 아직 호텔을 둘러볼 기회는 없었지만, 여기에 술집 같은 게 없다는 것 정도는 당연히 알고 있었다.

"그건 프랑스어예요. 영어로는 뭐라고 하더라. 아, 회의실이요. 그러니까 그녀는 그냥 아래층으로 내려오기만 하면 돼요. 이곳 파리에 있는 프랑스 패션협회가 주최하는데, 항상 모두 파리에 모이는 패션쇼 기간에 상을 주게 되어 있어요. 〈런웨이〉는 패션 취재 분야에서 상을 받게 될 거예요. 사실 별거 아니에요. 그냥 형식적인 절차 같은 거죠."

"좋아요. 최소한 뭔지는 알게 되었으니까. 그럼 정확히 내가 뭘 써야 하는 거죠? 영어로 불러봐요. 그럼 내가 므슈 르노에게 번역해달라고 할 테니까. 알았죠? 시작해요." 내 목소리에 다시 자신감이 붙었다. 하지만 나는 펜을 제대로 들지도 못했다. 탈진과 스트레스와 허기가 맞물려 책상 위에 놓인 메모지를 똑바로 보기도 힘들 지경이었다.

"앤드리아, 다행인 게 또 있어요."

"정말요? 별로 그런 것 같지 않은데요, 브리제."

"그 행사는 늘 영어로 진행돼요. 번역할 필요가 없어요. 그러니까 당신은 그냥 쓰기만 하면 돼요. 알겠죠?"

"알았어요, 알았어. 쓸게요." 나는 웅얼거리고 전화기를 내려놓았다. 이번이야말로 내가 라테를 사오는 것보다 좀더 정교한 일을 할 수 있는 능력이 있다는 걸 미란다에게 보여줄 기회라는 생각을 할 시간도 없었다.

전화를 끊고 일 분에 60타씩 치기 시작하면서(타자야말로 고등학교 시절에 배운 것 중 유일하게 쓸모 있는 과목이었다) 나는 미란다가 이걸 읽는 데는 단 이삼 분이면 될 거라는 사실을 깨달았다. 내 방의 미니바에 누군가가 사려깊게 갖다놓은 펠레그리노를 마시고 딸기 몇 알을 먹을 만큼의 시간은 남았다. 이왕이면 치즈버거를 갖다놓지. 구석에 깔끔하게 쌓아놓은 내 짐 속에 트윅스 초코바가 있다는 게 생각났지만, 그걸 찾아낼 시간이 없었다. 명령을 받은 지 정확히 사십 분이 지나 있었다. 이제 내가 합격인지 아닌지 알아보러 갈 시간이었다.

다른(하지만 마찬가지로 겁에 질린) 룸메이드가 문을 열고 나를 거실로 안내했다. 당연히 서 있어야 했지만, 어제부터 입고 있던 가죽 바지는 아예 살에 붙어버린 것 같았고, 비행기 안에서는 잠잠했던 스트랩샌들이 길고 잘 휘어진 면도칼이 되어 내 발바닥과 발가락을 사정없이 난도질하고 있었다. 난 푹신한 소파에 앉기로 마음먹었다. 그런데 무릎이 꺾이고 엉덩이가 쿠션에 닿는 순간, 침실 문이 홱 열렸다. 나는 벌떡 일어났다.

"연설문은 어디 있지?" 그녀가 기계적으로 물었다. 또다른 룸메이드가 미란다가 다는 걸 잊은 귀걸이 한 짝을 들고 뒤따랐다. "뭔가 쓰긴 했겠지? 쓰지 않은 건가?" 그녀는 모피를 짧게 댄 둥근 칼라의 클래식 샤넬 슈트를 입고, 커다란 진주 목걸이를 하고 있었다.

"물론 가져왔습니다, 편집장님." 나는 자랑스럽게 말했다. "이
정도면 괜찮을 겁니다." 그녀는 그것을 가지러 오는 수고조차 하
지 않아서, 내가 그쪽으로 걸어가야 했다. 내가 미처 종이를 내밀
기도 전에 그녀가 내 손에서 그것을 휙 낚아채갔다. 그녀가 종이
를 다 훑은 뒤에야, 난 내가 숨도 제대로 못 쉬고 있었다는 걸 깨
달았다.

"좋아. 괜찮군. 아주 뛰어나진 않지만 어쨌든 좋아. 자, 가지."
그녀는 옷차림에 어울리는 샤넬 퀼트백을 집더니 체인 손잡이를
어깨에 걸쳤다.

"네?"

"가자니까. 십오 분 후면 그 한심한 행사가 시작돼. 운이 좋으
면 우린 이십 분 후에 거기서 나오게 될 거야. 난 그런 걸 정말 혐
오해."

그녀는 분명 '가지' 그리고 '우리'라고 말했다. 정말로 내가 그
녀와 동행하기로 되어 있는 것이었다. 나는 입고 있는 가죽 바지
와 딱 맞는 블레이저를 훑어보고는 이런 것을 입고 가도 그녀가
개의치 않는다면(그게 아니면 벌써 한마디했을 테니까) 문제될
게 없다는 것을 깨달았다. 그럼 뭐가 문제일까? 그곳에는 자기
보스를 챙기며 돌아다니는 어시스턴트들이 잔뜩 있을 테고, 우리
가 무엇을 입고 있는지는 아무도 상관하지 않을 게 분명했다.

'살롱'이라는 곳은 브리제가 말한 그대로였다. 전형적인 호텔
회의장으로, 이십여 개의 둥근 오찬 테이블이 놓여 있었고 약간
높은 단상에는 연단이 갖춰져 있었다. 나는 뒤쪽 벽에 여러 유형

의 고용인들과 나란히 서서, 패션이 우리 삶에 어떤 영향을 미치는지에 관한 지루하고 재미없고 지겨운 영화의 장면들을 지켜보았다. 이어지는 삼십 분간 몇 명이 더 마이크를 잡았고, 그다음엔 웨이터들이 샐러드를 나르고 와인잔을 채우기 시작했다. 나는 지겹고 짜증스러운 듯한 미란다를 경계의 눈으로 바라보며, 기대어 있는 화분 뒤쪽에서 잠들지 않으려고 애썼다. 내 눈이 얼마나 감겨 있었는지는 알 수 없었지만, 목근육에 대한 통제력을 완전히 상실해서 목이 주체할 수 없이 앞으로 끄덕이기 시작하는 순간 그녀의 목소리가 들렸다.

"앤-드리-아! 난 이따위 허튼짓에 낭비할 시간이 없어." 속삭이는 소리였지만, 근처 테이블에 있던 딱딱이들이 쳐다볼 정도로는 컸다. "난 상을 받게 될 거라는 얘길 들은 바가 없어. 그러니 그럴 준비도 되어 있지 않고. 난 가겠어." 그러더니 그녀는 몸을 돌려 문 쪽으로 성큼성큼 걸어가기 시작했다.

나는 그녀의 어깨를 낚아채고 싶은 마음을 꾹 참고 절뚝거리며 뒤따라갔다. "편집장님, 편집장님!" 그녀는 나 따위는 완전히 무시하고 있었다. "편집장님, 그럼 누가 〈런웨이〉를 대표해서 상을 받나요?" 나는 되도록 조용히, 하지만 그녀에게 들릴 정도로 속삭였다.

그녀는 몸을 휙 돌리더니 나를 똑바로 쏘아보았다. "그게 무슨 상관이지? 당신이 올라가서 받으면 될 거 아니야?" 내가 뭐라고 대꾸도 하기 전에 그녀는 가버렸다.

맙소사, 말도 안 돼. 몇 분 후에 내 침대, 전혀 근사하지도 않고 거친 침대보가 깔린 내 침대에서 잠을 깨면, 오늘 하루가(아니, 지난 일 년 전체가) 끔찍한 악몽이었다는 것을 알게 될 거야. 저 여자는 진짜로 내가, 수습 어시스턴트에 불과한 내가 단상에 올라가 〈런웨이〉를 대표해 패션 취재상을 받기를 원하는 건 아니겠지? 혹시 〈런웨이〉에서 온 사람이 한 명이라도 오찬에 참석했는지 보려고 허둥거리며 회의장을 둘러보았다. 행운은 어디에도 없었다! 난 의자에 주저앉아 에밀리나 브리제에게 전화를 해서 조언을 구해야 할지, 아니면 미란다가 그 상을 받는 데 전혀 관심이 없으니 나 역시 그녀를 따라 밖으로 나가야 할지 고민했다. 내 휴대폰이 (빨리 나타나서 그놈의 상을 대신 받았으면 싶은) 브리제의 사무실에 연결되는 순간, 내 귀에 이런 소리가 들렸다. "……언제나 정확하고 재미있고 정보가 넘치는 패션 취재를 하신 데 대해 미국 〈런웨이〉에 깊은 감사를 드립니다. 저명한 편집장이자 패션계의 살아 있는 아이콘인 미즈 미란다 프리스틀리!"

회의장 안에 박수 소리가 울려퍼진 바로 그 순간, 나는 심장박동이 멈추는 것을 느꼈다.

더 뭘 생각해볼 겨를이 없었다. 이런 일이 생기게 했다고 브리제를 욕하거나, 연설문을 들고 나가버린 미란다를 욕하거나, 처음부터 이런 끔찍한 일자리를 수락한 나 자신을 욕할 겨를이 없었던 것이다. 내 다리는 저절로 왼발 오른발 왼발 오른발 하며 앞으로 나가 단상으로 오르는 계단 세 개를 아무 문제 없이 올라갔다. 내가 조금이라도 제정신이었다면, 그 순간 열광적인 박수갈채 대신 대체 저 여자가 누군지 궁금해하는 묘한 침묵이 흘렀다는 것을 감지했을 것이다. 하지만 난 몰랐다. 뭔가 더 큰 힘이 나를 움직였다. 나는 미소를 짓고, 매정하게 생긴 회장의 손에서 상패를 가져오려고 손을 뻗고, 그것을 내 앞에 있는 연단에 부들부들 떨면서 내려놓았다. 고개를 들어보니 수백 개의 눈동자가 나를 응시하고 있었다. 호기심이 가득하거나, 탐색을 하거나, 혼란스러워하는 눈동자들이었다. 난 숨을 멈추고 그 자리에서 죽어버릴 것만 같았다.

생각해보니 기껏해야 십 초에서 십오 초 정도 그렇게 서 있었다. 하지만 침묵이 너무 압도적이었고 기운을 다 빼앗아가버려서, 내가 이미 죽은 게 아닌가 싶을 정도였다. 나이프나 포크가 접시를 긁는 소리도, 유리잔이 딸그랑대는 소리도 들리지 않았다. 미란다 프리스틀리를 대신해 저 앞에 있는 여자가 누구냐고 묻는 사람도 없었다. 그들은 계속 나만 쳐다보고 있었다. 난 할 수 없이 입을 열었다. 한 시간 전에 내가 쓴 연설문은 한 구절도 생각나지 않았다. 생각나는 대로 말해야 했다.

"안녕하세요." 내 목소리가 귓전에 울렸다. 그게 마이크 소리인지, 내 머릿속에서 피가 출렁거리는 소리인지 알 수 없었지만 상관없었다. 유일하게 들리는 건 떨리는 내 목소리뿐이었다. 제어할 수 없을 정도로 떨리는 목소리! "제 이름은 앤드리아 삭스입니다. 저는 미…… 아니, 〈런웨이〉의 직원입니다. 안타깝게도 미란다, 아, 미즈 프리스틀리가 조금 전에 나가셔야 해서 제가 그분의 대리인으로 상을 받고자 합니다. 물론 〈런웨이〉의 모든 이를 대신해서입니다. 감사합니다. 아……" 협회나 회장의 이름따윈 생각도 나지 않았다. "이 모든 것에 감사드리고, 아, 매우 영광스럽게 생각합니다. 참으로 영광이라는 말씀을 여러분 모두에게 드리고 싶습니다." 이 바보! 나는 계속 더듬거리며 떨고 있었

다. 이제는 사람들이 재잘거리기 시작했다는 것을 알아차릴 정도
로 정신이 들었다. 나는 한마디도 더 하지 않고 되도록 위엄 있는
자세로 연단에서 걸어내려왔다. 뒷문까지 가고 나서야 상패를 놓
고 왔다는 게 생각났다. 탈진과 수치감 때문에 막 로비에 주저앉
았을 때 직원 하나가 거기까지 따라와 상패를 건네주었다. 나는
그녀가 떠나기를 기다렸다가 청소부에게 그것을 버려달라고 부
탁했다. 그는 어깨를 으쓱하더니 자기 가방 속에 그걸 넣었다.

　나쁜 년! 너무 화가 나고 지쳐서 미란다를 죽일 방법이나 그녀
에게 걸맞은 욕설조차 떠오르지 않았다. 전화가 울렸다. 보나마
나 그녀 전화일 거야. 난 벨소리를 죽이고, 안내 데스크 직원에게
진토닉을 주문했다. "제발 사람을 시켜 진토닉 한 잔만 갖다주세
요. 부탁이에요." 그 여자는 나를 보고는 고개를 끄덕였다. 나는
단 두 모금에 그걸 다 들이켜고는 미란다가 또 뭘 원하는지 알아
보려고 다시 위층으로 올라갔다. 파리에 온 첫날, 그것도 겨우 오
후 두시였지만, 난 죽어버리고 싶었다. 그걸 내가 선택할 수 없다
는 게 문제였지만.

17

　“미란다 프리스틀리의 방입니다.” 나는 나의 새로운 파리 사무실에서 전화를 받았다. 푹 잠을 자야 할 황홀한 네 시간은 새벽 여섯시에 걸려온 칼 라거펠트 비서의 전화 때문에 무참히 깨지고 말았다. 그제야 난 미란다에게 오는 전화는 모두 내가 받게끔 연결되어 있다는 걸 깨달았다. 파리의 모든 사람이 패션쇼 기간에 미란다가 이 호텔에 머무는 걸 알고 있는지, 내가 방에 들어선 순간부터 전화가 쉴새없이 울려댔다. 음성사서함에는 이미 스물네 개의 메시지가 남겨져 있었다.

　“안녕? 나야. 미란다는 어때? 일은 다 잘돼가? 아직까진 별일 없었지? 지금 그녀는 어디 있어? 당신은 왜 함께 있지 않는 거야?”

　“에밀리! 전화를 다 하고. 몸은 좀 어때요?”

　“난 괜찮아. 아직 기운은 없지만 점점 나아지고 있어. 미란다는 어때?"

"네, 그럭저럭 괜찮아요. 걱정해줘서 고마워요. 비행기를 너무 오래 타서 피곤해 죽겠는데, 여기 와서 이십 분 이상 잠을 자본 적이 없어요. 이놈의 전화가 계속 울려대는 바람에요. 계속 이렇겠죠? 참! 나 뜻밖에도 연설을 했어요. 느닷없이 연설문까지 썼고요…… 미란다와 〈런웨이〉에 열광하는 사람들 앞에서요. 뭐 다들 그렇지 않은 듯이 점잔들을 빼고 앉아 있긴 했지만. 정말 세상에서 가장 우스운 사람이 된 기분이더라고요. 미치는 줄 알았죠. 연설을 하다가 심장마비로 죽는 줄 알았어요. 어쨌든 그거 빼놓고는 다 괜찮아요."

"앤드리아, 농담하지 말고 진지해져! 온갖 게 다 걱정이 돼서 살 수가 없어. 준비 기간이 짧았잖아. 뭐 하나 삐끗하기라도 하면 그녀는 무조건 나를 탓할 거야."

"에밀리, 있잖아요, 미안하지만 우리 나중에 얘기하면 안 돼요?"

"왜? 무슨 일 있어? 어제 회의는 어떻게 됐어? 제시간에 도착했어? 필요한 건 다 갖고 있고? 옷은 제대로 입었겠지? 잊지 마. 당신은 〈런웨이〉를 대표하고 있는 거야. 그러니까 그에 걸맞게 입어야 해."

"에밀리, 나 지금 끊어야 해요."

"앤드리아! 걱정이 돼서 그래. 지금까지 뭐했는지 말 좀 해봐."

"아, 알았어요. 여유 시간 동안 전신 마시지는 여섯 번쯤, 얼굴 마사지는 두 번 받았고, 손톱도 몇 번 다듬었어요. 미란다와 난 스파에서 할 수 있는 건 하나도 빼놓지 않고 다 했어요. 정말 재미있었죠. 그녀는 날 혹사시키지 않으려고 정말 신경써주고 있어요. 이렇게 멋진 도시에 있는 동안 마음껏 즐기라고 하더군요. 여기 오게 된 건 정말 행운이에요. 그러니까 우린 그냥 시간을 보내면서 즐기고 있어요. 맛있는 와인도 마시고, 쇼핑도 하면서요. 뭐, 늘 하던 것처럼."

"앤드리아! 농담하지 마. 대체 어떻게 돌아가고 있는 거야?" 그녀가 짜증을 내면 낼수록 내 기분은 조금씩 나아졌다.

"에밀리, 도대체 뭘 얘기하라는 거예요? 뭘 듣고 싶어요? 어떻게 지냈냐고요? 끊임없이 전화가 울리고 그 와중에 어떻게든 잠 좀 자보려고 애쓰고, 또 하루에 스무 시간을 버텨야 하니까 새벽 두시에서 여섯시 사이에 목구멍에 음식을 욱여넣느라 바쁘다고요. 여긴 망할 라마단*과 똑같아요, 에밀리. 낮에는 아무것도 못 먹는다고요. 이런 기회를 놓치다니 당신이 정말 안됐어요."

다른 전화가 와서 나는 에밀리를 대기 상태로 돌렸다. 전화가 울릴 때마다 내 마음은 걷잡을 수 없이 앨릭스에게로 가 무너졌다. 혹시 그가 전화해서 다 잘될 거라고 말해주지 않을까 상상했다. 여기 온 뒤로 두 번 국제전화를 걸었고 그때마다 그가 받았지만, 난 그의 목소리를 듣는 순간 전화를 끊어버렸다. 이렇게 오랫동안 서로 말을 안 한 건 처음이었다. 나는 그가 어떻게 지내는지 듣고 싶었지만, 한편으로는 말다툼과 쌓여만 가는 죄의식에서 잠시나마 놓여나게 된 것에 안도했다. 숨을 죽이고 있는데, 전화기 너머로 미란다의 날카로운 목소리가 들렸다.

---

* 무슬림들의 금식 기간. 해가 뜰 때부터 질 때까지 음식을 먹지 않는다.

"앤-드리-아, 루시아가 언제 도착하지?"

"안녕하세요, 편집장님. 일정표를 잠시 확인하겠습니다. 여기 있네요. 루시아는 오늘 스톡홀름에서 촬영을 마치고 바로 날아오기로 되어 있습니다. 이 호텔에 와 있을 겁니다."

"연결해."

"네, 편집장님. 잠시 기다리세요."

나는 미란다의 전화를 대기로 해놓고, 다시 에밀리를 연결했다. "미란다예요, 잠깐 기다려요."

나는 에밀리의 전화를 다시 대기로 해놓고 미란다에게 말했다.

"편집장님? 루시아의 번호를 찾았습니다. 바로 연결해드리겠습니다."

"잠깐, 앤-드리-아. 난 이십 분 후에 나가서 하루종일 안 들어올 거야. 내가 돌아오기 전에 스카프 몇 장과 새 요리사를 알아보도록 해. 프랑스 레스토랑에서 최소한 십 년의 경험을 쌓은 요리사여야 하고, 일주일에 네 번 가족 저녁식사와 한 달에 두 번 디너파티를 해낼 수 있어야 해. 자, 이제 루시아에게 연결하도록."

나는 미란다가 뉴욕에서 일할 요리사를 고용해달라고 하는 것에 대해 고민해야 했지만, 그 순간 내 관심은 그녀가 날 대동하지 않고 하루종일 외출할 거라는 데만 쏠려 있었다. 나는 에밀리를 다시 연결해서 미란다가 새 요리사를 원한다고 말했다.

"내가 해줄게, 앤디." 그녀는 아직도 콜록거리면서 말했다. "일단 1차 심사를 내가 해놓으면 나중에 당신이 와서 통과된 사람들만 보면 되잖아. 미란다가 뉴욕에 온 다음에 그들을 만날 건

지, 아니면 당장 자기랑 만날 수 있게 몇 명을 그쪽으로 보내라는
건지만 파악해놔, 알았지?"

"정말요?"

"그래. 미란다는 작년에 마르베야*에 있을 때 카라를 고용했
어. 그때 보모가 그만둬서 미란다가 나한테 최종 후보자 세 명을
비행기로 바로 보내랬어. 자기가 뽑을 수 있게 말이야. 어쨌든 파
악해놔, 알았지?"

"알았어요, 고마워요." 나는 웅얼거리며 대답했다.

말이 나온 김에 마사지를 받아보고 싶어서 예약을 했다. 그러
나 이른 저녁에나 예약이 가능하다고 해서, 룸서비스로 풀코스
아침식사를 주문했다. 호텔 직원이 식사를 갖다주었을 때, 난 이
미 화려한 목욕 가운과 거기 어울리는 슬리퍼를 신고 맛있는 냄
새가 나는 오믈렛과 크루아상, 데니시와 머핀, 감자와 시리얼 그
리고 크레이프의 향연을 즐길 준비를 마친 상태였다. 그 모든 음
식을 게걸스럽게 먹고 차도 두 잔이나 마신 뒤, 나는 침대로 뒤뚱
뒤뚱 걸어갔다. 먹자마자 어찌나 잠이 쏟아지던지, 누가 오렌지
주스에 뭘 탄 게 아닌가 싶을 정도였다.

마사지는 이 느긋하고 축복받은 날을 마무리하기에 가장 좋은
방법이었다. 다른 사람들이 내 일을 대신 해주고 있었고, 미란다
가 전화해서 날 깨운 건 내일 점심 예약 건으로 (겨우!) 한 번뿐
이었다. 마사지사의 힘센 손이 뻐근한 내 목근육을 주무르자, 이
런 생각이 들었다. 음, 괜찮은데. 나쁘지 않은 혜택이야. 또 한번

---

* 스페인 남부에 위치한 고급 휴양 도시.

잠으로 빠져들려는 순간, 마지못해 가져온 휴대폰이 끈질기게 울려대기 시작했다.

"여보세요." 나는 온몸에 오일을 바른 채 발가벗고 누워 반쯤 잠이 들어 있었던 걸 숨기기 위해 일부러 발랄하게 받았다.

"앤-드리-아, 내 헤어와 메이크업 예약을 앞당겨줘. 그리고 웅가로 쪽에 내가 오늘 못 간다고 해. 대신 작은 칵테일파티에 갈 거야. 당신도 함께. 한 시간 후에 떠날 거니까 준비하도록."

"아, 예, 예." 나는 머뭇거리면서도 드디어 그녀를 따라 어딘가 가게 되었다는 사실을 머릿속에 정리하려고 애썼다. 어제의 일 (막바지 순간에 자기와 동행하라는 미란다의 말을 들었던 그 일) 이 머릿속을 확 스치면서 갑자기 과호흡이 온 것처럼 숨이 찼다. 나는 마사지사에게 고맙다는 말을 하고, 겨우 첫 십 분밖에 받지 않았지만 풀서비스에 해당하는 비용을 내 방 앞으로 달아놓았다. 어떻게 하면 이 새로운 난관을 훌륭하게 헤쳐나갈 수 있을지 알아보기 위해 위층으로 뛰어가야 했다. 정말 지치는 일이었다. 서둘러!

나는 몇 분 만에 미란다의 헤어와 메이크업 담당자의 연락처를 찾아내 예약 시간을 바꿨다. 그들은 내 담당자들과는 달랐다. 나를 뜯어고치다시피 한 내 담당자는 화난 표정의 여자였는데, 처음 날 본 순간 그녀의 얼굴에 나타난 낙담한 표정은 아직도 잊혀지지 않는다. 하지만 미란다에게는 〈맥심〉에서 곧바로 걸어나온 듯한 게이 두 명이 배당되었다.

"괜찮습니다." 쥘리앵은 진한 프랑스 억양으로 외쳤다. "지금 오라고 말씀하셨나요? 기꺼이 가겠습니다. 마담 프리스틀리께서 혹시라도 시간을 바꾸실까봐, 저희는 이번주 일정을 아예 비워놓았답니다."

나는 브리제를 찾아내, 웅가로 쪽은 그녀가 해결해달라고 부탁했다. 이제 옷을 고를 시간이었다. 내 여러 '모습'이 전부 담긴 스케치북은 침대 옆 테이블에 눈에 띄게 놓여 있었다. 스케치북은 나처럼 길을 잃은 패션의 어린양에게 영적 가르침을 주기 위해 자기를 펼쳐주기를 기다리고 있었다. 나는 큰제목과 소제목을 훑어보며 무슨 뜻인지 파악하려고 했다.

쇼:

1. 낮
2. 밤

식사:

1. 아침
2. 점심
    A. 캐주얼하게(호텔 또는 비스트로)
    B. 격식을 갖추어서(리츠의 레스파동)
3. 저녁
    A. 캐주얼하게(비스트로, 룸서비스)
    B. 중간(괜찮은 레스토랑, 일상적인 디너파티)
    C. 격식을 갖추어서(르 그랑 베푸르 레스토랑, 공식적인 디너파티)

파티:

    1. 캐주얼하게(샴페인을 곁들인 조찬 모임, 오후의 티 파티)

    2. 스타일리시(비주류 인사들의 칵테일파티, 책 파티, '술 파티')

    3. 드레시(주요 인사들의 칵테일파티, 박물관이나 미술관 모임,
       패션쇼가 끝난 뒤 디자인팀이 여는 파티)

기타:

    1. 공항에 오갈 때

    2. 운동(수업, 토너먼트 등)

    3. 쇼핑

    4. 심부름할 때

       A. 유명 디자이너의 살롱에 갈 때

       B. 고급 숍이나 부티크에 갈 때

       C. 인근 식품점 또는 건강·미용용품점에 갈 때

주최자가 주요 인사인지 아닌지 파악할 수 없을 때 어떤 옷을 입어야 하는지는 적혀 있지 않았다. 이 시점에서 내가 큰 실수를 할 가능성이 있다는 건 명백했다. 나는 오늘 가는 곳이 일종의 '파티'라고 방향을 잡았다. 첫걸음은 좋았지만 그다음부터는 오리무중이었다. '파티' 중 2번을 택해 세련된 옷을 입어야 할까, 아니면 3번을 택해 좀더 우아한 옷을 고르는 게 나을까? '이도 저도 아닌 경우'나 '불확실할 때'에 대한 안내는 없었지만, 고맙게도 마지막 순간에 누가 표 아래쪽에 이렇게 써놓은 게 보였다. 잘 모를 때는(그래선 안 되지만) 멋지지만 지나치게 우아하게 입는 것보다

는 멋지지만 덜 우아하게 입는 편이 낫다. 음, 좋아. 내 경우는 '파티' 항목의 '스타일리시'에 딱 맞는 것 같았다. 나는 이 경우를 대비해 루시아가 스케치해준 여섯 가지 의상을 보면서, 어떤 게 가장 덜 웃겨 보일지 따져봤다.

나는 깃털 달린 탱크톱에 허벅지까지 올라오는 가죽 부츠(그래, 무릎 위까지 올라오는 바로 그 부츠)를 신어보는 등 엄청나게 고민한 끝에, 마침내 33쪽에 나온 의상을 골랐다. 로베르트 카발리가 만든 치렁치렁한 패치워크 스커트와 베이비 티, 그리고 돌체앤가바나의 검정 바이커 치크 부츠였다. 멋지고 섹시하고 스타일리시한 차림이었다. 당연히 지나치게 드레시하지는 않고. 타조 같거나, 1980년대 스타일처럼 보이거나, 매춘부처럼 보이지도 않았다. 더 무엇을 바라리? 백을 고르고 있는데 헤어와 메이크업을 담당하는 여자가 나타났다. 그녀는 얼굴을 찌푸리더니, 끔찍스럽게 보이는 내 모습을 조금이라도 낫게 해주기 위해 일을 하기 시작했다.

"눈 밑을 조금만 밝게 해주시겠어요?" 나는 그녀의 작품을 비난하지 않으려고 애쓰며 조심스럽게 말했다. 차라리 내가 하는 게 낫겠군. NASA의 과학자들이 우주선을 제작하라고 맡긴 것보다 훨씬 많은 장비와 지침서를 가지고 있는 이 상황에서는 특히나 더. 하지만 메이크업 담당 게슈타포는 내가 원하든 원하지 않든 정확한 시간에 나타났다.

"안 돼요! 이게 훨씬 나아요." 나와는 다른 취향을 가진 게 분명한 그녀가 소리를 질렀다.

그녀는 마지막으로 눈 아래쪽을 검은색으로 진하게 칠하고는,

나타났을 때만큼이나 재빨리 사라져버렸다. 나는 백을 들고(구찌 악어가죽 볼링 백이 낙점되었다), 운전기사가 대기하고 있는지 확인하기 위해 예정 시간보다 십오 분 먼저 로비로 갔다. 미란다가 나와 말할 필요가 없도록 다른 차를 타고 싶어할지, 아니면 자기 어시스턴트에게 뭔가 감염될 위험을 무릅쓰고 같은 차를 타려고 할지 르노와 말씨름을 하고 있는데 그녀가 나타났다. 그녀는 나를 천천히 위아래로 훑어보았는데, 무표정 그 자체에 무관심하기까지 했다. 합격이었다! 함께 일을 시작한 이후 내가 경멸어린, 아니, 최소한 신랄한 말을 한마디라도 듣지 않은 건 이번이 처음이었다. 이건 다 뉴욕의 패션 에디터들로 이루어진 특별 기동대와 파리의 헤어 및 메이크업 전문가 그리고 세상에서 가장 고급스럽고 비싼 옷이 다양하게 준비된 덕분이었다.

"차가 여기 있나, 앤-드리-아?" 셔링 잡힌 짧은 벨벳 칵테일 드레스를 입은 그녀는 눈이 휘둥그레질 정도로 아름다웠다.

"예, 미즈 프리스틀리. 바로 여깁니다." 므슈 르노가 부드럽게 끼어들어 우리를 안내했다. 우리가 패션쇼 참석차 온 듯한 다른 미국 패션 에디터들 사이를 지나가자, 최신 유행으로 치장한 매우 세련된 딱딱이들 사이에 공손한 침묵이 흘렀다. 나보다 두어 걸음 앞서 걸어가는 미란다는 마르고, 멋지고, 아주아주 불행해 보였다. 나는 나보다 15센티미터는 작은 그녀를 따라잡느라 거의 뛰다시피 했고, "뭐야? 왜 이렇게 느려?"라고 말하는 듯한 시선을 받으며 그녀 뒤를 따라 리무진의 뒷좌석에 올랐다.

운전기사는 길을 잘 알고 있는 것 같았다. 다행이었다. 그녀가 내 쪽으로 몸을 돌려 칵테일파티가 열리는 장소가 어디냐고 물을

까봐 한 시간 내내 부들부들 떨었기 때문이다. 그녀는 내 쪽을 쳐다보긴 했지만 아무 말도 하지 않고 휴대폰으로 B-DAD와 통화했다. 그녀는 토요일 밤 큰 파티가 열리기 전에 그가 시간을 내서 옷도 갈아입고 함께 술도 마셨으면 좋겠다고 여러 번 반복해서 얘기했다. B-DAD는 자기 회사의 개인 제트를 타고 올 예정이었고, 지금 그들은 캐럴라인과 캐시디를 데려오느냐 마느냐로 입씨름중이었다. 그는 월요일이나 되어야 돌아갈 예정이었는데, 그녀는 딸들이 결석하는 걸 원치 않았기 때문이었다. 생제르맹가의 듀플렉스 아파트 앞에 차가 멈추자, 그제야 난 오늘밤 내가 정확히 무슨 일을 해야 하는지 궁금해졌다. 그녀는 외부인들 앞에서는 에밀리나 나나 다른 직원들을 막 대하지 않았다. 그것은 그녀가 (어느 정도는) 자기가 하는 행동에 대해 인지하고 있다는 것을 의미했다. 거기 서 있는 동안 그녀가 내게 마실 것을 가져와라, 아무개를 전화로 연결해라, 이걸 드라이클리닝 맡겨라 등등의 명령을 할 수가 없다면 내가 할 일은 대체 뭐지?

"앤-드리-아, 이 파티는 내가 파리에 살 때 친하게 지냈던 부부가 여는 거야. 그들이 나보고 어시스턴트를 데려와달라고 하더군. 이런 모임을 지겨워하는 아들을 좀 즐겁게 해주라고 말이야. 둘이 잘 지낼 거라고 믿어." 그녀는 운전기사가 문을 열어줄 때까지 기다렸다가 아름다운 지미추 펌프스로 감싸인 발을 우아하게 내딛으며 나갔다. 내가 문을 열기도 전에 그녀는 세 계단을 올라가 거기서 그녀를 기다리고 있는 게 분명한 고용인에게 코트를 넘겨주었다. 나는 부드러운 가죽 의자에 일 분 정도 기대앉아 방금 그녀가 남겨준 이 귀하고 새로운 정보를 어떻게 이해해야 할까 고민했다. 헤어, 메이크업, 일정 재조정, 고뇌하며 스타일북을 뒤지던 일, 바이커 치크 부츠…… 이 모든 것이 오늘밤 어느 부유한 부부의 오만한 아이를 돌보기 위한 것이었단 말이야? 그것도 오만한 프랑스 아이를!

난 삼 분쯤 곰곰이 생각해본 뒤 결론을 내렸다. 〈뉴요커〉에 입성할 날은 불과 몇 달 앞으로 다가왔고, 내 노예살이는 서서히 끝나가고 있는데다, 늘 꿈꾸던 일자리를 얻기 위해 하룻밤쯤 지겹게 보내는 건 아무것도 아니라는 것. 하지만 별 도움이 되진 않았다. 갑자기 고향집 소파에 웅크리고 앉아 엄마에게 전자레인지에 차를 데워달라고 한 다음, 기다리는 동안 아빠와 스크래블 게임을 하고 싶다는 생각이 든 것이었다. 언니와 형부와 갓 태어난 아이작도 모여 있겠지. 아기는 나를 보면 방글방글 웃으며 옹알거릴 테고, 앨릭스는 전화로 내게 사랑한다고 말해줄 거야. 내 운동복에 얼룩이 있거나 말거나 아무도 신경쓰지 않을 테고, 발톱에 페디큐어를 바르지 않은 '끔찍한 사건'이 있어도, 내가 커다란 초콜릿 슈크림을 먹고 있어도 아무도 상관하지 않을 거야. 대서양 건너편 어딘가에서 패션쇼가 열리고 있다는 걸 아는 사람은 단 한 명도 없을 테고, 그런 소식이 들려도 아무 관심을 보이지 않겠지. 하지만 이 모든 것이 너무 멀게 느껴졌다. 평생을 기다려야 할 만큼 멀게. 난 지금 패션쇼 무대에 죽고 사는 사람들과 무슨 소리인지 모를 프랑스어로 아우성치며 떠드는 못돼먹은 꼬마애와 싸워야만 한다.

이 퍼센트 부족하긴 하지만 나름대로 세련된 옷을 입은 나는 마침내 리무진에서 나왔다. 그러나 고용인은 이미 사라지고 없었다. 자그마한 정원 위의 창 밖으로 밴드가 연주하는 음악과 향초의 향기가 흘러나왔다. 심호흡을 하고 노크하려는 순간, 문이 홱 열렸다. 그리 오래 살지는 않았지만, 그렇게 놀라보긴 난생처음이었다. 크리스천이 나를 보며 싱글거리고 있었던 것이다.

"앤디, 드디어 왔군. 반가워요." 그가 몸을 숙여 내 입술에 키스했다. 내가 너무 놀라 입을 벌리고 있었기 때문에 상당히 아슬아슬한 키스였다.

"대체 여기서 뭐하고 있는 거예요?"

그가 싱긋 웃더니 앞이마에 늘 드리워진 머리카락을 쓸어넘겼다. "나도 같은 질문을 해야 할 것 같은데요. 내가 가는 곳마다 날 따라다니는 이유가 뭐예요? 혹시 나와 자고 싶은 거예요?"

내 볼이 빨개졌다. 난 숙녀답지 않게 큰 소리로 콧방귀를 뀌었다. "아, 그게 그렇게 되나요? 사실 난 여기에 손님으로 온 게 아니랍니다. 아주 잘 차려입은 베이비시터일 뿐이죠. 미란다를 따라왔는데, 방금 전에야 내가 이 집 주인의 아들을 돌봐야 한다고 알려주더군요. 실례지만 전 그애가 필요한 우유와 크레파스를 제대로 갖고 있는지 확인하러 가봐야겠어요."

"그앤 괜찮아요. 오늘밤 그애가 필요로 하는 건 딱 하나밖에 없어요. 자기 베이비시터와 또 한번 키스하는 거." 그러더니 그는 내 얼굴을 감싸안고 또다시 키스했다. 나는 저항하려고, 대체 이게 무슨 짓이냐고 말하려고 입을 벌렸다. 하지만 그는 내가 열정적으로 키스를 받아들이는 것으로 생각하고 내 입속에 혀를 밀어넣었다.

"크리스천!" 나는 나직하게 씩씩거렸다. 미란다가 자기 파티에서 내가 아무 남자와 이러고 있는 걸 보면 날 바로 해고해버릴 거라는 생각이 스쳤다. "대체 무슨 짓이에요? 놔요!" 나는 뒤로 물러섰다. 그는 여전히 부담스러울 정도로 매력적인 미소만 보여주고 있었다.

"앤디, 아직 상황 파악을 못하고 있군요. 여긴 내 집이에요. 우리 부모님이 이 파티를 열었고, 난 머리를 좀 굴려서 부모님께 부탁했죠. 당신의 상사가 당신을 데려오게 해달라고. 내가 열 살짜리 꼬마라고 그녀가 그러던가요? 아니면 혼자 그렇게 생각한 거예요?"

"지금 날 놀리는 거죠, 그런 거죠?"

"아뇨. 재미있죠? 다른 방법으로는 당신을 잡을 수 없을 것 같았거든요. 이건 좀 먹힐 것 같더군요. 새어머니와 미란다는 미란다가 프랑스 〈런웨이〉에서 일할 때 친하게 지냈어요. 새어머니는 사진작가인데 늘 그 잡지의 촬영을 맡아 하죠. 그래서 미란다에게 이렇게 말해달라고 부탁했어요. 외로운 아들이 매력적인 어시스턴트와 잠시 함께 시간을 보내고 싶어한다고요. 마술처럼 먹히던데요. 자, 이제 마실 걸 한잔하죠." 그는 내 등에 손을 대고 거실에 있는 떡갈나무로 만든 커다란 바로 안내했다. 그곳에서는 말끔하게 차려입은 바텐더 세 명이 마티니와 스카치 잔, 가늘고 긴 샴페인 잔을 진열하고 있었다.

"그럼 확실히 해둘까요? 그러니까 아이 돌보는 일 따윈 할 필요가 없다는 거죠? 당신에게 어린 동생이 없는 거 확실하죠?" 미란다와 함께 파티에 왔는데 멋지고 똑똑한 작가와 온밤을 보내는 것 외엔 아무 할 일이 없다는 게 도저히 믿어지지 않았다. 혹시 춤추고 노래하며 손님들을 즐겁게 해주라고 데려온 건 아닐까? 혹시 칵테일 웨이트리스가 한 명 부족해서 마지막 순간에 나를 채워넣은 건 아닐까? 옷걸이가 있는 쪽으로 가면서 저곳에 지치고 피곤한 표정으로 앉아 있는 직원을 내가 구제해야 하는 건 아닌가, 하는 생각마저 들었다. 나는 크리스천이 한 말을 인정하려 들지 않았다.

"오늘밤 내내 당신이 베이비시터 노릇을 하지 않아도 된다는 뜻은 아니었는데요. 난 당신의 관심을 아주 많이 받을 생각이거든요. 아무튼 당신이 예상했던 것보다는 훨씬 나은 밤일 거예요. 여기서 기다려요." 그는 내 볼에 키스하더니 무리 속으로 사라졌다. 손님들은 대개 사오십대였고, 매우 잘생긴 남자들과, 뭐랄까, 예술품처럼 꾸민 세련된 여자들이었다. 은행가와 잡지와 관련된 사람들이 섞여 있었는데, 디자이너, 사진작가, 그리고 늘씬한 체격으로 보아 모델이 분명한 사람도 있었다. 타운하우스 뒤쪽에는 돌로 만든 작고 우아한 테라스가 있었다. 하얀색 양초로 환하게 밝혀진 그곳에서 바이올리니스트 한 명이 은은한 선율을 연주했다. 슬쩍 밖을 내다보니 그곳에 애나 윈터가 있었다. 나는 그녀를 금방 알아볼 수 있었다. 크림색 실크 끈 드레스와 비즈 장식 마놀로 샌들을 신은 그녀는 너무나도 황홀한 모습이었다. 알이 매우 큰 샤넬 선글라스를 끼고 있어서, 그녀가 지금 즐거운지 무관심한지 울고 있는지는 알아볼 수 없었다. 그녀는 남자친구인 듯한 남자에게 발랄하게 얘기하고 있었다. 언론은 애나와 미란다의 독특한 점과 태도를 비교하는 걸 좋아했다. 하지만 난 내 상사만큼이나 참기 어려운 존재가 세상에 또 존재한다는 것을 도저히 믿을 수 없었다.

그녀 뒤에 〈보그〉 에디터로 보이는 사람들이 몇 명 서 있었는데, 그들은 〈런웨이〉의 딱딱이들이 미란다를 볼 때처럼 조심스러우면서도 피로에 찌든 눈길로 애나를 보고 있었다. 그들 옆에는 날카로운 목소리의 도나텔라 베르사체가 있었다. 화장을 너무 두껍게 한데다 옷도 너무 꽉 끼게 입어서, 실제 그녀가 아니라 그녀를 풍자한 캐리커처처럼 보였다. 처음 스위스에 갔을 때 그곳이 에프코트*의 실물 크기 모형 타운과 정말 비슷하다고 생각했던 것처럼, 도나텔라는 그녀 자신이 아니라 〈새터데이 나이트 라이브〉에 나오는 그녀를 패러디하는 인물처럼 보였다.

나는 샴페인을 홀짝거리며(이런 건 맛도 못 볼 거라고 생각했다!) 내가 본 사람들 중 가장 못생긴 것 같은 이탈리아 남자와 잡담을 나누었다. 그가 자신에게는 여성의 몸을 감상할 수 있는 천부적인 능력이 있다며 저속하게 떠벌리고 있는데 크리스천이 다시 나타났다.

"잠깐 따라와봐요." 그는 나를 데리고 사람들 틈을 헤치며 나아갔다. 그는 늘 입던 차림, 즉 멋지게 바랜 디젤 청바지, 하얀 티셔츠, 검정 스포츠코트를 입고 구찌 로퍼를 신고 있었다. 패션계 종사자들 사이에 있어도 잘 어울렸다.

"어디 가는 건데요?" 나는 미란다를 살피며 물었다. 크리스천이 내게 무슨 말을 하더라도, 그녀는 내가 구석에서 팩스를 보내거나 일정표를 추가하기를 원할 것이었다.

---

* 디즈니월드 테마파크 중 하나.

“우선 한 잔 더 마셔요. 나도 더 마실 거예요. 그다음에 당신에게 춤추는 법을 가르쳐줄게요.”

“왜 내가 춤추는 법도 모른다고 생각하죠? 난 타고난 댄서라고요.”

그는 내게 불쑥 샴페인 한 잔을 건네주고는 부모님의 응접실로 데리고 갔다. 짙은 적갈색으로 꾸며진 아름다운 거실에서는 6인조 밴드가 음악을 연주하고 있었고, 서른다섯 살 이하의 사람들이 스무 명쯤 모여 있었다. 시작하라는 사인이라도 받은 듯 밴드는 마빈 게이의 〈렛츠 겟 잇 온〉을 연주하기 시작했고, 크리스천은 나를 바짝 끌어안았다. 그가 풍기는 남성적이고 클래식한 오드콜로뉴 냄새는 폴로 스포츠처럼 보수적인 향인 듯했다. 그의 엉덩이는 음악을 따라 자연스럽게 흔들렸다. 우리는 임시로 만든 무대에서 다른 건 생각하지 않고 춤을 췄고, 그는 내 귀에 대고 조용히 노래했다. 그곳에 있던 다른 사람들도 약간 취한 것 같았다. 남들도 춤추고 있다는 것과 누군가 뭔가를 위해 건배를 하고 있다는 건 간신히 알아차렸지만, 그 순간 내게 의미 있는 유일한 것은 크리스천뿐이었다. 마음속 깊은 곳 어디선가 내게 밀착된 그 몸은 앨릭스의 몸이 아니라는 것을 끊임없이 상기시켜주고 있었지만, 아무 상관 없었다. 적어도 지금은. 오늘밤만큼은.

미란다와 함께 여기 왔다는 사실이 생각난 건 새벽 한시가 넘어서였다. 그녀를 못 본 지도 몇 시간이 흘렀다. 난 그녀가 나에대해 완전히 잊어버리고 호텔로 돌아간 게 분명하다고 생각했다. 하지만 크리스천 아버지의 서재 소파에서 몸을 일으켜 가보니 그녀는 칼 라거펠트, 귀네스 펠트로와 즐겁게 수다를 떨고 있었다.

몇 시간 후면 크리스찬 디올 쇼에 가야 한다는 사실은 안중에도 없는 것 같았다. 다가갈까 말까 고민하고 있는데, 그녀가 나를 보았다.

"앤-드리-아! 이리 와." 그녀가 파티의 시끌벅적한 소리 너머로 경쾌하게 불렀다. 파티가 무르익고 있었다. 누군가가 이미 불빛을 흐릿하게 해놓았고, 미소 짓고 있는 바텐더들은 지금까지 남아 있는 사람들에게 멋진 서비스를 제공하고 있었다. 그녀는 늘 그러듯 짜증나는 방식으로 내 이름을 불렀지만, 그것이 샴페인에 취해 따스하고 알딸딸해진 내 기분을 방해할 순 없었다. 오늘밤은 이 이상 좋을 수가 없었다. 난 그녀가 나를 불러 명사 친구들에게 소개하려는 거라고 확신했다.

"네, 편집장님?" 나는 이 환상적인 곳에 데려와주셔서 감사하다는 뜻을 담아 최대한 나긋나긋하게 대답했다. 하지만 그녀는 고개도 돌리지 않고 말했다.

"펠레그리노 한 잔 갖다줘. 그리고 운전기사가 밖에 있는지 확인해. 이제 갈 거니까." 그녀의 옆에 서 있던 여자 둘과 남자 하나가 낄낄거렸고, 내 얼굴은 확 달아올랐다.

"물론입니다. 곧 갖다드리겠습니다." 펠레그리노를 갖다주었지만, 그녀는 고맙다는 말 한마디 없이 받았다. 나는 아까보다 좀 덜 붐비는 사람들 틈을 지나 차 쪽으로 갔다. 크리스천의 부모님을 찾아 감사인사를 할까 했지만, 생각을 고쳐먹고 곧바로 문을 향했다. 크리스천은 오만하고 만족스러운 표정으로 문에 기대어 서 있었다.

"귀여운 앤디, 오늘밤 내가 즐겁게 해주었나요?" 그는 살짝 혀가 꼬인 채 말했고, 그 순간 그런 그가 너무도 사랑스러웠다.

"괜찮았다고 생각해요."

"그뿐이에요? 오늘밤 위층으로 당신을 데려가길 바란 것처럼 들리는데. 안 그래요, 앤디? 우린 아주 좋은 시간을 보냈잖아요. 아주 좋았다고요."

나는 장난스럽게 그의 팔을 찰싹 때렸다. "완전 자아도취군요. 부모님께 감사하다고 전해줘요." 나는 처음으로 먼저 고개를 들어 그가 다른 행동을 하기 전에 볼에 키스했다. "안녕."

"애태우게 하는군!" 그가 더욱 혀가 꼬인 말투로 외쳤다. "정말 애태우게 해. 그래서 남자친구가 당신을 사랑하나봐요, 안 그래요?" 그가 싱글거렸지만, 신랄하다는 생각은 들지 않았다. 이 모든 게 그에게는 불장난에 지나지 않았다. 하지만 그가 앨릭스에 관한 말을 꺼내자, 난 진지해졌다. 지난 몇 년 동안보다 오늘 밤이 훨씬 더 즐거웠다고 깨닫기에 충분한 시간이었다. 술과 서로 끌어안고 추던 춤과 그가 나를 자기 쪽으로 바짝 당길 때 내 등에 얹었던 손은 내가 〈런웨이〉에서 일해온 시간보다 훨씬 더 살아 있다는 느낌을 갖게 해주었다. 그동안은 낙담과 수치와 몸이 마비될 정도로 지친다는 느낌뿐이었다. 어쩌면 릴리도 이런 느낌 때문에 그러는지 몰라. 남자들과 파티에서 마음껏 놀면서 내가 젊고 아직 살아 있다는 것을 깨닫는 순수한 기쁨. 나는 한시라도 빨리 릴리에게 전화해서 이런 이야기를 몽땅 쏟아놓고 싶었다.

오 분 후에 미란다는 내가 타고 있는 리무진의 뒷좌석에 올라 탔다. 기분이 상당히 좋아 보였다. 그녀가 술에 취한 것 같다는 생각을 잠시 했지만, 곧 그 생각을 지웠다. 지금까지 내가 본 바로는 미란다는 이것저것 한 모금씩 마시는 정도였다. 그것도 사교상의 이유로. 그녀는 샴페인보다 페리에나 펠레그리노를 즐겼고, 코스모 칵테일보다는 밀크셰이크나 라테를 확실히 더 좋아했다. 그러니 그녀가 술에 취했을 가능성은 아주 희박했다.

그녀는 처음 오 분간 다음날 일정으로 나를 볶아대고 나서(다행히 난 가방 안에 일정표를 넣어두었다), 몸을 돌려 그날 밤 처음으로 나를 바라보았다.

"에밀리…… 아니, 앤-드리-아, 나를 위해 일한 지 얼마나 됐지?"

이건 또 무슨 소리지? 내 머리는 이 갑작스러운 질문의 속뜻이 뭔지 파악할 정도로 빨리 돌아가지 않았다. 시킨 것을 찾지 못하거나 가지고 오지 못해서, 혹은 팩스를 빨리 보내지 못해서 나에게 왜 그렇게 한심하냐고 묻는 건 분명 아니었다. 이상한 기분이 들었다. 그녀는 한 번도 내 삶에 대해 물어본 적이 없었다. 면접일의 세세한 내용들을 머릿속에 담아두지 않았다면(내가 처음 일하러 나왔을 때 그녀가 전혀 모르겠다는 눈으로 나를 응시했던 걸 생각하면 담아뒀을 리 없지만), 그녀는 내가 어느 학교를 다녔는지(다니기는 했는지), 맨해튼 어디에 사는지(거기 살긴 하는지), 내가 자기를 위해 동동거리지 않는 귀중한 시간에는 뉴욕에서 뭘 하며 사는지(뭘 하기는 하는지) 아는 게 전혀 없을 것이다. 그 질문은 참으로 미란다다웠지만, 나는 직감으로 어쩌면, 정말 어쩌면 이게 나에 대해 얘기하자는 신호일지도 모른다는 생각이 들었다.

"다음달이면 일 년이 됩니다, 편집장님."

"미래를 위해 도움될 만한 것들을 배웠다고 생각하나?" 그녀는 나를 쳐다보았다. 난 내가 '배운' 수많은 것을 모두 쏟아내고 싶은 욕구를 눌러야만 했다. 온 도시를 뒤져 가게 하나를 찾는 방법, 출처에 대한 실마리가 거의 또는 전혀 없는 상황에서 열두 개쯤 되는 신문을 뒤지며 레스토랑 리뷰 기사를 찾는 방법, 우리 부모님의 경험을 합친 것보다 더 많은 경험을 한 어린 여자아이들의 마음을 사는 법, 내게 필요한 것을 제때 얻기 위해 이민자 출신의 음식 배달원 소년에서부터 출판사 편집자에 이르기까지 누구에게든 애원하거나 소리지르거나 설득하거나 울거나 압력을 가하거나 구워삶거나 아첨하는 방법, "어떻게 해야 할지 잘 모르겠는데요"나 "그건 가능할 것 같지 않습니다"라는 표현은 내게 허락된 말이 아니므로 아무리 어려운 일이라도 한 시간 내에 완수해내는 방법. 그야말로 배움으로 넘치는 일 년이 아닐 수 없었다.

"지극히 당연한 말씀입니다." 나는 속사포처럼 쏟아냈다. "올한 해 동안 편집장님을 위해 일하면서, 다른 일에서 배우리라 기대했던 것보다 훨씬 더 많은 것을 배웠습니다. 일류 잡지들이란, 아니, 이 일류 잡지가 어떻게 경영되며 어떤 과정으로 제작되는지, 그 안에서 얼마나 다양한 업무가 진행되는지 지켜보는 건 참 매력적인 일이었습니다. 그리고 올 한 해 편집장님께서 모든 것을 처리하는 모습과 편집장님께서 하는 모든 결정을 옆에서 지켜보는 건 정말 굉장한 경험이었습니다. 편집장님, 진심으로 감사드립니다!" 너무 감사한 나머지 몇 주 동안 어금니가 쑤셔도 치과에 갈 시간조차 없을 지경이었지만. 하지만 어쩌겠어. 지미추의 수공 기술에 관한 새로운 지식을 세세히 알게 되었는데, 그런 고통쯤 무슨 상관이람.

이 말을 믿을까? 슬쩍 보니 그녀는 진지하게 고개를 끄덕이고 있었다. 내 말을 믿는 것 같았다. "그래, 앤-드리-아. 알다시피 나는 내 어시스턴트들이 일 년 동안 일을 잘하면 승진시켜줄 생각이야."

가슴이 벅차올랐다. 드디어 그날이 오는 건가? 지금 그녀가 나서서 내게 〈뉴요커〉에 일자리를 보장해주겠다고 말하는 걸까? 내가 너무나도 그곳에서 일하고 싶어한다는 걸 그녀가 전혀 모른다 해도 괜찮았다. 내게 관심을 가지게 된 지금 알면 되는 일이니까.

"물론 아직은 미진하다고 생각해. 당신은 열의가 부족해. 하고 싶지 않은 일을 시키면 표정이 변하고 한숨부터 쉬지. 그걸 내가 모른다고 생각한다면 큰 오산이야. 그냥 당신이 아직 성숙하지 않았다는 표시 정도였으면 해. 사실 다른 면에서는 상당히 유능한 것도 같으니까. 자, 구체적으로 어떤 일에 관심이 있지?"

상당히 유능하다고! 그 말은 그녀가 지금까지 만나본 사람들 중 내가 가장 지적이고 세련되고 멋지고 능력 있는 젊은 여성이라는 말이나 다름없었다. 미란다 프리스틀리가 지금 막 내게, 너는 상당히 유능해, 라고 말하고 있는 것이다!

"제가 패션을 사랑하지 않는 건 아닙니다. 사실 사랑해요. 그렇지 않은 사람이 어디 있겠어요?" 나는 얼른 말하며 그녀의 표정을 주의깊게 살폈다. 여느 때처럼 표정 변화는 거의 없었다. "하지만 전 예전부터 작가가 되고 싶었기 때문에, 어, 그 분야에서 일하게 되길 바라고 있어요."

그녀는 무릎에 손깍지를 끼고 창밖을 보았다. 이 사십오 초간의 대화에 이미 지루함을 느끼기 시작한 게 분명했다. 나는 빨리 할말을 다 해야 했다. "난 당신이 한 글자라도 무언가를 쓸 능력이 있는지는 전혀 몰라. 하지만 잡지에 실을 짧은 기사 몇 꼭지를 쓴다고 해서 반대할 생각은 없어. 영화 비평이나 해프닝난에 들어갈 짧은 글 정도라면, 그것이 당신이 날 위해 해야 하는 업무에 털끝만큼도 방해가 안 된다면 말이야. 그리고 그 일은 사적인 시간에만 해야 해, 당연히."

"물론입니다. 당연합니다, 편집장님. 정말 감사합니다." 우리는 대화를, 진짜 소통을 하고 있었다. 아직까지 '아침식사' 또는 '드라이클리닝' 같은 말이 나오지 않았다. 일이 너무 잘 풀려서 난 속에 담고 있던 말을 하지 않을 수 없었다. "언젠가 〈뉴요커〉에서 일하는 게 제 꿈입니다."

흩어지던 그녀의 관심이 이 말 때문에 되돌아왔다. 그녀는 다시 나를 응시했다. "대체 왜 그런 일이 하고 싶지? 매력이라고는 전혀 없는, 따분하기만 한 곳이잖아?" 이 질문이 반어적인지 아닌지 판단할 수 없어서 난 그냥 안전하게 입을 다물고 있기로 했다.

대화를 할 수 있는 시간이라고는 이십 초밖에 남지 않았다. 우리는 이미 호텔 근처까지 와 있었고, 그녀가 내게 보여준 관심은 급속히 사라지고 있었다. 그녀는 휴대폰에 온 최근 통화 목록을 보며 평상시의 아주 무심한 어조로 이렇게 말했다. "흠, 〈뉴요커〉라. 콩데 나스트.*" 나는 열렬히 고개를 끄덕였지만, 그녀는 나를

---

* 〈뉴요커〉의 모기업으로, 〈배니티 페어〉 〈보그〉 등 유명 잡지를 발간하는 글로벌 미디어 회사.

처다보지도 않았다. "물론 그곳 사람들을 꽤 알고 있지. 이번 출장이 끝날 때까지 어디 한번 지켜보도록 하겠어. 뉴욕에 돌아가면 거기에 전화를 할 수도 있겠지."

차가 호텔 입구에 섰다. 벨보이가 차문을 열어주려고 앞으로 몸을 굽히자, 지친 표정의 므슈 르노가 얼른 가로막더니 직접 문을 열었다.

"숙녀분들! 즐거운 밤 보내셨기를 바랍니다." 그는 지친 얼굴로 간신히 미소를 지으며 낮은 소리로 말했다.

"내일 크리스찬 디올 쇼에 가야 하니 아침 아홉시에 차를 대기시켜. 여덟시 삼십분에는 로비에서 조찬이 있어. 그전까지는 방해받지 않게 해줘." 그녀가 날카롭게 말했다. 조금 전의 인간적인 흔적은 뜨거운 보도 위에 흘린 물처럼 순식간에 증발해버렸다. 이 대화를 어떻게 마무리해야 하나, 아니, 이런 대화를 나누게 해주셔서 감사하다고 최소한 아부라도 해야 하나 생각하기도 전에 그녀는 엘리베이터 안으로 사라져버렸다. 나는 르노에게 기진맥진한, 하지만 이해한다는 눈길을 주고 혼자 엘리베이터에 올랐다.

그날 밤을 완벽하게 마무리하는 하이라이트는 침대 옆 테이블 위의 은쟁반에 담긴 맛있는 초콜릿이었다. 뜻밖의 밤을 맞아 모델 같은 기분도 가져보고, 여태까지 내가 만난 사람 중 가장 멋진 남자와 함께 시간을 보냈고, 미란다 프리스틀리에게서 유능하다는 말까지 들었다. 드디어 모든 것이 제대로 돌아가고 있는 것 같았고, 지난 한 해 동안의 희생이 비로소 성과를 거두기 시작하는 것 같았다. 나는 옷도 갈아입지 않고 침대에 누워 천장을 바라보았다. 미란다에게 〈뉴요커〉에서 일하고 싶다고 솔직하게 말했는데도 그녀가 비웃거나 호통을 치거나 화내지 않았다는 게 아직도 믿기지 않았다. 그녀는 콧방귀도 뀌지 않았고, 내가 〈런웨이〉 내에서 승진하고 싶은 마음이 없다고 해서 나를 비웃지도 않았다. 그건 마치 그녀가 내 말에 귀를 기울이고 나를 이해해준 것과 같았다(내 추측일 수도 있지만, 사실 그런 것 같지는 않다). 이해하고 동의한 것이었다. 너무나도 예상 밖의 일이라 믿기지 않았다.

오늘밤에 일어난 모든 것을 음미하느라 나는 일부러 느릿느릿 옷을 벗었다. 크리스천이 나를 데리고 다닐 때의 태도, 그리고 댄스플로어에서 보여준 매너, 곱슬거리며 흘러내린 머리칼 아래로 나를 바라보던 눈빛, 내가 정말 원하는 건 글을 쓰는 거라고 말했을 때 알 듯 말 듯 고개를 끄덕이던 미란다의 모습을 자꾸만 떠올려보았다. 정말 멋진 밤이었다. 최근 들어 최고의 밤이라 할 수 있었다. 파리 시간으로는 새벽 세시 삼십분이었고, 뉴욕 시간으로는 저녁 아홉시 삼십분이었다. 릴리가 밤 외출을 하기 전에 전화하면 딱 좋을 시간이었다. 메시지가 와 있다는 것을 알리느라(이젠 별로 놀랍지도 않았다) 깜박거리는 불을 무시하고 바로 전화를 하는 게 나았겠지만, 나는 리츠 로고가 있는 메모지를 꺼내 즐겁게 받아적을 준비를 했다. 짜증나는 사람들의 짜증나는 요청이 한가득이었지만, 그 무엇도 내게서 신데렐라가 된 것만 같은 기분을 선사해주는 밤을 빼앗아갈 수 없었다.

처음 메시지 세 개는 므슈 르노와 그의 부하직원들이 내일 운전을 담당한 기사와의 예약을 확인하는 전화였다. 그들은 내가 노예가 아니라 진짜 사람이라는 걸 인정하듯 잘 자라는 인사를 잊지 않았다. 고마운 생각이 들었다. 네번째 메시지로 넘어갈 때 나는 다음 메시지가 앨릭스에게서 온 것이기를 바라는 마음과 바라지 않는 마음이 동시에 들었다. 역시 앨릭스가 남긴 메시지였다. 즐거움과 불안한 마음이 뒤섞였다.

"안녕, 앤디. 나야, 앨릭스. 파리까지 가 있는데 방해해서 미안해. 네가 많이 바쁘다는 건 알지만 얘기할 게 있어. 메시지 받는 대로 휴대폰으로 전화해줘. 몇시든 상관없으니까 꼭 전화해, 알았지? 그럼 안녕."

사랑한다거나, 보고 싶다거나, 내가 돌아오기를 기다린다거나 하는 말은 없었다. 이상하긴 했지만, 사람들이 '잠깐 헤어지자'고 결심할 때 그런 말들은 '부적절' 항목으로 분류되는 게 아닌가 하는 생각이 들었다. 나는 삭제 버튼을 눌렀다. 그러고는 그다지 급한 목소리는 아닌 것 같으니 전화를 내일로 미루자고 내 멋대로 생각해버렸다. 너무나 황홀한 밤을 보내고 왔는데 곧바로 '우리 관계의 현상황'에 대한 긴 대화를 나눌 자신이 없었다. 그것도 새벽 세시에.

마지막 메시지는 엄마에게서 온 것이었는데, 그것도 이상하고 모호하게 들렸다.

"앤디, 엄마야. 여긴 지금 여덟시쯤인데 거긴 몇시인지 모르겠구나. 급한 일은 아니지만 그래도 이 메시지 받는 대로 전화해주렴. 아직 안 잘 거니까, 아무때나 괜찮아. 될 수 있으면 오늘밤에 전화해주렴. 우린 네가 그곳에서 즐거운 시간을 보내길 바란단다. 그럼 나중에 얘기하자. 사랑한다!"

분명히 뭔가 이상했다. 내가 전화를 걸기 전에 앨릭스와 엄마가 파리까지 전화를 했고, 둘 다 아무리 늦더라도 메시지를 확인하는 대로 전화해달라고 했다. 엄마 아빠에게 '밤늦은 시간'이란 〈레터먼 쇼〉를 보느라 안 자고 있는 시간이라는 걸 생각하면, 무슨 일이 생긴 게 분명했다. 하지만 그 누구도 특별히 무서움에 질렸다거나 극도로 흥분한 것 같지는 않았다. 리츠에서 준 목욕용품으로 잠시 거품 목욕을 해야지. 그러면 모두에게 전화를 할 힘이 조금 생길 거야. 사실 오늘밤은 날아갈 듯 기분이 좋아서, 엄마와 사소한 걱정거리에 대해 얘기하거나 앨릭스와 우리의 현상황에 대해 얘기함으로써 기분을 망치고 싶지 않았다.

목욕은 리츠 파리의 코코 샤넬 스위트룸에 딸려 있는 작은 스위트룸에 기대할 수 있는 딱 그만큼 뜨겁고 호사스러웠다. 나는 메이크업 박스에서 은은한 향이 나는 수분로션을 꺼내 온몸에 바르고 전에 한번 본 화려한 테리* 목욕 가운을 두른 뒤, 전화를 하려고 앉았다. 별생각 없이 엄마에게 먼저 전화를 했다. 그런데 실수인 것 같았다. 엄마는 "여보세요"라고 말하는 것조차 피곤한 듯했기 때문이다.

"엄마, 나야. 별일 없지? 실은 내일 전화하려고 했어. 여기 일이 너무 바빠서. 오늘밤 어땠는지 얘기해줄까?" 크리스천에 관한 로맨틱한 이야기는 당연히 생략할 생각이었다. 앨릭스와 나 사이에 있었던 일을 부모님께 설명하고 싶지 않아서였다. 하지만 〈뉴요커〉 얘기를 꺼냈을 때 미란다의 반응이 괜찮았던 것 같다는 말을 하면 틀림없이 두 분 모두 기뻐하시겠지.

"앤디, 네 말을 가로막을 생각은 없지만…… 일이 좀 생겼단다. 오늘 레녹스힐병원에서 전화가 왔어. 77번가에 있는 병원인 것 같은데. 아무튼, 릴리한테 사고가 난 것 같아."

정말 상투적인 표현인 건 알지만, 그 순간 내 심장은 정말로 멎어버렸다. "뭐? 그게 무슨 말이야? 사고라니, 무슨 사고?"

엄마는 이미 딸을 걱정하는 엄마 본연의 자세로 돌아와 있었다. 절제하며 차분하게 말하라는 아빠의 충고를 잘 따라서 목소리도 침착했고 이성적인 단어를 골라 말하려고 애썼다. "자동차 사고란다. 좀 심각한 것 같아. 릴리가 운전을 했고, 남자애도 타고 있었어. 동창이라는 것 같아. 아무튼 일방통행 도로로 잘못 들어갔어. 거의 시속 60킬로미터로 마주 오던 택시와 부딪쳤나봐. 엄마가 경찰과 얘기했는데, 경찰 말로는 릴리가 살아 있는 게 기적이란다."

"그게 무슨 말이야? 언제? 릴리는 괜찮대?" 순간 울음이 치밀어올라 목이 콱 메었다. 엄마는 되도록 차분하려고 애썼지만, 엄마가 세심하게 선택한 단어들을 통해 상황이 심각하다는 걸 짐작할 수 있었다. "릴리는 지금 어디 있어? 괜찮을 거래?"

그 순간 나는 엄마도 숨죽여 울고 있다는 것을 깨달았다. "앤디, 아빠 바꿔줄게. 아빠가 가장 마지막에 의사와 통화했거든. 사랑한다, 얘야." 마지막 말은 거의 끅끅거리는 것처럼 들렸다.

"잘 있었니, 앤디? 이런 일로 전화하게 되어 안타깝구나." 굵고 나직한 아빠의 목소리가 들리자, 잠시나마 모든 게 잘되어가고 있다는 안심이 들었다. 아빠는 릴리가 다리나 갈비뼈 한두 개 정도 부러졌다고, 릴리 얼굴에 난 상처를 수술하기 위해 누군가가 실력 있는 성형외과의를 데려왔다고 말씀하실 거야.

"아빠, 무슨 일인지 말해주세요. 엄마는 릴리가 운전하다가 전속력으로 달려오던 택시를 받았다던데요? 이해할 수가 없어요. 이건 말도 안 돼요. 릴리는 차도 없고 운전하는 것도 싫어한다고요. 걔가 맨해튼에서 운전을 할 리가 없어요. 어떻게 이 소식을 들으셨어요? 누가 전화했어요? 릴리가 많이 다쳤나요?" 나는 또다시 흥분하기 시작했다. 하지만 아빠의 목소리는 단호했고, 그건 내게 위안이 되었다.

"심호흡을 하렴. 아는 대로 다 말해주마. 사고는 어제 일어났고, 우린 오늘에야 알았단다."

"어제라고요? 사고가 어제 일어났는데 왜 아무도 내게 전화를 안 했어요? 어제라니요?"

"얘야. 그쪽에선 네게 전화를 했어. 의사가 그러는데 릴리가 수첩 첫 페이지에 있는 비상 연락처에 네 이름을 적어놨더란다. 그애 할머니는 이런 일을 감당할 수 없으니까 말이야. 어쨌든 병원에서 널 찾으려고 집에도 전화하고 휴대폰에도 해봤지만, 연락이 되지 않았어. 아무도 병원에 연락하지 않았고, 스물네 시간 동안 아무도 나타나지 않았다는구나. 그래서 병원 쪽에선 릴리의 수첩을 뒤지다가 우리와 네 성이 같다는 걸 발견하고 혹시 너와 연락할 수 있을까 해서 우리에게 전화한 거란다. 엄마와 나는 네가 머무는 호텔 이름이 생각나지 않아서 앨릭스에게 전화해서 물어본 거고."

"맙소사, 그게 어제 일이었다고요? 그럼 그동안 릴리는 죽 혼자였단 말이에요? 아직 병원에 있어요?" 질문은 즉시 튀어나오지 않았고, 그에 대한 대답 역시 듣지 못할 것만 같았다. 확실한 건 릴리가 자기 삶에서 가장 중요한 사람으로, 꼭 적어야 하지만 결코 진지하게 생각해본 적은 없는 비상 연락처로 나를 택했다는 사실이었다. 그런데 릴리가 정말로 나를 필요로 할 때(사실 달리 사람이 없었다) 어디서도 나를 찾을 수가 없었다니. 목이 메는 건 좀 가라앉았지만, 계속 눈물이 났다. 뜨끈뜨끈하고 분노에 찬 눈물이 자꾸만 뺨으로 흘러내렸고, 목구멍은 돌에 긁혀 벗겨진 것처럼 쓰라렸다.

"그래. 릴리는 아직 병원에 있어. 솔직하게 얘기할게, 앤디. 앞으로 그애가 좋아질 거라고 장담할 수가 없구나."

"네? 뭐라고 하신 거예요? 좀 확실히 말해주세요."

"애야, 이미 의사와 수십 번도 더 얘기했단다. 그애는 최고의 치료를 받게 될 거야. 하지만 지금 릴리는 의식불명이란다. 의사가 내게 안심하라고……"

"의식불명이요? 릴리가 의식이 없다고요?" 이젠 아무 말도 귀에 들어오지 않았다.

"진정하렴. 이 소식이 충격이라는 건 잘 알고 있다. 나도 이런 얘길 전화로 해야 한다는 게 싫구나. 네가 돌아올 때까지 조용히 있으려고 했지만, 그때까지 아직 사나흘이나 남았으니 지금쯤은 알아야 한다는 생각이 들었다. 엄마와 나도 릴리에게 최선을 다할 거야. 너도 알다시피 그애는 우리에게 딸이나 마찬가지잖니. 그러니까 릴리는 외롭지 않을 거야."

"지금 집에 가야겠어요. 아빠, 나 집에 갈래요! 개한테는 저 말고는 아무도 없어요. 그런데 내가 지금 바다 건너편에 있다니.

아, 그놈의 파티는 내일모레 밤에 열릴 텐데, 오직 그것 때문에
그 여자가 날 데려온 건데, 내가 안 나타나면 그 여자는 틀림없
이 날 해고할 거예요. 생각을 할 수가 없어요. 생각을 해야 하는
데……"

"앤디, 거긴 시간이 너무 늦었지? 이제 잠을 좀 자면서 생각할
시간을 가지렴. 나도 네가 당장 집에 오고 싶어하는 건 이해한다.
넌 그런 아이니까. 하지만 릴리는 지금 의식이 없어. 의사가 분명
히 그랬단다. 앞으로 마흔여덟 시간에서 일흔두 시간 안에 릴리
가 깨어날 확률이 아주 높다고. 그애의 몸은 지금 더 오래, 더 깊
이 잠으로써 스스로를 치유하는 데 도움을 주려는 거라고. 물론
확실한 건 아무것도 없단다." 아빠는 부드럽게 덧붙였다.

"릴리가 깨어나면요? 그런데 뇌손상이나 무서운 마비 증상 같
은 게 오면요? 젠장, 어떻게 하면 좋아요?"

"의사들도 아직은 잘 몰라. 의사 말로는 릴리의 발과 다리에
자극을 줬더니 반응을 보인대. 마비된 건 아니라는 좋은 징후지.
하지만 머리가 많이 부어서, 깨어나기 전까지는 아무것도 단정지
을 수가 없다고 하더구나. 그냥 기다리는 수밖에 없어."

좀더 얘기하다가 나는 전화를 끊고 앨릭스의 휴대폰에 전화를
걸었다.

"안녕, 나야. 릴리 봤어?" 나는 단도직입적으로 물었다. 이제
나는 작은 미란다나 마찬가지였다.

"잘 있었어? 얘기 들었니?"

"응. 방금 부모님과 전화했어. 릴리한테 가봤어?"

"나 지금 병원이야. 지금은 면회 시간이 아니고 난 가족도 아

니어서 병실엔 못 들어가고 있어. 하지만 릴리가 깨어날지도 모르니까 여기 있으려고." 그는 혼자만의 생각에 푹 빠져 나와는 너무 멀리 떨어져 있는 것 같았다.

"어떻게 된 거야? 엄마 말로는 릴리가 운전하다가 택시 같은 걸 받았다던데? 아무것도 이해가 안 돼."

"악몽이었어." 그가 한숨을 쉬었다. 아직 아무도 내게 사실을 말해주지 않은 것 때문에 괴로워하는 게 분명했다. "나도 정확히는 몰라. 하지만 사고가 일어났을 때 릴리와 타고 있던 남자와는 얘기해봤어. 너 벤저민 기억하지? 학교 다닐 때 릴리 애인이었던 애. 걔가 다른 여자애들이랑 그러고 있을 때 릴리가 들어가서 그걸 봤잖아. 바로 그 친구."

"물론 알아. 나랑 같은 건물에서 일해서 가끔 봐. 대체 릴리가 그놈이랑 뭘 하고 있었던 거야? 릴리는 그 인간을 아주 싫어하는데. 아직 그때의 상처에서 못 벗어나고 있단 말이야."

"알아. 나도 그런 줄 알았어. 그런데 걔네들 요즘 다시 만나는 것 같더라. 간밤에 함께 있었대. 그 친구 말로는 나소 콜리시엄[*]에서 피시의 공연을 보려고 표를 샀대. 그리고 함께 거기로 차를 몰고 간 거야. 내 생각엔 벤저민이 마리화나를 너무 많이 피워서 운전을 할 수 없으니까 릴리가 대신 하겠다고 한 것 같아. 아무 문제 없이 뉴욕으로 돌아왔는데, 릴리가 빨간불을 그냥 지나쳐서 매디슨 애비뉴 쪽으로 잘못 내려가다가 마주 오는 차와 충돌한 거야. 앞에서 오던 택시를 받았는데, 운전석 쪽이 부딪혔어.

---

[*] 롱아일랜드에 있는 다목적 실내 경기장.

그러니까, 응……" 그는 이 부분에서 목이 메었다. 난 부모님이 말씀해주신 것보다 상황이 훨씬 나쁘다는 것을 눈치챘다.

지금까지 삼십 분 동안 나는 계속 물어보기만 했다. 엄마에게, 아빠에게, 이제는 앨릭스에게. 하지만 진짜 물어봐야 할 말은 꺼낼 수가 없었다. 릴리는 왜 빨간불을 무시하고 달렸을까? 왜 북쪽으로 난 일방통행로에 진입해서 남쪽 방향으로 운전한 거지? 난 질문할 필요가 없었다. 늘 그렇듯 앨릭스가 내 머릿속을 정확히 들여다보고 있었기 때문이다.

"앤디, 릴리의 혈중 알코올 농도는 법적 기준치의 거의 두 배였어." 그는 무덤덤한 목소리로 말하면서, 내가 그 말을 다시 한번 해달라고 하지 않도록, 말끝을 흐리지 않으려고 애썼다.

"세상에."

"릴리가 깨어나면, 자기 몸 말고도 처리해야 할 게 많아. 지금 좀 곤란한 상태거든. 다행히 택시 기사는 무사해. 좀 붓고 타박상을 입은 정도야. 벤저민도 왼쪽 다리가 완전히 으스러지긴 했지만 어쨌든 괜찮고. 우리는 릴리가 깨어나길 기다리는 수밖에 없어. 넌 언제 올 거니?"

"응?" 그때까지도 나는 릴리가 싫어하는 줄 알았던 남자와 '사귀고' 있었다는 것과, 그 남자와 같이 있을 때 릴리가 취했기 때문에 지금 의식불명이 돼버렸다는 사실을 받아들이느라 애쓰고 있었다.

"언제 올 거냐고 물어봤어." 내가 잠시 말이 없자, 그가 다시 한번 물었다. "올 거지, 응? 그렇지? 세상에서 가장 친한 친구가 병원에 누워 있는데, 설마 계속 거기 있으려는 건 아니지?"

"무슨 얘길 하는 거야, 앨릭스? 그런 일이 일어날 걸 예상 못한 내가 잘못했다는 거야? 내가 지금 파리에 있기 때문에 릴리가 병원에 누워 있는 거야? 그애가 벤저민과 다시 만나는 걸 내가 알았다면 이런 일은 일어나지 않았을 거라는 뜻이야? 뭐야, 지금 말하고 싶은 게 뭔데?" 나는 고함을 쳤다. 오늘밤의 혼란스러운 감정들이 모두 뒤죽박죽되어 누군가에게 마구 소리를 질러대고만 싶었다.

"아니야. 난 그렇게 말한 적 없어. 네가 했지. 난 당연히 네가 릴리 옆을 지키려고 어떻게든 빨리 돌아올 거라고 생각했을 뿐이야. 널 판단하려는 게 아니라고, 앤디. 너도 알잖아. 네가 오긴 이미 늦었고, 앞으로 두어 시간은 네가 아무것도 할 수 없다는 거 잘 알아. 그러니까 몇시 비행기를 탈 수 있는지 알게 되면 전화해줄래? 공항으로 마중나갈게. 바로 병원으로 가자."

"알았어. 릴리 옆에 있어줘서 고마워. 정말 고마워. 릴리도 고마워할 거야. 결정되는 대로 전화할게."

"알았어, 앤디. 보고 싶어. 네가 올바른 결정을 내릴 거라고 믿어." 내가 그 말에 와락 달려들기도 전에 전화는 끊어졌다.

올바른 결정을 내리라고? 올바른? 대체 이 말은 무슨 뜻이지? 그런 말을 하면 내가 얼른 비행기에 올라타 그곳으로 갈 거라고 생각하나보지? 나는 그런 생각을 하는 그가 죽도록 미웠다. 나 자신을 수업시간에 떠들다 걸린 학생처럼 느끼게 만드는 그 잘난 척하고 설교조인 말투가 몸서리치게 싫었다. 릴리는 내 친구인데 지금 그가 릴리와 함께 있고 부모님과 나 사이를 잇는 역할을 하고 있다는 게, 그가 또다시 도덕이라는 높은 성 위에 올라앉아 지

휘를 하고 있다는 게 증오스러웠다. 지난날은 가버렸다. 그의 존재만으로도 위로를 받았던 시절, 서로에게 적대감을 느끼는 대신 함께 어려움을 극복하리라고 생각했던 그 시간들은 사라졌다. 대체 언제부터 이렇게 되어버린 걸까?

예정보다 먼저 돌아가면 난 곧바로 해고될 테고, 그럼 일 년간 해온 노예살이가 허공에 흩어져버릴 거라는 명백한 사실을 앨릭스에게 말할 기운조차 남아 있지 않았다. 릴리는 의식을 잃고 아무것도 모르는 채 누워 있으니, 그곳에 내가 있건 없건 지금으로서는 그애에게 아무 의미도 없을 거야. 그러나 나는 이런 생각이 머릿속에 구체적으로 떠오르기 전에 그 끔찍한 생각을 억눌러야 했다. 대안들이 머릿속에서 소용돌이쳤다. 파티 준비를 최대한 도와준 다음 미란다에게 상황을 설명하고 일자리는 남겨달라고 애원해볼까? 릴리가 의식을 회복하고 다시 기운을 차리는 동안, 내가 최대한 빨리 거기로 돌아가는 중이라고 누가 설명해주면 안 될까? 고작해야 이틀쯤 더 있다 가는 거잖아. 밤새도록 춤추고 샴페인을 마신 뒤, 내 친구가 음주운전으로 의식불명에 빠졌다는 전화를 받은 꼭두새벽. 이 어두운 시간에는 두 생각 모두 어느 정도는 온당한 것 같았다. 하지만 마음속 깊은 곳에서 누군가가 둘 다 말이 안 되는 소리라고 중얼거리고 있었다.

"앤-드리-아, 애들이 월요일에 나와 파리에 머물러야 해서 결석할 거라고 호러스먼에 메시지를 전해. 대신 해야 할 숙제가 뭔지 확실히 받아놓도록 하고. 오늘밤 저녁식사를 여덟시 삼십분까지 미뤄놔. 만약 그쪽에서 달가워하지 않으면 그냥 취소해버려. 참, 어제 내가 말한 그 책은 찾았나? 레스토랑에서 그 사람들을 만나기 전까지 네 권이 필요해. 두 권은 프랑스어 책, 두 권은 영어 책으로. 아, 그리고 내일 파티 메뉴 바꾸라고 했지? 최종으로 수정한 메뉴가 필요해. 스시 따위가 들어가지 않도록 잘 확인해. 알아들었어?"

"네, 편집장님." 나는 대답하면서 액세서리팀에서 내 백과 구두와 벨트와 보석류를 준비할 때 사려 깊게도 챙겨준 스마이슨 노트에 그녀의 지시를 얼른 받아적었다. 우리는 차를 타고 (나로서는 처음) 디올 쇼에 가는 중이었다. 미란다는 내가 잠을 설친 것 따위는 전혀 상관하지 않고 속사포같이 명령을 쏟아내고 있었다. 르노의 부하직원 하나가 아침 일곱시 사십오분에 내 방문을 두드렸다. 나를 직접 깨우고, 내가 미란다와 함께 제시간에 쇼에 갈 수 있게 옷을 다 차려입었는지 확인하기 위해서였다. 육 분 전에 미란다가 나와 함께 가기로 결정한 것이었다. 그는 내가 단정하게 정돈된 침대에 널브러져 있는 것을 예의바르게 무시하고, 밤새 밝혀져 있던 불빛을 낮춰주기까지 했다. 나는 이십오 분 동안 샤워하고, 패션북을 참고해 옷을 입고, 직접 메이크업을 했다. 내 헤어와 메이크업을 담당한 여자가 일정상 이렇게 일찍 올 수 없기 때문이었다.

막 잠에서 깼을 때는 샴페인 탓인지 머리가 약간 지끈거리는 정도였지만, 간밤의 전화가 떠오르자 충격으로 인한 고통이 제대로 시작되었다. 릴리! 앨릭스나 부모님께 전화해 지난 두어 시간 동안(아, 한 일주일은 된 것 같았다) 별일 없었는지 물어봐야 했지만, 지금은 시간이 없었다.

엘리베이터가 1층에 닿을 무렵까지 나는 하루만 더, 정말 싫지만 파티 준비를 위해 하루만 더 여기 있겠다고 마음먹었다. 그런 다음 돌아가서 릴리 곁을 지키리라. 에밀리가 복귀하면 잠깐 휴가를 얻어 릴리 곁을 지키며 회복을 도와야지. 사고 때문에 발생한 예기치 못한 문제를 해결하는 것도 도울 수 있을 거야. 내가 거기 갈 때까지 부모님과 앨릭스가 요새를 굳게 지키고 있을 테니까 릴리는 절대 혼자가 아니야. 난 그렇게 생각했다. 그렇게 할 수밖에 없었다. 나의 경력, 나의 모든 미래가 여기에 달려 있었다. 사실 내가 가든 안 가든, 릴리가 아직 깨어나지 못한 상황에서는 그 이틀이 딱히 큰 영향을 미치리라고는 생각하지 않았다. 하지만 내게는, 그리고 미란다에게는 그 이틀이 분명 매우 중요했다.

어쨌든 나는 미란다가 오기 전에 리무진의 뒷좌석에 앉을 수 있었다. 그녀의 눈이 내 시폰 스커트에 고정돼 있긴 했지만, 아직까지 내 의상에 대해 별말은 없었다. 스마이슨 노트를 보테가 베네타 백 안에 넣는데 휴대폰이 울렸다. 미란다 앞에서 한 번도 울린 적이 없어서 나는 허둥지둥 전화를 끊으려 했지만, 그녀는 내게 받으라고 명령했다.

"여보세요?" 나는 한쪽 눈으로는 미란다를 계속 쳐다보면서 말했다. 그녀는 그날의 일정표를 넘기면서 안 듣는 척하고 있었다.

"앤디, 잘 잤니?" 아빠였다. "새로운 소식을 빨리 전해주고 싶어서."

 "네." 미란다 앞에서 전화를 하는 게 너무 어색해서 나는 필요한 말만 하려고 했다.

 "의사한테 방금 전화가 왔다. 릴리가 의식불명에서 곧 깨어날 것 같은 징후를 보이고 있대. 좋은 소식이지? 네가 듣고 싶어할 것 같아서."

 "좋아요. 정말 좋아요."

 "너 여기 오는 건 결정했니?"

 "아, 아니요. 아직요. 편집장님이 내일 밤에 파티를 주최해서 제가 꼭 도와야 하거든요. 그래서…… 아빠, 죄송해요. 지금 계속 통화하기 힘들어요. 나중에 전화할게요."

 "그래. 아무때나 괜찮다." 아빠는 목소리를 평온하게 유지하려 했지만 실망감이 묻어났다.

 "전화 주셔서 고마워요."

 "누구지?" 미란다가 계속 일정표를 보며 물었다. 비가 내리기 시작해 그녀의 목소리는 리무진을 때리는 빗소리에 거의 잠기고 있었다.

 "네? 저희 아버지예요. 미국에 계신." 내 입에서 왜 이런 소리가 나오지? 미국에 계신?

 "당신은 내일 밤 파티에서 일해야 해. 그런데 당신 아버지는 지금 당신이 뭘 해주길 원하는 건가?"

 나는 이 초 동안 백만 가지 정도의 거짓말을 생각해봤다. 하지만 세세한 속사정을 꾸며낼 만한 시간이 없었다. 지금처럼 미란다가 나만 보고 있을 때는 특히 더 시간이 없었다. 결국 솔직하게 말할 수밖에 없었다.

"아, 별일 아닙니다. 제 친구가 사고를 당해서 병원에 있거든요. 사실 의식불명 상태예요. 아버지는 그애의 상황이 어떤지 말해주려고, 혹시 제가 올 수 있는지 알아보려고 전화하신 거예요."

그녀는 천천히 고개를 끄덕이며 그 말을 생각해보더니, 운전기사가 비치해둔 〈인터내셔널 헤럴드 트리뷴〉을 들었다. "안됐군" 또는 "친구는 괜찮은가?" 같은 말은 없었다. 그냥 차갑고 모호한 표현과 달갑지 않다는 표정이 전부였다.

"하지만 전 돌아가지 않을 겁니다. 내일 파티에 참석하는 게 얼마나 중요한지 잘 알고 있고, 당연히 참석할 거예요. 저도 이 일에 대해 많이 생각해봤습니다. 제가 편집장님과 제 임무에 대해 약속한 것을 이행할 계획이라는 걸 알아주셨으면 합니다. 그러니까 전 여기 머무를 겁니다."

처음에 미란다는 아무 말도 하지 않았다. 하지만 그녀는 곧 살짝 웃더니 이렇게 말했다. "앤-드리-아, 당신이 내린 결정이 매우 만족스러워. 바로 그렇게 해야 하는 거야. 그걸 인지하고 있다니 고맙군. 앤-드리-아, 내가 꼭 말해줄 게 있어. 처음부터 나는 당신이 미덥지 않았어. 패션에 무지하고, 게다가 관심도 없는 것 같아. 또 내키지 않는 일을 시키면 상당히 다양하게 불만스러운 표정을 보여주지. 내가 그걸 못 알아차렸다고 생각하지는 마. 당신의 일 처리 능력은 괜찮은 편이지만, 태도는 점수를 후하게 줘도 기준치 이하야."

"편집장님, 제발 저를⋯⋯"

"내 말 아직 안 끝났어! 당신이 헌신적이라는 걸 증명했기 때문에 당신이 가고자 하는 곳으로 갈 수 있게 도와줄 의향이 충분히 있다는 걸 말하는 거야. 스스로 자랑스러워해도 돼, 앤-드리-아." 그녀가 내뱉는 말의 길이와 깊이와 내용에 내가 거의 기절할 것 같은 순간(기뻐서인지 고통스러워서인지는 확신할 수 없었다), 그녀는 한 걸음 더 나아갔다. 미란다는 전혀 그녀답지 않게 가운데 좌석에 놓여 있던 내 손에 자기 손을 얹었다. "당신을 보니 그 나이 때 내가 생각나는군." 내가 적당한 말을 생각해내기도 전에 운전기사가 카루젤 뒤 루브르* 앞에 차를 끽 세우고는 문을 열어주기 위해 뛰어나왔다. 나는 내 가방을 들었다. 물론 그녀의 가방도. 그리고 생각했다. 지금 이 순간이 내 삶에서 가장 자랑스러운 순간인지 혹은 수치스러운 순간인지를.

태어나서 처음 간 파리 프레타포르테였건만, 그에 대한 기억은 흐릿할 뿐이다. 쇼는 어두웠고 음악은 절제된 우아함에 어울리지 않게 무척 시끄러웠다. 그 이상야릇한 두어 시간 동안 오직 하나 분명했던 건 그곳이 엄청나게 불편하다는 점이었다. 조슬린이 내 의상(시폰 스커트와 팽팽하게 몸에 꽉 달라붙는 말로의 캐시미어 스웨터)에 맞춰 그리도 열심히 골라준 샤넬 부츠 덕택에 내 발은 종이 파쇄기에 물린 기밀 서류 꼴이었다. 머리는 숙취와 불안 때

---

*파리의 루브르박물관과 카루젤광장 근처에 있는 고급 쇼핑센터.

문에 지끈거렸고, 텅 빈 위장은 밀려오는 구토를 참느라 고생해야 했다. 나는 여러 C급 에디터와, 좌석을 보장받을 만큼 위치가 높지 않은 사람들과 함께 패션쇼장 제일 뒤에 서서, 한쪽 눈은 미란다에게 고정하고 다른 쪽 눈으로는 구토를 해도 가장 덜 창피할 장소를 찾고 있었다. 당신을 보니 그 나이 때 내가 생각나는군. 당신을 보니 그 나이 때 내가 생각나는군. 당신을 보니 그 나이 때 내가 생각나는군. 머리는 계속 지끈거렸고, 거기에 박자를 맞춰 이 말이 자꾸만 떠올랐다.

미란다는 한 시간 동안은 내게 아무 일도 시키지 않았지만, 그 다음에는 일을 마구 시켜댔다. 직접 불러도 되는 거리에 있는데도 그녀는 휴대폰으로 전화해 펠레그리노를 가져오라고 명령했다. 그때부터 전화는 십여 분 동안 계속 울렸고, 전화가 올 때마다 내 머리는 새로운 고통과 씨름해야 했다. 띠리링. "톰린슨 씨의 기내 전화로 연결해봐."(내가 열여섯 번이나 전화했지만 B-DAD는 받지 않았다.) 띠리링. "파리에 온 〈런웨이〉 에디터들에게 주지시켜. 지금 여기 와 있다고 해서 뉴욕에서 해야 할 일을 팽개쳐도 된다는 뜻은 아니라고. 모든 걸 제날짜에 해오라고 해!"(파리의 여러 호텔에 흩어져 있는 〈런웨이〉 에디터들에게 연락했지만 그들은 내 말을 비웃고 전화를 그냥 끊어버렸다.) 띠리링. "당장 아메리카 칠면조 샌드위치 레귤러를 사다줘. 이런 햄 따위엔 질렸어."(나는 아픈 발과 아픈 위장을 끌어안고 3킬로미터도 더 되는 거리를 걸었지만, 어디에도 칠면조는 보이지 않았다. 난 그녀가 알면서도 일부러 시킨 거라고 확신했다. 길모퉁이마다 칠면조 샌드위치가 널려 있는 미국에서는 한 번도 그걸 찾은 적이 없었으니까!) "지금까지 찾아놓은 요리사 세 명에 대한 서류를 스위트룸에 갖다놔. 쇼가 끝나면 가서 볼 수 있도록."(에밀리는 자꾸 콜록대고 징징거리며 불평을 늘어놓았지만 지금까지 찾아놓은 후보자에 대한 정보를 팩스로 보내주겠다고 약속했고, 나는 그걸 바탕으로 '서류'를 만들 수 있었다.) 띠리링! 띠리링! 띠리링! 당신을 보니 그 나이 때 내가 생각나는군. 당신을 보니 그 나이 때 내가 생각나는군. 당신을 보니 그 나이 때 내가 생각나는군.

속이 너무 울렁거리는데다 몸까지 휘청거려 거식증 환자들의 행진을 그냥 구경하는 것조차 힘이 들었다. 나는 담배를 한 대 피우려고 밖으로 나왔다. 그런데 라이터를 켜는 순간 휴대폰이 또다시 비명을 질렀다. "앤-드리-아! 앤-드리-아! 지금 어디야? 대체 어디 있는 거야?"

나는 불도 붙이지 못한 담배를 던져버리고 황급히 안으로 들어갔다. 위장이 어찌나 부글거리는지 당장 토할 것만 같았다. 언제, 어디서 할 거냐는 문제만 남아 있었다.

"제일 뒤에 있습니다. 편집장님." 나는 슬그머니 들어와 벽에 등을 붙이면서 말했다. "문 왼쪽에 있어요. 보이세요?"

나는 그녀가 머리를 앞뒤로 돌리다가 마침내 내게 눈길을 고정하는 것을 지켜보았다. 전화를 끊으려 했지만, 그녀는 여전히 전화기에 대고 속삭였다. "자리 지켜. 알아들었어? 자리 지키고 있으라고! 내 어시스턴트는 나를 돕기 위해 여기 와 있는 거지, 내가 필요로 할 때 밖에서 건들건들 돌아다니라고 와 있는 게 아니라는 것쯤은 누구나 알고 있어. 그런 행동은 용납되지 않아, 앤-드리-아!" 그녀가 쇼장 뒤까지 와서 내 앞에 섰을 즈음, 엠파이어 스타일의 허리 장식에 은빛으로 반짝거리는 치렁치렁한 플레어 드레스를 입은 여자가 경탄하는 군중 사이를 미끄러지듯 걸어가고 있었다. 음악은 기괴한 그레고리안 성가 같은 것에서 헤비메탈로 바뀌었다. 내 머리는 음악의 변화에 맞추어 다시 지끈거리기 시작했다. 미란다는 내게 다가온 순간에도 화난 목소리를 멈추지 않았지만, 어쨌든 휴대폰은 닫았다. 나도 똑같이 했다.

"앤-드리-아, 내게 아주 심각한 문제가 하나 생겼어. 아니, 당신에게 아주 심각한 문제가 생긴 거지. 방금 톰린슨 씨의 전화를 받았어. 아나벨이 그 문제를 알려준 모양인데, 쌍둥이의 여권이 지난주에 만기되었대." 그녀는 나를 똑바로 쳐다보았지만, 나는 구토를 참는 데에 온 신경을 쏟고 있었다.

"오, 그래요?" 나는 간신히 그렇게 말했다. 당연히 그건 성의 있는 반응이 아니었다. 그녀의 손이 백을 꽉 잡았고, 눈은 분노로 이글거렸다.

"오, 그래요?" 그녀는 하이에나같이 악을 쓰며 내 흉내를 냈다. 사람들이 우리를 쳐다보기 시작했다. "오, 그래요? 그거밖에 할 말이 없나? 오, 그래요, 그것밖에?"

"아니, 아닙니다, 편집장님. 그런 게 아니에요. 제가 도와드릴 게 있을까요?"

"제가 도와드릴 게 있을까요?" 이번에는 징징거리는 아이 목소리로 또 한번 흉내를 냈다. 그녀가 다른 사람이었다면, 나는 손을 뻗어 바로 따귀를 갈겼을 것이다. "그렇게도 모르겠어, 앤-드리-아? 이런 일이 생기기 전에 막을 수가 없다면, 당신은 여기에 있을 필요가 없는 거야. 오늘밤에 아이들이 비행기를 탈 수 있도록 시간 맞춰 여권을 갱신하도록 해. 내 딸들이 내일 밤 열리는 파티에 못 온다는 건 말도 안 되니까, 알아듣겠어?"

알아듣겠냐고? 정말 좋은 질문이었다. 그 열 살짜리 아이들에게는 부모에, 새아버지에, 그런 일을 처리하기 위해 하루종일 함께하는 보모까지 있었다. 그런데 도대체 왜 그게 내 잘못인지 조금도 이해할 수 없었지만, 한편으로는 그게 내 잘못인지 아닌지 따위는 아무 상관 없다는 것도 알고 있었다. 그녀가 내 잘못이라고 하면 그런 거니까. 아이들이 절대 오늘밤 비행기를 타지 못할 거라고 말해봤자, 절대 이해하지 못할 테니까. 내가 방법을 찾지 못하거나, 일을 바로잡지 못하거나, 조정하지 못할 일은 없었다. 하지만 지금 외국에 있고 쌍둥이들이 비행기에 탑승하기까지 세 시간밖에 남지 않은 상황에서 연방정부의 서류를 확보할 수 있는 방법은 없었다. 전혀. 그녀는 한 해를 통틀어 처음으로 내가 받아들일 수 없는 요구를 하고 있었다. 그녀가 아무리 짖어대고 요구하고 위협해도 이건 불가능한 일이었다. 당신을 보니 그 나이 때 내가 생각나는군.

엿 먹어라. 파리와 프레타포르테와 마라톤처럼 이어지는 '난 너무 뚱뚱해' 게임아, 엿 먹어라! 유능한 사진작가와 비싼 옷을 짝지어 화려한 잡지들을 휘어잡을 능력이 있다는 이유로 미란다 프리스틀리의 행동이 정당하다고 생각하는 모든 사람들아, 엿 먹어라. 내가 자기 같다고 생각한 미란다, 무엇보다 자기만 옳은 이 여자야, 엿 먹어라. 즐거움이라고는 전혀 모르는 이 악마 같은 여자에게 학대와 멸시와 굴욕을 당하면서 대체 왜 내가 여기 있는 걸까? 삼십 년쯤 후 나도 이것과 똑같은 자리에 앉아 있으려고?

나를 혐오하는 어시스턴트를 대동한 채 어쩔 수 없이 나를 좋아하는 척하는 수많은 사람들에게 둘러싸이고 싶어서?

나는 휴대폰을 획 열어 번호를 누르면서 점점 노발대발하는 미란다를 물끄러미 바라보았다.

"앤-드리-아!" 소란을 피우기에는 너무 우아한 그녀가 낮은 목소리로 으르렁거렸다. "지금 뭐하고 있는 거지? 내 딸들이 당장 여권이 필요하다고 하지 않았어? 그런데 지금이 전화로 수다나 떨 때라고 생각해? 내가 왜 당신을 파리로 데려왔는지 제대로 모르나보지?"

세번째 벨이 울리자 엄마가 전화를 받았다. 난 '여보세요'라는 말도 하지 않았다.

"엄마, 저 제일 빠른 비행기를 타고 갈 거예요. JFK공항에 도착하면 전화할게요. 이제 집으로 갈 거예요." 나는 엄마가 뭐라고 대답도 하기 전에 전화를 탁 끊어버렸다. 미란다는 너무 기가 막힌 나머지 반쯤은 넋이 나간 상태였다. 나 때문에 순간적으로 그녀가 말을 잃은 것을 보자, 두통과 어지럼증에도 불구하고 웃음이 절로 나왔다. 불행히도 그녀는 금방 원래 모습으로 돌아왔다. 만약 내가 곧바로 애원하고, 설명하고, 도전적인 태도를 버렸다면 해고당하지 않을 가능성이 조금은 있었을 것이다. 하지만 나는 자제심이라고는 손톱만큼도 가질 수 없었다.

"앤-드리-아, 지금 무슨 짓을 하고 있는지 알고 있어? 이런 식으로 여길 떠난다면 나는 어쩔 수 없이 당신을……"

"나쁜 년, 엿이나 처먹어."

그녀는 남들에게 다 들릴 정도로 숨을 헐떡거렸고, 너무 놀란 나머지 손으로 입을 가렸다. 나는 꽤 많은 딱딱이들이 무슨 소동인지 보려고 우리 쪽으로 몸을 돌렸음을 감지했다. 그들은 우리를 가리키며 속닥거리기 시작했다. 그들은 누군가의 어시스턴트가 패션계의 살아 있는 전설 중 한 명에게 그렇게(그것도 전혀 나직하지 않게) 말했다는 사실에 미란다만큼 경악하고 있었다.

"앤-드리-아!" 그녀가 갈퀴 같은 손으로 내 팔을 잡았지만, 나는 그걸 뿌리치고 얼굴 가득 미소를 지었다. 이제야말로 속삭이던 걸 멈추고 우리의 작은 비밀을 모든 사람이 듣게 해야 할 때였다.

"정말 죄송합니다, 편집장님." 나는 파리에 온 이래 처음으로 떨지 않고 침착하게 평소와 같은 목소리로 선언했다. "내일 파티에 함께할 수 없게 되었네요. 이해하시죠? 분명 파티는 무척 멋질 겁니다. 그러니 마음껏 즐기시길 빌겠습니다. 이상." 그녀가 미처 대답하기도 전에 난 가방을 어깨 위로 휙 올리고 발바닥에서 발가락까지 살을 에는 듯한 고통을 무시하며 또각또각 걸어나가 택시를 불렀다. 그런 날아갈 것 같은 기분은 처음이었다. 이제 나는 집으로 갈 것이다.

18

"질, 동생한테 소리 좀 그만 질러라!" 그러는 엄마도 소리를 지르기는 마찬가지였다. "그앤 자고 있잖니." 계단 아래서 들리는 목소리는 더욱 커졌다.

"앤디, 너 아직도 자고 있니?" 엄마는 내 방에 대고 소리를 질렀다.

나는 한쪽 눈을 가늘게 뜨고 시계를 봤다. 아침 여덟시 십오분. 세상에, 이 사람들은 대체 무슨 생각을 하는 거야?

몇 번 이리저리 뒤척이고 나서야 겨우 몸을 일으킬 만큼 기운이 생겼다. 간신히 일어나 앉았지만 내 몸은 조금만, 아주 조금만 더 자자고 애원하고 있었다.

"잘 잤어?" 릴리가 싱긋 웃으며 내 쪽으로 몸을 돌렸다. 그녀는 얼굴을 내게 바짝 들이밀었다. "너희 집에선 다들 일찍 일어나

나봐?" 언니와 형부와 갓난아기가 추수감사절을 함께 보내려고 집에 왔기 때문에 언니 방에 있던 릴리는 어쩔 수 없이 방을 비워주고, 어린 시절 내가 쓰던 서랍 침대를 쓰고 있었다. 지금 내가 누워 있는 트윈 침대와 거의 같은 높이의 침대였다.

"릴리, 뭐가 마음에 안 들어? 지금 짜증난 것 같은데, 왜 그래?" 릴리는 한쪽 팔꿈치를 괴고 신문을 읽으면서 커피를 마시고 있었다.

"아이작이 우는 바람에 아까부터 깨어 있었어."

"걔가 울었어? 정말?"

"너 못 들었어? 여섯시 삼십분쯤부터 계속 그랬어. 앤디, 귀여운 애긴 하지만, 그래도 아침 일찍부터 그러는 건 좀 심하지 않니?"

"얘들아!" 엄마가 또 소리를 질렀다. "아무도 안 깼니, 응? 아직까지 자는 건 괜찮지만, 좌우간 대답은 좀 하렴. 내가 와플을 몇 개나 해동시켜야 하는지 말이야!"

"좌우간 대답 좀 해달라고? 나 돌아버리겠다, 릴리." 나는 닫혀 있는 문에다 대고 소리를 질렀다. "우리 아직 자! 한창 자고 있다고. 몇 시간 더 잘 거야. 아기가 우는 것도, 엄마가 소리지르는 것도, 아무것도 안 들려." 나는 이렇게 맞고함을 지르고는 다시 침대로 쓰러져버렸다. 릴리가 킥킥거렸다.

"진정해." 릴리답지 않은 말투였다. "네가 집에 오니까 좋아서 그러시는 거야. 나도 여기 있는 게 좋아. 겨우 두어 달인데 뭐. 게다가 우린 함께 있잖아. 별로 나쁘지 않은데?"

"두어 달이라고? 이제 겨우 한 달밖에 안 됐는데 총으로 내 머리를 날려버리고 싶은 심정인걸." 나는 긴팔 잠옷(앨릭스의 낡은 운동복 중 하나였다)을 머리 위로 벗어던지고 헐렁한 티셔츠로 갈아입었다. 지난 몇 주간 내내 입었던 청바지는 옷장 옆에 구겨진 채 똬리를 틀고 있었다. 그걸 입었을 때, 나는 어떤 안락함 같은 걸 느꼈다. 이제 수프 한 접시나 담배나 스타벅스 커피에 의존해 겨우겨우 살아갈 필요가 없었다. 당연히 내 몸은 점차 원래대로 돌아왔다. 〈런웨이〉에서 빠졌던 5킬로그램이 다시 늘었다. 이제 난 그런 걸로 비굴해지지 않았다. 부모님과 릴리가 넌 뚱뚱한 게 아니라 건강해 보이는 거라고 말했을 때, 난 그 말을 진짜로 믿었다.

릴리는 잘 때 입었던 사각팬티 위에 운동복 바지를 입고 부스스한 곱슬머리에 두건을 썼다. 머리카락을 뒤로 넘기니 앞 유리창 파편에 찢어졌던 이마의 시뻘건 상처가 드러났다. 실밥은 이미 뽑은 상태였다. 다행히도 의사 말에 따르면 흉터가 거의 남지 않을 것이었다. "가자." 릴리는 벽에 기대놓은, 이동시 필수품인 목발을 잡으면서 말했다. "다들 오늘 떠날 테니까 오늘밤엔 제대로 잘 수 있겠지."

"우리가 내려가지 않으면 엄마가 계속 소리지르겠지? 그치?" 나는 웅얼거리면서 릴리가 일어날 수 있게 팔꿈치를 잡아주었다. 릴리의 오른발 깁스에는 우리 식구 모두의 사인이 있었다. 심지어 형부는 아이작의 메시지라며 그 위에 익살맞은 낙서를 하기도 했다.

"글쎄."

언니가 아기를 안고 문가에 나타났다. 아기는 통통한 턱에 침을 흘리며 만족스럽게 까르륵대고 있었다. "조게 누구야?" 언니는 아기 목소리로 어르며, 팔에 안고 있는 행복한 아기를 공중으로 들어올렸다 내렸다 했다. "아가야, 앤디 이모한테 고렇게 못되게 굴면 안 된다고 해. 우린 이제 금방, 진짜 금방 갈 거니까. 엄마 대신 말해봐, 응?"

아이작은 대답 대신 귀엽게 재채기를 했다. 언니는 안고 있던 아기가 갑자기 자라서 셰익스피어의 소네트 몇 구절을 암송하기라도 한 듯한 표정을 지었다. "앤디, 너 봤어? 너 들었어? 오, 세상에서 제일 예쁜 우리 아기."

"잘 잤어?" 나는 언니의 볼에 키스하면서 말했다. "나 언니 가는 거 싫어. 아이작도 밤 열두시부터 아침 열시 사이에 자는 법만 배운다면, 여기 아주 눌러살아도 돼. 으, 형부도 입만 열지 않는다고 약속하면 여기 있어도 돼. 봐, 우린 아주 너그러운 사람들이라고."

릴리는 절뚝거리며 간신히 계단을 내려가 우리 부모님께 아침 인사를 했다. 부모님은 벌써 일하러 나갈 옷으로 갈아입고 형부에게 작별인사를 하고 있었다.

나는 내 침대를 정돈하고, 릴리의 침대를 다시 밀어넣었다. 종일 옷장에 넣어두기 전에 릴리의 베개를 폭신하게 부풀리는 것도 잊지 않았다. 내가 파리에서 출발한 비행기에서 내린 것은 이미 릴리가 혼수상태에서 깨어난 뒤였다. 릴리가 깨어난 걸 앨릭스 다음으로 본 게 그나마 다행이었다. 릴리는 수많은 검사를 받아야 했다. 얼굴과 목, 가슴 몇 군데를 꿰매야 했던 것과 발목이 부러진 것 외에는 매우, 완벽하게 건강했다. 물론 끔찍하게 보이긴 했다. 앞으로 돌진해오는 차와 충돌한 누군가의 모습을 상상한다면, 릴리의 모습이 꼭 그랬으니까. 하지만 움직이는 데도 무리가 없었고, 릴리는 그런 일을 겪고도 때로는 성가실 정도로 쾌활하게 행동했다.

11월과 12월 두 달 동안 아파트를 전대하고 여기 와서 지내자는 건 아빠의 아이디어였다. 별로 내키진 않았지만, 제로섬이 되어버린 월급은 생각의 여지를 남기지 않았다. 게다가 릴리도 사람들을 만날 때마다 받게 될 수많은 질문과 소문을 남겨두고 한동안 이 도시를 떠날 수 있는 기회를 반가워하는 것 같았다. 우리는 크레이그리스트*에 명절 기간에 집을 월세 놓겠다고 올렸다. 뉴욕의 모든 명소를 즐길 수 있는 곳이라는 설명도 덧붙였다. 그랬더니 놀랍게도 자식들이 다 뉴욕에 살고 있는 나이든 스웨덴인 부부가 우리가 제시한 금액보다 더 많은 돈, 그러니까 원래 월세보다 6백 달러나 더 많은 돈을 지불하겠다고 나섰다. 릴리와 내게 각각 3백 달러가 떨어졌고, 우리 부모님은 공짜로 먹을 것을 제공하고 세탁도 해주셨다. 낡은 캠리도 쓰게 해주셔서, 3백 달러면 필요한 생활비를 쓰고도 남았다. 스웨덴인 부부는 새해 첫주까지 머물다 떠날 예정이었다. 릴리가 복학하고 내가 다른 일을 시작하기 딱 좋은 시기였다.

공식적으로 나를 해고한 사람은 에밀리였다. 나는 좀 험한 말로 성질을 부린 뒤, 내 일자리에 갖고 있던 모든 미련을 버렸다. 미란다는 마지막 한 방을 날릴 정도로 노발대발했던 것 같다. 그

---

* 미국의 커뮤니티 사이트로 부동산, 구인 구직, 상품 매매에 관한 정보를 얻을 수 있다.

모든 일은 겨우 삼사 분 만에 끝났다. 일은 너무도 사랑해 마지않는 냉혹한 '〈런웨이〉식 효율성'으로 진행되었다.

간신히 택시를 불러 타고 욱신거리는 왼발의 부츠를 벗고 있는데 전화가 울렸다. 심장이 본능적으로 쿵, 뛰었다. 하지만 내가 방금 그녀에게 한 말을 생각하면('당신을 보니 그 나이 때 내가 생각나는군'에 대한 나의 반응을) 그녀의 전화일 리는 없었다. 그새 몇 분이 지났을까 얼른 계산해보았다. 미란다가 벌어진 입을 다물고 주위에서 보고 있는 모든 딱딱이들의 눈을 의식해 냉정함을 되찾는 데 일 분, 휴대폰을 찾아서 뉴욕의 에밀리에게 전화하는 데 일 분, 내가 느닷없이 퍼부어댄 거친 말을 시시콜콜 전하는 데 또 일 분, 그리고 에밀리가 "모든 것을 해결하겠다"고 미란다를 안심시키는 데 일 분. 휴대폰 액정에는 '발신자 미상'이라는 문구가 떠 있었다. 국제전화가 걸려오면 뜨는 문구였지만, 지금 누가 전화를 했는지는 너무도 뻔했다.

"안녕, 에밀리? 어떻게 지내요?" 나는 그야말로 노래하듯 말했다. 맨발을 서로 비비면서, 더러운 택시 바닥에 발이 닿지 않게 조심하며.

날아갈 듯 쾌활한 내 말투에 그녀는 얼이 빠진 것 같았다. "앤드리아?"

"나예요, 나 맞아요. 무슨 일이에요? 나 지금 바쁘거든요. 그러니까……" 바로 날 해고하려고 전화했는지 물어볼까 생각하다가, 일단은 그녀에게 시간을 주기로 마음먹었다. 에밀리가 늘어놓을 장광설(어떻게 미란다를, 나를, 〈런웨이〉를, 패션계를 실망시킬 수 있느냐 등등)에 대비해 마음을 다잡았지만, 그런 말이 쏟아질 조짐은 전혀 없었다.

"음, 그래. 그렇겠지. 방금 나 미란다와 통화했는데……" 그녀는 말꼬리를 흐렸다. 내가 그 뒷말에 이어 모든 게 큰 실수였다고 설명하고 지난 사 분간 상황을 수습해놨으니 걱정하지 말라고 말하기를 바라는 것 같았다.

"무슨 일이 일어났는지 들었겠군요."

"그래, 앤디. 이게 도대체 무슨 일이야?"

"내가 당신에게 해야 할 말 아니에요?"

침묵이 흘렀다.

"있잖아요, 에밀리. 날 해고하겠다고 전화한 거 맞죠? 그래도 괜찮아요. 당신이 그렇게 결정한 게 아니라는 걸 잘 아니까요. 자, 말해봐요. 그녀가 당신에게 전화해서 날 쫓아내버리라고 했나요?" 기분은 지난 몇 달 동안보다 훨씬 가벼웠다. 하지만 나는 미란다가 엿 먹으라는 내 폭언에 간담이 서늘해진 대신, 그 말을 존중해준 건 아닐까 싶어 어느새 숨을 죽이고 있었다.

"그래. 당신이 해고되었다고 당장 알리래. 그리고 자기가 쇼에서 돌아오기 전에 호텔에서도 나가달래." 그녀는 나직하게, 그리고 약간 유감스럽다는 투로 말했다. 다시 새 사람을 구해 훈련시키느라 엄청난 시간을 쏟아부어야 하기 때문인 것 같았다. 하지만 그것 말고도 다른 게 더 있는 것 같았다.

"내가 그립겠군요. 안 그래요, 에밀리? 말해요, 괜찮아요. 우린 이런 얘기 절대 안 한 걸로 할게요. 내가 나가는 거 싫죠? 그렇죠?"

기적 중의 기적이 일어났다. 에밀리가 웃음을 터뜨린 것이다.

"미란다한테 대체 뭐라고 말한 거야? 당신이 아주 잡아먹을 듯 굴었고 교양 없는 행동을 했다고만 하던데? 자세한 건 더 들을 수 없었어."

"그랬을 거예요. 내가 엿 먹으라고 했거든요."

"설마!"

"지금 나 해고한다고 전화한 거 아니에요? 나 진짜 그렇게 말했어요."

"어머나, 세상에!"

"그래요. 내 비참했던 일 년 중 가장 만족스러웠던 순간이었다고 말하지 않는다면 거짓말이겠죠. 물론 난 지금 잡지계에서 가장 힘있는 여자에게 해고당했어요. 한도가 거의 찬 마스터 카드를 지불할 길도 전혀 없고, 앞으로 잡지 쪽에서 일자리를 구하는 데도 완전히 먹구름이 끼었어요. 그녀의 적을 위해 일해볼까요? 반갑게 날 채용할지도 모르잖아요, 안 그래요?"

"물론이야. 애나 윈터에게 이력서를 보내봐. 둘은 서로 좋아하지 않거든."

"생각 좀 해봐야겠는데요? 에밀리, 우리끼린 나쁜 감정 갖지 말아요. 알았죠?" 우리는 미란다 프리스틀리라는 요소를 제외하면 서로 단 하나의 공통점도 없다는 걸 나는 잘 알고 있었다. 하지만 나는 이런 인연이라도 간직하려면 에밀리의 말에 맞장구를 쳐야 한다고 판단했다.

"물론이야. 당연하지." 이제 내가 최하층민의 상층부에 속하게 되리라는 걸 너무도 잘 알고 있는 에밀리는 서툴게 거짓말을 했다. 그녀는 앞으로 자기가 날 알았다는 것조차 인정하지 않으려

하겠지만, 난 별 상관 없었다. 십 년쯤 뒤 그녀는 마이클 코어스 패션쇼에서 앞자리 정가운데에 앉아 있고, 나는 여전히 필린스 할인매장에서 쇼핑하고 베니하나에서 저녁을 먹고 있겠지만, 둘 다 그 모든 상황을 웃어넘길 것이다. 물론 그렇지 않을 수도 있지만.

"계속 떠들고 싶지만 제가 지금 좀 정신이 없어요. 뭐부터 해야 할지 잘 모르겠거든요. 일단 되도록 빨리 집으로 가는 방법을 찾아봐야 해요. 지금 갖고 있는 비행기표를 써도 될까요? 미란다가 날 외국 땅에서 해고시키긴 했지만 내가 오도 가도 못하게 하면 안 되잖아요, 안 그래요?"

"미란다가 그렇게 하더라도 그건 정당한 거야, 앤드리아." 아하, 이게 웬 마지막 반전! 뭐든 그렇게 쉽게 바뀌는 건 아니었어. 이 사실을 알게 되었다는 게 어쨌든 위로가 되는군. "일자리를 버리고 가는 건 당신이잖아. 그래서 그녀가 당신을 해고할 수밖에 없었던 거고. 하지만 난 미란다가 복수의 칼을 가는 타입이라고는 생각하지 않아. 표 바꿀 때 드는 비용, 회사에 청구해. 내가 알아서 처리해줄게."

"고마워요, 에밀리. 정말 고마워요. 행운이 있길 빌어요. 당신은 언젠가 정말로 뛰어난 패션 에디터가 될 거예요."

"정말? 정말 그렇게 생각해?" 그녀는 행복해하며 명랑하게 물었다. 패션계를 소란스럽게 한, 엄청난 패배자인 내 의견이 뭐 그리 대단한지 알 수 없었지만, 어쨌든 그녀는 대단히 만족스러운 것 같았다.

"물론이죠. 진심이에요."

에밀리의 전화를 끊자마자 크리스천에게서 전화가 왔다. 그는 무슨 일이 일어났는지 이미 들은 상태였다. 딱히 놀랄 일도 아니었다. 하지만 지저분하고 시시콜콜한 얘기에 즐거워하는 그의 모습과 그가 내민 온갖 약속과 초대가 떠오르자, 또다시 통증이 밀려왔다. 나는 되도록 차분한 목소리로 지금 매우 바쁘니 당분간은 전화하지 말아달라고, 내가 전화하고 싶어지면 나중에 하겠다고 말했다.

다행히도 므슈 르노와 그의 부하직원들은 내가 해고된 걸 아직 모르고 있었다. 미국에 급한 일이 생겨 당장 돌아가야 한다니까 모두들 너무나 헌신적으로 도와주었다. 호텔 직원들이 뉴욕으로 가는 다음 비행기를 예약해주고, 내 짐을 꾸려주고, 온갖 음료수를 갖춘 샤를드골공항행 리무진 뒷좌석에 나를 태워주는 데는 삼십 분밖에 걸리지 않았다. 운전기사는 말이 많았지만, 나는 대꾸하지 않았다. 보수는 가장 낮지만 자본주의 진영에서 가장 으스댈 수 있는 어시스턴트직의 마지막 순간을 즐기고 싶어서였다. 나는 마지막으로 가늘고 긴 술잔에 완벽한 드라이 샴페인을 따라 기분좋게 음미하며 천천히 마셨다. 미란다 프리스틀리의 판박이가 된다는 게 좋은 일이 아니라는 것을 처음이자 마지막으로 깨닫는 데는 십일 개월, 사십사 주, 약 삼천팔십 시간의 근무시간이 걸렸다.

세관에서 빠져나오니, 이름이 적힌 피켓을 들고 날 기다리는 제복 차림의 운전기사 대신 나를 보고 싶어 어쩔 줄 몰라하는 부모님이 보였다. 우리는 서로 끌어안았다. 처음에 부모님은 내가 입고 있는 것, 즉 탈색이 많이 된 쫙 달라붙는 돌체앤가바나 스키니진과 스파이크힐 그리고 속이 훤히 비치는 셔츠(이건 '기타' 항목의 '공항에 오갈 때'라는 작은 항목에 있는 것이었는데, 지금까지 〈런웨이〉 직원이 날 위해 챙겨준 것 중에서 비행기 여행에 가장 적합한 차림이었다)를 보고 놀랐다가 이내 정신을 차리고 아주 반가운 소식을 전해주었다. 릴리가 깨어났고, 기운도 팔팔하다는 것이었다. 나는 바로 병원으로 달려갔다. 릴리는 병실에 들어서는 나를 보고 곧바로 내 옷차림을 비웃을 정도로 상태가 좋았다.

물론 릴리에게는 법적으로 해결해야 할 문제들이 남아 있었다. 술에 취해 인사불성 상태에서 일방통행 도로를 거꾸로 달렸으니 당연한 일이었다. 하지만 중상을 입은 사람이 없어서 판사는 자비로운 판결을 내렸다. 음주운전 기록이 남긴 했지만 의무적으로 알코올중독 상담을 받는 것과, 삼십 년 정도는 됨직한 기간 동안 사회봉사를 하는 걸로 일이 마무리되었다. 그 문제에 대해 많은 얘기를 나누지는 않았지만(릴리는 아직도 자신에게 문제가 있다는 것을 선뜻 시인하지 않았다), 내가 이스트빌리지에서 열린 집단 치료 모임에 데려다준 날 모임이 끝나고 릴리는 거기서는 "과도한 스킨십을 사용하지 않는" 치료법을 쓴다며 안도했다. 릴리는 "징글징글하게 짜증났다"고 말했지만 내가 에밀리처럼 눈썹을 치켜올리며 특유의 한심하다는 표정을 짓자, 그 모임에 괜찮은 남자가 몇 명 있었고 한번쯤은 술 취하지 않은 사람과 데이트해도 나쁘진 않을 거라고 마지못해 시인했다. 그거면 됐다. 부모님은 릴리에게 컬럼비아대학의 학장을 찾아가 사실대로 말하고 오라고 설득했다. 당시엔 악몽이었지만, 일은 좋은 방향으로 마무리되었다. 학기 중간이지만 학장은 릴리가 낙제당하지 않고 휴학 처리되도록 해주었다. 거기다 이미 낸 등록금을 다음 봄학기로 넘길 수 있도록 재무과에서 승인해달라는 서명까지 해주었다.

릴리의 삶과 우리의 우정은 다시 제자리로 돌아온 것 같았다. 하지만 앨릭스와는 그렇지 않았다. 병원에 도착했을 때 그는 릴리 옆에 앉아 있었다. 그를 본 순간 나는 차라리 부모님이 구내식당에 가 계시지 않았으면 했다. 나는 그에게 어색하게 인사한 뒤 릴리에게 야단법석을 떨었지만, 삼십 분 후 그가 재킷을 입고 어깨를 으쓱하며 작별인사를 할 때까지 우리는 제대로 된 말 한마디 나누지 못했다. 집에 와서 그에게 전화를 걸었지만, 그냥 음성 메시지로 넘어가버렸다. 스토커처럼 몇 번이나 전화를 걸어대다가, 자기 전에 마지막으로 한번 더 전화했더니 그가 받았다. 그러나 어색한 목소리였다.

"안녕!" 나는 차분하게 들리게 하려고, 또 사랑스럽게 말하려고 애썼다.

"응." 그는 내가 사랑스럽다고 느끼지 않는 게 분명했다.

"있잖아, 릴리는 네 친구이기도 하고, 또 너라면 누구에게나 그렇게 해주었을 거야. 그래도 릴리를 위해 그렇게 애써줘서 정말 고마워. 내가 있는 곳을 찾아내고, 우리 부모님을 도와주고, 끝까지 릴리와 함께 있어주고 그런 것 말이야. 정말 고마워."

"괜찮아. 아는 사람이 다치면 누구나 그렇게 하잖아. 별거 아닌데 뭐." 이 말에는 비정상적인 것을 우선순위로 두는, 늘 자기중심적인 누구를 제외하면 어떤 사람이든 그렇게 할 거라는 뜻이 숨어 있었다.

"앨릭스, 제발 우리 그냥……"

"아니. 우린 지금은 아무 얘기도 할 수 없어. 난 일 년 내내 너와 얘기하려고 네 주위를 맴돌고 기다려도 보고 애원도 해봤지만, 넌 전혀 신경쓰지 않았어. 작년 어느 날 난 사랑하던 앤디를 잃었어. 언제 어떻게 그렇게 된 건지는 잘 모르겠지만, 지금의 넌 전에 내가 알던 그 앤디가 아니야. 내가 아는 앤디였다면 자기를 정말 필요로 하는 친구보다 패션쇼나 파티 같은 걸 택하겠다는 생각 따위는 하지도 않았을 거야. 그것도 그 친구가 너를 정말로 필요로 할 때는. 사실 난 네가 돌아오겠다고 결심한 게 반가워. 넌 바른 길을 택한 거야. 하지만 내겐 나와 너, 우리가 지금 어떤 상황인지 생각해볼 시간이 필요해. 사실 내겐 새삼스러운 상황은 아니야. 아주 오래전부터 그랬어. 네가 너무 바빠서 알아차리지 못한 것뿐이지."

"앨릭스, 넌 단 일 초도 서로 마주앉아 얼굴 맞대고 어떤 일이 일어나고 있는지 설명할 시간을 주지 않았어. 네 말이 맞을지도 몰라. 그래, 어쩌면 난 완전히 다른 사람이 되었을 수도 있어. 하지만 과연 그럴까? 설혹 내가 변했다 하더라도 그게 다 나쁜 거라고는 생각하지 않아. 우리 마음이 그 정도로 멀어진 거야?"

앨릭스는 릴리 이상으로 내게 절친한 친구였다. 그것만큼은 내가 확신하고 있었다. 하지만 그는 이미 몇 달 전부터 내 남자친구는 아니었다. 나는 그가 옳다는 것을 깨달았다. 지금이야말로 이 말을 할 때였다.

나는 심호흡을 하고, 내가 옳다고 믿고 있는 것을 말했다. 그 말을 할 때 사실 기분이 썩 좋지는 않았다. "네 말이 맞아."

"내 말이? 동의하는 거야?"

"그래. 난 아주 이기적이었고, 너에게 부당하게 굴었어."

"그럼 이제 어떻게 할 건데?" 그가 물었다. 각오는 한 것 같았지만, 마음 아파하는 것 같진 않았다.

"잘 모르겠어. 그래서 뭐? 얘기 그만하고 싶은 거야? 그만 보고 싶은 거야? 어떻게 해야 할지 모르겠어. 어쨌든 난 네가 내 삶의 한 부분이기를 바라고 있어. 내가 네 삶의 한 부분이 아닐 거라는 것도 생각 못하겠고."

"나도 그래. 하지만 우리가 앞으로도 오랫동안 그렇게 지낼 것 같진 않아. 우린 사귀기 전에 친구가 아니었으니까, 갑자기 그냥 친구처럼 지내는 건 불가능할 것 같아. 또 모르지. 일단 생각해볼 시간을 좀 갖는다면……"

뉴욕으로 돌아온 첫날 밤, 나는 전화를 끊고 울었다. 앨릭스 때문만은 아니었다. 지난 한 해 동안 변해버린 모든 것 때문이었다. 엘리아스 클라크에 들어갈 때 나는 어리숙하고 옷차림도 별로인 여자애의 모습으로 당당히 걸어들어갔다가, 여전히 그런 차림새로 반쯤은 어른이 되어 비틀거리며 걸어나왔다(이제는 그 차림새가 얼마나 별로였는지를 깨달았지만 말이다). 그사이에 나는 대학을 갓 졸업한 풋내기들이 하는 백 가지쯤 되는 일을 모두 합한 것만큼의 경험을 쌓았다. 지금 내 이력서에는 F*라는 주홍글씨가 새겨졌고, 비록 내 남자친구는 방금 헤어지자고 이야기했고, 내게 확실하게 남아 있는 거라곤 슈트 케이스(사실은 멋진 디자이너 의상들이 가득한 루이비통 트렁크 네 개)밖에 없지만, 그렇다

---

* 해고(fired)를 뜻한다.

고 그게 아무런 가치도 없는 걸까?

나는 전화를 무음 상태로 해놓고, 책상 아래 서랍에서 낡은 노트를 꺼내 글을 쓰기 시작했다.

아래층에 내려와보니 아빠는 이미 진료실로 탈출했고, 엄마는 차고로 가는 중이었다.

"우리 딸, 잘 잤니? 일어났는지도 몰랐구나. 난 나가려는 중이야. 아홉시에 학생이 하나 있거든. 출근 시간이라 차가 막힐 테니까 좀 서두르는 게 좋을 것 같아서. 만약을 위해 엄마 휴대폰은 계속 켜둘게. 네 언니는 정오 비행기로 출발한단다. 오늘밤에 너랑 릴리, 집에서 저녁 먹을 거니?"

"잘 모르겠어. 지금 막 일어나서 아직 커피도 안 마셨는걸. 저녁 애긴 좀 있다 해도 되지?"

엄마는 버릇없는 내 대답을 들으려고 마냥 서 있지는 않았다. 내가 입을 열었을 때는 이미 문밖으로 반쯤은 나간 상태였다. 릴리와 언니 부부와 아기는 아무 말 없이 부엌 식탁에 앉아 〈타임스〉를 나눠 읽고 있었다. 식탁 가운데에 있는 접시에는 맛없게 생긴 눅눅한 와플이 있었고, 그 옆에는 앤트 제미마 시럽 병과 냉장고에서 갓 꺼낸 버터 통이 놓여 있었다. 그나마 감동을 느낄 만한 건 커피뿐이었다. 아침마다 아빠가 던킨 도너츠에서 사오는 커피였는데, 그건 아빠가 엄마가 직접 만든 음식 먹기를 꺼려해서 생긴 우리집 전통이었다. 아빠의 행동이 이해는 되었다. 종이 접시에 담긴 와플은 포크로 자르는 순간 당장 눅눅한 밀가루 덩어리로 전락해버렸으니까.

"이건 도저히 먹어줄 수가 없어. 아빠가 도넛 사오셨어?"

"응. 진료실 옆에 있는 벽장에 숨겨놓으셨어." 형부가 느릿느릿 말했다. "장모님이 못 보시게 말이야. 가서 찾아올래?"

도넛을 찾으러 가는데 전화벨이 울렸다.

"여보세요?" 나는 최대한 짜증스러운 말투로 대답했다. 전화 받을 때마다 "미란다 프리스틀리의 사무실입니다"라고 대답하던 버릇은 마침내 없어졌다.

"안녕하세요? 앤드리아 삭스 씨 부탁합니다."

"전데요. 누구신가요?"

"안녕하세요, 앤드리아. 저는 〈세븐틴〉의 로레타 앤드리아노예요."

가슴이 쿵쿵 뛰었다. 나는 대학에 너무 들어가고 싶어서 친구와 가족을 내팽개친 십대 소녀의 이야기를 그린 2천 단어 분량의 '소설'을 그곳에 보냈었다. 단 두 시간 만에 쓴 시시한 글이었지만 유머와 감동이 적절하게 어우러진 소설이었다.

"안녕하세요."

"반가워요. 당신 글이 통과돼서 나한테까지 왔는데, 아주 마음에 들어요. 고칠 데도 있고, 솎아낼 부분도 있고, 문체도 약간 바꿔줘야 하지만…… 우리 독자들은 대개 십대 이전과 십대 초반 아이들이거든요. 여하튼 2월호에 실었으면 해요."

"네? 싣는다고요?" 믿어지지 않았다. 나는 십대 잡지 열두어 곳 정도에 그 글을 보냈고, 좀더 어른스러운 내용으로 고쳐서 여성잡지 스물네 군데쯤에 보냈다. 하지만 아직 아무데서도 답을 받지 못한 상태였다.

"그래요. 단어당 1달러 50센트를 지불할게요. 그러니 세금 관련 서류를 작성해줬으면 해요. 자유 기고가로 일한 적 있죠, 맞죠?"

"아니에요. 하지만 〈런웨이〉에서 일한 적은 있어요." 이게 왜 도움이 될 거라고 생각했는지는 모르겠다. 내가 거기서 써본 거라곤 다른 사람을 협박하려고 쓴 날조된 메모들밖에 없는데. 하지만 로레타는 내 논리의 허점을 알아채지 못한 것 같았다.

"오, 그래요? 내 첫 직장도 〈런웨이〉였어요, 패션 어시스턴트였죠. 그후 오 년 동안 배운 것보다 그곳에서 일 년 있으면서 배운 게 훨씬 더 많아요."

"제게도 아주 좋은 경험이었어요. 그런 경험을 하게 돼서 참 운이 좋았다고 생각해요."

"거기서 무슨 일을 했나요?"

"실은 미란다 프리스틀리의 어시스턴트였어요."

"진짜요? 저런, 불쌍해라. 뭐라고 말해야 할지 모르겠군요. 잠깐, 혹시 이번에 파리에서 해고되었다는 사람이 당신인가요?"

나는 큰 실수를 저질렀다는 것을 깨달았다. 하지만 이미 늦었다. 내가 집으로 돌아오고 며칠 후에 〈페이지 식스〉에서 그 사건에 대해 요란하게 떠벌렸던 것이다. 내 끔찍한 행동을 목격한 딱딱이 중 한 명이 제보한 것 같았다. 내가 한 말이 정확하게 인용된 것으로 미루어보아, 그들 외엔 달리 짐작 가는 사람이 없었다.

다른 사람들도 그 기사를 읽었으리라는 사실을 내가 왜 생각하지 못했을까? 내 글에 대한 로레타의 호감도가 방금 전보다 조금 줄어들었을 것 같았다. 하지만 이제 와서 빠져나갈 구멍이 없었다.

"네. 사실 그렇게까지 나쁜 말을 한 건 아니었어요. 진짜예요. 〈페이지 식스〉는 뭐든지 엄청 부풀리잖아요."

"하하, 난 오히려 그랬기를 바라는데요? 미란다는 한 번쯤 남한테 그렇게 당해도 싸요. 그게 당신이었다니, 경의를 표하고 싶군요! 거기서 일 년간 일할 때 미란다 때문에 사는 게 아주 지옥이었어요. 그녀와 단 한 마디도 나눠본 적은 없지만요. 그런데 지금 언론사랑 점심 약속이 있어서 좀 바쁘거든요. 우리 한번 만나죠. 서류도 작성해야 하고, 어쨌든 얼굴을 좀 보고 싶어요. 잡지에 실을 만한 게 있으면 다 갖고 나오세요."

"정말이요? 감사합니다." 우리는 다음주 금요일 세시에 만나기로 약속했다. 전화를 끊으면서도 나는 방금 일어난 일이 믿어지지 않았다. 언니와 형부는 옷을 갈아입고 가방을 챙겨야 한다면서 릴리에게 아기를 맡겨놓고 사라졌다. 아기는 슬슬 칭얼대기 시작했다. 이 초 후면 발버둥치며 울어댈 것 같았다. 아기를 의자에서 들어올려 품에 안고 타월 천으로 만든 잠옷을 입은 아기 등을 살살 긁어주었다. 그랬더니 신기하게도 칭얼대지 않았다.

"전화한 사람이 누군지 알면 깜짝 놀랄걸?" 나는 아이작을 안고 흥얼거리며 빙글빙글 돌았다. "〈세븐틴〉의 편집장이었어. 내 글이 거기 실릴 거야!"

"말도 안 돼! 네가 살아온 얘길 싣겠대?"

"내 얘기가 아니야. 제니퍼가 살아온 얘기라고! 사실 2천 단어짜리니까 그리 대단한 건 아니야. 하지만 이게 첫걸음이지 뭐.”

“그래그래. 아무튼. 어린 소녀가 뭔가 이루는 데만 집착했다가 자기 삶에서 중요한 사람들과의 관계는 몽땅 엉망이 되는 내용. 그게 제니퍼 이야기 아니야?” 릴리는 씩 웃으며 나를 흘겨봤다.

“시시콜콜한 내용은 상관없고. 중요한 건 그쪽에서 2월호에 그걸 싣고 나한테 3천 달러를 지불한다는 거야. 끝내주지 않니?”

“축하해, 앤디. 진짜야. 정말 좋은 소식이구나. 이제 넌 그걸 네 포트폴리오에 넣게 된 거고. 그렇지?”

“당연하지. 〈뉴요커〉는 아니지만, 첫 단추로는 괜찮은 편이야. 앞으로 여러 잡지에 이런 걸 몇 번 더 싣게 되면, 어딘가로 가게 되지 않을까? 금요일에 그 사람과 만나기로 했는데, 내가 쓴 게 더 있으면 다 갖고 오라더라? 프랑스어를 할 줄 아냐고 물어보지도 않고, 게다가 미란다를 아주 싫어한대. 이 여자분이랑 잘될 것 같아.”

나는 텍사스 식구들을 공항까지 데려다주고, 오늘 아침에 먹은 도넛이 내려가도록 릴리에게 맛있고 기름진 버거킹 햄버거를 점심으로 샀다. 그리고 나머지 하루 동안(다음날도, 그다음날도) 미란다를 혐오하는 로레타에게 보여줄 것들을 열심히 준비했다.

19

“바닐라 카푸치노, 톨 사이즈로 주세요.” 나는 57번가에 있는 스타벅스에서 낯선 바리스타에게 주문했다. 이곳에서 커피와 스낵을 조심조심 들고 미란다가 나를 해고하기 전에 급히 돌아가려고 애쓴 지도 벌써 다섯 달이 지났다. 그때 일이 떠오르자, “엿 먹어라”라고 퍼부어서 해고된 게 설탕 두 개 대신 이퀄* 두 봉지를 갖고 왔다는 이유로 해고된 것보다는 훨씬 낫다는 생각이 들었다. 결과는 같아도 과정은 전혀 다른 야구경기 같다고나 할까.

스타벅스가 이토록 바뀌었을 거라고 누가 짐작이나 했을까? 카운터 뒤에는 내가 아는 사람이 단 한 명도 없었다. 내가 이곳에서 보낸 시간이 석기시대가 아니었을까 하는 기분마저 들었다.

---

* 미국의 설탕 대용품 브랜드.

나는 잘 재단된, 하지만 디자이너 제품은 아닌 검은색 바지를 매만진 뒤, 뉴욕의 진창에서 묻어온 게 없는지 밑단을 확인했다. 최신 유행과 관련된 잡지사 직원이라면 내게 전혀 동의하지 않겠지만, 겨우 두번째 면접인데 정말 예쁘게 하고 왔다는 생각이 들었다. 이제 나는 잡지사 사람들은 아무도 정장을 입지 않는다는 사실을 알고 있을 뿐 아니라, 어찌된 일인지 어디선가 일 년 치 하이패션을 (단순히 삼투압 작용에 의한 것인 듯하다) 내 머릿속에 욱여넣기까지 한 것이다.

카푸치노는 혀를 델 정도로 뜨거웠지만, 오늘처럼 눅눅하고 쌀쌀한 날씨에는 더할 나위 없이 좋았다. 어둑어둑해진 늦은 오후의 하늘은 큰 스노콘*처럼 온 도시를 뒤덮고 있는 듯했다. 보통 때 같았으면 이런 날씨 때문에 내 기분도 가라앉았을 것이다. 일 년 중 가장 우울한 달인 2월 중에서도 상당히 우울한 날이었으니까. 낙관주의자들조차 이불 속으로 기어들어가고, 비관주의자들은 한줌의 졸로푸트** 없이는 절대 견딜 수 없는 날이었으니까. 하지만 스타벅스의 불빛은 따스했고, 사람들도 적당히 붐볐고, 나는 커다란 녹색 안락의자에 편안히 앉아 있었다. 거기에 누가 마지막으로 더러운 머리를 비볐을지에 대해서는 생각하지 않으려고 애쓰면서.

지난 석 달 동안 로레타는 내 멘토이자 옹호자이자 구세주가 되었다. 처음 본 순간부터 우리는 의기투합했고, 그후에도 그녀는

---

* 종이 콘에 담아 먹는 알록달록한 시럽을 뿌린 빙수의 일종.
** 우울증 치료제.

내게 참 잘해주었다. 널찍하지만 아수라장인 그녀의 사무실에 들어가 뚱뚱한(!) 그녀를 보자마자 그녀를 사랑하게 될 것 같은 기묘한 느낌이 들었다. 그녀는 나를 앉혀놓고 내가 일주일 내내 써온 글을 한 글자도 빼지 않고 읽었다. 여러 패션쇼에 대해 비아냥거리며 쓴 글, 명사의 어시스턴트의 실체에 대해 재치 있게 비꼰 글, 삼 년 동안이나 사랑했던 사람과 이제 함께할 수 없다는 게 얼마나 사람을 파멸시키는지(그리고 파멸시키지 않는지)에 관한 감상적인 글이었다. 우리는 죽이 정말 잘 맞았고, 우리가 〈런웨이〉에서 겪은 악몽도 함께 술술 풀어놓았다(나는 여전히 악몽을 꾸고 있었다. 최근에는 부모님이 거리에서 반바지를 걸치고 있다는 이유로 파리 패션 경찰의 총에 맞았고, 어찌된 일인지 미란다가 나를 입양하는 매우 끔찍한 꿈도 꾸었다). 칠 년이라는 나이 차가 있었지만, 우리는 같은 종류의 인간이라는 것을 재빨리 알아차렸다. 그야말로 한 편의 소설 같았다.

나는 부자가 되었다. 내가 가지고 있는 〈런웨이〉 옷들을 전부 매디슨 애비뉴의 중고 명품 매장에 끌고 가야겠다는 번뜩이는 아이디어가 떠오른 덕분이었다. 그래서 적은 원고료를 받고도 글을 쓸 수 있는 여유가 생겼다. 내 이름이 들어가기만 한다면 가릴 것이 없었다. 옷들을 가지러 갈 사람을 보내겠다는 에밀리나 조슬린의 전화를 기다렸지만, 그런 전화는 오지 않았다. 그러니 그 옷들은 모두 내 것이었다. 나는 다이앤 폰 퓌르스텐베르크의 랩드레스만 빼고 대부분의 옷을 처분했다. 에밀리가 내 책상을 정리해서 보내준 것들을 보다가, 나는 〈런웨이〉의 모든 것에 경의를 표했던 학생 애니타 앨버레즈의 편지를 발견했다. 늘 그애에게 멋진 드레스를 보내주고 싶었지만 도무지 시간이 나지 않았다. 나는 진한 색상의 드레스를 얇은 종이에 싼 뒤 마놀로 한 켤레를 던져넣고, 미란다의 서명을 위조해 편지를 썼다. 내게 아직도 그런 능력이 남아 있다는 게 씁쓸했지만, 단 한 번이라도 그애가 아름다운 것을 소유하는 기분을 느끼게 해주고 싶었다. 그리고 무엇보다, 자신을 진심으로 아껴주는 사람이 어딘가에 있다는 기분을 말이다.

그 드레스와, 아주 섹시한 돌체앤가바나 스키니진 그리고 엄마에게 선물한 체인 손잡이가 달린 고전적인 퀼트백("오, 애야, 정말 아름답구나. 그런데 이게 어디 거라고?")만 빼고, 속이 비치는 윗도리부터 시작해서 가죽 바지와 굽이 뾰족한 부츠와 스트랩샌들에 이르기까지 모든 것을 팔아버렸다. 계산원이 주인을 불렀고, 두 사람은 내가 가져온 물건들을 감정하기 위해 몇 시간 동안 아예 상점 문을 닫기로 결정했다. 루이비통 가방들(큰 슈트 케이스 두 개, 중간 크기 액세서리 백 하나, 대형 트렁크 하나)만 해도 6천 달러였다. 그들이 한동안 속삭이고 검토하고 킥킥거린 끝에 난 3만 8천 달러가 넘는 수표를 들고 나올 수 있었다. 그 돈은 일 년 동안 집세와 식비를 댈 수 있는 액수였다. 그동안 나는 글 쓰는 일만 하면 될 것 같았다. 그런데 그 순간 로레타가 내 삶으로 걸어들어와 순식간에 더할 나위 없는 상황을 만든 것이다.

로레타는 내 작품을 사겠다고 했다. 보통 인용문보다 약간 긴, 표지에 쓸 광고글 하나와, 5백 단어짜리 글 두 개, 원래 보냈던 2천 단어짜리 이야기였다. 심하다 싶을 정도로 그녀가 나와의 계약에 열을 올리고, 자유 기고에 관심이 있을 만한 다른 잡지사의 아는 사람들을 열성적으로 소개시켜주려 해서 더욱 신이 났다. 그래서 음산한 이 겨울날, 스타벅스에 와 앉아 있게 된 것이었다. 나는 엘리아스 클라크 빌딩에 갈 예정이었다. 로레타는 내가 그곳에 들어간다고 해서 미란다가 곧바로 나를 추적해 화살을 날리지는 않을 거라고 오랜 시간 설득했지만, 나는 아직도 불안하기만 했다. 휴대폰 벨소리만 들어도 심장이 덜컥 내려앉았던 예전과 같이 두려움에 떨진 않았지만, 그녀를 멀리서 본다는 생각만 해도 (그럴 가능성이 아무리 낮다고 해도) 초조해졌다. 에밀리든 누구든 마찬가지였다. 계속 연락을 주고받는 제임스만 빼고.

아무튼 어떤 이유에서인지 로레타는 〈버즈〉의 시티 섹션을 편집하게 된 대학 시절 룸메이트에게 전화해서 자기가 유망한 작가를 새로 발굴했다고 말했다. 바로 나를 두고 한 말이었다. 그리고 그녀는 오늘 나를 면접하겠다고 했다. 내가 미란다에게서 즉결 처분으로 해고당한 사람이라고 사전경고를 했지만, 그녀는 그냥 웃어넘겼다. 미란다가 시도 때도 없이 해고한 사람들을 모두 피해야 한다면 대체 어디서 작가를 찾겠느냐는 투였다.

카푸치노를 다 마시자 새로운 힘이 솟아났다. 나는 다양한 기사가 담긴 내 포트폴리오를 챙겨서(이번에는 끊임없이 휴대폰이 울리거나 커피를 한아름 든 채가 아니라 아주 차분하게) 엘리아스 클라크 빌딩으로 향했다. 인도에서 살펴보니 로비에 있는 사람들 속에 〈런웨이〉의 딱딱이들은 보이지 않았다. 나는 회전문을 향해 몸을 부딪칠 준비를 했다. 마지막으로 그곳에 갔던 다섯 달 전과 변한 건 아무것도 없었다. 신문판매대 계산기 뒤에는 아메드가 보였고, 이번 주말 로터스에서 〈시크〉 주최로 파티가 열린다는 광고가 커다란 포스터에서 번쩍이고 있었다. 원래 방문객 명단에 이름을 적고 들어가야 했지만, 나는 본능적으로 회전 바 쪽으로 바로 걸어갔다. 내 귀에 친숙한 노랫소리가 들렸다. "남편 잃은 신부 이야기를 읽고 내가 울었는지는 기억할 수 없어요. 하지만 마음속 깊은 곳에서 어떤 감동을 받았지요. 그날, 음악은 죽었어요. 그리고 이제 우리는 노래하고 있어요……" "아메리칸 파이!" 참 좋은 사람이구나, 나는 생각했다. 이건 내가 한 번도 불러보지 않은 작별의 노래였다. 나는 에두아르도 쪽을 봤다. 그는 여전히 푸짐한 얼굴로 땀을 흘리며 웃고 있었다. 하지만 나를 보고 웃는 게 아니었다. 그와 가까운 회전 바 앞에 새까만 머리에 녹색 눈동자를 한, 몸에 쫙 달라붙는 가는 세로 줄무늬 바지에 배꼽이 드러난 탱크톱을 입은 호리호리한 여자가 서 있었다. 그녀는 스타벅스 커피 세 잔이 든 작은 종이 박스와 신문과 잡지로 넘쳐나는 백, 옷이 걸려 있는 옷걸이 세 개 그리고 'MP'라는 이니셜이 수놓인 더플백을 들고 있었다. 그녀의 휴대폰이 울리기 시작한 순간 나는 상황을 파악했다. 얼마나 공포에 질렸는지 그녀는 그 자리에서 눈물을 쏟을 것만 같았다. 회전 바를 통과하려고 아무리 몸을 부딪쳐봐도 안 되자, 그녀는 한숨을 푹 쉬고는 노래를 불렀다. "안녕, 잘 가요, 미스 아메리칸 파이. 내 셰비를 부두까지 운전해줘요. 하지만 부두는 이미 말라버렸고, 나이든 멋진 남자들은 호밀 위스키를 마시고 있네. 오늘이 내가 죽을 날이라고 노래하며. 오늘이 내가 죽을 날이라고 노래하며……" 내가 에두아르도 쪽을 쳐다보자 그는 내 쪽을 향해 빙글거리며 윙크했다. 그 가무잡잡하고 예

쁘장한 여자가 노래를 마저 하는 동안, 그는 내가 중요 인물이라
는 듯 버튼을 눌러 나를 통과시켜주었다.

이 책이 나오기까지 도움을 준 네 분께 감사드립니다.

스테이시 크리머

나의 편집자. 이 책이 재미없다면 그녀를 탓하세요. 스테이시는 정말 재미있는 부분을 다 쳐내버렸답니다.

찰스 살츠버그

작가이자 교사. 그는 제가 이 책을 계속 쓰도록 강하게 밀어붙였답니다. 그러니 책이 재미없다면 또한 그를 탓하세요.

데버라 슈나이더

뛰어난 에이전트. 그녀는 제 말이나 행동, 무엇보다도 제 글의 최소 십오 퍼센트는 너무 사랑스럽다고 저를 늘 안심시킵니다.

리처드 데이비드 스토리

전 직장의 상사. 이제 매일 아침 아홉시 전에 그를 볼 필요가 없기 때문에 그를 훨씬 더 좋아하게 되었습니다.

이 책이 나오기까지 무엇 하나 도움 주신 건 없지만, 이름이 언급되면 책을 많이 사주겠다고 약속한 다음 사람에게도 감사의 말을 전합니다.

데이브 바이아다, 댄 바라시, 헤더 버기다, 린 번스타인, 댄 브라운, 베스 부시먼-켈리, 헬렌 코스터, 오드리 다이아몬드, 리디아 파쿤디니, 웬디 피너먼, 크리스 폰존, 켈리 길레스피, 시몬 거너, 캐시 글리슨, 존 골드스타인, 엘리자 해리스, 피터 헤지스, 줄리 후트킨, 버니 켈버그, 앨리 커시너, 존 커넥트, 애나 웨버 크나이텔, 제이미 루어슨, 빌 매카시, 데이나 맥마킨, 리키 밀러, 대릴 니렌버그, 휘트니 래클린, 드루 리드, 에드거 로젠버그, 브라이언 사이치크, 조너선 사이치크, 마르니 세노폰테, 샬롬 슈어, 조시 우프버그, 카일 화이트, 그리고 리처드 윌리스.

특히 리아 제이컵스, 존 로스, 조앤과 에이브 릭턴스타인 부부, 그리고 와이스버거 가족인 셜리와 에드, 주디, 데이비드, 팸, 마이크와 미셸에게 감사를 전합니다.

550

옮긴이 **서남희**
서강대학교에서 역사와 영문학, 대학원에서 서양사를 공부했다. 『아이와 함께 만드는 꼬마 영어그림책』 『그림책과 작가 이야기』 시리즈를 썼으며, 『그림책의 모든 것』 『아트 오브 에릭 칼』 『이야기를 보여 줘!』 등을 우리말로 옮겼다.

문학동네 세계문학

악마는 프라다를 입는다

1판 1쇄 2006년 5월 12일 | 1판 13쇄 2011년 3월 11일
2판 1쇄 2026년 1월 23일

지은이 로런 와이스버거 | 옮긴이 서남희
책임편집 허유민 | 편집 윤정민
디자인 김현아 이원경 | 저작권 박지영 형소진 주은수 오서영 조경은
마케팅 정민호 서지화 한민아 이민경 왕지경 정유진 한경화 정경주 김혜원 김예진 이서진
브랜딩 함유지 김은솔 박민재 이송이 박다솔 조다현 김하연 이준희
제작 강신은 김동욱 이순호 | 제작처 영신사

펴낸곳 (주)문학동네 | 펴낸이 김소영
출판등록 1993년 10월 22일 제2003-000045호
주소 10881 경기도 파주시 회동길 210
전자우편 editor@munhak.com | 대표전화 031) 955-8888 | 팩스 031) 955-8855
문학동네카페 http://cafe.naver.com/mhdn
인스타그램 @munhakdongne | 트위터 @munhakdongne
북클럽문학동네 http://bookclubmunhak.com

ISBN 979-11-416-1403-4 03840

잘못된 책은 구입하신 서점에서 교환해드립니다.
기타 교환 문의 031) 955-2661, 3580

www.munhak.com